화산 아래서

Under the Volcano

Malcolm Lowry

대산세계문학총서 107

화산 아래서
Under the Volcano

맬컴 라우리 지음 — 권수미 옮김

문학과지성사
2011

대산세계문학총서 107_소설

화산 아래서

지은이 맬컴 라우리
옮긴이 권수미
펴낸이 이광호
펴낸곳 ㈜문학과지성사
등록번호 제1993-000098호
주소 04034 서울 마포구 잔다리로7길 18(서교동 377-20)
전화 02) 338-7224
팩스 02) 323-4180(편집) 02) 338-7221(영업)
전자우편 moonji@moonji.com
홈페이지 www.moonji.com

제1판 제1쇄 2011년 12월 8일
제1판 제3쇄 2025년 2월 24일

ISBN 978-89-320-2260-4
ISBN 978-89-320-1246-9(세트)

이 책은 대산문화재단의 외국문학 번역지원사업을 통해 발간되었습니다.
대산문화재단은 大山 愼鏞虎 선생의 뜻에 따라 교보생명의 출연으로 창립되어
우리 문학의 창달과 세계화를 위해 다양한 공익문화사업을 펼치고 있습니다.

나의 아내, 마저리에게 바친다.

세상에는 경이로운 것들이 많이 존재하지만, 인간보다 더 경이로운 것은 없다. 자신을 삼키려 덤벼드는 사나운 조류를 헤치고 격렬한 남풍에 밀리면서도 물길을 만들어 하얀 바다를 건너는 힘. 해마다 이곳저곳 쟁기질을 하며 말의 자손을 부려 땅을 일구니. 최고의 신, 지칠 줄 모르는 불멸의 대지의 신조차 그에게는 지치고 만다.

쾌활한 새들, 맹렬한 야수, 심해의 물고기들마저도 인간은 손수 짠 그물로 잡아 노획물로 끌고 간다. 이 얼마나 뛰어난 인간의 지혜인가. 야생에 살며 언덕을 배회하는 짐승들을 인간은 그 기술로 지배한다. 또한, 사나운 갈기를 가진 말도 길들여 그 목에 멍에를 씌우고 지칠 줄 모르는 들소도 길들인다.

언어와 민첩한 사고력, 그리고 국가를 건설하는 모든 방법을 인간은 스스로 터득하지 않았던가. 맑은 하늘 아래 차가운 서리와 퍼붓는 빗줄기를 피하는 방법 역시 스스로 터득하지 않았던가. 그렇다, 인간은 모든 것에 대한 지략을 가지고 있다. 지략 없이 인간은 미래에 대처할 수 없다. 오직 죽음의 신에 대해서만 도움을 원하는 그의 바람은 헛된 것이 되고 만다. 그러나 인간은 무서운 병을 이겨내는 방법마저 찾아내지 않았던가.

— 소포클레스, 『안티고네』

그때 나는 개와 두꺼비의 상태를 축복했다. 그렇다, 나는 기꺼이 개나 말의 상태가 되고자 했을 것이다. 왜냐하면 그들에겐 나의 그것처럼 지옥이나 죄의 영원한 무게 아래 멸망하게 될 영혼이 없다는 것을 알기 때문이었다. 아니, 나는 이것을 보았고, 이것을 느끼고, 그리고 그것과 함께 산산조각 나버렸지만, 나를 더욱 슬프게 한 것은 아무리 혼신의 힘을 다하여도 내가 열망한 구원을 찾을 수 없다는 사실이었다.

— 존 버니언, 『죄인 괴수에게 넘치는 은혜』

누구든 쉬지 않고 노력한다면, 우리는 그를 구원할 수 있으리라.

— 괴테

차례

화산 아래서　11

옮긴이 해설·제목　542
작가 연보　554
기획의 말　557

일러두기

1. 이 책은 Malcolm Lowry의 *Under the Volcano*(NewYork: Perennial, 2000)를 우리말로 옮긴 것이다.
2. 주석은 모두 옮긴이의 것이다.
3. 맞춤법과 외래어 표기는 1989년 3월 1일부터 시행된 「한글 맞춤법 규정」과 『문교부 편수자료』『표준국어대사전』(국립국어연구원)을 따랐다.

I

두 산맥이 국토의 남북을 가로지르고, 그 사이로 무수한 계곡과 고원이 자리한다. 해발 6천 피트에 위치한 콰우나우악*은 화산 두 개가 두드러져 보이는 이 계곡들 중 하나를 내려다보고 있다. 콰우나우악은 북회귀선에서 남쪽으로 정확하게 19도선, 태평양 서쪽 레비야히헤도 제도와 비슷한 위도에 위치해 있다. 서쪽으로 하와이 최남단, 그리고 영국령 온두라스의 국경 근처 유카탄의 대서양 해안에서 동쪽으로 나 있는 추콕스 항구와 비슷한 위도에 있으며, 훨씬 더 동쪽으로는 인도 벵골 만의 저거노트**라는 도시와 같은 위도에 있다.

---

* Quauhnahuac: 멕시코 중남부 모렐로스 주의 주도인 쿠에르나바카Cuernavaca의 옛 이름인 쿠아우나우악Cuauhnahuac을 저자가 소설상에서 'Quauhnahuac'으로 바꾸어 표기한 것으로 보인다. 저자는 1936년부터 이곳에 거주한 것으로 알려진다. 멕시코시티에서 남쪽으로 60킬로미터 떨어진 지점에 위치한 이곳은 틀라우이카 인디언들의 중심 도시였으며 현재는 휴양 도시로 유명하다.
** Juggernaut: 인도 오리사 주 벵골 만에 면한 도시로 푸리Puri라고도 불린다. 저거노트는 비슈누의 제8화신인 크리슈나Krishna를 가리키며, 시의 중앙에 있는 저거노트 사원은 힌두교 비슈누파의 성지로 유명하다. 6~7월의 대제(大祭) 때, 수천 명의 열광적인 신자들

언덕 위에 세워진 도시에는 성벽이 높이 솟아 있고, 거리와 골목은 구불구불한 데다 끊겨 있으며 도로 역시 굽은 모양새다. 미국식의 보기 좋은 고속도로가 북쪽에서 내려와 도시로 이어졌지만 좁은 골목길에서 그 자취를 감추었다가 염소들이나 다닐 수 있는 좁은 길이 되어 나타난다. 콰우나우악에는 교회가 18개, 술집이 57개 있다. 골프 코스는 이 도시의 자랑거리이며, 개인 소유 및 공용 수영장을 합쳐 4백여 개나 되는 수영장은 산에서 쉴 새 없이 쏟아지는 물로 가득 차 있다. 거리는 화려한 호텔로 넘쳐난다.

카지노데라셀바 호텔은 시내에서 약간 벗어난 기차역 가까이, 약간 높은 언덕 위에 위치해 있다. 호텔은 중심 고속도로 뒤편으로 멀리 떨어진 곳에 자리 잡고 있고, 정원과 테라스로 둘러싸인 가운데 어느 쪽에서 보더라도 광활한 전망을 가지고 있다. 거대한 호텔에는 황폐한 분위기가 함께 배어 있다. 카지노는 문을 닫은 지 오래였다. 술값 내기로 재미 삼아 하는 주사위 놀이조차 볼 수 없는 바에서는 이따금 파산한 도박꾼들의 유령이 출몰하곤 했다. 거대한 올림픽 수영장에서 수영하는 이는 아무도 없었다. 스프링보드는 언제나 비어 있고 음침한 분위기를 자아냈다. 하이알라이* 코트는 잡초가 무성한 채 버려져 있고, 두 개의 테니스 코트는 시즌 중에만 문을 열었다.

1939년 11월 죽은 자의 날** 해 질 무렵, 흰 플란넬 바지를 입은 남

이 화려하게 장식된 수레를 끌고 나오는데 예전에는 신자들이 수레바퀴에 스스로 몸을 던진 것으로 전해진다.
* jai-alai: 3면이 벽으로 둘러싸인 경기장에서 라켓으로 공을 치며 벌이는 경기로, 스페인의 바스크 지방에서 유래.
** Day of the Dead: 11월 1일과 2일, 멕시코 축일의 하나로, 가족들이 고인을 위해 묘지를 찾아 제사 올리는 날. 아즈텍 전통에서 유래한 것으로, 영혼들이 여행하는 동안 힘과 용기를

자 두 명이 카지노의 메인 테라스에 앉아 아니스*를 마시고 있었다. 두 사람은 테니스를 치다 다시 당구를 하기 시작했다. 두 사람의 방수 처리된 테니스 라켓은 압력을 받아 찌그러져 있었다. 바로 앞 난간에 놓여 있는 비힐 박사의 라켓은 삼각형 모양이고, 라루엘의 것은 사각형 모양이었다. 호텔 뒤 언덕 아래쪽에 있는 묘지를 돌아나오고 있는 의식 행렬이 점차 가까워지면서 구슬픈 기도 소리가 두 사람에게도 울려 퍼졌다. 두 사람은 애도자들을 보기 위해 몸을 돌렸으나, 조금 후 시야에 들어온 것은 보릿짚 다발 속에서 원을 그리며 돌고 있는 등불의 음침한 불빛뿐이었다. 아르투로 디아스 비힐 박사는 몸을 앞으로 숙이고 주의를 집중하고 있던 자크 라루엘에게 아니스 델 모노 병을 내밀었다.

두 사람의 오른쪽 약간 아래로 사람 없는 수영장에 장엄한 붉은빛 저녁 그림자가 신기루처럼 흩어지며 비쳐 도시의 평화가 깃든 감미로운 분위기를 자아내고 있었다. 앉아 있는 곳에서만 보더라도 평화롭기 그지없는 광경이었다. 지금의 라루엘처럼 열심히 주의를 집중하고 들어야만 멀리서 들려오는 혼란스러운 소리를 분간할 수 있었다. 전혀 다르긴 하지만 애도자들의 중얼거리는 미세한 소리와 딸랑거리는 종소리가 섞여 구분하기 힘든 소리와, 커졌다 작아졌다 하는 노랫소리, 끊임없이 쿵쾅거리는 소리, 이것들이 바로 하루 종일 계속되는 축제의 소음이었다.

라루엘은 아니스를 한 잔 더 따라 부었다. 라루엘이 아니스를 마시는 이유는 이것이 압생트**를 연상시키기 때문이었다. 붉은 기운으로 얼굴이 달아올랐고, 병을 쥔 손은 약하게 떨리고 있었다. 병의 라벨에서는 붉은

얼을 수 있도록 생전에 좋아했던 음식을 준비한 것으로 전해진다.
* Anís: 아니스 열매로 만든 독한 술.
** Absinthe: 향쑥, 살구씨 등을 원료로 한 독한 술로 중독성이 강해 '악마의 술'로 불림.

악마가 그를 향해 갈퀴를 휘두르고 있었다.

"―나는 그가 알코올에서 벗어날 수 있도록 멀리 떠나도록 권유했다오." 비힐 박사가 말했다. 그는 잠시 프랑스어로 중얼거리다가 다시 영어로 말을 이었다. "하지만, 파티 다음 날 나도 앓아눕고 말았는걸. 물론 좋지 않은 일이었지, 우리 의사들은 마치 성직자들처럼 처신을 잘해야 하니까. 우린 그날도 테니스를 쳤는데, 기억나오? 영사가 정원에 있는 걸 보고는 사람을 보내서 내 사무실에 와주면 고맙겠다고 전했었는데. 만약 술 때문에 죽지 않았다면, 메모라도 보내줬으면 하고 전했는데……"

라루엘이 미소를 지었다.

"그러나 그들은 가버렸지." 박사가 말을 이었다. "그리고 참, 자네한테 그날 그 친구를 보았는지 물어볼 참이었소."

"아르투로, 당신이 전화했을 때 그 친구는 우리 집에 있었다네." 라루엘이 대답했다.

"아, 그렇지. 그 친구와 난 전날 밤에 너무 많이 마셨어, 완전히 취해버릴 정도로. 아마 영사도 나만큼 상태가 좋지 않았을 거야." 비힐 박사가 머리를 가로저으며 말했다. "병이라는 건 단지 육체에만 깃드는 것은 아니라네. '영혼'이라고 하는 것에도 오지. 가엾은 친구, 그 친구는 그 고질병에 돈을 탕진해버리고 말았지."

라루엘이 술잔을 비우고 일어섰다. 난간으로 다가가 두 개의 라켓에 양손을 각각 의지하고는 아래와 주위를 둘러보았다. 황폐한 알라이 코트, 풀로 뒤덮인 보루, 생기를 잃어버린 테니스 코트가 보였다. 호텔의 대로 중앙에 있는 분수대 근처에서는 선인장 농부가 말의 고삐를 늦추고 물을 먹이려 하고 있었다. 어려 보이는 미국인 남녀 둘이 별관 아래 베란다에서 때늦게 막 탁구를 시작하는 참이었다. 바로 1년 전 오늘 일어났던 일이 벌써 다른 시대의 것처럼 느껴졌다. 현재의 공포가 그 사건을 마치 한 방울의 물처럼 삼켜버린 것일까. 하지만 그럴 수는 없었다. 비록 비극이 현실에서 멀어져가며 그 의미를 잃는 과정에 있다 할지라도, 사람들은 여전히 각자의 삶이 어떤 식으로든 가치를 지니고 있던 시간, 그저 공식 문서상의 오자에 불과한 것이 아닌 그 시간들을 기억하기 마련이다. 라루엘은 담배에 불을 붙였다. 그가 서 있는 곳의 왼쪽 저편에는 시에라마드레 오리엔탈의 계단식 구릉지대와 계곡을 넘어 북동쪽으로 포포카테페틀과 이스탁시우아틀*, 이 두 개의 화산이 선명하게 타오르며 일몰 속에서 장관을 이루고 있었다. 그보다 더 가까이, 10마일 정도 떨어져 주 계곡보다 낮은 곳에 있는 토말린이라는 마을이 눈에 들어왔다. 정글의 뒤쪽에 자리잡은 그 마을에서는 누군가 숯을 얻기 위해 불법적으로 나무를 태우는지 가느다란 푸른 연기가 피어오르고 있었다. 라루엘의 앞쪽으로는 미국식 고속도로의 반대편에 들판과 작은 숲들이 펼쳐져 있었고 그 사이로 강줄기가 굽이쳐 흘렀다. 알카판싱고 도로도 보였다. 교도소의 감시탑은 도로와 강 사이의 수풀 위로 우뚝 솟아 있었고 도로는 도레 파라다이스의 보랏빛 언덕 너머에 이르러서야 자취를 감추었다. 시내의 비탈진 곳에 우뚝 서 있는 콰우나우악의 한 극장의 불빛이 갑자기 밝아지더니 몇 번을 깜박이다가 다시 환해졌다. "No se puede vivir sin amar(사람은 사랑 없이는 살 수가 없어)." 라루엘이 말했다. "그 멍청이가 우리 집에 새겨놓은 것처럼……"

"이봐 친구, 그런 건 이제 잊어버리게." 뒤에 있던 비힐 박사가 말했다.

---

* Popocatepetl & Ixtaccihuatl: 멕시코의 양대 화산. 포포카테페틀은 '연기 나는 산'이라는 뜻으로 세계에서 가장 위험한 활화산 중 하나로 꼽힌다. 이는 이스탁시우아틀과 연결되어 있으며 이스탁시우아틀이라는 이름은 아즈텍 장수의 이름에서 유래한 것으로 전해진다.

"하지만 세상에! 이본이 돌아왔잖아! 도무지 이해하기 힘들어. 이본이 영사에게 다시 돌아오다니!" 라루엘은 테이블로 돌아와서 테우아칸 생수를 한 잔 들이켜고는 말을 이었다.

"Salud y pesetas(건강과 부를 위하여 건배)."

라루엘의 말에 박사는 생각에 잠긴 채 대답했다. "Y tiempo para gastarlas(그리고 그것들을 쓸 수 있는 시간을 위해)."

라루엘은 하품을 하며 박사가 접의자에 등을 기대는 것을 지켜보았다. 그는 너무도 잘생겼다. 검고 태연자약한 전형적인 멕시코인의 얼굴에 깊은 갈색 눈은 친절하고 순수해 보였다. 그의 눈은 남자들이 강에서 하루 종일 멱을 감는 동안 부인들은 일하는 이상적인 곳, 테우안테펙에서 본 오악사카 아이의 무언가를 동경하는 듯한 아름다운 눈을 닮아 있었다. 연약해 뵈는 작은 손과 가느다란 손목…… 그러나 그 뒤에 듬성듬성 나 있는 거칠고 검은 털을 보는 것은 충격에 가까웠다. "아르투로, 난 이미 오래전에 마음을 비웠다네." 라루엘은 우아하고도 불안해 뵈는 손가락을 입으로 가져가 입에서 담배를 떼어내면서 다시 영어로 말했다. 라루엘은 자신이 반지를 너무 많이 끼고 있다는 사실을 의식했다. "그런데, 그게 거기서 끝난 게 아니라―" 라루엘은 담뱃불이 꺼졌다는 사실을 깨닫고는 아니스를 한 잔 더 따랐다.

"불 좀 빌려주겠소?" 비힐 박사는 주머니에서 라이터를 재빨리 꺼내 불을 붙였는데, 그 동작이 너무나 빨라 마치 주머니 속에서 이미 라이터가 점화된 것처럼 보였다. 불을 꺼내고 담배에 불을 붙이는 동작이 마치 한순간에 일어난 것처럼 보였다. 박사는 라루엘을 위해 라이터를 들고서는 "자네, 이곳 유족들을 위한 교회에 가본 적 있나?" 하고 난데없이 물었다. "곁에 남은 사람이 아무도 없는 이들을 위해 마리아가 있는 곳 말일세."

라루엘은 머리를 저었다.

"거기 가는 사람은 아무도 없지. 정말로 아무도 없는 이들 말고는." 박사가 천천히 말했다. 박사는 라이터를 다시 주머니에 집어넣고는 우아한 손놀림으로 손을 들어 시계를 보았다. "Allons-nous-en(가세)." 박사가 프랑스어로 말했다. 그러고는 다시 스페인어로 "vámonos(가세)"라고 말하고는 하품을 하며 웃었다. 박사는 머리를 몇 번 끄덕였는데, 이 때문에 몸이 앞으로 쏠려 머리가 양손에 닿는 바람에 마치 양손으로 머리를 받치고 있는 것처럼 보였다. 이윽고 박사는 몸을 일으켜 숨을 깊이 들이쉬고는 난간에 서 있는 라루엘에게 다가갔다. "아, 하지만 지금은 내가 하루 중 가장 좋아하는 시간인걸. 해는 떨어지고, 사람들은 노래하고, 개들이 먹이를 찾아나서는 시간—"

라루엘이 웃었다. 두 사람이 하늘을 보며 날씨가 심상치 않다는, 남쪽 하늘에 폭풍이 일고 있다는 이야기를 주고받는 동안 애도자들은 언덕 비탈을 떠나고 있었다. 머리 위로 높이 날고 있는 독수리가 졸린 듯 조용한 몸놀림으로 순풍을 타고 있었다. "8시 30분경부터 한 한 시간 정도 영화관에 있을 걸세."

"좋아. 그럼 이따 밤에 자네가 아는 그곳에서 만나지. 하지만 이것만은 알아두게, 난 아직도 자네가 내일 떠난다는 사실을 믿을 수가 없어." 박사는 라루엘이 꼭 붙잡고 있던 자신의 손을 뻗어 라루엘의 등을 다독거렸다. "오늘 밤에 거기 가도록 하지. 만약 내가 가지 않더라도 항상 자네의 건강을 걱정한다는 거 잊지 말게."

"Hasta la vista(잘 가게)."

"Hasta la vista(잘 가게)."

─혼자 남은 라루엘은 LA로부터 4년간 내달렸던, 너무나 길고 미칠 것 같았던, 하지만 너무나 아름다웠던 여정의 마지막에 이르러 이 고속도로 옆에 서 있었다. 라루엘 역시 자신이 떠난다는 사실이 믿기지 않았다. 그것도 내일이라니…… 그는 집으로 가기 위해 어느 길로 향해야 할지 결정하지 못한 채 잠시 멈춰 서 있었다. 토말린과 소칼로 사이를 운행하는 작은 버스가 승객을 가득 태우고 콰우나우악으로 오르기 바로 직전 협곡으로 내려가면서 덜커덕거리는 소리를 내며 그의 곁을 지나갔다. 오늘 밤만은 늘 가던 길로 가고 싶지 않았다. 길을 건너 역으로 향했다. 비록 기차로 떠날 것은 아니지만 유치하게도 굳게 닫힌 지점들을 애서 피해 협궤선 위로 난 길에 들어서는 순간, 임박한 이별의 느낌이 다시금 그를 무겁게 감쌌다. 저물어가는 햇살이 제방 너머의 벌판에 있는 기름 탱크를 비추었다. 플랫폼은 잠들어 있었다. 트랙은 텅 비어 있고, 신호기는 위로 향해 있었다. 이 역에서 기차가 출발한 적이 있다는 것, 이 역에 기차가 도착한 적이 있다는 것을 암시할 만한 것은 아무것도 없었다. '콰우나우악'이라고 적힌 표지 외에는……

결코 잊을 수 없는 이별이 그곳에서 일어난 지 1년도 채 지나지 않았다. 이본과 영사가 칼레 니카라과에 있는 라루엘의 집을 방문했을 때, 라루엘은 영사의 이복동생인 휴를 처음 만났다. 라루엘은 처음부터 휴가 싫었다. 라루엘은 자신과 마찬가지로 휴도 라루엘을 좋아하지 않는다는 것을 알고 있었다. 영사가 얘기하곤 했던 휴의 이상한 차림새에 대해서는 단순히 영사의 온화하면서도 약간은 가혹한 묘사 정도로 생각했었다. 아마 당시에는 이본을 다시 만난다는 기쁨이 너무 컸기에 라루엘은 휴의 이상한 차림새에 그다지 큰 인상을 받지 않았던 모양이다. 그래서 나중에 파리안에서 우연히 휴를 다시 마주쳤을 때는 그를 알아보기조차 힘들 정도였다. 그러니까 라루엘이 몇 년 전에 전해 들었던, 기억마저도 희미한 바로 그 사람이었던 것이다. 라루엘은 휴를 만난 지 30분 만에 휴가 무책임하고 따분한, 마르크스주의자이지만 행동이 따르지 않는, 자만과 자의식이 강하지만 낭만적이면서도 사교적인 사람이라고 생각했다. 또한 여러 가지 이유로 인해 영사로부터 라루엘을 만날 것이라는 사실을 미리 듣지 못했던 휴 역시 라루엘을 보는 순간 그가 따분한 스타일에다 시대에 뒤처진 심미주의자로 여성에 대해 소유욕이 강하고 느끼한 매너로 난잡한 생활을 하며 독신을 고수하는 남자라고 확신했다. 그러나 불면의 사흘 밤이 지난 후, 영원과도 같은 시간을 겪은 후, 그 무엇에도 비유할 수 없는 비극적 상황의 슬픔과 당혹감이 그들을 한데 묶어놓았다. 파리안으로부터 휴의 전화를 받은 이후, 라루엘은 휴에 대해 많은 것을 알 수 있었다. 그의 희망, 공포, 자만, 절망에 대해…… 그리고 휴가 떠났을 때, 마치 아들을 잃은 듯한 기분이었다.

테니스 복장에도 아랑곳하지 않고, 라루엘은 제방으로 올라갔다. '맞아, 내가 옳았어.' 꼭대기에 다다르면서 숨을 고르기 위해 잠시 멈추었을 때 라루엘은 혼잣말로 중얼거렸다. '맞아.' 콰우나우악에서, 아마도 그때까지 그곳에서 그토록 절실하게 영국 영사가 필요했던 적은 없었을 것이다. 도움을 청할 영국 영사가 필요했지만, 그러한 영사가 없던 그곳에서 매우 비참한 상황이 전개된 후, 영사가 "발견"된 것이다. 그때 라루엘은 휴가 모든 도의적인 양심의 가책을 잠시 미루고, 이상하게도 "경찰"이 그를 증인으로 붙잡아두는 것을 망설이고 있을 때, 그 기회를 최대한 이용하여 최대한 빨리 베라크루스에서 그를 기다리고 있을지 모를 배에 오르라고 주장했었다. 라루엘은 지금도 당시 자신의 생각이 옳았다고 확신했다. 휴를 증인으로 붙잡아두는 게 아주 합리적으로 보였지만, 경찰은 그를 방면하려는 것처럼 보였다. "사건"이라고 칭할 만한 그 일을 약간의 시간이 지난 후 지금 다시 돌이켜보면 휴는 충분히 증인이 될 수 있었다. 라루엘은 다시 역을 쳐다보았다. 휴는 하나의 간극을 남기고 떠났다. 어떻게 보면 그는 자신의 마지막 환상들을 모두 거두어가지고 가버린 것인지도 모른다. 스물아홉의 휴는 그때까지도 자신이 개입하여 세상을 바꿀 것이라는 꿈을 꾸고 있었다. 마치 라루엘이 마흔둘의 나이에도 자신이 계획한 위대한 영화를 통해 세상을 바꿀 수 있을 것이라는 희망을 버리지 못한 것처럼…… 하지만 이제 이런 꿈들은 어리석고 주제 넘는 헛된 것처럼 보였다. 마침내 라루엘은 역사 속의 그것들과도 같은 위대한 영화를 만들었다. 하지만 자신이 아는 한, 그것은 세상을 조금도 바꾸지 못했다. 하지만 휴와 약간의 동질성을 공유할 수 있었다. 휴와 마찬가지로 그는 베라크루스로 향하고 있었다. 그리고 휴와 마찬가지로 그는 자신의 배가 항구에 도착할 수 있을지 전혀 알지 못했다……

 라루엘은 좁은 풀길로 둘러싸인, 반쯤 경작된 들판을 통과하고 있었다. 길은 선인장을 재배하고 일터에서 집으로 돌아가는 농부들의 발자국으로 다져져 있었다. 우기가 시작되기 전에도 사람들이 그다지 많이 다니는 길은 아니었다. 하지만 나름대로 걷기 좋은 길이었다. 선인장 잎사귀들은 그 신선함으로 나그네를 유혹하고 있었고, 그 곁에서 얼마 남지 않은 저녁 햇살을 받으며 서 있다가 갑자기 인 돌풍에 몸을 내맡기는 초록빛 수양버들이 보였다. 조금 떨어져 아담한 언덕 아래 위치한 노란 태양빛의 호수는 마치 커다란 빵 덩어리처럼 보였다. 그러나 이 저녁의 풍경 속에는 뭔가 불길한 기운이 엿보였다. 검은 구름이 남쪽으로 몰려오고 있었고, 태양은 녹아든 유리를 들판에 쏟아붓고 있었다. 거친 일몰 속의 화산은 무시무시한 모습이었다. 이미 짐 속에 넣어두었어야 할, 다소 무거운 테니스화를 신은 채 라켓을 흔들며 걷던 라루엘은 걸음을 재촉했다. 두려움이 다시 그를 엄습했다. 그토록 오랫동안 머문 곳인데도, 게다가 오늘은 여기서 머무는 마지막 날인데도, 여전히 이방인에 불과하다는 이 느낌…… 4년, 아니 거의 5년이 다 되어가지만, 그는 여전히 다른 행성의 방랑자처럼 느껴졌다. 하지만 이런 이유 때문에 이곳을 떠나는 것이 결코 쉬운 일은 아니었다. 다행히 곧 파리로 다시 돌아갈 수 있을지라도…… 이런, 제기랄! 그는 전쟁이 나쁜 것이라는 점 외에는 그것에 대해 별다른 감정을 가지고 있지 않았다. 이편 아니면 반대편이 이기게 마련이다. 그리고 어느 편이 이기건 고된 삶이 이어질 것이다. 연합국이 지게 된다면 더욱 힘들어지긴 하겠지만…… 하지만 어느 편이 이기건 간에 자신만의 전쟁은 계속될 것이다.

풍경은 놀라운 속도로 계속 모습을 바꾸고 있었다. 지금 보이는 들판은 돌로 가득 찬 데다 죽은 나무들이 일렬로 늘어서 있었다. 하늘을 배경으로 윤곽을 드러낸 버려진 쟁기는 손을 들어 하늘에 소리 없는 기원을 올리고 있었다. 낯선 행성…… 라루엘은 다시 회상에 잠겼다. 이 이방인의 행성에서는 트레스 마리아스 너머 조금 더 멀리로 눈을 돌리면 거의 모든 종류의 풍경을 한눈에 볼 수 있었다. 코츠윌즈, 윈더미어, 뉴햄프셔, 외르에루아르의 초원, 체셔의 잿빛 모래 언덕, 심지어 사하라까지도 볼 수 있었다. 이 행성에서는 눈 깜짝할 사이에 기후를 바꿀 수 있었고, 마음만 먹는다면 고속도로의 교차로에서 세 개의 문명을 경험할 수도 있었다. 아름다움, 그 아름다움에 대해서는 반박의 여지가 없었다. 숙명 또는 정화의 아름다움, 지상낙원의 아름다움 그 자체였다.

하지만 이 지상낙원에서 그는 무엇을 했단 말인가? 그는 거의 친구를 사귀지 못했다. 멕시코인 애인을 얻었으나 그녀와 자주 싸웠다. 그리고 아름다운 마야족 우상을 여럿 가지게 되었지만 그것들과 함께 이 나라를 떠날 수는 없을 것이다. 그리고 또 그가 한 것은 무엇일까……

비가 내릴 것도 같았다. 드물기는 했지만, 가끔 한 해 중 이맘때쯤 비가 내릴 시기가 아님에도 불구하고 비가 내리곤 했다. 작년에도 그랬다. 남쪽 하늘에 폭풍우를 머금은 구름이 보였다. 라루엘은 비 내음을 맡을 수 있으리라 상상했다. 비에 흠뻑 젖는 것, 현재로선 피부 속까지 젖어본다는 것만큼 더한 기쁨은 없으리라는 생각이 들었다. 비로 달라붙은 흰색 플란넬 옷을 입고 이 거친 영토를 걷고 또 걸어서 비에 젖고, 또 젖고, 또 젖는 상상이 머릿속을 내달리고 있었다. 고개를 들어 구름을 쳐다보았다. 검은색의 말들이 빠른 속도로 하늘을 향해 비상하는 것 같았다. 이 시기에 검은 폭풍우라니! 그것은 사랑과도 같은 것이었다. 너무 늦게 찾아온 사랑…… 저녁 향기와 느린 햇살, 그리고 따스함이 놀란 대지를 적시는 순간, 세상의 고요는 자취를 감추어버리고 만다! 라루엘은 다시 걸음을 재촉했다. 그러한 사랑이 너를 벙어리로 만들고, 너의 눈을 멀게 하고, 너를 미치게 하고, 마침내 너를 죽음에 처하게 하도록 내버려두라, 그러면 너의 운명이 너의 언어에 의해 바뀌는 일은 없을지니. Tonnerre de dieu(신의 천둥)…… 하지만 그것은 너무 늦게 찾아온 사랑이 어떤 것인가에 대한 갈증을 풀어주지는 못했다.

라루엘은 카지노데라셀바 호텔을 떠난 후 천천히 내리막길을 걸어 내려왔기에 지금은 자신의 거의 오른쪽 바로 위로 시내가 보였다. 라루엘이 가로질러 왔던 들판과 언덕 비탈길의 나무 위로, 코르테스 궁전의 검은 성 너머로, 콰우나우악 광장에서 이미 불을 밝힌 채 서서히 움직이고 있는 회전식 관람차를 볼 수 있었다. 라루엘은 흥겨운 곤돌라에서 나는 사람의 웃음소리와 노랫소리, 그리고 바람 속에서 희미하게 사라져 마침내

들을 수 없게 되어버리는 목소리의 공허한 도취감을 구분할 수 있을 것 같았다. 「세인트루이스 블루스」 같은 우울한 미국 곡이 들판을 가로질러, 때로는 소란스러운 소리를 걸러낸 부드러운 음악이 되어 바람과 함께 불어오기도 했다. 음악 소리는 교외의 탑과 벽에 부딪혀서도 크게 흐트러짐이 없었다. 그리고 그것은 얼마 후 한줄기 신음 소리와 함께 멀리 사라져버릴 것이다. 라루엘은 자신이 토말린 도로로 난 양조장으로 향하는 통로를 걷고 있다는 사실을 깨달았다. 알카판싱고 도로에 이른 것이다. 차 한 대가 지나가는 동안 라루엘은 얼굴을 가리고 먼지가 가라앉기를 기다렸다. 그러는 동안, 한때 거대한 화산의 분화구였던 멕시코 호수 바닥을 따라서 영사와 이본과 함께 차를 타고 가던 때를 떠올렸다. 먼지가 수평선을 가리고, 또다시 버스가 먼지 소용돌이를 일으키며 빠르게 지나갔다. 먼지를 막기 위한 보호대로 얼굴을 감싼 소년들이 버스 뒤편에 필사적으로 매달려 있었다. (이러한 광경을 볼 때마다 그는 여기에는 무언가 굉장한 것이 있다고 생각했다. 미래에 대한 일종의 상징과도 같은 것이었다. 이런 일은 대담한 사람들이나 할 수 있는 일이었다. 쿵쾅거리며 달리는 버스 뒤편에 다리를 벌린 채, 발을 바닥에 단단히 붙이고, 바지가 바람에 심하게 펄렁이는데도 똑바로 서 있는 젊은 건설 노동자들…… 멕시코 전역에서 흔히 볼 수 있는 광경이었다.) 햇볕이 내리쬐는 둥근 모양의 언덕 위로 한줄기 먼지가 다가오고 있었다. 비가 휘몰아치는 섬과도 같은 호수 옆으로 먼지에 휩싸인 언덕이 시야에 들어왔고, 협곡 너머 경사진 곳에 영사가 살던 집이 보였다. 영사는 306개의 교회와 두 개의 이발소, 그리고 '화장실'과 '하렘'이 있는 촐룰라를 돌아다니고 망가진 피라미드를 기어오르기도 했는데, 영사는 항상 그것이 진짜 바벨탑이라고 주장했었다. 당시 영사는 행복해 보였다. 당시 그는 자신의 생각의 바벨을 얼마나 잘 감추고 살았던가!

남루한 차림의 인디언 두 명이 먼지 속에서 걸어 나와 라루엘에게 다가왔다. 두 사람은 언쟁을 벌이고 있었는데, 거기에는 소르본 교정의 여름 황혼 속을 거니는 대학 교수들의 그것과도 같은 집중력이 있었다. 그들의 목소리, 세련되게 그을린 손의 움직임은 믿기 힘들 정도로 고상하면서도 섬세했다. 그 거동은 아즈텍 왕족과도 같았으며, 얼굴에는 유카테칸 유적의 조각상과도 같은 기운이 감돌았다.

"Perfectamente borracho(완전히 취했어)."

"Completamente fantástico(아주 환상적이군)."

"Sí, hombre, la vida impersonal(그렇지, 비인격적인 삶이지)."

"Claro, hombre(당연하지, 이 사람아)."

"Positivamente(확실해)!"

"Buenas noches(안녕)."

"Buenas noches(안녕)."

그들은 다시 땅거미 속으로 사라졌다. 회전식 관람차가 시야에서 사라지고 축제와 음악 소리가 더 가까이 들리지 않고 갑자기 멎어버렸다. 라루엘은 서쪽을 응시했다. 방패 대신 테니스 라켓을, 군표(軍票) 대신 손전등을 들고 서 있는 늙은 기사…… 살아남은 영혼이 전장을 배회하는 모습이 꿈처럼 지나갔다. 라루엘은 오른쪽의 다른 골목길로 돌아갈 작정이었다. 그 길은 카지노데라셀바의 말 시범농장을 지나 자신이 사는 곳인 칼레 니카라과로 바로 이어진 길이었다. 그러나 그는 갑자기 이유 없는 충동이 일어 교도소 옆으로 난 왼쪽 길을 택했다. 이곳에서의 마지막 밤, 그는 막시밀리안 궁전의 유적에 작별을 고하고 싶은 희미한 욕망을 느꼈다.

남쪽에서, 거대한 몸집의 대천사가 화가 난 듯 태평양으로부터 쿵쾅거리는 소리를 내고 있었다. 하지만 폭풍은 자신만의 내면의 고요를 간직하고 있었다. 이본을 향한 열정이 스스로도 도저히 설명하기 힘든 방식으로 다시금 라루엘의 심장을 고동치게 하고 있었다. (그녀가 얼마나 훌륭한 배우였는지는 상관없었다. 하지만 자신이 만든 영화에 출연했다면 이본은 훨씬 더 나은 모습을 보였을 것이라고 말한 것은 진심이었다.) 배수지와 수문이 있던, 그리고 자신이 머물던 버려진 잿빛 물레방아 건물이 자리한 프랑스의 조용한 마을 생프레에서 처음으로 홀로 초원을 거닐던 날, 그루터기만 남은 들판 위로 야생화들이 바람에 흩날리는 끝없이 이어지던 아름다움과 함께, 놀랍게도 수백 년 전 순례자들이 같은 들판을 방황할 때 보았던 것과도 같은, 샤르트르 대성당의 두 개의 첨탑이 서서히 그리고 장엄하게 태양빛 속으로 솟아오르는 것을 보았을 때처럼 설명하기 힘든 감정이었다. 사랑은 짧은 동안이지만 그에게 평화를 가져다주었다. 그러나 그것은 아주 오래전 샤르트르 대성당의 주문이나 마법과도 같이 이상한 힘을 가지고 있었고, 자신이 그곳 사람들의 비난을 받고 있다는 사실조차도 그 마법을 깨지는 못했다. 라루엘은 성당 옆 골목길과, 끊임없이 구름 속을 항해하는 대성당을 응시하곤 했던 카페를 좋아했었다.

라루엘은 궁전을 향해 걸음을 재촉했다. 그로부터 15년이 지난 이곳 콰우나우악에서 영사가 처한 곤경에 대한 그 어떤 회환도 그 마법을 깨지는 못했다. 이렇게 볼 때, 라루엘은 이본이 떠난 후에도 영사와 자신이 만날 수 있었던 것은 결코 서로에 대한 연민 때문은 아니라고 생각했다. 그것은 아마도 이본이 아직 여기에 있다는 상호 간의 무언의 가식으로부터 벗어나기 위해 아픈 이를 깨물며 느끼는 만족감과도 같은 환각적 위안에 대한 욕망 때문이었을 것이다.

—아, 이 모든 것이 그들과 콰우나우악 사이에 지구 전체가 놓인 것

같은 거대한 무게감에 대한 이유로 충분한 것이 아닐까! 그 무게감을 설명할 수는 없었지만, 라루엘은 지금도 무언가 자신을 짓누르는 외부의 힘을 느낄 수 있었다. 그리고 그것은 마치 신비로운 힘에 의해 지금 온통 자신을 둘러싸고 있는, 멀리 떨어진 것 같지만 아주 가깝고도 고요한, 비밀의 은광을 가진 보랏빛 산들로 전이된 것처럼 느껴졌다. 이 산들은 그의 전부를 여기에 잡아두려고 하는 이상한 우울한 힘을 발산하고 있었다. 그 힘은 무게, 많은 것들의 무게였고, 그 대부분이 슬픔의 무게였다.

라루엘은 들길을 지나가며 비탈길 아래서 사람들이 빛이 바랜 푸른색 포드를 밀어 올리는 모습을 보았다. 차가 반사적으로 출발할 것에 대비해 앞바퀴 아래에는 벽돌 두 개가 괴여 있었다. 그는 묻고 싶었다. 무엇을 기다리고 있나? 옛날 사람들처럼 두건이 흩날리는 넝마를 걸친 그 사람들에게 일종의 동질성과 연민의 정이 느껴졌다. '여보, 내가 왜 떠났을까요? 왜 날 가게 내버려두는 건가요?' 너무도 늦게 도착한 이본의 엽서는 라루엘에게 보내진 것이 아니었다. 마치 영사가 그 모든 것을 미리 계산한 것처럼, 휴가 파리안에서 정신없이 전화를 거는 바로 그 순간 라루엘이 이 엽서를 발견할 것을 알고서 (하지만 어떻게 그렇게 정확하게 시간을 맞출 수 있었단 말인가?) 마지막 날 아침 자신의 베개 아래 고의로 엽서를 넣어둔 것이 분명했다. 파리안! 오른편으로 감옥의 벽이 우뚝 솟아 있었고 감시탑에서는 경관 두 명이 망원경으로 동서를 살피고 있었다. 라루엘은 강 위의 다리를 건너서 식물원을 세우기 위해 나무를 베어낸 넓은 개척지를 통과하는 지름길을 택했다. 동남쪽으로부터 새들이 무리를 지어 날아왔다. 기괴한 벌레 같기도 하고, 꼴사나운 기다란 꼬리를 가진 까마귀 같기도 한, 작고 추하게 생긴 검은 새들이 빠른 날갯짓으로 커다란 파장을 일으키며 힘든 비행을 하고 있었다. 매일 이 시간이면 언제나 그러하듯 해 질 무렵 하루를 마친 지친 새들은 열심히 날개를 움직여 집으로 향했다. 새들은 곧 소칼로*의 프레즈노 나무 안에 둥지를 틀 것이고, 그래서 해 질 녘까지 천공기로 바닥을 뚫는 듯한 기계음이 소칼로에 울려 퍼지게 될 것이다. 지저분한 새 무리가 흩어지면서 그 소리가 잠잠해졌다. 그가 궁전에 도착했을 무렵 이미 해는 저물어 있었다.

라루엘은 자존심과는 상관없이 곧 거기에 간 것을 후회했다. 어슴푸레한 빛 속에서 깨진 분홍빛 기둥들이 자신에게 떨어지기를 기다리고 있었는지도 모른다. 녹색 찌꺼기로 덮인 수영장, 계단은 뜯겨져 나간 채 머리 위로 썩어가는 고리 하나에 의지해 매달려 있었다. 산산이 부서지고 역겨운 냄새를 풍기는 교회당에는 잡초가 무성했고 무너져 내리는 벽에는 오물 자국이 선명했으며 곳곳에 전갈이 숨어 있었다. 부서진 엔태블러처,** 슬픈 모습의 홍예 장식 고리, 배설물들로 덮인 미끄러운 돌…… 한때 사랑을 품었던 이 장소는 이제 악몽의 일부로 보였다. 라루엘은 이미 악몽에 신물이 나지 않았던가. 프랑스는 오스트리아로 가장된 모습으로도 멕시코로 넘어가서는 안 되었다. 불행했던 왕, 막시밀리안은 자신의 궁에서조차도 행복하지 못했다. 왜 그는 트리에스테에 있는 또 다른 운명의 궁전을 미라마르라고 불렀을까? 그곳에서 카를로타가 미쳐가고, 오스트리아 엘리자베스 여왕 시대부터 페르디난드 대공 시대까지 그곳에 살았던 모든 사람들은 변사를 당하지 않았던가? 왜 외로운 두 명의 유배자들, 자신의 영역을 벗어나 결국 인간이 되어버린 연인들은 이 땅을 그토록 사랑할 수밖에 없었던 것일까? 그곳은 그들만의 에덴, 그들만의 왕국, 결국 비극의 왕국이었다. 두 사람 다 아무런 이유도 알지 못한 채 그곳은 결국

───────────────

* zócalo: 멕시코, 스페인의 중앙 광장을 일컫는 말.
** entablature: 기둥의 윗부분에 수평으로 연결하여 지붕을 덮는 장식 부분.

두 사람의 눈앞에서 감옥으로 변하고 양조장 냄새를 풍기기 시작했다. 유령들, 카지노의 그것들처럼 유령들이 거기에 사는 것이 확실했다. 한 유령은 아직도 이렇게 말하고 있었다. "카를로타, 여기 오게 된 건 우리의 운명이야. 이 찬란하게 굽이치는 나라를 보게나. 언덕과 계곡, 화산은 믿기 어려울 정도로 아름답지 아니한가. 그리고 그것이 우리들 것이라고 생각하는 것도 운명이라네! 이렇게 아름다운 곳에 걸맞은 우리가 되도록 선하게, 건설적으로 살아가세!"

하지만 다른 유령들은 이렇게 반박했다. "아니야, 당신은 당신 자신을 사랑했어. 당신은 나보다 더 자신의 불행을 사랑했지. 당신은 일부러 우리한테 이런 짓을 한 거야." "내가?" "당신 주위엔 항상 누군가 당신을 보살펴줄 사람이 있었지. 당신을 사랑하고, 이용하고, 이끌어주는 사람 말이지. 당신은 나만 빼고 주위 모든 사람들의 말을 들었지. 하지만 진정으로 당신을 사랑한 건 나밖에 없어." "아니, 내가 사랑한 건 당신밖에 없소." "나만을 사랑했다고? 당신은 당신 자신만을 사랑했어." "아니, 당신밖에, 항상 당신밖에 없었소. 제발 믿어주오. 우린 항상 멕시코로 가는 계획을 세웠잖소. 기억나오……? 맞아, 당신이 맞아. 당신과 함께 갈 기회가 있었지. 그런 기회는 다신 오지 않겠지!" 그리고 그들은 선 채로 갑자기 목 놓아 울기 시작했다.

라루엘이 궁전에서 실제로 들은 것 같은 그 목소리는 막시밀리안이 아닌 영사의 것이었다. 그는 걸으며 생각에 잠겼다. 마침내 자신이 칼레 니카라과에 도착했을 때, 그것도 칼레 니카라과의 거의 끝 지점에서, 영사와 이본이 포옹하고 있는 장면을 목격하고는 중심을 잃을 정도로 충격을 받았던 것을 생각해냈다. 그것은 그들이 멕시코에 도착한 지 얼마 되지 않았을 무렵이었고, 당시 궁전은 얼마나 다르게 느껴졌던가! 라루엘은 걸음을 늦추었다. 바람이 잠잠해졌다. 그는 자신의 영국식 트위드 코트 단추를 끌러 (이 코트는 '에트치리프'라고 발음되는, '상류생활'이라는 멕시코시티의 가게에서 산 것이었다) 푸른색 물방울무늬 스카프를 느슨하게 고쳐 맸다. 여느 때와는 달리 이날 저녁의 날씨는 숨 막힐 듯했다. 게다가 너무나 조용했다. 아무런 소리도 짐승의 울부짖는 소리조차 들리지 않았다. 자신의 발자국이 공기를 빨아들이는 어색한 소리 외에는 아무것도 들리지 않았다. 사람의 그림자도 보이지 않았다. 바지에 쓸려 피부가 약간 벗겨진 것 같은 느낌이었다. 살이 붙고 있었다. 멕시코에 온 이후, 살이 너무 많이 쪘다. 이 때문에 그가 자신의 손으로 바닥에 있는 신문을 집어 들 수 없을 것이라는 이상한 상상을 하는 이들도 있었다. 라루엘은 서브를 넣고 이를 받아치는 것처럼 테니스 라켓을 공중에다 우스꽝스럽게 휘둘렀다. 하지만 라켓은 너무 무거웠다. 라켓에 가해지는 압력을 잊고 있었던 것이다. 오른편으로 시범농장을 지났다. 건물과 들판, 언덕 모두가 빠른 속도로 찾아드는 어둠 속에 빠져들고 있었다. 회전식 관람차가 다시 시야에 들어왔다. 꼭대기밖에 보이지 않았지만 거기서 나오는 불빛은 언덕 위 높은 곳까지 조용히 타오르고 있었다. 자신이 서 있는 곳에서 거의 정면으로 보이던 불빛들이 나무들 사이로 사라졌다. 움푹 팬 자국이 많고 상태가 좋지 않은 도로는 여기서부터 급경사로 기울어지기 시작했다. 라루엘은 깊고 좁은 협곡 위로 놓인 작은 다리 근처에 다다랐다. 다리를 반 정도 건너다가 걸음을 멈추었다. 궐련 담배에 불을 붙이고는 난간에 기대어 아래를 내려다보았다. 너무 어두워서 바닥을 보기는 힘들었지만, 여기에는 분명 가장 낮은 지점과 그것을 중심으로 갈라지는 골짜기가 있었다! 이런 측면에서 콰우나우악은 시간과도 같은 곳이었다. 어느 모퉁이를 돌아서건, 그곳에는 심연이 기다리고 있었다. 독수리와 몰렉*의 휴식처가 기다리고 있는 것이다. 예수가 십자가에 못 박히고 바다의 성인이 사라졌을 때, 땅은 이 나라 전체를 관통하는 길을 열어놓았다. 하지만 이러한 우연에 대해 그 당시 사람들은 아무런 감동도 받지 않았다. 영사가 라루엘에게 아틀란티스에 관한 영화를 만들자고 제안했던 것은 바로 이 다리 위에서였다. 그랬다! 그는 바로 이렇게 난간에 몸을 기대고서 취하긴 했지만 침착하고도 조리 있게, 조금은 격앙되고 조바심 나는 태도로 이야기했었다. 이러한 모습은 술을 마시고도 취하지 않았을 때 영사가 보이곤 하던 모습 중 하나였다. 그는 "대서양 반대편과의 관계를 암시적으로 증명한" 심연의 혼령, 폭풍의 신 "우라칸"**에 대해 이야기했다. 당시 그는 무슨 뜻으로 그런 이야기를 했던 것일까.

하지만, 영사와 함께 심연을 내려다본 것은 그때가 처음은 아니었다. 비록 오래전 일이지만 절대 잊을 수 없는 "지옥의 벙커"가 있었고 또 다른 장소, 막시밀리안의 궁전의 그것과 관계가 있을 법한 또 다른 곳이 있었다. 영사를 이곳 콰우나우악에서 발견한 것은 정말 놀랍지 않은가? 거의 25년간 보지 못했던 어린 시절 친구(이 영국 친구를 "동창생"이라고 말하기는 힘들었다)가 자신과 같은 거리에 살고 있다는 점, 그리고 6주 동안 그런 사실을 전혀 모른 채 지냈다는 것, 이러한 발견은 정말로 놀라운 일이 아닐까? 아니, 아마도 그것은 "신들이 가장 좋아하는 속임수"라고 분류할 수 있는, 아무런 의미 없는 우연의 일치에 불과했다. 하지만, 어린 시절 영국 해변에서 보낸 휴일이 그토록 생생하게 다시 돌아오다니!

— 라루엘은 모젤***의 랑귀옹 지역에서 태어났으나 부자에다 우표수

---

* Molech: 명계(冥界)의 신으로도 알려진, 아이를 제물로 바쳐 제사 지내는 신.
** huracán: 허리케인의 어원이 된 폭풍의 신.
*** Moselle: 백포도주로 유명한 프랑스 북동부 지역.

집이라는 드문 취미를 가진 아버지를 따라 파리로 이사했다. 어린 시절 라루엘은 노르망디에서 부모와 함께 여름휴가를 보내곤 했다. 영국 해협의 칼바도스에 있는 쿠르쇨은 그다지 인기 있는 휴양지는 아니었다. 아니, 그것과는 거리가 멀었다. 강풍에 일그러진 펜션이 몇 채 있었고, 황폐한 모래 언덕이 수마일이나 이어진 데다 바닷물은 차가웠다. 그럼에도 불구하고, 유명한 영국 시인 에이브러햄 타스커슨 가족은 1911년 무더운 여름에 이상한 고아를 데리고 바로 쿠르쇨에 간 것이다. 열다섯 살 난 앵글로색슨 인디언계 아이는 항상 수심에 잠긴 듯 수줍음을 탔으며 말이 없었다. 아이는 시를 썼는데, 이는 집에 머물던 타스커슨 씨가 부추긴 것이 확실했다. 아이는 누군가 자기 앞에서 "아버지"나 "어머니"라는 단어를 이야기할 때면 울음을 터뜨리곤 했다. 아이와 비슷한 나이였던 자크는 이상하게도 이 아이에게 끌리는 느낌을 받았다. 타스커슨 씨의 다른 아들들(적어도 여섯 명은 돼 보이던 아이들의 대부분은 그 아이보다 나이가 많고, 그 아이보다 강한 타입이었다. 하지만, 이들은 사실상 제프리 퍼민의 직계가족은 아니었다)이 함께 어울려 다니는 동안 그 아이는 항상 홀로 남겨졌기 때문에, 자크는 아이를 자주 볼 수 있었다. 두 소년은 영국에서 가져온 오래된 골프채와 낡은 구타페르카* 골프공을 가지고 바닷가를 돌아다녔다. 두 소년이 그 바닷가에서 보낸 마지막 날 오후, 그 조잡한 골프공은 바다를 향해 장렬하게 날아갔고 "조프리"는 "오랜 친구"가 되었다. 라루엘의 어머니 역시 제프리를 좋아했다. 그녀에게 그는 "아름답고 젊은 영국 시인"이었다. 타스커슨 부인 역시 이 프랑스 소년을 좋아했다. 결국, 타스커슨 씨네는 자크에게 영국에서 9월을 함께 보낼 것을 청했고, 제프

---

* gutta-percha: 나뭇진을 말려서 만든 고무 같은 물질.

리 역시 새학기가 시작되기 전까지는 영국에서 머물 예정이었다. 열여덟 살이 될 때까지 자크를 영국 학교에 보낼 생각이었던 자크의 아버지도 흔쾌히 동의했다. 특히 그는 타스커슨 씨의 당당한 남성적인 모습을 동경했다. 이렇게 해서 라루엘은 리사우*로 가게 되었다.

영국 북서쪽 해안에 자리한 리사우는 쿠르쉴의 성숙된 문명화 버전이라 할 수 있었다. 타스커슨 씨네는 뒤뜰이 바다 저편과 경계를 이루어 아름답게 굽이치는 골프 코스와 접한, 아주 안락해 보이는 집에 살고 있었다. 바다처럼 보이는 그것은 실은 폭이 7마일이나 되는 강어귀였고, 서쪽으로 향하는 백마들이 진짜 바다가 시작되는 곳을 알려주었다. 검은 구름으로 뒤덮여 황량한 느낌을 주는 웨일스 산맥이 강을 가로지르고 있었다. 가끔씩 눈에 띄는 꼭대기에 쌓인 눈은 인도에 있던 시절의 제프리를 연상시켰다. 주중에도 골프 코스는 열려 있었지만 골프 치는 사람은 보이지 않았다. 덥수룩한 바다 양귀비가 가시 해초 속에서 나부끼고 있었고 해안에는 검고 추한 그루터기를 가진 오래된 나무들의 잔해가 남아 있었다. 더 멀리로는 황폐한 등대의 모습이 보였다. 강어귀에는 섬이 하나 있었는데, 섬에는 이상한 검은 꽃처럼 생긴 풍차가 있었고 썰물 때에는 당나귀를 타고 섬까지 갈 수 있었다. 리버풀에서 출발하여 외항으로 향하는 화물선에서 나오는 연기가 수평선 위로 낮게 걸려 있었다. 공간과 공허를 동시에 느낄 수 있는 순간이었다. 그곳에서의 생활 중 유일하게 불편했던 때는 주말이었다. 비록 시즌이 거의 끝나 산책길을 따라 서 있는 회색빛 호텔은 비어가고 있었지만, 골프 코스는 넷이 두 패로 나누어 골프를 즐기는 리버풀의 브로커들로 하루 종일 붐볐다. 토요일 아침부터 일요일 밤

---

* Leasowe: 잉글랜드 북서쪽 해안 지방.

까지, 지붕은 골프공들로 몸살을 앓았다. 경계를 벗어난 골프공들이 쉬지 않고 날아다녔던 것이다. 하지만 제프리와 함께 흥겹게 웃는 예쁜 여자들이 많은 시내에 가서 햇살 가득한 바람 부는 거리를 걸어 다니거나 해변에서 피에로 코미디 쇼를 보는 것은 재미난 일이었다. 그 무엇보다도 제프리가 노련하게 운전하는 12피트짜리 임대 요트를 타고 호수를 항해하는 것은 단연 최고였다.

쿠르쉴에 머물던 때와 마찬가지로 제프리와 자크는 둘만 남은 적이 많았다. 이제 자크는 왜 노르망디에서 타스커슨 씨네를 볼 기회가 많지 않았는지 그 이유를 이해할 수 있었다. 타스커슨 씨의 아이들은 상상을 초월할 정도로 걷기를 무척 좋아했다. 하루에 25마일 내지 30마일 정도 걷는 것은 아무것도 아니라고 생각하는 사람들이었다. 하지만 그것보다 더 이상한 것은, 이들은 모두 학교도 졸업하지 않은 나이임에도 불구하고, 상상을 초월할 정도로 술고래였다. 5마일을 걷는 도중에도 가능한 한 많은 "술집"에 들러서 독한 맥주를 파인트*로 각자 한 잔 내지 두 잔을 들이켤 정도였다. 그중에서 가장 어린 아이는 열다섯 살도 채 되지 않았음에도 불구하고, 한나절에 여섯 잔을 마실 정도였다. 누군가 술 때문에 토할 정도가 된다면, 그것은 그에게 오히려 좋은 기회가 되었다. 그만큼 더 많이 마실 수 있었기 때문이다. 자크도 제프리도 마치 중세시대 사람들처럼 마셔대는 이러한 속도를 견딜 수 없었다. 자크는 집에서 어느 정도 와인에 익숙해져 있었지만 위장이 약했으며, 제프리는 맥주 맛을 좋아하지 않는 데다 엄격한 웨슬리교 학교에 다니고 있었다. 그러나 타스커슨 씨네는 가족 전체가 지나치게 마셔댔다. 친절했으나 다소 날카로운 성격의 소

---

* pint: 약 0.57리터.

유자인 타스커슨 씨는 자신의 아들들 중에서 유일하게 자신의 문학적 재능을 물려받은 아들을 잃고는 매일 밤 서재 문을 열어둔 채 몇 시간이고 술을 마시며 수심에 잠겼다. 그의 무릎에는 고양이들이 앉아 있었고, 석간신문을 탁탁 넘기는 소리만이 그에게서 조금 떨어진 식탁에서 몇 시간이고 술을 마시던 다른 아들들의 불만을 간접적으로 표출해주었다. 한편, 그 집안에서 좀 다른 부류에 속하는 타스커슨 부인도 집 안에서는 좋은 인상을 줄 필요성을 좀 덜 느낀 듯 상기된 어여쁜 얼굴로 아들들과 함께 앉아 있었다. 부인도 약간 불만스러운 표정을 하고 있었지만 식탁의 그 누구보다도 유쾌하게 술을 마셨다. 소년들은 항상 다른 이들보다 일찍 술을 마시기 시작했다. 그러나 이들은 비틀거리는 모습으로 거리를 돌아다니는 부류는 아니었다. 취하면 취할수록 더 말짱한 것처럼 보여야 하는 것은 그들에게 있어 명예와 관련된 문제였다. 취할수록 더 똑바로 걷는 것은 이들에게 하나의 규칙이었다. 어깨를 뒤로 젖히고 눈은 정면을 향한 것이 마치 근무 중인 근위병과도 같은 몸가짐이었다. 다만 밤이 깊어감에 따라, 라루엘의 아버지가 감명받았던 바로 그 "당당한 남성다운 모습"은 그대로였으나 걸음은 매우 느려졌다. 따라서 다음 날 아침 가족 전체가 식당 바닥에 잠들어 있는 것을 보는 것은 그다지 드문 일이 아니었다. 하지만 누구도 그런 일을 나쁘게 생각하지 않았다. 식료품 저장실은 항상 누군가가 경쾌하게 뚜껑을 열어주기만을 기다리는 맥주통으로 가득했다. 건강하고 튼튼한 소년들은 사자처럼 먹어댔다. 그들은 양 위장 튀김, 그리고 다진 고기를 오트밀에 말아서 만든 검은 푸딩, 피 푸딩으로 알려진 그것, 아무리 자신을 위해서라지만 자크는 결코 입에 대지 못할 것 같은 그것들을 무시무시할 정도로 많이 먹어댔다. 그러는 동안, 지금도 종종 "그 퍼민"으로 불리는 이 오랜 친구는 창백한 맥주잔을 건드리지도 않은 채 어색하고 수줍은 모습으로 앉아서 타스커슨 씨에게 말을 붙이려 애쓰고 있었다.

자크는 처음에 "그 퍼민"이 이 믿기지 않는 가족과 함께 도대체 무엇을 하고 있는 것인지 이해하기 힘들었다. 그와 타스커슨 씨네 사람들 간에 공통적인 취향이라곤 없었으며 같은 학교에 다닌 적도 없었다. 그러나 그를 이 가정에 보낸 친척들이 최선의 동기를 가지고 있었다는 점은 쉽게 알 수 있었다. 제프리는 언제나 "책에 코를 박고 있었기 때문에" 종교적인 성향을 가진 일을 하던 "사촌 에이브러햄"이 제프리를 도와줄 수 있는 "적임자"임에 틀림없었던 것이다. 하지만 그들은 타스커슨 씨네 소년들에 대해서는 자크의 가족만큼이나 잘 알지 못했다. 소년들은 학교에서 언어에 관한 모든 상, 운동에 관련된 모든 상을 두루 휩쓸었다. 이 마음씨 좋은 소년들은 불쌍한 제프리가 자신의 수줍은 성격을 극복하고 그 아버지와 인도에 관한 "망상"을 버리게끔 도와줄 "적임자"임이 확실했다. 자크의 마음은 그 불쌍한 오랜 친구에게로 향해 있었다. 제프리의 어머니는 그가 어렸을 때 카슈미르에서 세상을 떠났다. 그리고 재혼한 아버지는 제프리가 카슈미르에서 보낸 마지막 해 즈음에 사라져버린 것으로 알려져 있었다. 카슈미르, 아니 다른 지역의 그 누구도 제프리의 아버지에게 무슨 일이 생겼는지 아는 사람이 없었다. 어느 날 히말라야에 오른 후 홀연히 사라져버린 것이다. 그래서 제프리는 당시 걷지도 못하던 갓난아기였던 이복형제 휴, 그리고 계모와 함께 스리나가르에 남겨졌다. 그리고 마치 인생에서 그 정도의 불행은 아직 아무것도 아니라는 듯, 계모 역시 유명을 달리하고 말았다. 인도에는 두 아이만 남게 되었다. 불쌍한 친구! 제프리는 비록 괴짜이긴 했지만, 그 어떤 친절에 대해서도 크게 감동받곤 했다. 심지어 "그 퍼민"이리고 불리는 것에 대해서도 감동받았다. 또한 타스커슨 씨에 대해 매우 헌신적이었다. 자크는 제프리가 자신의 방식으로 타스커슨 씨 가족 모두에 대해 헌신적이며 죽을 때까지 그들 편에 있을 것이라고 생각했다. 제프리에게는 적의 없는, 지나치게 순수한 충성심 같은 것이 있었다. 그래서 결국 타스커슨 씨네 소년들은 영국에서 첫 휴일을 보내던 그를 홀로 내버려두지 않고, 영국인 특유의 허세가 깃든 방식으로 그에게 연민의 정을 보여주는 데 최선을 다했던 것이다. 제프리가 14분 내에 7파인트를 마실 수 없거나, 쓰러지지 않고 50마일을 걸을 수 없는 것은 결코 그들의 잘못이 아니었다. 자크가 제프리와 함께 있게 된 것은 부분적으로는 그들 때문이기도 했다. 제프리가 수줍음을 극복하도록 하는 데 그들이 절반의 성공을 거두었다고 할 수도 있을 것이다. 자크와 함께 있는 동안 이 친구는 타스커슨 소년들로부터 적어도 "여자들과 친해지는" 영국식 기술을 배웠기 때문이다. 그들은 우스꽝스러운 피에로 노래를 자크의 프랑스식 억양으로 따라 부르곤 했다.

자크와 제프리는 함께 노래를 부르며 산책로를 걷곤 했다.

   오! 우리 모두 걷는다네, 삐쭉빼쭉한 걸음
   우리 모두 말한다네, 삐쭉빼쭉한 말
   우리 모두 맨다네, 삐쭉빼쭉한 넥타이
   우리 모두 삐쭉빼쭉한 눈으로 예쁜 소녀들을 쳐다본다네. 오!
   우리 모두 삐쭉빼쭉한 노래를 부른다네
   날이 밝아올 때까지
   우리 모두 삐쭉빼쭉 삐쭉빼쭉 느낀다네
   아침이 오면—

노래가 끝나면 그들만의 의식이 시작되었다. 다시 말해, "안녕"하고 소리치고는 동경의 대상인 여자를 따라가는데, 만약 그녀가 뒤돌아본다면 그녀의 관심을 끈 것이 된다. 정말로 여자의 관심을 끄는 데 성공했고 해가 떨어진 이후라면, 여자를 골프 코스로 데려간다. 타스커슨 일가의 표현에 의하면, 골프 코스는 "머물 만한 좋은 장소들"로 가득 차 있는 곳이었다. 그러한 장소는 보통 주요 벙커 안이나 모래 언덕 사이의 협곡에 있었다. 벙커는 보통 모래로 가득하지만, 바람을 막아주고 깊숙하다는 장점이 있었다. "지옥 벙커"보다 더 깊은 곳은 없었다. 타스커슨 씨 집과 가까운 지옥 벙커는 길게 경사진 8번 페어웨이*의 중간에 있는 일종의 장애 구역이었다. 지옥 벙커는 비록 그린과 멀리 떨어져 있기는 했지만 어떤 면에서는 그린을 보호하는 역할을 했으며, 그린보다 훨씬 아래편으로 약간 왼쪽에 위치하고 있었다. 심연은 제프리와 같은 타고난 우아하고 훌륭한 골퍼의 세번째 샷, 그리고 자크와 같은 가짜 골퍼의 열다섯번째쯤 되는 샷을 삼킬 것 같은 모양새를 하고 있었다. 자크와 제프리는 종종 지옥 벙커로 여자를 데려가곤 했다. 하지만 어디로 여자를 데려가건 그다지 심각한 일이 발생할 것 같지는 않았다. 대체로 이러한 "친해지기" 과정은 순수한 분위기 속에서 진행되었다. 성 경험이 없던 제프리와 성 경험이 있는 것처럼 행동했던 자크는 산책로에서 여자들을 꼬드겨서는 골프 코스까지 함께 걸어가 그곳에서 헤어지곤 했다. 그러고는 나중에 둘이 다시 만났다. 타스커슨 씨네답지 않은 이상한 일이긴 하지만, 당시 타스커슨 씨네에는 귀가 시간이 정해져 있었다. 라루엘은 지금까지도 왜 지옥 벙커를 못 생각해낸 건지 알 수 없었다. 결코 제프리를 엿보고자 하는 의도는

---

* fairway: 골프장에서 티tee와 퍼팅 그린putting green 사이의 잔디 구역.

없었다. 라루엘이 꽤나 지루한 여자와 함께 리사우 드라이브를 향해 8번 페어웨이를 걷고 있을 때였다. 두 사람 모두 벙커에서 나오는 목소리에 소스라치게 놀랐다. 그러고는 라루엘 자신도, 그 여자도 결코 눈을 돌릴 수 없는 이상한 장면이 달빛 아래 드러났다. 라루엘은 재빨리 달아날 수도 있었으나 다들 웃음을 참을 수 없었다. 누구도 지옥 벙커에서 일어난 일의 민감성에 대해서는 인식하지 못하고 있었다. 이상하게도 라루엘은 그때 누가 무슨 말을 했는지 전혀 기억이 나지 않았다. 그가 기억하는 것은 단지 달빛 아래 드러난 제프리의 얼굴 표정, 그리고 그와 함께 있던 여성이 허둥지둥 몸을 일으키던 어색하고도 우스꽝스러운 모습, 그러고 나서 제프리와 자신이 놀라울 정도로 침착하게 행동했다는 점뿐이었다. 그들은 모두 함께 "상황이 바뀌다"라는 이상한 이름의 술집에 갔다. 분명한 것은 영사가 먼저 청해서 술집에 간 것은 그때가 처음이라는 점이다. 그는 큰 소리로 조니 워커를 주문했으나, 웨이터가 주인에게 갔다 와서는 주문을 받지 않았고 두 사람이 미성년이라는 사실이 밝혀졌다. 안타깝게도 두 사람의 우정은 두 개의 슬픈 좌절의 순간, 그러나 신의 섭리에 의한 것이 분명한 이 상황을 견뎌내지 못했다. 라루엘을 영국 학교에 보내고자 했던 라루엘의 아버지가 마음을 바꾼 것이다. 이렇게 두 사람이 함께한 시간은 가을의 모진 비바람 속에서 쓸쓸하게 끝이 나고 말았다. 리버풀에서의 우울하고 쓸쓸한 이별이 있은 후, 도버로, 그리고 다시 칼레*를 향해 해협을 횡단하는 배를 타고 집으로 향하는 우울하고 쓸쓸한 여정이 이어졌다. 그 여정은 양파 행상의 그것만큼이나 외로웠다.

무언가 움직임을 느낀 라루엘은 몸을 바로 하여, 마침 다리 건너편

---

* Calais: 도버 해협에 인접한 프랑스의 항구 도시.

인도에서 말의 고삐를 늦추던 기수에게 길을 터주었다. 마치 어셔가*에 어둠이 드리우듯 어둠이 내리고 있었다. 말은 휙휙 달리는 자동차의 전조등 불빛 속에 깜박이며 모습을 드러냈다. 시내로부터 이쪽을 향해 달려오는 차는 마치 무지막지한 배처럼 빠르게 도로를 질주했다. 칼레 니카라과에서는 드문 일이었다. 기수는 등자 가죽끈을 잃어버린 채 취해서 안장 위에 축 늘어져 있었다. 그는 고삐를 거의 가누지 못하는 상태였고 말과 기수의 몸 크기를 고려한다면 그런 자세로 있을 수 있다는 것 자체가 묘기를 부리는 것과도 같았다. 게다가 기수는 중심을 잡기 위해 안장 앞머리를 잡는 법도 없었다. 말은 사납게 공격적으로 앞다리를 들고 뒷다리로 우뚝 섰다. 아마도 반은 두려움에서 반은 기수에 대한 경멸에서 나온 행동일 것이다. 그러고는 차가 있는 방향으로 뛰어올랐다. 처음에는 뒤로 거꾸러질 것처럼 보이던 남자는 기적과도 같이 말에서 떨어지지 않았다. 마치 묘기를 부리는 기수처럼 한쪽으로 미끄러졌다가 다시 안장으로 올랐다. 그러고는 다시 미끄러져 말 뒤로 떨어지는 듯하다, 매번 가까스로 위험을 모면했다. 이때마다 그는 안장 앞머리가 아닌 고삐를 한 손으로 쥐고 있었다. 칼집에서 마체테**를 꺼내어 말의 옆구리를 사납게 쳤을 때에도 등자 끈은 보이지 않았다. 한편, 전조등이 언덕 아래로 흩어져 가고 있는 한 가족을 비추었다. 남자와 여자는 상복을 입고 있었고, 그 옆에는 깨끗하게 차려입은 아이가 둘 있었다. 기수가 질주할 때, 여인은 아이들을 도로 한편으로 끌어당겼고 남자는 뒤로 물러나 도랑에 붙어 서 있었다. 차는 기수를 비추던 불빛의 조도를 낮추어 멈추어 섰다가 라루엘 쪽으로 서서히 다가와서는 그를 지나쳐 다리를 건넜다. 조용하지만 동력이

---

* 포(Edgar Allan Poe, 1809~1849)의 소설 『어셔가의 몰락』에 나오는 어셔가를 가리킴.
** machete: 중남미 원주민들이 벌초에 쓰는 칼.

강한 미국산의 그 차는 스프링이 아래로 내려앉아 있었다. 차의 엔진 소리는 거의 들리지 않는 반면 말발굽 소리는 똑똑히 들렸다. 이제 그 소리마저 멀어져 불빛이 드문 칼레 니카라과의 경사진 길을 올라 영사의 집을 지나고 있었다. 보고 싶지는 않았지만 영사의 집 창에는 불이 켜져 있고 (아담이 에덴 동산을 떠난 후에도 오래도록 아담의 집에는 불이 밝혀져 있었다) 고장난 문도 수리된 상태일 것이다. 그리고 왼편으로 학교를 지나, 그날 라루엘이 휴, 제프리와 함께 이본을 만났던 그 장소를 지나갈 것이다. 라루엘은 기수가 아직 짐을 다 꾸리지 않은 트렁크가 산더미처럼 쌓여 있는 자신의 집 앞에서 멈추지 않고, 칼레 티에라 델 푸에고를 향해 모퉁이를 돌아 무모하게, 방금 죽음을 목격한 사람의 그것처럼 흥분한 눈으로 시내를 계속 질주하는 상상을 했다. 라루엘은 갑자기 이런 생각을 했다. 이러한 무모한 광란의 질주, 통제되지 않은 것 같으면서도 어느 정도 통제된, 그래서 감탄할 만한 이 모습, 이것은 바로 영사의 모습이었다고……

라루엘은 언덕을 올라 광장 밑에 있는 시내에서 피로한 기색으로 서 있었다. 그러나 그가 칼레 니카라과를 오른 것은 아니었다. 라루엘은 자신의 집 앞을 지나지 않기 위해서 학교를 지나 왼편으로 난 지름길을 택했던 것이다. 소칼로 뒤편을 돌아가는 가파르고 구부러진 그 길은 일종의 우회로였다. 사람들은 아직도 테니스 라켓을 손에 든 채 레볼루시온가(街)를 배회하는 그를 이상한 듯 쳐다보았다. 계속 이 길을 따라 한참을 가다 보면 다시 미국식 고속도로와 카지노데라셀바에 이르게 될 것이다. 라루엘의 얼굴에 미소가 떠올랐다. 이 정도 속도로 자신의 집 주위를 동심원을 그리며 영원히 돌아다닐 수도 있을 것이다. 뒤에서는 축제의 물결이 소용돌이치고 있었으나 라루엘은 거의 그쪽으로는 눈을 돌리지 않았다.

시내는 밤에도 현란한 불빛들로 화려한 위용을 발하고 있었다. 하지만 불빛들은 마치 항구처럼 군데군데에 집중되어 있었다. 바람의 그림자가 인도를 쓸고 지나갔다. 그림자 속으로 이따금 보이는 나무들은 탄가루를 뒤집어쓴 듯했고 나뭇가지들은 그을음의 무게로 아래로 늘어져 있었다. 버스가 다시 그의 옆에서 덜커덩 소리를 냈다. 브레이크 등조차 없는 버스는 가파른 언덕에서 브레이크를 세게 밟으며 이제는 반대 방향을 향해 달리고 있었다. 토말린행 막차였다. 저 멀리 한쪽 편으로 비힐 박사의 집 창문이 보였다. '아르투로 디아스 비힐 박사, 멕시코 대학 및 육군 의대 졸업, 외과, 산부인과, 소아과, 신경과 전문' 화장실 벽에 적힌 말들과는 차원이 다른 얼마나 점잖은 말들인가! '12시에서 2시까지, 4시에서 7시까지 상담' 약간 허풍이라는 생각이 들었다. 『콰우나우악 누에보』를 파는 소년들이 뛰어다니고 있었다. 『콰우나우악 누에보』는 군대연맹에 의해 발행되는, 친(親)알마산,* 친(親)추축국** 성향으로 알려져 있는 신문이었다. Un avion de combate Francés derribado por un caza Alemán. Lost trabajadores de Australia abogan por la paz. ?Quiere Vd. (프랑스 전투기가 알레만 전투기를 격추시켰다. 호주 노동자들은 평화를 지지한다. 당신은 무엇을 원하는가?) 가게 창문에 붙은 플래카드는 이렇게 묻고 있었다. vestirse con elegancia y a la última moda de Europa y los Estados Unidos? (우아한 스타일, 세련된 유럽 스타일, 아니면 미국식 스타일?) 라루엘은 언덕을 걸어 내려갔다. 막사 바깥에는 프랑스 군대의 헬멧을 쓰고

---

* 알마산Juan Andreu Almazán은 멕시코 혁명 시절의 군인, 정치인, 사업가로, 친알마산파는 제2차 세계대전을 전후로 멕시코에서 위세를 떨친 정치 세력을 말한다.
** 2차대전 당시 독일·이탈리아·일본의 삼국동맹을 지지하여 연합국에 대립한 국가들을 일컬음.

잿빛으로 바래고 녹색 그물이 얽혀 있는 보랏빛 군복의 병사 두 명이 보초를 서고 있었다. 길을 건너 영화관으로 다가갈수록 모든 것이 정상적인 상태가 아니라는 사실을 깨달았다. 이상하고 부자연스러운 흥분된 분위기, 일종의 발열 상태와도 같은 공기가 감돌고 있었다. 그러고는 갑자기 시원한 기운이 감돌았다. 영화관은 마치 영화가 상영되지 않는 것처럼 어두웠다. 표를 사기 위해 줄을 선 것이 아니라 영화가 채 끝나기 전에 나온 것으로 보이는 일단의 사람들은 '워싱턴 포스트 마치'를 커다랗게 써 붙인 밴 위에 장착된 확성기 소리에 귀를 기울이며 서성거렸다. 갑자기 천둥소리가 나고 가로등이 깜빡거리다 결국 불이 꺼졌다. 영화관의 불빛은 이미 꺼져 있었다. 비…… 라루엘은 생각했다. 하지만 흠뻑 젖고 싶은 욕망은 사라졌다. 코트 아래에 테니스 라켓을 넣고는 내달렸다. 갑자기 불어닥친 거친 바람이 거리를 삼켰다. 신문지가 흩어졌고 토르티야* 좌판 위 나프타 램프의 불꽃이 생기를 잃었다. 영화관 맞은편 호텔 위로 번개가 사나운 그림을 그리고 나서 커다란 천둥소리가 이어졌다. 바람이 으르렁거리는 소리를 내자 사람들은 깔깔거리며 여기저기 몸을 숨길 만한 곳을 찾아 뛰어다녔다. 뒤에 있는 산에 부딪치는 벼락 소리가 들렸다. 정말 때맞춰 극장에 도착한 것이다. 비가 억수같이 쏟아지고 있었다.

라루엘은 숨을 헐떡이며 극장 입구의 차양 아래 섰다. 극장 입구라기보다는 음산한 상점 골목이나 시장으로 향하는 입구 같았다. 바구니를 든 농부들이 모여들고 있었다. 매표소의 문이 반쯤 열린 채 매표원이 잠시 자리를 비운 사이, 흥분한 암탉 한 마리가 들어갈 길을 찾아 헤매고 있었다. 여기저기서 사람들이 손전등을 비추거나 성냥을 켰다. 확성기를 실은 밴

---

* tortilla: 멕시코의 둥글넙적한 빵.

은 천둥이 내리치는 빗속으로 미끄러져가고 있었다. '오를락의 손Las Manos de Orlac.'* 포스터에는 이렇게 적혀 있었다. '오를락의 손, 피터 로어 주연. 6시, 8시 30분 상영.'

가로등에 다시 불이 들어왔다. 하지만 극장은 여전히 어두웠다. 라루엘은 손을 더듬어 담배를 찾았다. 오를락의 손…… 순식간에 영화에 대한 예전의 기억이 떠올랐다. 사실 그 당시는 자신의 학생 시절이 유예된 시기이기도 했다. 프라하의 학생 시절, 비네와 베르너 크라우스,** 카를 그륀의 시대, 우파의 시대.*** 당시 패전국이던 독일은 영화를 통해 다른 문명국들의 부러움을 사고 있었다. 그때까지만 해도 오를락 역을 맡은 건 콘라드 바이트뿐이었다. 하지만 이상하게도 그 영화는 현재의 새로운 버전, 그가 수년 전 멕시코시티에선가 본 것 같은 설득력 부족한 할리우드 작품보다 더 나은 점이 없었다. 그는 주위를 둘러보았다. 바로 이 극장이었는지도 모른다. 불가능한 일도 아니었다. 하지만 자신이 기억하는 한 피터 로어조차도 이 영화를 살리지는 못했던 것 같다. 다시는 보고 싶지 않았다…… 지금 자신의 머리 위로 드리워진 저 포스터, 살인자 오를락

---

* 한 피아니스트가 사고로 손을 다쳐 접합 수술로 새로운 손을 얻게 된다. 그는 이 손이 살인자 오를락의 손이라고 생각하며 자신이 무의식 상태에서 저질렀을지 모르는 살인의 냄새를 지우기 위해 항상 피비린내 나는 손을 씻는다. 이 이야기는 예술과 철학으로 높은 수준의 정신문화를 창출한 독일에서 나치즘이 횡행한 당시 상황을 상징하는 것으로 해석되기도 한다.

** 로베르트 비네Robert Wiene는 1920년 작 「칼리가리 박사의 밀실Das Cabinet des Dr. Caligari」로 유명한 독일 표현주의의 대표적 감독이고 베르너 크라우스Werner Krauss는 비네 감독의 「칼리가리 박사의 밀실」에 칼리가리 역으로 출연한 배우이다.

*** 카를 그륀Karl Grüne은 1923년 「거리The Street」라는 작품으로 거리 영화를 개척한 독일 표현주의 감독이며 우파(Ufa, Universum Film-Aktiengesellschaft)는 2차대전 이전 독일 최대의 영화사로, 실험정신과 대담한 카메라 작업을 발전시켰으며, 국제적으로 명성 있는 감독들을 대거 고용했다. 로베르트 비네도 여기에 속했다.

이 그려진 저 포스터는 폭정과 성역에 대한 얼마나 복잡하고도 끝이 없는 이야기를 들려주고자 하는 것일까! 살인자의 손을 가진 예술가, 바로 그거였다. 그건 판독하기 힘든 상형문자와도 같은 그 시대의 상징이었다. 조잡한 그림 속에서 끔찍하게 비하된 모습으로 그를 내려다보고 있는 건 바로 독일이었다. 아니, 그건 상상력의 불편한 확장으로 생겨난 라우엘 자신의 모습인 걸까?

극장 지배인이 바로 앞에 서 있었다. 그는 비힐 박사가 보여주었던, 아니 모든 남미 사람들이 보여주었던 번개처럼 빠른 동작과 어설프게 몸을 움츠린 특유의 공손한 자세로 담뱃불이 꺼지지 않게 손을 동그랗게 오므려 성냥을 감싸고 있었다. 빗방울이 묻지 않은 윤이 번지르르하게 흐르는 머리칼과 몸에서 풍기는 강한 향수 냄새는 그가 매일 이발소에 간다는 사실을 말해주고 있었다. 줄무늬 바지와 검정 코트로 말쑥하게 차려입은 그는 비슷한 유형의 대부분의 멕시코인들처럼 지진이나 천둥에는 전혀 아랑곳하지 않고 흠 잡을 데 없이 예의 바른 모습을 하고 있었다. 그러고는 자신의 행동이 결코 헛되지 않았다는 제스처로 성냥을 던져버렸다. 최소한 성냥은 거수경례와 맞먹는 역할을 했던 것이다. "가서 한잔하시죠." 그가 말했다.

"우기가 좀체 끝나질 않는군요." 라루엘이 웃으며 말했다. 두 사람은 사람들 사이를 헤치며 작은 술집을 향해 걸어갔다. 정면의 차양은 극장과 따로 되어 있지만 어쨌든 술집은 극장과 접해 있었다. 'XX주점'으로 알려진 이 술집은 비힐이 말한 "자네가 아는 그곳"이었다. 바와 벽을 따라 놓인 몇 개의 테이블 위 병 속에 담긴 초가 실내를 밝히고 있었다. 테이블은 사람들로 꽉 차 있었다.

"제기랄." 지배인은 작은 소리를 내뱉고는 정신이 팔린 듯한 모습으로 민첩하게 주위를 살펴봤다. 그들은 마침 두 사람분의 공간이 있는 작은 바의 끝에 자리를 잡고 섰다. "영화가 중단되어 유감이군요. 하지만 전선이 썩어버렸는걸요. 지긋지긋해요. 매주 전깃불에 문제가 생기죠. 지난주엔 더 심했죠. 정말 끔찍했다니까요. 파나마 곡예단이 여기 와서 공연하려고 했던 거 아시죠."

"술 한잔해도 괜찮을지—"

"그럼요." 라루엘은 마침내 바텐더의 시선을 끄는 데 성공한 부스타멘테 경에게 그가 여기서 전에 '오를락'을 봤는지, 만약 그랬다면 그것이 히트를 쳐서 재개봉된 건지 물었다. "뭘로 드실래요?"

라루엘은 잠시 망설였다. "테킬라" 이렇게 말하고는 다시 마음을 바꾸었다. "아니, 아니스, 아니스로 부탁해요, 세뇨르."

"그리고 소다 한 잔." 부스타멘테 경이 바텐더에게 말했다. "아뇨, 세뇨르." 지배인은 여전히 딴생각을 하는 듯 보였지만, 마치 품평이라도 하듯 라루엘의 거의 젖지 않은 트위드 재킷을 만지작거리고 있었다. "아니, 히트작이라 재개봉한 것은 아니고, 필름을 돌려받아서 다시 상영한 것뿐이에요. 요전에는 최신 뉴스를 영화와 함께 틀어주었죠. 믿기 어려우시겠지만, 첫번째 뉴스는 스페인 전쟁에 관한 거였어요. 뉴스도 영화에 딸려서 함께 돌아온 거죠."

"그래도 현대 작품들로 몇 개 있던걸요." 라루엘은 두번째 상영(만약 이것이 가능하다면) 때 이용할 수 있는 관계자 좌석을 사양하고는 약간 아이러니한 표정으로 바 뒤에 걸린 유명 독일 영화배우의 장식 포스터를 힐끗 쳐다보았다. 배우의 생김새는 거의 스페인 사람 같았다. '멋진 매력의 소유자 마리아 란드로크, 우리는 곧 센세이셔널한 영화에서 이 여배우를 만나게 될 것이다.'

"un momentito, señor. Con permiso(세뇨르, 잠시만 실례해요)."

부스타멘테 경이 술집을 나섰다. 그는 두 사람이 들어온 문이 아닌 바 뒤편 두 사람의 오른쪽으로 난 옆문으로 빠져나갔다. 그쪽의 커튼을 젖히면 극장 안으로 바로 들어갈 수 있었다. 라루엘이 있는 곳에서 극장 내부가 잘 보였다. 영화가 시작되기라도 한 것처럼 아이들의 함성과 함께 행상인들이 구운 감자와 콩을 파는 소리가 들려왔다. 그토록 많은 사람들이 자리를 떴다는 것이 믿기 어려울 정도였다. 떠돌이 개들의 검은 형상이 앞좌석 앞을 왔다 갔다 했다. 불빛은 완전히 꺼진 것이 아니라 희미하게 빛났다. 희미한 붉은 오렌지색의 불빛이 깜빡이고 있었다. 손전등 그림자들이 끊임없이 비치고 있는 스크린에는 '일시 상영 중단'에 대한 사과문이 신기하게도 아래위가 뒤집혀 투사되고 있었다. 관계자 좌석에서는 성냥불 하나가 세 개비의 담배에 불을 붙이고 있었다. 반사된 빛이 출구를 알리는 '살리다SALIDA'라는 글자를 비추고 있는 극장 뒤쪽으로, 부스타멘테 경이 근심 어린 표정으로 자신의 사무실로 돌아가는 모습이 보였다. 바깥에는 여전히 천둥이 치고 비가 내렸다. 라루엘은 물에 희석돼 뿌연 빛깔로 변한 아니스를 홀짝였다. 첫맛은 상쾌하고 시원했으나 뒷맛은 역겨운 수준이었다. 실제로 그 맛은 압생트와 전혀 닮지 않았다. 하지만 피로가 가시고 시장기가 밀려왔다. 이미 7시였다. 나중에 비힐과 감브리누스나 찰리스 플레이스에서 저녁 식사를 하게 될 것이다. 바 뒤편의 신비스러운 마리아 란드로크 포스터 옆에는 테노치티틀란에서의 코르테스*와 목테수마**의 만남을 그려놓은 달력이 걸려 있었다. 라루엘은 이것을

---

* Cortez: 멕시코의 정복자. 후에 스페인에서 자신을 체포하기 위해 온 군대를 함락시켜 포로로 만들었다.
** Moctezuma: 아즈텍 제국의 마지막 황제로, 스페인 군대에 대항하지 않고 스스로 식민의

보면서 받침 접시에 놓인 레몬 한 조각을 집어 들고는 반사적으로 빨았다. '아즈텍 제국의 마지막 황제El último Emperador Azteca' 아래에는 이렇게 적혀 있었다. '목테수마와 스페인 민족의 대표 에르난 코르테스가 얼굴을 맞댔다. 두 민족과 두 문명은 완벽한 조화를 이루며 실질적인 국가 통합을 이끌어냈다.'

부스타멘테 경이 다시 돌아오고 있었다. 그는 커튼 옆의 사람들 위로 한 손을 쳐들고 있었고, 거기에는 책이 들려 있었다……

라루엘은 충격에 잠긴 채 그 책을 뒤적이다 책을 바의 카운터에 내려놓고는 아니스를 한 모금 마셨다. "Buenos, muchas gracias, señor(세뇨르, 너무 고마워요)."

"De nada(별말씀을)." 부스타멘테 경이 낮은 톤으로 대답했다. 칙칙한 기둥처럼 보이는 사람이 다가와 해골 모양의 초콜릿들이 든 쟁반을 내밀자, 그는 커다란 몸짓으로 손을 내저으며 그를 뿌리쳤다. "얼마나 오래된 건지 모르겠군요. 2년, 아니 3년쯤 됐나."

라루엘은 표지 안쪽을 다시 한 번 들여다보고는 책을 덮어 카운터에 내려놓았다. 극장 지붕 위로 비가 사정없이 내리치고 있었다. 영사가 라루엘에게 책장이 닳은 엘리스베스 시대 극본집을 빌려준 것은 18개월 전이었다. 제프리와 이본이 다섯 달 정도 떨어져 있던 때였다. 그리고 이본이 돌아온 것은 그보다 6개월이 더 지난 후였다. "황폐한 보호구역 같은" 영사의 집 정원에서 장미 넝쿨과 플럼바고,* 호야 사이를 어슬렁거리고 있을 때, 영사는 악마와 같은 표정으로, 동시에 공적인 일을 처리할 때와 같은 표정으로 그를 바라보며 이렇게 말했던 것 같다. "자크, 자네가 그

길을 택했다.
* plumbago: 갯질경잇과의 식물.

책을 돌려주지 않을 걸 알고 있다네. 하지만 난 바로 그 이유 때문에 책을 빌려주려는 거야. 언젠가 자네가 책을 돌려주지 않은 사실에 대해 미안해하라고. 아, 그때 난 자넬 용서할 거야. 하지만 자넨 자신을 용서할 수 있겠나? 단지 그 책을 돌려주지 않았기 때문만이 아니라, 그때가 되면 그 책은 도저히 돌려줄 수 없는 것의 상징이 될 것이기 때문이지." 라루엘은 결국 그 책을 빌렸다. 라루엘이 그 책을 원했던 것은 마음 이면에 프랑스에서 트로츠키와 같은 인물을 주인공으로 해서 파우스투스 박사 이야기의 현대판 이야기를 영화로 만들고 싶다는 생각이 있었기 때문이다. 그렇지만 사실, 지금 이 순간까지도 그 책을 펼쳐본 적은 없었다. 나중에 영사가 그 책에 관해 여러 번 물어보았지만, 그는 영사에게서 책을 빌린 바로 그날 극장에 책을 놓고 나와버렸던 것이다. 그는 왼쪽 끝 구석 골목으로 뚫려 있는 XX주점의 블라인드 창 아래 홈통으로 세차게 흘러내리는 빗소리를 듣고 있었다. 갑자기 몰아친 천둥은 건물 전체를 뒤흔들었고, 그 소리는 석탄이 이동 장치의 경사면을 따라 미끄러지며 내는 소리처럼 사방에 울려 퍼졌다.

"세뇨르, 잘 아시잖아요." 라루엘이 갑자기 입을 열었다. "그 책은 제 것이 아닌걸요."

"알아요." 부스타멘테 경이 부드럽게 거의 속삭임에 가까운 낮은 소리로 대답했다. "당신 친구 것이죠, 그 친구 것이었죠." 그는 약간 혼란스러운, 일종의 아포자투라* 같은 기침 소리를 냈다. "당신 친구, 그 괴짜 양반 것이죠." 부스타멘테 경은 라루엘의 미소를 보고는 잠시 조용히 있다 다시 입을 열었다. "개자식이 아니라 괴짜 양반을 말한 거요, 그 파

---

* appoggiatura: 앞꾸밈음. 멜로디를 구성하는 음 앞에 붙는 꾸밈음.

란 눈의 괴짜 양반 말이오." 이제 자신이 누구에 대한 이야기를 하는 것인지 잘 알 수 있을 것이라고 단정한 듯, 그는 자신의 턱을 잡고 그 아래로 가상의 수염을 그렸다. "당신 친구, 그러니까, 세뇨르 퍼민. 그 미국인 영사 말이오."

"아뇨, 미국인이 아니죠." 라루엘은 목소리를 약간 높이려고 애썼지만 쉽지 않았다. 술집에 있던 사람들 모두가 순간 말을 멈추었기 때문이다. 라루엘은 극장 안에 호기심 가득한 침묵이 흐르기 시작했음을 감지했다. 전등이 완전히 꺼져버렸다. 라루엘은 부스타멘테 경의 어깨 너머로 커튼을 지나, 손전등의 불빛들이 천둥소리 없는 번갯불처럼 날카롭게 내리쬐는 무덤과도 같은 어둠을 응시했다. 행상인들은 목소리를 낮추었고 아이들은 웃고 울기를 멈추었다. 소리를 죽인 청중들은 어두운 스크린 앞에서 맥이 빠진 채 지루해하면서도 아직은 인내심을 버리지 않고 앉아 있었다. 극장 안이 갑자기 환해지더니 거인, 창, 새와 같은 괴상하고 조용한 그림자가 휙 지나갔다. 그러고 나서 다시 어두워졌다. 오른편 발코니에 있던 남자들, 어둡고 단단한 띠 모양으로 마치 벽에 새겨진 것 같은 그들, 콧수염을 기른 심각한 분위기의 그들은 영화가 다시 시작되기를 기다리며, 살인자의 피로 얼룩진 손이 나타나기를 기다리며, 아래로 내려오지도 움직이지도 않고 있었다.

"미국인이 아니라고요?" 부스타멘테 경이 부드러운 목소리로 물었다. 그는 어두운 극장을 들여다보며 소다수를 한입 들이켜고는 다시 정신이 팔린 양 술집을 둘러보았다. "하지만 그 사람이 영사였던 것은 사실인가요? 그 사람 여기 앉아서 술 마신 게 한두 번이 아닌 걸로 기억되는데. 게다가 그 사람 불쌍하게도 양말을 신지 않은 때도 많았죠."

라루엘은 아주 잠깐 웃었다. "맞아요. 그는 이곳의 영국 영사였다오." 그들은 스페인어로 조용하게 이야기했다. 불이 들어오기까지 10분을 더 기다려야 한다는 사실에 체념한 듯 부스타멘테 경은 맥주를, 라루엘은 탄산음료를 마셨다.

그러나 라루엘은 이 인자한 멕시코인에게 아직 영사에 대해 제대로 설명하지는 못했다. 다시 술집과 극장에 불이 희미하게 들어왔지만 영화는 아직 시작되지 않았다. 라루엘은 XX주점 구석의 빈 테이블에 또 한 잔의 아니스를 앞에 두고 홀로 앉아 있었다. 이 술 때문에 위장에 문제가 생기게 될 것이었다. 라루엘은 지난해 자신의 인생에서 가장 많은 술을 마셨다. 테이블에는 엘리자베스 여왕 시대의 희곡집이 덮인 채 놓여 있었고, 라루엘은 꼿꼿하게 앉아 비힐 박사를 위해 비워둔 반대편 의자의 등받이 쪽으로 삐져나와 있는 테니스 라켓을 쳐다보고 있었다. 자신이 마치 물이 다 빠져나간 욕조 안에 정신을 잃고 거의 죽은 것 같은 상태로 누워 있는 사람처럼 느껴졌다. 집으로 바로 갔다면 지금쯤은 짐을 다 꾸렸을 것이다. 하지만 그는 부스타멘테 경에게 작별을 고해야 할 것인지조차 결정할 수 없었다. 우기는 아니었지만 멕시코 전역에 걸쳐 계속 비가 내리고 있었고, 멀리서 일어난 검은 물결이 칼레 니카라과에 있는 자신의 탑을 삼키려 하고 있었다. 그 무기력한 탑은 두번째 홍수에 직면해 있었다. 묘성이 자오선을 통과하던 밤이었다! 사람들은 과연 영사를 어떤 사람이라고 생각할까? 보기보다 나이가 많은 부스타멘테 경은 포르피리오 디아스* 시대를 기억하고 있었다. 미국의 멕시코 국경을 따라 있는 작은 도시들마다 "영사"가 있었던 그 시절, 실제로 국경에서부터 수백 마일 떨어진 마을에도 멕시코 영사가 주재하고 있었다. 어쩌면 당연한 이야기지만, 영

---

* Porfirio Díaz: 1876년~1910년 멕시코를 지배했던 독재자.

사들은 국가 간 무역의 이해관계를 다루는 임무를 맡고 있었다. 그러나 디아스 정권은 멕시코와의 무역이 1년에 겨우 10달러밖에 되지 않는 애리조나의 작은 마을에도 영사를 파견했었다. 물론 그들은 영사가 아니라 스파이였다. 혁명 전 자유당원이자 폰시아노 아리아가* 파의 일원이었던 부스타멘테 경의 아버지가 디아스 정권이 파견한 영사의 명령으로 애리조나의 더글라스에 있는 감옥에 3개월간 수감된 적이 있었기 때문에 부스타멘테 경은 이러한 사실을 잘 알고 있었다. (하지만, 부스타멘테 경 자신은 알마산을 지지했다.) 그렇다면 부스타멘테 경이 암시한 것은, 그가 무례하지도 그다지 심각하지도 않게 이야기하고자 했던 것은, 세뇨르 퍼민이 멕시코 영사도 아니었고 (이것은 사실이었다), 부스타멘테 경이 기억하던 그러한 부류의 영사도 아니었다고. 하지만 영국인도 없고 영국의 이해관계도 없는 곳에서 영국 무역의 이해관계를 주장할 수 없었던 영사였다고, 영국이 멕시코와의 외교 관계를 단절한 것으로 간주되던 그 시절에는 더욱 그렇게 할 수 없었던 영사였다고 보는 것이 합리적이지 않을까?

사실 부스타멘테 경은 라우엘이 속은 것이라고, 결국 세뇨르 퍼민은 일종의 스파이였다고, 그의 표현에 의하면 스파이더(거미)였다고 절반은 확신한 듯했다. 하지만 멕시코 사람들보다 더 인간적이고 더 쉽게 동정심을 가지는 사람들이 사는 곳은 세상 어디에도 없었다. 심지어 이들은 알마산에 지지표를 던질 수도 있는 이들 아닌가. 부스타멘테 경은 영사가 스파이더라 할지라도 기꺼이 그를 동정했을 것이다. 부스타멘테 경은 영사가 이곳의 건달과도 같은 차림의 검은 안경을 쓴 남자였는지, 길 반대편에서 어슬렁거리던 노동자 행색의 사람이었는지, 삐걱거리는 해먹 위에

---

* Ponciano Arriaga: 1840년대 지주들로부터 토지를 몰수하여 지역 인디언들에게 재분배하도록 주장한 멕시코 정치인이자 법조인.

서 세차게 흔들리는 귀고리를 한 대머리 남자였는지 결코 확신할 수는 없었지만, 아내에게 버림받은 채, 그의 양말을 떠올리자면 아마도 고국으로부터도 버림받은 채, 모든 거리와 골목을 지키고 있던 다른 스파이더들에게 쫓기면서 모자도 없이 황폐한 모습으로 정신을 못 차리며 시내를 방황하던, 그래서 매일 밤 여기 앉아 술을 마시던 그 황폐하고 안타까운 영혼을, 그 불쌍하고 외로운 영혼을 기꺼이 진심으로 동정했을 것이다. (하지만 라루엘이 큰 소리로 외쳤듯이 영사의 아내는 돌아왔다. 그녀가 돌아온 것은 정말이지 놀라운 일이 아닐 수 없었다. 그녀가 돌아오다니!) 물론 그렇게 골목을 지키는 사람이 있다는 것을 이젠 멕시코인들조차 믿지 않지만(라우엘이 말했듯 그건 사실이 아니었다) 여전히 그럴 만한 가능성은 있는 일이었다. 부스타멘테 경의 아버지는 그에게 이렇게 장담했을 수도 있을 것이다. 그가 멕시코시티에 있는 "그들이" 눈치채지 못하게 가축 운반 트럭을 타고 국경을 건널 수는 없다고, 그가 국경에 도착하기 전 "그들은" 이미 그를 발견하고는 그를 어떻게 처리할 것인지 결정할 것이라고, 만약 라우엘이 실제로 그렇게 해본다면 그 사실을 알게 될 것이라고 장담했을 수도 있을 것이다. 부스타멘테 경은 사람들을 눈여겨보는 습관을 가지고 있었지만 영사에 대해서는 잘 알지 못했다. 하지만 마을 전체가 영사의 얼굴을 알고 있었다. 그의 인상, 지난해에 그가 남긴 인상은 항상 심하게 취해 있다는 점 외에도, 지속적으로 인생의 공포 속에서 살아가는 사람의 모습이었다. 한번은 그가 사람들이 자신을 따라온다며 "피신처!"라고 외치며 지금은 미망인이 된 세뇨라 그레고리오가 운영하는 엘 보스크로 뛰어 들어간 적이 있었고, 이때 그 자신보다 더 두려움에 떨던 그 미망인은 그를 반나절 동안 뒷방에 숨겨주었다. 부스타멘테 경에게 이런 말을 해준 것은 그 미망인이 아니라 죽기 전의 세뇨르 그레고리오였다. 당시 세뇨르 그레고리오의 남동생 베르나르디노는 부스타멘테 경의 정원사로 일하고 있었다. 영국인 또는 미국인의 피를 물려받은 세뇨라 그레고리오는 세뇨르 그레고리오와 그의 남동생에게 사실을 설명하기가 힘든 부분이 있었던 모양이었다. 설사 영사가 "스파이더"였다 할지라도, 이제 더 이상은 아니며 용서받을 수 있을 것이다. 하지만 결국 그는 인정이 많은 사람이었다. 경찰에 붙잡힌 거지에게 자신이 가진 돈을 다 주어버리는 것을 바로 이 바에서 목격하지 않았던가?

하지만 영사는 겁쟁이는 아니었다고, 라우엘이 갑자기 끼어들어 별 관련이 없는 것 같은 말을 했다. 최소한 그는 자신의 삶에 대해 비겁한 사람은 아니었다. 반대로 그는 매우 용감무쌍한 사람이었다. 실제로 그는 고국을 위해 전쟁에 나가 뛰어난 무용(武勇)으로 사람들이 탐내는 메달을 받은 영웅이었다. 많은 허점이 있는 사람이었지만 결코 악인은 아니었다. 그 이유는 확실치 않았지만, 라우엘은 영사가 선한 것에 대한 자신의 커다란 힘을 증명한 것일 수도 있다고 생각했다. 그러나 부스타멘테 경이 영사에 대해 겁쟁이라고 말한 적은 없었다. 부스타멘테 경은 멕시코에서는 겁쟁이가 되는 것과 자신의 삶에 대해 비겁한 것은 전혀 별개의 문제라고 거의 경건에 가까운 태도로 설명한 적이 있었다. 그리고 영사가 고약한 사람이 아니라 고귀한 사람이라는 점은 확실했다. 그렇다면 스파이더로서의 극도로 위험한 활동들에 마치 그가 적임자처럼 되어버린 것은 라루엘이 영사의 것이라고 주장했던 성격과 그 뛰어난 업적 때문만은 아니란 말인가? 하지만 부스타멘테 경에게 불쌍한 영사의 직업이 사실상 실무에서 손을 뗀 것이라는 점, 원래 그는 인도 정부에서 일할 작정이었는데도 불구하고 이런저런 이유로 인해 오지의 영사직으로 좌천되어 사실상 외교관이 되었다는 점, 결국에는 대영제국에 결코 성가신 존재는 되지 않을 것으로 보이는 콰우나우악의 한직에 머물게 되었다는 점, 그리고 적어도 그의 마음 한편으로는 이렇게 철석같이 믿고 있었을 것이라는 점을 설명하려고 노력하는 것 자체가 쓸모없는 일처럼 느껴졌다.

하지만 이 모든 일이 왜 일어난 것일까? 그는 이렇게 자문해보았다. 그 이유를 아는 사람은 아무도 없을 것이다. 그는 아니스 한 잔을 더 마시는 모험을 감행했다. 처음 한 모금이 목구멍에 닿는 순간, 기억의 한 장면이, 다소 부정확한 기억의 한 장면이 떠올랐다. (라루엘은 지난 전쟁에 포병으로 참전했었는데, 기욤 아폴리네르*가 한때 그의 부대장으로 있었음에도 불구하고 기욤 아폴리네르는 세상을 떠났지만 라루엘은 살아남았다.) 항로는 죽은 듯 조용했다. 만약 사마리아호가 올바른 항로로 가고 있었다면, 훨씬 북쪽에 있어야 했다. 증기선인 사마리아호는 안티몬과 수은, 볼프람을 싣고 상하이에서 뉴사우스웨일스의 뉴캐슬로 향하고 있었는데, 이 항로의 배 치고는 한동안 조금 이상한 경로를 택하기도 했다. 예를 들어, 왜 사마리아호는 동중국해가 아닌 시코쿠 남쪽 일본 분고 해협으로부터 태평양에 모습을 드러낸 것일까? 배는 광대하고 푸른 초원과도 같은 바다 위에서 길 잃은 양처럼 며칠 동안 본 항로를 한참이나 벗어나 재미난 이름의 섬들을 항해했다. 롯의 아내와 아르조비스포, 로사리오와 설퍼 섬, 화산섬과 세인트오거스틴…… 배가 처음으로 잠망경을 발견하고는 전속력으로 엔진을 후진한 것은 가이 록과 에우프로시네 리프 사이의 한 지점에서였다. 하지만 잠수함이 수면 위로 올라오자 배는 멈춰 섰다. 비무장 상선이었던 사마리아호는 잠수함과 싸울 생각이 없었다. 그러나 잠수함의 승선부대가 사마리아호에 이르기 직전, 사마리아호는 갑자기 마음을 바꾸

---

* Guillaume Apollinaire(1880~1918): 「알코올」 「사랑받지 못하는 남자의 노래」 등으로 저명한 프랑스의 시인, 소설가, 평론가.

었다. 그러고는 마치 마술처럼 순한 양에서 불을 내뿜는 용으로 돌변했다. U보트는 잠수할 시간조차 없었다. 잠수함의 모든 선원들이 포획되었다. 교전 중에 선장을 잃은 사마리아호는 광활한 태평양의 수면 위에서 연기가 피어오르는 시가처럼 빛을 발하며 속수무책으로 타고 있는 잠수함을 내버려둔 채 항해를 계속했다.

라루엘이 모호하게 느낀 것은 과연 영사가 사마리아호의 탈선 행위에 대해 커다란 책임이 있는가 하는 점이었다. 제프리는 사마리아호에 승선하지는 않았지만, 나중에 요트를 이용해, 일종의 구조의 형식으로, 해군 중위, 아니 어쩌면 소위로 거기에 도착했을 수도 있다. 그리고 그 때문에, 아마도 그것과 관련된 용맹스러운 행위 때문에, 그는 영국 무공훈장인 십자훈장을 받았다.

하지만 거기에는 분명 석연치 않은 점이 있었다. 사마리아(배 이름에 불과했지만 영사는 이 이름을 좋아했다)호가 항구에 도달하는 순간 잠수함의 선원들은 전쟁 포로가 되어야 함에도 불구하고, 잠수함의 장병들 중 그 누구도 포로가 되지 않았다. 잠수함의 독일 장병들에게는 다른 일, 그보다 훨씬 좋지 않은 일이 생긴 것으로 알려졌다. 그들은 사마리아호의 화부들에게 납치되어 화로에서 산 채로 타 죽은 것으로 전해졌다.

라루엘은 이런 생각도 했다. 영사는 영국을 사랑하는 청년으로서 적의 원부(怨府)에 이름을 새기게 된 것인지도 모른다. 분명하지는 않지만, 이는 당시 비전투 요원들의 특권이었다. 하지만 영사는 명예를 소중히 여기는 사람이었기에 잠시라도 영사가 사마리아호의 화부들에게 독일 장병들을 화로에 넣으라고 명령했으리라 의심하는 사람은 아무도 없을 것이다. 그리고 그러한 명령이 이행되었을 것이라고 생각하는 사람 역시 아무도 없을 것이다. 그러나 독일인들이 화로에 있었다는 점은 사실로 남아 있으며, 그곳이 독일 장병들을 위한 최선의 장소였는지에 대해서는 말할 가치조차 없는 일이다. 따라서 누군가는 책임을 져야 하는 것이다.

　영사는 훈장을 받기에 앞서 군사재판에 회부되었다가 무죄방면되었다. 라루엘은 영사 외에 다른 누구도 재판에 회부되지 않았다는 사실을 이해하기 힘들었다. 영사가 훈장에도 불구하고 자신이 만든 유배지에서 자신의 잃어버린 명예와 비밀을 되새기며, 평생 오명이 따라다닐 것이라고 상상하며 살아가는 가엾은 '로드 짐'*과 같은 부류가 될 것이라고 짐작하는 것은 그리 어려운 일이 아니었다. 하지만 이러한 상상은 사실과 거리가 멀었다. 영사에게는 분명 아무런 오명도 따라다니지 않았다. 게다가 그는 조금도 거리낌 없이 라루엘과 이 사건에 대해 이야기했다. 라루엘은 『파리 수아르』지에서 이에 관해 매우 조심스러운 어조로 쓴 기사를 본 적이 있었는데, 영사는 거기에 대해 농담을 할 정도였다. "사람들이 그냥 빙빙 돌아간 건 아니라네", "독일인들을 화로에 넣었을 때 말이야." 그는 이렇게 말하곤 했다. 그러나 항상 술에 취해 있던 마지막 몇 달 동안 한두 번 영사는 라루엘이 깜짝 놀랄 만한 말을 내뱉은 적이 있었다. 영사는 난데없이 자신이 그 사건에 대해 유죄일 뿐만 아니라 그 일 때문에 항상 고통받았다고 말한 것이다. 거기에 한술 더 떠 화부들은 아무런 책임도 없다고까지 했다. 그저 주어진 명령을 이행했을 뿐이라는 것이다. 영사는 자신의 근육을 움직여 보이며 냉소적인 어투로 그 사건은 자신의 단독 범죄임을 선언했다. 당시 이 불쌍한 영사는 진실을 말할 수 있는 능력마

---

* Lord Jim: 1900년에 발표된 조지프 콘래드Josheph Conrad의 동명소설에 나오는 인물. 젊은 항해사 짐은 배가 충돌할 때 자신도 모르게 승객들을 버려두고 바다에 뛰어들었으나, 배는 침몰을 면한다. 짐은 치욕감에서 벗어나기 위하여 배를 떠나 말레이 반도의 원주민 마을에 들어가 지배자가 된다. 그러나 그는 끝내 마음속의 치욕을 떨쳐버리지 못하며, 이 때문에 결국 백인 악당에게 속아 비명의 죽음을 당한다.

저 잃어버리고 그 삶은 돈키호테식 허구가 되어버린 것이다. '짐'과는 달리 그는 자신의 명예에 대해 무관심했고, 독일 장병에 대한 얘기를 꺼낸 것은 메스칼을 한 병 더 사기 위한 변명에 불과했다. 라루엘이 이런 자신의 생각을 영사에게 이야기한 후, 두 사람은 우스꽝스러운 말다툼을 벌이고 소원해지기 시작했다. 이전에 이보다 더 심한 다툼도 있었지만 두 사람 사이가 그토록 멀어진 적은 없었다. 심지어 마지막까지 두 사람은 소원한 사이로 남아 있었다. 아니, 마지막에는 훨씬 정도가 심했다. 마치 수년 전 리사우에서와 같이······

'그리고 나는 날아서 땅으로 곤두박질칠 것이다.
그러나 입을 벌리고 있는 땅, 그것은 나를 품지 못하리라!'*

라루엘은 엘리자베스 여왕 시대 희곡을 별다른 생각 없이 뒤적이다 마치 자신의 마음을 심연 속으로 끌어들이는 힘을 가진 것 같은 글을 발견하고는 이를 응시하며 잠시 주위를 망각한 채 앉아 있었다. 그것은 말로의 파우스투스**가 절망 속에서 보여준 영혼의 성취 같은 것이었다. 단지 파우스투스가 그렇게 표현하지 않았을 뿐······ 라루엘은 그 구절을 좀 더 자세히 살펴보았다. 파우스투스는 이렇게 말했다. "그리고 나서 나는 날아서 땅으로 곤두박질칠 것이다", "아, 아니, 그것은······" 그러한 상황에서는 달리는 것도 나는 것도 나쁘지는 않을 것이다. 책의 밤색 가죽

---

* 영국의 극작가 크리스토퍼 말로Christopher Marlowe가 중세 파우스트Faust 전설을 토대로 쓴 희곡 「파우스투스 박사의 비극The Tragical History of Doctor Faustus」에 나오는 글.
** Faustus: 크리스토퍼 말로의 희곡 「파우스투스 박사의 비극」의 주인공. 괴테의 파우스트와 소재는 같지만 주인공의 성격은 다르다.

표지에 음각되어 있는 것은 횃불을 가지고 달리는 얼굴 없는 작은 금동 입상이었다. 횃불은 긴 목과 머리를 가진 흑따오기가 입을 벌리고 있는 것 같은 모습을 하고 있었다. 라루엘은 스스로를 부끄럽게 여기며 한숨지었다. 무엇이 환상을 만들어낸 것일까? 이제 그 희미함이 덜했지만 희미하게 깜빡거리는 잡히지 않는 촛불, 전깃불, 아니면 이것들이 이루어낸 조화였을까, 아마도 제프리가 즐겨 말했듯 정상 이하의 세계와 비정상적인 것으로 의심되는 세계 사이의 그 무엇이었을까? 영사는 그런 우스꽝스러운 말을 하며 얼마나 즐거워했던가. 셰익스피어식으로 말하면…… '내가 독일인들에게 한 일이 입증된다고 한들 이상할 것이 무엇이랴. 바그너가 등장하여…… 한스, 이젠 자넬 떠나야겠네. 사탕에서 나오는 모든 것은 하느님의 희생에 의한 것이라네, 설탕, 아몬드, 이 모든 것들이……' 그는 데커의 희극 부분에서 책을 덮었다. 얼룩이 묻은 행주를 팔에 걸친 채 놀란 표정으로 자신을 쳐다보는 바텐더를 보고는 눈을 감았다. 잠시 후 다시 책을 펼치며 손가락 하나를 허공에 빙 돌리고는 불빛이 비추는 구절에 손가락을 가져갔다.

'잘린 것은 아주 곧게 자랄 가지요,
불탄 것은 아폴로의 월계수 가지니.
때로는 이 유식한 사람 안에서도 가지가 자라나니,
파우스투스는 떠났다. 그의 지옥 같은 추락을 보라—'

라루엘은 몸을 떨면서 책을 테이블에 내려놓았다. 한 손의 엄지와 나머지 손가락들로 책을 덮었고, 책을 덮는 순간 펄럭이며 떨어진 종이를 집으려 다른 손을 뻗었다. 다른 손의 손가락 두 개로 접힌 종이를 펼쳐서 넘겨보았다. 종이에는 '벨라 비스타 호텔Hotel Bella Vista'이라고 적혀 있었다. 보기 드물 정도로 얇은 호텔 메모지 두 장이 책 안에 납작하게 눌려 있었던 것이다. 좁고 기다란 종이의 양면에는 모두 여백 없이 연필로 쓴 글씨로 가득 차 있었다. 처음 봤을 때는 편지처럼 보이지는 않았다. 그러나 희미한 불빛 아래서 봐도 반쯤은 옆으로 기울어지고, 반쯤은 아주 큰 글씨로 쓰인, 완전히 취한 듯한 영사의 필체가 확실했다. e는 그리스체였고, d의 기둥은 휘갈겨져 있었으며, t는 마치 외로운 길가의 십자가처럼 보였다. 이러한 필체가 전체 단어를 억누르는 듯했고 아래로 내려갈수록 글자가 심하게 기울어져 있었다. 하지만 글자 하나하나는 마치 아래로 떨어지는 것에 저항하며 반대편으로 올라가려는 것처럼 보였다. 라루엘은 양심의 가책 같은 것을 느꼈다. 편지를 쓴 사람은 부칠 의도가 전혀 없었을 뿐만 아니라 그럴 수 있는 형편도 아니었지만, 그것은 편지임에 틀림없었다.

......밤, 또다시 밤, 밤마다 계속되는 죽음과의 격투, 악마의 오케스트라로 흔들리는 방, 두려운 한숨의 잠, 창밖에서 들리는 목소리들, 상상의 무리들이 도착하고 조롱 속에 계속 반복되는 내 이름, 어둠 속의 스피넷.* 백발과 같은 색깔의 이 밤에는 진정한 소음은 그리 많지 않소. 미국 도시들에서 들리는 찢어지는 듯한 소음, 거인이 고통 속에서 붕대를 푸는 것 같은 소음 따위는 없소. 그러나 울부짖는 떠돌이 개, 밤새 새벽을 알리는 수탉, 아침이면 뒤뜰의 전선에 걸린 하얀 깃털로 발견될 신음 소리, 사과나무에 둥지를 튼 새소리, 대멕시코 제국의 결코 잠들지 않는 영원한 슬픔의 소리...... 나는 홀로 나의 슬픔을 오랜 수도원의 그늘 속으로, 나

---

* spinet: 악기 이름. 16~18세기의 소형 쳄발로cembalo.

의 죄를 수도원의 회랑과 회랑의 융단 아래로 가져갈 것이오. 슬픈 표정의 도공과 다리 잃은 거지가 술을 마시는 새벽, 수선화의 차가운 아름다움이 죽음 속에서 다시 나타날 새벽, 술집의 면계실(免戒室)*로 나의 죄를 가져갈 것이오. 이본, 당신이 떠난 후 난 오악사카로 갔다오. 그보다 더 슬픈 일은 없었다오. 이본, 좁은 기차의 삼등칸에서 사막을 통과한 여정을 들어보구려. 한 아이가 있었고 그 아이의 어머니와 난 내가 가지고 있던 테킬라로 그 아이의 배를 문질러서 아이의 생명을 구했다오. 한때 우리가 행복하게 지냈던 그 호텔의 방에 들어갔을 때, 아래층의 부엌에서 올라오는 도살장 같은 소음에 거리의 현란한 불빛 속으로 뛰쳐나갈 수밖에 없었다오. 그날 밤 내 방으로 돌아갔을 때, 세면대에는 독수리가 앉아있었다오. 그 순간 공포가 거대한 신경계로 뻗어가는 듯했소! 아니, 나의 비밀은 무덤에 관한 것, 이건 비밀로 남아야 하오. 이것이 바로 때때로 내가 나 자신을 비범한 땅을 발견한 위대한 탐험가라고, 그리고 자신이 아는 바를 알리기 위해 세상으로 절대 되돌아갈 수 없는 사람이라고 생각하는 이유라오. 그러나 그 땅의 이름은 바로 지옥이라오.

그곳은 물론 멕시코가 아니라 마음속에 있다오. 오늘 변호사로부터 우리의 이혼 소식을 들었을 때 나는 평상시처럼 콰우나우악에 있었다오. 내가 초래한 일이오. 그리고 또 다른 소식도 들었소. 영국이 멕시코와 외교 관계를 중단하고 모든 영사들, 그러니까 모든 영국인 영사들은 본국으로 소환될 것이라는 소식이었소. 그들 대부분은 온화하고 착한 사람들이고 내가 그들의 명성을 떨어뜨린 것 같소. 나는 그들과 함께 본국으로 돌아갈 생각은 없소. 집으로는 돌아가겠지만 영국은 아니오. 나는 한밤중에

---

* 수도사가 특별히 허용된 음식을 먹는 방.

살롱 오펠리아에 있는 틀락스칼테칸 친구, 닭싸움꾼인 세르반테스를 보러 토말린의 플리머스에 갔다오. 그리고 나서 파리안의 파롤리토에 와서 바에서 떨어져 있는 이 작은 방에서 새벽 4시 30분에 오차스*를 마시고, 또 메스칼을 마시면서, 요전 날 밤에 훔친 벨라 비스타 호텔 메모지에다 이 글을 쓰고 있소. 무덤과도 같은 영사관의 편지지를 보는 것만으로도 내 마음이 아파오기 때문인 것 같소. 나는 나 자신이 육체적 고통에 대해 잘 안다고 생각하고 있소. 영혼이 죽어가는 이 느낌은 그중에서도 가장 고통스러운 것이오. 지금 평화로운 느낌이 드는 것은 오늘 밤 내 영혼이 진짜로 죽어버렸기 때문이 아닐까 하는 생각도 해본다오.

아니면, 블레이크가 말한 것처럼 지옥을 관통하는 길이 있어서 비록 내가 그 길을 가지는 못하지만 최근에 종종 꿈속에서 그것을 볼 수 있었기 때문이 아닐까? 변호사가 전해준 소식은 나에게 이상한 효과를 하나 가져다주었다오. 나는 지금 메스칼 사이에서 그 길을 볼 수 있을 것 같소. 그 길 너머로 이상한 조망이, 우리가 어딘가에서 함께 영위할 새로운 삶에 대한 비전 같은 것이 보이는 듯하오. 내 눈에는 산과 언덕과 푸른 바다로 이루어진 북쪽의 어느 나라에서 우리가 함께 사는 모습이 보이는 것 같다오. 우리의 집은 바다 초입부에 있고, 어느 날 저녁 우리는 발코니에서 행복한 모습으로 서로의 곁에 서서 바다를 내려다보며 서 있다오. 반대편의 언덕 아래에는 나무에 반쯤 가려진 제재소가 있다오. 마치 정유공장처럼 생긴 그것은 멀리 떨어져서 볼 때 부드러운 느낌이 더해져 더 아름답게 보인다오.

달이 뜨지 않은 옅은 푸른빛의 여름날 저녁이오. 하지만 늦게, 아마

---

* ochas: 허브 차에 정제하지 않은 알코올을 넣은 술.

도 10시쯤, 금성이 일광 속에서 장렬히 타오르는 것을 보면, 우리는 북쪽 끝 어딘가의 발코니에 서 있는 것이 확실하오. 저쪽 해안 너머로 엔진이 많이 달린 긴 화물 열차의 엔진 소리가 천둥소리처럼 점점 커져갈 때, 비록 우리와 기차 사이에 이 넓은 물길이 놓여 있다 할지라도, 기차는 동쪽으로 향하고 있고, 변화무쌍한 바람은 동쪽으로부터 잠시 방향을 바꾸었고, 우리 역시 동쪽으로 향하고 있기 때문에, 보랏빛의 먼 산들에 걸친 북동쪽을 제외하면, 우리는 온통 맑은 하늘 아래 마치 스베덴보리의 천사들*처럼 새하얀 구름 위에 누워 있는 것 같다오. 갑자기 금빛의 번개 안에서 빛나는 희고 보드라운 램프의 빛이 보였지만 아직 천둥소리는 들리지 않소. 오직 거대한 기차 엔진의 굉음과 기차가 언덕을 돌아 산에 가까워짐에 따라 측선으로 움직이는 소리가 메아리처럼 들려올 뿐이오. 그러고 나서는 갑자기 기다란 기어가 달린 어선이 하얀 기린처럼 빠르고도 위엄 있는 모습으로 달리며 다가오고 있는 것이 보이는구려. 그 뒤로는 은빛의 긴 부채꼴 모양의 물결이 쭉 뻗어 해안으로 조용히 다가와 우리가 있는 쪽의 바닷가를 훔치고 있다오. 소용돌이치는 은빛 물결은 멀리 해안을 때리고는 해변 전체로 퍼지고 있소. 점점 커지는 천둥과 그 파장은 사라져가는 기차 소리와 함께 우리가 있는 해안에 메아리치고 있다오. 부유물을 빨아들이는 목재 때문에 부유물들이 함께 떠다니고 있고, 이 유연하게 돌아가는 은빛 물결 속의 모든 것들은 서로 밀치고 당기며 아름답게 뒤섞여 소용돌이치고 있소. 그러고는 다시 천천히 고요를 되찾으면 물 위로 비치는 하얀 천둥 구름과 깊은 물속 하얀 구름 안의 번개를 볼 수 있다오. 옆

---

* Swedenborg's angels: 스웨덴 철학자 스베덴보리 철학의 일부로, 간단히 말해 인간은 일원적 인격을 가짐에도 불구하고 이원적으로 존재한다는 것이 '스베덴보리의 천사/사람 이론'이다. 27년간 하느님의 시령자(視靈者)로 지옥과 천국을 넘나들며 천사를 만났다고 주장했다.

으로 보이던 어선이 사라지면서, 선실로부터 반사된 은빛 파도 안에서 움직이는 황금 불빛의 소용돌이가 잠잠해져 침묵이 찾아들고, 다시 산맥 너머 먼 하늘의 새하얀 천둥 구름 안에서 푸른 저녁에 천둥소리 없이 내리치는 금빛 번개가 섬뜩하게……

우리는 갑자기 다가오는 보이지 않는 배가 만들어내는 물결을 바라보고 있다오. 마치 커다란 바퀴와도 같이, 거대한 바퀴살이 만 전체에 소용돌이치고 있는 것 같소.

(메스칼을 몇 잔 더 들이켜고 나서) 1937년 12월, 당신이 떠났고 지금 나는 1938년 봄의 소리를 듣고 있다오. 난 당신을 향한 나의 사랑과 심각하게 싸우고 있었다오. 난 감히 그것을 달게 받아들일 수 없었다오. 홀로 내 인생의 심연을 건널 수 있게 도와줄 것은 지푸라기라도 잡아야 하겠지만, 더 이상 나 자신을 기만할 수는 없다오. 살아남기 위해서, 난 당신의 도움이 필요하오. 그렇지 않다면 조만간 난 추락하고 말 것이오. 아아, 당신이 내 기억 속에 당신을 미워하게 만들 그 무언가를 남겨놓았더라면, 그래서 마침내 지금 내가 있는 이 끔찍한 곳에서 당신에 대한 그 어떤 친절한 기억도, 그 어떤 감동할 만한 순간의 기억도 할 수 없다면 좋으련만! 하지만 대신 당신은 내게 편지를 보냈구려. 그런데, 왜 첫번째 편지를 멕시코시티의 웰스 파고로 보냈는지 궁금하오. 내가 아직 여기 있다는 것을 몰랐기 때문이오? 내가 아직 콰우나우악에 있다는 사실을 몰랐단 말이오? 아니 설사 오악사카에 있었다 할지라도 콰우나우악은 항상 나의 기지 역할을 하는 곳이잖소. 그것만은 확실한 것이잖소. 내가 어디에 있는지 알아보는 것이 그다지 어려운 일이 아니었을 텐데. 그리고 당신이 내게 곧바로 답장을 했다면, 아마 상황이 달라졌을 것이오. 순전히 우리만 아는, 이별로 인해 우리가 공유하는 고통에서 나오는, 그 부조리를 단번에

없애기 위한 엽서라도 보냈던들, 어쨌든, 어떤 식으로든, 전보 같은 것으로라도 우리가 서로를 사랑했다고 이야기했다면, 간단했을 것이오. 하지만 당신은 너무도 오랫동안 기다렸지, 지금 생각해보면, 그렇지, 크리스마스 이후였던 것 같소. 크리스마스! 그리고 새해 들어 당신이 보낸 편지들을 읽을 수가 없었다오. 정말이오. 난 당신이 보낸 편지들의 전체적인 구조 이상을 이해할 만큼 맑은 정신이거나 고통에서 해방된 적이 한 번도 없었다오. 하지만 나는 그것들을 느낄 수는 있었소. 아직도 그 편지들 중 몇 장은 간직하고 있다오. 하지만 그것을 읽는다는 것은 너무 고통스러운 일이었소. 너무 오랫동안 음미하기만 했을 뿐, 이제는 감히 그것을 읽어볼 시도조차 할 수 없다오. 도저히 읽을 수가 없소. 당신의 글씨를 보자면 내 마음이 너무 아프기 때문이오. 편지가 너무 늦게 도착한 것도 사실이오. 이제 더 이상 당신에게서 편지를 받을 일은 없을 것 같구려.

아아, 하지만 나는 왜 최소한 편지를 읽은 척도 하지 않았던 것일까, 왜 편지를 받았다는 사실을 받아들이지 않았던 것일까? 왜 곧바로 전보나 편지 몇 줄조차 보내지 않았던 것일까? 아, 왜, 왜, 왜 그렇게 하지 않았던 것일까? 아마도 내가 만약 청했다면, 당연히 당신이 다시 돌아올 것이라고 생각했기 때문일 거요. 하지만 이렇게 사는 것은 지옥에서 사는 것과 같다오. 나는 당시 당신에게 그렇게 청할 수 없었을뿐더러 지금도 그렇게 할 수는 없다오. 그 당시에도, 그리고 지금도 전보를 보낼 수가 없다오. 나는 여기 멕시코시티에, 멕시코 전신국에, 오악사카에 서 있었다오. 우체국에서 땀에 흠뻑 젖은 채 몸을 떨며 오후 내내 전보를 쓰고 있었다오. 하지만 너무 취한 나머지 전보는 부치지도 못한 채 떨리는 손을 진정시키기에 바빴다오. 한번은 당신의 전화번호를 가지고 있었고, 그래서 실제로 로스앤젤레스로 장거리 전화를 했지만 당신과 통화를 하지는 못했다오. 어떤 때는 전화가 고장이 난 적도 있었소. 그렇다면 왜 내가 직접 미국에 가지는 못했을까? 너무 아파서 비행기 티켓을 구할 수도, 끝없이 사람을 지치게 하는 선인장 가득한 평원과 같은 착란 상태를 견딜 수도 없었다오. 그렇다면 미국에 가서 죽는 것은 어땠을까? 미국에 묻힌다 하더라도 난 개의치 않을 것 같소. 하지만, 그래도 멕시코에서 죽는 게 나을 것 같소.

그런데 당신은 아직도 내가 그 책을 쓰고 있다고 생각하오? 내가 모든 신념과 종교에 수용될 수 있고 모든 지방과 국가에 적합한 수단에 의해 실현될 수 있는 궁극적 실재, 사고력이 있는 외계의 영속적 존재 같은 것이 존재하는가에 대한 해답을 계속 찾으려 한다고 생각하오? 당신은 내가 결코 다리를 놓을 수 없는 무서운 허공 위에서, 신에게로 향하는 되돌아갈 수 없는 신의 번개의 행로 위에서, 균형을 잡으며 그리고 흔들거리며 (나의 평정, 평정은 모두 불확실한 것이라오) 내가 한때는 헤세드였던 것처럼 헤세드와 비나* 사이, 즉 자비와 이해 사이에 (하지만 여전히 헤세드 쪽에) 서 있다고 생각하오? 아니, 클리포트** 쪽에 더 가깝다고 생각할 수도 있겠지. 지금 나는 '달걀 인형 험티 덤티의 승리'나 '빛나는 종소리 코'라는 제목의 이상한 노래 구절을 끄적거리고 있는지도 모른다오! 아니면, 기껏해야 모든 사람들에게 실망한 시인 클레어처럼 "공포의 비전을 엮어내고" 있을지도…… 이러한 상황 하에서는 적어도 "숨겨진 지식"에 대한 위대한 책을 계속 쓰는 척하는 편이 나을 수도 있겠지, 그러고는 그 책이 세상에 나오지 않게 되면 제목 자체가 그 책의 부재를 설명한다

---

* Chesed & Binah: 고대 유대 신비주의 철학의 일부인 '생명의 나무'에 대한 이미지로, 헤세드는 자비, 비나는 이해를 의미한다.
** Qliphoth: 유대 신비주의의 가르침에 나오는 악령의 표현.

고 말할 수 있을 것이오.

아아, 유감스러운 생각의 기사에게 자비를! 이본, 나는 당신의 노래, 당신의 따뜻하고 명랑한 성품, 당신의 소박한 삶의 방식과 애정, 모든 면에서 뛰어난 당신의 능력, 당신의 건전한 삶, 우리의 흐트러진 삶, 그에 비해 넘쳐나는 당신의 단정한 모습, 우리 결혼 생활의 달콤한 시작에 대한 생각에 계속 사로잡혀 있다오. 우리가 함께 불렀던 스트라우스의 노래를 기억하오? 1년에 단 하루 죽은 자들이 살아온다네. 오, 5월의 그날처럼 다시 내게로 오라. 헤네랄리페 정원과 알람브라 정원, 스페인에서 우리의 만남에 드리워진 운명의 그림자, 그라나다의 할리우드 바(그런데 왜 할리우드 바였을까?), 그리고 그곳의 그 수녀원(그런데 왜 로스앤젤레스였을까), 그리고 펜션 멕시코의 말라가…… 그러나 한때 우리가 알고 있었던 조화를 대신할 만한 것은 아무것도 없는 듯하오. 오직 그리스도만이 아는 그것은 지금도 세상 어딘가에는 존재하고 있을게요. 휴가 오기 전, 파리에서도 알고 있었소. 아니, 이것 역시 환상인가? 나는 완전히 감상적인 사람으로 변해가고 있는 듯하오. 아무도 당신을 대신할 수는 없소. 지금 나는 이 글을 쓰면서 웃고 있다오. 이제 나는 내가 당신을 사랑하는지 사랑하지 않는지 분명히 알 것 같소…… 때로 난 아주 강렬한 감정에 사로잡히곤 하오, 이 절망적이고 당혹스러운 질투심이 술 때문에 악화되면 나 자신의 상상력으로 자신을 파괴시키는 욕망으로 변하곤 한다오. 그러나 최소한 유령의 먹이가 되지는 않는군……

(다시 메스칼리토를 몇 잔 들이켜니 파롤리토에는 어느새 새벽이 오는군……) 어쨌든 시간이란 것은 거짓 치유책에 불과하오. 어떻게 누군가 내게 당신에 대해 말해보라고 할 수 있겠소? 당신은 내 인생의 슬픔을 결코 알 수 없을게요. 내가 당신의 도움을 필요로 하는 것처럼, 당신도

나의 도움을 필요로 할지도 모른다는 생각에 사로잡혀 끊임없이 자다 깨는 것을 반복하는 나를 이해할 수 없을게요. 하지만 나는 당신을 도울 수 없고, 당신 역시 나를 도울 수 없소. 환영 속에서 그림자 속에서 당신을 보면서 당신에게 우리가 할 수 있는 일이 무엇인가를 물으며 이 편지를 쓸 수밖에 없지만, 결코 이것을 부치지는 않을 거요. 그다지 이상한 일도 아니지 않소? 게다가 우리가 다시 노력하는 것은 실제 우리가 아닌, 우리가 창조한 우리 자신에게 달린 것 아니오? 아아, 한때 우리가 함께 나누었던 사랑과 이해는 대체 어디로 가버렸단 말이오! 앞으로 그것들은 어떻게 돼 버릴 것인지! 우리의 마음은 어떻게 될 것인지! 사랑은 지상에서 우리의 불행한 행로에 의미를 주는 유일한 것, 이것이 새로운 발견이라고는 생각지 않소. 당신은 내가 미쳤다고 생각할 수도 있을 거요, 하지만 이것이 내가 술을 마시는 방식이기도 하오, 마치 성찬을 받아들이는 것처럼…… 오, 이본, 우리가 만들어낸 그것을 이렇게 암울하게 망각 속으로 꺼져가도록 해서는 안 되오.

눈을 들어 언덕을 보라, 이런 소리가 들리는 듯하오. 아침 7시 저 이상하게 보이는 언덕 위로 아카풀코에서 날아오는 빨간색 작은 우편 비행기를 볼 때면, 아니 보다 정확하게 말해 비행기 소리를 들을 때면, 비록 작은 포효가 일다가 곧 사라져버리곤 하지만, 만약 그 시간에 침대에 있다면 거기에 몸을 뉜 채 몸을 떨며, 죽어가며, 메스칼 잔을 향해 중얼거리며 손을 뻗다가, 내 입술에 닿는 것이 진짜인지조차 믿을 수 없는 그 술에 손을 뻗다가, 전날 대단한 선견지명으로 가까운 곳에 놓아둔 그 술잔에 손을 뻗다가, 매일 아침 지나가는 그 비행기 안에 당신이 타고 있을 거라고, 당신이 나를 구원하기 위해 오고 있는 거라고 생각하곤 한다오. 아침이 지나도록 당신은 오지 않지만, 나는 지금도 기원한다오, 당신이 오기를. 다시 생각해보면 왜 아카풀코였는지 모르겠소. 하지만 이본, 내 말 좀 들어봐요. 난 지금 세상에 대한 방어 능력을 잃어버렸다오. 지금 그것이 사라지고 있다오. 잠시 비행기 소리가 들렸소. 아주 멀리서, 토말린 너머에서…… 이본, 제발 돌아와요, 돌아와. 술을 끊으라면 끊겠소, 아니 무엇이든 하겠소. 당신 없이는 난 죽은 목숨이오. 이본, 제발 돌아와요. 제발 내 말 좀 들어봐요, 내 절규를, 이본, 내게 돌아와요, 이본 단 하루만이라도……

라루엘은 종이의 접힌 자국을 엄지와 집게손가락 사이에 끼워 조심스럽게 펴면서 다시 편지를 접기 시작했다. 그러고는 거의 무념 상태에서 편지를 구겨버렸다. 라루엘은 구겨진 편지를 움켜쥔 손을 테이블 위에 내려놓은 채, 멍한 표정으로 주위를 응시하며 앉아 있었다. 5분 동안, 술집의 광경은 완전히 변해 있었다. 바깥의 폭풍은 그친 것 같았지만 XX주점은 폭풍을 피해 들어온 농부들로 가득 차 있었다. 영화가 다시 시작되지는 않았지만 대부분의 사람들이 다시 극장 안으로 들어가 빈 테이블이 있었다. 그러나 사람들은 테이블에 앉지 않고 바 주위에 모여 있었다. 곧 영화가 다시 시작될 것처럼 조용했다. 이러한 광경에는 나름의 아름다움이 있었고 경건한 분위기마저 풍기고 있다. 촛불과 희미한 전깃불이 함께 타오르고 있었다. 바닥은 바구니로 가득 차 있었고, 어린아이 둘을 안고 있는 농부의 모습이 보였다. 바구니 대부분은 텅 빈 상태로 서로 비스듬하게 기대 있었다. 바텐더가 두 아이 중 더 어린 아이에게 오렌지를 건네주었다. 누군가 바깥으로 나갔고, 그 어린 여자아이는 오렌지를 만지작거리고 있었다. 스윙 도어가 흔들리고 또 흔들렸다. 라루엘은 손목시계를 들여다보았다. 비힐이 오려면 아직 30분은 더 있어야 할 것이다. 그는 자신의 손에 쥐인 구겨진 편지로 눈을 돌렸다. 스윙 도어를 통해 비에 정화된 공기의 상큼함이 술집 안으로 들어왔다. 지붕에서 떨어지는 빗물 소리, 거리의 홈통으로 세차게 떨어지는 물소리, 그리고 멀리서 다시 축제 소리가 들려왔다. 구겨진 편지를 다시 책에 넣으려는 순간, 라루엘은 갑작스러운 충동으로, 반쯤은 멍한 상태로, 그것을 촛불로 가져갔다. 화염이 술집 전체를 환하게 비추었고 그 속의 사람들은 잠시 동안 마치 벽화처럼 얼어붙은 듯 꼼짝도 하지 않고 있었다. 모과나 선인장을 키우는 농부로 보이는 하얀 옷을 느슨하고 걸치고 넓은 모자를 쓴 사람들과 어린아이들 옆으로 묘지에서 온 상복을 입은 여인들, 검은 양복을 입고 넥타이를 매지 않은 채 셔츠 목 단추를 열어 둔 검은 얼굴의 남자들이 보였다. 바텐더를 제외한 바 안의 모든 사람들이 말을 멈추고 호기심 어린 눈으로 라루엘을 쳐다보았다. 바텐더는 잠시 라루엘을 저지하려는 듯했으나, 라루엘이 몸부림치는 종이의 남은 재를 재떨이로 가져가자 곧 흥미를 잃어버린 듯했다. 재는 재떨이 속에서 타들어가며 차곡차곡 쌓이면서 아름답게 순응해갔다. 불타오르던 성이 쓰러져 시끄러운 군중 속으로 함몰하고 그 속으로 빨간 작은 벌레 같은 불꽃이 날아갔다. 얇은 연기 속을 떠다니는 한 줌의 재 위로 죽은 껍데기의 타닥거리는 소리가 약하게 들려왔다……

바깥에서 갑자기 종소리가 울려 퍼졌다. 그러고는 갑자기 멈추었다. 'dolente…… dolore(슬프게…… 구슬프게)!'

폭풍이 몰아치는 밤, 시내에서는 빛나는 바퀴가 거꾸로 돌아가고 있었다.

II

"시체 한 구가 속달로 운송될 거요!"

벨라 비스타 바의 창틀 너머로 광장에서 들려오는 이 활기찬 목소리, 목소리의 주인공은 보이지 않았지만 이본에게 있어 그 목소리는 꽃으로 둘러싸인 발코니가 넓은 이 호텔만큼이나 너무나 친숙한, 마음 한구석이 저리도록 친숙한, 그래서 이것이 현실이라고는 믿기 힘든 것이었다.

"하지만 왜, 페르난도, 왜 시체가 속달로 배달된다는 거죠?" 방금 이본의 가방을 집어 든, 역시 친숙한 모습의 멕시코인 기사는 인도에 가방을 다시 내려놓고는 이본을 안심시키려는 듯, 마치 '난 당신이 여기 온 이유를 알고 있소. 하지만 나 말고는 아무도 당신을 알아보지 못할 거요. 그리고 난 당신이 여기 왔다는 사실을 누설하지 않을 거요'라고 말하는 듯했다. 콰우나우악의 작은 비행장에는 택시라고는 보이지 않았고 이본을 벨라 비스타로 데려다 줄 것이라고 고집하는 이 거만한 지프차만이 있을 뿐이었다. "알았어요, 세뇨라." 그는 낄낄거렸다. "세뇨라, 영사 부인."

그는 한숨을 내뱉으며 바의 창문을 향해 경의를 표하듯 머리를 한쪽으로 기울였다. "참, 사람하곤!"

"그런데, 페르난도, 제기랄, 안 될 이유도 없죠. 시체가 속달로 운반되어서는 안 된다는 법도 없지 않아요?"

"당연하죠."

"―빌어먹을 앨라배마 농부들!"

하지만 마지막 말은 다른 사람의 목소리였다. 행사로 인해 밤샘 영업을 하고 있는 바는 만원이었다. 이본은 향수와 걱정으로 무기력한 심신을 이끌고 붐비는 바에 들어가고 싶지 않았지만 기사에게 자기 대신 들어가 달라고 부탁하는 것 역시 망설여졌다. 바람과 공기, 항해의 분위기에 휩쓸린 이본의 의식은 아직도 어딘가를 여행하고 있는 것 같았다. 펜실베이니아에서 환영식이라도 하듯 바다로 날아들던 아름답고도 거대한 나비 떼의 허리케인을 통과하여 아직도 아카풀코 항을 향해 항해하고 있는 것 같았다. 나비 떼를 처음 봤을 때에는 마치 살롱 라운지에서 휩쓸고 지나가는 형형색색의 색종이처럼 보였었다. 이본은 경계심 어린 눈빛으로 광장 주변을 힐끗 둘러보았다. 광장은 주위의 소동과는 상관없이 믿기 힘들 정도로 조용했다. 나비 떼는 여전히 머리 위로 지그재그로 날아다녔고 일부는 항구를 지나 고물 쪽으로 사라졌다. '그들의' 광장은 아침 7시의 밝은 태양 아래 아무런 미동도 없이 침착하게, 그러나 한쪽 눈을 반쯤 뜬 채 관망하는 듯했다. 회전목마와 회전식 관람차는 나중에 있을 축제를 고대하며 가벼운 꿈속에 빠져 있는 듯했다. 정렬해 있는 낡은 택시들 역시 무언가를 고대하고 있는 듯했다. 그날 오후 택시 파업이 예정되어 있었다. 이본은 이 사실을 극비리에 전해 들었다. 소칼로는 게으른 광대 같은 분위기를 제외하면 이전과 달라진 것이 없었다. 오래된 음악당도 예전처럼 텅 빈 채 서 있었다. 고개를 숙인 나무 아래서 말을 타고 있는 난폭한 모습의 우에르타 기수상은 더욱 사나운 눈빛을 발하며, 영원한, 화산, 너무나 아름다운 화산 저쪽의 계곡 너머를 응시하며, 마치 아무 일도 없었던 것처럼, 지금이 1938년 11월이 아니라 1936년 11월인 것처럼 서 있었다. 아, 이 모든 것들은 얼마나 친숙한 모습인가! 콰우나우악, 차가운 물이 빠르게 흐르는 마을, 독수리가 멈추는 곳! 아니 어쩌면 그것은 루이스가 말한 대로 숲 근처라는 뜻일까? 나무들, 광활하게 늘어서서 빛을 발하는 오랜 서양물푸레나무들, 어떻게 이것들 없이 살 수 있었을까? 이본은 숨을 깊이 들이쉬었다. 공기에서 새벽의 기운이 느껴졌다. 오늘 아침 아카풀코에서 느꼈던 새벽의 기운이…… 저 높은 곳에는 녹색과 짙은 보랏빛이 보이고, 뒤편으로는 황금빛이 소용돌이를 이루며 군청색의 강이 자태를 드러냈다. 강에서 강렬하게 타오르는 비너스의 뿔을 보며 이본은 타오르는 불빛에 투영된 자신의 그림자가 비행장에 희미한 그늘을 드리우는 모습을 상상했다. 독수리들은 벽돌색의 붉은 수평선 위로 한가로이 날아올라, 작은 붉은 악마처럼, 루시퍼의 날개를 단 밀사처럼, 멕시코 항공사의 작은 비행기가 하늘에 떠오르기 전 평화로운 전조 속을 날고 있었고, 그 아래로 바람개비는 불변의 작별을 고하듯 펄럭이고 있었다.

이본은 마지막으로 오랫동안 소칼로를 쳐다보았다. 텅 빈 구급차, 코르테스 궁전의 구급 시설 바깥에 있는 그것은 자신이 떠나기 전 마지막으로 보았던 모습 그대로였다. 그 이후 한 번도 움직이지 않은 듯했다. '벨라 비스타 호텔 그랜드볼룸. 1938년 11월. 적십자사 후원. 주요 아티스트 출연. 놓치지 마세요.' 두 그루의 나무 사이에 걸린 커다란 종이 포스터에는 이렇게 쓰여 있었고, 포스터 아래로 몇몇 손님들이 집으로 돌아가기 위해 발걸음을 재촉했다. 사람들의 모습은 창백하고 지쳐 보였고 파티가 아직 끝나지 않았음을 알리는 연주가 다시 시작되었다. 이본은 빠르게 스쳐 지나가는 가죽 향과 알코올의 어스름에 눈을 깜빡이며 조용히 바에 들어섰다. 그날 아침 자신과 함께 있던 그 바다, 거칠고도 순수한 바다, 새벽의 긴 파도가 서로 부딪치고 미끄러져 모래 위 무색 타월으로 가라앉던, 아침 일찍 먹이를 찾아 나선 펠리컨들이 수면 위로 모습을 보였다가 물속으로 사라지곤 하던, 행성과도 같이 정확한 간격으로 다시 물 위로 모습을 보였다. 또다시 포말 속으로 잠수하곤 하던 부서진 파도가 자신만의 고요 속으로 서둘러 돌아가던, 바다 위를 떠다니던 잡동사니들이 해안에 지친 몸을 뉘고 있던, 카리브해 쪽으로 밀려온 작은 배들에서 어린 트리톤* 같은 소년들이 소라 껍질로 애도의 음악을 연주하고 있던 그 바다로 다시 들어선 것 같았다……

그러나 바는 텅 비어 있었다.

아니, 딱 한 명만이 남아 있었다. 특별히 엉클어진 것 같지는 않은 정장을 입은 영사, 머리칼 한 단이 눈 위로 흘러내리고, 짧게 깎은 수염을 한 손으로 감싸고 있는 그는 오른편으로 향한 작은 카운터에서 가까운 의자의 발걸이에 한 발을 얹은 채 좁은 통로에 조용히 앉아 있었다. 카운터에 반쯤 몸을 기댄 영사는 혼자 중얼거리고 있는 것이 분명했다. 방(이본은 여기서 좁은 통로를 통해 또 다른 바로 통한다는 사실을 기억해냈다) 사이에 있는 유리 칸막이에 기대어 서 있는 열여덟 살쯤 되어 보이는 매끄러운 검은 피부의 바텐더는 영사와는 약간 떨어져 있을 뿐만 아니라 영사의 말에 귀를 기울이는 모습은 아니었기 때문이다. 이본은 문 옆에 조용히 서 있었다. 움직일 수도 없이 그저 눈앞에 펼쳐진 모습을 지켜보며 서

---

* Triton: 반인반어(半人半魚)의 바다신.

있었다. 비행기의 포효 소리는 아직 귓가를 맴돌고 있었고, 바다를 뒤로 하고 떠나는 바람과 공기의 진동을 아직도 느낄 수 있었다. 아래로 보이는 길은 여전히 위아래로 뻗어 있었고, 작은 마을들은 여전히 첨탑이 솟은 교회 주위를 맴도는 듯했다. 비스듬하게 솟아오른 코발트빛 수영장으로 가득 찬 콰우나우악이 이본을 맞이하고 있었다. 그러나 땅에 그림자가 드리우고, 강물에는 섬광이 비치고, 그 아래로 협곡이 어둠 속을 굽이쳐 흐르고, 타오르는 동쪽 하늘에서 갑자기 화산이 눈에 들어오는 순간, 여행과 첩첩산중 눈부신 햇살의 흥분, 그 흥분과 동경의 감정은 더 이상 이본에게 남아 있지 않았다. 이본은 이 남자의 영혼을 만나기 위해 날아온 자신의 그것이 이미 그의 피부에 달라붙어 있는 듯한 느낌이었다. 이본은 바텐더에 대해 잘못 생각했다는 것을 깨달았다. 바텐더는 그의 말에 귀를 기울이고 있었다. 그는 제프리(이본은 제프리가 양말을 신지 않았다는 사실을 눈치챘다)가 무슨 이야기를 하는지 이해할 수는 없다 할지라도, 수건을 쥔 손으로 술잔을 닦는 속도를 늦추며, 무언가 할 수 있는 기회를 엿보고 있었던 것이다. 바텐더는 닦고 있던 잔을 내려놓았다. 그러고는 카운터의 가장자리에 있는 재떨이에서 홀로 타고 있던 영사의 담배를 집어 들어 깊이 빨아들였다. 그는 장난처럼 황홀한 표정을 지으며 지그시 눈을 감았다. 그러고는 다시 눈을 뜨고 코와 입에서 소용돌이치는 연기를 참았다가 '카페 아스페리나'* 광고를 향해 내뿜었다. 테킬라 병들이 놓인 상단 선반 뒤에 있는 그 광고에는 주홍색 브래지어를 입은 여인이 가장자리가 소용돌이 모양으로 된 침대의자에 누워 있었다. "Absolutamente necesario(반드시 필요하지)." 바텐더가 말했다. 이본은 바텐더가 반드시 필요하다고 말한 것

---

* Cafeasperina: 기침 감기약 이름.

(그는 분명 영사의 말투를 흉내 내고 있었다), 그것은 카페아스페리나가 아니라 그 여인이라는 것을 깨달았다. 하지만 바텐더는 영사의 관심을 끌지 못했다. 바텐더는 다시 같은 표정으로 눈을 감았다 뜨고는 영사의 담배를 원래 자리에 내려놓았다. 담배에서는 아직도 연기가 스며 나오고 있었다. 바텐더는 다시 한 번 광고를 향해 연기를 내뿜고는 영사의 말을 흉내 냈다. "반드시 필요하지." 바로 옆에는 멕시코 영화 포스터가 붙어 있었다. '오를락의 손, 피터 로어 출연.'

"시체 말이야, 어른인지 아인지 모르겠지만" 영사는 잠시 바텐더의 팬터마임 같은 동작을 보며 웃다가 다시 말을 이었다. 그러고는 일종의 고통이 섞인 목소리로 그에게 동의했다. "Si, Feranando, absolutamente necesario(맞아, 페르난도, 반드시 필요해)." 이본은 그것이 일종의 의식이라고 생각했다. 두 사람 사이의 의식, 마치 한때 이본과 영사 사이에 있었던 그것, 결국 제프리만이 싫증나버린 그 의식…… 영사는 다시 푸른색과 빨간색의 멕시코 국립 철도 시간표로 눈을 돌렸다. 그러다 갑자기 고개를 들어 이본을 쳐다보았다. 영사는 근시안을 가진 사람처럼 뚫어지게 쳐다본 후에야 이본이 거기 서 있다는 것을 깨달았다. 이본 뒤에서 햇살이 비치고 있었기 때문에 약간 흐릿하게 보였을 것이다. 이본은 영사가 언젠가 자신을 알아볼 것이라고 확신한 듯 엉덩이에 걸쳐진 주홍색 가방의 손잡이에 한쪽 손을 넣은 채 당당하게, 그러나 한편으로는 약간 자신 없는 모습으로 거기 서 있었다.

이본이 다가오자 영사는 기차 시간표를 손에 쥔 채 일어섰다. "맙소사."

이본은 주저하며 그 자리에 서 있었으나 영사는 더 이상 다가오지 않았다. 이본은 조용히 영사 옆의 의자에 걸터앉았다. 두 사람은 인사의 입

맞춤조차 하지 않았다.

"깜짝 파티예요. 돌아왔어요. 한 시간 전에 비행기에서 내렸죠."

"앨라배마를 지날 때엔 아무도 질문 따윈 하지 않지." 유리 칸막이 반대편 바에서 갑자기 나온 소리였다. "우린 쏜살같이 거길 통과했지!"

"제프, 호노스, 아카풀코에서…… 산 페드로에서 배로, 그러니까 파나마 퍼시픽의 펜실베이니아 선*을 타고 왔어요…… 제프—"

"고집불통 네덜란드 놈들! 태양 때문에 입술은 바싹바싹 타서 갈라지고, 세상에, 이런, 말들은 먼지를 날리며 모두 가버리고, 생각지도 못한 일이야. 사람들은 그것들을 쏘아버렸어. 결코 놓치는 법이 없지. 일단 쏘고 나서, 나중에 물어본다니까. 자네 말이 맞았어. 빌어먹을 숱한 농부들을 봤지만, 결코 질문 따윈 하지 않았지…… 맞아! 좋은 담배 한 대 피우게나."

"이런 아침 시간이 좋지 않소?" 기차 시간표를 내려놓은 영사의 목소리는 침착했으나, 손은 그렇지 못했다. "옆방에 있는 친구가 권하는 것처럼 한번 피워보게나." 그는 칸막이 쪽으로 머리를 기울였다. "어—" 담뱃갑에 적힌 이름이 떨리는 듯 보이더니 결국 이본에게 내밀었던 담뱃갑으로 이본을 치고 말았다. 아아! "……"

영사가 무겁게 말을 꺼냈다. "아, 호르노스. 하지만 왜 케이프 혼을 거쳐서 온 거지? 뱃사람들 말로는 그건 꼬리를 흔드는 나쁜 버릇이 있다더군. 아니 혹시 화로에 대해 이야기한 거였나?"

"칼레 니콰라과 52번지." 이본이 지금까지 자신의 가방을 가지고 있던 기사에게 은화를 쥐여주자 그는 고개를 숙여 인사하고는 어둠 속으로

---

* 파나마 운하를 통과하여 미국 동서부 해안을 연결하던 여객 수송 서비스인 파나마 퍼시픽 라인의 배 이름.

사라졌다.

"만약 내가 이제 거기 살지 않는다면……" 다시 자리에 앉은 영사는 몸을 심하게 떨고 있었고 술을 따를 때에도 두 손으로 병을 잡아야 했다. "한잔하겠소?"

"……"

이본은 술을 마셔야 했을까? 그래야 했다. 이본은 아침에 술을 마시는 것을 싫어했지만 술을 마셔야 했다. 이본은 그렇게 마음먹었었다. 혼자 한 잔의 술을 마시지는 않겠지만, 필요하다면 영사와 함께 여러 잔을 마시겠다고…… 이본은 어떠한 경우에도 자신에게 허용하지 않았던 눈물을 거두기 위해 억지로 짓고 있던 웃음이 이제 사라져간다는 것을 느낄 수 있었다. 제프리가 자신의 생각을 눈치채고 있다는 것 역시 인식하고 있었다. "이럴 줄 알았어요, 다 대비한 일이죠." "한잔해요. 내가 술친구가 돼줄게요." 이본은 이렇게 내뱉고 나서야 자신이 무슨 말을 하고 있는지 깨달았다. 사실상 이본은 거의 모든 것에 대해 대비하고 있었다. 기대할 그 무엇이 남아 있단 말인가? 이본은 배 안에서 자신에게 계속 영사에게 미리 알렸어야 했다고, 불시에 그를 방문하는 것은 결코 좋은 일이 아니라고 스스로에게 말하곤 했다. 배 안에서 보낸 시간은 이번 여행이 경솔한 것도 속단에 의한 것도 아니라는 것을 스스로에게 납득시키기에 충분했다. 그리고 비행기 안에서 이본은 이번 여행이 그 두 가지 모두에 해당한다는 점을 깨달았다. "제프리—" 이본은 자신이 거기 앉아 있는 것이 어쩌면 청승맞아 보일지도 모른다고 생각하며, 미리 고심하여 준비한 이야기를 이어나갔다. 하지만 자신이 준비한 계획과 책략은 이미 우울한 그림자 속으로 사라지고 있었다. 아니, 생각과는 달리 이본은 술을 마시지 않을 것이기에 단순히 그 계획과 책략이 맞아떨어지지 않은 것인지도 모른다. "당신은 무엇을 하며 살았죠? 난 당신에게 편지를 쓰고 또 쓰고 했는데, 마음이 산산조각 날 때까지 편지를 썼는데, 당신은 도대체 어떻게—"

"인생이란……" 유리 칸막이 너머로 들리는 소리였다. "이런 게 인생이란 말인가! 세상에, 너무하군! 내가 살던 곳에서 사람들은 뛰어다니질 않지. 우린 이런 식으로 파멸하고 마는 거야."

"아녜요. 당신에게서 답장이 오지 않을 때, 난 당연히 당신이 영국으로 돌아올 거라고 생각했어요. 그런데 도대체 무엇을 한 거죠? 오, 제프, 일은 그만둔 건가요?"

"포트 세일에 갔었지. 당신의 물건들, 당신의 브라우닝 책들도 가지고 말이야. 그러고는 점프, 점프, 점프, 점프. 알겠소?"

"산타바르바라에 있는 루이스를 찾아갔었어요. 당신이 아직 여기 있을 거라고 그러더군요."

"안 돼, 그럼 안 되지, 그건 앨라배마에서나 하는 짓이라구!"

"사실, 여길 떠난 적은 단 한 번밖에 없는걸." 영사는 몸서리를 치며 술을 길게 들이켜고는 다시 그녀 옆에 앉았다. "오악사카로. 오악사카 기억나오?"

"오악사카?"

"오악사카."

그 단어는 마치 일진강풍 속에서 억눌린 종소리의 갑작스러운 울림과도 같이 이본의 가슴을 찢어놓았다. 그 마지막 음절은 사막에서 갈증에 죽어가는 사람의 그것과도 같았다. 오악사카를 기억하고 있을까! 그곳은 장미와 커다란 나무들, 에틀라와 노치틀란으로 향하는 버스와 먼지, 그리고 "신사 동반 숙녀 무료!"라는 문구로 기억되는 곳이 아니던가. 아니, 한밤중 유령들만이 들을 수 있는 고대 마야의 향기로운 공기 속으로 울려 퍼지는 사랑의 절규가 있던 곳 아니던가. 오악사카에서 그들은 단 한 번 만났을 뿐이다. 영사는 손으로는 책자를 펼치며 마음속으로는 페르난도를 상대하던 상황에서 이제는 이본을 상대하는 쪽으로 역할 전환을 하며 경계심을 약간 늦추는 듯했다. 이본은 그런 영사를 거의 놀라운 심경으로 지켜보고 있었다. "우리가 이렇게 되다니—" 이본이 갑자기 울음을 터뜨렸다. "이건 우리가 아니에요. 누군가, 이건 아니라고, 우리가 아니라고 말해줘요!" 이혼, 이 단어가 진정으로 의미하는 것은 무엇인가? 이본은 배 안에서 사전을 찾아본 적이 있다. '분리되다, 단절하다.' 그리고 이혼한 상태는 '분리된, 단절된 상태'를 의미했다. 오악사카는 이혼을 의미했다. 두 사람이 거기서 이혼한 것은 아니지만, 이본이 떠났을 때 영사가 갔던 곳, 분리와 단절의 중심인 듯한 그곳, 그곳이 바로 오악사카였던 것이다. 하지만 두 사람은 서로 사랑했다! 두 사람의 사랑은 여기서 아주 멀리 떨어진 황폐한 선인장 들판에서 방황하고 있었다. 그 사랑은 갈 곳을 잃어버려 비틀거리며 야생 동물의 공격을 받아 추락하며 도움을 청하고 있었다. 시들어가는 평화와 함께 마지막 한숨을 내쉬며 죽어가고 있었던 것이다. 오악사카……

"이본, 이 작은 시체에서 이상한 건 말이야……" 영사가 말했다. "반드시 누군가 그 손을 잡고 있는 사람과 함께 있어야 하는 것 아닌가. 하지만, 유감스럽게도 손이 아니라, 1등석 티켓이었지." 그는 웃으며 자신의 오른손을 들고는 상상 속의 칠판에 적힌 글씨를 지우듯 흔들어 보였다. "이런 삶에서 견딜 수 없는 것은 바로 이런 수전증 같은 거요. 하지만 괜찮아질 거요. 손이 떨리지 않을 만큼만 마셨지. 단지 필요에 의해서 마신, 일종의 치료를 위한 음주 같은 거 말이오." 이본은 영사를 쳐다보았다. "하지만 수전증은 정말 최악이야." 그는 말을 계속 이었다. "좀 지나면 익숙해지지. 하지만 난 정말 잘 견디고 있다오. 6개월 전보다 훨씬 나아졌는걸. 그전, 그러니까 오악사카에서보다 훨씬 나아졌다오." 항상 이본을 두렵게 만들었던 그 눈 속의 이상하고도 친숙한 번득임, 펜실베이니아 항구에서 하역 작업 때 어둠침침하게 빛나던 전구 다발과 같이 이제는 내면으로 승화된 그것, 마치 약탈자들의 그것과 같은 영사의 눈빛을 알아챈 이본은 그 번득임이 예전처럼 외부의 무언가로 향하지 않는다면 자신에게 향하게 될 것이라는 두려움에 몸을 떨었다.

"하느님은 알고 있을 거예요, 이전에 당신의 이런 모습을 내가 본 적이 있다는 것을……" 그녀의 마음은 이렇게 말하고 있었다. 그녀의 사랑이 바의 어둠 속으로 이렇게 말하고 있었다. "너무 많이 겪어서 놀랄 일도 아니지만, 당신은 또다시 날 거부하는군요. 하지만 이번엔 그전과 분명 다른걸. 마치 최후의 거부 같군요. 오, 제프리, 왜 돌아설 수 없는 거죠? 지금도 당신은 계속해서 그 어리석은 어둠 속으로, 내가 당신을 붙잡을 수 없는 그곳으로, 분리된, 단절된 그 어둠 속으로 가고 있잖아요! 오, 제프리, 도대체 왜 이러는 거죠!"

"하지만, 여길 봐요. 제기랄, 완전히 어두운 것만은 아니지 않소." 영사는 이본에게 답하듯 부드러운 어조로 말했다. 그는 반쯤 채워진 파이프를 입에 물고 불을 붙이려 했으나 제대로 되지 않았다. 이본은 바텐더를 찾는 듯 두리번거리는 영사의 눈을 좇았다. 하지만 배경 속으로 완전히 사라진 듯한 바텐더를 찾을 수는 없었다. "내가 보는 것이 완전한 어둠이라고 생각한다면 그건 오산이오. 당신이 계속 당신의 생각을 고집한다면, 내가 왜 그렇게 하는지 어떻게 설명할 수 있겠소? 하지만 저기 비치는 햇살을 보면, 아마도 해답을 얻을 수 있을 거요. 자, 봐요. 창문을 통해 떨어지는 저 햇살을 봐요. 이른 아침 술집 창을 통해 보이는 저 햇살의 아름다움과 견줄 만한 것이 어디 있단 말이오? 바깥에 있는 당신의 화산, 아니 당신의 별 라스 알게티, 아니 남쪽 하늘에서 빛나는 안타레스가 이보다 더 아름다울까? 미안하지만 아니라오. 내 입장을 조금 굽힌다면, 아름답다는 표현이 술집에 적절한 것은 아닐 수도 있어요. 하지만 곧 셔터 문을 내릴 무렵 미쳐 날뛰는 사람들로 가득한 술집들을 생각해봐요. 심지어 나를 받아주기 위해 문을 활짝 열어둔 천국의 문조차도 불안하게 술잔을 입으로 가져가면서 몸을 떠는 영혼들을 받아들이는 술집의 미닫이 문이나 삐걱거리는 소리를 내며 올라가는 철제 셔터 문보다 더한 천상의 복잡하고 절망적인 기쁨으로 나를 채울 수는 없다오. 모든 비밀, 모든 희망, 모든 실망, 그래요, 모든 재앙이 여기, 바로 저 흔들거리는 문 너머에 있다오. 그런데, 저기 구석에 앉아 있는 타라스코* 여인 보이오. 아마 그 전에는 보지 못했을 거요. 하지만 지금은 보이지 않소?" 그의 눈이 그녀에게 묻고 있었다. 사랑하는 이의 초점 없는 멍한 광채를 응시하며, 그의 사랑은 그녀에게 이렇게 묻고 있었다. "당신이 나처럼 술을 마시지 않는다면 어떻게 아침 7시에 도미노 게임을 하는 타라스코 노파의 아름다움을 이해할 수 있겠소?"

그것은 사실이었다. 영사의 말은 사실이었다. 거의 초자연적인 일이었다. 거기에는 또 다른 누군가가 있었고, 이본은 영사가 아무 말없이 뒤를 돌아다보았을 때에야 비로소 그 사실을 알아챌 수 있었다. 이제 이본의 눈은 어둠 속에서 바의 테이블에 앉아 있는 그 노파를 응시했다. 테이블 가장자리에는 동물 발톱 모양의 손잡이와 쇠붙이로 된 지팡이가 마치 살아 있는 것처럼 매달려 있었다. 노파는 작은 닭 한 마리를 옷 속에 넣어

---

* Tarasco: 멕시코 중부 미초아칸 주 북부에 사는 인디언.

가지고 있었다. 노파의 가슴 부근에 끈으로 묶여 있는 닭은 곁눈질로, 하지만 빠른 놀림으로 머리를 살짝 내밀어 바깥을 엿보곤 했다. 노파가 닭을 근처의 테이블에 내려놓자 닭은 작은 소리를 내뱉으며 도미노를 쪼아댔다. 노파는 자신의 옷으로 넘어진 도미노를 조심스레 감싸 원래대로 되돌려놓았다. 이본은 얼굴을 돌렸다. 닭과 함께 있는 노파, 그리고 도미노…… 등골이 오싹해졌다. 불길한 조짐 같았다.

"시체 말이오." 이본이 천천히 문으로 걸어가는 동안, 영사는 위스키 한 잔을 더 따르고는 이전보다는 약간 진정된 손으로 전표 장부에 서명했다. "개인적으로 난 윌리엄 블랙스톤* 옆에 묻히고 싶소." 그는 페르난도 쪽으로 장부를 넘겼다. 다행히도 그는 페르난도에게 애써 이본을 소개하려 들지 않았다. "고국을 등지고 인디언들과 함께 살았던 사람. 물론, 누군지 알겠지?" 영사는 자신 앞에 있는 낯선 술을 의심스러운 눈초리로 바라보며 아직 술잔을 들지는 않은 채 이본을 향해 반쯤 몸을 돌리고 서 있었다.

"세상에, 앨라배마라니, 자네가 원한다면, 가져…… 난 싫으니까. 원한다면 가지라구." 유리 칸막이 옆에서 또다시 소리가 들렸다.

"반드시 필요해."

영사는 술을 반 잔 정도 남겼다.

가득 내리쬐는 햇살 속에서, 아직도 계속되고 있는 축제에서 흘러나오는 음악의 잔영 속에서, 이본은 어깨 너머로 보이는 호텔 정문에 불안

---

* William Blackstone(1723~1780): 18세기 영국 작가, 법률가. "이 땅과 그 위에 있는 모든 것은 인류 전체가 공유하는 재산으로 창조주께서 직접 내려주신 선물이다. 종이 위에 갈겨 쓴 몇 마디 말로 땅을 소유할 권리가 주어진다는 것은 자연법이나 자연계 속에서 아무런 근거가 없는 얘기다"라고 토지 공유를 주장한 바 있다.

한 눈빛을 던지며 바깥에서 다시 영사를 기다리고 있었다. 파티에 참석했던 사람들이 마치 비밀의 둥지에서 나와 약간 멍한 상태의 말벌과도 같이 왁자지껄한 소음을 내며 끊임없이 그 문을 빠져나왔고, 영사는, 정확하고도 엉뚱한, 그리고 육군과 해군을 거쳐 영사직을 역임한 바 있는 그는 이제 거의 떨림이 멎은 듯 검은 안경을 꺼내 썼다.

"음" 영사가 말했다. "택시는 모두 사라져버린 것 같군. 걸어갈까?"

"차는 어떻게 된 거죠?" 아는 사람이라도 만나지나 않을까 하는 우려로 당황한 이본은 검은 안경을 쓰고 있는 다른 사람의 팔을 잡아끌 뻔했다. 호텔 벽에 기대 서 있던 남루한 차림의 멕시코 젊은이였다. 영사는 지팡이로 자신의 손목을 찰싹 때리며 그에게 무언가 수수께끼 같은 목소리로 말했다. "세뇨르, 좋은 오후죠." 이본은 앞으로 빨리 걸어가기 시작했다. "그래요, 걸어요."

영사는 기품 있는 자세로 이본의 팔을 잡고 (이본은 검은 안경을 쓴 남루한 차림의 젊은이가 한쪽 눈에 가리개를 한 다른 남자와 함께 있는 것을 발견했다. 그 남자는 맨발로 좀더 아래쪽 벽에 기대 서 있었다. 영사는 그에게 역시 "좋은 오후죠" 하고 말했다. 이제 더 이상 호텔에서 나오는 손님은 없었다. '안녕하세요'라고 공손하게 인사한 두 남자뿐이었다. 그들은 이본과 영사 뒤에서 서로 옆구리를 쿡쿡 찔러대며 이렇게 속삭이는 것 같았다. "'좋은 오후'래. 별난 사람이군!") 광장을 대각선으로 가로질러 갔다. 축제는 느지막이 시작될 것이다. 죽은 자의 날을 무수히 기억하고 있을 거리는 거의 텅 비어 있었다. 밝은 색깔의 현수막과 종이 장식들이 반짝이고 있었다. 거대한 바퀴가 나무 아래로 미동 없이 빛을 발했다. 주변과 아래의 마을들은 이미 폭발음 같은 날카로운 소리들로 가득 차 있었다. '복싱! 1938년 11월 시코텡카틀 공원 앞 토말린 경기장. 흥미로운 4라운드 경기' 광고판에는 이렇게 적혀 있었다.

이본은 일부러 에둘러서 말하고 있었다.

"또 차 사고를 낸 건가요?"

"사실은 잃어버렸다오."

"잃어버렸다고요?"

"미안해요, 제기랄, 이봐요, 이본, 너무 피곤하지 않소?"

"아뇨, 전혀! 피곤한 사람은 당신이죠."

'복싱! 4라운드 예선. 엘 투르코(고나살로 칼데론 52kg) vs. 엘 오소 (53kg).'

"배 안에서 할 일이라곤 자는 것밖에 없었어요! 더 걷고 싶어요. 만약에……"

"아무것도 아니오. 류머티즘이 약간, 아니 스프루* 때문인가? 이 늙은 다리에 혈액 순환이 되어서 좋은걸."

'복싱! 시코텡카틀 공원 앞 토말린 경기장. 준결승 특별 5라운드 경기.'

"복싱 경기를 보러 갈 수도 있었는데, 차 때문에 유감이군." 영사가 말했다. 그는 과장하듯 지나치게 똑바로 걷고 있었다.

"복싱은 싫어요."

"하지만 그건 다음 일요일 일이오…… 오늘 토말린에서 투우가 있다는 소릴 들었소. 당신, 기억나오?"

"아뇨!"

영사는 목수 같아 보이는 한 사내에게 손가락 하나를 치켜들면서 모

---

* sprue: 열대지방의 풍토병 중의 하나.

호한 인사치레를 했다. 사내는 나뭇결 모양이 있는 한 자 길이의 판자를 겨드랑이에 끼고 머리를 흔들며 두 사람 곁을 지나쳐 달려갔다. 영사도 이본도 그를 기억하지 못했다. 그는 영사에게 거의 노래하는 것처럼 웃음이 섞인 목소리로 "주정뱅이!"라고 말하는 듯했다.

두 사람 위로, 그리고 영원히 움직일 것 같지 않은 구급차 위로, 햇살이 내리쬐고 있었다. 구급차의 전조등은 순간적으로 눈부신 확대경으로 바뀌어 화산 위에서 빛을 발하는 것처럼 보였다. 이 눈부신 빛 때문에 화산을 보기는 힘들었다. 이본은 하와이에서 태어났기 때문에 화산에 친숙한 편이었다. 발이 거의 바닥에 닿지 않을 정도로 키가 작은 관청 서기가 광장의 나무 아래 공원 벤치에 앉아 커다란 타자기를 열심히 두드리고 있었다.

"나는 유일한 출구로 간다, 세미콜론." 영사는 유쾌하고도 진지한 어조로 말했다. "안녕, 마침표 찍고, 단락 바꾸고, 장 바꾸고, 세상도 바꾸고……"

이본은 자신을 둘러싸고 있는 것들, 광장을 둘러싸고 있는 가게들을 살펴보았다. '핸드메이드 드레스 숍: 라 치나 포블라나', '멕시코시티에서 온, 물이 새지 않는 유일한 욕조, 신사숙녀를 위한 특수 온열 기구 완비: 바뇨스 리베르타드', '맛있는 빵을 원한다면 도나히 프린세스의 밀가루로 만든 빵을 찾으세요: 세뇨르 파나데로'. 1년을 떠나 있었건만 다시금 친숙한 느낌이 들었다. 이상하고도 날카로운 느낌…… 그러고는 한순간 존재 양식의 변화, 자신의 정신과 육체가 분리된 듯한 느낌이 거의 참을 수 없는 지경에까지 이르렀다. "하다못해 저 서기에게 부탁했더라면 답장을 보낼 수 있었을 텐데……" 이본이 말했다.

"마리아가 저걸 뭐라 불렀는지 기억나오?" 영사는 지팡이로 나무들

화산 아래서 85

사이로 보이는 작은 미국식 식료품점을 가리키고 있었다. 코르테스 궁전과 대각선 위치에 있는 식료품점이었다. "피글리 위글리."*

"절대, 절대 울지 않을 거야." 이본은 이렇게 생각하며 입술을 깨물었다.

영사가 이본의 팔을 붙잡았다. "미안해요, 거기까진 생각 못했는걸."

두 사람은 다시 거리로 나왔다. 거리를 가로질러 인쇄소 앞에 다다랐을 때, 이본은 창유리를 보며 매무새를 바로잡을 수 있다는 사실에 안도감을 느꼈다. 그들은 예전처럼 가게 안을 들여다보며 서 있었다. 궁전과 인접해 있으나 수직 갱도와 같이 아주 가파르고 좁은 도로를 궁전과의 사이에 두고 있는 그 가게는 일찍 문을 열었다. 창문 안에 있는 거울에는 물에 흠뻑 젖고 햇빛에 그은 바다 동물이 물기를 머금은 바람에 머릿결을 흩날리며 이본을 쳐다보고 있는 것 같았다. 그것은 이본의 허황된 몸짓에 반응하며 인간의 고뇌 너머 어딘가에서 파도를 실어 나르고 있는 것 같았다. 이본은 알고 있었다. 태양은 고뇌를 독으로 바꾸어놓고, 타오르는 육체는 아픈 마음을 조롱했을 뿐이라는 것을…… 파도, 해변, 그리고 파도에 밀려온 쓰레기 더미와 늘 함께하는 저 구릿빛 생명체 스스로 그렇게 하지 않았다면 말이다. 창문 안에는 멍한 표정의 이본의 얼굴이 보였고, 자신이 기억하는 것과 똑같은 화려한 결혼식 초대장이 가지런히 놓여 있었다. 그리고 거기에는 기억하는 것과 똑같은 화려한 모습의 신부가 인쇄되어 있었다. 하지만 이번에는 이전에 보지 못한 그 무엇이 있었다. 영사는 "이상하군" 하고 중얼거리며 그림을 자세히 들여다보았다. 크게 확대된 그림은 시에라마드레 산맥의 빙하 퇴적물이 붕괴된 모습, 산불로 갈라

---

* 미국 유명 슈퍼마켓 체인점.

진 거대한 바위의 형상을 나타내고 있었다. 벌써 돌아가고 있는 인쇄기의 속도 조절 바퀴 뒤 위쪽에 걸려 있는 이 묘하게도 슬퍼 보이는 그림, 이 가게의 다른 전시물들의 성격으로 인해 이 그림의 아이러니한 신랄함은 배가된 듯했다. 그림의 제목은 '작별La Despedida'이었다.

코르테스 궁전의 정면을 지나 아래로 내려가자 눈에 보이지 않던 언덕의 내리막이 나타났다. 언덕에는 마치 지그재그처럼 보이는 길이 나 있었다. 두 사람이 택한 길은 칼레 티에라델푸에고로 향하는 지름길로, 아래로 더 내려가면 커브 길과 만나게 되었다. 그러나 언덕은 연기 나는 재가 가득한 쓰레기 더미와 별반 차이가 없었기에 신중하게 길을 선택해야 했다. 시내 중심지를 벗어나자 이본은 숨쉬기가 훨씬 편해졌다는 것을 깨달았다. '작별'을 떠올렸다. 작별! 습기와 퇴적물은 그 임무를 다한 후 폭발한 바위의 갈라진 두 조각을 모두 흙으로 만들었을 것이다. 그림에서 보여준 것처럼 그것은 불가피한 일이었다…… 정말 그랬을까? 그 누구도 꿈에도 의심해보지 못한 그 불변의 짧은 삶…… 조금 전 그 불쌍한 바위를 구해줄 방법은 없었던 것일까! 아, 누가 그것을 생각해보기나 했을까, 아니 그것을 그저 하나의 바위 이상으로 생각해본 사람이 있을까? 하지만 그것이 쪼개졌다는 것을 인정한다면, 적어도 그것이 완전히 박살나기 전에 이를 막을 만한 방법이 있지 않았을까? 도리가 없었다. 바위를 쪼개놓은 불의 위력은 그 조각들을 단일체로 묶어놓았던 힘을 없애버리고, 쪼개진 바위 조각의 파괴를 촉발했다. 하지만 왜, 환상적인 지질학적 마술을 사용하여 그 조각들을 다시 하나로 붙여놓을 수는 없었던 것일까? 이본은 쪼개진 바위가 아물기를 기원했다. 이본 자신이 그 바위의 한 조각이었기에, 다른 한 조각을 구할 수 있기를 열망했다. 그렇게 되면 두 쪽 다 살아날 수 있을 것이다. 이본은 아주 세심한 주의를 기울이며 바위에 다가갔다. 그러고는 기원과 열정의 눈물을 쏟아부으며 용서를 빌었다. 다른 한쪽 바위는 미동 없이 서 있었다. "다 괜찮아." 그 바위가 말했다. "하지만 그건 당신이 잘못 생각한 거야. 난, 난 말이야, 내 맘대로 파괴되고 싶거든!"

"토르투에서는……" 영사가 말했지만, 이본은 귀를 기울이지 않았다. 이제 두 사람은 칼레 티에라델푸에고의 먼지 자욱한 황폐하고 낯선 좁은 길에 들어섰다. 영사는 다시 떨기 시작했다.

"제프리, 목이 마른데 잠시 목 좀 축이고 갈까요?"

"제프리, 이번엔 무모하게 한번 살아보죠. 아침 식사 전에 둘 다 취해보자구요!"

이본은 이렇게 말하고 싶었지만 결국 아무 말도 하지 못했다.

불의 땅*의 거리! 왼편으로는 대충 다듬어진 거친 계단들과 함께 울퉁불퉁한 인도가 노면보다 높이 솟아 있었다. 이 좁은 인도의 중앙은 곱사등처럼 약간 올라와 있었고 그 안은 오물로 채워져 있었다. 인도 전체는 마치 지진에 한 번 휩쓸려 간 적이 있는 것처럼 아래로 가파르게 기울어져 있었다. 인도 한쪽 편에는 타일 지붕과 직사각형 모양의 창살을 가진 단층집들이 거리와 비슷한 높이로 서 있었지만 거리보다 낮아 보였다. 반대편으로는 두 사람 머리 위로 작은 가게들이 위치해 있었다. 영사와 이본은 문을 열어놓긴 했지만 마치 잠들어 있는 듯한 작은 가게들을 지나고 있었다. "모렐로스의 닉스타말로 만든 토르티야Molino para Nixtamal,

---

* 두 사람이 도착한 '티에라델푸에고Tiera del Fuego'는 원래 마젤란 해협 남쪽에 있는, '불의 땅Land of Fire'이라는 뜻의 섬. 1520년 11월 마젤란이 마젤란 해협 동쪽 입구로 들어올 때, 원주민들이 연기로 신호를 하는 것을 보고 '연기의 땅 티에라델우모'이라고 이름 지었으나 스페인 왕 카를로스 5세가 "불을 피우지 않고는 연기가 날 리 없다"며 이름을 고친 것으로 전해진다.

Morelense",* 마구상(馬具商) 영업 중, 레체리아Lecheria(누군가는 이것이 사창가를 의미한다고 했지만 이본은 이해할 수 없었다)라는 이름의 우유 가게를 지나 작은 소시지와 초리소** 줄을 늘어뜨려놓은 어두운 가게에서는 염소 치즈나 모과 와인, 카카오 등을 팔았다. "잠시만" 영사는 이렇게 말하고 늘어선 가게 중 하나로 들어갔다. "먼저 가요, 조금 있다가 따라가겠소. 시간이 좀 걸릴 것 같소."

이본은 가게를 지나 조금 걷다가는 오던 길을 되돌아갔다. 멕시코에 도착한 첫째 주 이후로는 가게에 들른 적이 없는 데다 이런 식료품 가게에서 사람들이 자신을 알아볼 위험은 거의 없었다. 그럼에도 불구하고, 이본은 영사를 따라 가게에 들어가고자 했던 뒤늦은 충동을 후회하며, 바깥에서 영사를 기다리면서 의지할 것이라고는 닻 하나밖에 없는 작은 배처럼 불안해하고 있었다. 이제 그를 따라갈 기회마저도 놓쳐버렸다. 고뇌의 물결이 이본을 엄습했다. 영사가 다시 나타나 자신을 찾아주기를 바랐다. 거기 그렇게 버려진 채 어두커니 서 있는 자신을…… 하지만, 두 사람이 함께 걸어온 길을 되돌아보고 있는 동안, 이본은 제프리에 대한 생각을 까맣게 잊어버렸다. 믿기 힘든 일이었다. 이본은 다시 콰우나우악에 있었던 것이다! 코르테스 궁전이 있었고, 벼랑 꼭대기에 한 남자가 서 있었다. 코르테스와 같은 웅장한 무사의 분위기를 풍기는 그 남자는 계곡을 내려다보고 있었다. 남자가 움직이자 환영이 희미해졌다. 다시 보니 차라리 이 남자보다는 벨라 비스타 벽에 기대어 있던 검은 안경을 쓴 남루한 차림의 젊은이가 코르테스와 더 많이 닮았다고 할 수 있을 것 같았다.

"정말 성가신 사람이군!" 식료품 가게에서 나온 소리가 평화로운 거리

---

* 모렐로스는 멕시코 중남부의 주 이름이며, 닉스타말은 토르티야의 재료로 옥수수를 불린 것.
** chorizo: 스페인식 소세지.

에 크게 울려 퍼졌다. 그러고는 장난기 섞인 남자의 외침이 이어졌다. "이 악당아!" 그러고는 잠시 간격을 두고 "달걀!"*이라고 말하는 영사의 목소리가 들렸다. 장난기 어린 목소리가 다시 터져 나왔다. "이 악동아! 당신들은 모두 악동들이야." 그 목소리는 낄낄대고 있었다. "달걀!" "이 아름다운 숙녀분은 누구신가? 아, 또 다른 악동, 아니 달걀이신가?" 이때 영사가 조용한 미소를 띠고 이본이 서 있던 길의 바로 위 인도에 나타났다.

"토르투에서는 말이야" 영사는 다시 천천히 이본 곁으로 다가서며 입을 열었다. "믿을 만한 정보통에 의하면, 지원서건 뭐건 전혀 필요 없는 이상적인 대학에서는 그 누구든, 심지어 운동선수들에 대해서도 술 마시는 일에 전혀 관여할 수 없다는군. 조심해요!"

갑자기 어린아이의 장례 행렬이 나타났다. 작은 레이스로 덮인 관 뒤로 악단이 뒤따르고 있었다. 두 개의 색소폰과 베이스 기타, 그리고 바이올린이 「라쿠카라차」**를 연주하고 있었다. 숙연한 모습의 여인네들이 뒤따르고 있었다. 이들과는 반대로 몇 발자국 뒤처져서 따라오는 이들은 농담을 주고받으며 뿔뿔이 흩어져 거의 달리듯이 행렬을 쫓아가고 있었다.

작은 장례 행렬이 마을을 향해 내려가는 동안 두 사람은 길가로 붙어 서 있다가 행렬이 지나가자 서로를 쳐다보지 않고 말없이 걸어갔다. 이제 거리의 제방이 점점 낮아지고 인도와 가게도 점차 멀어져갔다. 왼편으로 막다른 곳에는 낮은 담이 있었고 그 뒤로는 공터가 보였다. 오른편의 집들은 검은 숯으로 뒤덮여 있는 낮은 오두막으로 변해갔다. 참을 수 없을

---

* 스페인어로 달걀huevo은 멕시코에서 남자의 생식기를 의미하는 은어로 쓰인다. 영사는 식료품 가게에 달걀, 즉 정력을 사러 간 것으로 해석할 수 있다.
** La Cucaracha: 영어로 The Cockroach, 즉 바퀴벌레라는 뜻으로 멕시코 원주민의 비참한 상황을 바퀴벌레에 비유한 노래로, 멕시코 혁명가로 쓰였다.

만큼 깊은 고뇌에 빠져 있던 이본의 심장이 갑자기 고동을 멈추었다. 두 사람은 주택가로 접어들고 있었다. 바로 자신들이 살던 그곳을 향해 가고 있었던 것이다.

"제프리, 조심해요!" 하지만 칼레 니콰라과로 통하는 직각으로 된 모퉁이에서 비틀거린 것은 이본 자신이었다. 이본은 두 사람이 서 있는 거리의 반대편 끝에 있는 이상한 집을 올려다보았고, 영사는 그런 이본을 무표정한 얼굴로 지켜보았다. 그 집에는 탑 두 개가 솟아 있었고 마룻대 위로 좁은 연결 통로가 나 있었다. 노동자 차림의 한 남자가 등을 돌린 채 역시 그 집을 이상하다는 듯 쳐다보고 있었다.

"아직 그대로인걸, 조금도 바뀌지 않았어." 영사가 이렇게 말했다. 두 사람이 집을 지나칠 때 왼편 담벼락에는 이본이 결코 보고 싶지 않았던 글자가 새겨져 있었다. 이제 두 사람은 칼레 니콰라과로 향한 내리막길에 있었다.

"그래도 거리는 약간 달라 보이는걸요." 이렇게 말하고 나서 이본은 침묵 속으로 되돌아갔다. 실제로 이본은 자제심을 잃지 않기 위해 안간힘을 쓰고 있었다. 이본은 최근 자신이 마음속에 그리던 콰우나우악의 그림에서 그 집이 존재하지 않았던 이유를 알 수 없었다! 이본은 종종 칼레 니콰라과에서 제프리와 함께 있는 상상을 하곤 했었다. 하지만 단 한 번도 그 어떤 환영에서도 자크의 탑을 본 적은 없었다. 그것은 이미 아무런 흔적도 남기지 않고, 마치 그 집의 존재 자체가 없었던 것처럼 사라져버렸기 때문이었다. 가령 살인자가 자신이 저지른 죄를 말해주는 가장 뚜렷한 이정표가 없어지고 나서 익숙했던 거리에 돌아와 어디로 가야 할지 모르는 마음과 비슷한 느낌이었다. 칼레 니콰라과는 그다지 달라 보이지 않았다. 그곳에는 여전히 달 표면처럼 움푹 파인 구멍으로 가득 찬 잿빛의 커다란 바위들이 어지러이 성기게 널려 있었고, 그 안에는 폭발의 흔적이 냉각된 채 남아 있었다. 이는 마치 건물 보수를 둘러싸고 땅 임자와 시 당국 간에 계속 이어지는 교착 상태의 단면을 보여주는 듯했다. 칼레 니콰라과! 거기서 있었던 그 모든 일에도 불구하고 이 이름은 이본의 마음속에 구슬프게 울려 퍼졌다. 자크의 집에서 받았던 그 터무니없는 충격만이 이본의 감정을 설명할 수 있었다. 하지만 거기서 그랬던 것처럼, 그녀의 마음 한구석은 여전히 고요한 상태였다.

나무가 드리워진 높은 벽 사이에 인도 없이 널찍한 도로가 점차 가파른 내리막길로 치닫고 있었다. 오른편으로 작은 판잣집들이 늘어서 있었고 두 사람의 집 위로 3백 야드 정도 떨어진 곳에서 왼쪽으로 커브를 돌아가자 도로는 시야에서 사라졌다. 늘어선 나무들이 낮게 이어진 언덕 너머의 풍경을 가리고 있었다. 협곡을 향한 도로로부터 멀리 떨어져 있는 큰 주택들은 왼편으로 늘어서서 계곡 건너 화산과 마주하고 있었다. 두 개 사유지 사이의 틈을 통해 멀리의 산들이 다시 이본의 눈에 들어왔다. 철망이 경계를 이루고 있는 틈 사이로 보이는 작은 들판에는 지금은 멈춘 광풍으로 인해 서로 뒤엉켜버린 큰 키의 가시풀이 넘쳐났다. 그리고 포포카테페틀과 이스탁시우아틀이 보였다. 이 산들은 멀리 떨어져 있는 모쿠아웨오웨오의 마우나로아 화산의 대사 격이었다. 먹구름 때문에 그 아랫부분은 선명하게 보이지는 않았다. 비가 내린 후 풀들은 더 선명한 색을 띠게 마련이지만, 지금 보이는 풀빛은 생각보다 뚜렷하지 않았다. 가뭄의 주문에 걸린 것임이 분명했다. 하지만 길 양편의 도랑은 산에서 흘러내려 온 물로 가득했다. 그리고……

"그리고, 그 역시 아직 거기 있다오. 그는 조금도 변하지 않았지."
영사는 머리를 돌리지 않은 채 라루엘의 집 방향으로 고갯짓을 했다.

"누가, 변한 사람이 누가 있나요—" 기분이 나아진 듯한 이본이 뒤편을 흘끗 돌아보았다. 한동안 자크의 집을 바라보던 날품팔이 차림의 남자가 이윽고 골목 안으로 들어가고 있었다.

"자크."

"자크!"

"맞아요. 우리가 함께했던 시간은 정말 즐거웠잖아요. 버클리 주교에서부터 4시의 꽃,* 그러니까 분꽃에 이르기까지, 세상 모든 게 우리의 관심사였잖아요."

"당신, 무슨 일을 한다고 그랬죠?"

"외교 업무." 영사는 잠시 멈춰서 파이프에 불을 붙였다. "거기에 대해서는 분명하게 밝혀야 할 게 있다고 생각되는데."

"……"

영사는 몸을 웅크려서 넘쳐흐르는 도랑의 물 위에 성냥을 내려놓았다. 어쨌든 두 사람은 계속 움직이고 있었다. 아니, 서두르는 것처럼 보이기도 했다. 이본의 귀에는 짧은 순간 스쳐 지나가는 분노의 소리, 도로 위에 딸깍거리는 자신의 구두 소리, 그리고 자신의 어깨 위로 영사의 무심한 음성이 들려왔다.

"당신이 1922년에 자그레브의 백러시아 대사관에 파견된 영국 외교관이라면 말이오, 난 항상 당신 같은 여인이 1922년 자그레브의 벨라루스 대사관에 파견된 외교관이었다면 정말 잘할 수 있을 거라고 생각했다오. 어떻게 그렇게 오랫동안 살아남을 수 있는지는 오직 하늘만이 아는 일이지만, 그리고 정확하게 말할 수는 없지만, 아마도 당신은 일종의 가

---

* Four O'lock: 분꽃mirabilis jalapa의 영어 명칭. 오후 4시에 꽃이 피고 다음 날 아침에 지기 때문에 붙은 이름.

면과도 같은 나름대로의 행동 방식을 어느 정도 습득했을 거요. 당신을 보면 자칫 거만해 보이기도 하는 평정심이 느껴진다오."

"……"

"물론, 당신이 어떻게 생각하는지 짐작이 가고도 남아요. 우리, 그러니까 자크와 내게서 풍기는 암묵적인 무관심 같은 거 말이죠. 그게 어떤 느낌을 주는지 잘 알아요. 아마도 그건 당신이 자크를 떠났을 때 그 역시 당신을 떠나버린 것, 그리고 그렇게 해선 안 되는데 우리가 우정이란 것을 저버린 것, 어쩌면 그런 것들보다 더 나쁜 것으로 보이겠죠."

"……"

"하지만, 이본, 영국 Q보트*의 난간에 서본 적이 있소? 난 항상 당신 같은 여성이 Q보트의 난간에 서 있는 장면을 상상했다오. 날마다 망원경으로 토트넘 코트 로드를 바라보며, 흔들리는 파장의 신호를 세는 모습이 아주 잘 어울릴 것 같았소. 당신은 아마도 그런 것들을—"

"조심해요!"

"물론, 커콜즈헤이븐에 영사로 간 적이 있었죠? 막시밀리안과 카를로타의 헛된 사랑 때문에 저주 받은 마을 말이죠. 그때, 그때, 왜……"

'복싱! 토말린 경기장. 엘 발론 vs. 엘 레돈딜로.'**

"그런데 아이 시체 얘기 말이오, 아직 다 끝나지 않았어요. 정말 놀라운 일은 시체가 지날 때마다 조사를 받았다는군. 실제로 미국 국경에서도 말이지, 게다가 그 운반 비용은 성인 승객 두 명과 맞먹는 요금이라네."

"……"

---

* 제1차 세계대전 당시 독일 잠수함을 격침하기 위해 상선으로 가장한 영국 함정.
** El Balón vs. El Redondillo: Balón은 Baloon(풍선), Redondillo는 Bouncing Ball(튀어오르는 공)을 뜻함.

"당신이 내 말을 듣지 않는 걸 보니, 다른 얘길 해야겠군."

"……"

"다른 얘기, 아주 중요한 다른 얘기가 있소."

"무슨 얘긴가요?"

"휴에 관한 거요."

"휴 소식을 알고 있나요? 그 사람 어떻게 지내요?" 이본이 마침내 입을 열었다.

"나와 함께 있다오."

'복싱! 1938년 11월 8일. 시코텡카틀 정원 맞은편 토말린 경기장. 흥미로운 4라운드 경기. 엘 발론 vs. 엘 레돈딜로.'

'오를락의 손, 피터 로어 출연.'

"뭐라고요!" 이본이 갑자기 멈추어 섰다.

"미국에 잠시 있었는데, 이번엔 목장에 있었나 보오." 영사는 다소 무거운 목소리로 말했다. 어쨌든 두 사람은 계속 앞으로 나아가고 있었고, 이전보다는 다소 느리게 걷고 있었다. "하늘만이 알 일이지. 휴가 승마를 배운다는 건 상상할 수 없는 일이잖소. 그런데 한 일주일 전에 마치 『붉은 샐비어의 기사들』*에 나오는 후트 하트 같은, 정말 믿기지 않는 옷차림을 하고 나타났다오. 분명 무슨 염력을 이용해서 이동했거나 미국에서 강제 추방되어 가축 트럭을 얻어 타고 왔을 거요. 신문사에서 이런 문제를 어떻게 다룰지는 정말 모르겠소. 어쩌면 내기를 했는지도 모르지…… 가축들과 함께 치와와까지 갔다가 총포 밀수상, 웨버라는 친구, 이름은 잘 모르겠어, 그 친구를 만나본 것도 아니니, 하여간 그 친구를

---

* 원제는 *Riders to the Purple Sage*으로 미국 소설가 그레이(Zane Grey, 1875~1939)가 쓴, 미국 서부에 관한 낭만적인 소설.

만나 여기까지 비행기를 타고 왔다는군." 영사는 파이프를 발뒤꿈치에 대고 탁탁 치며 웃으며 말했다. "그러고 보니, 요즘 비행기를 타고 날 보러 오는 사람들이 꽤 많군."

"하지만, 하지만, 휴 이야기는 이해가 안 되는걸요."

"도중에 옷가지를 잃긴 했지만, 내 생각에 그건 휴가 부주의했기 때문만은 아닌 것 같소. 당신이 이 말을 믿을지는 모르겠지만, 국경에는 바가지요금을 씌우려는 사람들이 많이 있지. 휴가 옷가지를 내버리고 온 것은 어쩌면 당연한 일인지도 모르오. 하지만 여권은 잃어버리지 않았다니 얼마나 다행이오. 보통은 그렇게 되지 않지. 게다가, 물론 나는 휴가 어떤 능력을 가졌는지 모르지만, 여하튼 아직도 런던 글로브에서 일하고 있잖소…… 휴가 최근 유명해졌다는 거 당신도 알잖소. 벌써 두번째로 유명세를 탄 셈이지."

"그 사람 우리가 이혼했다는 사실을 알고 있었나요?" 이본은 가까스로 입을 열었다.

영사는 고개를 저었다. 두 사람은 천천히 발걸음을 옮겼다. 영사는 땅을 쳐다보고 있었다.

"휴에게 이야기했나요?"

영사는 전보다 더 천천히 걸으며 계속 침묵을 지켰다. "무엇을?" 영사가 마침내 입을 열었다.

"아니, 제프, 아무것도 아니에요."

"물론 휴도 이제 우리가 헤어졌다는 것을 알고 있을 거요." 영사는 지팡이의 우묵한 면으로 수로 옆에서 자라고 있는 양귀비의 목을 꺾었다. "하지만 우리 둘이 여기 있을 것이라고 생각했나 보더군. 아마도 우리가 이혼할 수도 있다고 생각했겠지. 하지만 난 우리의 이혼 얘기를 회피하려고 애썼지. 그래, 그랬던 것 같소. 피하려고 애썼지. 그런 이야기를 할 엄두를 못 내고 있었는데, 휴는 이미 가버렸더군."

"그럼 그 사람 지금은 당신과 함께 있는 게 아니군요."

영사가 갑자기 웃음을 터뜨렸고, 잠시 후 웃음소리는 기침 소리로 바뀌었다. "아니! 함께 있소…… 함께 있고말고. 사실, 난 휴의 구원 작전으로 인한 스트레스 때문에 거의 죽을 지경이었지. 그러니까, 휴는 날 '올바른 사람'으로 만들려고 했던 게지. 내 말 이해하겠소? 그의 이탈리아인 같은 섬세한 솜씨를 기억하오? 휴는 자신이 만들어낸 악명 높은 스트리크닌* 합성물로 문자 그대로 거의 성공을 거두었다오. 하지만……" 말하는 도중 영사의 한쪽 발이 다른 쪽 발에 걸린 것 같았다. "좀더 정확하게 말하자면, 휴가 나와 함께 있었던 것은 나의 스윈번에게 시어도어 왓츠 던턴** 역할을 하는 것보다 더 큰 이유가 있었을 거요." 영사는 양귀비를 하나 더 꺾었다. "침묵의 스윈번…… 휴는 목장에서 휴가를 즐기다 뭔가 소문을 듣고는 붉은 천을 쫓는 황소처럼 흥분해서는 이곳으로 왔다오. 내가 이야기했던가…… 휴가 멕시코시티로 가버린 이유도 바로 그것 때문이라오. 내가 말했던가?"

잠시 후 이본은 자신조차 알아듣기 힘들 정도로 작은 목소리로 말했다. "잠시 함께 시간을 보낼 수도 있겠죠, 그렇지 않아요?"

"Quién sabe(누가 알겠나)?"

"휴는 지금 멕시코시티에 있다고 했잖아요." 이본이 재빨리 덧붙였다.

---

* strychnine: 신경흥분제.
** 영국 시인이자 평론가인 스윈번(Algernon Charles Swinburne, 1837~1909)은 피학적 경향과 알코올 중독으로 건강이 극도로 악화되었으나, 후견인 역할을 자처한 던턴(Theodore Watts Dunton, 1832~1914)의 도움으로 건강을 회복하고, 여생을 그와 함께 보냈다.

"오, 휴는 일을 그만두려는 거요. 지금 집에 있을지도 모르지. 어쨌든, 오늘은 돌아올 거요. 자신은 '행동'을 원한다는군. 불쌍한 녀석, 요즘 정말로 대중적인 노선을 취하고 있는 게지." 진심인지 아니면 농담조로 말하는 것인지는 몰라도 영사의 목소리에는 동정심이 충분히 배어 있었다. "그리고 그 낭만적인 용기의 결말이 어떻게 되는지는 오직 하늘만이 알고 있겠지."

"그리고 휴가 어떻게 느끼는가 하는 것도……" 이본이 갑자기 용기를 내어 물었다. "언제 다시 만날 건가요?"

"그래요, 음, 별 차이도 없지, 시간도 그리 많지 않으니. 방금 말하려던 참이었소." 영사가 약간 쉰 목소리로 말을 이었다. "휴가 나타나면서 라루엘과 나의 즐거운 시간들은 사라지고 말았지." 영사는 마치 장님처럼 지팡이로 흙바닥을 쿡쿡 쑤셔댔는데, 그가 움직이기 시작하자 그 소리는 규칙적인 소음을 만들어냈다. "나 혼자 즐겼는지도 모르지. 자크는 위장이 약해서 석 잔이면 토할 정도였지. 넉 잔이면 선한 사마리아인 흉내를 내고 다섯 잔이면 던턴이 되고 말지…… 일종의 기술의 전환이라고나 할까, 하여간 난 그게 좋았지. 그런데, 휴를 위해서라도 이 말은 휴한테 하지 않는 게 좋을 거요—"

"아—"

영사는 목을 가다듬고는 "당신이 보다시피 휴가 없는 동안 많이 마시지는 않았지만, 완전히 말짱한 정신으로 지낸 것만은 아니라오."

"아, 그래요. 그렇군요." 이본은 자신을 이 모든 것으로부터 수천 마일 떨어진 곳으로 도피하게 만들었던 숱한 생각들을 다시금 떠올리며 미소를 머금었다. 이본은 영사 옆에서 천천히 걸어가고 있었다. 절벽 위 소나무가 올려다 보이는 높은 곳을 향해 올라가면서 영사가 천천히 말했다.

"아래쪽의 비탈은 대적도 안 되겠는걸, 저 소나무들 꼭대기에 올라갔다고 생각하면 아찔한데!" 영사의 이 말은 마치 스스로를 위로하기 위한 것인 듯했다. 이본은 이 순간에서 벗어나고자 했다. 아예 생각을 멈추었다. 아니, 그러나 생각을 멈춘 것이 아니라 다시 그 거리를 생각하고 있었다. 멕시코시티로의 운명적인 여정을 시작하며 모퉁이를 돌면서 이제는 없어져버린 플리머스로부터 마지막으로 그 거리를 비통하게 바라보았던 그때를 기억했다. 분수대에 부딪쳐 바닥의 움푹한 구멍 위로 미동도 없이 쓰러져 있다 기어가던 기억, 그러다 단번에 벽으로 내달렸던 기억…… 어느 쪽으로 가야 한다는 생각은 없었다, 단지 벽을 향해 달렸을 뿐이었다. 당시에는 지금보다 얼마나 더 많은 절박한 일들이 자신의 머릿속을 가득 채우고 있었던가! 생각했던 것보다 훨씬 높은 벽은 타오르는 꽃망울로 가득한 부겐빌레아*로 덮여 있었다. 그 위로 벼슬같이 생긴 나무 꼭대기와 움직임이 전혀 없는 무거운 느낌의 나뭇가지가 보였고 이따금 파리안의 영원한 미라도르**인 감시탑이 보이기도 했다. 그 사이사이에 들어서 있는 주택가는 벽 아래에서도 벽 위에서도 보이지 않았다. 한번은 주택가가 보이지 않는 이유에 대해서 심각하게 생각해본 적이 있었다. 집들이 외부 테라스의 안쪽으로 몸을 움츠린 것일까, 아니면 미라도르가 줄어든 것일까. 마치 외로운 영혼의 지붕들만이 공중에 떠다니는 것 같았다…… 뉴올리언스를 연상시키는 철제 레이스로 세공된 높은 문, 연인들의 밀회가 연필로 아로새겨진 벽에 둘러싸인 문들 사이로 집을 구별하는 것 역시 힘들었다. 그 안에는 멕시코 사람들이 아닌 스페인 사람들이 꿈꾸는 집이 숨겨져 있었다. 오른편의 수로는 지하로 이어져 있었고 빈민가의 또 다른

---

* bougainvillea: 주로 열대지방에서 자라는 분꽃과의 관목.
** mirador: 망루를 가리키는 스페인어.

수로는 마리아가 숯을 팔곤 하던 어둡고 음침한 벙커에 입을 벌린 채 험악한 표정을 짓고 있었다. 물은 햇빛 속을 요동치며 흘렀고, 반대편 벽 사이 틈으로 포포카테페틀이 홀로 서 있었다. 이본이 생각에 잠겨 있는 동안 두 사람은 이미 모퉁이를 돌아섰고, 눈앞에는 두 사람의 집이 펼쳐져 있었다.

용솟음치는 수로를 제외하면 거리는 황폐 그 자체였다. 수로의 물은 조용히 흐르고 있었으나 두 개의 줄기로 나뉘어 마치 서로 경쟁하는 듯했다. 이 광경은 아이러니하게도 이본이 루이스를 만나기 전, 영사가 영국으로 돌아온 것을 그리던 그 시절 자신의 마음의 눈이 보여주던 그 장면을 떠오르게 했다. 당시 이본은 콰우나우악을, 물이 차올라 결국은 대참사로 끝이 날 수도 있는 그곳을, 비록 자신이 원하던 바는 아니라 할지라도 그녀의 그림자만이 유일한 위로가 되고 길동무가 되어 수로 위로 영사의 환영이 끝없이 걸을 수 있는 안전한 작은 길로 생각하고 싶었다.

콰우나우악은 자못 달라 보였다. 공허한 것은 마찬가지였지만 과거가 일소되고 정화된 느낌이었다. 제프리는 거기 홀로 서 있었다. 하지만 지금은 환영이 아닌, 속죄를 빌 수 있는, 이본의 도움을 필요로 하는, 영사의 육신이 서 있었다.

제프리는 홀로 있지 않았다. 그는 이본의 도움을 필요로 하는 동시에 이본의 비난을 한 몸에 받고 있었다. 그리고 겉보기와는 달리 영사는 이본의 비난을 잘 견뎌내고 있었다.

이본은 갑작스럽게 현기증을 느끼며 가방을 꼭 붙잡았다. 영사는 낮에 마신 술에서 회복한 듯 지팡이로 표지물들을 가리켰으나 이본은 어지럼증에 그것들을 거의 알아보기 힘들었다. 오른편의 시골길, 지금은 학교로 변해버린 무덤이 있는 조그마한 교회, 운동장의 철봉, 도랑 옆의 어두운 정문(정문 양쪽의 높은 벽은 보이지 않았다), 그리고 정원 아래 버려진 철광산……

학교에서 이리저리로……
포포카테페틀
아름다운 날들이었네……

영사는 콧노래를 흥얼거렸다. 이본의 얼어붙은 가슴이 서서히 녹아내리는 것 같았다. 한순간 산속의 평화와 같은 공감대가 두 사람 사이에 흐르는 것 같았다. 물론 그럴 리 없겠지만, 그 찰나에 두 사람은 며칠간을 떠돌다 함께 집으로 돌아가는 듯한 느낌이었다. 이본은 웃으며 영사의 팔을 잡고 둘은 함께 보조를 맞춰 걷기 시작했다. 다시 벽이 나왔고 누구도 흙먼지를 치운 적이 없는 것 같은, 그러나 이미 누군가 맨발로 걸어간 듯한 거리로 이어진 진입로를 지나자 입구에 다다랐다. 문짝이 떨어져 나가 입구에 널브러져 있었다. 문은 항상 부겐빌레아 넝쿨에 반쯤 덮여 있었다.
"자, 이본. 이리 와요. 집에 거의 다 왔군."
"그래요."
"이상하군." 영사가 말했다.
흉측하게 생긴 떠돌이 개가 두 사람을 따라 들어왔다.

III

구부러진 진입로를 따라 올라가자 영사의 검은 안경을 통해 처참한 광경이 눈에 들어왔다. 도로 위로 커다랗게 파인 웅덩이가 보였고, 더 이상 갈증을 느끼지 못하고 말라 죽어가는 외래의 식물들이 큰 키를 주체하지 못하고 비틀거리며 서로에게 기대어 있었다. 마치 죽어가면서도 마지막 발기 상태를 유지하는 환영, 아니 성 기능이 완전히 상실된 자신의 환영 앞에 선 난봉꾼의 모습을 떠오르게 하는 광경이었다. 영사는 누군가 자신과 함께 걸으면서 자신을 위해 괴로워하며 이렇게 말하는 것을 느꼈다. "여보게, 친숙한 것들이 얼마나 낯설고 슬프게 느껴지는지. 이 나무를 만져보게, 한때는 우리 친구가 아니었던가. 아, 그토록 오랜 세월 동안 보았던 이 나무가 이렇게 낯설게 느껴지다니! 저기 집 벽 사이의 틈을 보게, 도움을 청한다면 아직도 우릴 기꺼이 도와줄 그리스도가 고통을 겪고 있는 저곳. 그러나 우린 더 이상 도움을 청할 수가 없어. 저 장미의 고통을 생각해보게. 잔디 위 콘셉타가 키우던 커피콩들을 보게나, 자네는 저걸 보며 마리아가 태양 아래서 말라가는 것 같다고 말하곤 했었지. 아직 그 달콤한 향을 기억하나? 친숙하고도 이상한 꽃을 피우는 질경이를 기억하는지. 한때는 생명의 상징이었지만 이젠 사악한 남근의 죽음의 상징이 돼버린 그것들…… 자넨 이제 이런 것들을 사랑하는 방법을 잊어버렸지. 지금 자네가 사랑하는 것은 술집뿐이지. 삶에 대한 사랑은 독으로 변하고, 그 독은 단지 독에 그치지 않고 술집에서 자네가 일용하는 양식이 돼버렸지."

"그럼 페드로 역시 가버린 건가요?" 이본은 영사의 팔을 꼭 붙잡고 있었지만 목소리는 평온하게 들렸다.

"그랬지, 다행히도."

"고양이들은 어떻게 됐죠?"

"페로!" 발 뒤편에 허물없이 모습을 드러낸 떠돌이 개에게 영사는 안경을 벗으며 상냥스럽게 말을 건넸다. 그러나 개는 몸을 움츠리며 진입로 아래로 내려갔다. "정원이 엉망이 돼버렸지만, 사실 몇 달 동안이나 정원사 없이 지낸 것치고는 괜찮은 편이지. 휴가 잡초를 뽑기도 하고 수영장 청소도 했지…… 듣고 있소? 오늘은 물이 가득 찰 것 같은데." 진입로는 점차 넓어져 작은 장소와 맞닿았고 여기서부터 폭이 좁고 경사진 잔디를 비스듬히 가로지르는 오솔길이 시작되었다. 잔디밭은 장미 화단과 분리되어 있었고 오솔길은 '정문'으로 이어졌는데, 정문은 실제로는 하얀색 본채의 뒤편으로 나 있었다. 하얀색 건물의 낮은 지붕은 화분과 비슷한 색깔의 타일로 덮여 있었고, 격자가 겹쳐진 것 같은 무늬의 타일은 두 갈래로 갈라진 배수관 모양을 하고 있었다. 나무들 사이로 보이는 방갈로는 한순간 항구에 정박한 자그마한 배처럼 보였다. 방갈로의 왼쪽 끝에는 검은 연기가 한 줄기 피어오르고 있는 굴뚝이 보였다. "사기 문제에다 임금 체불로 인한 소송까지…… 그리고 개미와 곤충들 역시 내 편은 아니었소.

외출했던 어느 날 밤 도둑이 들었었지…… 홍수도 났었고, 콰우나우악의 하수가 집에 흘러들어 지금까지도 우주난* 같은 냄새가 진동을 하지. 아, 신경 쓸 거 없소. 아마도 당신은—"

이본이 팔을 풀어 오솔길에 자라고 있는 능소화 덩굴의 촉수를 뜯었다.

"오, 제프리! 동백꽃은 어디 있죠?"

"글쎄" 널빤지로 연결된 집과 평행을 이루고 있는 말라버린 수로가 잔디밭 사이에 덩그러니 놓여 있었다. 플로리번다**와 다른 장미 사이에 거미 한 마리가 복잡한 모양의 거미줄을 만들고 있었다. 타이런트*** 한 무리가 요란한 소리를 내며 어둡고도 빠른 날갯짓으로 집 위를 휩쓸고 지나갔다. 새들은 널빤지를 지나 현관 툇마루에 내려앉았다.

매우 지적인 느낌의 흑인 노파(영사는 노파가 정원 아래 광산의 쭈글쭈글한 관리인의 정부일 것이라고 생각하곤 했다)가 언제나 그렇듯 어깨에 대걸레를 걸치고, 바닥에 발을 비비다가 질질 끌면서 "정문"에서 걸어 나왔다. 노파의 걸음, 즉 발을 바닥에 비비는 것과 질질 끄는 것은 서로 별개의 정체 불명의 메커니즘으로 제어되는 행위처럼 보였다. "이쪽은 콘셉타" 영사가 말을 이었다. "이본, 콘셉타요. 콘셉타, 이쪽은 퍼민 부인이네." 어린아이 같은 미소를 짓자 노파의 얼굴은 곧 순진한 소녀의 그것으로 바뀌었다. 영사가 맑은 정신에서나 나올 수 있는 관심을 가지고 (영사는 지난밤 의식을 잃기 바로 직전 이후 그 어느 때보다 지금 훨씬 유쾌하게 "취한" 듯한 느낌이었다) 자신의 앞 현관에 놓인 이본의 짐들을 보는 것을

---

* Cosmic Egg: 연금술에서 우주의 영혼이 갇힌 혼돈chaos을 의미. 여기에서 세계가 탄생한 것으로 알려져 있다.
** floribundia: 장미의 일종.
*** tyrant flycatcher: 미국산 딱새.

망설이고 있는 동안, 콘셉타는 앞치마에 손을 닦고 이본과 악수를 나누었다. 영사는 이제 이본의 짐들을 보고 있었다. 현관에는 이본의 여행 가방과 손가방 세 개가 놓여 있었고, 모자 가방의 번쩍거리는 라벨들은 마치 꽃망울을 터뜨리며 이본의 여정을 읊조리는 것 같았다. 호텔 힐로 호놀룰루, 빌라 카르모나 그라나다, 호텔 테바 알레시라스, 호텔 페닌슐라, 지브랄타, 호텔 나사렛 갈릴리, 호텔 맨체스터 파리, 코스모 호텔 런던, s.s. 일 드 프랑스, 레지스 호텔, 캐나다 호텔 멕시코 D. F., 그다음으로 새로운 라벨들이 새로운 꽃망울을 터뜨리고 있었다. 호텔 아스토 뉴욕, 로스앤젤레스, 타운 하우스, s.s. 펜실베이니아, 호텔 미라도 아카풀코, 콤파니아 멕시카나 드 아비아시옹. "El otro señor(또 다른 세뇨르는)?" 영사는 묻자 콘셉타는 유쾌한 놀림으로 고개를 저었다. "아직 안 돌아왔군. 이본, 예전에 쓰던 방이 낫겠지. 휴의 방은 뒤쪽 기계 방이오."

"기계라뇨?"

"잔디 깎는 기계 말이오."

"por qué no, agua caliente(뜨거운 물이 준비돼 있어요)." 콘셉타의 부드러운 음악 같은 유머가 담긴 목소리가 커졌다가 가방 두 개를 끌고 가는 소리에 묻혀버렸다.

"당신을 위해 뜨거운 물이 준비돼 있다네. 기적 같은 일이지!"

갑자기 집 반대편으로 바람이 부는 넓은 바다와 같은 풍경이 펼쳐졌다. 협곡 너머로 평원이 화산의 발치까지 굽어 올라가 희미한 어둠의 경계로 이어졌고 그 위로 오랜 포포카테페틀의 원뿔 모양의 봉우리가 솟아 있었다. 왼쪽으로 평원은 마치 눈 속에 우뚝 솟은 대학 도시처럼 들쭉날쭉한 이스탁시우아틀의 정상까지 뻗어 있었다. 잠시 동안 두 사람은 아무 말없이 현관에 서 있었다. 두 사람은 손을 잡고 있지는 않았지만 두 손은 서로 닿아 있었다. 각자의 마음속에서 버려진 오두막을 꿈꾸고 있는 것은 아닐까. 바람에 날아가버린 기억의 조각들은 밤바다의 울부짖음 위에서 서로 섞이기를 두려워하면서도 여전히 서로를 어루만지고 있었다.

두 사람 바로 아래 작은 수영장이 있었다. 이미 물이 가득 찬 수영장에 급수전으로 연결된 호스에서 새어 나오는 물이 흘러들어와 철벅거리는 소리를 냈다. 두 사람은 손수 수영장 바닥과 벽면에 푸른색 페인트칠을 한 적이 있었다. 그 색은 거의 바래지 않은 채, 하늘빛을 흉내 내며 하늘을 비추고 있었다. 수영장의 물은 짙은 청록색을 띠고 있었다. 휴가 물 위에 떠 있던 나뭇잎과 바닥의 찌꺼기를 정리했기에 수영장은 그나마 괜찮은 모습이었지만, 들장미 넝쿨로 덮인 정원은 형언할 수 없는 혼란스러운 모습을 하고 있었다. 영사는 애써 정원에서 눈을 돌렸다. 유쾌하게 취했다고 생각했던 덧없는 감정은 이미 사라져가고 있었다.

영사는 건물의 왼편을 살짝 감싸고 있는 현관 주변으로 공허한 눈길을 돌렸다. 이본은 아직 집 밖에 있었고 마치 영사의 기도에 대한 응답이라도 하듯 콘셉타가 가까이 다가오고 있었다. 콘셉타의 시선은 자신이 들고 있는 접시에 고정되어 있었다. 콘셉타는 좌우 어느 쪽으로도 시선을 돌리지 않았다. 후줄근하게 늘어진 나무에도, 낡고 먼지로 덮인 낮은 난간에도, 얼룩진 해먹에도, 불협화음을 만들어내는 부서진 의자에도, 속을 드러낸 침대소파에도, 짚으로 된 하체를 벽에 기댄 채 불편하게 선 돈키호테 모형에도 시선을 주지 않은 채, 치우지 않은 낙엽과 먼지가 뒤덮인 붉은빛 타일 바닥 위로 발을 끌며 천천히 다가왔다.

"이봐요, 콘셉타는 내 버릇을 알잖나." 영사는 술잔 두 개, 조니워커 한 병, 반쯤 채워진 소다병, 얼음이 담긴 그릇과 사악한 모습의 유리병, 그리고 질이 떨어지는 적포도주나 가래침을 섞은 것 같은 우중충한 액체가 반쯤 담긴 병이 놓인 쟁반을 바라보고 있었다. "이게 바로 스트리크닌이오. 당신은 소다 위스키 한 잔 들겠소? 아마도 당신을 위해 얼음을 준비한 것 같으니…… 아니면 웜우드*를 스트레이트로 한잔하겠소?"

영사는 난간에 있던 쟁반을 콘셉타가 가져다 놓은 테이블로 옮겼다.

"맙소사, 난 사양할래요. 어쨌든 고마워요."

"그럼 스트레이트 위스키로 하지. 한잔하지 그러오. 손해 볼 거 없잖소."

"아침이라도 좀 먹고 마셔야죠!"

"한 번쯤은 함께 마실 법도 한데." 예의 그 목소리는 영사의 귀에다 매우 빠른 속도로 속삭였다. "이봐 늙은이 다시 떡이 되도록 취하고 싶겠지 자네가 오랫동안 꿈꿔왔던 것처럼 이본이 돌아오지 않았나 이보게 그 모든 번민을 던져버릴 수는 없겠나 사실 아무것도 아니잖나" 목소리는 쉬지 않고 계속 빠른 속도로 말을 이어갔다. "이미 그 자체가 자네 인생에 가장 중요한 상황을 초래하지 않았나 아 더 중요한 상황이 하나 더 있지 중요한 문제를 처리하기 위해 5백 잔의 술을 마셔야 한다는 거지" 우스꽝스러우면서도 무례하고도 친숙한 그 목소리, 아마도 방탕아, 방랑아가 변장을 하고 나타난 듯한 이 궤변의 달인은 심각하게 말을 이었다. "자네가 바로 그 제프리 퍼민 아닌가 이 중요한 순간에 약해빠져서 다시 술을 찾을 자네는 아니지 자넨 이미 이런 유혹과 싸워 이겼지 않나 그랬잖아 어젯밤에 그랬잖아 어젯밤을 상기시켜줄까 어젯밤에 마시고 또 마시고 그러지 않았나 짧지만 단잠을 자고 깨어났지 그렇잖아 그렇지 그렇잖나 그렇지 이제 우린 알게 됐지 자네는 단지 떨리는 걸 막기 위해 술을 마셨을 뿐이라

---

* wormwood: 압생트의 주원료이기도 한 다북쑥속의 식물.

고 자네의 그런 자제력을 이본은 절대 인정하지도 인정할 수도 없지!"

"스트리크닌을 믿는 것은 아니겠지." 영사가 반쯤 채워진 사악한 유리병에서 술을 따르며 의기양양하게 말했다. 영사는 위스키 병이 눈앞에 존재한다는 것만으로 커다란 위안을 느끼고 있었다. '2분 30초 동안 유혹을 참았어. 그럼 구원은 확실한 거지.' "나도 신경안정제 따윈 믿지 않아요. 당신은 또 날 울리려고 하는군요. 제프리 퍼민, 이 바보 같은 양반아, 당신 얼굴을 갈겨줄 거야, 이 천치야!" 또 다른 친숙한 목소리였다. 영사는 그 목소리를 알아들었다는 표시로 잔을 들어 보이며 반쯤 비웠다. 아이러니하게도 얼음을 넣어 마신 스트리크닌은 마치 카시스*처럼 달콤했다. 스트리크닌은 잠재의식을 흥분시키는 역할을 하지만 거의 느껴지지 않을 정도였다. 영사는 선 채로 어렴풋이 희미한 고통의 움직임을 의식하고 있었다. 하지만 이 정도의 고통은 이제 영사에겐 하찮은 것에 불과했다……

"하지만 이 주정뱅이야 이본은 자신이 이런 비참한 상태의 집에 도착한 후 자네가 처음으로 하는 짓이 고작 술 마시는 거라고 생각하고 있다는 걸 모르겠나 물론 스트리크닌 한 잔에 불과하지만 그것도 어쩔 수 없는 필요에 의해서긴 하지만 이본이 도착하자마자 그걸 마셔버린다면 그 순수함은 사라져버려 아마도 자넨 이런 적대적인 상황에서 지금 위스키를 마시지 않는다면 나중에 테킬라를 마실지도 모른다고 생각하겠지 테킬라는 어디 있지 벽 옆이지 그래 그게 어디 있는지 잘 알지 그건 마지막의 시작이지 메스칼도 안 돼 그건 정말 마지막이 될 꺼야 아마도 저주받은 진정한 마지막 하지만 위스키는 자네 부인의 조상들이 마시던 목구멍에 불

---

* Cassis: 카시스 나무로 만든 리큐어류의 술.

덩이가 넘어가는 듯한 오래되고 건강한 술 1820년에 태어났으나 아직 건재한* 그걸 마시고 나서 맥주라도 마신다면 좋을걸세 비타민으로 가득한 술이지 자네 동생이 여기 오면 아마도 그건 기념을 위한 술이 되겠지 위스키를 마시는 동안 그리고 맥주를 마시는 동안 자넨 당연히 그래야 하는 것처럼 점점 양이 줄겠지 하지만 자넬 똑바로 세우려는 휴의 노력에도 꺾이지 않고 너무 빨리 마시는 건 위험하다는 거 다 알지 않나?" 처음의 그 친숙한 목소리였다. 영사는 한숨을 쉬며 아주 느린 움직임으로 잔을 쟁반에 내려놓았다.

"뭐라고 했소?" 영사가 이본에게 물었다.

"벌써 세번째예요." 이본은 웃고 있었다. "제발 적당히 마셔요. 내게 좋은 인상을 주기 위해서 그걸 마셔야 할 필요는 없어요…… 난 그저 여기 앉아 있는 것만으로도 충분하니."

"뭐라고 했지?" 이본은 난간에 앉아 마치 관심거리라도 있는 듯 계곡을 응시하고 있었다. 정원은 죽은 듯 조용했다. 그러나 갑자기 바람이 마음을 바꾸어버린 듯했다. 산을 가로질러 평행선으로 달리는 기차에서 나오는 연기처럼, 포포카테페틀이 수평으로 뻗은 검은 구름 기둥 뒤로 모습을 감추고 이스탁시우아틀마저 사라져버렸다. "다시 말해주겠소?" 영사가 이본의 손을 잡으며 말했다.

그들은 열정적으로 서로를 껴안고 있는 것처럼 보였다. 어디선가 천국으로부터 땅에 추락한 백조가 그 자리에 얼어붙은 듯했다. 인디펜덴시아 공원의 술집 솔 광장 바깥으로는 저주받은 사람들이 요란한 트럼펫 소리와 함께 셔터가 올라가길 기다리며 태양의 온기 속으로 행진하고 있을

---

* nació 1820 y siguiendo tan campante: 조니 워커 라벨에 있는 문구.

것이다……

"아니, 난 오래된 처방이 더 좋은걸. 어쨌든 고맙소." 영사는 부서진 흔들의자 위로 거의 쓰러지듯 주저앉았다. 술기운이 가신 듯 이본을 침착하게 마주하고 있었다. 이것이 바로 침대 밑에 쓰러져 있을 때, 술집 구석에서 졸음에 몸을 맡기고 있을 때, 그리고 어두운 숲과 골목길, 시장, 감옥 안에서 열망했던 순간이었다. 그러나 이 순간은 처음부터 실패작이었고 그 순간이 가버리고 이제 밤의 공포는 거대한 괴물처럼 더욱 가까이 다가오고 있었다. 그는 무엇을 했던가? 어딘가에서 잠이 들었지, 그것만큼은 확실하지. 똑딱똑딱, 똑딱똑딱, 도와줘, 도와줘. 수영장은 마치 시계처럼 똑딱거리는 소리를 냈다. 그는 어디에선가 잠이 들었다. 그다음엔? 바지 주머니 속을 더듬다 단서를 발견했다. 불빛에 비추어본 카드에는 이렇게 적혀 있었다.

　　아르투로 디아스 비힐 박사
　　외과, 산부인과, 소아과, 신경과 전문
　　12시에서 2시까지, 4시에서 7시까지 상담
　　레볼루시온가(街) 8호.

"당신 정말로 돌아온 건가? 아니면 그냥 날 만나러 온 건가?" 영사는 카드를 다시 주머니에 넣으며 부드러운 목소리로 물었다.

"나 여기 있잖아요, 맞죠?" 이본의 유쾌한 말투는 도전적인 뉘앙스마저 풍기고 있었다.

"이상하군." 영사는 이본이 허락한 술잔을 들기 위해 반쯤 일어섰다. 그때 예의 그 빠른 목소리가 들려왔다. "바보 천치 같은 제프리, 또 그러면 얼굴을 갉겨버릴 거예요. 그 잔을 들면 울어버릴 거예요!" "당신 너무 용감한 거 같군. 하지만 내가 술에 취해 엉망진창이라면 어땠을까, 당신이 잘 알잖아."

"당신이 괜찮은 거라고 생각했어요. 당신이 얼마나 좋아 보이는지 모를걸요." 영사는 부자연스럽게 이두박근을 움직여보았다. "아직 말처럼 튼튼하군, 그렇지, 말처럼 튼튼해!" "나는 어떻게 보여요?" 이본이 이렇게 말한 듯했다. 하지만 이본은 얼굴을 옆으로 돌리고 있어서 영사에게는 이본의 옆모습만이 보였다.

"내가 말하지 않았나?" 영사는 이본을 쳐다보았다. "아름다워…… 피부가 갈색으로 변했군." 영사가 이렇게 말했던가? "딸기 열매처럼 갈색이야. 수영을 많이 했나 보군." "햇볕을 많이 쬔 것 같아…… 물론 여기도 햇살이 강하지." 영사가 말을 이었다. "언제나 그렇듯 햇살이 너무 강한 편이지. 비가 오긴 하지만…… 당신 이거 알아, 난 사실 햇볕을 별로 좋아하지 않아."

"맞아요, 그랬죠." 이본이 또렷한 목소리로 답했다. "그럼 햇살이 안 드는 곳으로 가면 되죠."

"음—"

영사는 망가진 초록색 흔들의자에 앉아 이본을 마주 보았다. 아마도 그것은 영혼일 것이다. 스트리크닌에서 천천히 분리되어 불변의 노화 습관을 습득하지 않는 한, 시간이 지날수록 신체가 몇 번씩이나 재생을 하며 루크레티우스*와 논쟁을 벌이기 위해 나타난 영혼일 것이다. 아마도 그 영혼은 그 자신의 고통과 영사가 자신의 아내에게 가한 고통을 바탕으

---

* Lucretius: 로마의 시인, 유물론 철학자. 철학 시 「만물의 본성에 대하여」에서 자연현상, 사회제도, 관습을 자연적·합리적으로 설명하고, 영혼과 신에 대한 편견을 비판하였다.

로 성장하고, 단순한 성장을 넘어 더 큰 그 무엇으로 번성했을 것이다. 아, 이본의 고통은 영사가 주었던 것만은 아닐 것이다. 영사의 상상 속에서 줄무늬 파자마를 입고 앞을 여미지 않은 채 가운을 걸치고 있던, 클리프라는 이름의 불륜을 저지른 유령 역시 책임이 있지 않을까? 그리고 기묘하게도 제프리라는 이름을 가진 그 아이, 아마도 이본의 첫번째 결혼이 이혼으로 끝나기 2년 전 그 유령에 의해 가지게 된 그 아이, 스페인 그라나다에서 그들이 만나 결혼하기 3년 전인 1932년, 몇 년 몇 개월의 나이에 뇌막염으로 죽지 않았다면 지금은 여섯 살쯤 되지 않았을까? 어쨌든 거기엔 구릿빛 피부의 영원한 젊음을 간직한 이본이 있었다. 이본은 이렇게 말한 적이 있다. (그것은 이본이 서부영화에 출현하고 있을 때였다. 서부영화를 보지도 않았던 라루엘은 서부영화가 예이젠시테인*과 같은 유명한 이들의 영화에 영향이 주었을 것이라고 확신하기도 했다.) 15살 무렵 이본은 사람들이 "쟤는 예쁘지는 않지만 아름다워질 거야"라고 말하곤 하던 소녀였다. 20살이 되었을 때도 사람들은 그렇게 말했다. 27살이 되어 영사와 결혼할 당시에도 그랬다. 물론 세상에는 사람들이 이런 종류의 것들을 인식하는 기준이 존재한다. 서른이 된 지금도 마찬가지였다. 이본은 곧 "아름다워질" 것이라는 인상을 주는 그런 사람이었다. 예전과 다름없는 약간 기울어진 콧날, 작은 귀, 따뜻한 느낌의 갈색 눈동자, 지금은 희미하고 상처를 입은 것 같지만 예전과 다름없는 두툼한 입술을 가진 입매, 역시 따뜻한 느낌을 주는 넓고도 연약해 보이는 턱.

이본은 휴의 표현대로 한 줌의 재로 무너져 내릴 것 같은 연약한 느낌이면서도 밝고 신선한 얼굴을 지금도 간직하고 있었다. 하지만 이본에

---

* Sergei Eisenstein(1898~1948): 러시아 출신 영화감독.

게도 변화는 있었다. 아, 정말 변한 게 있었다! 항구의 술집에서 술을 마시는 선원이 술집 창문 너머로 보이는 선장의 명령을 알아들 수 없는 것처럼, 이본은 많이 변해 있었다. 이본은 더 이상 영사의 이본이 아니었다. 의심할 여지없이 누군가 그녀의 군청색 여행복을 승인했고, 그건 영사 자신이 아님이 확실했다.

이본은 갑자기 조급한 움직임으로 모자를 잡아당겨 강한 햇살에 탈색된 듯한 갈색 머리칼을 흔들었다. 그러고는 침대소파에 거만해 보일 정도로 아름답고도 긴 다리를 꼬아 앉았다. 침대소파는 기타의 현을 뜯는 듯한 파열음을 쏟아냈다. 영사는 자신의 선글라스를 발견하고는 반은 장난스러운 손짓으로 안경을 다시 걸쳤다. 그러나 이본이 아직 집에 들어갈 용기를 못 내고 있다는 사실이 영사를 괴롭혔다. 영사는 영사다운 가장된 낮은 목소리로 말했다.

"휴가 첫차를 탔다면 곧 도착할 텐데."

"첫차가 언제죠?"

"10시 30분, 아니 11시 30분인가." 무슨 상관이란 말인가. 시내에서 종소리가 들려왔다. 누군가의 도착 시간이 무슨 상관이란 말인가, 최소한 그가 술을 가져오기만 한다면…… 그러나 만약 그가 술을 가져오지 않는다면…… 집에는 술 한 방울 없고 스트리크닌만 남아 있다면 어떻게 할 것인가? 견딜 수 있을 것인가? 태양이 작열하는 거리를 비틀거리며 술을 사러 갈 수 있을 것이다. 아니면 콘셉타를 보낼 수도 있을 것이다. 아니면 먼지 가득한 골목 구석의 작은 술집에서 자신이 왜 나왔는지 잊은 채 이본이 잠들어 있는 동안 이본의 방문을 기념하며 아침 내내 술을 들이켤 수도 있을 것이다. 아이슬란드 사람인 척하거나 안데스나 아르헨티나에서 온 사람인 척할 수도 있을 것이다. 휴의 도착 시간보다 더 두려운 그 무엇이 예배를 빼먹은 아이를 쫓아다니는 괴테의 유명한 교회 종소리와 같이 빠른 속도로 그의 가슴속에 요동치고 있었다. 이본은 손가락에 낀 반지를 한 번 비틀었다. 이본이 아직 결혼반지를 끼고 있는 것은 사랑 때문일까, 아니면 편리함 때문일까, 아니면 두 가지 모두 때문일까? 아니면 영사를 위해서일까, 아니면 영사와 자신을 위해서? 수영장은 계속 시계 소리를 내고 있었다. '저기에 영혼을 담그면 깨끗해질 수 있을까, 아니면 갈증이 해갈될 수 있을까?'*

"이제 겨우 8시 반인걸." 영사는 다시 선글라스를 벗었다.

"가여운 당신, 당신의 눈, 당신의 눈은 이토록 반짝이는데……" 이본이 갑자기 말문을 열었다. 교회의 종소리가 점점 가까워지고 있었다. 종소리가 뗑그렁 소리를 내며 계단 위로 다가오자 아이가 비틀거렸다.

"한 번만…… 단 한 번만." 종은, 종은 더 이상 울리지 않았다…… 영사는 현관 바닥의 타일 무늬를 구두 바닥으로 더듬었다. 구두 속의 부은 맨발(그가 맨발인 이유는 극장 매니저인 부스타멘테 경의 말처럼 양말을 살 돈이 없어서가 아니라 알코올로 인한 신경염 증세로 양말을 신을 수 없었기 때문이다)이 시큰거렸다. 빌어먹을 스트리크닌이 아니었다면 이런 일은 없었을 것이다. 영사는 술이 깬 후의 이 춥고 더러운 기분을 결코 좋아하지 않았다. 이본은 다시 기둥에 기댄 채 난간에 앉았다. 입술을 깨물고는 정원을 응시하고 있었다.

"제프리, 여긴 마치 난파선 같아요!"

"마리아나**나 넓은 농장 따윈 여기 없지." 영사가 손목시계의 태엽

---

* 앤드루 마벌(Andrew Marvell, 1621~1678)의 시 「클로린다와 데이먼Clorinda and Damon」에 나오는 문구. 이 시에서 클로린다는 데이먼을 조용한 동굴로 초대하나 데이먼은 한순간의 쾌락만을 위한 그녀의 제의를 거절한다.

을 감으며 말했다. "하지만 이렇게 생각해봐요. 적에게 포위된 도시를 버리고 떠났다가 어떤 이유에서건 거기 다시 돌아갔다고 생각해봐요. 물론 여기엔 별로 생각하고 싶지 않은 유사점이 있긴 하지만, 그건 신경 쓰지 말고, 여하간 당신이 그랬다고 가정해봐요. 다시 돌아갔을 때엔 예전과 똑같은 사랑스러운 사람들이 예전과 똑같은 푸른 잔디로 당신의 영혼을 환영할 것이라고 기대하기는 힘들지, 그렇지 않소?"

"하지만 난 여길 버리고 떠난 게 아니라—"

"비록 그곳이 상처를 입은 상태에서 어떤 식으로든 다시 일어선다 할지라도, 시내에는 전차가 시간표대로 운행된다 할지라도, 그곳은 결코 예전과 같은 곳이라고는 할 수 없지." 영사는 손목에 시곗줄을 죄며 말을 이었다. "그렇잖소?"

"—제프리, 저 나뭇가지에 빨간 새 좀 봐요! 저렇게 큰 홍관조는 처음 봐요."

"그렇지." 영사는 위스키 병에 눈을 고정시킨 채 코르크를 따서 내용물의 냄새를 맡아보고는 입술을 오므리며 병을 쟁반 위에 무겁게 내려놓았다. 이본은 이 모든 과정을 눈치채지 못했다. "본 적이 없을 거요. 왜냐하면, 그건 홍관조가 아니기 때문이지."

"홍관조가 분명해요. 가슴이 빨간색이잖아요. 불꽃같은 빨간색!" 영사만큼이나 이본도 앞으로 다가올 일을 두려워하고 있는 것이 분명했다. 이본은 자신이 우려하는 최악의 부적절한 순간, 그리고 볼 수는 없지만 무시무시한 종이 거대한 혓바닥과 지옥 같은 웨슬리교의 숨소리로 저주받은 아이를 건드리는 순간이 다가오기까지 아무 말이나 지껄여대고 싶은

** 셰익스피어의 「자에는 자로Measure for Measure」에서 마리아나Mariana는 충실한 연인의 표본으로 지칭된다.

충동을 느끼고 있었던 것이다. "저기, 히비스커스 나무 위!"

영사가 한쪽 눈을 감았다. "황동꼬리 트로곤*임에 틀림없어. 가슴도 붉지 않고. 저기 너머 늑대 계곡에 사는 외로운 녀석일 거야. 동료들로부터 떨어져 자신이 홍관조가 아니라는 것에 대해 생각할 수 있는 조용한 명상의 시간을 가지려는 게야."

"저건 분명 홍관조고 바로 여기 이 정원에 살고 있어요!"

"맘대로 생각하시게. '트로곤 앰비구스 앰비구스'**가 정확한 명칭일 게요. 모호한 새! 모호함이 두 번이니 긍정을 뜻하지. 그게 다요. 홍관조가 아니라 황동꼬리 트로곤이오." 영사는 빈 스트리크닌 잔을 향해 손을 뻗었다. 그러나 도중에 그 안에 무엇을 넣으려고 했는지 잊어버렸다. 아니 어쩌면 그가 처음에 원했던 것은 술병이 아니었는지도 모른다. 마시기를 원한 것이 아니라 단지 냄새만 맡으려 했는지도 모른다. 영사는 손을 내리고 몸을 앞으로 내밀었다. 이러한 움직임은 마치 화산 쪽으로 관심을 돌리려는 시도처럼 보였다.

영사가 다시 입을 열었다. "뽀빠이가 곧 다시 나올 거야." "지금은 시금치 속으로 완전히 사라진 것 같군요." 이본의 목소리는 떨리고 있었다.

둘만의 오랜 농담을 뒤로하고 영사는 담배를 피우기 위해 성냥에 불을 붙였다. 하지만 영사가 담배를 입술 사이에 물기 위해 안간힘을 쓰는 동안 성냥불은 꺼져버리고 영사는 꺼진 성냥을 다시 주머니에 넣었다.

한동안 두 사람은 말 없는 두 개의 성곽처럼 서로를 쳐다보고 있었다. 계속 수영장으로 물이 똑똑 떨어지고 있었다! 죽음 같은 적막이 둘

---

* Trogon: 열대, 아열대산의 깃털이 화려한 새.
** Trogon ambiguus ambiguus: 라틴어 'ambiguus'는 영어의 'ambiguous'에 해당하는 말로 '모호한'이란 의미다.

사이를 이토록 천천히 채울 수 있다니…… 다른 소리도 있었다. 영사의 귀에는 아직도 파티의 음악 소리가 들려오는 듯했다. 하지만 그 음악은 이미 멈춘 지 오래였다. 이 적막 속을 침투한 것은 진부한 쿵쾅거리는 소리, 바로 북소리였다. 파리아, 이것 역시 북을 의미했다. 파리안.* 하지만 거의 손으로 만지듯 느껴지던 음악의 부재 속에서도 나무들은 음악에 의해 진동하는 것처럼 보였다. 정원뿐만 아니라 그 너머 평원에도, 영사의 눈앞에 펼쳐진 모든 것이 공포, 견디기 힘든 실재의 공포를 품은 환영으로 가득 찬 듯했다. 영사는 이것은 마치 정신병자가 요양원 마당에 온화하게 앉아 있다 갑자기 한동안 조용하던 광기가 산산이 부서지는 하늘 속에서 되살아나 자신을 둘러싼 모든 것들이 말을 잃어 자신이 할 수 있는 것이라고는 머리를 떨구는 일밖에 없는 상황과 별반 다른 바 없다고 중얼거렸다. 포탄이 머리를 통과하는 순간, 아름다움의 극치를 보여주는 정원 풍경 속에서, 추한 굴뚝 너머로 보이는 평화로운 언덕 풍경에서 위로를 찾을 수 있을까? 그럴 수는 없겠지. 영사가 기억하는 이런 아름다움들은 자신의 결혼과 마찬가지로 이미 생명을 잃었고, 누군가의 고의에 의해 학살되기까지 했다. 이제 태양이 영사 앞의 모든 세상을 비추고 있었다. 햇살은 포포카테페틀의 수풀 위로 능선을 만들어내고 그 꼭대기는 마치 수면 위로 모습을 드러내는 고래처럼 구름 사이로 거대한 모습을 드러내고 있었다. 그러나 이러한 모습이 영사의 영혼에 생명을 불어넣어주지는 못했다. 햇살이 영사의 마음의 짐을, 근원 없는 슬픔을 알아줄 리 없었다. 햇살은 그를 알지 못했다. 영사의 왼쪽 아래로 질경이 풀밭 건너 아르헨티나 대사의 주말 별장에서는 정원사가 길게 자란 풀을 베며 배드

---

* 'Pariah'는 인도 신분 제도의 불가촉천민을 의미하는 말로, 타밀어 'paraiyar'에서 유래되었다. 'paraiyar'를 문자 그대로 해석하면 'parai'라는, '북을 치는 사람'을 의미하게 된다.

민턴 코트 바닥을 정리하고 있었다. 그러나 이 순수하기 그지없는 직업조차도 영사에게는 끔찍한 위협을 내포하고 있었다. 부드럽게 아래로 늘어져 있는 질경이의 넓은 잎은 마치 펠리컨이 날개를 접기 전에 긴 날개를 흔들어대는 것처럼 위협적이라 할 수 있을 정도로 난폭해 보였다. 작은 빨간 새들의 움직임은 마치 장미꽃 봉오리가 생명을 얻어 몸을 움직이는 듯 참기 힘들 정도의 신경증과 비밀스러운 감정을 자아냈다. 이 생물들과 영사의 신경은 민감한 줄로 연결돼 있는 것 같았다. 전화벨이 울리자 영사의 심장은 거의 멎을 듯했다.

전화벨 소리가 선명하게 들려오자 영사는 현관을 떠나 식당으로 향했다. 그는 격렬하게 울어대는 전화벨 소리에 두려움을 느끼며 수화기를 들고 말을 시작했다. 그러고는 송화구에 땀을 쏟아내며 자신이 뭐라고 지껄이는지 깨닫지 못한 채 빠르게, 장거리 전화였기 때문에 빠르게 말을 이어갔다. 영사는 톰의 숨죽인 소리가 꽤 선명하게 들렸으나, 영사는 갑자기 펄펄 끓는 기름이 자신의 귀나 입으로 떨어지는 것이 아닐까 하는 두려움을 느끼며 자신이 질문하고 자신이 답하기를 반복했다. "좋아. 안녕…… 아, 참, 톰, 어제 신문 기사 말이야, 미국이 부인했다는…… 그거 출처가 어디였지? 출처가 어딘지 궁금한데…… 왜 그런 소문이 시작된 건지. 그래. 맞아. 안녕. 응, 그랬어, 끔찍하군. 아 그랬군! 안된 일이네. 하지만 결국 그들이 가지게 된 거잖아, 아닌가? 안녕. 아마 그럴걸. 그래 괜찮아, 괜찮아. 안녕, 안녕!" 세상에, 이렇게 이른 시각에 어떻게 전화할 생각을 했을까. 미국은 지금 몇 시지. 에릭슨 43.*

세상에…… 영사는 수화기를 잘못 올려놓고는 다시 현관으로 돌아왔

---

* L. M. Ericsson: 스웨덴 전화 회사로 멕시코의 초기 전화 시스템을 구축했다. 두 개의 전화 시스템이 있었는데, 각각 고유 번호로 표시되어 있다. 여기서 43은 고유번호 중 하나이다.

다. 이본이 보이지 않았다. 잠시 후 화장실에서 이본의 소리가 들렸다.

영사는 양심의 가책을 느끼며 칼레 니카라과를 오르고 있었다.

두 집 사이로 난 끝없는 계단을 힘들게 오르고 있는 것 같았다. 아니, 계단을 오르고 있는 건 늙은 뽀빠이일지도 모른다. 꼭대기까지 이렇게 먼 길이 이어져 있는 줄은 몰랐다. 깨어져 굴러다니는 돌로 가득 찬 도로는 마치 인생의 고통과도 같이 저 멀리 그리고 끝없이 뻗어 있었다. 그는 문득 이런 생각을 떠올렸다. '900페소=위스키 100병=테킬라 900병.' 고로, 테킬라나 위스키가 아니라 메스칼을 마셔야 했다. 바깥은 용광로처럼 더웠고, 영사는 땀을 뻘뻘 흘리고 있었다. 좀더, 좀더! 그러나 영사는 그다지 멀리 가지 못했다. 꼭대기에 이르지도 못했다. 자크의 집으로 가는 길에는 왼편으로 샛길이 나 있었는데, 처음에는 카트를 끌고 갈 수 있을 정도의 좁은 길이다가 그다음에는 지그재그식의 길이 이어지고 그 길의 오른쪽 어딘가 5분이 채 걸리지 않는 먼지 자욱한 구석에 이름 모를 작고 시원한 선술집이 기다리고 있을 것이다. 술집 앞에는 말이 매여 있고, 카운터 아래에는 커다란 하얀색 수고양이가 잠을 자고 있을 것이다. 구레나룻을 기른 주인은 이렇게 말할 것이다. "밤에 일하고 낮엔 종일 자는군!" 이 술집은 분명 문을 열었을 것이다.

영사는 바로 그리로 향하고 있었다. 이제 길이 선명하게 눈에 들어왔다. 개 한 마리가 길을 지키고 있었다. 특별히 일정을 정한 것은 아니지만 꼭 필요한 한두 잔의 술을 걸치며 평화를 만끽한 후 이본이 목욕을 끝내기 전에 돌아갈 것이다. 물론 또 다른 상황에 처할 수도 있겠지만……

갑자기 불쑥 솟아오른 칼레 니카라과가 영사를 반겼다.

영사는 인적 없는 거리에 서서 시선을 아래로 떨구었다.

—휴, 이 늙은이에게 손을 내민 것이 너였군. 고맙다. 아마도 이제

네가 나에게 손을 빌려줘야 할 차례가 된 것 같군. 널 돕는 일이 즐겁지 않았다는 말은 결코 아니야! 심지어 네가 아덴에서 파리로 와서 신분증과 여권 때문에 곤경에 처했을 때조차도 기쁜 마음으로 널 도왔었지. 가끔 보면 넌 여권 없이 여행하는 걸 더 좋아하는 것 같더군. 덕분에 지금도 너의 여권 번호가 21312라는 걸 기억하지. 아마도 그때가 더 즐거웠던 것은 그 일 때문에 한동안 내 문제에 대해 생각할 시간이 없었기 때문일 거야. 그래서 더 만족감을 느낀 건지도 모르지. 게다가 당시만 해도 난 아직 인생에서 분리되지 않았거든, 당시의 임무들에서 해방되지 못한 상태였지. 물론 일부 동료들은 그때부터 의심하기 시작했지만. 내가 왜 이런 얘기를 하는 거지? 이본과 나 사이의 관계가 널 만나기 전에 이미 실패에 가까웠음을 깨닫고 있다는 걸 네가 알아주길 바라서일지도! 휴, 듣고 있나, 내 말 알아듣겠나? 자넬 용서한다는 말일세. 어떤 면에서는 이본을 완전히 용서한 적은 없지만 아직도 널 형제로서 사랑할 수 있고 남자로서 존경할 수 있다는 말이지. 다시 널 기쁜 마음으로 도울 수 있다는 말이지. 아버지가 화이트 알프스로 홀로 떠난 후 다시는 돌아오시지 못했지, 아니 히말라야였을 수도 있지…… 이 계곡을 보면 인더스 계곡이 떠오르는 것처럼, 종종 이 화산들을 보면 화이트 알프스가 생각나곤 하지. 탁스코*의 터번을 두른 것 같은 나무들이 스리나가르**를 생각나게 하고, 소치밀코***를 볼 때면 그곳의 많은 곳들이 떠올라…… 휴, 듣고 있나? 여기 처음 왔을 때 그동안 거쳐온 수많은 도시 중에서도 샬리마르****의 수상가옥들이

---

* Taxco: 멕시코 남서부 게레로 주(州)에 있는 도시.
** Srinagar: 인도 북서부의 카슈미르 계곡의 중심 도시.
*** Xochimilco: 멕시코시티 남쪽 소치밀코 호반에 있는 도시.
**** Shalimar: 인도 델리의 북서쪽에 위치한 도시.

생각났어. 물론 넌 기억 못하겠지만 너의 어머니, 그러니까 내 계모가 돌아가셨을 때 모든 불행이 한꺼번에 다가오는 것처럼 보였지. 불행의 모든 인척들이 어딘지 모를 곳에서 나타나, 아니 담초크*에서 왔던가, 어쨌든 그들은 짐과 가방을 가져와 우리와 함께 사는 듯했지. 지금에서야 말하지만 네게 형으로서 행동할 기회가 별로 없었지. 아버지처럼 행동했다고 하는 편이 낫겠지. 하지만 넌 아직 갓난아기였고, 게다가 코카나다라는 낡은 배 위에서 뱃멀미에 시달렸지. 다시 영국으로 돌아갔을 때 해러게이트**에는 후견인과 대리인이 얼마나 많았던지. 그리고 학교와 건물은 또 얼마나 많았던지. 그리고 전쟁이 이어졌지. 아직 끝나지 않은 그 전쟁에서 이기기 위한 투쟁은 말할 필요도 없지. 난 계속 술과, 넌 계속 사상과 투쟁을 벌였지. 난 그저 아버지의 사상이 아버지에 미친 영향보다 너의 사상이 너에게 미친 영향이 덜하기를 바랄 뿐이었지, 아니 이 문제에 있어서는 나도 마찬가지겠지. 하지만, 이 모든 것들이 아직 거기 그대로 있는 건 아닌지? 휴, 도움이 필요한가? 그런 일이 생길 줄은, 아니 그런 일이 그런 식으로 발생할 줄은 꿈에서조차 생각지 못했다는 점을 알아줬으면 해. 내가 이본으로부터 신뢰를 잃었다고 해서 이본에 대한 내 신뢰도 없어진 건 아니니까. 그건 다른 개념이지. 너에 대한 신뢰는 말할 필요도 없고. 내가 방탕한 생활에 빠져 있기에 너도 너 자신을 도덕적으로 정당화시키는 것이라고 생각한 적은 없어. 네가 나에 대해 도덕적 판단을 해서는 안 되는 이유, 최후의 심판일에만 밝혀질 수 있는 별개의 또 다른 이유가 있지. 하지만 휴, 듣고 있나? 난 아직도 네가 충동적으로 일을 저지르고 그것을 젊음이라는 잔인한 방심 속에서 잊으려고 했던 그 일, 그날

* Damchok: 인도 라다크 주의 한 마을 이름.
** Harrogate: 영국 잉글랜드 요크셔 주(州) 웨스트라이딩 지구에 있는 온천 도시.

이 새롭고 어두운 빛으로 널 비추기 시작할 것이라는 사실이 아직도 두려워. 넌 근본적으로 착하고 단순한 사람이기에 순수한 마음으로 원칙과 예의를 중시하고, 또 그로 인해 나쁜 행위를 막을 수 있지만, 네가 나이가 들어 양심의 가책을 덜 느끼게 될 때 내게 한 것보다 더 지독한 그것 때문에 고통을 겪을 수 있다는 사실이 슬프구나. 내가 어떻게 도와줘야 할까? 어떻게 그것을 막을 수 있을까? 피살자가 암살자에게 자신이 유령처럼 따라다니지는 않을 것이라는 점을 어떻게 확신시킬 수 있을까? 아, 과거는 생각보다 빨리 채워지고 신은 양심의 가책에 대해 인내심이 없도다! 하지만, 이것이 도움이 될까, 내가 하고 싶은 말은 말이야, 내가 초래한 이 상황의 수준을 이해하는 것이 도움이 될까? 이본을 그렇게 네게 내버려둔 것은 무책임하고 경솔한 행위였다는 것을 내가 인정한다면 도움이 될까? 그러한 행위는 광대같이 어리석은 짓이었음을, 그 대가로 머릿속에는 상처와 공허함만이 남았음을 인정하는 것이 도움이 될까? 정말 그러길 바라지만…… 그러나, 내 마음, 이 늙은이의 마음은 지난 30분간 마신 스트리크닌 때문에, 그리고 그 전에 마신 치료용 술 한두 잔, 그리고 그 전에 비힐 박사와 마신 명백한 비(非)치료용 술로 인해, 그리고 그 전에 1박 2일간 마신 술, 그리고 그 전에 777과 1/2일간 마신 술로 인해 비틀거리고 있지. 네가 비힐 박사를 만났으면 해. 그의 친구인 자크에 대해서는 말하지 않겠네. 지금까지 그에게 널 소개시키지 않은 데에는 이유가 있지. 자크에게 내 엘리자베스 여왕 시대 희곡집을 돌려받아야 한다고 말해줘. 다시 얘기하지만, 난 술에 취한 상태이긴 하지만, 마치 돈키호테처럼, 자신의 난폭함이 거기에 있기에 자신이 증오하는 것들로 가득 찬 도시를 떠나는 돈키호테처럼, 분명히 해두고 싶은 거야. 참, 내가 비힐 박사에 대해 얘기했던가?

"무슨 문제라도 있나요?" '킹스 퍼레이드'*에서나 들을 수 있는 영국식 억양의 목소리가 영사보다 약간 높은 곳의 운전석에서 들려왔다. 몸체가 아주 길고 바닥이 낮은 차가 영사 옆에 멈춰 서 있었다. M. G. 마그나 나 뭐 그런 차 같아 보였다.

"아무것도 아니오." 영사는 법관과도 같이 말짱한 모습으로 벌떡 일어섰다. "아무 문제없소."

"괜찮을 리가 없어요. 당신은 도로에 누워 있었잖소. 뭐가 잘못된 건가요?" 영사에게로 얼굴을 돌린 그 영국식 억양의 주인공은 커다란 정원 안의 분수를 연상시키는 영국식 줄무늬 넥타이 위로 혈색이 좋고, 명랑하고, 친절하지만 걱정스러운 얼굴을 하고 있었다.

영사는 옷에서 먼지를 털고 상처가 있는지 살펴보았다. 어디에도 상처는 보이지 않았다. 눈앞에 분수대가 또렷이 보였다. '저기에 영혼을 적셔 정화할 수 있을까, 갈증을 해갈할 수 있을까?'

"정말로 괜찮소." 영사가 말했다. "어쨌든 걱정해줘서 고마워요."

"하지만, 제기랄, 당신은 저기 도로에 누워 있었잖소. 차에 치였다가 나 뭔가 잘못된 것이 틀림없소, 그런데 아무 일도 없다고요?" 영국인은 엔진을 껐다. "그런데 우리 어디서 본 적 있소?"

"……"

"……"

"트리니티."** 영사는 자신도 모르는 사이에 자신의 억양이 '영국식'으로 변했다는 것을 깨달았다. "혹시—"

---

* King's Perade: 영국 케임브리지의 중심가.
** Trinity: 케임브리지 대학의 트리니티 칼리지.

"카이오."*

"그런데 트리니티 타이를 매고 있군요." 영사는 공손하게, 그러나 한편으로는 승리감에 찬 목소리로 말했다.

"트리니티……? 맞아요. 사실 사촌 것이죠." 영국인은 턱 아래로 넥타이를 내려다보았다. 그의 붉은 얼굴은 점점 더 붉어졌다. "우린 과테말라에 가는 중이오…… 좋은 나라지. 석유 문제는 참 안됐어, 그렇잖소? 나쁜 일이야. 그런데 이봐요, 정말 뼈가 부러졌다거나 하진 않았소?"

"아뇨. 정말 괜찮아요." 영사는 이렇게 말했지만 떨고 있었다.

영국인은 다시 시동을 걸기 위해 몸을 구부려 스위치를 찾았다. "정말 괜찮소? 우리는 벨라 비스타 호텔에 있는데 오늘 오후 늦게 떠날 거요. 잠시 눈이라도 붙이고 싶다면 우리와 함께 가도 돼요. 아주 멋진 술집들이 있지만, 밤엔 너무 소란해요. 당신, 파티에 다녀오는 길이죠, 그렇죠? 그런데 길을 잘못 들었죠, 그렇잖소? 비상용 술이 차 안에 있을 텐데…… 아니, 스카치는 아니고, 버크 아이리시 위스키. 한잔할 테요? 하지만 당신은—"

"아……" 영사는 영국인이 건네준 버크 아이리시를 쭉 들이켰다.

"정말 고맙소."

"더 마셔요…… 더……"

"고마워요." 영사는 병을 넘겨주었다. "정말 고맙소."

"자, 그럼, 잘 가요." 영국인은 시동을 걸었다. "잘 가요. 도로에 누워 있지는 마시오. 그래도 다행이지. 세상에, 차에 치이거나 했더라면 어

---

* Caius: Gonville & Caius College의 약칭으로 Caius라고 한다. 성직자인 Edmund Gonville이 1348년 창설하고 의사였던 John Caius가 1557년 재건한 케임브리지 대학 내 칼리지 명칭이다.

쩔 뻔했소. 날씨 한번 좋군, 그렇죠?" 영국인은 손을 흔들며 언덕을 올랐다.

"혹시라도 어려운 일이 생기면" 영사는 개의치 않고 소리를 질렀다. "여기 내 명함이오, 연락 주시오."

"거짓말쟁이!"

―영사가 아직도 손에 쥐고 있는 것은 비힐 박사의 명함도 자신의 것도 아니었다. '베네수엘라 정부의 경의의 표시' 이게 뭐지? '베네수엘라 정부는 감사를 표한다……' 어디서 나온 걸까? '베네수엘라 정부는 베네수엘라 카라카스의 외무부 장관께 감사의 표시를 전한다.' 음, 그렇군, 카라카스, 음, 그렇군.

짐 타스커슨처럼 꼿꼿하게…… 영사는 생각했다. 지금은 결혼한 그 불쌍한 친구처럼 완전히 원기를 회복한 영사는 칼레 니카라과를 미끄러지듯 내려갔다.

집 안에는 목욕물 흐르는 소리가 들렸다. 영사는 재빨리 매무새를 가다듬었다. 영사는 콘셉타가 들고 온 아침 식사가 든 쟁반을 가로채어 (쟁반에 스트리크닌을 올려놓은 후), 브리지 게임에서 공석일 때 살인을 저지른 사람처럼* 순진한 표정으로 이본의 방으로 들어갔다. 방은 깨끗하고 밝았다. 화려한 색상의 오악사카 서라피**가 낮은 침대 위에 놓여 있었고 이본은 그 위에 머리를 한 손에 기댄 채 반쯤 잠들어 있었다.

"안녕!"

"안녕!"

---

* 앤 오스틴의 『브리지 게임의 살인 *Murder at Bridge*』에서 전 브로드웨이 댄서가 패를 파트너에게 맡기고 화장을 고치러 간 사이에 살해된 내용을 연상시킨다.
** serape: 멕시코에서 주로 남자들이 어깨에 걸치는 기하학적 무늬의 모포.

이본이 읽고 있던 잡지가 바닥에 떨어졌다. 영사는 오렌지 주스와 란체로스* 위로 몸을 약간 구부리며 말했다.

"뭐 불편한 건 없소?"

"괜찮아요, 고마워요." 이본이 미소를 지으며 쟁반을 받았다. 잡지는 이본이 구독하던 아마추어 천문학 잡지로, 표지에는 금빛의 후광과 검은 실루엣이 돋보이는 거대한 천문대의 돔 지붕이 있었다. 영사는 그 검은 실루엣이 마치 로마 군인의 헬멧 같다는 생각을 했다. "마야인들은" 영사가 큰 소리로 잡지 기사를 읽어 내려갔다. "관측 천문학에 많은 발전을 가져왔다. 그러나 이들은 코페르니쿠스의 지동설에 대해서는 전혀 의심하지 않았다." 그는 잡지를 다시 침대에 던지고는 다리를 꼬아 편한 자세로 의자에 앉았다. 그의 손끝은 자신의 옆 바닥에 놓인 스트리크닌을 아주 조용히 매만지고 있었다. "마야인들은 왜 그랬을까요……? 하지만 난 그 모호한 마야력**이 좋아요. 재미있는 달 이름들 봐요. 포프, 우오, 시프, 소츠, 트섹, 술, 약스킨.***"

"막" 이본이 소리 내어 웃으며 말했다. "막이라는 것도 있지 않나요?"

"약스와 삭도 있지. 우아예브도 있고. 이게 내가 제일 좋아하는 달이지. 한 달이 단 닷새뿐이지."

---

* ranchero eggs: 멕시코식 반숙 달걀 요리.
** 고대 마야 문명기에 마야족이 만들어 썼던 태양력. 제례 주기를 바탕으로 1년을 365일, 18개월로 나누고 1개월을 20일, 나머지 5일은 액일로 쳤다. 마야인은 20진법을 사용하였고 그들이 남긴 달력에는 2012년이 마지막 해로 기록되어 있는데 이는 2012년에 지구 또는 인류가 멸망하여 더는 존재하지 않기 때문이라고 한다. 동양의 음양오행에서 오행의 각 요소에 양(量)의 의미뿐 아니라 질(質)의 의미가 담겨 있듯 마야의 수에는 각각의 수에 질적인 개념이 있다.
*** Pop, Uo, Zip, Zotz, Tzec, Xul, Yaxkin: 마야력에서 썼던 달 이름. 마야인들은 태양계의 운행에 따라 톱니바퀴처럼 맞물린 형태로 달을 계산했다.

"시프 월 1일 자 편지를 잘 받았소!"

"하지만 결국엔 어떻게 되는 거지?" 영사는 (아마도 지금은 벨라 비스타의 차고에 있을) 버크 아이리시 뒤의 체이서*로 이것이 과연 적당한가에 대해 생각하며 스트리크닌을 한 모금 들이켰다. "그러니까, 지식이라는 것 말이오. 처음으로 내가 스스로 참회한 것 중 하나는 진심으로 『전쟁과 평화』의 철학적인 부분을 이해하려고 노력한 거였지. 그것은 물론 생자고**의 원숭이처럼 카발라***의 지붕을 피할 수 있기 전의 일이지. 그런데 어느 날 갑자기 그 책에서 내가 기억하는 거라곤 나폴레옹이 다리에 경련을 일으켰다는 것뿐이란 걸 깨달았지―"

"당신 아무것도 안 먹어도 돼요? 많이 시장할 텐데."

"요기는 했소."

아침을 먹고 있던 이본이 물었다.

"요새 경기는 어때요?"

"정부가 틀락스칼라****인지, 푸에블라*****인지, 하여간 거기 있는 톰의 재산 일부를 몰수한다고 해서 톰은 지금 완전 지친 상태요. 톰은 그럭저럭 끝날 줄 알았지. 아직 내 연락처는 모르는 모양이야. 하지만 난

---

* chaser: 독한 술 뒤 또는 그 사이에 마시는 물이나 알코올 도수가 낮은 술, 커피, 담배 따위를 가리키는 말.

** St. Jago: 다윈이 남아메리카의 생태 조사를 위해 비글호 항해를 시작하며 맨 처음 도착한 섬으로, 이 항해에서 돌아온 후 다윈은 인간이 원숭이에서 진화했을 것이라는 이론을 발표했다.

*** Cabbala: 12~13세기경 남프랑스 및 스페인에서 형성되어 3백여 년간 발달된 밀교적 사상 체계. 유대 카발라의 대표적인 저작인 '조하르(빛의 책)'는 너무 심원하고 난해하여 한번 연구에 몰두하면 본정신으로 완전히 돌아올 수 없다고 알려진다.

**** Tlaxcala: 멕시코 중부에 있는 주로 주도는 틀락스칼라.

***** Puebla: 멕시코 중동부 내륙에 있으며, 주도는 푸에블라.

이제 손을 놓았으니 상황이 어떤지는 확실히 모르겠소."

"그러니까 당신은—"

"참, 이 누더기, 이 더러운 누더기를 아직 걸치고 있어 미안하오. 당신을 위해서라면 최소한 블레이저* 정도는 입어야 하는 건데!"

영사는 이본에게 말할 수 없는 어떤 이유로 인해 거의 제어하기 힘든 수준의 '영국식'으로 돼버린 자신의 억양을 들으며 속으로 웃었다.

"그러니까 당신 정말로 은퇴한 거군요!"

"그럼! 멕시코 국민이 되어 인디언들 틈에서 살까 생각 중이오. 윌리엄 블랙스톤처럼…… 하지만 그가 돈 버는 방법에 관해선, 아마도 외부에서 보기엔 아주 신기한 일로만 보이겠지—" 영사는 벽의 그림들을 천천히 돌아보았다. 대부분이 자신의 어머니가 카슈미르에서 그린 수채화들이었다. 자작나무, 그리고 그보다 큰 포플러 나무를 둘러싼 작은 회색 돌담은 랄라 루크**의 무덤이었다. 스코틀랜드식의 모호하면서도 거칠고 무언가 격렬함이 담긴 풍경, 골짜기, 구간비르의 협곡, 그리고 샬리마르는 케임브리지 같은 느낌이 더욱 강해 보였다. 신드 계곡에서 본 낭가파르바트***의 원경은 마치 이 현관에서 그린 것 같았다. 낭가파르바트가 포포카테페틀을 지나갔을 수도 있다. "외부에서 보기엔—" 영사가 되뇌었다. "너무 많은 근심과 추측, 전망, 인세, 게다가 위자료 같은 것들이—"

---

* blaser: 주로 스포츠 등 클럽 회원들이 입는 화려한 상의.
** Lalla Rookh: 로버트 체임버의 『영혼의 파괴자 *The slayer of soul*』에 등장하는 인물. 토머스 모어의 서사시 제목이기도 하다. 아랍의 종교 지도자로 이슬람교와 조로아스터교를 결합한 교의를 설파했던 알 무쿤나al-Muqunna는 3년 동안 벌판에서 전쟁을 벌였고 그의 요새인 사남에서 2년 더 싸우다 결국 패하여 자살했는데 토머스 모어는 그를 주인공으로 「랄라 루크」라는 서사시를 썼다.
*** Nanga Parbat: 히말라야 산맥의 서쪽 파키스탄 북부 펀자브 히말라야에 있는 산으로 세계에서 아홉번째 높은 산. 산스크리트어로 낭가 파르바트는 '벌거숭이 산'이란 뜻이다.

"하지만—" 이본은 쟁반을 옆에 내려놓고 침대 옆에 있던 자신의 담배 케이스에서 담배를 꺼내어 영사가 불을 붙여주기를 기다리지 않고 스스로 불을 붙였다.

"이미 그렇게 살고 있는 거 아닌가요!"

이본은 담배를 피우며 침대에 누웠다…… 영사는 자신의 마음속에서 벌어지고 있는 범상치 않은 일에 마음을 빼앗겨 결국 이본이 민감한 주제에 관해 조용히 그러나 용감하게 말하는 것을 거의 듣지 못했다. 영사는 갑자기 이것들이 검은 추상과도 같은 하늘 아래 수평선 위로 떠 있는 배처럼 멀어져감과 동시에 가까워진다는 것을, 그리고 이 절박한 자축연(여기에 참석한 사람이 자신밖에 없다 할지라도 그런 것은 문제가 되지 않았다)은 자신의 구원을 위한 것이 틀림없다는 사실을 깨달았다…… 아!

"지금?" 영사는 의식하지 못한 상태에서 부드러운 목소리로 말했다. "하지만 지금 떠나는 것은 좀 힘들 것 같은데. 휴와 당신, 나, 그리고 다른 일들도 있잖소? 좀 힘들 거 같은데, 그렇잖소?"

(버크 아이리시 위스키가 갑자기 효력을 발휘하여 마치 나사처럼 자신을 조이기 시작하지 않았다면, 그를 구원한다는 것이 그다지 위협적으로 느껴지는 않았으리라. 위협적인 것은 바로 이 순간의 고통, 지속적으로 느껴지는 바로 그 고통이었다.) "그렇잖소?" 영사가 반복했다.

"휴는 분명 이해할 거예요."

"하지만 그건 중요한 게 아니오!"

"제프리, 이 집은 어쩐지 불길해요."

"무언가 비열한 계략이 숨어 있는 것 같은 느낌이에요."

세상에…… 영사는 천천히 조롱조의 표현을 내뱉었다. 그리고 동시에 포도주를 마셨을 때와 같이 자신의 정신이 멀쩡하다는 점을 확신했다.

왜냐하면 그게 사실이었기 때문이다. 괴테의 교회 종은 영사의 눈을 똑바로 쳐다보고 있었다. 그러나 다행스럽게도 그는 거기에 대비하고 있었다. "언젠가 뉴욕에서 도와주었던 친구가 생각나는군." 그는 전혀 상관없는 말을 하기 시작했다. "어떻게 보면 그 친구는 실직 배우였지. '퍼민 씨' 하고 그가 말했지, '여기는 자연스럽지 않아요.' 바로 그렇게 말했지. 자연스럽지 않다고. 그러고는 이렇게 불평했지. '사람이란 원래 그렇지가 않아.' '세상의 모든 거리는 필라델피아 10가, 11가와 똑같아······.' 영사는 영국식 억양이 블리커가(街)* 사람들의 중얼거리는 듯한 말투로 바뀌고 있다는 사실을 감지했다. "하지만 델라웨어** 주의 뉴캐슬에서는······ 아 이건 또 다른 얘기지! 오래된 자갈길······ 그리고 찰스턴. 남부 특유의 그것······ 하지만 아, 세상에 이 도시는 소음과 혼란뿐이야! 여기서 벗어날 수 있다면! 당신이 어디로 향할지 알 수만 있다면!" 영사는 열정과 고뇌에 가득 찬 목소리로 끝을 맺었다. 영사는 자신의 목소리가 떨리고 있음을 깨달았다. 사실 그는 방금 말한 사람을 한 번도 만나본 적이 없었고 이 모든 이야기는 톰이 해준 것이기에 영사는 불쌍한 배우의 감정으로 격렬하게 몸을 떨었다.

"자신으로부터 도피하는 것이 무슨 소용이란 말이오?" 그는 이렇게 자신이 한 이야기에서 교훈을 끌어냈다. 아주 심각한 목소리였다.

이본은 느긋하게 침대에 몸을 기대고 있었다. 그러다 몸을 앞으로 뻗어 백조를 상징하는 추상적 모형의 기다란 회색 주석 재떨이에 담뱃재를 털었다. 백조의 목은 약간 구부려져 있었으나 이본이 대답을 하며 재를 떨자 우아한 모습으로 몸을 떨며 앞으로 고개를 숙였다.

---

* Bleecker Street: 뉴욕 맨해튼의 오래된 동네 중 하나.
** Delaware: 미국 북동부에 있는 주.

"좋아요, 제프리, 기분이 좀 나아질 때까지 생각지 마요. 하루나 이틀 지나 당신이 말짱해지면 그때 얘기해요."

"아아!"

영사는 극악무도한 모욕이 자신의 영혼으로 들어오는 동안 바닥을 바라보며 완전 정지된 상태로 앉아 있었다. 마치, 마치, 마치, 지금 자신은 맨정신이 아닌 것처럼! 영사에 대한 비난 속에는 정의하기 어려운 미묘한 부분이 숨어 있었다. 사실 그는 맨정신이 아니었기 때문이다. 하지만 그는 여전히 그 비난을 모면하고자 했다. 분명히 그는 맨정신이 아니었다. 그 순간만큼은 분명히 아니었다! 하지만 1분 전, 또는 30분 전과는 무슨 상관이 있단 말인가? 이본은 무슨 권리로 그렇게 추정한단 말인가? 영사가 현재 맨정신이 아니라는 것, 그리고 더 나아가 하루나 이틀이 지나면 그가 맨정신이 되리라는 것을 어떻게 추측할 수 있단 말인가? 그리고 만약 그가 지금 맨정신이 아니라면, 성스러운 카발라의 영역과 방향에 필적하는 그 어떤 대단한 수준의 맨정신이 아니라면, 만약 그가 이 수준에 다시 도달한다면, 오늘 아침 이전에 잠시 이 수준에 이르렀다면, 이본의 말에 의하면 오로지 거기에 이르러서야 영사가 상황에 대처할 수 있을 것이라는 그 수준, 이본의 지레짐작에 의하면 매우 중요한 수준, 하지만 무척 유지하기 힘든 그 수준, 하지만 영사는 술 취한 상태에서만 도달할 수 있는 그 수준! 영사가 이본을 위해서 이 혼란스럽고 저주받은 곳에서 25분간 계속 술다운 술 한 잔 걸치지 않고 고문의 순간을 견디는 동안, 평정을 유지하기 위해 안간힘을 쓰고 있는 동안, 이본은 무슨 권리로 자신이 보기에 영사가 맨정신이 아니라는 말을 비친단 말인가? 아, 여자들이란, 위험과 복잡한 상황들을 이해할 수 없는 것일까, 그렇지, 주정뱅이 인생의 중요성을 알고나 있을까! 자신이 상상할 수 있는 바른 생활의 관점에서 자신이 도착하기 전에 어떤 일이 있었는지 판단하는 것이 가능하단 말인가? 게다가 이본은 조금 전 영사가 어떤 일을 겪었는지 알 턱이 없었다. 칼레 니카라과에서의 추락, 평정, 침착, 심지어 거기서의 용감무쌍함까지, 그리고 버크 아이리시 위스키! 참 희한한 세상이 아닐 수 없다. 지금 문제는 이본이 이 순간을 완전히 망쳐버렸다는 사실이었다. 영사는 막 이본이 한 말, "아침 식사 후에 한잔할지도." 이 말과 그 의미를 기억하며 (그 무슨 구원은 차치하고라도, 그녀가 이런 말을 하지 않았다면) 바로 이렇게 말할 수 있을 것 같았다. "맞아, 당신 말이 백번 맞아. 갑시다!" 하지만 모레가 되면 영사가 맑은 정신이 될 것을 확신하는 사람의 말에 어떻게 동의할 수 있을까? 그것은 아주 피상적인 차원에서 본다 할지라도 그가 취한 상태인지 맑은 정신인지 구분하는 것은 쉽지 않다는 사실과 마찬가지였다. 타스커슨 씨 가족이 그러하지 않았던가. 아, 그들에게 신의 은총이 있기를. 그는 비틀거리며 거리를 돌아다니는 사람은 아니었다. 필요하다면 거리에 누워 있을 수는 있을 것이다. 그러나 신사처럼 누워 있지 비틀거리지는 않을 것이다. 아, 세상이란 그런 건지도 모른다. 진실과 주정뱅이를 똑같이 짓밟아버리는…… 피에 굶주린 잔인한 이들로 가득한 세상! 그 이상도 그 이하도 아니다. 피에 굶주렸다고 했나, 퍼민 사령관, 당신 그렇게 말했나?

"하지만, 맙소사, 이본, 지금 이 상황에서 내가 아무리 많이 마셔본들 취할 수 없다는 거 잘 알잖소." 영사는 갑자기 스트리크닌을 한 모금 삼키고는 비장한 말투로 이야기했다. "당신, 내가 휴의 무시무시한 눅스 보미카*나 벨라도나** 같은 것들을 전부 마셔버릴 거라고 생각하는 거

---

* nux vomica: '마전자'라고 하며 알칼로이드가 함유되어 있어 흥분제 따위의 약재로 쓰임.
** bella donna: 가짓과의 풀로 독성이 강하며 진정제, 진통제로 쓰임.

요?" 영사는 빈 잔을 들고 일어나 방 안을 어슬렁거리기 시작했다. 영사는 자신의 태만으로 무언가 치명적인 실수, 예를 들어 자신의 삶을 송두리째 포기하는 일 따위와 같은 바보 같은 짓인 동시에 슬픈 그 무언가를 저질렀다고는 생각지 않았다. 하지만 뭔가 바로잡아야 할 부분이 있다는 점은 인식하고 있었다. 그는 이렇게 생각했다. 아니 이렇게 말했을 수도 있다.

"그럼, 내일은 맥주만 마시면 되지 않을까. 정신을 말짱하게 하는 데 맥주만 한 게 없거든. 그다음에 스트리크닌을 조금만 마시지. 그리고 그다음 날도 맥주만 마시면…… 맥주만 마신다면 아무도 반대할 사람은 없을 거야. 멕시코 맥주는 특히 비타민이 풍부해. 난 기력을 회복할 수 있을 거야…… 우리 셋이 다시 만나는 것은 어떤 의미에서든 특별한 일이 될 거야. 아마도 내 신경이 정상으로 돌아오면 술을 완전히 끊을지도 모르지. 그러고 나서, 어떻게 알아……" 그는 문 앞에서 멈췄다. "다시 정신을 차리고 일을 시작해 책을 끝낼 수 있을지!"

하지만 문은 여전히 문이었다. 닫혀 있었다! 이제 문이 조금 열렸다. 그 틈으로 현관에 놓인 위스키 병이 보였다. 버크 아이리시보다 약간 작고 희망의 수위가 낮은 병이 외로이 서 있었다. 이본은 술 한 모금에 대해서는 반대하지 않았다. 단지 영사가 이본에게 부당하게 대했을 뿐이다. 그런데 그가 술병에 대해서도 역시 부당하게 대해야 할 이유가 있을까? 세상에서 빈 술병보다 더 끔찍한 것은 없다! 빈 잔을 제외하고는…… 하지만 그는 기다릴 수 있었다. 그랬다. 가끔 그는 그대로 내버려두는 것이 좋을 때도 있다는 사실을 알고 있었다.

그는 다시 침대 쪽으로 돌아왔다. 그는 이렇게 말하고 있었다. "맞아, 서평이 눈에 훤히 보이는군. 퍼민 씨가 발견한 아틀란티스에 대한 놀랄 만한 새로운 자료! 도넬리* 이후 최고의 걸작! 불시의 죽음으로 중단된…… 경이로운 작품! 그리고 연금술사에 대한 장들은…… 태즈메이니아 주교를 늘씬하게 때려눕혔다. 아, 서평에서 이런 말투는 쓰지 않겠지. 꽤 괜찮지 않소? 콕스콕스**와 노아에 대해서 쓰는 것도 괜찮을 것 같은데. 내 작품에 관심이 있는 발행인도 있지. 시카고에 사는 사람인데 관심을 보이긴 하는데 그다지 중요하게 생각하지는 않는 것 같더군. 내 말 뜻 알겠소? 그런 책이 유명해지리라고 생각하는 건 정말 큰 오산일 테니까. 하지만 도살장 그늘에서 인간 정신이 꽃을 피울 수 있다는 것, 생각만으로도 놀랍지 않나! 시에 대한 애기는 차치하고라도, 내일의 고기 냄새를 떨쳐버리기 위해 도살장에서 멀지 않은 지하에서 사는 사람들의 이야기, 옛 프라하의 연금술사들 이야기 말이오, 대단하지 않소! 파우스트의 동거인들 속에서, 아니 일산화납, 아게이트, 히아신스, 진주와 함께 살아가는 삶. 플라스틱 같은, 결정성의, 무정형의 삶…… 내가 무슨 말을 하고 있는 거지? 코풀라 마리탈리스?*** 아니면 알코올에서부터 만물 용해액**** 까지 공존할 수 있을까. 당신이 말해주겠소……? 아니면 다른 직업을 가질 수도 있겠지. 물론 우선 『엘 우니베르살』지에 광고를 실어야겠지. 동방의 어디로든 시체 배달!" 아니 이렇게 말한 것이 아니라 단지 영사의 생각뿐이었는지도 모른다.

---

　* Ignatius Donnelly(1831~1901): 미국의 소설가이자 사회개혁가. 셰익스피어 희곡 작품의 진짜 저자는 프랜시스 베이컨이라고 주장한 대표적 인물. 첫 작품 「아틀란티스 Atlantis」에서 침몰한 전설상의 대륙 아틀란티스가 문명의 기원이라고 주장했다.
　** Coxcox: 아즈텍 신앙에서 대홍수에 유일하게 살아남은 남성으로 전해지는데, 이는 성경의 노아 이야기와 유사하다.
　*** Copula Maritalis: 유대교의 신비주의적 교파인 카발라 용어. '결혼 생활의 결속marital bond'을 뜻하는 말로, 성공적인 육체 관계를 맺을 수 있는 주문으로 여겨짐.
**** alkahest: 연금술사들이 상상했던 액체.

이본은 잡지를 보며 앉아 있었다. 나이트가운이 약간 옆으로 당겨져 가슴의 하얀 살결로 이어지는 곳까지 구릿빛 피부가 드러났다. 팔은 잡지의 표지를 감싸고 있었고 한쪽 손은 침대 가장자리에 걸친 손목으로부터 아래로 나른하게 늘어져 있었다. 영사가 가까이 가자 이본은 반사적으로 손을 들어올렸다. 짜증 섞인 것처럼 보이기도 하는 이 움직임은 무의식적인 항의의 몸짓 같았다. 아니, 그 이상일 것이다. 그 움직임은 오랜 기원, 즉 결혼의 언어로 표현하기 힘든 애정, 성실성, 영원한 희망에 대한 기묘하고 비밀스러운 무언극을 전형화한 것 같았다. 영사는 눈물샘이 자극되는 것을 느꼈다. 그러나 동시에 낯선 사람인 자신이 그녀의 방에 있다는 것에 대한 당혹감, 거의 추잡한 것에 가까운 행동을 한 것 같은 당혹감을 느꼈다. 바로 이 방! 영사는 문으로 걸어가 바깥을 바라보았다. 위스키 병은 거기 그대로 있었다.

　영사는 검은 선글라스를 다시 쓴 것 외에는 아무런 움직임 없이 서 있었다. 칼레 니카라과에서의 그 사건이 있은 후 처음으로 몸 여기저기가 아파오는 것을 느꼈다. 그의 마음속에는 슬픔과 비극의 희미한 이미지가 깜빡거리고 있었다. 어디선가 나비 한 마리가 날아와 바다로 날아갔다. 그러고는 시야에서 사라졌다. 라퐁텐*의 오리는 하얀 닭을 사랑했으나, 둘이서 무서운 농장을 탈출하여 숲을 지나 호수에 다다랐을 때 호수를 헤엄쳐 건널 수 있었던 것은 오리뿐이었다. 그리고 닭은 호수에 빠져 죽었다. 1895년 11월 오후 2시부터 30분 동안 클래펌 정션**의 중앙 플랫폼에는 기결수의 복장으로 수갑을 찬 오스카 와일드가 서 있었다……

---

* Jean de La Fontaine(1621~1695): 17세기 프랑스의 시인, 우화작가. 동물을 의인화하여 인간 희극을 부각시키는 절묘함으로 높이 평가받았다.
** Clapham Junction: 런던 근교 기차역으로, 영국에서 가장 복잡한 역 중 하나.

영사가 침대 쪽으로 돌아와 앉았을 때 이본의 얼굴은 벽을 향해 있었고 팔은 침대 커버 아래에 있었다. 잠시 후 영사는 감정이 담긴 목소리로 말했다. 그의 목소리는 다시 허스키하게 변해갔다.

"당신이 떠나기 전날 밤 멕시코시티에서 우리가 마치 낯선 커플처럼 저녁 데이트 약속을 한 것 기억나오?"

이본은 벽을 응시하고 있었다.

"당신은 약속을 지키지 않았죠."

"그건 마지막 순간에 레스토랑 이름이 기억나지 않아서였소. 기억나는 거라곤 비아돌로로사* 어딘가라는 것뿐이었거든. 우리가 그전에 시내에 갔을 때 함께 발견한 곳이지. 난 당신을 찾아 비아돌로로사에 있는 레스토랑을 다 돌아다녔지. 당신은 어디에도 없었고, 난 가는 곳마다 한잔씩 하고 나왔지."

"불쌍한 양반."

"가는 곳마다 호텔 캐나다에 전화했었소. 레스토랑의 바에서 수없이 전화를 했지. 당신이 호텔로 되돌아갔을 수도 있다고 생각했거든. 하지만 호텔에서는 매번 같은 말을 했어, 당신이 날 만나러 갔지만 어디로 갔는지는 모른다고. 그리고 마침내 프런트 직원은 나한테 화가 난 모양이더군. 그때 왜 우리가 레지스 호텔이 아니라 호텔 캐나다에 묵었는지 모르겠어. 그 사람들 내 수염 때문에 레슬링 선수랑 계속 혼동했던 거 기억나오……? 어쨌든 난 거기서 이리저리 헤매고 다녔지. 당시 내 머릿속엔

---

* Via Dolorosa: 여기서는 지명으로 쓰였으나, 라틴어로 비아돌로로사는 '십자가의 길'이란 뜻으로, 예수가 본디오 빌라도에게 재판을 받은 곳으로부터 십자가를 지고 골고다 언덕을 향해 걸었던 약 8백 미터의 길과 골고다 언덕에서 십자가 처형에 이르기까지의 전 과정을 의미한다.

한 가지 생각밖에 없었소. 오직 당신을 찾을 수만 있다면 다음 날 아침 당신이 떠나는 걸 막을 수 있을 거라고!"

"그래요."

(그녀를 찾을 수만 있다면! 아, 그날 밤은 얼마나 추웠던가, 보도의 격자 쇠뚜껑에서 나는 거친 물소리와 울부짖는 바람 소리가 살을 에는 밤이었지. 보도에는 누더기의 어린아이들이 신문지를 덮고 이른 잠을 청하고 있었어. 하지만 자네는 그들보다 더 노숙자 같아 보였지. 밤이 깊어지면서 더 추워졌지만 자네는 아직 그녀를 찾지 못했어! 구슬픈 목소리가 자네를 향해 울어대는 듯했지, 그리고 바람은 그 이름을 부르고 있었어. 비아돌로로사, 비아돌로로사! 그러고는 다음 날 그녀가 호텔 캐나다를 떠난 직후, 자네는 그녀의 여행 가방 하나를 들고 왔지, 물론 그녀가 떠나는 것을 보진 못했지. 자넨 또다시 호텔 바에 앉아서 얼음이 든 메스칼을 마시고 있었지. 그게 자네의 속을 어느 정도 가라앉혀주었겠지. 자넨 레몬 씨를 계속 삼켜댔지. 그때 갑자기 거리에서 사형집행인 같은 표정을 한 남자가 두려움에 떨며 날카로운 소리를 내는 어린 염소 두 마리를 끌고 부엌으로 들어갔지. 그리고 조금 있다가 비명 소리가 들렸지. 아마 그 어린 짐승들은 도살당했을 테지. 그리고 자넨 이렇게 생각했지. 자네가 했던 생각을 기억하지 않는 게 나을 거라고…… 그리고 나중에 오악사카를 거쳐 여기 콰우나우악에 다시 돌아왔을 때조차도, 그 귀환의 고뇌를 겪으며, 플리머스의 트레 마리를 돌아 안개 속의 마을, 그 마을과 경계 표들을 바라보며, 마치 달아나는 말 꼬리에 걸린 것 같은 자네 영혼이 그것들을 스쳐 지나는 것을 느끼며, 여기에 되돌아왔을 때조차도 그렇게 생각했지.)

"고양이들은 죽었소." 영사가 말했다. "장티푸스였다고 페드로가 그러더군. 그러니까 늙은 오이디푸스는 당신이 떠나던 바로 그날 죽었다더군. 내가 도착했을 때엔 이미 계곡에 던져지고 없었지. 페이소스는 정원의 질경이 나무 아래 누워 있었소. 우리가 처음 하수구에서 페이소스를 구해냈을 때보다 더 아파 보였지. 그 누구도 무엇 때문이라고는 말할 수 없었지만, 죽어가고 있었지, 마리아는 상심 때문이라고 하더군."

"유쾌한 작은 친구였는데……" 이본은 얼굴을 여전히 벽을 향한 채 상심한 듯 경직된 음성으로 대답했다.

"당신 그 노래 기억나오. 부르지는 않을 테요. '작은 고양이는 아무 일도 하지 않았다네, 큰 고양이도 아무 일도 하지 않았다네, 아무도 아무 일도 하지 않았다네!' 이런 노래 말이오." 영사는 자신의 목소리를 들었다. 슬픔의 눈물이 그의 눈을 적셨고, 영사는 검은 선글라스를 벗어 이본의 어깨에 얼굴을 묻었다. "아니, 하지만 휴는……" 이본이 말을 시작했다. "휴는 신경 쓰지 마요." 영사는 결코 그렇게 할 의도는 아니었지만 이본을 베개 쪽으로 밀쳤다. 영사는 이본의 몸이 차갑고 딱딱하게 굳어가는 것을 느꼈다. 그러나 이본이 동의한 것은 단지 피곤했기 때문이 아니라 맑은 하늘의 트럼펫 소리처럼 아름다운 한순간을 간직하고 싶었기 때문이리라……

하지만 그는 자신의 부인에게, 자신이 소유한 그것의 이미지에, 노스탤지어가 담긴 전주곡을 연주하려 한다는 사실을 알고 있었다. 그러나 예소드*로 향한 새로운 순례자가 그 문을 통과할 수 있도록 하늘에 대해 수천 번 기원했던 그 보석의 문이 아침 일찍 문을 여는 술집의 문으로 서서히 차갑게 대체되어간다는 것을 느끼고 있었다. 지금 이 시각 9시에 문을 여는 술집들 중 하나이리라. 이상하게도 그는 성난 비극적인 말들이 난무하는 그곳에 자신이 존재한다고 의식하고 있었다. 그 말들이 자신의 뒤에

---

* Yesod: 유대 신비주의 종교인 카발라의 열 개 세피라 중 하나로, 남녀의 음부, 생명의 씨앗을 상징한다.

서 자신을 노려보며 곧 터져 나올 듯했다. 그러고는 이러한 환상 역시 희미해졌다. 그는 이전 자신이 있던 장소에 그대로 있었다. 창문을 통해 진입로를 한번 얼핏 쳐다보고는 휴가 거기 나타나지 않을까 하는 생각에 두려움을 느끼며 땀을 흘리고 있었다. (하지만 전주곡의 연주를 멈추지는 않았다. 아직도 흐르고 있는 듯한 분류하기 힘든 곡의 도입부를 한 손가락으로 연주하고 있었다.) 그러고는 그 틈을 통해 진입로 끝에서 휴가 오고 있는 것을 실제로 보았다는 상상에 빠졌다. 그는 휴가 자갈길을 걷는 소리를 분명히 들었다고 생각했다…… 그러나 아무도 없었다. 그는 그곳에 가고 싶었다. 술집의 평화가 아침의 첫번째 열망으로 바뀌고 있다는 사실을 깨달으며 그곳에 가기를 열망했다. 구석에서 오렌지 주스를 홀짝이며 생각에 잠길 수 있는 정치적 망명지인 그곳으로…… 회계원이 도착하여 우울한 눈빛으로 장부를 살펴보고, 전갈 모양의 문신을 한 산적같이 생긴 사람이 얼음 덩어리를 끌고 온다. 바텐더 하나가 레몬을 썰고 또 다른 바텐더는 졸린 눈으로 맥주병을 정리하고 있다. 그는 지금, 지금 거기에 가고 싶었다. 그 어느 때보다 낯선 사람들로 가득하다는 것을 알고 있었지만, 트림을 하고, 소변을 갈기고, 감정을 폭발시키고, 어깨에 올가미를 걸친 사람들로 가득하다는 점을 알고 있었지만, 전날 밤의 흔적들, 불 꺼진 성냥, 레몬 껍질, 토르티야처럼 열린 담뱃갑, 오물과 가래로 가득하다는 사실을 알고 있었지만, 그래도 그곳에 가고 싶었다. 거울 위의 시계가 9시를 넘으면 『라 프렌사』와 『엘 우니베르살』의 신문 판매원들이 밀려들어올 것이다. 아니 바로 이 순간, 그들은 손에 구두통을 든 더러운 행색의 구두닦이 무리 앞의 구석에 자리 잡고 서 있을 것이다. 아니 어쩌면 화끈거리는 발걸이와 바 사이에 간신히 균형을 잡고 서 있을 것이다. 지금 그곳으로 가고 싶었다! 아, 그곳이 얼마나 아름다운지 아무도 모를 것이다.

솔 광장을 통해 밀려들어오는 햇빛, 그 햇빛이 얼마나 아름다운지. 물냉이와 오렌지가 밀려들어오는 듯한, 마치 하느님을 잉태하는 행위처럼 성스러운 황금색 빛줄기가 얼음 덩어리 위로 똑바로 비쳐드는 그 모습이 얼마나 아름다운지.

"유감스럽게도 아무런 효과가 없는걸요." 영사가 뒤로 문을 닫자 머리 위로 석고 가루가 한 줌 떨어졌다. 돈키호테가 벽에서 떨어졌다. 영사는 칙칙한 빛깔의 지푸라기 칼을 집어 들었다……

그러고는 위스키 병을 집어 들고 맹렬하게 마셔댔다.

그는 자신의 술잔을 잊지 않고 있었다. 혼란에 빠진 상태로 그 잔에 스트리크닌을 들이부었다. 반은 실수로 한 행동이었다. 애초에 위스키를 부을 생각이었다. "스트리크닌은 촉음제 역할을 하지. 아마 금방 효과가 나타날걸. 너무 늦은 것은 아니겠지." 영사는 자신의 몸이 녹색 흔들의자의 등받이 속으로 스며들어가는 것 같은 느낌을 받았다.

그는 쟁반 위 왼쪽에 놓인 술잔에 간신히 손을 가져가 두 손에 잔을 받쳐 들고 무게를 가늠해보았다. 그러나 입술로 가져가기는 힘들었다. 그는 다시 떨고 있었다. 조금 떠는 정도가 아니라 마치 파킨슨병이나 중풍에 걸린 사람처럼 격렬하게 떨고 있었다. 술을 들이켜지 않은 채 난간에 잔을 내려놓았다. 얼마 후 마침내 조심스럽게 일어나 콘셉타가 치우지 않은 또 다른 텀블러에 위스키를 8분의 1가량 따랐다. 1820년산, 여전히 건재한 술. 1896년산, 여전히 맥 빠진 상태. 사랑하오…… 두 손으로 병을 감싸 다시 쟁반에 내려놓으며 이렇게 중얼거렸다. 위스키가 가득 찬 텀블러를 가지고 의자로 돌아와 앉았다. 그러고는 텀블러를 손에 쥔 채 생각에 잠겼다. 이번에도 들이켜지 않고 잔을 난간의 스트리크닌 옆에 내려놓았다. 나란히 놓인 두 개의 잔을 응시하며 앉아 있었다. 자신의 등 뒤에서 이본이 우는 소리가 들렸다.

"제프리 퍼민 자넨 이본이 비탄에 잠겨 쓴 편지들을 잊었나 왜 거기 앉아 떨고 있는 거지 지금 그녀에게 가봐 이해해줄 거야 물론 항상 그랬던 것은 아니지만 웃어넘길 수도 있지 웃어넘길 수도 있을 거야 그녀가 왜 울고 있다고 생각하나 이 사람아 단지 자네가 그녀에게 한 일 때문만은 아니라네 자네가 한 번도 답장을 안 했기 때문만은 아니라네 자넨 답장을 안 했지 했다고 안 했어 했다고 그럼 답장은 어디에 있나 그것들이 어디 있는지 아나 제프리 퍼민 그것들은 사라져버렸어 아니 우리가 모르는 어딘가에 떨어졌거나―"

영사는 앞으로 몸을 기울여 무의식적으로 위스키를 한 모금 마셨다. 친숙한 목소리 중 하나일까 아니면―

안녕하신가……

영사가 고개를 들어 그것을 본 순간 환영임을 깨달았다. 영사는 조용히 앉아서 죽은 사람의 형상을 한 그것, 커다란 솜브레로*로 얼굴을 가린 채 수영장 옆에 등을 대고 납작하게 누운 것처럼 보이는 그것이 사라지기를 기다렸다. 그러니까 "그"가 다시 찾아온 것이다. 이제 가버렸다고 생각했다. 그러나 아니었다. 어떤 식으로든 그것과 연결된 무언가가 아직 거기, 여기 그의 팔꿈치에, 아니 그의 등 뒤에, 그의 앞에 있었다. 아니, 그것이 무엇이건 간에 그것 역시 사라지고 있었다. 어쩌면 숲 속을 휘젓고 다니는 황동꼬리 트로곤이었는지도 모른다. 그의 "모호한 새"는 날갯짓 소리를 내며 빠르게 떠나가고 있었다. 비둘기처럼 날아서 늑대의 계곡으로, 사상을 가진 사람들을 떠나 자신만의 고독한 집을 향해 가고 있었다.

---

* sombrero: 미국 남서부, 멕시코 등지에서 사용하는 챙이 넓은 맥고모자.

"제기랄, 이제 괜찮아." 그는 갑자기 남은 위스키를 들이켜며 이렇게 생각했다. 다시 위스키 병으로 팔을 뻗었으나 병이 손에 닿지 않았다. 자리에서 일어나 한 잔을 더 따랐다. "이제 손이 훨씬 나아졌는걸." 영사는 위스키를 다 마신 후 술잔과 조니 워커 병을 가지고 현관을 지나 구석 찬장으로 가서 술잔과 병을 찬장에 넣었다. 조니 워커는 생각보다 많이 남아 있었다. 찬장에는 골프공 두 개가 놓여 있었다. "나랑 한 게임 하지. 난 아직 3라운드 안에 8번 그린을 끝낼 수 있다구. 술을 끊는 중이거든." 그가 말했다. "대체 무슨 말을 하고 있는 거지? 사실 나도 내가 바보라는 것 잘 알아."

"술을 깨야지." 그는 다른 잔에 스트리크닌을 채우고는 스트리크닌 병을 난간의 보다 잘 보이는 곳으로 옮겨놓았다. "결국 난 바깥에서 밤을 보내고 말았군. 달리 무슨 할 말이 있을까?"

"난 말짱해. 그 익숙한 목소리들이 이젠 들리지 않아, 자칭 수호천사들은 이제 가버렸어. 난 말짱해." 그는 잔을 들고는 스트리크닌 병 맞은편에 앉으며 말했다. "어떤 의미에서 지금 있었던 일은 내 정절이나 성실의 상징 같은 거라 할 수 있지. 어떤 사람이 이 마지막 해를 나와 다르게 살 수 있을까. 적어도 난 병 같은 건 없잖아." 그는 마음속으로 울었다. 울음은 불확실한 톤으로 끝이 나는 듯했다. "내가 위스키를 마실 수 있었던 것은 행운이었지. 알코올 역시 최음제 역할을 하니까. 알코올 역시 음식의 일종이란 걸 잊어서는 안 되지. 음식을 먹지 않고서 어떻게 결혼의 의무를 다할 수 있겠나? 결혼의 의무? 어쨌든 난 회복하고 있는 것 같아. 느리긴 하지만 확실해. 벨라 비스타로 달려가 지난번처럼, 자크에 대해 지독한 논쟁을 벌이고는 전구를 깨버렸던 그때, 그 모든 일이 일어났던 그때처럼 술에 취하는 대신 여기 이 자리에 있잖나. 사실이야, 전에는 차가 있었고 그러기 쉬웠지. 하지만 지금은 여기 이렇게 앉아 있잖나. 도망치지 않았어. 게다가 난 여기 머물면서 더 나은 시간을 보내고 싶어." 영사는 스트리크닌을 한 모금 마시고는 잔을 바닥에 내려놓았다.

"아무도 의지로 가득 찬 사람을 꺾을 수는 없지. 하느님이라 하더라도 그런 사람의 의지를 꺾을 수는 없어."

그는 다시 의자에 기대었다. 이스탁시우아틀과 포포카테페틀, 완벽한 결혼의 이미지가 청정한 아침 하늘 아래 수평선 위에서 맑고 아름다운 자태를 드러내고 있었다. 영사의 머리 위 저 먼 곳에는 부풀어 오른 창백한 달 뒤로 하얀 구름이 빠르게 지나가고 있었다. 그들은 영사에게 말했다. '마셔, 오전 내내 마셔, 하루 종일 들이켜라구. 그게 바로 인생이잖아!'

그리고 저 높은 곳에는 독수리과의 새 몇 마리가 떠 있었다. 새들은 마치 불에 탄 종잇조각들이 불 위를 떠다니다 갑자기 몸을 흔들며 급상승하는 것처럼, 진짜 독수리보다 더 우아한 모습으로 공중을 맴돌고 있었다.

갑자기 주체할 수 없는 피로감이 밀려왔다. 영사는 순식간에 잠들어 버렸다.

IV

 데일리 글로브 인터루브 런던사, 어제 다음과 같은 전보를 받다. "반유대 캠페인 청원서 건. 멕시코 노동조합 CTM에서 제적된 전 노조 참여 업체인 '작은 유대인 섬유 생산업체', 믿을 만한 소식통으로부터 반유대 캠페인의 배후에 독일 공관원들이 있다는 사실을 알아냄. 공관원들은 반유대 선전 팸플릿을 배포. 현지 신문기자 멕시코 정부 내부에서 나온 팸플릿 보유. 팸플릿에는 유대인들이 거주하는 모든 지역에서 유대인들은 나쁜 영향을 미치며 "자신들이 얻은 절대 권력으로 양심에 거리낌 없이 자신들의 목표를 달성한다"고 씌어져 있음. 퍼민."

 휴는 오늘 아침 멕시코 전신국에서 보낸 자신의 마지막 기사를 읽고 또 읽었다. (그는 오늘 아침 멕시코 산후안데트란 에 인디펜덴시아의 멕시코 전신국 중앙지국에서 전보를 보냈었다.)

 휴 퍼민은 천천히 형의 집 앞 진입로를 오르고 있었다. 형의 재킷이 그의 어깨 위에서 균형을 잡고 있었고 한쪽 팔은 형의 작은 여행 가방의 두 손잡이 사이로 들어가 거의 팔꿈치까지 가방 안에 묻혀 있었다. 체크

무늬 권총집 안에 든 피스톨은 느린 박자를 맞추며 허벅지를 스치고 있었다. '발에 눈이 달려 있다면 좋겠는데, 짚단도 좀 있어야 하겠는걸' 하고 생각하며 움푹 팬 바닥의 가장자리에 멈춰서는 순간, 휴의 심장이 멈추고 세상도 멈추었다. 스페인이나 중국에서 형장으로 향하는 수레, 잠수함, 단두대, 형장의 이슬, 살인자의 총알, 대포의 연기가 공중에서 얼어붙는 듯했다. 수레바퀴와 피스톤도 움직임을 멈추었다.

이본, 아니 과거의 실 가닥을 꼬아 만든 것 같은 그 무언가가 정원에서 움직이는 듯했다. 조금 떨어진 곳에서 태양 아래 옷을 걸치고 일하는 사람의 모습이 눈에 들어왔다. 그녀가 몸을 일으켜 해를 가리기 위해 손을 이마로 가져간 채 실눈을 뜨며 휴를 바라보았다. 노란색 바지를 입고 있었다.

휴는 바다의 움푹 팬 곳을 지나 잔디로 건너뛰어 가방을 바닥에 내려놓았다. 그는 과거와의 조우에 대한 두려움과 함께 얼어붙은 듯한 혼돈의 순간을 감지했다. 가방을 낡은 통나무 의자에 내려놓자 닳은 칫솔, 녹슨 면도기, 형의 셔츠, 어제 멕시코시티의 샌드본 맞은편 독일인 서점에서 15센타보에 산 잭 런던*의 『달의 계곡』 중고판이 열린 가방 사이로 스스로를 게워내는 듯했다. 이본이 손을 흔들고 있었다.

휴는 마치 에브로 강**에서 퇴각한 군인들처럼 앞으로 걸어갔다. 영사에게서 빌린 재킷은 어떻게든 어깨에 반쯤 매달린 채 균형을 유지하고

---

* Jack London(1876~1916): 기본적인 생존을 위한 투쟁을 낭만적으로 다루었던 미국의 소설가. 점성술사의 사생아로 태어나 14세에 학교를 그만두고 다양한 직업을 거쳐 과격한 사회주의자로 활동하기도 했으며, 자기모순으로 인한 갈등으로 자살한 것으로 추정된다.
** Ebro River: 스페인 북동쪽 칸타브리아 산맥에서 발원하는 강. 스페인 내전에서 인민전선 정부를 지원하기 위해 코민테른이 조직한 국제 의용군인 국제여단이 철수하기 전 마지막 전투를 치른 장소. 당시 유럽 대륙의 양심적인 지식인과 혁명적 열정에 끓는 젊은이들이 진보와 민주주의라는 인류의 가치를 수호하기 위해 스페인 내전에 참여했다.

있었고 창이 넓은 모자가 한 손에 들려 있었다. 다른 한 손에는 전보지가 접힌 채 들려 있었다.

"안녕, 휴. 세상에, 한순간 당신이 빌 허드슨인 줄 알았어요. 제프리 한테 들었어요, 당신이 여기 있다고. 다시 만나서 반가워요."

이본은 손바닥의 흙을 털어내고 손을 내밀었으나 휴는 그 손을 잡지 않았다. 아니 처음에는 이본이 손을 내민 것조차 느끼지 못했다. 이본은 휴의 마음속 고통을 감지하고 약간의 현기증을 느끼며 손을 내렸다.

"정말 대단한걸. 언제 여기 온 거예요?"

"조금 전에요." 이본은 화분 속 백일초를 닮은 식물에서 마른 꽃잎을 떼어냈다. 미묘한 흰색과 선홍색이 조화를 이룬 꽃은 낮은 벽으로 뻗어 향기를 풍기고 있었다. 무슨 이유에서인지 휴는 옆에 있는 화분 쪽으로 이본에게 전보를 건넸고 이본은 이를 받아 들었다. "당신 텍사스에 다녀왔다고 들었는데, 허울 좋은 카우보이라도 된 거예요?"

휴는 굽 높은 부츠와 그 안에 쑤셔 넣은 몸에 착 달라붙은 바지가 무안한 듯 소리 내어 웃으며 등에 걸쳐 있던 챙 넓은 카우보이 모자를 머리에 썼다. "국경에서 옷을 압수당했어요. 시내에서 새 옷을 사려고 했지만 그럴 여유가 없었죠…… 당신은 아주 좋아 보이는군요!"

"당신도 마찬가지예요!"

휴는 셔츠의 단추를 잠그기 시작했다. 셔츠는 허리까지 벌어져 햇볕에 그을어 갈색보다는 검은색에 가까운 피부가 두 개의 벨트 위로 드러나 있었다. 그는 두 개의 벨트 중 아래쪽 벨트 밑에 있는 탄띠(납작한 가죽끈으로 오른쪽 다리에 매인 탄띠는 엉덩이뼈에 걸쳐 있는 권총집과 대각선으로 기울어져 있었다)를 어루만지다 다시 가죽끈을 만졌다. 그는 내색하지 않았지만 자신의 차림새를 매우 자랑스럽게 생각하고 있는 듯했다. 그러고는 셔츠의 가슴 주머니로 손을 가져가 느슨하게 말려 있는 담배를 꺼내 불을 붙였다. 이본이 입을 열었다.

"이게 뭐죠, 가르시아로부터 새로운 소식*이라도 온 건가요?"

"멕시코 노동조합" 휴는 자신의 어깨 너머로 전보를 흘끗 쳐다보았다. "멕시코 노동조합이 청원서를 보냈어요. 조합은 미국의 독일식 비밀주의에 반대하고 있죠. 난 조합의 반대가 정당하다고 봐요." 휴는 정원을 응시했다. 형은 어디에 있는 걸까? 이본은 왜 여기 있지? 이본은 아무렇지도 않은 것처럼 행동하잖아. 결국 별거나 이혼 같은 건 없었던 걸까? 어떻게 된 걸까? 휴는 이본이 돌려준 전보를 재킷 주머니에 넣었다. "그건", 두 사람은 이제 그 아래 있었기에 휴가 재킷을 힘들게 껴입으며 말했다. "『글로브』지에 보낸 마지막 기사예요."

"그러니까 제프리—" 이본은 휴를 똑바로 쳐다보았다. 그러고는 재킷의 등 부분을 아래로 잡아당겼다. (제프리의 옷이라는 걸 알고 있는 것일까?) 소매가 너무 짧았다. 이본은 상처를 받은 듯 슬픈 눈을 하고 있었지만 약간의 유쾌한 느낌도 있었다. 이본은 마른 꽃을 따며 생각에 잠긴 듯 무관심한 표정을 짓고 있었다. "가축차를 타고 여행했다고 들었는데 사실인가요?"

"국경의 텍사스 사람으로 생각하게끔 젖소로 변장하고 멕시코로 들어갔어요. 그러면 인두세(人頭稅), 아니 그보다 더한 것도 낼 필요가 없거든요." 휴가 대답했다. "카르데나스**의 석유 사건 이후 영국인은 여기서

---

* 아메리카 대륙 내 스페인의 식민통치 종식의 계기가 된 미국-스페인 전쟁(1898년) 때, 미국 매킨리 대통령이 스페인 부대에 맞서 싸운 쿠바 게릴라 부대의 지도자인 가르시아에게 전갈을 보낸 바 있다.
** Lázaro Cárdenas del Río(1895~1970): 1934~1940년 멕시코 대통령을 역임한 인물로 멕시코의 방대한 석유자원을 이용하여 민족주의적 경제정책을 펼친 것으로 유명하다.

기피 인물이 돼버렸어요. 우린 정신적으로 멕시코와 전쟁 중인 셈이죠. 혹시 당신이 모를까 봐 하는 얘기예요⋯⋯ 그런데 우리의 붉은 독재자는 어디 있죠?"

"제프리는 잠들었어요." 이본은 영사가 술에 취했다는 것은 전혀 언급하지 않았다. 휴는 생각에 잠겼다. "하지만 당신 신문이 그런 문제들을 해결해주지 않나요?"

"상황이 약간 복잡해요⋯⋯ 난 미국에서 『글로브』에 사직서를 보냈지만 답신을 받지 못했어요. 내가 해줄게요—"

이본은 계단을 막고 있던 부겐빌레아의 딱딱한 가지를 잡아당기려 애쓰고 있었다. 휴는 부겐빌레아가 거기 있다는 사실을 전에는 눈치채지 못했다.

"그러니까 당신은 우리가 콰우나우악에 있다는 것을 알고 있었다는 얘기죠?"

"멕시코에 오면 일석이조, 일석삼조의 효과가 있을 거라고 생각했죠. 물론 당신이 여기 없었다면 그게 더 놀라운 일이었겠죠."

"정원이 엉망이죠?" 이본이 갑자기 말을 돌렸다.

"내겐 아름답기만 한걸요. 제프리가 오랫동안 정원사 없이 지낸 걸 생각한다면 더 그렇죠." 휴는 나뭇가지를 잡아당기며 ('나 때문에 이 사람들은 에브로 전투에서 지고 있는걸'이라고 생각했다) 계단이 보였다. 이본은 가지를 아래로 옮기다 바닥 근처에서 멈춰 올랜더*를 살펴보았다. 꽃이 활짝 피어 있었지만 유독성 식물임에 틀림없었다.

"그러면 당신 친구는 목동이었나요, 아니면 당신처럼 젖소로 변장이

---

* Oleander: 서양협죽도. 지중해 지방의 유독 식물.

라도 했나요?"

"밀수업자쯤 되겠죠. 제프리가 웨버에 대해 얘기했죠?" 휴가 킬킬대며 웃었다. "내 생각에 그 사람은 군수품을 밀수하는 게 틀림없어요. 어쨌든 그 친구와 난 엘패소의 한 선술집에서 말싸움을 했는데, 그 친구가 가축 트럭으로 치와와까지 가자고 했어요. 꽤 괜찮은 생각 같았어요. 그러곤 비행기로 멕시코시티까지 가는 거죠. 결국 정말로 비행기로 멕시코시티까지 가고 말았어요. 쿠시우리아칙인가 하는 이상한 이름을 가진 곳에서 시티에 도착할 때까지 계속 언쟁을 벌였죠. 그는 외인부대*에 입대한 반(半)파시스트 미국인 같았어요. 그가 어떤 사람인지는 신만이 아는 얘기겠죠. 그런데 그가 정말로 가고 싶어 했던 곳은 파리안이었죠, 그래서 우릴 여기 내려놓은 거죠. 꽤 힘든 여행이었어요."

"휴, 당신다운 행동이네요!"

이본은 손을 바지 주머니에 넣고 마치 소년처럼 발을 넓게 벌린 채 휴를 올려다보며 미소 지었다. 새와 꽃, 피라미드가 수놓인 블라우스 아래로 이본의 가슴이 솟아 있었다. 이본은 그 블라우스를 제프리를 위해 샀거나 그를 위해 여기 가져왔을 것이다. 이 생각에 휴는 다시 한 번 가슴에 고통을 느끼며 눈을 돌리고 말았다.

"그 자식을 쏴버려야 하는 건데. 그 자식, 그저 점잖은 개자식이었거든요—"

"여기서도 가끔 파리안이 보일 때가 있어요."

---

* Foreign Legion: 루이 11세가 대규모로 외국 용병을 모집한 것을 시작으로 하여, 나폴레옹 1세가 전 유럽에서 외인병사를 모집하여 유럽, 이집트 원정에 이용하면서 유명해졌다. 지원자에 대해서는 전력(前歷)이나 국적을 묻지 않기 때문에 범죄자, 망명자, 방랑자들이 입대하는 경우가 많았다.

휴가 담배를 권했다. "제프리가 지금 이 시간에 자고 있는 것은 지칠 줄 모르는 영국적인 그 무엇 때문인가요, 아니면 제프리 자신의 그 무슨 이유 때문인가요?" 휴는 이본을 따라 골목을 내려갔다. "자, 받아요. 기계로 만 건 이게 마지막이에요."

"제프리는 어젯밤 적십자 파티에 갔었어요. 불쌍한 양반, 꽤나 피곤했나 봐요." 둘은 담배를 피우며 함께 걸었다. 이본은 몇 발짝 가다 잡초를 뽑기 위해 걸음을 멈추곤 했다. 그러다 갑자기 우뚝 멈춰 서서 온통 청머루에 휘감겨버린 화단을 내려다보았다. "오 세상에, 너무나 아름다운 곳이었는데. 마치 천국 같았는데……"

"그럼 여기서 빠져나가는 게 어때요? 당신이 너무 지쳐 있지만 않다면." 고통스럽고도 분노에 가득 찬 듯한, 하지만 어느 정도 제어된 코 고는 소리가 바람에 실려 휴의 귀에 들려왔다. 오랫동안 잠든 영국인의 숨죽인 목소리……

이본은 마치 제프리가 현관에 있지 않다면 침대에서 일어나 창문으로 총을 쏘기라도 할 것처럼 황급히 주위를 둘러보며 머뭇거리며 말했다. "하나도 피곤하지 않아요." 이본의 목소리는 밝고 따뜻했다. "가요……" 이본이 휴보다 앞서 골목을 내려가기 시작했다. "기다릴 필요 없잖아요?"

휴는 무의식적으로 이본을 지켜보고 있었다. 드러난 갈색 목과 팔, 노란색 바지 그리고 그 뒤의 선명한 주홍색 꽃들, 귀 주위를 둘러싸고 있는 갈색 머리카락, 춤이라는 추는 것처럼 걷는다기보다는 마치 떠다니는 것처럼 우아하고 빠르게 움직이는 노란색 샌들. 휴가 그녀를 따라잡았고, 둘은 어느새 쏜살같이 가까이 다가온 꼬리가 긴 새를 피해 다시 함께 걷기 시작했다.

새는 구멍이 숭숭 뚫린 진입로를 따라 앞서서 뽐내듯 걸어갔다. 문

없는 문을 지나자 적백색 칠면조가 있었고, 두 사람을 발견한 칠면조는 돛을 완전히 올리고 전력을 다해 도망치려는 해적처럼 먼지 가득한 거리로 내달았다. 둘은 새들을 보며 크게 웃었지만 만약 지금과는 다른 상황이었다면 꺼냈을 만한 이야기들, '우리 자전거가 어떻게 됐는지 궁금한걸. 기억나요? 파리에서 그 카페 있잖아요. 로빈슨에 나오는 것처럼 나무 위에 테이블이 있던 카페 말예요.' 이런 말들은 꺼내지 않았다.

둘은 왼쪽으로 돌아 시내로부터 멀어지는 길을 택했다. 두 사람 아래로 길은 급경사를 만들고 있었고, 그 아래에는 보랏빛 언덕이 솟아 있었다. 휴는 생각했다. '왜 아프지 않은가, 왜 정말 아플 수 없는가, 이미 고통은 겪을 만큼 겪었기 때문일까.' 휴는 또 다른 고통이 있음을 처음으로 감지했다. 칼레 니카라과는 주인이 떠나고 남겨진 거대한 저택의 벽과도 같이, 곧 무너져 내릴 듯 돌과 구멍으로 가득 차 도저히 건너기 힘든 혼돈의 상태로 변해 있었다. 이본이 자전거를 가지고 있다 하더라도 여기서는 도움이 될 것 같지 않았다.

"휴, 도대체 텍사스에는 무엇 때문에 갔던 거예요?"

"오키*들을 따라갔죠. 오클라호마의 이주 노동자들 말예요. 신문사에서 오키 기사에 관심을 가질 거라고 생각했어요. 그래서 텍사스의 농장으로 그들을 따라 내려갔죠. 거기서 이 노동자들이 국경을 건너는 것이 금지돼 있다는 것을 알게 됐어요."

"참견꾼 아니랄까 봐!"

"뮌헨으로 가기 딱 알맞은 시각에 프리스코**에 도착했죠." 휴가 왼쪽으로 돌아보았다. 멀리로 알카판싱고 감옥의 격자무늬 망루가 눈에 들

---

* Okies: 1930년대 대공황 시기, 오클라호마 출신의 이동 농업 노동자.
** 미국 샌프란시스코를 지칭하는 옛 말.

어왔다. 망루 꼭대기에는 망원경으로 동서를 살피는 이들의 모습이 조그맣게 보였다.

"마치 게임을 하는 것 같아요. 여기 경찰들은 신비롭게 보이는 걸 좋아하죠, 마치 당신처럼. 그전에는 어디에 있었나요? 아마 프리스코에서는 간발의 차로 서로 길이 엇갈렸나 봐요."

도마뱀 한 마리가 도로 가의 경사진 곳을 따라 자라고 있는 부겐빌레아 속으로 사라졌다. 야생 부겐빌레아가 넘쳐나고 있었다. 다른 도마뱀이 뒤를 이었다. 경사진 곳 아래에는 구멍이 버팀목의 지지를 받은 채 입을 벌리고 있었다. 광산으로 향하는 또 다른 입구일 것이다. 경사진 들판은 모든 각도에서 급격한 경사를 이루며 약간 오른쪽으로 기울어져 있었다. 들판 너머 멀리로 투우장이 보였고, 아바나의 잘록한 허리 부분을 지날 때 비행기 속에서 외쳐대던 웨버의 목소리가 다시 들려왔다. "콰우나우악! 이곳은 혁명 때 투우장에서 여자들을 십자가에 못 박아 황소들에게 줘버렸지. 얼마나 친절한지! 수로에는 핏물이 흘렀고 사람들은 시장에서 개로 바비큐를 해먹었지. 먼저 총을 쏘고 나중에 물어보는 사람들이지. 제기랄, 자네 말이 옳구말구!" 하지만 이제 콰우나우악에는 혁명 따위는 없었고 적막 속 보랏빛 언덕만이 남아 있었다. 들판, 심지어 망루와 투우장조차도 평화, 아니 천국에 대해 속삭이는 것 같았다. "중국." 휴가 대답했다.

이본은 미소를 지으며 돌아섰다. 하지만 그 눈에는 근심과 혼란이 비치고 있었다. "전쟁은요?" 이본이 물었다.

"막 그 말을 하려던 참이었어요. 난 수십 병의 맥주와 함께 구급차 위로 떨어졌어요. 그리고 내 위로 기자들이 여섯 명이나 있었죠. 바로 그 순간 건강을 위해서라도 캘리포니아로 가는 게 훨씬 나을 거라고 생각했죠." 휴는 도로와 철조망 사이의 풀밭을 따라 줄곧 그들을 따라온 염소 한 마리를 의심스러운 눈으로 바라보았다. 이제 염소는 두 사람을 경멸의 눈초리로 쳐다보며 꼼짝 않고 서 있었다. "저것들이 가장 저급한 동물일 거야, 아마도, 봐요! 오 세상에, 그럴 줄 알았어." 염소가 휴를 공격했고 휴는 갑작스러운 사고로 인한 공포와 이본의 따스한 몸을 동시에 느꼈다. 염소는 표적을 놓치고는 꼬리를 맹렬하게 흔들어대며 낮은 돌다리로 이어진 도로를 돌아 언덕 너머로 사라졌다. "설사 전쟁이 없다손 치더라도 그 해악을 한번 생각해봐요." 휴가 말을 이었다. 둘 사이에는 긴장감이 흐르면서도 뭔가 상호의존적인 환희가 있었다. "그러니까 내 말은 염소 말고 기자들 말예요. 세상에 그 사람들한테 결코 적당한 처벌은 없을 거예요. 말레볼제*가 있을 뿐이죠…… 그리고 여기가 바로 말레볼제예요."

휴가 말한 말레볼제는 협곡이었다. 온 국토를 휘감고 있는 골짜기가 이곳으로 모여들고 있었다. 두 사람은 협곡에 대한 생각으로 염소에 대해서는 잊을 수 있었다. 두 사람이 서 있는 작은 돌다리가 협곡을 가로지르고 있었다. 나무들, 두 사람 밑으로 꼭대기가 보이는 나무들이 협곡 아래로 이어졌고 협곡의 급경사가 나뭇잎들에 가려져 있었다. 아래쪽에서 물 흐르는 소리가 희미하게 들렸다.

"알카판싱고가 저기라면, 이곳은 바로 베르날 디아스**와 그의 틀락스칼란 인디언들이 콰우나우악과 싸우기 위해 건너간 곳일 거예요. 베르날 디아스와 그의 틀락스칼란…… 댄스 그룹 이름으로 잘 어울릴 것 같

---

* Malebolge: 단테의 신곡에 등장하는 제8지옥.
** Bernal Díaz: 멕시코의 군인, 대통령. 멕시코를 강력한 중앙집권국가로 건설하여 30년 이상 지배했다. 1857~1860년 개혁전쟁에 참가하고 막시밀리안이 괴뢰 황제에 오르자 프랑스 군과 교전하면서 전공을 세웠고, 1877년 대통령에 당선되었다.

화산 아래서 153

은 이름이죠. 그런데, 하와이 대학에서 프레스콧*을 만나지 않았나요?"

"음" 긍정인지 부정인지 알 수 없는…… 의미 없는 질문에 가장 적절한 대답이었다. 이본은 어깨를 으쓱이며 협곡을 내려다보았다.

"천하의 디아스라 할지라도 여기서는 어지럼증을 느꼈을 것 같네요."

"그렇겠죠."

"보이진 않지만 죽은 기자들이 무척 많죠. 열쇠구멍으로 염탐질하면서 민주주의의 이익을 위해 최선을 다하고 있다고 확신하는 죽은 기자들. 아, 당신이 신문을 보지 않는다는 걸 잊고 있었네요." 휴가 소리 내어 웃었다. "이본, 언론은 매춘과 같아요. 지식인 남자들이 말과 글을 팔아먹는 매춘. 이 부분에 대해서는 슈펭글러**에 전적으로 동감이에요." 휴는 불쾌하지만 익숙한 소리에 고개를 들었다. 멀리서 수천 개의 양탄자를 동시에 후려치는 듯한 소리, 소리는 보일 듯 말 듯 수평선 위로 살짝 올라온 화산 방향에서 나와 윙윙거리는 메아리 소리로 이어졌다.

"사격 연습, 또 시작이군요." 이본이 말했다.

연기를 뿜어내는 낙하산 같은 물체들이 산 위를 떠다니고 있었다. 두 사람은 잠시 아무런 말없이 이 광경을 지켜보았다. 휴가 한숨을 내쉬고는 담배를 말기 시작했다.

"스페인 내전에 참가한 영국인 친구가 있는데요. 그 친구 아마 죽지만 않았다면 아직 거기 있을 거예요." 휴는 종이의 접힌 부분에 혀로 침을 묻혀 봉하고 불을 붙였다. 담배가 빨리 타올랐다. "사실 그 친구는 두 번

---

* William H. Prescott(1796~1859): 미국의 역사가. 대표 저서 『멕시코 정복사』 『페루 정복사』.

** Oswald Spengler(1880~1936): 독일의 철학자. 사회이론에 크게 이바지한 연구서 『서구의 몰락』으로 유명.

이나 죽은 것으로 보고됐지만 두 번 다 살아서 나타났어요. 1936년이었어요. 프랑코의 공격을 기다리는 동안 그 친구는 대학 도서관에서 한 손에 기관총을 쥐고 누워서 드퀸시*의 책을 읽고 있었대요. 아, 기관총 얘기는 과장된 것일 수도 있어요. 기관총을 쥐고 있진 않았을 거예요. 그 친구, 내가 지금까지 만난 공산주의자 중 최고였어요. 로제 당주라는 와인을 좋아했죠. 런던이 고향인데, 거기서 하포**라는 개를 키우고 있었어요. 공산주의자의 개 이름이 하포라…… 그다지 어울리지 않죠. 그렇지 않아요?"

"아니 잘 어울리나?"

휴는 한쪽 발을 난간에 올려놓고 구부러진 담배를 바라보았다. 담배는 인간애와 마찬가지로 빠른 속도로 소멸되고 있었다.

"또 다른 친구 하나는 중국으로 갔는데 거기서 무엇을 해야 할지 몰랐나 봐요. 아니 어쩌면 그곳 사람들이 그를 어떻게 해야 할지 몰랐을지도. 어쨌든 그는 자원해서 스페인으로 갔죠. 그러고는 실제로 전쟁에 참가하기도 전에 유탄에 맞아 죽고 말았죠. 이 친구들 모두 고향에서는 아무런 문제없이 살던 친구들이죠. 은행을 털지도 않았고……" 휴는 잠시 어색한 침묵을 유지했다.

"물론 우리는 내전이 시작되기 1년 전에 거길 떠났죠. 제프리는 한낱 국왕 지지자***들을 위해 죽는 일에 너무 많은 감정이 실려 있다고 말하

---

* Thomas De Quincey(1785~1859): 영국의 수필가, 비평가. 대표 저서로 『영국인 아편쟁이의 고백』. 대학 시절, 안면신경통의 고통을 덜기 위해 아편을 복용한 것으로 알려진다.
** Harpo: 브로드웨이 코미디 그룹 Marx Brothers의 Harpo Marx(1888~1964)와 같은 이름.
*** Loyalist: 스페인 내전 시 국왕 지지자들.

화산 아래서 155

곤 했죠. 그는 파시스트가 이기고 내전이 끝나버렸더라면 더 나았을 거라고 말했었죠."

"지금은 생각이 달라졌어요. 제프리는 만약 파시스트가 이긴다면 스페인 문화는 얼어붙어버릴 거라고 해요. (그런데, 달이 떴나? 얼어붙을 정도로 춥군.) 그 얼어붙은 문화는 시간이 흘러 언젠가 후세에 의해 발견되고 마치 한동안 동작이 정지된 상태로 있었던 것처럼 녹아내리겠죠. 그럴 거예요. 혹시 내가 스페인에 갔었다는 거, 알고 있었나요?"

"아뇨." 이본이 깜짝 놀라며 답했다.

"참, 그렇지. 내가 구급차로 떨어질 때 맥주는 20여 병밖에 없었어요. 그리고 내 위엔 파리로 가는 기자 다섯 명이 있었어요. 당신을 마지막으로 본 지 얼마 되지 않을 때였죠. 마드리드 쇼가 한창일 때 신문사에서 나더러 그걸 취재하라고 했죠⋯⋯ 그래서 난 말 잘 듣는 개처럼 거기에 갔죠. 그리고 얼마 후 다시 그리로 보내긴 했지만⋯⋯ 중국보다 브리우에가*에 간 게 먼저였죠."

이본은 잠시 휴를 바라보다 입을 열었다.

"휴, 혹시 다시 스페인으로 갈 생각은 아니죠, 그렇죠?"

휴가 웃으며 머리를 흔들었다. 그는 스스로를 태워 파괴돼버린 담배를 조심스럽게 협곡으로 떨어뜨렸다. "누굴 위해서? 공산주의의 방벽이 유행에서 멀어지는 순간 고향으로 돌아가 그 모든 것들을 냉소로 부정하는 고귀한 군대의 뚜쟁이와 전문가들을 위해서? 그런 거라면 사양하겠어요. 그냥 그런 척하는 게 아니라, 신문사는 완전히 그만뒀어요." 휴는 두 엄지손가락을 벨트에 집어넣었다. "그러니까, 5주 전, 정확하게 말하자면

---

* Brihuega: 마드리드 북쪽에 위치한 도시. 1937년 국제여단은 여기서 중요한 승리를 거두었다.

9월 28일, 체임벌린이 독일 고데스부르크*로 가기 이틀 전, 스페인은 국제여단**을 쫓아내버렸죠. 아직 지원병들의 절반 이상은 페르피냐***의 감옥에서 썩고 있어요. 그런데 어떻게 거기 다시 갈 수 있겠어요?"

"제프리는 당신이 행동으로 보여주길 원한다고 하던데 그게 무슨 의미죠? 그리고 도대체 무엇 때문에 여기 온 거죠?"

"좀 지루한 얘기예요." 휴가 답했다. "사실, 한동안 항해를 떠나려고요. 모든 게 차질 없이 진행된다면 한 일주일쯤 후에 베라크루스에서 배를 타고 있을 거예요. 제가 조타원(操舵員)으로 선원 승선권이 있다는 거 알고 있죠? 갤버스턴****에서 배를 한 척 구할 수도 있었는데 요즘은 예전만큼 쉽지가 않아요. 어쨌든 베라크루스에서 항해를 시작하는 게 더 재미있을 거예요. 아바나로 가서 나소로, 그리고 거기서 더 아래로 내려가 서인도 제도로, 그다음엔 상파울루…… 항상 트리니다드 섬에 가보고 싶었거든요. 언젠가 트리니다드 섬에서 나오는 것도 재미있겠죠. 제프리가 약간의 정보를 주긴 했지만 그 이상은 아니었어요. 제프리에게 책임감을 느끼게 하고 싶진 않거든요. 아니, 그저 나한테 완전히 질려버린 것뿐이에요. 5년 이상 이런저런 대의 아래 마치 나처럼 세상이 자멸하지 않도록

---

* 1938년 9월, 스페인 사태 해결을 위한 영국 공화당의 마지막 노력으로 체임벌린(Arthur Neville Chamberlain, 1869~1940) 수상이 독일 고데스부르크Godesburg에서 히틀러와 회합을 가졌다.

** International Brigades: 스페인 내전에서 인민전선정부를 지원하기 위해 코민테른이 조직한 국제 의용군. 1936년 7월에 일어나 2년 반 동안 계속된 스페인 내전에서 인민전선정부를 위해 각국에서 모인 용병부대를 가리킨다. 프랑스가 가장 큰 지원국이었으나 소련이 직접 개입하고 1938년 말 소련이 인민전선정부에 대한 지원을 삭감하면서 국제여단은 스페인에서 철수하게 된다. 에브로 강에서 마지막 전투를 치른 후 1938년 바르셀로나에서 고별 열병식을 갖고 해체되었다.

*** Perpignan: 스페인 국경 근처에 위치한 프랑스 도시.

**** Galveston: 미국 텍사스 주 멕시코 만 연안의 갤버스턴 섬 북동쪽 끝에 있는 도시.

권하며 살아온 삶에 질려버린 거예요. 당신의 행동조차도 그 계획의 일부였다는 걸 알게 될 거예요. 당신에게 물어보고 싶은 게 있어요. 대체 우리가 알고 있는 게 무엇이라고 생각해요?"

그리고 휴는 생각에 잠겼다. 1938년 11월 13~14일(?) 밤, 안티모니와 커피를 싣고 베라크루스를 떠나 영국령 서부아프리카의 프리타운으로 향하는 6천 톤급 노에미졸리아호를 타고 유카탄 해안의 수콕스로부터 동북쪽을 향해 항해를 계속할 것이다. 이상한 항로이긴 하지만, 그럼에도 불구하고 배는 대서양의 크루커드와 윈드워드 항로에 나타날 것이다. 그리고 오랜 시간이 지나 육지가 시야에서 사라지면 마데이라의 거대한 폭포와 마주치게 되고, 리요테 항을 피해 운 좋게도 지브롤터 해협을 무사히 지나, 남동쪽으로 약 1,800마일 지점 시에라리온에 있는 목표지를 향해 갈 것이다. 그리고 다시 프랑코의 봉쇄선을 무사히 뚫고 가타 곶, 팔로스 곶, 나오 곶을 지나 지중해를 향해 조심스러운 항해를 계속할 것이다. 그다음으로 피티우사에 제도가 보이면 발렌시아 만을 통해 카를로스 데라라피타를 지나 북쪽으로 에브로 강의 초입을 향해 갈 것이다. 그리고 바위가 무성한 가라프 해안에서 신호가 나오면 바르셀로나에서 20마일 떨어진 발카르카에 국왕 지지자들의 군대를 위해 TNT를 내려놓은 후, 배는 산산조각 나버릴지도 모른다.

이본은 협곡을 내려다보고 있었다. 머리칼이 얼굴 위로 흘러내렸다. "제프리가 가끔 나쁜 소리를 한다는 거 알고 있어요." 이본이 말했다. "하지만 국제여단의 로맨틱한 개념에 대해서는 나도 제프리와 같은 생각이에요—"

하지만 휴는 아직 머릿속의 항해를 계속하고 있었다. 대단한 퍼민 양반, 아니 콜럼버스 선장. 그 아래로 노에미졸리아의 갑판이 보였고 갑판 위에는 파란색 물통이 있었다. 바람이 불어가는 쪽 배수구를 통해 물방울이 서서히 흩어지면서, 윈치를 손질하던 선원의 눈에 물방울이 튀었다. 조금 전 휴의 머릿속을 울렸던 종소리가 갑판 앞쪽의 망대에 울려 퍼지자 선원이 연장을 챙기기 시작했다. 휴의 마음은 배를 따라 함께 떠다니며 바다의 순수함의 극치와 그것이 주는 흥분을 동시에 느끼고 있었다. 어느새 선원은 하얀색 유니폼에서 겨울용 푸른색 유니폼으로 갈아입고 있었다……

이본은 조급하게 머리를 뒤로 젖히며 일어섰다. "만약 그들이 관여하지 않았다면 전쟁은 벌써 끝났을 거예요."

"이제 국제여단이란 건 존재하지 않죠." 휴는 공허한 목소리로 말했다. 이제 그가 타고 있는 것은 배가 아니라 비참한 세계였기 때문이다. "언젠가 시에 썼던 것처럼 영광의 길이 무덤으로 인도한다면 영국의 영광이 이끄는 무덤은 바로 스페인이 될 거예요."

"당찮은 소리!"

휴가 갑자기 웃기 시작했다. 낮은 소리의 그 비웃음의 대상은 어디에도 없었다. 그는 몸을 꼿꼿이 세운 채 빠른 몸놀림으로 난간으로 뛰어올랐다.

"휴!"

"세상에, 말 좀 봐요." 휴가 눈을 돌리며 자신의 정신적 키인 188센티미터까지 몸을 뻗었다(그의 실제 키는 170센티미터였다).

"어디?"

"바로 저기요."

이본이 천천히 말했다. "잊고 있었군요. 저 말들은 카시노데라셀바에 있는 것들이에요. 아마도 방목하려고 내놓은 모양이에요. 이 길로 계속 올라가면 거기가 나오죠."

두 사람 왼쪽으로 보이는 완만한 언덕에는 반짝이는 털을 가진 망아지들이 풀밭을 돌아다니고 있었다. 두 사람은 칼레 니카라과를 벗어나 목장으로 향하는 좁고 그늘진 길을 따라가고 있었다. 시범 낙농장처럼 보이는 목장의 마구간이 보였다. 목장은 지면과 같은 높이의 마구간 뒤쪽까지 이어졌다. 마구간 뒤편으로는 영국산으로 보이는 나무들이 풀이 무성하고 바퀴 자국이 가득한 거리 한쪽으로 늘어서 있었다. 멀리로 텍사스산 사슴과도 같은, 특히 그 수컷과 무척이나 닮은 커다란 소들이 나무 아래 누워 있었다. '여기도 당신네 소들이 있군요.' 이본이 말했다. 마구간 바깥에는 일렬로 놓인 우유통들이 햇빛을 받아 반짝이고 있었다. 이 고요한 공간 위로 우유와 바닐라, 야생화의 달콤한 내음이 떠다니고 있었다. 그리고 그 위로 햇살이 내리쬐고 있었다.

"정말 아름답지 않아요?" 이본이 말했다. "정부가 시범으로 조성한 곳일 거예요. 이런 농장 하나 있었으면……"

"차라리 저기 있는 커다란 영양 몇 마리를 빌리는 건 어때요?"

말 한 마리에 시간당 2페소였다. "딱 맞네요." 휴가 이본의 가죽끈을 줄이기 위해 몸을 돌릴 때 마구간 소년의 상냥한 검은 눈이 휴의 부츠에 잠시 머물렀다. 왜 그런지 알 수는 없었지만, 이 소년은 이른 아침 멕시코시티의 파세오데라레포르마 거리 어딘가에 서 있을 때 시야에 있는 모든 사람들이 갑자기 뛰고 웃으며 파스퇴르 동상을 지나 햇살을 받으며 일터로 향하는 장면을 연상시켰다…… "딱 맞지는 않아요." 이본은 바지를 살펴보았다. 그러고는 안장을 두 번 두드려보고 나서 말했다. "우리 같이 말을 타고 나간 적은 한 번도 없었죠, 그렇죠?" 이본은 앞으로 나가며 몸을 기울여 말의 목을 쓰다듬었다.

두 사람은 어미를 따라온 망아지 두 마리와 사랑스러운 하얀 털을 가진 농장 개 한 마리와 함께 천천히 골목길을 올랐다. 한참을 오르자 골목길이 큰 길로 이어졌다. 길이 여러 갈래로 뻗어 있는 모습이 알카판싱고를 연상시켰다. 숲 위로 솟은 망루가 더 크게 더 가까이 보였고 망루를 통해 감옥의 높은 벽이 보였다. 두 사람의 왼쪽으로는 제프리의 집이 조감도처럼 눈에 들어왔다. 나무들 앞에 아주 작은 방갈로가 몸을 웅크리고 있었고 그 아래 기다란 정원은 급격한 경사를 이루고 있었다. 이와 수평으로 비스듬하게 마치 계단처럼 나 있는 다른 집들의 정원이 보였다. 코발트 빛 타원형 수영장이 있는 이 정원들 역시 협곡 아래로 급경사를 그리고 있었다. 땅은 칼레 니콰라과의 꼭대기에서 휩쓸려 뒤쪽으로 걸출한 코르테스 궁전까지 닿은 듯했다. 저기 아래 하얀 점이 제프리일까? 공원 입구를 통하면 집의 반대편으로 곧바로 닿을 수 있겠지만, 두 사람은 이 지름길을 피하고 싶은 듯 오른쪽으로 기울어진 또 다른 골목길로 걸음을 재촉했다. 휴는 이본이 후안 세릴로가 말한 것처럼 "마치 정원에 있는 것처럼"이 아닌, 카우보이 복장으로 안장 위에 단단히 몸을 고정시킨 모습을 보자 기분이 좋아졌다. 이제 감옥은 두 사람 뒤쪽에 있었고 휴는 이본과 함께 망루 위 감시 망원경의 거대한 초점 속으로 빨려 들어가는 상상을 했다. 경찰은 휴를 보며 "Guapa(잘 생겼군)" 하고 말할 것이다. 또 다른 경찰은 이본을 보고는 "muy hermosa(정말 아름답군)" 하고 말하며 입술로 키스하는 듯한 제스처를 취할 것이다. 세상은 항상 경찰의 망원경 안에 있었다. 한편, 길이라는 것이 풀밭처럼 풀을 뜯어먹거나 노는 장소가 아닌 어딘가로 가는 수단이라는 것을 모르는 망아지들은 길을 벗어나 계속 풀숲으로 빗나갔다. 어미 말들이 망아지들을 향해 걱정스러운 듯 울음소리를 내자 망아지들이 다시 돌아왔다. 어미 말들이 울음소리를 내는 데 지친 듯이 보이자 휴가 휘파람 소리를 냈다. 휴가 망아지들을 보호하기로 결심한 것처럼 보였지만, 실제로 망아지들을 지킨 것은 개였다. 뱀 탐지 훈련을 받은 것이 분명한 이 개는 앞서 뛰어가다 뒤로 다시 돌아와서는 모두가 안전하다는 것을 확인한 후에 다시 뛰어갔다. 휴는 잠시 개를 지켜보았다. 언제나 자신의 형을 따라다니던 떠돌이 개들과는 확실히 큰 차이가 있었다.

"정말 말 울음소리처럼 들리는데요." 갑자기 이본이 입을 열었다. "어디서 배웠어요?"

"휘—휘—휘—휘—휘—휘—휘—휘—휘이이이이—우." 휴는 다시 휘파람을 불었다. "텍사스에서 배웠어요." 왜 텍사스라고 말했을까? 그는 스페인에서 후안 세릴로에게서 휘파람 부는 법을 배웠었다. 휴는 안장 앞부분 말의 융기 위에 재킷을 벗어놓았다. 망아지들이 풀밭에서 고분고분 나오자 휴가 몸을 돌리며 말했다.

"휘이이이—우가 중요해요. 저음으로 떨어지는 말 울음소리와 비슷하잖아요."

울타리 너머에는 풍요의 상징인 두 개의 사나운 뿔을 가진 염소가 있었고 두 사람은 울타리를 사이에 두고 염소를 지나갔다. 좀 전에 보았던 그 염소가 분명했다. 두 사람은 웃으면서 염소가 반대쪽 길에서 칼레 니카라과 쪽으로 빠지는지, 아니면 알카판싱고 길과의 연결 지점에서 칼레 니카라과로 빠질 것인지 지켜보기로 했다. 염소는 들판의 끝자락에서 풀을 뜯고 있다가 두 사람에게 교활한 눈빛을 보냈다. 하지만 더 이상 움직이지는 않았다. 염소는 두 사람을 보며 이렇게 말하는 것 같았다. '때를 놓친 건 사실이지만, 아직 싸울 준비는 돼 있어.'

새로 접어든 길은 부정형의 들판을 감싸고 있는 부서진 울타리와 숲

사이로 나 있어 평화로운 분위기를 자아내고 있었고, 그늘진 길에는 바퀴 자국이 깊이 나 있었다. 가뭄에도 불구하고 저수지에 가득 찬 물이 아름답게 하늘을 비추었다. 마치 동반자 같았다. 카라반의 동반자, 위험으로부터 서로를 지켜주고 자그마한 사랑의 세상을 함께 지고 가는 동반자…… 조금 전까지만 해도 태양이 뜨겁게 내리쬘 것 같았지만, 지금은 적당한 온기가 몸을 따뜻하게 해주었고 부드러운 바람이 얼굴을 감싸고 있었다. 양쪽의 시골길은 두 사람을 향해 순수함을 가장한 듯한 미소를 짓고 있었고 아직은 덜 깬 아침의 활기가 서서히 솟아나고 있었다. 말들은 고개를 끄덕이고 있었고, 그리 멀지 않은 곳에 망아지들이, 그리고 개가 있었다. 휴는 생각했다. 이 모든 게 새빨간 거짓이라고, 우린 그저 불가피하게 거기에 빠져든 것뿐이라고…… 바로 오늘 죽은 자들이 살아 돌아온다는 것을 믿는 것처럼, 마치 버스 안에서 전해 들은 것을 믿는 것처럼…… 환상과 기적의 날, 모순되게도 예전에는 전혀 허락되지 않았던 그 무엇인가를 딱 한 시간만 볼 수 있도록 허락받은 그것, 형제애에 대한 배신이 있은 후 단 한 번도 허락될 수 없었던 그것, 행복의 이미지, 차라리 그것이 존재하지 않았다고 생각하는 것이 더 나을 것 같은 그것…… 바로 그 순간 또 다른 생각이 휴를 스치고 지나갔다. 지금 이 순간보다 더 행복한 적은 없었노라고, 앞으로도 지금 이 순간보다 더 행복한 날은 없을 것이라고…… 앞으로의 그 어떤 평화도 이 순간처럼 중독성 강한 평화는 없을 것이라고……

("퍼민, 자네는 불쌍하지만 좋은 친구야." 목소리는 카라반의 상상의 인물에서 나온 듯했다. 휴는 직감적으로 후안 세릴로를 떠올렸다. 키가 큰 그는 자신에 비해 훨씬 작아 보이는 말에 등자 없이 타고 있었기 때문에 발이 거의 땅에 닿아 있었다. 넓은 리본으로 장식된 모자가 뒤통수에 걸려 있었고 목에

걸린 타자기 박스는 안장 앞머리에 닿아 있었다. 한 손에는 돈 가방을 들고 있었고, 먼지 속에서 그와 나란히 달리고 있는 한 소년이 있었다. 후안 세릴로! 그는 실제로 멕시코가 스페인에 제공했던 관대한 원조에 대한 보기 드문 인간적 상징과도 같은 존재였다. 그는 브리우에가에 가기 전에 귀향하여 화학 교육을 받았지만 오악사카에서 에히도*를 운영하는 신용은행에서 일하며 사포테칸 같은 외진 마을까지 말을 타고 돈을 운반했다. 하지만 종종 '그리스도 왕 만세Viva el Cristo Rey'를 외치며 출몰하는 무서운 도적들의 습격을 당하기도 하고, 교회탑에서 카르데나스 반군의 총과 맞닥뜨려야 할 때도 있었다. 그의 일상은 휴가 동참하도록 권유받기도 했던, 인간이 창출한 대의를 위한 모험의 연속이었다. 손톱만 한 크기의 화려한 스탬프──스탬프는 태양을 겨냥하고 있는 궁수의 모습이었다──로 장식된 봉투에 든 편지에서 말했듯, 그는 백 마일도 안 떨어진 곳에서 다시 일하며 꽤 괜찮은 삶을 영위하고 있는 듯했다. 하지만 신비한 산세를 바라볼 때면 이 기회를 제프리와 노에미졸리아**에게 넘긴 것에 대한 후안의 비난의 목소리가 들려오는 듯했다. 스페인에서 쿠이카틀란에 자신의 말을 남겨두고 떠났을 때 들은 적이 있는 그 구슬픈 목소리였다. "불쌍한 것, 말은 계속 슬퍼하고 있을 거야, 계속……" 하지만 이제 그 목소리는 멕시코에서 보낸 후안의 어린 시절, 휴가 태어난 그해의 멕시코에 대해 이야기하고 있었다. 사람들은 그저 삶을 영위하다 죽었다. 당시 멕시코는 언론의 자유가 있던 나라던가, 삶과 자유가 보장되고 행복을 추구

---

* Ejido: 멕시코 인디언들의 전통적인 공동 소유지. 1855년부터 시작된 토지개혁 기간에 취해진 조치로 민간이나 종교 단체의 토지 소유권이 철폐되었다. 이 토지개혁의 주요 목적은 거대한 교회 소유의 토지를 해체하는 것이었으나 동시에 인디언들에게 그들의 땅을 포기하도록 강요했다.

** Noemijolea: 1930년대 스페인과 마르세유를 오가며 무기를 운반하다 스페인 민족주의 군대의 공격을 받은 바 있는 영국의 배 이름.

할 수 있는 나라였던가? 훌륭한 벽화로 장식된 학교가 있고 작고 추운 산골짜기 마을에도 돌로 된 야외무대가 있으며 자신의 타고난 재능을 표출할 수 있는 사람들이 토지를 소유한 나라였던가? 희망으로 가득한 농경국가의 대표적인 국가였던가? 아니, 그것은 노예들의 국가였다. 인간이 가축처럼 팔리고 야키족, 파파고족, 토마사치크족 같은 원주민들은 강제 이주되어 몰살되고, 땅에 속박되고 몸은 외부인들에게 구속되는 노예보다 더 못한 상태로 살아가던 노예의 국가였다. 오악사카의 바예 나시오날에는 일곱 살의 성실한 노예 후안이 있었다. 그의 형은 맞아 죽었고 또 다른 형은 45페소에 팔려 와서는 7개월 후에 굶어 죽었다. 노예 주인들에게는 노예를 사서 1년 정도 충분히 부려먹고는 다른 노예를 사들이는 것이 훨씬 싸게 먹혔기 때문에 이런 사건이 자주 발생했다. 이 모든 것들이 포르피리오 디아스* 시대를 의미했다. 지방경찰과 지방정치가들이 어디에나 존재했고 살인자 또한 그러했다. 민주 정치기구는 사라지고 군대는 대량학살의 동력, 추방의 도구로 전락했다. 후안은 이 사실을 잘 알고 있었다. 이 모든 것을 몸소 체험했기에…… 아니 그 이상이었을 것이다. 혁명이 일어났을 때 그의 어머니가 살해당했다. 나중에 후안은 자신의 아버지를 죽였다. 후안의 아버지는 우에르타**에 맞서 싸웠으나 나중에 배신자로 밝혀졌다. 죄책감과 슬픔이 항상 그를 따라다녔다. 아, 차라리 참회라는 냉수욕을 하고 나면 원기를 회복할 수 있는 천주교인이었다면…… 진부한 표현이긴 하지만, 과거는 어쩔 수 없는 과거에 불과하다. 사람은 후회로 인해 미래가 바뀌는 범위 안에서만 양심의 가책을 느끼기 마련이다. 사람들, 모든 사람들이, 심지어 멕시코조차도 후안에게 끊임없이 계속 고통받아야 한다고 말하는 것 같았다. 전쟁과 외지인들만이 머무는 삶이란 어떤 것일

---

* Porfirio Díaz: 1911년까지 33년간 멕시코를 지배했던 독재자.
** Victoriano Huerta: 멕시코 대통령을 지낸(1913~1914) 독재자.

까? 인간 영혼의 티에라 칼리엔테* 안에서도 혁명은 창궐하기 마련이다. 지옥으로 향한 차비를 지불하지 않는 평화란 없다—)

"과연 그럴까?"

"과연 그럴까?"

그들은 강으로 향하는 내리막길을 걷고 있었다. 개 역시 희미한 독백을 내뱉으며 조용히 걷고 있었다. 강에 이르러 조심스럽고도 무거운 첫걸음을 내디디며 물 안으로 들어섰다. 망설임의 감정도 잠시뿐 물살에 몸이 앞으로 밀려갔다. 꼿꼿이 내딛고 있던 발은 수면 아래서 비틀거리기 시작했다. 말은 마치 수영하는 것처럼 보였다. 믿기 힘든 직감이 아니라 크리스토퍼러스**의 성스러운 확신을 가지고 공기 속을 떠다니는 듯했다. 개는 계속 진지하지만 우스꽝스러운 몸놀림으로 헤엄쳐 나갔고, 망아지들은 목까지 찬 물살에 몸이 흔들리며 사뭇 진지하게 고개를 끄덕이고 있었다. 태양이 조용한 물 위로 밝게 빛났다. 하류 쪽으로는 강폭이 좁아지면서 급물살과 소용돌이를 만들어냈고 물살이 강변의 검은 바위에 부딪쳐 난폭한 급류로 이어졌다. 머리 바로 위로는 지금껏 본 적이 없는 이상한 새 한 무리가 황홀한 섬광 속에서 곡예비행을 하고 있었다. 새들은 마치 갓 태어난 잠자리처럼 유연하게, 그리고 믿기 힘든 빠른 속도로 반회전을 했다가 다시 횡회전으로 원래의 수평 상태로 돌아갔다. 강의 맞은편에는 울창한 숲이 있었다. 경사가 완만한 제방 너머로, 길로 연결되는 동굴같이 생긴 통로의 왼편으로, 나무로 된 두 개의 자동문(멀리서 볼 때 미군 하사관의 갈매기 모양 수장을 확대한 것처럼 보였다) 위로 화려한 색깔의 나풀거

---

* tierra caliente: '뜨거운 땅'이란 뜻으로 평균 25도 이상의 낮은 구릉 지대를 일컫는 말.
** Cristoferus: 여행자들의 수호신인 성 크리스토퍼 St. Christopher의 모습이 새겨진 메달로 여행자들이 몸에 지니고 다니는 경우가 많다.

리는 리본으로 장식된 풀케리아*가 서 있었다. '풀케스 피노스Pulques Finos.' 회색빛이 도는 흰색 벽돌로 된 담벼락에 희미한 푸른색 글씨로 이렇게 씌어 있었다. '라 세풀투라.'** 으스스한 이름이지만 그 속에는 유머러스한 의미가 함축되어 있음이 틀림없다. 인디언 한 명이 챙 넓은 모자로 얼굴을 반쯤 가린 채 벽에 등을 기대고서 햇볕을 쬐고 있었다. 그의 말이 근처 나무에 매여 있었고 (아니 그냥 우연히 그 근처에 서 있던 말인지도 모른다) 휴는 강의 중류쯤에서 그 말 엉덩이에 찍힌 7이란 숫자의 낙인을 볼 수 있었다. '오를락의 손. 피터 로어 출연.' 시내 극장의 광고가 나무에 걸려 있었다. 풀케리아 지붕에는 매사추세츠의 케이프 코드에서 흔히 볼 수 있는 팔랑개비가 산들바람 속에서 빙빙 돌아가고 있었다. 휴가 말했다.

"이본, 당신 말은 물속에 비친 자기 모습만 열심히 보고 통 물을 먹지 않는군요. 그냥 놔둬요, 머리를 잡아당기진 말구요."

"그럼요, 나도 알아요." 이본이 아이러니한 엷은 미소를 지으며 말했다.

그들은 지그재그로 천천히 강을 건넜다. 수달처럼 헤엄치던 개는 거의 맞은편 제방에 다다른 상태였다. 휴는 이본이 뭔가 할 말이 있다는 것을 감지했다.

"휴, 당신은 손님이잖아요."

"외식하고 영화 한 편 보러 가는 건 어때요? 아니면 콘셉타의 요리 솜씨를 맛볼 용기가 있는지?"

"뭐라고요?" 무슨 연유에서인지 휴는 영국의 공립학교에서 보낸 첫 일주일을 떠올리고 있었다. 무엇을 해야 할지 묻는 말에 어떻게 대답해야

* pulquería: 멕시코의 대중적인 술집.
** La Sepultura: 스페인어로 '무덤'.

할지 모르던 그 시절, 약간의 압박감과 함께 상대를 모른 척하며 붐비는 복도를 걸어 다니고 과외활동과 마라톤을 하다가도 철저히 혼자 있기도 하던 그 시절…… 그는 그 시절 일종의 포상으로 교장의 부인과 승마를 하기도 했다. 누군가 그렇게 말해주었지만, 휴는 그것이 무엇에 대한 상이었는지는 결코 알 수 없었다. "아뇨, 고맙지만 영화관에 가는 건 싫어요." 휴가 웃으며 말했다.

"작고 이상한 곳이지만 재미있을 거예요. 뉴스라고 하는 건 2년이나 지난 거지만 아직 그대로일 거예요. 같은 내용이 계속 반복해서 나오죠. 「시마론」「1930년 황금광」 참, 작년에는 「태양 가득한 안달루시아로」라는 여행 영화도 봤어요. 스페인을 배경으로 한 뉴스 형식의 영화였죠."

"아, 그랬군요." 휴가 말했다.

"항상 조명이 문제를 일으키곤 하죠."

"어디선가 피터 로어의 영화를 본 기억이 나는데요. 배우는 훌륭한데 영화는 형편없었어요. 주인공이 피아니스트였는데, 자신이 살인자의 손을 가졌다는 죄의식에 빠져 있죠. 그래서 항상 손에 묻은 피를 씻어내곤 하죠. 이본, 그런데 당신 말은 여전히 물을 안 먹는군요. 아마 살인자의 손이 맞을 거예요. 확실히 기억나진 않지만."

"오싹한 영화 같은데요."

"맞아요, 하지만 실제로는 그렇지 않아요."

강 반대편에서 말들이 물을 마시려 했고 이에 잠시 멈춰 물을 먹인 후, 다시 둑길을 올라 골목으로 들어섰다. 이전보다 더 두껍고 높은 울타리에 메꽃 넝쿨이 엉켜 있는 모습이 영국을 연상케 했다. 마치 데번이나 체셔의 샛길을 찾아 돌아다니는 것 같았다. 나무 위에서 독수리 떼들이 비밀 회의를 하고 있는 것 말고는 거의 비슷했다. 가파른 삼림지대를 오르자 골목길은 평평해졌다. 이제 넓고 탁 트인 곳으로 나와 말들을 천천히 달리게 했다. 오, 주여, 이 얼마나 아름다운 장관인가, 아니 주 예수는 차라리 유다처럼 기만당하기를 원치 않았던가. 여기 다시 그런 상황이 왔노니. 만약 유다가 말을 가지고 있었다면, 아니 빌린 말이라도 있었다면, 아니 차라리 훔치는 편이 훨씬 어울리겠지, 그리고 새벽이 밝아오자 30개의 은전을 돌려준 것을 후회하며—그것이 우리에게 무슨 상관이란 말인가, 네가 당하라,* 그 위선자는 이렇게 말했다— 한 잔 걸치고 싶었을 테지. (제프리가 오늘 아침 들이켰음이 분명한) 갈급한 한 잔. 하지만 그것조차도 외상으로 마셨을 테지. 가죽과 땀 냄새를 맡으며 말발굽의 달가닥거리는 경쾌한 소리를 들으며 생각했을 것이다. '예루살렘의 눈부신 아침 하늘 아래 이렇게 말을 타고 가는 것은 얼마나 즐거운 일인가.' 그리고 예수 일을 단번에 잊어버리고 정말로 즐거워했을 것이다. 어젯밤 그를 배신하지 않았다면 얼마나 좋을까, 물론 그 일이 우연히 일어난 것은 아니었지만, 그런 일이 없었다면 얼마나 좋을까. 나가서 목을 매달아 죽지 않아도 된다면……

이제 그 유혹이 재현되고 있었다. 겁쟁이의 미래를 망치는 사탄의 유혹. 무시해버려, 이 바보 같은 양반아. 멕시코인처럼 용감하게 행동해. 자네는 강을 건너지 않았던가, 신의 이름으로 죽을 수도 있지 않은가. 실제로 휴는 길 위에 눌려 죽어 있던 수영복의 벨트 같은 누룩뱀 위를 지나오지 않았던가. 아니 어쩌면 그것은 독도마뱀이었는지도 모른다.

그들은 버려진 듯한 넓은 공원처럼 보이는 들판의 끝자락에 다다랐다. 오른쪽으로는 넓은 공간이 경사를 이루며 펼쳐져 있었고 큰 키의 나

---

* 유다가 대제사장과 장로들에게 은 30냥을 도로 가져다주며 한 말(「마태복음」 27장).

무들이 한때 거대한 숲이었음을 짐작하게 했다. 두 사람은 고삐를 당겨 말을 세웠다. 이본의 뒤에 있던 휴는 한동안 혼자서 천천히 말을 몰고 있었다. 이본과 휴 사이에 망아지들이 걷고 있었고, 마치 주위를 의식하지 못하는 듯한 공허한 이본의 눈길이 전면을 향해 있었다. 산책로를 따라 나 있는 숲은 인공 둑으로 조성된 수로를 통해 물이 공급된 듯했으나 수로는 나뭇잎으로 막혀 있었다. (물론, 모든 나무가 다 낙엽수일 리는 없었다. 그 아래로 어두운 수영장의 그늘이 희끗희끗 보이곤 했다.) 두 사람이 가고 있는 길도 그 산책로 중의 하나였다. 왼편에서 기관차 소리가 나는 걸로 봐서 역이 그리 멀지 않음을 알 수 있었다. 언덕 위로 하얀 증기가 피어오르고 있었고, 역은 언덕 뒤에 있는 듯했다. 잡목으로 덮인 땅 위로 솟아 있는 철로는 오른편에 서 있는 나무들 사이로 빛을 발하고 있었다. 철로는 전체 지역을 넓게 에워싸고 있었다. 두 사람은 망가진 계단들 아래에 바짝 말라버린 분수대를 지나갔다. 분수대 바닥에는 잔가지와 나뭇잎이 가득했다. 휴는 코를 킁킁대며 냄새를 맡았다. 공기는 가공하지 않은 강한 냄새로 가득 차 있었는데 냄새의 정체를 짐작하기는 힘들었다. 그들은 프랑스식 성이었음 직한 곳으로 들어서고 있었다. 숲의 끝자락, 나무에 반쯤 가려진 저택이 정원을 끼고 서 있었다. 높은 담벼락 뒤로 늘어선 사이프러스가 정원과 숲의 경계를 이루고 있었고 담벼락에는 거대한 문이 열린 채 두 사람을 마주하고 있었다. 열린 문 틈새로 먼지가 날리고 있었다. 'Cervecería Quauhnahuac (콰우나우악 양조장).' 성의 벽면에 하얀색으로 씌어 있는 글이 휴의 눈에 들어왔다. 휴는 이본이 말을 멈추도록 소리를 지르며 손을 흔들었다. 성은 양조장이었다. 하지만 어디서나 볼 수 있는 것이 아닌 아주 특이한 형태의 양조장이었다. 아마도 건축 당시 주인은 이곳을 야외 레스토랑으로 할 것인지, 노천 맥줏집으로 할 것인지 결정을 내리지 못한 듯했다. 정원에는 술 시음을 위해 방문하는 손님들을 위한 것 같은 검은 원탁 두세 개가 나뭇잎에 덮여 있었다. 커다란 나무 아래 위치한 원탁의 목재는 참나무처럼 친숙한 것도 아니고 적도에서 자라는 이국적인 것도 아니었다. 나무는 그리 오래돼 보이지는 않았으나 마치 태곳적부터 있었음 직한 형언하기 힘든 분위기를 자아내고 있었다. 적어도 수백 년 전에 어느 황제가 금으로 만든 모종삽으로 심은 듯한 느낌의 나무였다. 두 사람의 기마행렬이 멈춰선 나무 아래에는 여자아이 하나가 아르마딜로*와 놀고 있었다.

가까이서 보니 양조장 건물 그 자체는 아주 다른 분위기를 풍기고 있었다. 마치 타원형의 방앗간처럼 생긴 데다 방앗간에서 나는 것 같은 소음을 내고 있었다. 그 위로 근처 시냇물에서 반사된 물레방아 같아 보이는 그림자가 햇빛을 받아 빛나고 있었다. 양조장 안에서 사냥터지기 같아 보이는 누더기를 걸친 남자가 거품이 가득한 독일 흑맥주 두 잔을 들고 나왔다. 두 사람은 말에서 내리지 않은 채 잔을 넘겨받았다.

"오, 정말 차갑군." 휴가 말했다. "그래도 좋은걸." 맥주는 톡 쏘는 짜릿한 맛이 있었다. 반은 금속성이고 반은 토양성인 것이 마치 찰흙을 증류한 것 같았다. 그리고 혀가 따끔거릴 정도로 차가웠다.

"Buenos días, muchacha(얘야, 안녕)." 이본은 맥주잔을 들고는 아르마딜로와 놀고 있는 아이에게 미소를 지어 보였다. 맥주잔을 건넨 남자는 양조장으로 향하는 작은 문을 통해 사라졌다. 그러자 소음도 사라졌다. 그는 양조장에서 기계를 부리는 사람인지도 모른다. 아이는 아르마딜로를 안은 채 몸을 구부리고 앉아 개를 쳐다보았다. 망아지들을 감시하던

---

* armadillo: 남미 건조지대에 분포하는 야행성 포유동물.

화산 아래서 171

개는 아이로부터 멀찍이 떨어져 있었다. 아르마딜로가 작은 바퀴 모양을 하고 달아날 때마다 소녀는 긴 꼬리를 잡고는 몸을 뒤집어놓았다. 이 얼마나 여리고 힘없는 작은 생명체인가! 이제 소녀는 아르마딜로의 몸을 바로 하여 가도록 놔두었다. 수백 년이 지난 파괴의 동력이 여기에 온 듯했다. "Cuánto(얼마지)?" 이본이 물었다.

소녀가 다시 아르마딜로를 잡고는 말했다. "Cincuenta centavos(50센타보)."

"정말 그걸 사려는 건 아니죠?" 휴는 마치 윈필드 스콧* 장군이 세로고르도 전투에서 돌아올 때처럼 한 다리를 안장 앞머리에 걸치고 있었다.

이본은 장난으로 고개를 끄덕였다. "너무 사랑스러운걸요."

"이본, 아르마딜로를 애완용으로 키울 순 없어요. 그건 그 아이도 마찬가지고요. 그래서 팔려는 거죠." 휴는 맥주를 한 모금 들이켰다. "내가 아르마딜로에 대해서는 좀 알아요."

"나도 그래요!" 이본은 눈을 크게 뜨고 냉소적으로 머리를 흔들었다. "아르마딜로에 대해서라면 모르는 게 없을 정도죠!"

"그렇다면 정원에 아르마딜로를 풀어놓으면 땅을 파고 들어가 다시는 돌아오지 않을 거라는 사실도 잘 알고 있겠군요."

이본은 여전히 약간 조롱조로 눈을 크게 뜬 채 머리를 흔들며 말했다. "정말 사랑스럽지 않아요?"

휴는 안장 앞머리를 받침대 삼아 맥주잔을 기댄 채 아르마딜로를 내려다보았다. 장난스럽게 생긴 커다란 코, 이구아나 같은 꼬리, 점으로 가득한 배, 영락없는 화성에서 온 소년이었다. "아니, 괜찮아." 휴는 소녀

---

* General Winfield Scott(1786~1866): 미국 장군. 1847년 멕시코-미국 전쟁의 영웅.

에게 딱 잘라 말했으나 소녀는 휴의 말에는 관심 없다는 듯 물러서지 않았다. "이본, 도망가버린다니까요. 만약 못 가게 하면 당신도 구멍으로 끌어들일걸요." 휴는 눈썹을 추켜올린 채 이본에게 몸을 돌렸다. 두 사람은 잠시 동안 말없이 서로를 바라보았다. "당신 친구 허드슨이 온갖 어려움 끝에 발견한 사실이니 틀림없을 거예요." 휴가 이렇게 덧붙였다. 뒤쪽 어딘가에서 마치 누군가 갑자기 나타날 때 나는 발소리처럼 나뭇잎이 큰 소리를 내며 떨어졌다. 휴는 차가운 맥주를 쭉 들이켰다. "이본" 휴가 다시 입을 열었다. "단도직입적인 질문 하나 해도 될까요? 형과 이혼한 건지……"

순간 이본은 맥주가 목에 걸린 것 같았다. 이본은 고삐를 놓고 있었다. 고삐는 안장 앞머리 부근에 늘어져 있었고 말은 앞으로 약간 비틀거렸다. 그러고는 휴의 손이 고삐에 닿기 전에 멈추어 섰다.

"형에게 다시 돌아갈 작정인가요? 아니면 벌써 합친 건가요?" 휴의 말 역시 이본의 말처럼 앞으로 약간 비틀거리는 듯했다. "무례한 질문이라면 용서해줘요. 하지만 내 입장으로선, 지금 상황이 어떤 것인지, 정확히 어떤 상황인지 알고 싶어요."

"나 역시 마찬가지예요." 이본은 휴에게 눈길을 주지 않은 채 대답했다.

"아니, 그렇다면 형과 당신이 이혼했는지 안 했는지조차 모른단 말인가요?"

"아, 아니, 우린 이혼했어요." 이본이 우울한 목소리로 대답했다.

"하지만 형에게 다시 돌아간 건지 아닌지 모른다는 건가요?"

"그래요, 아니…… 맞아요. 그에게 돌아간 게 맞아요."

휴는 또 다른 나뭇잎이 소리를 내며 떨어지다 풀숲 어딘가에 매달려 균형을 유지하는 동안 침묵을 지켰다. "그렇다면 내가 당장 떠나버리는 게 당신에게 더 나을지도 모르겠군요." 휴는 부드러운 음성으로 물었다. "잠시 여기 머물렀으면 했지만…… 어쨌든 하루나 이틀 오악사카에 다녀올 생각이에요."

오악사카라는 말에 이본이 고개를 들었다. "그래요" 이본이 말을 이었다. "그래요, 그럴지도 몰라요. 하지만, 휴, 이 말이 쉽지는 않지만, 다만……"

"다만, 뭐죠?"

"다만…… 제발 우리가 이야기를 마칠 때까지는 가지 말아요. 난 사실 지금 상황이 너무도 두려워요."

휴가 맥주값을 지불했다. 20센타보밖에 되지 않았다. 아르마딜로보다 30센타보나 싼 값이었다. "이본, 한 잔 더 할래요?" 휴는 다시 들려오는 양조장의 소음 때문에 목소리를 높여야 했다. '둥헤온스,* 둥헤온스, 둥헤온스' 하는 소음이었다.

"이것도 다 마시기 힘든걸요. 내 것까지 마셔요."

다시 두 사람의 기마 행렬이 천천히 움직이기 시작했다. 정원을 벗어나 거대한 문을 통해 도로로 나아갔다. 두 사람은 무언의 동의로 철도역 방향이 아닌 오른쪽을 택했다. 시내에서 온 버스가 두 사람 뒤로 다가오고 있었다. 휴는 이본 옆에서 고삐를 쥐었고, 개는 망아지들을 수로를 따라 몰아갔다. '토말린 : 소칼로'라고 적힌 버스가 덜커덩 소리를 내며 구석을 돌아 사라져갔다.

"저건 파리안으로 가는 길이에요." 이본이 먼지를 피해 얼굴을 돌리

---

* dungeons: '지하감옥'이라는 뜻의 스페인어.

며 말했다.

"토말린으로 가는 버스 아니었나요?"

"길은 같아요. 파리안으로 가는 가장 쉬운 길이죠. 물론 그리로 바로 가는 버스도 있죠. 그건 아마 시내 반대편 끝에서 출발해 다른 길로 돌아올 거예요. 테팔산코에서 올 거예요."

"파리안에는 왠지 사악한 기운이 감도는 거 같아요."

"사실 매우 단조로운 곳이긴 해요. 옛날 이 지방 수도였죠. 예전에는 커다란 수도원이 있었어요. 그 점에서는 오악사카와 비슷하다고 할 수 있죠. 가게와 심지어 술집까지도 승려들의 영역이었다죠. 지금은 폐허가 되고 말았지만."

"웨버가 뭐라고 할지 궁금하군요." 휴가 말했다. 두 사람은 사이프러스 나무와 양조장을 뒤로하며 길을 재촉했다. 다시 한 번 문 없는 문에 도달하여 오른쪽으로 돌아섰다. 이번에는 집으로 향하고 있었다.

두 사람은 조금 전에 숲에서 보았던 철도와 나란히 아래로 내려가고 있었다. 양조장에 올 때와 거의 정반대 방향으로 숲을 우회했다. 좁은 수로 양쪽으로 낮은 둑이 경사를 이뤄 관목지대까지 이어졌다. 위로는 전선이 윙하는 소리를 내고 있었다. 그 소리는 '기타, 기타아, 기타아'라는 소리처럼 들렸다. 물론 '둥헤온스'라는 말보다 훨씬 듣기 좋았다. 왕복 협궤 철로는 뚜렷한 이유 없이 숲에서 갈라져 나와 숲과 평행선을 그리며 구부러져 있었다. 그리고 좀더 나아가다가 균형을 잡기 위해서인 것처럼 숲으로 다시 갈라져 나왔다. 하지만 철로는 왼쪽으로 기울어진 넓은 커브를 그리고 있어 비율상 다시 토말린 도로에 편입될 것으로 보였다. 전신주는 그 넓은 커브를 따라가지 못하고 직선으로 뻗었다가 시야에서 사라졌다.

이본은 미소 짓고 있었다. "당신 걱정스러워 보이는군요. 저 철로 이야기가 바로 당신 신문에 꼭 맞는 이야기가 아닐까요."

"무슨 말인지……"

"저 철로는 바로 당신네 영국인들이 만들었어요. 철로를 건설한 회사는 킬로미터당으로 계산해서 돈을 받았죠."

휴가 큰 소리로 웃었다. "정말 대단하군. 돈을 좀더 받아내려고 저렇게 꾸불꾸불하게 철로를 만들었다는 건 아니죠?"

"바로 그거예요. 물론 사실은 아니겠지만요."

"음, 실망인걸요. 난 멕시코인들 특유의 기발한 아이디어가 아닐까 생각했거든요. 어쨌든 생각해봐야 할 문제가 있는 것만은 확실하군요."

"자본주의 구조에 대해서요?" 이본의 얼굴에는 다시 조롱하는 듯한 미소가 떠올랐다.

"『펀치』에서 봤던 기사가 생각나는군요…… 참, 카슈미르 지방에 펀치라는 지방이 있다는 거 알고 있었어요?" 이본이 머리를 흔들며 중얼거렸다. "─미안해요, 뭔가 할 말이 있었는데, 잊어버렸어요."

"제프리에 대해 어떻게 생각해요?" 이본이 마침내 이야기를 꺼냈다. 이본은 말안장의 앞머리에 기대어 앞으로 몸을 숙인 상태로 휴를 옆으로 쳐다보았다. "휴, 사실대로 말해줘요. 그 사람 가망이 있다고 생각해요?" 말들은 특이한 모양의 철로를 따라 신중하게 길을 택하고 있었다. 망아지들은 여느 때보다 더 멀리 앞서 걸으며 자신들의 대담한 도전에 대한 승인을 구하려는 듯 주위를 둘러보곤 했다. 개는 망아지들보다 앞서 가다 주기적으로 뒤를 돌아보며 모두 아무런 이상이 없는지 점검했다. 개는 혹시 철로에 숨어 있을지 모를 뱀 냄새를 맡기 위해 분주히 코를 킁킁거렸다.

"술 마시는 거 말인가요?"

"당신이 생각하기에 내가 할 수 있는 일이 있을 거 같아요?"

휴가 아래로 시선을 돌리자 철로 위 침대차 사이의 빈틈을 비집고 올라와 나름대로 둥지를 튼 물망초같이 생긴 파란색 꽃이 눈에 들어왔다. 이 순진무구한 꽃들 역시 나름의 문제를 가지고 있었다. '몇 분에 한 번씩, 아니 몇 시간, 아니 며칠 만에 한 번씩 포효하며 눈꺼풀을 때리는 저 무섭고 어두운 태양은 무엇이란 말인가? 영원히 위를 향하고 있는 듯한 고독한 신호기에 기차에 대해 물어보는 것은 너무 이르다고 할 수 있겠지.' "형이 스트리크닌을 복용한다는 건 알고 있죠? 형은 그걸 그렇게 부르죠." 휴가 말했다. "기자의 처방이죠. 아니, 실은 당신들 모두 알고 있는 콰우나우악의 의사에게서 처방전을 얻었어요."

"구스만 박사?"

"맞아요, 구스만. 그 사람이 맞아요. 구스만 박사에게 형을 만나보라고 설득했지만 시간 낭비하기 싫다더군요. 박사가 아는 한, 형은 과거나 지금이나 아무런 문제가 없다는 거예요. 술을 끊기로 결심하지 않는 것 빼고는…… 아주 간단한 결론이긴 하지만 박사 말이 틀리지는 않아요."

철로는 관목지와 같은 높이로 낮아졌다가 그 아래로 더 내려가 이제는 제방이 두 사람보다 위에 있었다.

"문제는 술 때문만은 아니에요." 이본이 갑자기 입을 열었다. "대체 그 사람 왜 그러는 거죠?"

"당신이 형에게 돌아왔으니, 끊을 수도 있을 것 같은데."

"당신 말투는 그다지 희망적이지 않군요."

"이본, 들어봐요. 형에 대해 하고 싶은 말은 수없이 많지만 시간이 허락하질 않는군요. 어디서부터 시작해야 할지 모르겠어요. 난 아무것도 모르고 있었어요. 심지어 5분 전까지만 해도 당신이 이혼했는지조차 확신할 수 없었어요. 모든 게 어떻게 돼가는지 정말 모르겠어요." 휴는 말에게 혀로 딸깍하는 소리를 내고는 고삐를 당겼다. "형에 관해서는……" 휴가 말을 이었다. "무엇을 하고 살았는지, 얼마나 마셔댔는지 정말 모르겠어요. 형이 술이 취한 상태인지 아닌지조차 분간하기 힘든 경우가 많아요."

"만약 당신이 그 사람 부인이라면 그렇게 말할 수는 없겠죠."

"그게 아니에요, 내 말 좀 들어봐요. 예전에 난 술주정뱅이 형제를 가진 사람이라면 누구나 취할 수 있는 태도로 형을 대했었죠. 하지만 멕시코시티에 있는 동안 나 자신에게 물어봤어요. 그게 과연 누굴 위한 것인가? 그리고 어떻게 하는 것이 최선인가? 그리고 단지 형을 하루나 이틀 맨정신으로 지내게 하는 건 아무런 도움이 되지 않는다는 걸 깨달았죠. 이 문명사회에서 하루 이틀 맨정신으로 깨어 있다면, 셋째 날엔 후회로 죽어버리고 말 거예요."

"당신 말이 맞아요." 이본이 말했다. "고마워요."

"그러고 나서 며칠이 지나면 이렇게 생각할 거예요. 만약 술을 마시는 것을 자유로이 조절할 수 있다면 마시지 말아야 될 이유가 없다고 말이죠." 휴는 몸을 기울여 이본의 말을 쓰다듬었다. "당신들 둘 다 멕시코를 떠나는 건 어때요? 이건 절대 농담으로 하는 말이 아니에요. 당신이 여기 머물러야 할 이유가 있나요? 형은 영사직을 싫어했으니 어쩌면 잘된 일이죠." 휴는 잠시 하늘을 등지고 서 있는 망아지의 그림자를 바라보다 다시 입을 열었다. "당신은 돈 걱정도 없잖아요."

"휴, 내 말 듣고 화내지 말아요. 실은 오늘 아침 당신이 돌아오기 전에 제프리에게 여길 떠나자고 하려던 참이었어요. 당신을 보기 싫어서는 아니었어요."

"그런데 결국 말을 꺼내지 못했군요."

"말을 했더라도 잘되지 않았겠죠. 전에도 여길 떠나서 다시 시작해보려고 했지만 잘되질 않았죠. 하지만 아침에 제프리가 책 쓰는 이야기를 했어요. 정말이지 아직 글을 쓰고 있는지 몰랐거든요. 함께 있는 동안 한 번도 글을 쓴 적이 없었어요. 자신이 쓴 글을 보여준 적도 없어요. 하지만 제프리는 아직 그 많은 책들을 가지고 있어요. 그래서 난 생각했죠……"

"그래요." 휴가 말했다. "제프리는 연금술과 카발라 종교에 관해 실제로 얼마나 알고 있는 거죠? 그리고 그것들이 형에게 무슨 의미가 있는 거죠?"

"그게 바로 내가 당신에게 물어보려고 한 거예요. 나 역시 그게 궁금해요."

"아, 나도 모르겠어요." 휴는 마치 제프리가 자신의 철없는 동생이라도 되는 듯한 말투로 말을 이었다. "아마 마술사인지도 모르죠!"

이본은 안장 앞머리의 고삐를 가볍게 치며 공허한 미소를 지었다. 머리 위 높은 곳에는 구름이 만들어놓은 조각상들이 마치 미켈란젤로의 머릿속에 소용돌이치는 개념들처럼 이리저리 떠다니고 있었다. 망아지 하나가 트랙을 벗어나 관목지로 들어갔다. 휴가 이전과 같은 휘파람 소리를 내자 망아지는 방향을 바꿔 다시 둑 쪽으로 돌아와 대열에 합류하여 제멋대로의 꾸불꾸불한 철로를 따라 총총걸음으로 걷기 시작했다. "휴" 이본이 말했다. "이제 정착을 했으면 하는 생각을 해요. 가능할지 모르지만…… 어딘가 농장에서 살았으면 좋겠다는 생각을 항상 했었어요. 진짜 농장 말이죠. 소, 돼지, 닭 그리고 외양간과 곳간, 옥수수밭, 밀밭이 있는……"

"왜, 뿔닭도 있어야죠. 조만간 꿈에 나타날 것 같은데요." 휴가 말했다. "대체 농장 얘기는 어떻게 나온 거죠?"

"왜, 어때서요. 제프리와 같이 농장을 살 생각도 해봤어요."

"산다고요?"

"멋지지 않아요?"

"그다지 좋은 생각 같지는 않지만, 대체 어디에 농장을 사겠다는 거죠?" 휴는 도수 높은 맥주를 한 잔 반 정도 마신 것이 유쾌한 효과를 내기 시작한다는 사실을 깨달았다. 그러고는 마치 재채기를 하듯 갑자기 큰 소리로 웃기 시작했다. "미안해요." 휴가 말했다. "제프리가 밀짚모자에 멜빵바지를 입고 술기운 없이 진지하게 건초들 사이에서 괭이질하는 모습을 상상하니……"

"전혀 술기운 없는 정도까진 아닐 거예요. 난 제프리를 그렇게 만들 수 있는 사람이 못 되는 걸요."

이본 역시 웃고 있었으나 빛나던 검은 눈동자는 광택을 잃고 의기소침한 빛이 역력했다.

"하지만 형이 농장을 싫어하면 어떡해요? 소를 보기만 해도 구역질을 할 정도라면 어떡하려고요."

"아, 아니에요. 예전에 우린 농장 얘기를 자주 했었어요."

"농장 일이 어떤 건지 알기는 해요?"

"아뇨." 이본은 유쾌한 어조로 딱 잘라 말하고는 몸을 기울여 말의 목을 쓰다듬었다. "하지만, 어떤 이유에서건 자신들이 운영하던 농장을 잃고 우리 대신 농장을 운영하며 그것으로 먹고살 부부를 찾는 것도 괜찮을 것 같아요."

"토지를 가진 귀족층이 그런 식으로 번성하는 것이 역사상 좋은 일이었는지는 모르겠지만, 괜찮을 것 같기도 하네요. 그런데 어디 농장을 살 건가요?"

"글쎄, 캐나다도 괜찮을 듯한데……"

"캐나다? 진심인가요? 음, 안 될 이유는 없지만……"

"당연히 진심이죠."

그들은 왼쪽으로 철로가 커다란 커브를 그리고 있는 지점에 이르러 제방을 내려가기 시작했다. 숲은 멀어졌으나 오른편으로 울창한 산림지대가 멀리까지 뻗어 있었다. 이 산림지대의 중앙에는 이제 아주 친숙해 보이는 감옥의 망루가 솟아 있었다. 숲의 끝자락을 따라 도로가 잠시 모습을 나타냈다. 그들은 한결같은 전신주를 따라 관목지를 통과하는 다소 힘든 길을 거쳐 서서히 이 도로에 가까워지고 있었다.

"온두라스도 아니고 왜 하필 캐나다죠? 아니 트리스탄다쿠냐 제도는 어때요? 좀 외롭긴 하겠지만 아주 훌륭한 곳이라고 들었어요. 트리스탄 근처에 있는 고프 섬도 있죠, 아무도 살지 않지만 당신이 개척하면 되죠. 소코트라는 어때요? 유향과 몰약이 나고 낙타들이 알프스 산양처럼 날렵하게 산을 오르는 곳이죠. 아라비아해에 있는 섬 중에서 내가 제일 좋아하는 곳이죠." 휴의 목소리는 이전의 회의적인 느낌을 벗어나 오히려 환상을 즐기는 듯했다. 이본이 약간 앞서 가고 있었기에 휴는 반은 혼잣말로 중얼거리듯 이런 이야기들을 늘어놓았다. 그는 결국 수많은 기발한 해결책들을 내놓으며 현재의 상황을 벗어나려고 하는 동시에 심각한 태도로 캐나다의 문제점과 씨름하고 있는 듯했다. 드디어 휴가 이본을 따라잡았.

"최근 제프리가 그 우아한 시베리아에 대해 얘기하지 않던가요?" 이본이 물었다. "제프리가 브리티시컬럼비아에 섬 하나를 가지고 있다는 거 알고 있죠?"

"호수에 있는 섬 말이죠? 파이너스 섬. 물론 기억하고 있죠. 하지만 거기엔 집도 없는 데다 가축이 먹을 만한 풀도 없잖아요."

"휴, 그건 중요하지 않아요."

"아니면, 거기에는 캠프만 설치하고 농장은 다른 곳으로 알아볼 생각인가요?"

"휴, 내 말은……"

"서스캐처원 같은 곳에만 농장을 살 수 있다고 생각하는 것 같군요." 휴가 반박했다. 그러고는 말발굽으로 박자를 맞추며 바보 같은 시를 머리에 떠올렸다.

> 푸어 피시 강*으로 나를 데려가주오,
> 어니언 호수로 날 데려가주오,
> 과달키비르 강은 당신이 가져요,
> 코모 호수도 당신이 가져요,
> 내 오랜 호스플라이 호수로 나를 데려가주오,
> 아네로이드 마을로, 그레이벌버그 마을로……

"'프로덕트'라는 이름을 가진 곳으로, 아니 '덤블'이라는 곳으로." 그는 말을 계속했다. "'덤블'이라는 지명은 실제로 있어요. 이것만은 분명해요."

"이제 그만해요. 물론 바보 같아 보일 수도 있겠죠. 하지만 여기서 아무것도 하지 않고 앉아 있는 것보다는 낫잖아요!" 이본은 거의 울다시피 말하며 화가 난 듯 말을 재촉했으나 말이 빨리 달리기에는 바닥이 너무 거칠었다. 휴는 이본 옆에서 말고삐를 잡았고 둘은 함께 멈추었다.

---

* 푸어 피시 강Poor Fish River, 어니언 호수Onion Lake, 과달키비르 강Guadalquivir River, 코모 호수Como Lake, 호스플라이 호수Horsefly Lake, 아네로이드Aneroid 마을, 그레이벌버그Gravelburg, 프로덕트Product, 덤블Dumble 등은 모두 캐나다와 스페인에 실재하는 강, 호수, 마을 이름. 휴는 이곳들의 특이한 지명에 주목하고 있다.

"아, 정말, 정말 미안해요." 휴가 자신의 잘못을 뉘우치며 이본의 말고삐를 잡았다. "바보 같은 말을 지껄이고 말았군요."

"그럼 내 생각이 옳다는 거죠?" 이본은 약간 밝아졌으나 또다시 조롱조의 분위기가 감돌았다.

"캐나다에 가본 적 있어요?" 휴가 이본에게 물었다.

"나이아가라 폭포에 가본 적은 있어요."

두 사람은 다시 앞으로 나아갔고, 휴는 여전히 이본의 말고삐를 잡고 있었다. "난 캐나다에 가본 적은 없지만 스페인에서 프랑스계 캐나다인 친구를 만난 적이 있죠. 맥팝스*에 있었던 어부 출신 친구였죠. 그 친구는 캐나다가 지구상에서 가장 훌륭한 곳이라고 말하곤 했죠. 적어도 브리티시컬럼비아는 세계 최고라고 했죠."

"제프리도 그렇게 말했어요."

"제프리는 그 부분에 대해 모호한 면을 지니고 있죠. 하지만 맥고프가 말해준 게 있어요. 맥고프는 픽트 사람이죠. 밴쿠버에 내렸다고 생각해봐요. 충분히 그럴 수 있겠죠, 현재로선 그다지 좋은 상황은 아니지만. 어쨌든 그는 현대적인 밴쿠버를 그다지 좋아하지 않았어요. 그의 표현에 의하면 청교도적인 분위기보다는 팡고팡고**와 소시지, 으깬 감자 요리가 뒤섞인 곳이라나요. 모두가 깊은 잠에 빠진 후에라도 사람들을 자극하면 어디선가 영국 국기가 나오는 곳이라고…… 하지만 사람들은 단지 그곳을 거쳐갈 뿐, 진정으로 거기 사는 사람은 아무도 없어요. 광산을 개발하고 그 수명이 다하면 떠나버리는 거죠. 땅덩어리를 가르고 나무를 잘라내

---

* Mac-Paps: 매켄지-파피뉴Mackenzie-Papineau 대대의 별칭. 스페인 내전 당시 국제여단의 캐나다 부대.
** Pango Pango: 미국령 사모아의 항구. 현재 명칭은 파고파고Pago Pago.

버라드 만*으로 보내죠. 술 역시 문제예요." 휴가 킬킬거리며 웃었다. "술 마시는 것에 관해서라면 그곳은 좋기도 나쁘기도 한 곳이죠. 술집이란 게 없어요. 맥줏집이란 게 있긴 하지만 춥고 불편하죠. 게다가 술을 아는 사람이라면 절대 입에 대지 않을 김빠진 약한 맥주만 판대요. 그래서 집에서 마실 수밖에 없는데 만약 술이 떨어져 술을 사러 가려면 아주 멀리까지 나가야 한대요."

"하지만—" 두 사람 모두 소리 내어 웃었다.

"잠시만요." 휴가 뉴 스페인의 하늘을 올려다보았다. 어디선가 조 베누티**의 음악이 흘러나올 것 같은 날이었다. 머리 위 전신주에서는 윙윙거리는 소리가 휴가 마신 한 잔 반의 맥주와 함께 마음속에서 화음을 이루고 있었다. 이 세상에서 가장 좋고 가장 편하고 가장 단순한 것이 바로 이 순간 바로 이 새로운 곳에서 두 사람이 느끼는 행복감이 아닐까. 하지만 그 순간은 너무도 빠르게 지나가고 있었다. 휴는 에브로를 떠올렸다. 오랫동안 신중히 공격을 계획했건만 예상치 못한 사건으로 며칠 만에 패배하는 것과 마찬가지로, 갑작스러운 절박한 움직임이 성공할 확률이 더 높을 수도 있다. 단숨에 무너뜨릴 수 있는 예기치 못한 가능성이 많기 때문에……

"이렇게 하면 돼요." 휴가 말을 이었다. "일단 되도록 빨리 밴쿠버를 벗어나 어촌으로 가요. 그리고 바닷가에 오두막을 하나 구해요. 한 1백 달러쯤 주고 바닷가에 대한 권리만 사는 거죠. 그러고는 한 달에 60달러만 쓰면서 겨울을 나봐요. 전화도 집도 없이 영사관도 없이 그냥 불법 점

---

* Burrard Inlet: 밴쿠버 북쪽에 동서로 가로놓인 만으로, 원양 항해를 하는 대형 선박들이 드나드는 곳.
** Joe Venuti: 미국의 재즈 뮤지션.

유자로 지내는 거예요. 개척시대 조상들을 생각해봐요. 우물에서 물을 긷고 땔감을 직접 베는 거예요. 형은 말처럼 건강해질걸요. 그러고 나면 정말로 책을 쓸 수 있을 거예요. 별을 보며 계절의 변화를 느끼며 살 수 있을 거예요. 11월까지 수영도 할 수 있을 거구요. 진짜 사람들을 알아가는 거죠. 그물망으로 고기를 잡는 어부, 배를 만드는 늙은이, 덫으로 사냥하는 사람들…… 이 사람들은 맥고프가 말하는 이 세상의 마지막 남은 진정한 자유인이죠. 그렇게 살면서 당신네 섬을 개간해서 농장을 만들면 돼요. 농장을 일종의 유인물로 사용해야겠죠. 물론, 그때 가서도 여전히 농장을 원한다면 말이죠."

"아, 휴, 그래요."

휴의 말에 동의라도 하듯 이본의 말이 열정적으로 몸을 떨었다. "당신이 오두막에 사는 모습이 눈에 선해요. 숲과 바다 사이에 오두막이 있고 아래로 내려가면 부두가 보이죠. 조개, 말미잘, 불가사리로 덮인 거친 바위 위로 파도가 넘실거리죠. 가게에 가려면 숲을 지나야 해요." 휴의 마음속 눈에 가게가 들어왔다. '숲은 습해요. 그리고 가끔씩 나무가 쓰러지고 때로는 안개가 자욱해요. 안개가 낀 날이면 몹시 추워요. 그러고는 숲 전체가 얼음으로 덮이죠. 작은 나뭇가지 위의 살얼음이 마치 나뭇잎처럼 자라요. 곧 천남성(天南星)*이 자라나고, 그리고 나면 봄이 와요.'

그들은 빠른 속도로 달리고 있었다…… 어느새 관목지는 벌거벗은 평원으로 변했고, 그들은 보통 속도의 활기찬 걸음을 유지했다. 망아지들이 경쾌한 발걸음으로 앞으로 뛰어가자, 개 역시 양털처럼 가벼운 놀라운 속도로 내달렸다. 어미 말들 역시 무의식중에 구속에서 벗어난 듯 자유롭

---

* jack-in-the-pulpit: 북미산 습지 식물.

게 큰 보폭으로 발을 내디뎠다. 휴는 변화의 느낌을 감지했다. 그것은 배 위에서 강 후미의 일렁이는 거친 물결이 넓은 바다의 파도에 몸을 맡길 때 경험할 수 있는 짜릿한 즐거움과도 같았다. 멀리서 희미한 종소리가 커졌다가 다시 작아져 하루의 실체 속으로 멀어지는 듯했다. 유다는 잊혔다. 아니, 유다는 어떤 식으로든 속죄받은 것이다.

그들은 울타리 없이 땅과 같은 높이로 나 있는 도로와 평행선을 그리며 다시 빠른 속도로 달리고 있었다. 일정 수준을 유지하던 요란한 말발굽 소리가 갑자기 이전보다 훨씬 큰 소리로 쿵쾅거리다가 금속성의 강한 소리를 내고는 서서히 흩어졌다. 이제 그들은 도로 위에서 달가닥거리는 소리를 내고 있었다. 도로는 평원으로 돌출된 일종의 곶과도 같은 곳을 돌아 숲을 둘러싸고 오른쪽으로 꺾여 있었다.

"다시 칼레 니카라과에 온 것 같아요." 이본이 명랑한 목소리로 소리쳤다. "거의 다 왔어요!"

빠른 속도로 달려 다시 말레볼제 근처에 다다랐다. 하지만 이 꾸불꾸불한 협곡을 처음 건넜을 때보다는 훨씬 높은 지점에 이르렀다. 흰색의 울타리가 있는 다리 위를 나란히 총총걸음으로 건넜다. 그러고는 갑자기 폐허 안에 들어와 있었다. 이본이 먼저 들어가고 동물들이 뒤따랐는데, 동물들은 고삐가 아닌 자신들의 의지에 따라 그곳에 들어선 듯했다. 노스탤지어였을까, 아니면 신중했던 것일까, 동물들이 갑자기 멈추어 섰다. 두 사람은 말에서 내렸다. 도로 가장자리의 풀들이 여기까지 이어져 폐허의 오른편을 점령하고 있었다. 근처에는 한때 교회당이었음 직한 건물이 있었다. 또 다른 곳에는 풀로 뒤덮인 바닥이 풀잎에 맺힌 이슬로 반짝이고 있었다. 부서진 계단과 돌로 된 넓은 현관의 잔재가 보였다. 갑자기 방향감각을 잃은 듯한 휴는 의미를 잃은 채 썩어가고 있는 문장(紋章)의 잔해로부터 멀리 떨어져 서 있는 망가진 분홍색 기둥에 말을 묶었다.

"한때는 웅장했을 것 같은데 도대체 여긴 어디죠?" 휴가 물었다.

"막시밀리안의 궁전 같아요. 여름 궁전. 양조장 옆의 숲도 이 궁전의 일부였던 게 틀림없어요." 이본은 갑자기 불안해 보였다.

"여기서 잠시 쉬다갈까요?" 휴가 물었다.

"그래요, 좋은 생각이에요. 담배 한 대 피우고 싶군요." 이본은 약간 망설이는 듯했다. "하지만 카를로타가 가장 좋아했던 풍경을 보려면 좀더 아래로 내려가야 해요."

"좋은 시절이었던 게 분명하군요." 휴는 이본의 담배를 말며 멍하니 주위를 둘러보았다. 그곳은 궁전의 잔재와 너무도 잘 어울려 슬픈 느낌이라고는 전혀 없었다. 새들은 폭파된 탑에 둥지를 틀고 있었고 황폐한 석조 건물에는 언제나 그렇듯 푸른 메꽃이 기어오르고 있었다. 두 사람과 멀지 않은 곳에서 망아지들은 순진한 얼굴로 교회당을 바라보고 있었고 그 옆을 개가 지키고 있었다. 이 동물들을 그냥 여기에 두고 가도 괜찮을 것 같았다……

"막시밀리안과 카를로타?" 휴가 말했다. "후아레스*가 막시밀리안을 쏘아 죽여야 했던 것 아닌가요?"

"정말 끔찍한 얘기예요."

그들은 돌출된 언덕에 서서 지나온 길을 되돌아보았다. 평원, 관목지, 철로, 토막린 도로를 돌아보며 선 그곳에는 건조한 바람이 불고 있었다. 포포카테페틀과 이스탁시우아틀은 계곡 너머로 평화로운 모습을 하고 있었다. 사격 연습은 끝이 났다. 그러나 휴의 가슴에는 여전히 고통이 남

---

* Benito Pablo Juárez García(1806~1872): 멕시코 대통령을 다섯 차례 역임했는데, 역대 대통령 중 가장 존경받은 지도자로 알려짐.

아 있었다. 아래로 내려가는 동안 휴는 언젠가 포포카테페틀 산을 오를 수 있을 거라는, 어쩌면 후안 세릴로와 함께 오를 수도 있을 것이라는 생각으로 스스로를 위로했다.

"저기 하늘에 아직 당신의 달이 떠 있군요." 휴가 다시 하늘을 가리키며 말했다. 마치 우주의 폭풍에서 떨어져 나온 조각과도 같은 그것이 희미하게 보였다.

"정말 훌륭한 이름이죠." 이본이 말했다. "예전의 천문학자들이 달 표면에 그런 훌륭한 이름을 지어주었다니."

"타락의 늪. 내가 기억하는 건 이것 하나뿐이에요."

"암흑의 바다…… 고요의 바다……"

두 사람은 아무 말없이 나란히 서 있었다. 바람에 담배 연기가 어깨 위로 흩어졌다. 두 사람이 서 있는 곳에서 바라볼 때 계곡은 바다와 닮아 있었다. 포효하는 바다…… 토말린 도로 너머로 모래언덕과 바위의 거친 물결이 사방으로 퍼져 있었다. 침입자를 막기 위해 담벼락 위에 깨진 유리병을 심어놓는 것처럼 낮은 언덕 언저리에 전나무가 심겨져 있었다. 그 위로 갑작스레 나타난 흰 구름은 침입자처럼 느껴졌다. 화산들 뒤로는 폭풍우 구름이 모여들고 있었고, 휴는 "소코트라"를 떠올렸다. "아라비아해에 있는 신비로운 섬, 유향과 몰약이 나는 곳, 하지만 아무도 가본 적이 없는 그곳—"

한때 전쟁터였던 이곳 풍경에는 무언가 거친 강렬함이 숨어 있었다. 그리고 그것은 휴에게 소리치고 있었다. 그 강렬함을 가지고 태어난 존재, 그 포효와 그 존재 자체가 익숙한, 귓속을 맴돌다 다시 바람 속으로 사라지는 그것은 용기와 자신감이라는 젊음의 암호와도 같았다. 휴는 그것이 열정적이긴 하지만 가식에 가까운, 옳은 일을 하고자 하는, 올바른 사람이 되고자 하는 영혼의 확언과도 같은 것이라고 생각했다. 광활한 평원 너머, 화산 너머로 휴의 눈에 보이는 것은 굽이치는 푸른 바다였고, 그는 아직도 가슴으로 그것을 느끼고 있었다. 끝없는 조바심과 무한한 열망으로 가득 찬 그것을······

V

 두 사람의 순례를 함께하는 유일한 생명은 바로 두 사람 뒤를 걷고 있는 개였다. 그들은 서서히 바다에 다다랐다. 그러고는 이 순종적인 영혼과 함께 북쪽에 도달하여 하늘과 같은 드넓은 마음으로 장엄한 히마바트* 산을 바라보았다…… 호수는 철썩거리는 소리를 내고, 라일락이 바람에 휘날리고 있었다. 플라타너스가 봉우리를 맺고 있었고 산은 번쩍거리는 빛을 발하고 있었다. 폭포수가 떨어지고 있었다. 봄은 초록빛을, 눈은 하얀빛을 발하고 있었다. 하늘은 푸르고 과수꽃은 구름 빛깔이었다. 그는 여전히 갈증을 느끼고 있었다. 이제 눈은 빛을 발하지 않고, 과수꽃은 구름이 아니라 모기였다. 히말라야는 먼지로 가려져 있었다. 그는 그 어느 때보다 심한 갈증을 느꼈다. 호수에는 바람이 불고 눈발이 날리고 있었다. 폭포수도 과수꽃도 휘날리고 있었다. 계절이 날리고 있었다, 아니 계절이 날려 가고 있었다. 그도 날려 가고 있었다. 산으로 부는 꽃바

---

* Himavat: 힌두교의 눈의 신, 히말라야 산의 화신.

람의 소용돌이에 날려 가고 있었다. 이제 산에는 비가 내리기 시작했다. 그러나 비는 산에만 내려 그의 갈증을 누그러뜨리지는 못했다. 그는 산에 있지 않았다. 흐르는 시내 한가운데 일단의 무리 속에 서 있었다. 차가운 물속에서 자신의 무릎까지 오는 조랑말들과 휴식을 취하고 있었다. 그는 호수에 얼굴을 대고 엎드린 채 호수 물을 들이켜고 있었다. 호수에는 흰색으로 덮인 목장, 히마바트 산 뒤쪽으로 5마일 높은 곳에 층층이 쌓인 구름, 보랏빛 플라타너스, 뽕나무로 둘러싸인 마을이 비치고 있었다. 그러나 아직 그의 갈증은 가시지 않았다. 아마도 그는 물을 마신 것이 아니라 빛을 마셨기 때문이리라. 빛의 약속. 빛의 약속을 마신다는 것이 가능하기나 한 것일까? 아마도 그는 물이 아니라 빛의 확신을 마셨기 때문이리라. 빛의 확신을 마신다는 것이 가능한 일인가? 빛의 확신, 빛, 빛, 빛, 빛의 약속, 또다시 빛, 빛, 빛, 빛, 빛!

두개골을 때리는 듯한, 상상하기 힘들 정도로 끔찍한 숙취에 시달리는 영사의 귀에 악마의 목소리가 들렸다. 영사는 이웃들이 끔찍한 자신의 모습을 지켜보고 있다는 사실을 깨달았다. 시야에 들어오는 순진무구한 식물들과 함께 자신이 정원을 소요하고 있었다는 것은 거의 상상하기 힘들었다. 실제로 자신이 정원을 거닐고 있었다 할지라도. 조금 전 현관에서 깨어나자마자 모든 것을 기억해낸 영사는 거의 뛰다시피 했다. 하지만 동시에 비틀거리고 있었다. 있는 힘을 다하여 침착을 되찾으려고 노력했다. 영사다운 위엄이 티끌만큼이라도 발휘되었으면 하는 희망을 가지고 땀에 전 양복바지 주머니 깊숙이 손을 집어넣으려고 안간힘을 썼다. 이제 류머티즘이 사라지고 그는 달리고 있었다…… 그때 왜 추정된 것들에 대해 좀더 그럴듯한 목적을 합리적으로 의심해보지 못했을까? 예를 들어,

청교도 사회를 떠나 인디언들 사이에서 살기로 결심한 윌리엄 블랙스톤의 비극에 대해, 자신의 친구 윌슨이 마치 바지 한 벌을 내버리는 것처럼 간단하게 자신의 삶을 버리고 대학 탐사단과 함께 오세아니아의 어두운 정글 속으로 영원히 사라져버렸을 때의 절박한 심정에 대해⋯⋯ 이 모든 것이 사실 그다지 합리적인 것은 아니었다. 우선, 그가 계속 자신의 정원 바닥을 향해 나아간다면 이러한 미지의 세계를 향한 상상 속의 탈출은 도저히 벗어날 수 없는 힘든 철조망 속에 갇히고 말 것이다. "하지만 자네에게 목적이란 게 없다는 바보 같은 속단은 버리게. 우리가 자네에게 그렇게 경고했건만, 그렇게 말해주었건만, 그 모든 우리의 탄원에도 불구하고 자넨 자신을 유감스러운 상황으로 몰고 가버렸군." 그는 등에 총을 맞았지만 상황을 인식하지 못하는 사람처럼, 죽었다가 다시 살아나는 환영 속에서 충돌한 또 다른 목소리들 속에서 희미하게 들려오는 익숙한 목소리를 듣고 있었다. "조건이 있지—" 목소리는 계속 이어졌다. "자네가 해야 할 일이 있지. 그래서 우리는 자네가 그걸 성취할 수 있는 길로 자넬 이끌고 있는 거야." "이제 술은 마시지 않을 거요." 영사가 갑자기 멈추어서서 말했다. "아니 다시 마시게 될까? 적어도 메스칼은 안 마실 거요." "물론, 그러면 안 되지, 술병은 바로 저기 있어. 저 나무들 뒤에 말일세. 얼른 집어 들어." "그럴 수 없어." 그가 거부했다. "그렇지, 한 모금만 마셔. 딱 한 모금만. 그 정도는 필요하잖아. 치료 차원에서 한 모금만 마시는 거야." "오, 하느님." 영사가 말했다. "아, 세상에. 이렇게 좋은걸." "한 모금 따위야 아무것도 아니지." "아무것도 아니고말고. 메스칼이 아니잖나." "물론 아니고말고. 테킬라잖아. 한 잔 더 마셔도 돼." "고맙소, 한 잔 더 하죠." 영사는 마비된 것처럼 어색한 손놀림으로 술병을 입술에 가져갔다. "아, 천국이 따로 없군. 소름이 끼치는걸." 영사가 말했다.

"그만해, 제프리 퍼민, 이제 병을 내려놓게. 도대체 무슨 짓을 하고 있는 거야?" 또 다른 목소리가 그의 귀에 대고 큰 소리로 말했다. 영사가 돌아보았다. 자신의 앞에서 작은 뱀 한 마리가 스르르 소리를 내며 수풀 뒤로 사라지고 있었다. 처음에는 나뭇가지 하나가 기어가는 것 같아 보였다. 그는 검은 안경을 통해 한동안 그 모습을 꼼짝 않고 지켜보았다. 뱀이 분명했다. 물론 그는 뱀처럼 단순한 것에 신경을 쓰지는 않을 것이다. 그는 어느 정도의 자신감을 회복한 듯 개의 눈을 똑바로 바라보았다. 떠돌이 개였지만 아주 친숙한 느낌이었고, 그 친숙한 느낌이 그를 불안하게 만들었다. "페로" 그는 가만히 선 채 개의 이름을 반복해서 불렀다. 지금이 아니라 과거에 이런 일이 일어났던 것이 아닐까, 한두 시간 전에 이런 일이 있었던 것이 아닐까…… 이런 생각이 섬광처럼 스치고 지나갔다. 이상한 일이다. 그는 주위를 둘러보면서 병을 관목 뒤 보이지 않는 곳으로 던졌다. 테킬라 아녜호 데 할리스코Tequila Añejo de Jalisco. 주름이 잡힌 것처럼 생긴 병의 라벨에는 이렇게 적혀 있었다. 이제 다시 모든 게 정상으로 돌아온 것 같았다. 뱀도 개도 보이지 않았고 목소리도 사라졌다……

영사는 이제 모든 것이 "정상"으로 돌아간 상황을 잠시 동안 즐길 수 있을 것 같았다. 이본은 잠들어 있으리라. 벌써 이본을 깨울 필요는 없었다. 거의 마시지 않은 테킬라 병을 기억해냈다는 것은 정말이지 다행스러운 일이었다. 현관에서 그래 본 적은 거의 없었지만 이제 그는 몸을 추스르고 이본을 맞을 준비를 할 수 있으리라. 이런저런 상황으로 인해 현관에서 술을 마신다는 것은 쉬운 일이 아니었다. 그래서 사람은 술을 마시고 싶을 때 방해받지 않고 조용히 마실 수 있는 공간을 알고 있어야 한다. 그가 정원을 응시하고 있는 동안 이러한 생각들이 마음을 스쳐 지나가고 있었다. 그의 마음은 이 모든 생각들을 수긍하듯 아주 심각한 태도로 무겹게 고개를 끄덕이고 있었다. 이상하게도 전과는 달리, 이러한 생각들로 인해 "황폐화"되지는 않았다. 아니 그런 혼란이 존재했다 할지라도 오히려 그것이 매력을 더했을 것이다. 영사는 가까이에 다듬어지지 않은 채 성장하는 식물들이 많다는 사실을 좋아했다. 멀리로 화려한 파초꽃이 음탕한 모습으로 흐드러지게 피어 있었고 당당한 능소화와 용감하고 강직한 배나무가 보였다. 수영장 주변과 그 너머로 파파야 나무가 심겨 있었고, 지붕이 낮은 흰색 방갈로는 부겐빌레아로 덮여 있었다. 배의 다리처럼 보이는 방갈로의 긴 현관이 눈앞에 펼쳐진 풍경에 약간의 긍정적 질서의 비전을 부여하고 있었다. 하지만 이러한 질서는 바로 그 순간, 영사가 우연히 몸을 돌리는 그 순간, 남남동쪽에서 무수한 빛을 발하는 거대한 쪽빛 태양과 함께 평원과 화산의 물속 풍경 속으로 혼합되는 의도하지 않은 결과를 낳았다. 아니, 북북서쪽이던가? 그는 이 모든 것을 그 어떤 슬픔도 느끼지 않은 채, 아니 어쩌면 약간의 황홀함까지 맛보며 바라보았다. 담뱃불을 붙이며 탄성을 질렀다. 그는 기계적으로 '아아' 하는 소리를 크게 연발했다. 술로 인한 땀이 마치 물처럼 이마에서 쏟아졌다. 자신의 집 정원과 자신의 소유지 끝을 잘라 새로 조성된 공공 정원 사이의 울타리를 향해 걷기 시작했다.

휴가 이곳에 온 이후, 영사가 술병을 숨기기 시작한 그날 이후, 영사는 이 정원을 제대로 쳐다본 적이 없었지만 정원은 그런대로 잘 관리되어 있었다. 하지만 완성되지 않은 작업의 증거가 몇 가지 남아 있었다. 연장, 흔하지 않은 연장들, 살인에 쓰일 법한 낫, 이상한 모양의 쇠스랑, 그 구부러진 날이 마치 자신의 가슴을 찌르기라도 할 듯, 울타리에 몸을 기댄 채 햇살을 받아 빛을 발하고 있었다. 그리고 또 다른 무언가가 있었다. 뿌리째 뽑힌 것인지 새것인지 모를 표지판이 타원형의 창백한 얼굴로 철조망을 통해 그를 노려보고 있었다. 'Le gusta este jardin(이 정원을 좋아하나)?' 표지판이 물었다……

¿ LE GUSTA ESTE JARDÍN?

¿ QUE ES SUYO?

¡ EVITE QUE SUS HIJOS LO DESTRUYAN!

영사는 꼼짝 않고 표지판의 검은 글자들을 응시했다. '이 정원을 좋아하나? 왜 이것이 당신 것인가? 우리는 파괴자들을 추방한다!' 아주 단순하지만 끔찍한 말들이 아닌가. 사람의 마음속 깊은 곳까지 저미게 하는 말, 최후의 심판과도 같은 말 아닌가. 그럼에도 불구하고 이 말들은 이본이 떠난 날 아침 호텔 캐나다에서 마신 메스칼처럼 무채색의 차갑고 무거운 고통 이외에는 더 이상의 아무런 감정도 자아내지 못했다.

영사는 자신이 어떻게 그렇게 빨리 되돌아가서 술병을 찾아냈는지 알 수 없었지만 어쨌든 다시 테킬라를 마시고 있었다. 아, 숙성된 알코올의 감미로운 향이여! 이번에는 누군가가 자신을 지켜본다는 사실에 전혀 신경을 쓰지 않은 채 한참 동안 술을 쭉 들이켜고는 자리에서 일어나 다시 한 번 방갈로를 마주하고 섰다. 이번에도 역시 이웃에 사는 퀸시가 찔레가지 너머 왼편에 있는 두 집의 공동의 울타리 그늘에서 꽃에 물을 주며 그를 지켜보고 있었다. 영사는 포위된 기분이었다. 약간의 질서에 대한 정직하지 못한 환영은 이제 사라지고 없었다. 영사의 집 위로, 이제 변장조차 거부하는 태만한 망령들 위로, 지키기 어려운 책임의 비극적 날개가 공중을 맴돌고 있었다. 영사의 뒤쪽 또 다른 정원에서는 그의 운명이 부드럽게 속삭이고 있었다. "왜 이것이 당신 것인가……? 이 정원을 좋아

하나……? 우린 파괴자들을 추방하지!" 어쩌면 그 표지가 의미하는 것은 이것이 아닐 수도 있다. 어쩌면 알코올로 인해 영사의 스페인어 실력이 떨어졌는지도 모른다. 아니, 어쩌면 아즈텍 문양으로 새겨진 그 표지판 자체가 잘못된 것인지도 모른다. 하지만 전혀 다른 뜻은 아닐 것이다. 그는 갑자기 결심이라도 한 듯 테킬라를 덤불에 쏟아버리고는 애써 "가벼운" 발걸음으로 공공 정원을 향해 걸어갔다.

영사는 표지가 어떤 의미인지 "확인"할 의도는 전혀 없으나 그 표지에 필요 이상으로 많은 물음표가 들어 있다는 점만은 확실한 것 같았다. 아니, 그가 원한 것은 그가 진정으로 원하는 것은 누군가와 이야기하는 것이었다. 그럴 필요가 있었다. 아니 그 이상이었다. 그가 그 순간 하고 싶었던 것은 훌륭한 기회를 잡는 것, 아니 보다 정확하게 말하자면 훌륭해질 수 있는 기회, 찔레꽃 덩굴 너머 퀸시의 출현으로 발현된 그 기회를 잡는 것이었다. (이제 그 덩굴은 그의 오른쪽에 있었고 영사가 퀸시 쪽으로 가기 위해서는 그 주위로 돌아가야 했다.) 게다가 훌륭해질 수 있는 이 기회는 그보다 더한 무언가, 즉 존경받을 수 있는 기회 같은 것이었다. 또한 그 지속 시간이 아무리 짧다 할지라도 사랑받을 수 있는 정직함은 바로 테킬라 덕분일 것이다. 정확하게 무엇 때문에 사랑받는지는 또 다른 문제다. 그는 이 질문에 대해 이렇게 대답할 것이다. '나의 무례하고 무책임한 모습으로 인해 사랑받을 것이라고, 아니 어쩌면 그러한 모습 내면에 천재의 열정이 불타고 있다는 사실로 인해 사랑받을 것이라고, 그러나 그 열정은 분명 나의 것이 아니라 젊은 시절 나의 잠재력에 대해 칭찬을 아끼지 않았던 위대한 시인이자 오랜 친구 에이브러햄 타스커슨의 것이라고.'

그때, 아, 그때(그는 표지판을 쳐다보지 않고 오른쪽으로 돌아 철조망 울타리를 따라 걷고 있었다), 그가 원한 것은, 그 당시 그가 원한 것은, 평원으로 열망의 눈빛을 보내며 생각한 것은, (바로 이 순간 그는 하나의 형체가 서 있는 것을 하늘에 맹세할 수 있을 정도로 분명히 보았다. 어떤 옷을 입고 있었는지 그 형체가 사라진 후에야 깨달았지만, 상복 같은 것을 입고 고뇌에 머리를 숙인 채 정원의 중앙에 서 있었다.) 제프리 퍼민, 그때 원하는 게 뭐였나, 정기적으로 출몰하는 환영에 대한 유일한 해독제는 술밖에 없다고는 하지만, 또다시 먹구름이 다가와 인사할 때 하루 종일 마셔대길 원했겠지만, 사실 그것만은 아니었지, 그것보다는 좀더 미묘한 부분이 있었지, 단지 술만을 원했던 것은 아니었겠지, 특별한 도시의 특별한 장소에서 마시고 싶었던 게지.

파리안! 그 이름은 오래된 돌과 강풍이 휩쓸고 지나간 키클라데스 제도*를 연상케 했다. 파리안의 파롤리토, 한밤중과 이른 새벽에 그 얼마나 우울한 목소리로 그를 찾아왔던가. 하지만 영사는 (그는 울타리를 뒤로한 채 다시 오른쪽으로 향하고 있었다) 자신이 아직 파리안에 갈 기회에 대해 낙관하고 있다는 사실, 즉 그만큼 대책 없이 취한 상태는 아니라는 점을 의식하고 있었다. 사실, 오늘은 너무 많은 직접적인 함정들이 있었다. 함정! 이만큼 정확한 표현이 또 있을까…… 그는 협곡으로 떨어질 뻔했었다. 제방이 없는 협곡의 이쪽 편으로 거의 떨어질 뻔한 것이다. (거기서부터 협곡은 급격한 곡선을 그리며 아래로 향해 알카판싱고 도로로 이어져 있었다.) 그는 테킬라 덕에 두려움을 느끼지 못한 채 잠시 멈춰 서서 제방 너머를 훔쳐보았다. 아, 두 개로 쪼개진 무시무시한 틈, 마주한 두 벽의 영원한 공포! 너 위대한 심연, 탐욕스러운 새여, 내 비록 성급하게 너의 입 안으로 떨어질 것 같지만, 그러지 않음을 실컷 조롱하라! 복잡하게 생긴

---

* Cyclades: 그리스 키클라데스 주를 이루는 30여 개의 섬들로 키클라데스는 '에워싼 섬들'이라는 뜻.

이 빌어먹을 협곡, 도시를 가로지르는, 아니 실제로 국토를 가로지르는 이것, 우기 때면 무례한 강 행세를 하는 2백 피트 아래의 이것에 발을 헛디디곤 했다. 심지어 지금도 밑바닥이 보이지 않는 그것은 아마도 다시 타르타로스와 거대한 제이크의 일상적 역할을 다시 시작하고 있을 것이다.* 여기서 볼 때는 그다지 위험해 보이지 않을 수도 있다. 원한다면 내려가볼 수 있을 정도였다. 도중에 테킬라를 들이켜며 그 아래에 사는 프로메테우스**를 만나볼 수도 있을 것이다. 영사는 천천히 발걸음을 옮겼다. 이제 자신의 집과 마주하고 있었다. 동시에 퀸시의 정원을 에돌아 가는 길을 걷고 있었다. 이제 바로 코앞에 있는 울타리 너머 왼편으로 미국인 퀸시의 녹색 잔디가 영사의 찔레 덩굴과 함께 스프링클러의 분말 같은 물을 받고 있었다. 이보다 더 부드럽고 아름다운 영국식 잔디는 없을 것이다. 영사는 갑자기 감정이 북받쳐, 그리고 갑자기 딸꾹질이 나는 바람에, 이편에 심겨져 있었지만 그 향기로운 그늘은 반대편까지 미치고 있는 구부러진 과일 나무 뒤에서 걸음을 멈추고 나무에 몸을 기대 숨을 가다듬었다. 그는 이렇게 함으로써 약간 위쪽에서 물을 대고 있는 퀸시의 시선을 피할 수 있으리라 생각했다. 그러나 그는 곧 자신의 정원을 감탄하면서 퀸시에 대해서는 잊어버렸다…… 결국은 그렇게 될 것인가, 결국 무엇을 구할 수 있단 말인가, 영국 또는 석탄 가루가 휘날리는 체스터 거리의 석탄재보다 더 미약한 존재로 추락하고 결국 영국에 대한 존슨적 관점이 북대서양까지 그 영향력을 발휘하게 될 것인가? 아, 얼마나 이상한 느

---

* 타르타로스Tartarus는 지옥 아래 바닥이 없는 못을 의미하며 제이크jake는 엘리자베스 1세 시대에 쓰이던 '화장실'을 가리키는 속어.

** Prometheus: 그리스 신화에 나오는 티탄족(族)의 이아페토스의 아들. '먼저 생각하는 사람'을 뜻한다. 주신(主神) 제우스가 감추어둔 불을 훔쳐 인간에게 내줌으로써 인간에게 맨 처음 문명을 가르친 장본인으로 알려져 있다.

꿈일까! 다시 리버풀에 간다는 것…… 안개비 사이로 보이는 리버 빌딩, 검은 숄을 걸치고 항구에서 흐느끼는 여인네들로부터 선원들을 떼어놓는 철로 된 세계, 조류를 타고 외항으로 운행하는 증기선과 사료 자루 냄새를 풍기는 그 특유의 안개 속으로 리버 빌딩을 본다는 것은…… 1차대전 당시 상선으로 가장하여 비밀 명령 아래서 항해하다 한순간에 전함으로 변신하여 잠수함을 위험에 빠뜨리곤 했던 Q보트가 항해하던 그곳, 리버풀……

"리빙스턴 박사신가."

"딸꾹" 영사는 가까운 곳에서 퀸시를 다시 발견하고는 약간 놀란 듯 뒤로 물러서며 소리를 냈다. 큰 키에 약간 구부정한 모습의 퀸시는 카키 셔츠와 회색 플란넬 바지를 입고 있었다. 머리칼은 완전한 백발이었고 샌들을 신은 차림새는 흠잡을 데 없었다. 그는 물뿌리개를 들고는 울타리 반대편에서 뿔테 안경 너머로 영사를 불쾌하게 지켜보고 있었다. "아, 좋은 아침이에요, 미스터 퀸시."

"좋긴 뭐가 좋다는 거요?" 퀸시는 화단에 물 주는 일을 계속하며 의심의 뉘앙스를 풍기며 물었다. 계속 흔들리는 호스 때문에 화분은 잘 보이지 않았다.

영사는 자신의 찔레 덩굴을 향해 몸짓을 했다. 어쩌면 무의식중에 테킬라 병 쪽으로 몸을 돌린 것인지도 모른다. "저쪽에서 당신을 봤어요…… 난 그저 정글을 살펴보고 있었는데, 날 보지 못했나요?"

"무엇을 하고 있었다고요?" 퀸시는 물뿌리개 너머로 영사를 슬쩍 흘겨보면서 마치 이렇게 말하는 것 같았다. '당신이 하는 짓거리를 다 지켜봤어. 난 다 알고 있어. 난 신이거든. 신은 당신보다 훨씬 나이가 많지만 필요할 때에는 지금도 분투하고 있잖아. 당신 자신이 깨어 있는지조차 알 수 없을 때에도, 그리고 밤새 나가 노는 동안에도⋯⋯ 당신은 싸울 준비가 돼 있지 않아. 난 말이야, 말이 떨어지기가 무섭게 싸울 준비가 돼 있단 말일세!'

"정말 정글이 돼버리지나 않을까 걱정이군요." 영사가 말을 이었다. "어느 순간에 루소가 호랑이를 타고 나타나지 않을까 싶소."

"뭐라고요?" 퀸시는 얼굴을 찡그리며 마치 이렇게 말하는 것 같았다. '신은 절대 아침 식사 전부터 술을 들이켜지는 않지.'

"호랑이요." 영사가 반복했다.

퀸시는 물질세계의 차갑고 냉소적인 시선으로 잠시 영사를 쳐다보았다. "과연 그럴 것 같군." 퀸시가 심술궂게 대답했다. "호랑이에다 코끼리까지 등장하지 않을까요⋯⋯ 그런데 한 가지만 부탁해도 될까요? 다음번에 정글을 살펴볼 때에는 당신 쪽 정원에다 토했으면 좋겠어요."

"딸꾹" 하고 영사가 대답했다. 영사는 "딸꾹" 소리를 내고는 웃으며 자신의 신장 부위를 세게 때렸다. 일종의 치료법이 먹히는 듯했다. "지켜봐서 미안하오." 퀸시는 이렇게 말하며 숨어 있는 테킬라 병으로 눈길을 주는 듯했다.

"그런데⋯⋯" 영사가 도중에 끼어들었다. "밤새 테우아칸 생수 말고는 마신 게 거의 없어요⋯⋯ 그런데, 당신은 어떻게 파티에서 살아남은 거죠?"

퀸시가 영사를 쳐다보고는 근처 급수전에서 물뿌리개에 물을 채우기 시작했다.

"테우아칸 생수만 마셨죠." 영사가 말을 이었다. "약간의 탄산음료도 마셨죠. 탄산음료를 마시면 옛날 소다를 마시던 시절이 생각나곤 하죠, 히히. 사실 요샌 술을 끊은 셈이죠."

퀸시는 울타리 아래로 가서 다시 물을 주기 시작했다. 영사는 사악한 매미의 등껍질이 과실수를 타고 오르는 것을 보며 주저 없이 그곳을 떠나 퀸시를 한 발짝씩 따라갔다.

"그래요, 술을 끊는 중이죠." 영사가 말했다. "당신이 모를까 봐 알려주는 거예요."

"그럼 장례차는 좀 기다려야겠군." 퀸시가 짜증 섞인 목소리로 중얼거렸다.

"참, 좀 전에 누룩뱀을 봤어요." 영사가 갑자기 화제를 돌렸다.

퀸시는 기침을 했다. 아니 코웃음을 쳤는지도 모른다. 하지만 아무 말도 하지 않았다.

"그걸 보니 갑자기 이런 생각이 들더군요…… 퀸시, 혹시 이거 알아요? 에덴의 동산 이야기가 거기서 끝난 게 아닐 거라는 생각을 하곤 해요. 만약 사람들이 생각하는 것처럼 아담이 거기서 쫓겨난 게 아니라면……" 퀸시는 위를 쳐다보았다. 그는 영사의 몸 한가운데보다 약간 아래쪽에 시선을 고정시키고 있었다. "만약 혼자서 '계속 거기서 사는 것'이 그가 받은 벌의 일부였다면," 영사는 흥분한 목소리로 말을 이었다. "물론 다른 이들의 눈에 띄지도 않고 하느님과도 접할 수 없는 상태로 살아갔겠지만……" 영사는 좀더 유쾌한 목소리로 덧붙였다. "아마도 아담은 최초의 토지 소유자가 됐을 테고 하느님은 최초의 토지 재분배론자가 됐겠죠. 일종의 토지 체인 같은 거죠, 히히. 그러고 나서 하느님은 아담을 쫓아내는 거죠. 어떻게 생각해요? 그럴듯하지 않아요?" 영사는 킬킬댔지만 기존의 역사적 상황에서 이 이야기는 그다지 재미있는 것이 아니라는 사실을 곧 깨달았다. "오늘날 누구에게나 명백한 사실이지만, 원죄는 바로 땅의 소유주가 된다는 거였어요. 퀸시, 그렇지 않아요?"

퀸시는 거의 눈에 띄지 않을 정도로 살짝 고개를 끄덕였으나 동의의 표시는 아닌 듯했다. 그의 시선은 여전히 영사의 몸 중심부 아래 부근에 고정돼 있었다. 영사는 아래쪽을 살펴보다 바지가 열려 있다는 것을 깨달았다. "아, 시인에게 허용된 그것, 바로 시적 허용이죠! 미안해요." 영사는 이렇게 말하고 웃으며 옷매무새를 고쳤다. 그리고 태연하게 다시 하던 말로 되돌아갔다. "그래요, 그렇구말고요…… 아담이 에덴동산에서 계속 살도록 한 그 벌의 진정한 이유는 그가 에덴동산을 싫어했기 때문일 거예요. 물론 아담이 거길 싫어한다는 사실은 비밀이었죠. 그는 단지 거기가 싫었던 거예요. 그 후로도 계속…… '그리고 하느님은 그 사실을 알게 되었다' 이렇게 된 거죠."

"아까 당신 부인이 저 위에 있는 걸 봤는데, 설마 내 상상력이 너무 지나친 건 아니겠죠?" 퀸시가 참을성 있게 기다리다 드디어 말을 꺼냈다.

"당연하죠! 에덴동산은 차치하고라도 전갈이랑 험상궂은 개미만이라도 생각해봐요. 그 지긋지긋한 장소에 혐오스러운 것들이 득실거린다고 생각해봐요. 그런데 방금 뭐라고 했어요?" 퀸시가 같은 질문을 반복하자 영사가 소리쳤다. "정원에서 이본을 봤다구요? 아, 그래요. 하지만 어떻게 알았죠? 그런데 이본은 지금 자고 있는 걸로 아는데……"

"꽤 오랫동안 집을 비웠었죠, 그렇죠?" 퀸시는 영사의 방갈로를 좀더 명확하게 보기 위해 몸을 앞으로 숙이며 다소 누그러진 목소리로 물었다. "당신 동생은 아직 여기 있나요?"

"동생? 아, 휴 말이군요…… 지금 멕시코시티에 있어요."

"그가 돌아왔다는 사실을 곧 알게 될 거요."

이제 영사가 자신의 방갈로를 쳐다보고는 짧게 말했다. "딸꾹."

"내가 보기엔 당신 부인이랑 함께 나간 것 같은데." 퀸시가 말했다.

"아, 안녕, 이게 누구야, 안녕, 풀 위의 작은 뱀, 풀 속의 작은 고통 덩어리여……" 영사는 퀸시의 고양이를 보고는 반갑게 맞이했다. 사색을 좋아하는 듯한 회색의 고양이가 긴 꼬리를 땅에 끌며 백일초 사이로 걸어 나오자 영사는 순간적으로 주인이 누구인지를 잊어버린 듯했다. 그는 멈춰서 자신의 허벅지를 두드렸다. "안녕, 야옹아, 안녕, 작은 오이디푸스 고양아." 고양이는 자신의 친구를 알아보고 즐거운 울음소리를 내고는 울타리를 건너와 그르렁거리는 소리를 내며 영사의 다리에 몸을 비벼댔다. "내 작은 시코탕카틀*" 영사가 몸을 일으켜 짧게 휘파람을 불자 고양이가 귀를 쫑긋 세웠다. "얘는 내가 나무라고 생각할걸요. 나무에서 새 한 마리가 노래하고 있다고 생각하겠죠." 영사가 말을 이었다.

"그렇겠죠." 근처 급수전에서 다시 물뿌리개에 물을 채우고 있던 퀸시가 대꾸했다.

"윌리엄 블랙스톤이 말했듯 동물들이란 음식만으로 친해지는 게 아니죠. 즐거움, 호기심, 충동 같은 게 중요하죠. 그렇지 않아요? 아, 윌리엄 블랙스톤에 대해 들어본 적 있죠?" 영사는 쭈그려 앉은 자세로 반은 고양이에게 반은 퀸시에게 얘기하고 있었다. 퀸시는 담뱃불을 붙이기 위해 잠시 하던 일을 멈췄다.

"아니 또 다른 블랙스톤이었나?" 영사는 이제 퀸시에게 직접 말을 건넸다. 하지만 퀸시는 영사의 말에 그다지 신경 쓰는 것 같지 않았다. "블랙스톤은 내가 좋아하는 캐릭터죠. 윌리엄 블랙스톤이 맞는 것 같아요. 아니, 에이브러햄이던가…… 어쨌든, 그는 어느 날 지금의 매사추세츠 어딘가에 가서는 인디언들과 조용히 살았어요. 그리고 얼마 후 청교도들이

---

* Xicotancatl: 고대 멕시코 군주 중 한 명으로 14~15세기에 걸쳐 거의 1백 년을 산 것으로 유명.

강 반대편에 정착했어요. 청교도들은 블랙스톤을 초대하여 자기네 쪽이 더 살기 좋다고 설득했죠. 아, 사람들이란, 사상을 가진 사람들이란······" 영사는 고양이에게 말했다. "고양아, 윌리엄은 그들을 좋아하지 않았어. 그래서 다시 인디언들에게 돌아갔지. 하지만 청교도들이 다시 그를 찾아내자 그는 인디언들과 함께 사라져버렸다네. 윌리엄이 '지금' 어디에 있을지는 아무도 모르지." 영사는 무언가를 암시하듯 자신의 가슴을 두드렸다. 고양이는 마치 볼에 바람을 넣은 것 같은 얼굴로 몸을 아치 모양으로 하고는 뒤로 물러섰다. "인디언들은 바로 여기 있어."

"물론이죠." 퀸시는 마치 해병대의 특무상사와 같은 약간은 과장된 모습으로 한숨을 내쉬었다. "당신 눈에 보이는 뱀과 호랑이, 그리고 다른 헛것들과 함께 여기 있는 게 분명하죠."

영사가 소리 내어 웃었다. 하지만 그의 웃음소리에 유머는 섞여 있지 않았다. 마치 그의 마음 한구석은 한때 자신의 친구가 알았던 이 위대하고 관대한 사람을 희화시키는 것이 얼마나 공허한 것인가를 인식하고 있는 것 같았다. "실제 인디언들은 아니고······ 인디언들이 이 정원에 있다는 것이 아니라 '여기' 있다는 거예요." 영사는 이렇게 말하며 다시 자신의 가슴을 두드렸다. "의식의 마지막 개척자이자 천재죠." 그는 마치 고양이에 대한 관심과 그 천재에게서 차용한 듯한 결단력으로 몸을 일으키고는 넥타이를 바로하고 (사실 그는 넥타이에 대해 개의치 않았다) 또 어깨를 펴며 마치 예정된 것처럼 갑자기 자리를 떠나며 이렇게 덧붙였다. "천재는 스스로를 돌볼 줄 알아야 해."

어딘가 멀리서 종소리가 들렸다. 영사는 꼼짝 않고 거기 서 있었다. "아, 이본, 어떻게 당신을 잊고 있었단 말인가?" 19번, 20번, 21번. 영사의 시계는 10시 45분을 가리키고 있었지만 종소리는 아직 끝나지 않았다. 종소리는 두 번 더 울렸다. 두 번의 뒤틀린 비극적 소리가 울렸다. "땡땡" 하는 소리가 울려 퍼졌다. '아, 아' 탄식의 소리로 채워졌던 공기가 다시 텅 비어버린 공허함 속에 날갯짓 소리가 들리는 듯했다.

"그런데, 요즘 당신 친구는 어디 간 거요? 그 친구 이름도 기억 안 나는군. 프랑스 친구 말이오." 사실 퀸시는 조금 전에 이 질문을 던졌었다.

그러나 영사는 현기증에 시달리고 있었다. "라루엘?" 영사의 목소리는 멀리서 들려오는 듯했다. 지친 듯 눈을 감고 몸의 균형을 유지하기 위해 울타리를 붙잡았다. 퀸시의 목소리가 영사의 의식을 두드렸다. 아니, 어쩌면 누군가 실제로 문을 두드렸는지도 모른다. 두드리는 소리는 점차 멀어졌다. 다시 큰 소리로 두드리는 소리가 들렸다. 드퀸시가 썼던 『맥베스의 문 두드리는 장면에 관해』가 떠올랐다. 똑, 똑. 누구? 캣. 캣 누구? 캐태스트로피. 캐태스트로피 누구? 캐태스트로피지시스트.* 뭐라고? 너였군, 작은 고양이. 기다려봐, 자크와 내가 잠을 죽일 때까지** 영원의 시간 동안만 기다려봐! 고양이의 심연을 향한 카타바시스……*** 드퀸시 (드퀸시의 눈에 정면에 놓인 테킬라 병이 들어왔다. '저런, 마약쟁이' 드퀸시는 이렇게 생각했다)는 던컨의 살인과 세속적인 열정을 상실하고 깊은 실신에 빠져버린 단절된 사람들을 상상했다. 물론, 그는 알고 있었을 것이다. 이것이 바로 인간 마음이 숙면에 빠진 마지막 순간이라는 것을, 그리

---

* 캣Cat, 캐태스트로피Catastrophe, 캐태스트로피지시스트Catastrophysicist처럼 유사한 발음으로 시작되는 단어로 일종의 말장난을 하고 있다. 'Catastrophe'는 자연 재앙을, 'Catastrophysicist'는 자연 재앙과 같은 지질학적 급변설을 믿는 사람을 의미한다.
** 셰익스피어의 맥베스에 나오는 대사 "이제부턴 잠을 이루지 못한다! 맥베스는 잠을 죽여버렸다Sleep no more! Macbeth does murder sleep"에서 차용.
*** Katabasis: 고대 신화에서 오르페우스가 자신의 아내 에우리디케를 이승으로 데려오기 위해 저승으로 내려간 것을 뜻하는 말.

고 사악함의 마지막 입구라는 것을, 단절된 밤의 마지막 순간이라는 것을⋯⋯ 그런데 퀸시는 어디 간 것일까. 그리고, 세상에, 아침 신문을 보며 걸어오는 이 사람은 누구란 말인가? 물뿌리개의 소리가 갑자기 잦아든 곳에 마치 마술처럼 구스만 박사가 나타났다.

만약, 구스만이 아니라면, 아니 그럴 리는 없겠지만, 만약 구스만이 아니라면⋯⋯ 하지만 그가 확실했다. 그래도 만약 그가 아니라면, 어젯밤 친구가 돼줬던 비힐 박사일 것이다. 그런데 비힐 박사가 대체 여기 왜 왔단 말인가? 그가 가까이 다가올수록 영사의 불안감은 더해갔다. 퀸시가 비힐 박사의 환자일 수도 있겠지. 그렇다 치더라도 왜 의사가 환자 집에 있는 걸까? 왜 정원에서 비밀스럽게 배회하고 있는 것일까? 단 한 가지 확실한 것은 비힐 박사의 방문과 영사가 테킬라를 찾을 만한 시간이 겹쳤다는 것이다. 박사는 신문에서 그에 대한 정보를 찾고 있었다. "사마리아호 사건 재개 예정, 멕시코 법정 퍼민 사령관을 믿다." "퍼민 유죄 판결, 석방, 울음을 터뜨리다." "퍼민 무죄, 그러나 죄책감 느끼다." "퍼민 시체, 만취 상태로 벙커에서 발견." 이런 끔찍한 제목들이 영사의 마음속에 형체를 드러냈다. 비힐은 『엘 우니베르살』지와 함께 영사의 운명을 읽고 있었던 것이다. 하지만 영사의 의식 속에 보다 가까이 있는 이들도 무시할 수 없었다. 그들은 한쪽으로 물러서서 조용히 그 신문과 함께 있었다. (박사는 이제 걸음을 멈추고 영사를 쳐다보았다.) 그들은 머리를 돌린 채 경청하다가 중얼대기 시작했다. "우릴 속일 수는 없지. 우리는 어제 자네가 한 일을 알고 있어." 대체 그가 무슨 일을 했단 말인가? 비힐 박사는 신문을 덮고는 영사를 향해 걸음을 재촉했다. 영사는 비힐 박사의 미소 속에서 레볼루시온 거리에 있는 그의 진료실을 다시금 명확히 볼 수 있었다. 어느 이른 아침 알코올 문제로 방문했을 때 보았던 고대 스페인

의사들의 끔찍한 그림, 마치 영매의 몸에서 나오는 것과 같은 이상한 물질, 괴상망측하게 튀어나온 악한 같은 얼굴들, 수술 중 터져 나오는 커다란 웃음소리가 그대로 전해 왔다. 하지만 이 모든 것들은 자신의 행동과는 완전히 분리된 생생한 그림처럼 기억된 것이기 때문에, 그리고 영사가 기억하는 것은 이것밖에 없기 때문에, 자신이 그 장면 속에 악역으로 등장하지 않았다는 데서 위안을 얻기는 힘들었다. 위안을 받는다손 치더라도 그것이 비힐 박사의 미소에 의한 것이기에 그 위안은 위안이라 하기 힘들었다. 비힐이 퀸시가 있던 자리에 와서 멈추어 서서는 갑자기 영사에게 허리를 숙여 인사했다. 두 번, 세 번 반복하자 영사는 어젯밤 아무런 사고 없이 무사히 파티장을 빠져나왔다고 확신했다.

두 사람은 동시에 말을 꺼냈다.

"그러니까—" 영사가 말했다.

"실례해요—" 비힐은 약간 걱정스러운 표정으로 정원을 올려다보고는 곱게 매니큐어가 칠해진 손가락을 떨면서 입술로 가져가며 쉰 목소리를 냈다.

영사는 고개를 끄덕였다. "당신 무척 좋아 보이는데요. 어젯밤에 파티에 참석했다고는 믿기지 않을 정도예요." 그는 비힐의 시선을 따라가며 큰 소리로 말했다. 하지만 퀸시는 어디에도 보이지 않았다. 아마도 급수전의 호스를 잠그고 있을 것이다. 비힐이 도로를 지나다 퀸시가 정원에서 일하는 것을 보고는 별다른 목적 없이 방문한 것이 분명한데, 이것이 "계획"된 것이라고 의심했다니 얼마나 어리석은가. "그런데, 이 기회에 경미한 숙취에 대한 처방전이 있는지 여쭤봐도 될까요?"

비힐은 다시 한 번 걱정스러운 표정으로 정원을 쳐다보고는 조용히 웃기 시작했다. 조용한 웃음소리와는 달리 하얀 치아가 햇빛에 반짝이며 몸 전체가 웃는 듯했다. 말쑥하게 차려입은 푸른색 양복까지도 함께 웃는 듯했다. "세뇨르" 비힐은 아이처럼 앞으로 입술을 깨물며 웃음소리를 죽이며 말했다. "세뇨르 퍼민, 미안해요. 위엄 있게 처신했어야 하는데, 마치……" 비힐은 숨을 고르며 다시 한 번 주위를 둘러보았다. "마치 사도처럼요, 세뇨르." 그는 훨씬 차분하게 말을 이었다. "오늘 상태가 무척 좋다는 말이죠?"

"아니에요." 영사는 전과 마찬가지로 부드러운 목소리로 말했다. 그는 기관총 포화 속에서 언덕을 오르는 대원들처럼 협곡 위로 자라는 용설란에 미심쩍은 듯한 눈길을 보냈다. "그건 과장이구요. 간단히 말하면, 불가피한 만성 알코올 금단 증상에 대해 어떤 처방이 가능한지요?"

비힐이 입을 열었다. 입술 가장자리에 장난기 어린 미소를 지으며, 보던 신문을 실린더 모양으로 동그랗게 말았다. "아, 그러니까, 고양이가 보이는 건 아니죠." 그는 이렇게 말하고는 한 손을 들어 동그라미를 그리는 제스처를 취했다. "고양이가 아니라—"

영사는 유쾌하게 고개를 끄덕였다. 마음이 훨씬 가벼워진 듯했다. 영사는 신문의 기사 제목들을 슬쩍 쳐다봤다. 교황의 병과 에브로 전투에 관한 것이 전부였다.

"이따금—", 비힐은 눈을 감은 채 이전의 제스처를 천천히 반복하며 말했다. 그는 손가락을 동물의 발톱처럼 구부린 채 기어가는 모습을 해 보이며 바보처럼 머리를 흔들어댔다. "쥐들이 기어 다니는 게 보이죠." 그가 말했다. "그렇죠." 그는 두려움을 가장한 듯한 몸짓으로 자신의 이마를 손으로 가볍게 쳤다. "그렇죠." 그는 이렇게 반복하고는 "안됐군요…… 술 한잔 더 하는 것이 최선의 처방일 것 같아요." 비힐이 웃으며 말했다.

"퀸시, 당신 주치의께서 나의 만성 알코올 금단 증상은 치명적인 것이 아니라고 말씀하시는군요." 영사는 마침 이때 나타난 퀸시에게 승리감에 도취되어 말했다.

그다음 순간, 영사와 비힐 사이에는 미묘한 신호가 오갔다. 영사가 방갈로를 쳐다보며 손목을 입으로 가져가 살짝 치는 것 같은 제스처를 취했고 비힐은 스트레칭이라도 하는 것처럼 팔을 위아래로 뻗어 보였다. 이것은 위대한 알코올 형제애를 잘 아는 사람만이 이해할 수 있는 그들만의 언어였다. '끝나거든 이리 와 한잔해요.' '그러면 안 되는데…… 하지만 다시 생각해보니 안 될 것도 없죠.' 영사는 다시 테킬라를 병째 마신 듯했다. 잠시 후 그는 방갈로를 향해 햇빛 속을 천천히 그리고 힘차게 움직이기 시작했다. 영사는 길을 따라 벌레를 쫓고 있던 퀸시의 고양이와 함께 작렬하는 태양 속을 부유하고 있었다. 영사를 기다리는 수많은 문제에 대해 역동적인 해결책이 이미 준비된 듯한 집 너머로 하루가 마치 거대한 사막처럼 광활하게 펼쳐져 있었다. 그는 그 사막을 향해 유쾌하게 길을 떠나서는 결국 길을 잃고 말 것이다. 하지만 아직 완전히 길을 잃은 것은 아니었다. 그저 필요한 샘이나 산재해 있는 테킬라 오아시스를 찾기가 어려웠을 뿐이다. 오아시스에서는 영사의 말을 전혀 이해하지 못하는 사람들이 계속 영사를 향해 손을 흔들어 결코 목마르지 않은 땅인 파리안의 영화로운 광야로 그를 인도할 것이다. 이제 그는 얼어붙은 전선 같은 해골을 지나 녹아내리는 듯한 신기루와 피할 수 없는 비극을 향해, 그러나 행복한 모습으로 꿈속을 어슬렁거리는 사자들에게 다가서고 있었다. 비극의 종결에는 얼마간의 승리가 포함돼 있기 마련이다. 하지만 영사는 다시 우울해졌다. 전망은 그다지 밝아 보이지 않았다. 처음으로 영사는 정원에서 자신을 둘러싼 모든 곳에 범상치 않은 일이 벌어지고 있음을 깨달았다. 도마뱀 한 마리가 나무를 오르고 있었고 다른 종류의 도마뱀 한 마리가 또 다른 나무를 내려오고 있었다. 암녹색의 벌새가 꽃 주위를 돌며 먹이를 찾고 있었다. 또 다른 종류의 벌새가 또 다른 꽃을 탐닉하고 있었다. 마치 시장에서 본 블라우스를 연상시키는 정교한 바늘땀 무늬를 가진 거대한 나비들이 게으른 몸짓으로 체조하듯 날개를 퍼덕이고 있었다. (그것들은 이본이 어제 아카풀코 베이에서 자신을 반겨주었다고 묘사한 그것, 다채로운 색상의 찢어진 연애편지 다발처럼 갑판의 살롱을 지나 바람과 함께 날아다니던 그것들과 비슷했다.) 개미들이 길을 따라 여기저기서 주홍색 꽃을 나르고 있었다. 위쪽 하늘에서, 아니 지구 아래에서 휘파람 소리, 긁는 소리, 딸랑거리는 소리, 심지어 나발 소리까지 들렸다. 뱀은 어디로 간 걸까? 아마 배나무 위에 숨어 있을 것이다. 배나무 가지에는 벌레를 잡기 위한 노란색의 끈적거리는 물질로 가득 찬 유리병들이 매달려 있었는데 지역 원예대학에서 한 달에 한 번씩 병을 바꾸어놓았다. (멕시코인들이란 얼마나 유쾌한 사람들인가! 원예가들이 여자들을 데려와 이 나무에서 저 나무로 날아다니듯 춤을 추며 병을 교체하는 것은 하나의 코믹 발레처럼 보였다. 그리고 나서 그들은 영사는 존재하지 않는 것처럼 몇 시간이고 그늘에 축 늘어져 있었다.) 영사는 퀸시의 고양이의 행동을 가만히 지켜보고 있었다. 고양이는 마침내 벌레를 잡았지만 벌레를 삼키지 않고 그 몸통을 입으로 물고 있었다. 벌레는 아직 성한 몸으로 고양이의 이빨 사이에 끼어 있었다. 고양이 수염 옆으로 반짝이는 날개가 삐져나와 퍼덕거렸다. 벌레는 잠시도 날기를 멈추지 않았던 것이다. 영사는 벌레를 구하고자 몸을 앞으로 숙였다. 하지만 고양이는 영사의 손을 살짝 벗어났다. 영사는 다시 몸을 구부렸다. 하지만 결과는 마찬가지였다. 영사는 이상한 모양으로 몸을 구부렸고 고양이는 마치 춤을 추듯 영사의 손을 살짝 벗어났다.

벌레는 여전히 고양이의 입에서 맹렬하게 퍼덕대고 있었다. 드디어 영사가 현관에 다다랐다. 마침내 고양이는 입을 벌리며 벌레를 죽이기 위해 앞발을 뻗었다. 그 순간 놀랍게도 계속 날개를 퍼덕이던 벌레가 고양이를 벗어나 날아가버렸다. 죽음의 입으로부터 영혼이 날아가는 것 같았다. 벌레는 높이 더 높이 날아 나무 위로 사라졌다. 그리고 그 순간, 그들이 영사의 눈에 들어왔다. 그들은 현관에 서 있었다. 이본은 부겐빌레아를 한아름 안고 코발트 도자기병에 꽃을 꽂고 있었다. "―하지만 그가 아주 단호하게 나온다고 생각해봐요. 가려고 하지 않는다면…… 조심해요, 휴. 거미가 없는지 잘 살펴봐야 해요. 발끝이 뾰족해서 위험하거든요." "안녕들 하신가!" 영사는 명랑하게 소리치며 손을 흔들었다. 굳은 표정의 고양이는 "그다지 먹고 싶지도 않았어. 그냥 놔주려고 했는데"라고 말하고는 창피한 듯 황급히 풀 속으로 사라졌다. "안녕, 휴. 이 원수 같은 녀석!"

─────────────── 그런데 왜 그는 욕실에 있는 걸까? 잠들어버린 걸까? 죽었나? 기절한 것일까? 그는 지금 욕실에 있는 것일까, 아니면 30분 전부터 욕실에 있었던 것일까? 밤이었을까? 다른 사람들은 어디간 걸까? 그때 현관에서 다른 이들의 목소리가 들렸다. 다른 이들? 물론 휴와 이본이었다. 비힐 박사는 가버렸으니. 그러나 그는 한동안 집 안에 사람이 많았다는 것을 알 수 있었다. 왜 아직 아침이지? 아니 거의 오후군. 영사의 손목시계는 12시 15분을 가리키고 있었다. 퀸시와 이야기하던 것이 11시경이었다. "아……" 영사가 신음 소리를 냈다. 사람들이 토말린으로 갈 준비를 하고 있었다는 생각이 그의 머리를 스치고 지나갔다. 자신이 토말린으로 가도 괜찮을 만큼 멀쩡하다는 것을 사람들에게 어떻게 증명했을까? 그건 그렇다손 치고 애초에 왜 토말린에 가기로 한 걸까?

나이 먹은 동물이 그렇듯 일련의 생각들이 영사의 머리를 스쳐 지나갔다. 그는 벌레가 고양이의 입에서 벗어나 날아가는 것을 본 다음, 약 한 시간 전에 그랬던 것처럼 천천히 현관을 지나고 있었다.

영사는 이본에게 멀쩡한 듯 웃어 보이고 휴와 악수를 하고는 콘셉타가 쓸어놓은 현관을 지나 아이스박스의 뚜껑을 열었다. 영사는 우연찮게 그들의 대화를 듣게 되었는데 그들이 자신에 대해 얘기하고 있었다는 것을 알아챘을 뿐만 아니라, 잠시 엿들었음에도 불구하고 그 내용까지도 대충 파악할 수 있었다. 그리고 그런 자신에 대해 감탄하고 있었다. 마치 상현달의 어두운 면이 지구의 반사광으로 인해 희미하게 보이는 순간을 목격한 것처럼, 비록 나머지 부분은 그늘져 있긴 하지만 그 완벽한 모양에 대해 감탄하듯이……

그다음에 무슨 일이 있었던 것일까? "아" 영사가 다시 큰 소리로 소리쳤다. "아" 기억나는 마지막 순간들의 잔영이 영사 앞에 있었다. 휴와 이본, 비힐 박사가 마치 오랜 무성영화처럼 빠른 몸놀림으로 움직이고 있었다. 그들의 목소리는 영사의 머릿속에서 침묵의 파열음을 내고 있었다. 아무도 그다지 중요한 일을 하는 것 같지는 않았다. 그럼에도 불구하고 모든 것이 매우 중요한 것처럼 보였다. 예를 들어, 이본은 이렇게 말하고 있었다. "아르마딜로를 봤어요." "뭐라고요, 아니 그건 안경원숭이였어!" 그는 이렇게 대답했다. 휴는 난간 끝에서 차가운 카르타 블랑카 맥주 뚜껑을 따 난간에 놓인 자신의 잔에 거품을 따랐다. 그리고 맥주잔과 자신의 스트리크닌 병과의 근접성으로 인해 그 모든 심각성이 사라졌다……

영사는 욕실에서 자신이 아직 맥주잔을 들고 있다는 사실을 깨달았다. 약간 김이 빠지고 반쯤 남아 있는 맥주잔이었다. 영사의 손은 꽤 침착해 보였으나 오랫동안 잔을 들고 있었던 탓에 약간 마비된 듯했다. 그는 공허함 속에서 앞으로 발생할 문제들을 조금 뒤로 미루며 조심스럽게 술을 들이켰다.

"이상하군." 영사가 휴에게 이야기했다. 그러고는 영사다운 근엄함으로 휴가 지금 당장 떠나지는 못할 것이라고 덧붙였다. 적어도 멕시코시티로는 갈 수 없을 것이다. 멕시코시티행 버스는 하루에 단 한 대뿐인 데다 휴가 타고 온 그 차는 이미 멕시코시티로 돌아갔을 것이기 때문이다. 그리고 기차는 밤 11시 45분이 되어야 출발한다.

"비힐 박사, 하지만 그건 부겐빌레아가 아니었나요?" 이본이 묻고 있었다. 이 모든 상세한 대화 내용이 욕실에 있던 영사의 귀에 얼마나 사악하면서도 위태롭게 다가오는지 실로 놀라운 일이 아닐 수 없었다. "그러니까 부겐빌레아 꽃을 발견한 사람이 바로 부겐빌레아라는 이름을 가진 사람이 아니던가요?" 비힐 박사는 꽃을 향해 몸을 구부렸지만 아무 말없이 그저 혼란스러운 마음으로 꽃을 지켜보며 서 있었다. 박사의 눈에서 지금 그가 처한 상황을 읽기는 힘들었다. "지금 생각해보니 부겐빌레아가 맞는 것 같군. 그 이름에서 유래된 게 맞아요." 휴는 난간에 앉아 이들을 멍하니 지켜보고 있었다. 영사는 맥주 한 병을 더 꺼내기 위해 아이스박스로 다가가서는 대화를 엿듣고 있었다. "그러니까 약국에 가서 확실하게 말해야 해요. 와인 1회분, 아니면 자연스럽게 눅스보미카* 1회분을 부탁하는 거죠." 비힐 박사는 휴에게 이렇게 이야기하며 킬킬거리고 있었고 이본은 잠시 자신의 방에 들어갔다. "오늘 아침에는 정말 몸이 안 좋았어요. 길가 쇼윈도에 기대 서 있어야 할 정도였죠." 비힐 박사는 이렇게 말하고 영사에게 몸을 돌렸다. "어젯밤 바보처럼 굴어서 미안해요. 요새는 정말 아무 데서나 바보 같은 짓을 한다니까. 하지만……" 그는 이렇게

---

* Nux Vomica: 스트리크닌의 원료가 되는 독성 물질이 포함된 낙엽교목.

말하고 위스키 잔을 들었다. "이제 술을 끊을 거예요. 한 이틀 푹 자면 회복할 수 있겠죠." 이때 이본이 돌아왔다. 비힐 박사는 쇼를 그만두고 영사를 향해 다시 잔을 들었다. "건배, 당신은 나처럼 아프지 않길 바랍니다. 당신은 어젯밤 완전히 중독자 같았어요. 그렇게 마시다간 죽고 말 거예요. 오늘 아침에 사람을 보내 당신이 살아 있는지 확인할 생각까지 했다니까요."

'이상한 친구군', 영사는 욕실에서 김빠진 맥주를 홀짝거렸다. 이상하지만 점잖고 마음씨 좋은 친구지. 재치가 없는 게 문제긴 하지만. 왜 사람들은 술에 취하고 마는 걸까? 이제 영사는 비힐 박사가 퀸시의 정원에 있었던 이유를 이해할 수 있었다. 하지만 결국에는 자신과 끝까지 술을 마실 수 있는 사람은 아무도 없다는 것을 깨달았다. 쓸쓸한 생각이었다. 그러나 박사의 마음씨가 좋다는 것만은 틀림없는 사실이었다. "이틀간의 충분한 수면"이 필요함에도 불구하고 박사는 세 사람을 과나후아토로 초대했다. 그는 오후에 있었던 문제의 테니스 경기가 끝나고 저녁에 자동차로 휴가를 떠나자고 제안한 것이다. 무모한 제안이었다.

영사는 맥주를 한 모금 더 마셨다. "아" 어깨를 들썩이며 말했다. "아" 어젯밤 비힐과 자크 라루엘이 친구라는 사실을 알게 된 것은 조금은 충격적인 일이었다. 그리고 오늘 아침 다시 그 사실을 떠올렸을 때에는 당혹감이 몰려왔다. 어쨌든, 휴는 과나후아토로의 2백 마일에 걸친 여행을 거절했다. 휴는 밤 기차를 타기로 결심했기 때문이다. (카우보이 차림은 휴의 경솔하고 직선적인 성격과 얼마나 잘 어울리던가!) 한편 영사는 이본을 위해 거절했다.

영사는 다시금 자신을 바라보았다. 그는 난간 주위를 어슬렁거리며 정원에서 청록색 빛을 발하고 있는 수영장을 내려다보고 있었다. 그대는 묻혀버린 사랑이 살아가는 무덤…… 바나나 나무와 새, 구름이 앞뒤가 바뀐 모습으로 그 속에 모여들고 있었다. 이제 막 깎은 잔디 조각들이 수면 위를 떠다니고 있었다. 작은 분수의 물줄기 길이만 한 호스의 갈라진 구멍으로부터 산에서 흘러온 신선한 물이 조금씩 흘러 들어가 수영장은 곧 넘칠 듯했다.

이본과 휴가 수영장에서 수영하고 있었다……

"Absolutamente(당연하죠)." 영사 옆에 있던 비힐 박사가 조심스럽게 담뱃불을 붙이며 말했다. 영사는 화산을 향해 얼굴을 들었다. 이 늦은 오후 시간에도 매서운 눈바람이 얼굴을 때리고 발밑에는 죽은 용암이 있고, 세상에서 가장 황량하고 가장 외로운 나무들이 뿌리를 가지지 못하고 불 꺼진 용암의 돌처럼 굳어버린 무영혼의 잔재가 있는 저 높은 곳에 간다는 것은 얼마나 처량한 일인가. "당신이 볼 수 없는 뒤편에 또 다른 나의 적이 있다오. 해바라기. 해바라기는 항상 날 감시하죠. 그리고 날 싫어해요." "Exactamente(맞아요)." 비힐 박사가 말했다. "당신이 테킬라를 그만 마시면 조금 덜 싫어하지 않을까요." "그렇소, 하지만 보다시피 오늘 아침엔 맥주만 마셨는걸요." "그렇군요." 비힐 박사가 고개를 끄덕였다. 새로운 위스키 병을 따서 몇 잔을 마시고 난 박사는 퀸시의 집에 은닉하는 것을 포기하고 영사와 함께 현관에 서 있었다. "이 극악무도한 아름다움에는 여러 가지 측면이 있어요. 아름다움은 각자 독특한 고통을 수반하죠. 자신의 것을 제외하고는 모든 자극에 대해 질투하는 여인네처럼……" 영사 말에 비힐이 응수했다. "Naturalmente(자연스러운 일이죠)." "만약 여정을 좀더 신중하게 정한다면 지금 말한 것보다 좀더 긴 여정을 잡을 수 있을 텐데." 영사는 이렇게 말하고는 박사가 말하는 동안 술잔을 난간에 내려놓았다. "나도 그렇게 생각해요. 우리가 술을 자제할 수만 있다면…… 내 생각엔 병이란 것이 몸에만 국한되는 것은 아닌 것 같아요. 영혼에도 병이 있어요." "영혼?" "Precisamente(바로 그거예요)." 박사가 손으로 깍지를 끼었다 풀었다를 반복하며 말했다. "그물, 그물 같은 거예요. 신경이란 것은 뭐라고 할까, 전기 시스템 같은 거죠." "하지만 테킬라를 많이 마시고 나면, 그 시스템이 이상을 일으켜 스위치가 제대로 작동을 못하고 정상 궤도를 벗어나게 돼죠." "일종의 경련 같은 거죠." 영사는 안경을 벗으며 절망적으로 고개를 끄덕였다. 그 순간 영사는 거의 10분 동안이나 술을 마시지 않았다는 사실을 깨달았다. 테킬라의 효과도 거의 사라졌다. 영사는 정원을 응시했다. 마치 자신의 눈꺼풀이 떨어져 나가 눈앞에서 파들거리며 날아다니다 형상과 그림자를 가진 신경조직으로 바뀌어 마음속에서 죄책감에 휩싸인 채 재잘거리는 것 같았다. 아직 목소리는 들리지 않았으나 가까이 다가오고 있는 게 확실했다. 분명히 가까워지고 있었다. 자신의 영혼의 모습이 마치 하나의 마을처럼 눈앞에 펼쳐졌다. 하지만 이제 그 마을은 자신의 무절제함으로 인해 황폐한 상태였다. 영사는 따끔거리는 눈을 감은 채, 진정으로 살아서 스위치가 제대로 작동하는, 그래서 진정한 위험에 대해서만 반응하는 시스템을 마음속에 떠올렸다. 악몽 없는 잠, 침착하고 평화롭지만 정지되지는 않은 마을을…… 이 모든 것을 인식한다는 것, 그리고 동시에 끔찍한 해체 메커니즘을 인식한다는 것은 그 얼마나 많은 번뇌를 안겨주었던가. 하지만 다른 사람들은 당연히 영사가 그것을 즐기고 있다고 생각했다. 마을은 약발이 떨어져가는 배터리의 변덕스러움으로 인해 불이 켜졌다 꺼졌다를 반복하고 아주 밝았다가 아주 어두워지기를 반복하곤 했다. 마침내 온 동네가 칠흑 같은 어둠에 빠지고 통신 시설은 끊어지고 행동조차 마음대로 할 수 없고 폭발의 위험에 직면하게 되면, 사상이라는 것은 달아나버리고 만다……

이제 영사는 김빠진 맥주를 다 비우고 욕실 벽을 쳐다보며 앉아 있었다. 오래된 요가 책에 나오는 것 같은 괴상한 포즈를 취하고 있었다. "난 미친다는 것에 관심이 많아요." 방금 술을 함께 마신 이와 이런 식으로 대화를 시작하는 것은 이상한 일이다. 하지만 전날 밤 벨라 비스타의 술집에서 비힐 박사는 바로 이런 식으로 대화를 시작했었다. 마치 평생 동안 바람과 날씨를 관측한 사람이 맑은 하늘 아래서 폭풍이 다가오고 있다는 것을 예견하는 것처럼 비힐 박사는 그 숙련된 눈으로 정신병이 다가오고 있다고, 마음 한구석 어디에선가 암흑처럼 그것이 다가오고 있다고 말할 수 있을까. 이것을 다가온다고 표현하는 것 역시 웃긴 일이다. 하지만 박사는 자기 자신이 우주의 힘에 의해 분해되고 있다고 믿는 이에게 얼마나 큰 관심을 가지고 있을까? 그의 영혼에 어떠한 처방을 내렸을까? 과학 주창자들이 악마의 무시무시한 힘에 대해 얼마나 알고 있었을까? 영사가 이 벽에 쒸인 예언들을 이해하기 위해 숙련된 눈이 필요한 것은 아니었다. 그에 비하면 정신병이란 사소한 것에 불과했다. 비참하고 고독한 생각들을 하며 욕실 바닥에 앉아 있는 한 무명의 남자가 세상의 중심에서 자신들의 운명을 좌지우지하고 있다는 것을 누가 믿을 것인가. 그리고 그가 생각에 잠겨 있는 동안 그 장면 뒤에서는 커튼이 열리고 대륙 전체가 화염에 싸여 대참사가 다가오고 있었다. 바로 지금 갑작스러운 동요와 함께 대참사가 다가왔다. 영사가 알지 못하는 새 하늘은 어두워져 있었다. 아니 어쩌면 그는 남자가 아니라 아이였는지도 모른다. 마치 또 다른 제프리가 그랬던 것처럼 교회 2층에서 장난치며 돌아다니다 오르간 건반을 아무 데나 눌러보는 순수한 작은 아이. 분리되어 추락한 천국에서, 하늘에서 떨어진 오물 속을 돌아다니던 아이. 칼레 티에라델푸에고로 가던 길에서 관 속에서 잠자던 갓난아이처럼 순수한 아이……

영사는 잔을 다시 입술로 가져가 빈 잔을 음미했다. 그러고는 다시 바닥에 앉았다. 바닥은 수영을 하고 나온 이들의 발자국으로 아직 젖은 상태였다. 욕실 바닥은 미스터리 그 자체였다. 그는 카르타 블랑카 한 병을 들고 현관에 갔던 때를 떠올렸다. 하지만 무슨 이유에서인지 그때가 아주 먼 옛날 일처럼 느껴졌다. 영사가 관여할 수 없는 그 무엇처럼 느껴졌다. 마치 욕실 바닥에 앉아 있던 자신과 다시 돌아온 자신 사이에 신비로운 무언가가 끼어든 것 같았다. (그 모든 파멸에도 불구하고 현관에 있던 존재는 훨씬 젊어 보였고 자신의 마음대로 움직이고 선택할 수 있는 권한을 가진 것처럼 보였다. 아마도 한 잔 가득한 맥주잔을 들고 있다는 이유만으로 미래에 대한 선택권을 가진 것 같았다.) 하얀색의 공단 수영복을 입고 있는 젊고 아름다운 이본은 비힐 박사 주위를 발끝으로 왔다 갔다 했다. 비힐 박사가 입을 열었다.

"세뇨르 퍼민, 당신이 함께 가면 정말 좋을 텐데."

영사와 이본은 서로 이해한다는 표정을 지어 보였다. 그리고 이본은 다시 수영을 시작했고 비힐 박사가 영사에게 말했다.

"과나후아토의 가파른 언덕 위에는 아름다운 원형 광장에 있어요."

"어떻게 그런 곳에 광장이 있을 수 있는지 믿기 힘들 정도죠. 노파의 가슴에 매달린 오래된 금장식과 비교할 수 있을까."

"과나후아토의 거리들…… 그 거리 이름들을 결코 잊을 순 없죠. 키스의 거리, 노래하는 개구리의 거리, 작은 머리의 거리. 꽤 멋진 이름들이죠?"

"혐오스럽군" 영사가 말했다. "과나후아토가 바로 사람들을 선 채로 매장하는 곳이 아니던가요?" 영사는 이 부분에서 로데오 경기에 대한 생각이 떠올라 다시 원기가 충만해지는 것을 느꼈다. 그는 수영장 가장자리에 영사의 수영복을 입고 생각에 잠긴 듯 앉아 있는 휴를 불렀다. "토말린은 파리안과 가까워, 우리 그리로 가도 될 것 같은데." 영사는 다시 비힐 박사에게로 말을 돌렸다. "박사도 우리와 함께 가면 좋을 텐데. 파리안에 내가 제일 좋아하는 파이프를 두고 왔지 뭐예요. 운이 따라준다면 찾을 수도 있을 텐데. 파롤리토였죠." 박사가 대답했다. 이본이 수영모의 끝을 끌어올리며 물었다. "투우가 보고 싶은 건 아니구요?" 영사가 대답했다. "아니, 로데오 경기라오. 당신이 너무 피곤하지만 않다면……?"

박사는 그들과 함께 토말린에 갈 수도 없었을뿐더러 이에 대해 상의해볼 수도 없었다. 갑작스러운 폭발음에 집이 흔들리고 새들은 공포에 질린 채 정원을 정신없이 날아다녔기 때문이다. 시에라마드레 산맥*에서의 사격 연습 소리였다. 영사는 조금 전 잠들어 있을 때 이 소리를 어느 정도 인식하고 있었다. 연기 줄기가 포포카테페틀 아래 계곡 끝자락의 바위 위로 높이 떠다니고 있었다. 검은 독수리 세 마리가 마치 사랑의 비명과 같은 부드럽고 거친 울음소리를 내며 지붕 위로 낮게 드리워진 나무 사이로 파고들었다. 독수리들은 몸이 뒤집힐 것 같은 공포로 평소와 다른 속도로 날고 있었으나 서로 다른 각도에서 균형을 이루어 충돌을 피하고 있었다. 총성이 집 위로 멀어져가면서 소리가 점점 약해졌다. 어디선가 시계가 19번을 치고 있었다. 12시였다. 영사가 비힐 박사에게 말했다. "아, 그리고 검은 마법사가 썩어 없어지기 직전에 손을 떨며 (이것이 내가 제일 좋아한 부분이지) 환상의 동굴 속에 있는 꿈이 바로 이 아름다운 세상의 진정한 끝이었다오. 오, 세상에. 가끔 정말 내 발 아래로 그것이 가라앉는 것 같

---

* Sierra Madre: 멕시코를 횡단하는 산맥.

은 느낌이 든다오, 마치 아틀란티스 섬처럼, 테오폼푸스의 메로피스*처럼, 무서운 지옥 아래로, 아래로, 또 아래로, 불을 내뿜는 화산 아래로 떨어지는……" 우울하게 머리를 끄덕이던 박사가 대답했다. "그것 봐요, 그건 테킬라 때문이오. 맥주 몇 잔, 와인 몇 잔은 괜찮지만, 테킬라나 메스칼은 그만 마셔요." 그리고 박사는 속삭이듯 말했다. "자네 부인이 돌아왔으니." (비힐 박사는 각기 다른 표정으로 이 말을 여러 번 되풀이한 것 같았다. "하지만 여보게, 자네 부인이 돌아왔으니……") 박사가 떠날 채비를 하고 있었다. "틀림없이 당신이 내 조언을 필요로 할 거라고 생각했죠. 아니, 여보게. 어젯밤 말했듯 사실 난 돈에는 별 관심이 없어요. 저놈의 회벽은 도움이 안 되는군." 회반죽이 질펀한 물처럼 박사의 머리에 떨어졌다. "Hasta la vista(잘 가요)." "Adios(안녕)." "Muchas gracias(고마워요)." "정말 고마워요." "함께 못 가 미안해요." 수영장에서 들리는 소리였다. "잘 가요." 그러고는 다시 침묵이 흘렀다.

이제 영사는 욕실에서 토말린으로 떠날 준비를 하고 있었다. "아……" 다시 "아……" 거봐, 그다지 긴박한 일이 생긴 건 아니잖아. 우선 씻어야지. 다시 땀을 쏟아내며 몸을 떨며 코트와 셔츠를 벗었다. 수도를 틀어 세숫대야에 물을 받았다. 그 이유를 알 수는 없었지만 그는 다시 샤워기 아래 서 있었다. 고통 속에서 차가운 물의 쇼크가 전해지기를 기다리고 있었다. 물은 떨어지지 않았고 그는 아직 바지를 입은 채였다.

영사는 마치 정박장을 벗어난 배처럼 어찌할 바를 모르고 욕실 바닥에 앉아서 서로 다른 각도로 벽에 붙어 있는 벌레들을 바라보고 있었다. 유충 하나가 더듬이를 곤두세우고 이리저리 살펴보며 영사를 향해 몸을

---

* Meropis of Theopompus: 메로피스는 고대 그리스 작가인 테오폼푸스가 플라톤의 아틀란티스를 패러디하여 만들어낸 상상의 섬을 가리킴.

움직이기 시작했다. 반짝이는 몸을 가진 귀뚜라미 한 마리가 커튼에 붙어 있었다. 귀뚜라미는 몸이 약간 흔들리는 상태로 고양이처럼 얼굴을 핥고 있었고 몸통 위에 달린 눈은 마치 머리 안에서 회전하는 것처럼 보였다. 영사는 몸을 돌려 유충에 더 가까이 가려 했지만 유충 역시 방향을 약간 틀어 몸을 돌렸다. 이제 전갈 한 마리가 천천히 영사를 향해 오고 있었다. 갑자기 영사가 사지를 떨며 몸을 일으켰다. 하지만 영사가 이런 행동을 한 것은 전갈 때문은 아니었다. 서로 떨어져 있는 손톱의 가느다란 그림자, 죽은 모기의 흔적, 벽의 벌어진 틈과 상처 자국들이 무리를 짓기 시작하고, 영사가 어디를 보건 또 다른 곤충이 태어나 그의 심장을 향해 꿈틀거리고 있었다. 무엇보다도 더 공포감을 느끼게 한 것은 마치 곤충 세계 전체가 점점 더 가까이 다가오고 있는 것 같은 느낌이었다. 이제 그 곤충 세계는 막을 내리며 그에게 달려들고 있었다. 한순간 정원 바닥의 테킬라 병이 영사의 영혼에 번득이는 빛을 발했다. 그는 비틀거리며 침실로 들어갔다.

더 이상 끔찍한 벌레 떼는 보이지 않았지만 침대에 누워 있는 영사의 마음속에는 그것들이 계속 남아 있었다. 마치 이전에 죽은 사람의 환영이 계속 남아 있던 것처럼, 그것들이 실제로 눈에 보이는 듯했다. 그리고 그 실제 같은 존재들로부터 죽어가는 군주가 들을 법한 북이 굴러가는 듯한 소리가 계속 들려왔다. 그 소리들 사이로 약간은 귀에 익은 목소리가 들려왔다.

―맙소사, 그만둬. 이 바보 같은 사람아. 조심해. 우린 이제 자넬 도와줄 수가 없어.

―당신을 도와주고 싶소. 당신과 함께 일하고 싶소. 돈 따윈 상관없어요.

―제프리, 자네 맞나? 날 기억 못하겠나? 당신의 오랜 친구, 에이브*야. 자네 대체 어떻게 된 거야?

―하하, 그거군. 관 속에 누워 있는 거로군.

―애야, 애야!

―오, 내 사랑. 5월에 그랬던 것처럼 다시 한 번 내게로 와요……

---

* Abe, 즉 에이브러햄 타스커슨Abraham Taskerson을 가리킴.

VI

'인생의 한가운데 잔인한 길 위에 서 있는 자신을 발견한다Nel mezzo del bloody cammin di nostra vita mi ritrovai in……'* 휴는 현관 소파에 몸을 던졌다.

정원에는 더운 돌풍이 세차게 몰아쳤다. 수영과 칠면조 샌드위치, 그리고 난간에 반쯤 몸을 가린 채 숨어 있던 제프리가 준 시가로 원기를 회복한 그는 멕시코 하늘을 가로질러 빠르게 지나가는 구름을 쳐다보며 누워 있었다. 참 빠르기도 하지, 저렇게 빨리 저렇게 멀리 가버리다니! 그는 삶의 한가운데, 이 지독한 삶의 여정 한가운데에 있었다……

스물아홉 개의 구름. 스물아홉 살에 사람은 서른번째 해를 맞는다. 그는 스물아홉 살이었다. 마침내 그는 그것이 어떤 느낌인지 알 것 같았다. 오전 내내 이 느낌이 서서히 자라난 것은 아니었지만 스물둘에 느꼈을 법한 참을 수 없는 이 느낌, 아니 스물둘이 아니었다면 적어도 스물다

---

* 단테의 『신곡』 1부 「인페르노Inferno」 I, 1-2 부분.

섯에는 느꼈으리라. 그러나 스물다섯에도 아니라면 지금까지의 이 느낌은 무덤가를 비틀거리며 돌아다니는 사람들의 그것, 그리고 하우스먼*의 그것과 비슷한 것이리라. 사람이란 영원히 젊을 수는 없다는 것…… 실제로 눈 깜짝할 새 우리는 더 이상 젊은이가 아니다. 오늘 이 담배가 마치 어제 피운 것처럼 느껴지듯 너무나 빨리 시간이 흘러 4년 후면 서른셋이 되고 7년이 더 지나면 마흔이 된다. 47년이 더 흐르면 여든. 67년은 생각하기에 너무 긴 시간 같지만 그때가 되면 백 세. 이제 난 신동이 아니다. 더 이상 이런 무책임한 행동에 대한 변명 따윈 없다. 이제 더 이상 위풍당당한 젊은이가 아니다. 더 이상 젊지 않다. 아니 반대로, 난 신동이다. 난 젊다. 난 위풍당당한 젊은이다. 그렇지 않나? '자넨 거짓말쟁이야', 정원에서 몸을 흔들고 있던 나무들이 말했다. '자넨 반역자야', 질경이 잎이 부스럭거리는 소리를 내며 말했다. '게다가 겁쟁이기도 하지', 소칼로에서 축제가 시작되었음을 알리는 단속적인 음악 속에서 이런 소리가 들려왔다. '그들은 에브로 전쟁에서 지고 있어. 바로 자네 때문이지', 바람이 말했다. '자네가 헐뜯기를 좋아하는 용감한 기자 친구들에게도 자넨 반역자로 통해, 인정하라구'.―하하! 휴는 마치 이러한 생각들을 떨쳐버리려는 듯 산안토니오 방송을 찾기 위해 라디오 다이얼을 이리저리 돌렸다. ("난 그런 사람이 아니야." "그런 비난을 받을 만한 일을 한 적이 없다구." "난 그저 다른 사람들과 마찬가지일 뿐……") 하지만 소용이 없었다. 오늘 아침에 했던 그 모든 결심들은 결국 수포로 돌아갔다. 더 이상 이러한 생각들과 싸우는 것은 아무런 의미가 없었다. 그저 그대로 내버려두는 게 나을

---

* A.E. Housman(1859~1936): 영국의 학자, 시인. 어린 시절 어머니의 죽음, 옥스퍼드 재학 시절 보답받지 못한 동성애 경험 등으로 염세주의적 서정시를 주로 썼으며 죽음이 시의 주된 주제였다.

듯했다. 이러한 생각들로 잠시 동안이나마 이본 생각을 접어둘 수 있었다. 하지만 결국에는 이본에 대한 생각으로 돌아가고 말았다. 후안 세릴로에 대한 생각도 이본에 대한 생각을 막지 못했다. 그리고 산안토니오 역시 마찬가지였다. 서로 다른 주파수의 멕시코인 두 명의 목소리가 혼선을 이루고 있었다. 한 목소리는 이렇게 말했다. '자네가 지금까지 한 일 모두가 정직하지 못한 행동이었어. 볼로프스키에게 어떻게 대했는지 기억하나? 토트넘 코트 로드의 올드 콤프턴 거리에 있는 작고 허름한 가게를 운영하던 음악가 말이야. 자넨 자신을 합리화시키려 했지. 자네가 유대인을 돕고자 하는 열정도 자신의 정직하지 못한 행동 때문이 아닌가. 볼로프스키가 자넬 관대하게 용서했기 때문에 자네 역시 그의 부정을 용서했잖아. 별로 놀라운 일도 아니지. 그 많은 유대인을 바빌론으로 끌고 간 것과 똑같은 거 아닌가…… 아니, 자네가 과거에 한 일 중에서 자신의 미래에 도움이 될 만한 일은 하나도 없었지.' '하지만 갈매기는 어떤가?' 휴가 말했다……

갈매기, 하늘의 청소부이자 별 사냥꾼. 어린 시절, 벼랑의 철책에 걸리고 눈에 덮여 거의 죽을 것처럼 파닥거리고 있던 갈매기를 구해준 적이 있지. 갈매기가 날 공격하는 줄 알았지. 다치지 않게 한 손으로 발을 잡아 철책에서 빼내고는 태양을 향해 마치 숭고한 의식처럼 들고 있다가 놓았을 때 얼어붙은 강 위를 천사의 날갯짓으로 솟아오르지 않았던가?

산기슭 구렁에서는 다시 발포가 시작되었다. 어디선가 기차가 증기기관차처럼 기적을 울려댔다. 오늘 밤 휴가 타게 될 바로 그 기차인지도 모른다. 수영장 바닥에 반사된 작은 태양이 거꾸로 보이는 파파야 사이에서 빛을 발하며 흔들리고 있었다. 그보다 아래로 반사된 독수리의 모습은 아래 위를 왔다 갔다 하다가는 사라져버렸다. 가까이 있던 새 한 마리가 포포카테페틀의 반짝이는 정상 위로 기차의 지선처럼 움직이고 있었다. 바람은 사실상 멎어서 담배 피우기에 좋았다. 라디오 역시 멈추어버려 휴는 다이얼 맞추는 것을 포기하고 소파에 몸을 기대었다.

물론 갈매기도 해답은 아니었다. 갈매기 이야기를 너무 극화한 탓에 그 의미가 퇴색하고 만 것이다. 핫도그 팔던 불쌍한 사람 얘기도 마찬가지일까? 어느 추운 12월 밤 그 사람은 런던 최초의 핫도그 마차를 끌고 가고 있었다. 그는 한 달째 핫도그 한 개도 팔지 못한 채 마차를 끌고 돌아다니고 있었다. 가난한 그에게는 먹여 살려야 할 가족이 있는 데다 크리스마스가 다가오고 있었다. 찰스 디킨스 소설에 나오는 인물 같지 않은가! 아마도 누군가 나쁜 사람이 형편없는 마차를 새것이라고 속여 그에게 팔았던 탓일 게다. '하지만 사기꾼들이 자신의 인생을 쥐었다 놓았다 하고 자신을 둘러싼 무정한 검은 빌딩이 자신의 삶을 파괴하는 차가운 꿈을 꾸고 있는 상황에서 무엇을 기대할 수 있었을까?' 휴가 그에게 물었다. 그들은 교회 앞에 잠시 멈춰 섰다. 거무스름한 교회 벽에는 십자가 위 예수상이 떨어져나간 흔적과 교회 이름만이 남아 있었다. '지나가는 사람들이 당신에게 무슨 의미가 있단 말인가?' 그들이 옥스퍼드 거리에서 핫도그를 보게 될 줄 상상이나 했을까? 차라리 남극에서 아이스크림을 먹는다는 게 이치에 맞을 것이다. 아니, 차라리 뒷골목 술집 바깥에 캠프를 친다는 생각이 훨씬 나을 게다. 아무 술집이 아니라 저녁 8시부터 10시 사이, 단지 핫도그가 없기 때문에 자신들의 영혼이 야위어간다는 이유로 죽을 때까지 마셔대는 굶주린 예술가들로 가득 찬 샬럿 거리의 피츠로이 술집 앞이 바로 그가 가야 할 곳이다.

하지만 크리스마스 때까지 피츠로이 술집 앞에서 핫도그를 팔았던 사람도 그 해답은 아니었다. 휴는 담뱃재를 떨며 상체를 일으켰다. 이제서야 속죄하는 것은 아무것도 아니란 말인가? 부정적이고, 이기적이고, 부조리하고 정직하지 못했다고 속죄하는 것은 아무런 의미도 없단 말인가? 국왕 지지자들의 군대로 향하는 다이너마이트 더미의 꼭대기에 앉겠다고 자청이라도 해야 하나? 인류를 위해 기꺼이 내 목숨을 내놓겠다고 해야 하나? 자신의 친구들조차도 그가 무엇을 할 수 있을 것인지 잘 알지 못하는 상황에서 그는 도대체 무엇을 기대할 수 있단 말인가. 영사라면 그에 대해 좀더 무모한 무언가를 기대했을 것이다. 영사라면 이 모든 것에 대해 부정하지는 않았을 것이다. 지금과 같은 상황에서, 즉 국왕 지지자들이 패배하고, 러시아인이 물러서고, 인터내셔널이 퇴각한 상황에서, 그리고 그 자신은 스페인에 대한 열정의 대중적 물결에 휩쓸려 나가떨어진 상황에서, 누군가의 결정이 헛된 것이라고, 그것조차도 너무 늦었다고, 보다 안전하고 건전한 판단을 내려야 한다고 말할 수 있는 사람이 과연 누가 있을까. 하지만 위기 상황에서 죽음과 진실은 항상 함께하기 마련이다. 멸망의 도시를 박차고 떠나는 이에게 자신의 책임과 자기 자신으로부터 도망친다고 말할 수는 없을 것이다. 휴는 생각했다. '나에게 책임이라는 건 없어. 세상 어느 곳에도 머물 곳이 없는 내가 어떻게 나 자신으로부터 도망갈 수 있나? 나에겐 집이란 없어. 난 그저 인도양을 떠다니는 나무판자일 뿐. 인도가 내 집인가? 불가촉천민으로 위장할까? 그다지 어렵지도 않을 것이다. 그래서 영국이 인도를 놓아줄 때까지 77년 동안 안다만 제도의 감옥에 갇혀 있는 건 어떨까?' 하지만 이것만은 알아둬. 자네가 그렇게 한다면 그건 자네가 이 세상에서 남몰래 존경하는 마하트마 간디를 욕되게 하는 일일 뿐이라네. '아니야, 난 스탈린, 카르데나스, 네루도 존경한다구. 하지만 이 사람들 모두 내가 자기들을 존경하는 걸 안다면 모욕당했다고 생각하겠지.' 휴는 다시 산안토니오에 주파수를 맞추려고 애쓰고 있었다.

　마치 복수라도 하듯 라디오가 정상으로 돌아왔다. 산안토니오 방송의 진행자는 자신이 금방이라도 물에 빠져 죽을 듯한 빠른 목소리로 홍수 소식을 전하고 있었다. 보다 고음의 또 다른 진행자는 파산과 재난 소식을 전하고 있었다. 위험에 처한 도시를 덮고 있는 또 다른 불행에 대한 얘기가 오가는 동안, 사람들은 파편이 떨어지는 어두운 거리를 비틀거리며 걷고 있었다. 수천 명의 사람들이 폭격으로 파괴된 어둠 속에서 쉴 곳을 찾고 있었다. 어둠, 재난! 이런 용어에 얼마나 익숙한 삶을 살았던가. 어떻게 보면 세상은 그걸 먹고 살아가지 않나. 전쟁 특파원은 화염 속을 돌진하는 것과 같은 생각하기조차 힘들 정도의 어려운 일들을 거쳐 대중에게 건조한 배설물 한 조각을 먹이게 된다. 방송 진행자의 외침 소리는 갑자기 곡물, 면, 금속, 무기 가격 등에 대해 떠들어대다 재고 수준이 너무 높거나 낮다고 경고했다. 진행자의 목소리 뒤의 잡음은 하늘의 요정과 바보들의 박수 부대처럼 계속 우르르 소리를 내고 있었다. 동시에 격자무늬의 목 안에서 고동치는 이승의 진동 소리가 들리는 듯했다. 진동 소리 가운데서 새어 나오는 목소리는 공포에 사로잡힌 듯했다. 자신이 곧 그 격자무늬 목 안으로 잡아먹힐 순간에 직면해 있음을, 그 잡아먹히는 과정이 서서히 오래 지속될 것임을 인지하고 있는 듯한 공포⋯⋯ 다이얼을 이리저리 돌리면서 휴는 갑자기 조 베누티의 바이올린 연주를 들은 것 같았다. 이 모든 분노의 심연 위로, 그러나 여전히 분노를 간직한 채 솟아오르는, 어느 여름 작은 종달새가 속삭이는 듯한 산만하고도 즐거운 멜로디, 거칠게 제어된 그 음악의 방종함이 그래도 미국에서 가장 행복한 것이 아닐까 생각했다. 아마도 「작은 버터컵」 「사과꽃」 같은 시적인 곡들로 구성된 연주회를 재방송하고 있는 듯했다. 이 음악들은 지금은 사라져버린 그 무언가로부터 결코 벗어나지 못한다는 것이 얼마나 가슴 아픈 일인지를 잘 표현하고 있었다. 휴는 라디오를 끄고 시가를 손가락에 끼운 채 누워 현관의 천장을 응시했다.

에디 랭*이 죽은 후 조 베누티가 예전과는 달라졌다는 말을 들은 적이 있었다. 에디 랭은 휴에게 기타를 떠올리게 했다. 결코 실천에 옮기지는 못했지만, 만약 휴가 종종 생각하곤 했던 것처럼 자서전을 썼다면 그의 인생은 잡지에서 흔히 볼 수 있는 묘사, 즉 "그는 스물아홉 살, 작곡가, 맨홀 작업 감시자, 기관차 조수, 선원, 승마 강사, 다방면의 예술가, 밴드 단원, 성인, 광대, 군인(약 5분간), 심령술사, 예배당의 수위였다. 이러한 다양한 경험을 통해 다양한 시각을 얻었다고 단정할 수는 없다. 그는 뉴캐슬 바깥으로 단 한 발짝도 나가본 적이 없는 은행원보다 더 좁은 시각을 가지고 있었다"는 식으로 끝났을지도 모른다. 그러나 만약 실제로 자신이 자서전을 썼다면 기타가 자신의 삶에 중요한 상징과도 같은 역할을 했다는 점은 인정했을 것이다.

휴는 기타 하나를 연주한 것이 아니라 거의 모든 종류의 기타를 연주할 수 있었다. 그리고 그의 수많은 악기들은 자신의 책과 함께 4~5년간 런던이나 파리의 지하실과 다락방, 그리고 워더가(街)의 나이트클럽, 그리스가의 아스토리아, 그랜비의 마르키스, 수도원이 된 후 휴의 영수증이 영원히 미지불 상태로 남아 있게 된 토트넘 코드 로드의 타이드반가(街)의 전당포에 묻혀 있을 것이다. 악기들은 휴의 발소리를 기다리고 있을 것이다. 그러는 동안 악기에 먼지가 쌓이고, 줄이 하나씩 끊어져 희망을 잃어가고, 희미해져가는 친구에 대한 추억의 끈이 끊어지듯 최고음을 내던 줄

---

* Eddie Lang(1902~1933): 조 베누티 Joe Venuti와 함께 활동한 재즈 기타리스트.

이 날카로운 총성과도 같은 폭음을 내며, 아니 호기심에 찬 고뇌의 울음소리를 내며, 아니 도발적인 밤 고양이의 울음소리를 내며, 마치 조지 프레더릭 와츠*의 영혼의 악몽과도 같이 끊어져 결국 소리 없는 수금의 공허하고 무표정한 얼굴만이, 거미와 파리의 적막한 동굴만이, 프렛**을 단 섬세한 목 부분만이 남게 될 것이다. 줄 하나하나가 끊어질 때마다 휴는 젊은 시절의 고통을 차례로 맛보았으나 과거는 여전히 어둡고 명백한 비난을 간직한 채 고통스러운 모습을 유지하고 있었다. 아니, 기타는 마치 하나하나가 위대한 사상이나 주의(主義)인 듯 여러 번 도둑맞아 되팔렸거나 아니면 다시 전당 잡혀 누군가 다른 거장이 물려받았을 수도 있다. 그의 이러한 생각들은 단순히 한때 잘나갔던 기타리스트보다는 죽어가는 망명한 기타 연주자 세고비아에 훨씬 어울릴 것 같았다. 휴는 장고 라인하르트나 에디 랭처럼 연주할 수는 없지만, 프랭크 크러미트처럼 연주할 수는 없지만, 한때 뛰어난 재능으로 명성을 누렸다는 데 위안을 얻을 수밖에 없을 것이다. 휴는 자신의 인생의 다른 부분에서와 마찬가지로, 우쿨렐레***처럼 조율된 테너 기타를 타악기처럼 연주하여 껍데기뿐인 명성을 얻었다. 그는 바로 이런 이상한 방식으로 스코틀랜드 고속열차에서부터 달빛 아래 코끼리 걸음에 이르기까지, 지금까지 시험된 모든 팔로폰**** 리듬(간단히 말해, 소란 그 자체)의 거장이 된 것이다. 여하튼 그는 자신에게서 가장 거짓이 덜한 부분이 바로 자신의 기타일 것이라고 생각했다. 거짓이

---

* George Frederic Watts(1817~1904) : 영국의 화가, 조각가. 모호하고 피상적 작품으로 유명.
** fret : 현악기의 지판(指板)을 구획하는 작은 돌기.
*** ukulele : 하와이 말로 '벼룩'을 의미하는데, 하와이 원주민이 사용하는 기타와 비슷한 형태의 4현 악기이다.
**** Parlorphone : 1896년에 설립된 영국의 레코드 회사.

든 아니든, 자신의 삶에서 중요한 대부분의 결정에서 자신은 오히려 뒤로 물러나 있었음이 분명했다. 그가 기자가 된 것도 기타 때문이었고 작곡가가 된 것도 기타 때문이었고, 심지어 처음으로 뱃사람이 된 것도 (휴는 천천히 수치심이 타오르는 것을 느꼈다) 기타의 영향이 컸기 때문이다.

휴는 열일곱 살이 되기 전 동정을 잃었을 때와 비슷한 시기에 곡을 쓰기 시작했다. 여러 번의 시도 끝에 런던 뉴콤프턴가(街)에 있는 라자러스 볼로프스키 앤 선즈라는 유대인 회사에서 휴가 쓴 곡 두 개를 취입하기로 결정했다. 자신의 곡을 알리기 위해 그가 사용한 방법은 매주 휴일마다 기타를 들고 (이런 점에서 그의 인생의 초반기는 또 다른 실패한 예술가인 아돌프 히틀러의 인생과 비슷했다) 기타 가방이나 제프의 글래드스턴 가방에 피아노 연주를 위해 편곡된 원고를 넣어가지고 음반사들을 돌아다니는 것이었다. 그는 이 영국의 소란스러운 거리에서 성공을 거두면서 자신감을 얻었고 여기에 힘입어 이모의 허락을 얻어 학교를 그만둘 작정이었다. 그는 학교에서 부편집장을 맡고 있었는데, 이상할 정도로 적응을 잘하고 있었다. 하지만 그는 학교에 속물적 사고방식이 팽배한 것을 탐탁지 않게 생각했다. 당시 반유대주의 분위기가 서서히 자리를 잡아가고 있었는데, 다른 이들과 쉽게 감정 교류를 하는 성격의 휴는 기타로 얻은 인기에도 불구하고 유대인 친구들과 가깝게 지냈으며 자신의 칼럼에서 이들에 대한 우호적인 감정을 피력하기도 했다. 그는 이때부터 1년쯤 후에 케임브리지 입학 허가를 받았으나 케임브리지에 다닐 생각은 전혀 없었다. 주입식 학교 교육에 갇히게 될까 봐 두려웠던 것이다. 이러한 상황을 막기 위해서는 재빨리 손을 써야 했다. 그는 음악을 통해 완벽한 독립생활을 영위할 수 있으리라 생각했다. 이는 4년 뒤 유산관리국으로부터 지원을 받기 전에 불확실한 학위를 이용하지 않고도 모든 사람들로부터 독립이 가능하다는 것을 의미했다.

하지만 그의 성공은 이미 조금씩 수그러들고 있었다. 수업료는 이모가 대주었고 그가 만든 노래들은 몇 개월 동안 발표되지 못했다. 두 곡의 32개 소절 모두가 진부함으로 가득 찬 듯했고 바보스럽게까지 느껴졌다. 그는 그 제목들을 너무 부끄러워한 나머지 오늘날까지도 자신의 마음속 비밀 서랍에 꼭꼭 숨겨놓고 있을 정도였다. 이 모든 것들이 휴에게 준 충격의 강도는 생각보다 훨씬 컸고, 휴는 이것들로는 자신이 원하던 독립을 이룰 수 없다는 것을 깨달았다. 그의 또 다른 노래들, 「서스쿼해나 강의 유모」「잠든 워바슈 강」「미시시피의 일몰」「음울한 대습지」와 같은 노래들은 마치 그의 인생에 대한 계시적 역할을 한 것 같았다. 아니 당시 그가 작곡한 노래들 중 적어도 하나, 「향수병에 대한 향수병」(향수병을 앓고 싶어 향수병을 앓고 있는)이라는 보컬 폭스트롯* 곡은 그랬다……

이 모든 것들이 미래의 몫인 것처럼 보였다. 볼로프스키는 이 곡들을 발표할 수 있을 것이라는 암시를 주긴 했지만…… 그러나 휴는 자신의 곡들을 아무 데나 가져가 애걸함으로써 자신의 감정을 상하고 싶지는 않았다. 자신의 곡에 관심을 가지도록 접촉해볼 만한 업체가 얼마 남아 있지 않았기 때문만은 아니었다. 하지만, 만약 그 두 곡이 크게 히트했다면, 앨범이 날개 돋친 듯 팔려나갔다면, 볼로프스키가 엄청난 돈을 벌어들였다면, 그리고 대대적 홍보가 가능했다면……

대대적 홍보! 바로 그거였다. 항상 그랬던 것처럼 뭔가 자극적인 것이 필요했던 것이다. 그것이 바로 시대의 요구였다. 그는 가스턴에 있는 해양 감독관 사무실에서 필록테테스** 승선을 위해 서명할 때 잊지 못할

---

* fox trot: 2분의 2박자나 4분의 4박자의, 빠르고 활발한 스텝의 무곡.

그 무언가를 발견했다. 휴가 본 것은 섬세하면서도 병적인 그림이었다. 자신의 첫 앨범을 막 영국에 선 보인 빅스 바이더벡,* 어린 모차르트, 롤리 경**을 합쳐놓은 듯 생각에 잠긴 젊은이의 그림이었다. 당시 그는 잭 런던의 소설을 너무 많이 읽었던 것이 사실이다. 당시에는 『바다 늑대』를 읽었고 지금 1938년에는 조금 발전하여 『달의 계곡』을 읽고 있었다. 휴가 제일 좋아한 잭 런던의 소설은 『재킷』이었다. 결국 그는 이러한 소설의 영향으로 진심으로 바다를 사랑하게 되었던 것이다. 그리고 그 구역질 나는 과대평가된 넓은 공간은 그의 유일한 사랑, 미래의 부인이 질투할 만한 유일한 사랑이 되었다. 그리고 아마도 이 모든 것들이 뱃사람과 소방수가 상호 지원한다는 조항을 멀리서 흘끗 넘겨다보던 그 젊은 시절의 진실일 것이다. 동양의 사창가의 무한한 기쁨의 약속, 아니 적어도 환상쯤에 해당할 것이다. 그러나 불행하게도 이 모든 과장된 표현들을 거의 모두 앗아가버린 것은 소위 말하는 "양심이나 타인에 대한 고려" 없이 자신의 목적을 달성하기 위한 것 때문이었다. 휴는 30마일 반경 이내에 위치한 모든 신문사 사무실을 방문한 적이 있다. 대규모 영국 일간지는 대부분 이곳 북쪽 지역에 사무실을 가지고 있었는데, 휴는 이들 사무실을 찾아가 저명한 자신의 가족을 팔아가며 필록테테스 항해 계획을 상세하게 전했다. 그의 부친의 실종과 관련된 미스터리는 자신의 노래에 관한 전설

** Philoctetes: 트로이 전쟁의 후반부에서 결정적인 역할을 수행한 그리스의 전설적 영웅. 여기서는 그의 이름을 딴 배 이름으로 쓰임.
* Bix Beiderbecke(1903~1931): 미국의 재즈 코넷 연주자. 뛰어난 즉흥 연주와 작곡으로 1920년대에 명성을 얻었으며, 재즈 역사에서 가장 독창적인 백인 트럼펫 연주자이기도 하다. 28세에 알코올 중독으로 사망.
** Sir Walter Raleigh(1861~1922): 스코틀랜드의 문인, 비평가. 탁월한 재능을 지닌 달변가이자 강연자였으며 1894년에 형성된 옥스퍼드 영문학파의 중심 인물.

적인 이야기(그는 자신의 모든 곡이 볼로프스키에 의해 발행될 것이라고 선언했다)와 함께 멀리 영국에서 큰 뉴스거리였다. 그는 선전을 필요로 했고 그래서 뉴스거리를 제공했다. 그리고 이로 인해 발생한 두려움은 더 많은 선전을 낳았다. 단순한 웃음거리로 끝나버릴 수도 있었기 때문에 가족은 휴의 항해를 막아야 할 처지였으나 이것이 대중의 관심사로 떠오르자 다시 휴의 항해를 권장하는 꼴이 되었다. 또 다른 이유들, 휴가 까맣게 잊고 있던 이유들이 있었다. 이런 면에 있어서 언론조차도 만약 그가 사무실을 방문할 때마다 기타를 대동하지 않았다면 그의 이야기에 대해 거의 관심을 보이지 않았을 것이다. 여기에 생각이 미치자 몸이 떨려왔다. 아마도 이러한 뉴스는 기자들에게 사실상 누군가의 꿈이 이루어지는 것을 지켜본 점잖은 아버지 같은 느낌과 자신을 바보로 만드는 데 충실한 한 청년의 유머를 전달했을 것이다. 하지만 당시에는 그런 류의 일은 일어나지 않았다. 오히려 반대였다. 휴는 자신이 매우 영리하게 행동했다고 확신했다. 전쟁 당시 호기심에 가득 찬 자신의 형제들과 함께 항해하지 않았기 때문에 공허라는 슬픈 저주 속에 살고 있었던 도처의 배 잃은 해적들로부터 받은 "축하"의 편지는 오히려 이러한 휴의 생각을 뒷받침해주었다. 호기심에 대해 말하자면 휴도 그 형제들과 마찬가지로 호기심이 많은 타입이었다. 그는 다시 몸을 떨었다. 결국 그가 가지 않았다면, 만나본 적이 없는 억센 친척들 중 누군가가 그의 항해를 막았다면, 그들이 불쑥 나타나 자신을 막았다면, 아니 그 많은 사람들은 차치하고라도 제프리가 그토록 빨리 라바트로부터 이모 곁으로 돌아오지 않았다면…… 알 수 없었다. 휴가 계획한 여행이 최선의 것이라고 그가 말하지 않았던들, 자유를 만끽하라고 권고하지 않았던들…… 중요한 점은 휴의 여행에는 영웅적인 측면은 고사하고 반란의 향기조차도 없었다는 점이다. 휴는 자신의 계획을 세상에 떠벌린 후에도, 자신이 비밀스럽게 도망치고자 상상했던 바로 그 사람들로부터 전폭적인 지지를 받고 있음에도 불구하고, "바다로의 도피"를 생각하지 않고는 한순간도 견디기 힘들었다. 그리고 이에 대해 휴는 영사를 결코 용서할 수 없었다.

5월 13일 금요일, 3천 마일 떨어진 곳에서는 프랭키 트럼바우어*가 유명한 앨범 「C 멜로디에는 아무런 이유가 없다」를 만든 그날, 통탄스러운 역사에 의한 우연의 장난처럼 휴는 천박한 네오아메리카 정신을 추구하고 있었고 영국 언론들은 이를 흥미롭게 다루었다. "소년 작곡가 뱃사람으로 변신." "유명한 집안의 소년, 바다의 부름을 받다." "신동의 이별의 말, 언제고 오스월드트위슬로 돌아오리라." "소년 가수의 전설 카슈미르 미스터리의 부름을 받다"에서부터 "오, 콘래드**가 되다"라는 모호한 표현뿐만 아니라 "대학생 작곡가 화물선에 우쿨렐레를 가지고 가다"라는 잘못된 제목도 있었다. 나이 든 뱃사람 하나가 상기시켜주었듯 그는 아직 대학생이 아니었다. 마지막으로, 일종의 용감한 기운을 불어넣어주는 이러한 상황에서도 가장 끔찍한 제목은 "이모가 말하길, 휴에게 실크 쿠션은 필요 없다"는 것이었다. 자신이 동으로 향하는지 서로 향하는지 모르는 상황에서, 그리고 거리를 떠도는 사람들조차도 필록테테스가 그리스 신화의 한 인물(휴의 기타처럼 그의 활과 화살은 자랑스럽고도 불행한 것으로 판명나고 마는 헤라클레스의 친구이자 포이아스의 아들)이라는 것을 귀너머로 알게 되었다는 점에 대해서도 알 턱이 없는 상황에서, 휴는 카타이***와 팔람방****의 매춘굴로 향하고 있었다. 휴는 침대에 누워 약간의

---

* Frankie Trumbauer(1901~1956): 1920~1930년대 최고의 색소폰 연주자. 알토와 테너 색소폰 사이에 해당하는 C 멜로디를 연주했다. 빅스 바이더벡과 함께 활동.
** Joseph Conrad(1857~1924): 폴란드 태생의 영국 해양 소설가.

위험한 선전이 실제로 자신에게 가져다준 굴욕을 생각하며 몸서리를 쳤다. 그 굴욕 자체만으로도 그를 바다보다 더 절박한 곳으로 내몰기에 충분했다…… 게다가 휴와 동료 선원들과의 관계는 시작부터 삐걱거리기 시작했다. 선원들은 '세상에, 여보게, 신문 봤나? 우리 배에 공작이 탔다네' 이런 식이었다. 그들의 이러한 태도를 전혀 짐작하지 못한 것은 아니었다. 처음에 일부 선원들은 휴에게 친절하게 대했으나, 그 동기는 전적으로 이기적인 것이었다. 그들은 휴가 사무실에 어느 정도의 영향력을 행사할 수 있을 것이라고 생각했던 것이다. 그리고 일부는 그 발단이 모호한 성적인 동기를 품고 있었다. 반면 많은 이들은 믿기 힘들 정도로 악의와 앙심에 가득 차 있었으며 이전에 조금이라도 바다와 접해보지 않은 데다 프롤레타리아트와도 접해본 적이 전혀 없는 사람들 같았다. 그들은 휴가 없는 곳에서 휴의 일기를 훔쳐보았다. 돈도 훔쳤으며 심지어 작업복까지 훔쳐가 휴는 그들에게 자신의 옷을 되사야 했다. 게다가 그들이 휴의 구매력을 상실시켜버린 후, 휴는 외상으로 자신의 옷을 사는 수밖에 없었다. 그들은 날카로운 연장을 휴의 침대와 세일러백 속에 숨겨두기도 했다. 그러고는 휴가 청소하고 있을 때, 예를 들어 화장실을 청소하고 있을 때 이상하게도 고분고분한 태도로 다가와 이렇게 말하는 것이다. "이봐요, 이거 알아요? 지금 당신은 당신 자신을 위해 뭔가를 해야 할 것 같은데 우릴 위해 일하고 있군." 당시 휴는 그가 무슨 말을 하는지 이해하지 못했고 그래서 그의 말을 경멸의 뜻으로 오해했다. 그는 자신이 받는 박해를 있는 그대로 받아들였다. 어쩌면 그들은 휴의 새로운 삶에서 가장 심각한 결함 중의 하나라 할 수 있는 것에 대해 다소 모호한 방식으로 보

*** Cathay: 13세기경, 유럽과 중동 지역에서 중국을 일컫던 말.
**** Palambang: 인도네시아 수마트라에 위치한 마을.

상을 제공했는지도 모른다.

복잡하게 말하면 이것은 "부드러움"이라고 표현할 수도 있었다. 이는 악몽이 아니었다는 의미도 아니며 아직 어려서 그 소중함을 찬미할 수 없는 특별한 수준의 그것도 아니었다. 그렇다고 해서 그가 배 안의 다른 사람들만큼 열심히 일하지 않은 것도 아니다. 붉은 산화납을 바른 듯한 적도의 더위 아래 갑판 위에서 일하며 지루함으로 거의 미칠 지경으로 변해갔고, 선원들과의 관계는 학교 때 상급생의 심부름꾼 노릇을 하는 것보다 훨씬 나쁘게 흘러갔다. 물론, 그런 관행이 없는 현대적인 학교를 다녔다면 상황은 달랐겠지만, 휴에게만큼은 그렇게 느껴졌다. 하지만 그는 이러한 상황에 대해 정신적인 거부감을 표현하지 않았다. 그가 거부감을 보였던 것은 약간은 상상하기 힘든 것들에 대한 것이었다.

예를 들어, 선두(船頭) 선원실은 "남자의 영역"으로 불렸으며, 그 위치는 원래대로라면 앞쪽에 있어야 하지만 선미(船尾) 아래에 있었다. 누구나 선두 선원실은 앞갑판 아래 있으며 선두 선원실이라 불린다고 알고 있지만, 거기서는 선두 선원실이라 불리지 않았다. 그리고 그것이 앞쪽에 있지 않았기 때문에 일정 부분 그것은 사실이었다. 선미의 끝 부분, 즉 생긴 그대로 "남자의 영역"이라 불렸던 부분에는 마치 맨 섬*처럼 떨어진 선실들이 있었고 각각 두 개의 침대가 있는 선실은 식당을 사이에 두고 복도를 따라 이어져 있었다. 그러나 휴는 어렵게 쟁취한 이 "나은" 환경이 그다지 반갑지 않았다. 휴에게 있어 선두 선원실(이곳 외 선원들이 있어야 할 곳이 그 어디란 말인가?)은 흔들리는 등유 램프 아래 탁자를 둘러싸고 침대가 쭉 늘어선 하나의 방, 거기서 싸우고, 오입질하고, 마시고, 살인

---

* Isle of Man: 영국 잉글랜드와 북아일랜드 사이의 아이리시 해(海) 중앙에 있는 섬.

을 하기도 하는, 지독한 냄새가 나는 하나의 방을 뜻했다. 그러나 필록테테스 사람들은 싸우지도 않았고 오입질도 하지 않았고 서로를 죽이지도 않았다. 술 마시는 것에 관해서라면, 휴의 이모가 그를 불러 고상하고도 로맨틱한 표현으로 허락한 바 있다. "휴, 난 네가 단지 커피만 마시면서 흑해를 통과할 것이라고는 기대하지 않는단다." 그녀의 말이 옳았다. 휴는 흑해 근처에도 가지 못했다. 그럼에도 불구하고 그는 배 안에서 거의 커피만 마셨다. 때로는 차도 마셨다. 가끔은 물도 마셨다. 적도에서는 라임 주스도 마셨다. 차 역시 다른 것들과 마찬가지로 휴를 성가시게 만든 것들 중의 하나였다. 매일 오후, 각각 6번과 8번의 벨이 울리면 주방에서 갑판장의 식당으로, 그다음에는 선원들에게, 갑판장이 말한 것처럼 성유(聖油)를 바르듯 약간의 간식과 함께 "오후의 차"를 대접하는 것이 그의 임무였다. 간식은 2등 요리사가 만든 부드럽고 맛있는 작은 케이크였다. 휴는 그것들을 작은 빵과 함께 먹었다. 바다 늑대가 오후 4시에 간식과 함께 차를 마시며 앉아 있는 모습을 상상해보라! 게다가 이것이 최악은 아니었다. 보다 중요한 것은 음식 그 자체였다. 보통 수준의 영국 증기 화물선인 필록테테스의 음식은 휴가 지금까지 꿈에서조차 부정하지 못할 정도로 고수했던 고정 관념과는 달리 너무도 훌륭했다. 그가 다녔던 공립학교의 급식 환경과 비교한다면 이 배의 선원은 단 5분도 그 학교에서 견디지 못할 것 같았다. 배 안의 음식은 그야말로 식도락가의 천국이었다. 하급 선원 식당에서조차 아침 식사로 코스 음식이 다섯 가지 이하로 나온 적이 없을 정도였다. 하지만 휴는 "남자의 영역"과 마찬가지로 이러한 부분이 좋게 다가오질 않았다. 미국식 드라이 해시, 훈제 청어, 반숙 달걀과 베이컨, 포리지, 스테이크, 롤 등이 한 끼 식사로 접시 하나에 담겨 나왔다. 휴는 지금껏 그렇게 많은 음식을 본 적이 없었다. 더욱 놀라운 것은 매일 방대한 양의 음식을 남기는 것이 마치 그의 임무처럼 느껴진 사실이다. 이렇게 선원들이 먹지 않은 음식은 "다시 사무실로 돌아가는" 것이 아니라 인도양으로, 아니 그 어떤 다른 바다로 흘러 들어갔다. 휴는 어렵게 얻은 더 나은 이러한 상황이 그다지 달갑지 않았다. 게다가 신기하게도 그 누구도 이 상황을 달가워하는 것 같아 보이지 않았다. 형편없는 음식에 대한 불만이 주된 화제 중의 하나였기 때문이다. "이봐, 신경들 쓰지 마. 우린 곧 집에 가서 이런 페인트 냄새나는 형편없는 음식들 대신 최고급 음식을 먹게 될 거야. 대체 이것들은 뭘로 만들었는지 모르겠어." 성실한 영혼을 가진 휴는 이들과 함께 투덜거리며 자신의 정신적 수준이 이들과 비슷해진다는 것을 느꼈다. 그러나……

그는 여전히 덫에 걸린 것처럼 느껴졌다. 생각하면 할수록 본질적인 면에서 과거의 자신으로부터 달아나지 못했다는 점을 깨달았다. 그 모든 것이 모습만 바꾼 채 거기 머물러 있었다. 똑같은 갈등, 똑같은 얼굴, 똑같은 사람들, 그리고 마치 학교 시절 기타로 인해 생겼던 그럴싸하지만 겉치레뿐이었던 가짜 인기도 그대로였다. 그도 그럴 것이 그는 급사장과 친하게 지냈을 뿐만 아니라 중국인 화부와도 친구로 지냈다. 배는 마치 거대한 이동 축구장처럼 보였지만 반유대인 정서가 팽배했고 그는 그만큼 소외당했다. 물론, 유대인들은 뱃사람이 되기엔 너무 이성적인 사람들일 것이다. 학교를 떠날 때 영국적 속물근성과 이별했다고 기대했다면 유감스럽게도 잘못 이해한 것이다. 사실상, 필록테테스에 팽배해 있던 속물적인 분위기는 휴가 지금껏 상상해보지 못한 수준이었다. 주방장은 근면한 2등 요리사를 하급 동물로 취급했다. 갑판장은 목수를 멸시했고 좁은 공간에서 함께 식사했지만 석 달 동안 말 한마디 건네지 않았다. 근무 외 시간에 줄무늬 셔츠를 즐겨 입던 급사장은 유쾌한 성격이지만 자신의 일을 심각하게 생각지 않던 하급 급사를 경멸하는 것이 확실했다. 급사장은 자신의 운동복에 매우 만족해했다. 어느 날 가장 어린 실습생이 목에 수건을 두르고 바닷가로 수영하러 가자 병참장교는 칼라가 없이 넥타이를 매는 것은 배에 대한 모욕이라는 비난을 퍼부었다. 그리고 선장은 휴를 볼 때마다 얼굴이 거의 흙빛이 되었는데 이는 휴가 한 인터뷰에서 필록테테스를 칭찬하려는 의도에서 화물선으로 설명했기 때문이었다. 화물선이건 아니건 간에, 휴는 그런 것이 존재하는지조차 몰랐던 부르주아의 금기와 관점에서 보면 배는 분명 파도에 크게 흔들리고 넘실대는 듯했다. 적어도 그에게는 그렇게 보였다. 하지만 배가 넘실댔다고 표현하는 것은 틀린 표현이었다. 휴는 언론에서 표현한 것과 달리 결코 콘래드가 되기를 열망하지 않았으며 당시까지 그의 책을 본 적도 없었다. 하지만 콘래드가 중국 해안 어딘가에 특정한 계절이 되면 불게 되는 태풍을 암시하는 것이라고 어렴풋이 이해하고 있었다. 지금이 바로 그 계절이었고 그는 중국 해안에 있었다. 하지만 태풍이 불 것 같지는 않았다. 어쩌면 필록테테스가 매우 조심스럽게 태풍을 피해 갔는지도 모른다. 비터 레이크에서 시작하여 요코하마에 배가 정박하기까지 내내 죽음과도 같은 고요와 단조로운 분위기가 이어졌다. 사실상 배 안에서는 거의 아무 일도 일어나지 않았다. 휴는 사나운 감시 속에서 배의 녹슨 부분을 깎는 일을 했다. 사실, 아무런 사고도 발생하지 않았기에 그들을 사납다고 말하기는 힘들었다. 게다가 휴는 단지 날품팔이에 불과했기에 그것을 감시라고 할 수도 없었다. 하지만 그는 불쌍하게도 자신이 한 일에 뭔가 낭만적인 구석이 있다고 가장하고 있었다. 그러나 실제로 그런 것은 없었다! 그는 단지 지도를 보는 것만으로도 쉽게 자신을 위로할 수 있었다. 하지만 불행하게도 지도는 학교 시절의 기억을 너무도 생생하게 되살려주었다. 게다가 수에즈 운하를 지날 때 스핑크스와 이스마일리아를 떠올리지도 않았으며 시나이 산을 생각하지도 못했다. 홍해를 지날 때 헤자즈나 아시르, 예멘을 생각하지도 못했다. 페림 섬은 비록 인도에서 멀리 떨어져 있기는 했지만 인도에 속했기 때문에 이 섬은 항상 그에게 매력적인 섬이었다. 하지만 배가 오후 내내 페림 섬 근처를 항해하고 있을 때 휴는 전혀 그 사실을 알지 못했다. 목동이 그려진 이탈리아령 소말릴란드 우표가 한때는 그의 가장 소중한 재산이었다. 그는 세 살짜리 아이처럼 맞은편에 있던 과르다푸이 곶을 인식하지 못하고 그곳을 스쳐 지나고 말았다. 그러고는 나중에 코모린 곶이나 니코바르 제도도 인식하지 못했으며 프놈펜의 시암 만도 인식하지 못했다. 어쩌면 그는 자신이 무엇을 생각하고 있는지조차 알지 못했던 것인지도 모른다. 벨 소리는 엔진까지 울릴 정도였다. '보아라, 보아라.' 저 멀리 위로 또 다른 바다가 있을지도 모른다. 영혼이 보이지 않는 항적을 남기며 파도를 헤치며 나아가는 곳—

한참이 지나자 소코트라는 하나의 상징으로만 느껴졌다. 카라치에서 돌아올 때 손을 흔들면 항구에 있는 사람이 알아볼 만한 거리에서 자신이 태어난 곳을 지났을 수도 있지만, 휴는 전혀 그런 생각을 하지 못했다. 홍콩, 상하이를 지날 때도 마찬가지였다. 게다가 바닷가에 내릴 기회는 거의 없었고 수중에는 돈도 없었다. 바닷가에 내리지 않고 그저 요코하마에 한 달간 정박해 있으면서 휴의 적막감은 더해갔다. 하지만 철창 뒤에서 으르렁거리는 대신 바느질을 하며 자신이 열한 살 때 들었던 음담패설들을 말할 자유는 있었다. 그게 아니었다면 그들은 중성적인 너저분한 보상 행위에 말려들었을 것이다. 하지만 휴는 그의 선배 영국인들의 위선으로부터 벗어날 수 없었다. 배 안에는 훌륭한 도서실이 있었고 도서실에는 램프 관리인이 있었다. 램프 관리인은 휴가 다녔던 값비싼 공립학교에서도 볼 수 없던 인물이었다. 휴는 도서실에서 『포사이트가 이야기』와 『페르귄트』를 읽었다. 그가 이러한 책을 읽은 것은 램프 관리인 때문이기도 했다. 램프 관리인은 반(半)공산주의자로 「레드 핸드」라는 팸플릿을 보느라 여념이 없었고 휴는 이러한 그를 보며 케임브리지로 돌아가겠다는 생각을 완전히 포기했다. 그는 이렇게 말하고 싶었다. '내가 당신이라면, 어두운 거리로 가겠소. 세상이 정해놓은 곳을 벗어나 당신이 가질 수 있는 것을 가지시오.'

한편, 그의 명성은 중국 해안까지 집요하게 그를 따라다녔다. 싱가포르 『프리 프레스』에는 "매부의 내연의 처를 죽인 자"라는 헤드라인으로 장식되어 있었지만, 그 뒤에는 항상 "필록테테스가 페낭에 정박해 있을 때 뱃머리 갑판에 서서 최근 작곡한 노래를 우쿨렐레로 연주하던 곱슬머리 소년"이라는 설명이 이어졌다. 그리고 이러한 뉴스는 언제든 일본의 신문에도 나올 것이다. 그럼에도 불구하고 기타는 그에게 일종의 구원으로 다가왔다. 적어도 이제 그는 자신이 무엇을 생각하고 있는지는 알 수 있었다. 그가 꿈꾸고 있었던 것은 바로 영국으로의 귀향이었다. 영국, 그곳은 자신이 그토록 벗어나고자 원했던 곳인데 이제는 유일한 희망의 대상, 약속의 땅이 되고 말았다. 항구에 정박한 단조로운 시간 동안, 마치 영원처럼 느껴지던 그 시간 동안, 「싱잉 더 블루스」로부터의 휴식과도 같았던 요코하마의 일몰 너머로, 휴는 두고 온 애인처럼 영국을 그리워하고 있었다. 물론 그가 고향에 두고 온 애인들을 생각하고 있었던 것은 아니었다. 한두 번의 연애…… 당시에는 심각했다 할지라도 이미 잊힌 지 오래였다. 어두운 뉴콤프턴 가에 밝게 빛나던 볼로프스키 부인의 부드러운 미소가 그를 따라다닌 것은 사실이다. 아니, 그는 오히려 런던의 2층 버스와 북쪽 지역 비컨헤드 공원 음악 홀의 공연 시간을 알리는 광고에 대해 생각했다. 6:30, 8:30, 2회 상영. 그리고 녹색의 테니스 코트, 신선한 잔디밭 위에 테니스 공이 툭하고 떨어지는 소리, 네트 너머로 빠르게 넘어가는 공, 접이의자에 앉아 차를 마시는 사람들 (사실, 필록테테스에서 이런 사람들을 흉내 내는 것이 불가능했던 것은 아니다), 최근에 알게 된 영국 맥주의 맛과 오래된 치즈의 맛……

그리고 그 무엇보다 지금쯤은 세상에 나왔을 법한 자신의 노래가 거기에 있었다. 자신의 노래가 고향의 비컨헤드 공원에 빼곡히 들어찬 사람들 사이로 매일 밤 두 번씩 연주되고 있다면 나머지 것들이 그 무슨 상관이란 말인가? 테니스 코트 옆에서 사람들이 콧노래를 부르는 것이 바로 휴의 노래라면…… 만약 휴의 노래를 부르는 것이 아니라면 그들은 적어도 휴에 대해 이야기하고 있었을 것이다. 영국에는 명성이 그를 기다리고 있을 것이다. 이미 자신이 겪은 바 있는 값싼 악명이 아닌 진정한 명성, 지옥 "불"을 통과한 후 느낄 수 있는 명성이 기다리고 있을 것이다. 휴는 이러한 명성은 자신이 겪은 것에 대한 대가이자 권리라고 확신했다.

그런데 실제로 그는 불을 통과한 적이 있었다. 어느 날, 다른 세기의 필록테테스의 자매 선박처럼 보이는 '오이디푸스 티라누스'가 요코하마에 정박했을 때였다. 램프 관리인이 그저 그 이름 때문에 문제가 많은 그리스인이라고 생각했을 것 같은 그 배가 너무 가까이 정박해 있었고 거대한 두 배는 계속 조류에 흔들리면서 선체가 가까워져 거의 충돌할 지경에 이르렀다. 조금만 지체했다 하더라도 배는 부딪치고 말았을 것이다. 필록테테스의 선미가 크게 흔들렸고, 두 선박은 서로 살짝 비켜 나갔다. 이를 처음 본 사람이 메가폰을 들고 외쳤다.

"텔슨 선장에게 샌더슨 선장의 감사의 말을 전하라. 그리고 정박 위치가 잘못됐다고 알려라!"

필록테테스와는 달리 백인 소방수들을 싣고 있던 오이디푸스 티라누스는 고향을 떠나 14개월이나 항해하는 중이었다. 이 때문에 그 배의 선장은 필록테테스의 선장과는 달리 자신의 배가 떠돌이 배라는 것을 부정하지 않았다. 지브롤터 요새보다 몇 배나 강해 보이는 그 배는 템스 강이나 머지 강이 아니라 북대서양, 뉴욕으로 향한 긴 여정을 암시하는 듯했다. 그러고는 베라크루스, 콜론, 밴쿠버에 이어 극동아시아로 향하는 태평양 항해로 이어질 것이다. 이제 모든 이들이 마침내 집으로 돌아간다는 것을 확신하고 있을 무렵, 그는 다시 뉴욕으로의 출동을 명령받았다. 선원들, 특히 소방수들은 지루한 상황에 넌더리가 난 상태였다. 다음 날 아침, 두 배가 적당한 거리를 두고 정박해 있을 무렵, 필록테테스에는 오이디푸스 티라누스의 선원 세 명과 소방수 네 명을 대신할 지원자를 모집한다는 공고가 붙었다. 교체된 선원들은 필록테테스와 함께 영국으로 돌아갈 수 있었다. 필록테테스는 항해를 시작한 지 겨우 3개월밖에 되지 않았지만 요코하마를 떠나자마자 곧 본국으로 귀항하게 되어 있었다.

비록 얼마 안 되는 돈이라 할지라도 바다에 머무는 날이 많을수록 더 많은 돈이 필요했다. 따라서 바다에서의 석 달은 무척이나 긴 기간이었다. 이에 비해 14개월은 마치 영원처럼 느껴졌다(당시 휴는 아직 『모비 딕』을 읽지 않았다). 오이디푸스 티라누스가 앞으로 6개월 이상을 더 떠돌아다니지는 않을 것 같았지만, 미래는 아무도 알 수 없었다. 귀항 선박을 만날 때마다 지친 선원들을 귀항 선박에 옮기게 한 후, 오이디푸스 티라누스는 2년을 더 떠돌아다니게 될 지도 모르는 일이었다. 이틀이 지나도록 지원한 사람은 무선 전신 기술자와 2등 선원 두 사람에 불과했다.

휴는 새로운 곳에 정박해 있는 오이디푸스 티라누스를 바라보았다. 배는 심하게 흔들리고 있었다. 한순간 물 위로 약간 솟는 듯했다가 다음 순간에는 방파제 가까이 다가갔다 다시 바다 쪽으로 밀려가곤 했다. 그가 보기에 오이디푸스 티라누스는 필록테테스와는 달리 배가 갖추어야 할 모든 것을 갖추고 있는 것 같았다. 배의 돛과 기중기는 고상한 소형 증기기관차의 그것과도 같았고, 큰 키를 자랑하는, 페인트가 벗겨진 굴뚝은 더럽고 녹이 슬었으며 측면에는 산화납을 원료로 한 페인트가 칠해져 있었다. 배는 정박항에 대한 지정 리스트를 가지고 있었는데, 배의 교각 상태를 보아 최근 태풍을 만난 것으로 보였다. 이것이 가능하단 말인가? 설사 최근에 태풍을 만난 적이 없다 하더라도, 배는 곧 태풍을 만날 것 같은 분위기를 풍기고 있었다. 태풍을 만나 오래된 이야기 속에서처럼 침몰할 수도 있을 것이다. 하지만 그 배는 결코 사라지지 않을 환상 같은 분위기를 가지고 있었다. 젊은이다운 아름다움을 간직한 채 항상 수평선 위로 돛대만 보이며 멀리 떨어져 있는 것 같은…… 게다가 7노트를 달릴 수 있는 그 배는 뉴욕으로 향하고 있었다! 만약 휴가 오이디푸스 티라누스에 승선한다면 영국은 어떻게 되는 것인가? 그는 2년이 흐른 뒤에도 명성을 누릴 것이라고 상상할 만큼 자신의 곡에 대해 자신감을 가지고 있지는 않았다…… 게다가 그 모든 상황을 다시 시작해야 할 것이다. 자신에게 붙은 오명이 그 배 위에서만은 계속 따라다닐 것 같지 않았다. 자신의 이름은 아직 콜론에 도달하지는 않았을 것이다. 아, 제프리 역시 이 바다를 알고 있을 것이다. 이 경험의 목초지에서 제프리라면 어떻게 했을까?

하지만 그는 그렇게 할 수 없었다. 한 달 동안 요코하마에 정박해 있는데 지친 상태에서 그것은 너무 많은 것을 요구하는 것이었다. 마치 학창 시절 학기 마지막이 코앞에 다가왔는데 올해 여름방학은 없다고, 그래서 8월과 9월에도 평소와 마찬가지로 학교에 다녀야 한다는 말을 들은 것과도 같았다. 아무도 그에게 아무런 말도 하지 않았다는 것만 제외한다면 말이다.

하지만 마음속의 자신은 지원하라고 재촉하고 있었다. 그러면 바다에 지친 누군가, 자신보다 오랫동안 향수병에 시달린 사람이 자신의 자리를 차지할 수 있을 것이다. 마침내 휴는 오이디푸스 티라누스에 승선했다.

한 달 후 싱가포르에서 다시 필록테테스에 승선했을 때, 그는 완전히 다른 사람이 되어 있었다. 그는 이질을 앓고 있었다. 오이디푸스 티라누스는 그를 실망시키지 않았다. 음식은 형편없었다. 냉동 시설은 없었고 그저 아이스박스 하나가 달랑 놓여 있을 뿐이었다. 비열하게 생겨먹은 급사장은 하루 종일 자신의 선실에 앉아 담배만 피워대고 있었다. 그는 자신의 의지와는 상관없이 이질 때문에 오이디푸스 티라누스를 떠나야 했다. 당시 그의 마음속에는 메카로 가는 순례자를 승선시키는 로드 짐과도 같은 죄책감밖에 남아 있지 않았다. 뉴욕행은 보류되었고, 순례자 전부는 아니어도 적어도 그의 동료들은 마침내 고향에 도착했을 것이다. 휴는 혼자 오이디푸스 티라누스에서 떨어져 나와야 하는 자신이 한심하게 느껴졌다. 그 후 가끔씩 그는 당시를 떠올리곤 했다. '아, 무슨 인생이 이 모양인가!' 그 어떤 조그마한 제약도 사람들의 발목을 잡기에 충분하다. 그래서 사람들은 실패하기 마련이다. 고대 이집트인들조차 노예를 제대로 알지는 못했다. 그는 얼마나 알고 있었을까? 거의 알지 못했다. 미키에서 석탄을 싣자 기관실 가까이 위치한 석탄 창고는 곧 가득 찼다. 미키는 마치 풋내기 선원이 선원에 대해 가지는 환상을 채우기 위해 계산된 항구 같았다. 석탄 하역을 주로 했던 이 항구의 모든 집은 사창가였고 문신을 새긴 노파를 비롯하여 이상한 여인들로 가득 차 있었다. 그는 화물 하역꾼이라는 직업의 좋은 면만을 보았던 것이다. 만약 좋은 면이 있다고 한다면 말이다. 그렇다면 갑판 위의 일은 훨씬 나았을까? 그렇지도 않았다. 거기에도 동정이라곤 없었다. 바다 위 선원들의 생활이란 선전을 위한 묘기는 결코 아니었다. 그것은 심각한 생활이었다. 휴는 그것을 이용한 자신이 무척 부끄럽게 여겨졌다. 단조로운 생활의 연속, 모든 모호한 위험과 질병에 대해 무방비로 노출된 생활 속에서 단지 지불해야 될지도 모르는 보험금 때문에 자신의 건강에 대해 염려하는 회사의 손에 자신의 운명이 달린 상황에서, 가정생활이라고는 18개월에 한 번씩 부엌 바닥의 매트 위에서 부인과 함께 낮은 욕조에 몸을 담그는 것이 전부인 생활, 그것이 바로 바다였다. 그리고 그 속에 묻히고 싶은 비밀스러운 욕망, 억제할 수 없는 대단한 자부심…… 휴는 이제 램프 관리인이 설명하려 했던 것이 무엇인지를 어렴풋이나마 알 것 같았다. 왜 자신이 필록테테스에서 혹사당하기도 하고 누군가의 아첨을 받기도 했는지 알 것 같았다. 그것은 어리석게도 신임을 받지 못하는 공포심을 자아내는 무자비한 체제의 대표자로 자신을 알렸기 때문이다. 하지만 이러한 체제는 닻줄의 구멍을 통해 부르주아의 상층 대기로 나오는 경우가 드문 소방수들보다는 선원들에게 상대적으로 더 큰 유혹으로 작용한다. 그럼에도 불구하고 미심쩍은 부분이 남아 있다. 그 체제가 작용하는 방식은 항상 모호했다. 그 체제는 뱃사람들을 감언이설로 끌어들이려 한다. 그것만은 명백했다. 그 사악함을 알기 위해서는 일지를 읽어야 한다. 필요하다면 그 체제에 아부하고 흉내 내고 협조해야 할 것이다. 그러면 그 체제는 그 대가로 그 사람에게 아부하게 된다. 그 체제는 음식이나 보다 나은 삶의 여건 형성 등 여러 가지 측면에서 중요한 역할을 한다. 물론, 체제 자체가 먼저 그것의 혜택을 누리기 위해 꼭 필요한 마음의 평화를 파괴시키긴 했지만…… 이런 식으로 그 체제는 계속 사람 영혼의 목을 조르는 역할을 한다. 그리고 바로 이러한 사실 때문에 종종 사람들은 순종적인 자세로 자문하게 된다. "자네는 우리가 자네를 위해 일해야 함에도 불구하고 자네가 우리를 위해 일하고 있다는 사실을 알고 있는가?" 물론 이것 역시 사실이다. 물론 곧 깨닫게 되겠지만, 체제는 당신을 위해 움직이고 있다. 다음 전쟁이 발발한다면 모두에게 일거리가 생길 것이다. "하지만, 이 술수에서 영원히 벗어날 수 있을 것이라고는 생각지 마." 사람들은 마음속으로 항상 되뇌고 있다. "사실 넌 우리 손안에 있어. 우리가 없다면 평시에나 전시에나 기독교는 잿더미처럼 망하게 되어 있지!" 휴는 이러한 논리에 오류가 있다는 것을 알고 있었다. 그럼에도 불구하고, 오이디푸스 티라누스에서 그는 학대당하지도 아부를 받지도 않았다. 거기서 그는 동료로 대접 받았다. 그리고 그가 자신의 일을 감당하지 못할 때면 자상한 도움의 손길이 기다리고 있었다. 하지만 이것은 겨우 4주에 불과했다. 그러나 오이디푸스 티라누스에서 보낸 4주간으로 인해 휴는 필록테테스를 받아들이게 되었다. 그래서 그는 자신이 아픈 동안 다른 사람이 자신의 일을 대신해야 한다는 데 대해 걱정했다. 하지만 그는 몸이 완전히 낫기도 전에 다시 영국과 자신의 명성에 대해 생각하기 시작했다. 그리고 그는 자신의 일을 보기 좋게 끝내는 것에 집착했다. 그는 힘들었던 마지막 몇 주간 좀처럼 기타를 치지 않았고 뱃사람들과 아주 잘 지내는 것처럼 보였다. 너무 잘 지냈는지 부두에 닿기도 전에 동료들은 그에게 짐을 꾸릴 것을 요구했다. 그는 그 배에서 쓸모없는 사람이었던 것이다.

그들은 조류를 기다리며 그레이브젠드*에 정박해 있었다. 안개 자욱한 새벽, 주위에서 양들이 작은 소리로 울고 있었다. 어슴푸레한 불빛 아래서 템스 강은 양쯔 강과 별반 달라 보이지 않았다. 갑자기 누군가 정원 벽에다 휴의 파이프를 거칠게 두드리는 소리가 들렸다.

---

* Gravesend: 런던 동남쪽 약 32킬로미터, 템스 강 하구에 위치한 하항(河港).

휴는 실버타운에서 승선한 저널리스트가 남는 시간에 자신의 노래를 연주하고 싶어서 그랬는지 알아보지도 않고 그를 배 밖으로 내동댕이칠 뻔했다.

그러한 옹졸한 행동을 한 이유가 무엇이건 간에 이것이 뉴콤프턴 가의 볼로프스키의 초라한 가게로 향하는 그의 발걸음을 막지는 못했다. 가게는 문을 닫았고 가게 안은 어두웠다. 하지만 휴는 가게 안에 자신의 곡들이 있을 것이라고 확신했다. 이 얼마나 이상한 일인가! 마치 볼로프스키가 위층에서 휴의 곡을 연습하는 것처럼 익숙한 현 소리가 들리는 듯했다. 나중에 호텔을 찾아 나설 때쯤에는 자신의 주위에 있는 모든 사람들이 자신의 노래를 흥얼거리는 듯했다. 그날 밤 아스토리아 호텔에서도 사람들의 콧노래는 계속 이어졌다. 그는 새벽녘에 일어나 다시 한 번 가게 창을 들여다보았다. 하지만 어디에도 자신의 곡은 보이지 않았다. 휴는 바로 실망했으나 아마도 그의 곡들이 너무 인기가 많아서 진열할 틈이 없었던 것이라고 스스로를 위로했다. 9시에 다시 볼로프스키의 가게로 향했다. 작은 체구의 볼로프스키는 휴를 반갑게 맞이했다. 그랬다, 그의 곡이 꽤 오랫동안 악보로 발행되었던 것은 확실했다. 볼로프스키가 가서 악보를 가져오겠다고 하자 휴는 거의 숨을 멈추고 기다렸다. 왜 그렇게도 오래 걸렸을까? 마침내, 볼로프스키가 그의 발행인이 된 것이다. 악보를 찾는 데 문제가 생긴 것은 아닐 것이다. 한참 후 볼로프스키와 조수 한 사람이 커다란 꾸러미 두 개를 가지고 나타났다. "이게 자네 곡들일세." 볼로프스키가 말을 이었다. "이것들을 어떻게 했으면 좋겠는가? 자네가 가져가려나? 아니면 우리가 좀더 보관하고 있을까?"

그의 곡들이 확실했다. 그의 곡들이 실제로 발행된 것이다. 볼로프스키가 말했듯 수천 부나 인쇄된 것이다. 하지만 그게 전부였다. 그것을 판매하기 위한 노력은 전무했다. 아무도 자신의 노래를 흥얼거리지 않았다. 비컨헤드에서 자신의 노래를 부르는 코미디언은 아무도 없었다. '학부생인 어린 소년'이 쓴 노래 가사를 들어본 사람은 아무도 없었다. 볼로프스키는 나중에 누군가 휴의 노래를 들을 사람이 있을지 여부에는 전혀 관심을 가지지 않았다. 그는 곡들을 인쇄했고 그렇게 함으로써 계약상의 자신의 임무를 완수한 것이다. 그렇게 하는 데에는 그가 가질 수수료의 3분의 1 정도가 들었다. 그 나머지는 순이익에 해당한다. 볼로프스키가 그를 전혀 의심하지 않는 얼빠진 사람이 의뢰한 곡을 1년에 수천 곡 발행할 수만 있다면 애써 그것들을 팔기 위해 애쓸 필요가 있을까? 그는 수수료 자체만으로 만족할 수 있을 것이다. 결국 휴가 가진 것은 악보뿐이었다. 볼로프스키가 말했듯, 영국 출신의 작곡가가 설 땅은 없단 말인가? 발표된 곡들의 대다수가 미국 곡이란 말인가? 그럼에도 불구하고 휴는 이 신비로운 작곡가의 세계에 발을 들여놓은 것에 대해 자부심을 느꼈다. "곡을 출판한다는 것은" 볼로프스키가 더듬거리며 말을 이었다. "그저 선전을 잘하는 것과는 차이가 있지 않나?" 이렇게 말하고 나서는 가볍게 고개를 저었다. 곡이 출판되기 전에 이미 그에 대한 소문은 잠잠해졌다. "하지만 다시 소문이 퍼지는 것도 쉬운 일 아닌가?" 휴가 바로 전날 바다로 처넣을 뻔했던 그 기자를 기억하며 자신의 복잡하지만 선한 의도를 속으로 삼키며 낮은 소리로 중얼거렸다. 그러고는 갑자기 부끄러운 생각이 들어 다른 방식으로 생각해보았다. "결국 작곡가로서의 기회는 미국에 더 많은 것이 아닐까?" 저 멀리 있을 오이디푸스 티라누스를 떠올렸다. 하지만 볼로프스키는 미국에 더 많은 기회가 있을 것이라는 논리에 조용히 조소를 보냈다. 미국은 모든 식당 웨이터가 작곡가인 나라가 아니던가……

휴는 아직 반쯤은 희망을 가진 채 자신의 악보에 눈길을 보냈다. 적어도 자신의 이름이 표지에 적혀 있었다. 그리고 댄스 밴드의 사진이 있었다. 이지 스미갈킨과 그 오케스트라가 협연한 대성공작! 휴는 악보 몇 장을 가지고 아스토리아 호텔로 돌아왔다. 이지 스미갈킨은 엘리펀트 앤 캐슬에서 공연하는 데 반해, 휴는 거기에 발을 들여놓지 못했다. 하지만 볼로프스키가 암시한 것처럼 설사 이지 스미갈킨이 킬번 엠파이어에서 연주하고 있다 할지라도 그가 노래에 관심이 있다는 것은 확신할 수 없지 않은가? 비록 볼로프스키를 통해 이해하기 힘들게 편곡된 곡을 밴드와 함께 연주한다 할지라도 그다지 큰 성공을 거둘 것 같지는 않았다. 휴는 점차 세상을 알아가는 것 같았다.

그는 케임브리지 입학시험에 합격했으나 자신의 오랜 망상을 버리지 않았다. 18개월이란 시간 동안 자신의 달은 차오르기도 전에 기울고 말았다. 필록테테스에서 그가 바다로 던져버릴 뻔했던 그 기자가 이렇게 이야기했었다. "당신은 바보요. 당신 뒤를 따라다닐 편집자가 널려 있을 거요." 휴는 이 사람을 통해 신문사에서 스크랩하는 일을 얻었다. 비록 이모가 생활비를 대고는 있었지만 그는 머지않아 어느 정도 독립할 수 있었다. 그는 빨리 승진했다. 그가 쓴 이야기는 바다에 대한 것뿐이었지만 아마도 악명이 그의 승진에 일조했을 것이다. 그가 진심으로 원한 것은 정직과 예술이었고 와핑 올드 스테어*의 불타오르는 사창가에 대한 이야기는 이 모두를 포함하는 것이었다. 하지만 그의 마음 한켠에는 또 다른 화염이 피어오르고 있었다. 이제 더 이상 기타와 악보가 든 제프리의 글래드스턴 가방을 들고 발행인을 찾아 나서지 않았다. 그의 삶은 다시 한 번 아돌프 히틀러의 그것과 비슷하게 변해갔다. 볼로프스키와의 연락은 끊겼고, 복

---

* Wapping Old Stairs: 템스 강가의 오래된 계단이 있는 지역.

수를 꿈꾸는 자신을 상상했다. 자신만의 반유대주의가 그의 삶의 일부가 되었다. 밤이면 그는 인종 증오 문제에 대해 고민했다. 아직도 가끔 그는 배 안의 기관실 바닥과 같은 자본주의의 바닥에 굴러떨어진 것 같은 느낌과 유대인에 대한 증오를 별개로 받아들일 수 없었다. 어쩌면 그것은 예전의 가난했던 유대인들의 잘못 때문인지도 모른다. 볼로프스키뿐만이 아니라 모든 유대인들, 뜬구름을 잡는 것 같은 생활을 하는 동안 만났던 기관실의 모든 유대인들의 잘못일 것이다. 영국상선협회가 존재할 정도로 경제가 이상 성장을 보인 것도 유대인들 때문이다. 한편, 그는 무자비한 유대인 대규모 학살의 선동자가 되는 공상에 빠지기도 했다. 매일 그는 자신의 계획에 한 발짝 다가갔다. 때때로 그 계획과 자신 사이에 필록테테스의 램프 관리인의 그림자가 나타나곤 했다. 또 어떤 때에는 오이디푸스 티라누스의 램프 관리인의 그림자가 깜빡거리기도 했다. 볼로프스키와 그의 종족들은 자신의 종족과 유대의 적이 아니었던가? 자신의 형제가 세일러백에 상한 빵을 넣는다면 그 형제애란 무엇인가? 너그럽고 순수한 가치를 위해 기댈 수 있는 곳은 어디란 말인가? 만약 그의 부모가 살아 있다면, 그것은 부모가 될 것인가? 아니면 이모? 제프리? 하지만 제프리는 다른 유령 같은 존재와 마찬가지로 항상 라바트 아니면 팀북투*에 있었다. 게다가 그는 술에 빠져 존엄성을 잃어버린 상태였다. 휴는 소파에 기댄 채 미소 지었다. 이제 그는 적어도 자신이 기억하는 한 의지할 누군가가 존재한다는 것을 알 수 있었다. 그리고 자신이 열세 살 때 한동안 열렬한 혁명론자였다는 사실을 떠올렸다. 이상한 논리이긴 하지만, '예비학교 교장이자 보이스카우트 대장이었던 고텔비 박사와 부모 중 그의 이단에

---

* Timbuctoo: 아프리카 서부 말리Mali에 있는 도시.

대해 책임을 져야 할 사람은 과연 누구인가'라는 생각을 했다. 일요일마다 교회에서 고결함을 위해 기도하는 열렬한 신자였던 고텔비 박사는 역사 시간에 볼셰비키주의자들이 신문에 나오는 것처럼 아동 살해범들이 아니라 팡본 가든 시티의 지역사회 주민들과 비슷한 훌륭한 삶을 구가했다는 점을 독특한 시각으로 설명하곤 했다. 하지만 휴는 매일 선행을 하며 살려고 노력했던 날들을 잊은 지 오래듯, 자신의 오랜 멘토를 잊고 살았다. 모든 어려움 아래 빛을 발하던 자비로운 미소와 휘파람, 한때는 스카우트 단원이었던 공산당원…… 하지만 휴가 기억하는 것은 '유비무환' 뿐이었다. 그래서 그는 볼로프스키의 부인을 유혹했다.

아마도 그것은 견해의 차이 때문일지도 모른다…… 하지만 볼로프스키는 휴를 공동 피고인으로 하며 이혼 소송을 제기했다. 최악의 상황은 그다음에 이어졌다. 볼로프스키가 갑자기 휴가 미국 곡들을 표절하여 자신에게 출판하도록 함으로써 자신을 기만하려 했다고 고소한 것이다. 이것이 가능했단 말인가? 그가 순전히 자신만의 환상 속 세계에 살면서 이모가 아닌 자신이 지불한 돈으로 누군가 다른 이의 곡을 발행하려 했단 말인가, 그렇다면 그들에 대한 자신의 환멸조차도 환상에 불과하단 말인가? 하지만 볼로프스키는 그렇게까지 악인은 아니었다. 적어도 한 개의 곡에 대해서는 볼로프스키가 고소한 명확한 근거가 있었다……

휴는 소파에서 시가와 씨름하고 있었다. 전지전능한 신. 그는 항상 알고 있었다. 그는 자신이 안다는 사실을 알고 있었다. 한편, 연주만을 놓고 볼 때 그는 자신의 기타로 연주할 때면 세상의 거의 모든 곡이 자신의 곡이라고 자신을 납득시킬 수 있을 정도였다. 그 미국 곡이 표절이었다는 확신도 도움이 되지는 않았다. 휴는 번뇌에 빠져 있었다. 그는 당시 블랙히스*에 살고 있었는데, 어느 날 폭로에 대한 위협이 자신의 발끝을 계속 따라다닌다는 느낌을 받으며 루이섐 캣포드의 슬럼가를 지나 뉴 크로스를 거쳐 올드 켄트 로드를 지나고 엘리펀트와 캐슬을 거쳐 런던 중심가를 향해 15마일을 걸어갔다. 자신의 곡들이 단조의 소름끼치는 톤으로 그를 따라다녔다. 그는 롱펠로가 낭만적으로 표현했던 희망을 잃은 가난한 거리에서 사라져버리기를 바랐다. 세상이 자신과 자신의 불명예를 삼켜버리기를 바랐다. 이모는 여기에 대해 어떻게 생각할 것인가? 제프리는? 그리고 자신을 믿어주었던 몇 안 되는 사람들은? 휴는 마지막으로 또 한 번의 엄청난 비난을 감수해야만 했다. 자신의 어머니와 아버지가 이미 고인이라는 사실이 차라리 위안이 되는 순간이었다. 학교 측에서는 이혼 소송에 불려나간 신입생을 환영하지는 않을 것이 분명했다. 회복의 가망은 거의 없었고 삶은 막다른 골목에 도달한 듯했다. 또 다른 배에 즉시 승선할 수 있는 가망도 거의 없는 듯했다. 설사 가능하다 할지라도 그 모든 것이 시작되기도 전에 끝난 듯했다.

그러던 어느 날 기적이 나타났다. 상상하기 힘든 너무도 엄청난 일이어서 휴는 지금까지도 그 사건에 대한 논리적인 설명을 찾기 힘들 정도였다. 갑자기 볼로프스키가 모든 소송을 철회한 것이다. 아내를 용서하고 휴를 용서했다. 표절 소송 역시 철회되었다. 볼로프스키는 그 모든 것이 실수였다고 말했다. 게다가 휴의 곡들은 아직 시장에 나오지 않았기 때문에 아무런 손해도 끼치지 않았다는 것이다. 휴는 자신의 귀를 믿을 수 없었다. 지금도 당시의 기억을 믿을 수 없을 정도다. 모든 것이 완전히 사라지고 자신의 인생이 다시는 회복할 수 없는 상태로 망가져버렸다고 생각했는데, 마치 아무 일도 없었던 것처럼 고요를 되찾게 된 것이다.

---

* Blackheath: 런던 도심에서 약 10킬로미터 남동쪽에 위치한 주거 지역.

"도와줘."

얼굴에 반쯤 비누 거품을 칠한 제프리가 자신의 방문 앞에 서서 면도솔을 쥔 채 몸을 떨며 손짓하고 있었다. 휴는 망가진 시가를 정원에 내던지고 제프리를 따라 방으로 들어갔다. 평상시에도 휴의 방으로 가기 위해서는 이 흥미로운 방을 지나야 했으며 (맞은편에 열려 있는 휴의 방문을 통해 잔디 깎는 기계가 보였다) 욕실로 가기 위해서는 지금 이본이 쓰고 있는 방을 지나야 했다. 제프리의 방은 집에 비해 매우 컸다. 창으로는 햇살이 쏟아져 들어오고 그 창을 통해 칼레 니콰라과가 내려다보이는 쾌적한 방이었다. 방에는 이본의 감미로운 향이 가득 차 있었고 열린 창을 통해 정원의 향기가 들어왔다.

"엄청나게 떨리는군, 이렇게 떨어본 적 없지?" 영사가 온몸을 떨며 말했다. 휴는 영사로부터 면도솔을 받아서 세숫대야에 놓인 비누에 면도솔을 문질렀다. "아, 맞아, 너도 그런 적이 있지. 이제야 기억나는군. 하지만 이렇게 엄청나게 떨지는 않았지."

"기자가 떨어서는 안 되지." 휴는 영사의 목 주위에 타월을 둘렀다.

"수레바퀴 말인가요."

"이건 수레바퀴 안의 수레바퀴* 같아."

"자 이제 준비는 끝났고, 가만히 있기만 하면 돼요."

"어떻게 가만히 있을 수 있나?"

"앉는 게 낫겠어요."

하지만 영사는 앉기도 힘들었다.

"세상에, 휴, 미안해. 계속 몸이 흔들려. 마치 탱크 안에 앉아 있는

---

* 구약성서 「에스겔」 10장 11절에 나오는 문구: "그 바퀴의 형상과 그 구조는 넷이 한결같은데 황옥 같고 그 형상과 구조는 수레바퀴 안에 수레바퀴가 있는 것 같으며."

것 같아. 내가 탱크라고 그랬나? 맙소사, 한잔해야겠네. 뭐가 있더라." 영사는 창문턱에 있는 뚜껑이 열린 베이럼* 병을 집어 들었다. "이게 뭐 같아 보이나? 머리에 바르는 건가." 휴가 미처 영사를 말리기도 전에 영사는 병을 들고 쭉 들이켰다. "괜찮아, 아주 좋군." 영사가 입술을 닦으며 의기양양하게 덧붙였다. "알코올 함량이 약간 낮긴 하지만…… 페르노** 같은 느낌이군. 잠시만, 난……"

휴는 큰 소리를 내며 흐르고 있는 수돗물을 잠그지 않고 그대로 두었다. 옆방에서 이본이 토말린으로 갈 준비를 하며 움직이는 소리가 들렸다. 하지만 현관에 라디오를 틀어놓았기 때문에 이본은 욕실의 보통 소음 외 다른 것은 듣지 못했을 것이다.

"이제서야 은혜를 갚는군." 휴가 영사를 부축하여 의자로 데려가자 영사가 여전히 몸을 떨며 말했다. "내가 네게 이렇게 해준 적이 있지."

"그렇죠." 휴는 면도솔에 다시 비누를 묻히며 눈썹을 치켜 올렸다. "그래요. 좀 나아졌군, 그렇죠?"

"네가 갓난아기였을 때" 영사가 이를 딱딱거리며 말했다. "인도…… 코카나다에서 돌아오는 배 안에서 말이지."

휴는 영사의 목에 두른 수건을 바로했다. 그러고는 마치 최면에 걸린 듯 멍하니 상대의 무언의 지시를 따르는 것처럼 방을 가로질러 현관으로 갔다. 라디오는 바람 속에서 베토벤을 연주하고 있었고 바람은 더욱 세차게 집을 향해 몰아쳤다. 영사가 찬장에 숨겨놓았음 직한 위스키를 들고 방으로 돌아오는 길에 벽을 따라 높은 곳까지 뻗어 있는 책장에 잘 정리되어 있는 영사의 책들을 살펴보았다. 단정하게 정리된 방에는 방 주인이

---

* bay rum: 애프터세이브 로션(상표명).
** Pernod: 아니스 향미를 깃들인 프랑스제 리큐어(상표명).

최근에 일을 했다거나 나중에 일을 할 생각을 했을 것이라는 흔적은 보이지 않았고 단지 구겨진 침대 시트만이 그의 흔적을 보여주었다. 가죽 양장이 닳은 신비주의와 연금술과 관련된 수많은 책과 함께 『고등 주술의 정설과 의식』이 보였고, 『중미 지역의 뱀과 시바 숭배』는 두 칸의 긴 책장을 차지하고 있었다. 그 중에서도 『게티아 마법: 솔로몬의 작은 열쇠』와 같은 책은 상대적으로 최근에 출간된 것으로 귀중한 소장품 같았다. 하지만 나머지 책장에는 전혀 성격이 다른 작품들이 섞여 있었다. 고골, 마하바라다, 블레이크, 톨스토이, 폰토피단, 우파니샤드, 마스턴의 인어공주, 버클리 주교, 던스 스코터스, 스피노자, 바이스 버사, 셰익스피어, 타스커슨 전집, 서부전선 이상 없다, 커스버트의 구애, 리그베다, 그리고 피터 래빗에 이르기까지…… 영사는 "세상의 모든 진리는 피터 래빗에 나와 있다"고 말하곤 했었다. 휴는 스페인 웨이터와도 같은 과장된 미소를 지으며 양치질 컵에 술을 가득 따랐다.

"이게 대체 어디 있었던 거야? 아……! 넌 생명의 은인이야!"

"이 정도야 아무것도 아니죠. 캐러더스*를 위해서도 이렇게 한 적이 있는걸요." 휴는 다시 영사의 얼굴에 면도할 준비를 했고 영사의 떨림은 술을 마심과 거의 동시에 멈추는 듯했다.

"캐러더스, 그 흑인 말인가……? 근데 캐러더스를 위해 무엇을 했다고?"

"가만히 있어요."

"물론 그는 취하지는 않았어요."

"취하지는 않았지만 술독에 빠져 살았죠. 학생들을 지도하면서도 말

---

* Carruthers: 기타계의 거장으로 인정받는 기타 제작자.

이죠." 휴는 면도칼을 날렵하게 놀렸다. "그렇게 가만히 앉아 있어요. 그렇게, 그래, 잘하고 있어요. 그는 형을 무척 존경했어요. 형에 대한 수많은 이야기를 알고 있던걸요. 아니, 거의 한 가지 이야기인데 다양한 버전으로 알고 있었죠. 형이 말을 타고 캠퍼스를 돌아다닌 일······"

"오, 그럴 리가······ 학교 안에서 어떻게 말을 타나. 난 양보다 큰 동물은 무서워하는걸."

"게다가 거기 말은 곳간에 매여 있었는걸. 난폭하기도 했지. 그 말을 끌고 나오기 위해서는 37명의 사환과 수위가 필요할 정도였다니까."

"아아······ 하지만 캐러더스가 학생을 지도하면서도 그렇게 취할 수 있었다니 상상할 수가 없군. 그러니까, 내가 학교에 다닐 때 그 사람은 강사에 불과했거든. 학생들보다는 자신의 첫 작품에 더 관심이 많았지. 그때는 전쟁이 막 시작될 시기였지, 꽤나 힘든 시기였지······ 하지만 멋진 사람이었어."

"그는 내 시절에도 강사였어요."

(내 시절······? 이것은 과연 무엇을 의미하나? 케임브리지에서 무엇을 했다고 한들, 그것이 이스트앵글리아*의 지그베르트**만큼이나 가치 있는 영혼이라는 것을 증명하는 것은 아니지 않나. 아니, 존 콘퍼드***는 어떤가! 강의를 빼먹고 기숙사를 빠져나와 배회하고 보트 레이스에 불참하고 강사를 속이고 결국은 자신을 속이지 않았나? 경제학을 공부하고, 그다음엔 역사와 이탈리아어를 공부하고, 그러고도 시험에는 통과하지 못하지 않았나? 뱃사람답

---

* East Anglia: 잉글랜드의 가장 동쪽에 있는 지역. 해발이 낮고 기복이 심하며, 거의 전지역이 빙하층으로 덮여 있다.
** Siegebert: 630~634년 이스트 앵글리아를 지배했던 왕.
*** John Cornford: 저자의 친구 존 소머필드John Sommerfield와 함께 스페인 내전에 참전했던 F. M. 콘퍼드의 장남. 케임브리지 출신으로 스페인 내전에서 21세로 사망.

지 않게 싫어하던 대문을 타고 올라가 셜록 코트에 있는 빌 플랜태저넷*을 만나고 성 캐서린의 수레바퀴를 부여잡고 마치 멜빌처럼 잠든 채 고물의 모든 정박지로부터 몰려드는 세계를 느끼는 건 또 어떤가?** 아, 케임브리지의 시종(時鐘)! 그 달빛 아래의 분수, 닫힌 정원과 회랑, 고결한 자신감 속에 담긴 꺼지지 않는 아름다움은, 비록 그 안의 수많은 바보 같은 삶들의 기만적인 기억들로 남아 있기는 했지만 그 똑같은 바보 같은 삶의 소란한 모자이크라기보다는 축축한 땅에 박힌 말뚝과 더미 위로 우뚝 솟은 음산한 집을 가진, 8백 년 전에 죽은 늙은 수도사의 이상한 꿈의 일부처럼 보이던 그 아름다움은 신비로운 고요와 늪의 고독 속에서 봉홧불처럼 빛나던 적이 있었다. '잔디를 밟지 마시오'라는 꿈이 그것을 보호하고 있었지만, 그 초자연적인 아름다움에 '하느님, 저를 용서하소서'라는 말로 그것을 범하고 싶은 충동이 들 정도였다. 자신은 비록 역전의 남루한 곳에서 절름발이의 오래된 부츠와 역겨운 마멀레이드 냄새에 절어 있었지만, 케임브리지는 바다의 역행 같았다. 아니, 좀 더 엄격하게 말하면 끔찍한 퇴행이었다. 자타가 공인하는 인기, 하늘이 선사한 것 같은 좋은 기회에도 불구하고, 그곳의 생활은 마치 다 자란 어른이 아침에 눈을 뜨자마자 『바이스 버사』의 벌티투드 씨***와 같은 비운을 접해야 하는 것, 사업의 위기가 아니라 공부를 게을리했던 30년 전으로 돌아가 지긋지긋한 지질학 수업과 사춘기의 고통과 맞닥뜨리는 것과 같았다. 다시 한 번

* Bill Plantagenet: 저자의 미완의 소설 『질산은 *Lunar Caustic*』의 주인공 이름. 셜록 코트 Sherlock Court는 케임브리지 성 캐서린 대학 내에 있다.
** 멜빌의 『모비딕』 96장 "고물의 모든 정박지로부터 몰려드는…… 짧은 동안의 잠 속에서 나는 몸을 돌려……"에서 차용.
*** 1882년 F. 안스테이Anstey의 소설 『바이스 버사*Vice Versa*』에 나오는 인물. 무서운 교장 선생님 때문에 기숙학교에 돌아가기 싫다고 말하는 아들에게 학생 시절이 인생의 제일 좋은 시기이며 자신이 다시 학교로 돌아갈 수 있다면 좋겠다고 말한다. 아들은 마법의 돌로 벌티투드 씨를 학생으로 돌아가게 만들고 자신은 아버지의 사업을 하게 된다.

과거를 향해, 지금은 마치 물속에 빠진 사람처럼 몸이 불거나 키가 훌쩍 커버린 학창 시절의 사람들을 향해, 이전에 벗어나기 위해 그토록 고통을 겪어야 했던 그 모든 것들을 향해, 다시금 전속력으로 달려가는 것은 분명 고통 그 자체였다. 만약 그렇지 않았다면, 자신은 아직도 파벌, 속물, 강물에 던져진 천재, 정직한 폭로, 그리고 또 다른 전쟁의 원인에 대해 생각하며 살았을 것이다. 이는 시간의 흐름에 따라 과장된 바다에서의 경험이 결코 육지에서는 행복할 수 없는 뱃사람의 내재적인 심오한 부적응증을 악화시키는 것과 같은 원리다. 하지만, 나는 보다 심각하게 기타를 치기 시작했다. 나의 절친한 친구는 여전히 유대인이었고 그중 일부는 같이 학교에 다닌 이들이었다. 물론 유대인들이 먼저 거기에 있었다는 점, 기원전 1106년 이후 그들은 거기에 머물렀다는 점을 인정해야 한다. 하지만 마치 주위에 자신과 비슷한 또래는 유대인들밖에 없는 듯했다. 게다가 미에 대해 총체적이면서도 창의적인 감각을 가진 이들은 그들뿐이었다. 그들만이 수도사의 꿈을 더럽히지 않았다. 고통을 물려받은 조숙한 유대인들만이 나의 고통과 고독, 그리고 무엇보다 나의 음악을 이해할 수 있었다. 나는 이모의 도움으로 매주『유니버시티』지를 사볼 수 있었다. 하지만 학교 행사에는 거의 참석하지 않고 충직한 유대 민족주의 신봉자가 되었다. 대부분 유대인들로 구성된 '3인의 유능한 뱃사람'이라는 밴드의 리더로 지역 댄스클럽에서 연주하며 상당한 돈을 벌었다. 그리고 미국인 초빙강사의 아름다운 부인이 나의 애인이 되었다. 그녀 역시 기타로 유혹했다. 필록테테스의 뱃머리나 오이디푸스의 딸처럼 기타는 나의 가이드이자 버팀목이었다. 나는 가는 곳마다 거침없이 연주해댔다. 필립슨이 경쟁 관계에 있던 신문에서 나를 희한하게도 낯이 익은 갓난아기가 마치 자궁 속에 있는 것처럼 몸을 웅크리고 숨어있는 거대한 기타로 묘사했던 것에 동요되지 않았으며, 오히려 그것을 예상 밖의 칭찬으로 여겼다.)

"그는 와인 전문가였지."

"막 와인을 알아가던 때였지, 그의 첫번째 작품은 내 시절과도 관계가 있지." 휴는 경정맥과 경동맥을 지나 수염 가장자리를 능숙하게 면도질해나갔다. "존 던*의 걸작을 한 병 가져다줄 수 있겠나, 스마이더라고 알지? 1611년에 나온 것들이 최고지."

"아, 재미있군요…… 불쌍한 사람."

"비범한 친구였지."

"최고였죠."

(나는 황태자 앞에서도 연주했고 휴전 기념일에는 퇴역 군인들을 위해 길거리에서 연주하며 기금을 모으기도 했다. 아문센 클럽의 리셉션에서도 연주하고 프랑스 하원 모임에서도 연주했다. 세 명의 유능한 뱃사람은 유성 같은 명성을 얻었고, 『메트로놈』지는 우리를 베누티의 「블루 포」와 비교했다. 당시 내게 생길 수 있는 가장 큰 불행은 손을 다치는 일이었다. 그럼에도 불구하고 나는 사막에서 사자에 물어 뜯겨 죽어가는 꿈을 꾸곤 했다. 죽을 때까지 기타를 갈구하며 그것을 연주하는…… 하지만 어느 날 스스로 기타를 그만두었다. 케임브리지를 떠난 지 1년이 채 되지 않아 밴드를 그만두었고 혼자서 하던 기타 연주도 그만두었다. 그래서 이본은 하와이에서 태어났다는 아주 빈약한 연관성 외에는 내가 기타를 연주했다는 것은 전혀 알지 못했으며 단연코 그 누구도 더 이상 나의 기타 연주에 대해 말하지 않았다. '휴, 기타는 어디 있어? 한번 연주해봐―')

"휴" 영사가 말했다. "사소한 일이지만 고백할 게 있는데…… 네가 집에 없는 동안 스트리크닌에 장난을 좀 쳤지."

---

* John Donne(1572~1631): 영국 시인 겸 성직자.

"탈라베시파로시아즘*인가요?" 휴는 마치 농담조로 협박하듯 휴를 주시했다. "목을 베고 권력을 쟁취하는 일 말이죠. 만약 그런 거라면 멕시코인들이 말하는 것처럼 신경 쓰지 마요. 자, 이제 목 뒤예요."

휴는 휴지로 면도칼을 닦으며 욕실 문을 통해 영사의 방을 바라보았다. 침실 창은 활짝 열려 있었고 커튼이 바람에 안쪽으로 살랑거리고 있었다. 바람은 거의 잠들었으나 정원의 향기는 아직 진하게 남아 있었다. 휴의 귀에는 집 반대편에서 불어오는 대서양의 거친 숨소리와 베토벤의 야성의 향기가 깃든 바람 소리가 들리는 것 같았다. 그러나 바람이 부는 방향과 같은 쪽에 있는 욕실 창문을 통해 보이는 나무들은 바람을 전혀 인식하지 못하는 것 같았다. 커튼은 스스로 만들어내는 미풍에 흔들리고 있는 듯했다. 마치 부정기 화물선의 선원들이 오후의 햇살 아래 미동도 없는 배 위 날렵한 기중기 사이의 6번 승강구에 열을 지어 평화로운 모습으로 빨래를 하는 동안, 얼마 떨어지지 않은 곳에서 또 다른 선원들은 허리케인 때문인 듯 심하게 펄럭이는 돛을 바로잡으려 필사의 노력을 다하고 있는 것처럼, 그들은 인식하지 못한 채 또 다른 그 무언가의 영향권으로 들어가고 있었다……

(내가 기타 연주를 그만둔 이유는 무엇 때문인가? 필립슨의 그림이 담고 있던 그 잔인한 진실을 뒤늦게 깨달았기 때문만은 아니었다. 그들은 에브로 전쟁에 지고 있었다…… 계속 연주를 할 수도 있었겠지만 또 다른 홍보 수단, 즉 계속 사람들의 이목을 끌 수단이 필요했다. 신문에 나오는 것만으로는 충분하지 않았던 것이다! 아니면, 스스로를 불치의 "사랑의 대상"으로 만들거나 기혼 여성에게만 관심을 가지는 영원한 음유시인이나 방랑시인, 그러나 결

---

* Thalavethiparothiasm: 인도 남서부 말라바르Malabar의 전통으로 5년간의 통치 후 통치자를 참수하는 것.

국 아무것도 사랑할 수 없는 운명을 가진 사람으로 알릴 수도 있었을 것이다. 소심해빠진 놈…… 더 이상 곡도 쓰지 않았다. 기타 그 자체를 목적으로 사는 것이 헛되고 재미도 없을뿐더러 이제는 그만두어야 할 유치한 행위 같았다—)

"맞아?"

"뭐가 맞아요?"

"저기 바깥에 추방당한 초라한 단풍나무 보이지." 영사가 물었다. "히말라야삼목 기둥이 받치고 있는 나무."

"아뇨, 형한테만 보이나 보죠."

"바람이 반대편으로 분다면 쓰러져버리고 말 거야." 영사는 휴가 목을 면도하는 동안 잠시 말을 멈추었다. "그리고 침실 창문을 들여다보고 있는 해바라기 보이나? 하루 종일 내 방을 지켜보고 있지."

"해바라기가 형의 방을 거닌다고요, 그 뜻인가요?"

"쳐다본다고, 사납게 말이야. 하루 종일, 마치 하느님처럼!"

(마지막으로 기타를 연주한 것은…… 런던의 킹 오브 보헤미아였다. 베스킨스파인 에일 앤 스타우트에서 혼절했다가 깨어나니 존[*]이 사람들과 함께 반주도 없이 혁명가 비슷한 노래를 부르고 있었다. 그건 대체 무슨 노래였을까. 볼셰비키를 흉내 낸 것 같은 가짜 혁명가, 하지만 난 왜 그 노래를 한 번도 들어본 적이 없었던 것일까? 그건 그렇다 치고 영국에서 관중들이 그렇게 즉흥적으로 모여 함께 노래하는 것을 본 적이 있던가? 거의 모든 모임에서 항상 혼자서 노래하지 않았던가. '내겐 아무도 없어'와 같은, 아니면 '내가 사랑하는 사람이 나를 사랑한다네'와 같은 칙칙한 노래들…… 하지만 존과 "그

---

[*] John Sommerfield: 저자의 절친한 친구. 258쪽 주 참조.

사람들"은 적어도 내가 경험한 바로는 가짜는 아니었다. 그들은 해 질 녘의 산책을 함께하고 나쁜 소식을 접하거나 불의를 목격하는 것을 함께할 수 있는 사람들이었다. 등을 돌렸다가도 다시 생각하고 믿기 어렵다면 다시 돌아서서 왜 그런가 물어보는, 그런 뒤에야 행동을 결정하는 그런 사람들이었다. 게다가 그들은 에브로 전쟁에서 이긴 쪽에 속했다! 물론 나는 아니었다. 하지만 그중 일부, 지금은 스페인 땅에 묻혀 있을 그 친구들이 당시 내가 생각했듯 정말로 나의 윙윙거리는 가짜 미국식 기타 소리를, 결국 그다지 좋은 소리도 아니었지만, 어쨌든 그것을 역겨워하면서도 단지 예의상 들어주었다는 것은 사실 놀라운 일도 아니다. 윙윙—)

"한 잔 더 해요." 휴는 양치용 머그잔에 술을 채워 영사에게 건네주고 바닥에 놓여 있던 『유니버설』지를 집어 들었다. "턱 옆쪽하고 목 아래쪽을 좀더 손질해야겠어요." 휴는 생각에 잠긴 듯한 표정으로 면도날을 혁지(革砥)에 갈았다.

"함께 마시지." 영사는 어깨 너머로 휴에게 머그를 건네주었다. "포스 워스에서 동전 소리로 문제 발생." 영사는 신문을 제법 안정되게 잡고 영어로 된 페이지를 큰 소리로 읽었다. "'킹크, 망명 생활에 불행', 믿기 힘든 말이군. '시 당국에서 도그스 노즈* 관리', 이것 역시 못 믿겠군. 휴 넌 어때……?"

"그리고, 아, 맞아!" 그는 계속 읽어나갔다. "'클래머스 폭포**에서 계란이 100여 년 동안 나무 안에 있었고, 나무꾼들은 나이테로 나무의 나이를 추정한다.' 이런 기사가 요즘 기자들이 관심을 가지는 얘긴가?"

---

* dog's nose: 맥주와 럼의 혼합주.
** Klamath Falls: 미국 오리건 주 남부와 캘리포니아 주 북부에 있는 강. 클래머스는 '재빠름'이라는 뜻을 가진 아메리카인디언 언어 'klamet'에서 유래.

"거의 그래요. 아니면 일본인들의 상하이 도로 점령, 미군 철수…… 이런 종류의 뻔한 얘기들이죠. 가만히 있어요."

(하지만, 나는 그날부터 지금까지 단 한 번도 기타를 치지 않았다…… 그리고 그날부터 지금까지 단 한 번도 행복해본 적이 없다…… 약간의 자각은 위험한 것이다.* 기타가 아니었다면, 주목받는 일도 없었을 것이며 결혼한 여자에게 관심을 갖지도 않았을 것이다. 그 나머지 것들도 마찬가지가 아닌가? 포기는 곧 또 다른 항해를 의미했다.『글로브』지에 영국 연안무역에 대한 연재물이 첫 기사로 막을 내린다면 다시 배에 타는 수밖에 없었다. 영혼의 '제로' 상태를 향한 또 다른 항해를 시작하는 것이었다. 하지만 승선은 시작하지도 않은 채 끝이 났다. 기사는 성공적이었다. '유황이 가득 낀 굴뚝.' '영국이 바다를 지배한다.' 그 후로 사람들은 나의 기사를 흥미롭게 지켜보았을 것이다. 하지만 왜 나는 항상 기자로서의 진정한 야심이 부족했던가? 나는 초년생 시절 기자들에 대한 지나친 기대로 인해 생긴 반감을 극복하지 못했다. 게다가 다른 동료들과 달리 나는 생활비를 벌어야 할 절박한 이유도 없었다. 내게는 항상 수입이 있었다. 이곳저곳 이동하며 생활하는 기자로서 나는 꽤 잘나갔으며 지금도 그런 편이다. 마치 기타에 대한 기억을 완전히 잊은 것처럼 이 생활에 잘 적응하고 있다. 그러나 차츰 외로움과 고독감의 강도가 높아가고 자신이 기타를 한 번도 소유한 적이 없다고 생각하며 자신을 계속 앞으로 내몰았다가는 갑자기 주저앉고 마는 괴상한 버릇은 여전히 남아 있었다…… 아마도 사람들은 내 기타 연주에 싫증이 난 것인지도 모른다. 하지만 무슨 상관이란 말인가? 그로 인해 난 인생에 얽히지 않았던가—)

---

* A little self-knowledge is a dangerous thing: 알렉산더 포프Alexander Pope의 『비평론 Essay on Criticism』에 나오는 '약간의 지식은 위험한 것이다A little Learning is a dangerous Thing'에서 차용.

"누군가『유니버설』에 네 말을 썼더군." 영사는 웃고 있었다. "꽤 오래전 일인데 무슨 내용인지 잊어버린 거 같아…… 휴, 이거 어떻게 생각해? '매우 합리적인 가격의' '거의 새것 같은 대형 수입 모피 코트'?"

"움직이지 마요."

"아니면 5백 페소짜리 캐딜락은 어때? 정상 가격은 2백 페소…… 아니, 이게 무슨 말이지? '백마 포함.' 7번 박스에 응모하시오…… 이상하군…… 금주(禁酒) 물고기. 별로 달갑지 않은 소리군. 아, 네게 맞는 것도 있어. '사랑의 보금자리로 적당한 아파트.' 아니면, '심각하고 분리된―'"

"하―"

"'아파트'라니……" 휴는 영사의 말에 귀를 기울였다. "'어여쁘고 젊은 유럽 여성과 젊고 교양 있고 지위 높은 남성과의 교제―'"

영사는 다시 몸을 떨었다. 하지만 이번에는 웃음 때문이었다. 휴도 면도칼을 멈춘 채 따라 웃었다.

"그런데 휴, 후안 라미레스, 그 유명한 가수 알지, 그 사람 유해가 여전히 이곳저곳 돌아다니고 있다네…… 이 기사에 의하면 콰우나우악의 어떤 경찰서장의 무례한 행동 때문에 묘지 측에서 공개 행사 진행을 거부했다네. '묘지 측의 거부', 이게 뭐지?"

〔암벽 등반객을 위한 웨일스의 작은 호텔 방명록에 이렇게 쓴 적이 있다. "20분 만에 파슨즈 노즈에 올랐다…… 너무 쉬웠다…… 다시 내려왔다." 그다음 날 다시 불멸의 유머를 더해 넣었다. "20초 만에…… 너무 어려웠다……" 그런 시절을 뒤로하고 이제 나는 인생의 하반기에 접어들었다. 세상에 알려지지도 않았고 이름도 없이 기타도 없이 다시 바다로 돌아간다. 어쩌면 이러한 기다림의 나날들은 다시 오르기 위해 살아남는 우스꽝스러운 내리

막길과도 같았다. 파슨즈 노즈의 꼭대기에서는 원한다면 언덕을 넘어 집으로 걸어가서 차를 마실 수도 있었다. 그리스도 수난극에 나오는 배우처럼 십자가를 벗고 호텔로 돌아가 필스너*를 마실 수도 있었다. 하지만 인생의 오르막과 내리막에는 항상 안개와 추위, 위험, 불안한 밧줄, 미끄러운 바위가 도처에 숨어 있다. 밧줄이 미끄러울 때 잠시 웃을 수 있는 여유가 있을 뿐이다. 그럼에도 불구하고, 두렵다⋯⋯ 단순한 문 하나도 두렵고, 항구의 바람 속에서 돛대를 기어올라가는 것도 두렵다⋯⋯ 하지만 첫 항해만큼 나쁘지는 않겠지. 첫 항해의 황량한 현실은 어떤 면에서는 이본의 농장과도 같았다. 누군가 돼지를 찌르는 것을 본다면 이본이 어떤 생각을 할까 궁금했다⋯⋯ 무서워하겠지, 동시에 무서워하지 않을지도⋯⋯ 나는 바다라는 것이 어떤 것인지 알고 있다. 내 꿈을 그대로 간직한 채, 아니 타락하기 이전보다 더 유치한 꿈을 안고 그곳으로 돌아갈 수 있을까? 나는 바다를 사랑한다, 순수한 노르웨이 해⋯⋯ 아, 또 다른 가식⋯⋯ 환멸스럽다. 도대체 무엇을 증명해 보이겠다는 것인가? 인정해야 한다. 난 감상주의자, 뒤죽박죽, 현실주의자, 몽상가, 겁쟁이, 위선자, 영웅⋯⋯ 한마디로 말해 전형적인 영국인이다. 자기 자신이 만든 은유를 절대 따라갈 수 없는⋯⋯ 개척자를 가장한 아첨꾼. 탐험가를 가장한 우상 파괴자. 왜 그 술집에서 비참한 생각에 잠기는 대신 그 노래, 그 소중한 혁명의 노래들을 배울 생각을 하지 못했을까? 단순히 노래하고 기타 치는 예전의 직업으로 다시 돌아가려 한다면, 그러한 노래들, 새로운 노래들, 다른 노래들을 배우지 못할 이유가 무엇이란 말인가? 내 인생에서 얻은 것은 무엇인가? 유명인들과의 만남⋯⋯ 예를 들어 아인슈타인이 내게 몇 시냐고 물어본 것 같은. 그 여름 저녁 세인트존스의 소란한 식당을 향해 걸어가고 있

---

* Pilsner: 맥주의 한 종류. 홉으로 맛을 낸 약한 맥주.

을 때, D4 지역에 있던 자신의 집에서 나와 내 뒤를 걷고 있던 그는 누구였던가? 포터스 로지*를 향해 걸어가다 서로 길이 엇갈릴 무렵 내게 시간을 물었던 그는 누구였던가? 바로 아인슈타인이 아니던가, 당시 학부생이던 내가 모른다고 답했을 때 그는 미소를 지어 보였다…… 어쨌든 그가 내게 질문을 했던 것이다. 그랬다. 위대한 유대인, 시간과 공간에 대한 세계의 개념을 흔들어놓았던 그가 누추한 옷을 대충 걸친 정신없는 전(前) 반유대주의자에게 질문을 던졌던 것이다. 그리고 내가 두 사람 모두 인식하지 못했던 시계를 가리키자 아인슈타인은 다시 웃어 보였다.]

"공적인 행사를 사적인 방식으로 진행하는 것보다는 낫겠죠." 휴가 말했다.

"여기서 뭔가 떠오르는 게 있지. 그러니까 기사에서 언급된 새들이란 엄격한 의미에서 경찰, 여기 정규 경찰이 아니란 말이지."

"맞아요, 경찰은 파업 중이죠."

"그러니까 물론 그들은 자신들의 관점에서는 민주적이지…… 마치 군인들처럼 말이야. 그렇지, 민주 군대…… 그런데 이 치사한 놈들이 자신의 권력을 휘두르고 있단 말이지. 네가 떠난다니 유감이군. 네 기호에 맞는 이야기였을 텐데. 유니언 밀리타르라고 들어봤나?"

"스페인 내전 전에 있었던 조직 말인가요?"

"여기 멕시코 말이야. 헌병과 관련된 군대인데, 말하자면 헌병의 보호를 받는 거지. 감찰관은 헌병인 동시에 유니언 밀리타르에 속하지. 헤페 데 하르디네로스**도 마찬가지일 거야."

"오악사카에 디아스 동상을 새로 세운다고 들었어요."

---

* Porter's lodge: 대학 방문객들을 위한 안내소 역할을 하는 장소.
** 정원 관리 책임자.

"항상 같은 얘기지." 영사는 약간 낮은 목소리로 말을 이어갔다. 이들의 대화는 옆방에서 계속 이어졌다. "유니언 밀리타르라는 건, 시나르키스타스라고 불리던가…… 네가 관심이 있다면 말이야. 난 관심 없지만. 그 본부가 여기 폴리시아 데 세구리다드*였다고 하더군. 지금은 여기가 아니고 파리안 어딘가라고 들었어."

마침내 영사의 외출 준비가 끝이 났다. 이제 양말 신는 것만 남았다. 트위드 바지에 말끔하게 다린 셔츠와 휴가 빌려 입었던 재킷을 걸쳐 입은 영사는 거울 속 자신을 들여다보았다.

놀라운 사실은 영사가 생기 있고 건강해 보일 뿐 아니라 탕진한 삶의 분위기가 전혀 보이지 않는다는 점이었다. 사실 그는 전에도 타락하고 지친 늙은이의 모습을 하고 있지는 않았다. 그럴 리가 없었다. 휴와의 나이 차이는 겨우 12년에 불과하지 않던가? 마치 운명이 지난 시절을 확인하기 힘든 나이로 그를 맞춰놓았음에도 불구하고, 곁눈질로 자신의 타락을 지켜보기에 지친 물아(物我)가, 야밤에 비밀리에 항구를 떠나는 배처럼 완전히 자신으로부터 떠나버린 것 같았다. 영사에 대해서는 재미있는 영웅담뿐만 아니라 악의 섞인 이야기도 많이 떠돌았다. 그의 초기 시적 성향이 이러한 전설을 만드는 데 일조했음이 분명하다. 휴가 보기에 이 불쌍한 늙은이는 결국 비범한 능력으로도 막을 수 없는 무언가에 사로잡힌 듯했다. 죽어가는 호랑이에게 갈퀴나 발톱이 무슨 소용이란 말인가? 설상가상으로 그는 보아 뱀에게 사로잡혀 있었던 것은 아닐까? 그러나 이 기괴한 호랑이는 아직 죽을 생각이 없는 것만은 확실했다. 반대로, 그는 산책을 나갈 요량이었다. 보아 뱀과 함께, 그러나 잠시 동안만이라도 보아

---

* Policía de Seguridad: 치안 경찰대.

뱀이 없다고 가장한 채…… 사실상 겉으로 보기에 이상한 힘과 기질, 모호한 야망을 가진 이 사람, 휴가 결코 이해하지 못했으나 나름대로 도와주고자 했던 이 사람(그는 신에 동의한다거나 신과 약속을 할 사람은 아니었다)은 놀랍게도 자신을 잘 추스른 모습을 하고 있었다. 이 모든 기억의 근원은 두 사람이 함께 보고 있던 벽에 걸린 사진이었다. 그 사진의 존재 자체만으로도 화물선으로 가장한 '사마리아호'라는 배에 관한 오랜 이야기들의 가치를 격하시키기에 충분했다. 영사가 갑자기 양치용 머그잔에 술을 채워달라고 손짓했다.

"'사마리아호'에 관한 모든 이야기가 책략이지. 저 권양기와 칸막이 벽을 봐. 선원실 입구처럼 보이는 저 검은 문도 속임수지. 저 안에 고사포가 숨겨져 있어. 저기, 저게 아래로 내려가는 길이고, 저기가 내가 묵었던 곳이지…… 저게 조타실로 가는 길이야. 저 보트는 '멕시코를 향해 돌진'이라는 말이 끝나기도 전에 일단의 함대로 변할 수 있을 정도지……"

"흥미로운 얘기지." 영사가 보다 자세히 들여다보았다. "독일 잡지에서 오려낸 사진이죠." 휴는 이렇게 말하며 사진 아래의 고트어를 자세히 들여다보았다. '영국 화물선, 독일 잠수함으로부터 보호하기 위해 위장하고 다니다 Der englische Dampfer trägt Schutzfarben gegen deutsche U-Boote.' "다음 장에는 엠덴*의 사진이 있었던 것 같아." 영사는 계속 읽어나갔다. "아래에는 뭔가 그 성격에 관한 게 적혀 있군. '내가 어떻게 우리의 반대편 대륙을 떠났는가 verliess ich den Weltteil unserer Antipoden.' '우리의 반대편……'" 그는 잠시 뭔가를 의미하는 듯한 눈빛으로 휴를 날

---

* Emden: 독일 북서부 니더작센 주(州)에 있는 도시.

카롭게 처다보았다. "이상한 사람들이군. 왜 갑자기 내 옛날 책들에 관심을 가지나…… 그런데, 안됐군…… 뵈메*의 책들은 파리에 두고 왔다네."

"그냥 둘러봤을 뿐이에요."

이본의 눈에 들어온 것은 「유황에 관한 논문」, 미하엘 센디보기우스 지음―디비 레스키 제노스 아모의 철자 순서를 바꾼 이름.** 승리의 마법사의 돌 또는 연금술의 승리: 연금술에 관한 보다 완벽하고 지적인 논문. 비밀 공개 또는 왕의 닫힌 궁전으로 들어가는 열린 문: 1645년 23세의 나이로 마법사의 돌을 읽고 영감을 얻은 익명의 유명한 영국 작가가 편집한, 아직 전체가 발견되지 않은 화학계 최고 지식을 담은 책. 연금술 박물관 확장 복원: 1678년 프랑크프루트에서 발행된 라틴어 원본의 첫 영문본으로 마법사의 돌에 나오는 최고의 특효약의 발견 및 보존 방법을 설명하는 연금술의 기본 지침서, 12개의 소논문 포함. 하위 세계 또는 카발라***의 기본 구성: 인간 외에도 지구상에는 이성적 동물이 존재한다고 주장한 아베 데 빌라르의 실험 물리-우주-신비의 재판본(再版本), 악마론의 그림 부록 첨부. 세상에……

"이런 책도 있군요." 휴는 마지막에 놓여 있던 오래된 케케묵은 냄새가 나는 책을 들고 말했다. "유대 학문에 관한 것……" 갑자기 볼로프스키가 또 다른 생에서 카프탄****을 입고 하얀 수염을 기른 채 유대인들이

---

* Jakob Böhme(1575~1624): 독일의 사상가이자 신학자.
** 'Elvis'의 철자 순서를 바꾸면 'Lives'가 되는 것과 같이, '나는 신성한 레스키족을 사랑한다'라는 뜻의 디비 레스키 제노스 아모Divi Leschi Genus Amo의 철자 순서를 바꾸면 저자의 이름인 미하엘 센디보기우스Michael Sendivogius가 된다. 폴란드 출신 연금술사이자, 철학자, 의사인 미하엘 센디보기우스는 이렇게 자신의 이름을 라틴어의 철자 순서를 바꾸어 썼다.
*** 유대교의 신비주의적 교파.
**** caftan: 터키 사람들이 입는 소매가 긴 옷.

쓰는 작은 모자를 쓰고, 강렬한 눈빛으로 중세의 뉴컴프턴 거리의 노점에서 히브리어로 된 악보를 보는 모습이 휴의 마음에 투영되는 듯했다.

"모든 것을 갈기갈기 찢어버리는 에레키아,* 날카로운 소리를 내뿜는 일리림킴, 거짓된 지도자 아펠키, 떨리는 몸짓으로 먹이를 공격하는 드레숍, 아, 그리고 고통을 불러오는 아레케솔리. 연기로 상대를 질식시키는 파괴자 부라신, 벌레처럼 무서운 빛을 내는 글레시, 그리고 끔찍하게 떨어대는 에프리지스도 잊어서는 안 되지, 넌 에프리지스를 좋아할 것 같군…… 참, 뒤로 움직이는 마메스, 특이한 모습으로 기어다니는 라미센도 빼 먹으면 안 돼……." 영사가 말을 이었다. "육신의 탈을 쓴 사악한 심판관들이지. 이성적이지 못한 사고라고 생각할 수도 있겠지만, 이들은 모두 한 번쯤은 내 침대를 다녀갔다네."

세 사람은 서두르긴 했지만 아주 유쾌하게 농담을 주고받으며 토말린을 향해 출발했다. 휴는 술기운 탓인지 영사의 두서없는 말이 꿈속에서 들리는 듯했다. '히틀러는 말이야' 집 밖으로 발을 내디디며 영사가 말했다. 사실 이것이 그의 관심사였는지도 모른다. 거기에 좀더 관심을 보여줬어야 하는 건데…… '히틀러는 단지 책장에서 발견할 수 있는 에레키아를 얻기 위해서 유대인들을 말살시키려고 했지.' 이때 갑자기 집 안에서 전화벨이 울렸다.

"아니, 그냥 놔둬." 휴가 집 안으로 들어가려 하자 영사가 말했다. 콘셉타도 집에 없었기에 전화벨은 계속 울려댔고, 덫에 걸린 새가 푸덕거리는 소리처럼 벨 소리는 빈 방 가득 울려 퍼졌다. 그리고 멈췄다.

이본이 입을 열었다.

---

* 에레키아부터 라미센까지, 맥그레고-메이서MacGregor-Mather의 카발라와 악마에 관한 카탈로그에 등장하는 악마들 이름이다.

"왜 그래요, 제프, 나 때문에 너무 신경 쓰지 마요. 이제 충분히 쉬었는걸요. 하지만 당신들 두 사람 중 누구라도 만약 토말린이 너무 멀게 느껴진다면 동물원에 가는 건 어때요?" 이본의 넓은 눈썹 아래 솔직한 감정을 표현하는 듯한 두 눈은 두 사람을 모호하면서도 단도직입적인, 그러면서도 아름다운 표정으로 바라보았다. 그 눈은 휴의 미소에 답하지는 않았지만 입술은 그것을 암시하는 듯했다. 이본은 제프리가 거침없이 대화를 이어가는 것을 좋은 조짐으로 해석하는 듯했다. 그게 사실일지도 모른다! 바람은 어디로 가버렸을까? 먼지도 거의 없는 맑고 조용한 날이 될 것 같았다. 수영으로 생기를 회복한 이본은 맑은 눈으로 모든 것을 새롭게 시작하듯 우아하고도 자유로운 몸짓으로 걸음을 재촉했다. 피곤한 기색은 전혀 없었다. 휴는 홀로 걸어가는 이본의 모습을 홀린 듯 쳐다보았다. 가여운 이본! 그녀가 원기를 회복한 것은 무엇보다 기쁜 일이었다. 오랫동안 떠나 있던 그녀가 다시 돌아온 것 같았다. 그러나 그것은 동시에 이별과도 같았다. 휴의 유용성은 이미 거의 소진된 상태이기 때문에, 그들의 "음모"는 약간의 변화에도 민감하게 흔들렸다. 물론, 약간의 변화란 그의 부재를 의미하는 것은 아니다. 제프리가 내심 가지고 있는 관심을 기만하지 않고서는 다시 이본과 단둘이 있는 것은 불가능할 것 같았다. 휴는 오늘 아침 두 사람이 갔던 그 길 아래로 갈망의 눈길을 보냈다. 이제 그들은 반대 방향으로 향하고 있었고 오늘 아침은 이미 먼 옛날 일처럼 느껴졌다. 어린 시절이나 전쟁 이전의 날들처럼 느껴졌다. 이제 미래가 펼쳐지기 시작했다. 기타를 연주하는 멋진 미래……? 휴는 자신의 생각을 스스로 비웃었다. 휴의 기자적인 시각은 이본에게로 옮겨갔다. 다리를 드러낸 이본은 노란색 바지 대신 상어 피부 문양의 직물로 된 허리 단추가 있는 맞춤 수트를 입고 있었다. 그 안에는 루소의 소설에 나오는 것 같은 정교한 프릴이 달린, 목까지 올라오는 밝은색 블라우스를 입고 있었다. 이본은 밝은 빨간색 가방을 들고 있었고 굽이 평평하지도 높지도 않은 빨간색 신발은 깨어진 돌멩이에 부딪쳐 간간히 딸깍거리는 소리를 냈다. 그녀를 지나쳐 가는 그 누구도 고통을 눈치채지는 못할 것이다. 아무도 그녀에게 믿음이 부족하다고 생각지 않을 것이며 그녀 자신이 어디로 가고 있는지 확실히 알고 있다는 데 대해 의문을 제기하지 않을 것이다. 그 누구도 그녀가 몽유병자처럼 꿈속에서 걷고 있다고는 생각지 않을 것이다. 누구나 '이 얼마나 아름답고 행복한 여인인가'라고 말할 것이다. 벨라비스타에 있는 연인을 만나러 가는 여인! 〔적당한 키의 날씬한 여인, 이혼했고, 열정적이지만 남성을 시기하는, 남자가 즐거울 때나 어려울 때나 천사같이 대하지만 남자의 야망을 파괴하는 몽마(夢魔)와 같은 여인…… 우아하고 날렵한 걸음걸이, 햇볕에 탄 깨끗하게 닦은 어린애의 얼굴, 비단 같은 광채가 나는 부드러운 피부, 마치 방금 씻은 것처럼 깨끗하게 빛나는 머릿결을 가진 미국 여인. 그러나 요람을 흔들기에 역부족일 듯한 가느다란 갈색 손과 연약한 발을 가진 여인〕 얼마나 오랜 세월의 압박이 이들을 이렇게 만들어버렸을까? 이들은 에브로 전투에서 누가 지고 있는지 신경 쓰지 않는다. 욥의 군마*를 비웃기에는 너무 이르다는 것을 알기 때문이다. 이들은 전쟁의 중요성을 알지 못하며, 오로지 어리석은 자들이 무언가를 위해 목숨을 바친다고 생각한다……

"동물원은 건강에 도움이 된다고 들었어요. 멕시코에는 동물원이 많죠. 친절한 목테수마 황제가 완강한 코르테스에게 동물원을 구경시켜주기도 했을 정도죠. 그 불쌍한 사람은 자신이 지옥에 있는 줄 알았죠." 영사

---

* 「욥기」35:19~25: "말의 힘을 네가 주었느냐 그 목에 흩날리는 갈기를 네가 입혔느냐……"

는 벽에 있던 전갈을 발견했다.

"전갈?" 이본이 말했다.

"바이올린처럼 생겼네요."

"호기심 많은 새라고 할 수 있지. 게다가 성직자든 가난한 날품팔이든 상관하지 않지…… 사실 정말로 아름다운 생물이야. 그냥 놔두게. 어쨌든 자기 독침에 쏘여 죽고 말 텐데." 영사는 지팡이를 흔들었다.

세 사람은 나란히 흐르는 빠른 강물 사이에 있는 칼레 니카라과를 올랐다. 회색 묘비와 교수대처럼 흔들리는 그네가 있는 학교를 지나 진홍색 꽃이 엉켜 있는 울타리와 신비로운 높은 담을 지났다. 울타리 사이에는 마멀레이드 색깔의 새들이 곡예를 하며 요란하게 울어대고 있었다. 휴는 어린 시절 방학 마지막 날 어딘가를 갔을 때에는 항상 좋지 않은 결과를 낳았다는 사실을 기억하며 제프리가 권한 술을 마신 것이 다행이라고 생각했다. 그대로 머물러주기를 원했던 시간은 수영선수를 쫓는 상어처럼 얼마나 빨리 흘러갔던가. '**복싱! 엘 발론 vs. 엘 레돈딜로. 토말린 경기장.**' '풍선 대공'*이란 말인가? Domingo(일요일)…… 그것은 일요일 경기였다. 일요일에 투우 경기를 보러 가기로 한 이상, 그 광고는 아무런 의미가 없었다. 666.** 영사는 또 벽 아래 흐릿한 노란색 주석판으로 된 살충제 광고를 보고 즐거워했고 휴는 혼자 킬킬거렸다. 현재까지 영사의 상태는 최상이었다. 몇 잔의 "꼭 필요했던 술"이 신통하게도 효험이 있었던 것이다. 그는 어깨를 뒤로 젖히고 가슴은 앞으로 내민 채 똑바로 걷고 있었다. 전혀 의심이 없는, 절대 확신을 가진 듯한 모습이었다. 이는 특히 카우보이 옷

---

* El Balón vs. El Redondillo: Balón은 Baloon(풍선), Redondillo는 Bouncing Ball(튀어오는 공)을 뜻함.

** 「요한계시록」에 나오는 지상의 동물 수.

차림을 한 누군가, 그래서 반드시 그렇게 보여야 할 누군가와는 대조적인 모습이었다. 검은 선글라스에 지팡이, 꼭 끼는 트위드 바지, 파란색과 흰색이 어우러진 넥타이, 그리고 갈색과 회색이 적당하게 섞인 수염은 휴가 면도를 해준 덕분에 산뜻하게 정리되어 있었고 굵고 풍성한 머리카락은 단정하게 뒤로 빗겨져 있었다. (휴가 빌려 입었던 코트는 그다지 구김이 없었고 이제 휴는 다른 코트를 빌려 입고 있었다.) 이런 그의 모습을 보고 누가 감히 품위 있는 모습이 아니라고 부정할 수 있을 것인가? 이 품위 있는 사람이 영사의 표현처럼 목례하듯 고개를 약간씩 끄덕이며 걷는 이유는 무엇일까? 누가 눈치나 챌 수 있을 것인가? 아마도 바다로부터 얻은 태생적 기질 때문일 수도 있을 것이다. 그래서 외국에 사는 영국 사람은 항상 또 다른 영국인을 만날 것을 기대하는 것이다. 만약 이것이 그 원인이 아니라면, 그가 절뚝거리듯 걷는 것은 코끼리 사냥이나 오래전 파탄족*과의 충돌 때문일 수도 있다. 눈에 보이지 않는 태풍이 망가진 인도의 한가운데서 공전하고 있는 듯했다. 태풍이 머릿속 표지를 망가뜨렸다는 사실 외에, 누가 그 존재를 인식이라도 했겠는가? 휴는 웃고 있었다.

"즐거워라, 즐거워라, 즐거워
나는 흔들 흔들 흔들
병도 흔들 흔들 흔들
네메시스**와의 즐거운 승마"

---

* Pathans: 파키스탄 서북부에 사는 아프간족.
** Nemesis: 그리스 신화에 나오는 복수의 여신.

영사가 수수께끼 같은 말을 하고는 휴에게 슬쩍 눈길을 주며 다소 강한 어조로 말했다.

"외출하기에 너무나 좋은 날이군."

'No se permite fijar anuncios(광고판 금지)······.'

이본은 사실상 혼자 걸어가고 있었다. 세 사람은 일렬로 길을 올랐다. 이본이 앞서고 영사와 휴가 일정하지 않은 간격으로 그 뒤를 따르고 있었다. 그들의 혼란스러운 영혼이 어떤 생각을 하고 있건 간에, 휴는 그것을 망각하고 있었다. 영사는 웃음이 전염되지 않기를 원했지만 휴는 발작적인 웃음을 그치지 못하고 있었다. 세 사람은 한동안 일렬로 길을 가야 했다. 소년 하나가 소들을 몰고 그들을 지나 언덕 아래로 거의 뛰다시피 가고 있었기 때문이다. 죽어가는 힌두의 꿈에서처럼, 소년은 소의 꼬리를 잡고 소들이 가는 방향을 조정하고 있었다. 염소도 보였다. 이본은 몸을 돌려 웃어 보였다. 유순하고 착해 보이는 염소들은 소란스럽게 울려대는 작은 방울을 달고 있었다. '아버지가 너희를 기다리고 있나니. 아버지는 잊지 않고 있나니.'* 염소 뒤에는 검은 피부의 여인이 숯이 담긴 소쿠리를 머리에 이고 이를 악문 채 비틀거리며 가고 있었다. 그 뒤로 노동자 하나가 머리에 아이스크림 통을 이고 가까스로 균형을 잡으며 성큼성큼 언덕을 내려가고 있었다. 아이스크림 손님을 찾는 것이 분명했으나 손님을 찾을 수 있을지는 의문이었다. 머리에 인 무거운 통 때문에 이쪽저쪽을 살펴볼 수도 없거니와 심지어 멈출 수도 없는 상황이었다.

영사가 휴의 어깨를 살짝 두드리며 입을 열었다. "케임브리지에서 교황당**에 대해 배운 적이 있을 거야······ 그런데 여섯 개의 날개를 가진

---

* 염소가 하는 말로, 이 염소들의 아버지는 4장에서 휴를 공격했던 염소로 추정.
** Guelphs: 교황을 지지한 중세 이탈리아의 한 당파.

천사는 변형된 적이 없다*는 것에 대해 들어본 적 있나?"

"날개 하나로 날 수 있는 새는 없다는 걸 배운 적은 있는 것 같아요—"

"『지구에 관한 성스러운 이론』**을 쓴 토머스 버넷이 기독교인이었다는 것도…… Cáscaras! Caracoles! Virgen Santísima! Ave María! Fuego, fuego! Ay, qué me matan!(조개! 달팽이! 성모 마리아! 아베 마리아! 불이야, 불! 아아, 나를 이렇게 죽이는구나!)"

스칠 듯 가까이 내려온 비행기가 광풍을 몰아쳐 나무들을 요동치게 하고는 다시 급상승하면서 거의 망루에 부딪치는 듯했으나 다음 순간 규칙적인 포병대의 소리가 들려오는 화산 쪽으로 날아가버렸다.

"마지막 지푸라기……" 영사가 한숨처럼 내뱉었다.

갑자기 휴의 눈에 키 큰 남자의 모습이 들어왔다. 그는 이본이 가려고 했던 샛길에서 나왔다. 비스듬한 어깨에 잘생긴 얼굴, 까무잡잡한 피부, 일종의 망명 중인 유럽인임을 한눈에 알 수 있었다. 호기심 어린 상상에 의하면 이 남자의 모든 것이 직각으로 솟은 파나마모자의 꼭대기까지 뻗어 있는 듯했다. 모자 아래와 머리 사이의 공간은 정신적 영역이나 그 후광, 또는 부끄러움을 간직한 채 펄럭이는, 그러나 지금은 보이지 않는 비밀스러운 죄책감의 정수로 채워진 듯했다. 그는 세 사람을 마주하고는 미소를 지어 보였다. 아니, 그 미소는 이본만을 향한 듯했다. 대담하게 보이는 돌출된 눈은 회의와 실망을 표출하고 있고 검은 눈썹은 활 모양으로 굽어 있었다. 상의 단추는 열려 있었고 바지는 배 위까지 올라와 있

---

* 원문은 "No angel with six wings is ever transformed"으로 1486년 로마에서 발행된 『카발라의 결론 Cabbalistic Conclusions』 중 30번째 결론.
** Telluris Theoria Sacra: 토머스 버넷(Thomas Burnet, 1635~1715)의 지구 이론, 즉 지구의 기원과 변화에 관한 내용이 담긴 글. 토머스 버넷은 1654년 케임브리지의 신학대학에 입학했다.

었다. 원래는 하체를 숨기기 위해 디자인된 것일 테지만 오히려 하체의 돌출된 부분을 더욱 강조하고 있었다. 그는 잠시 머뭇거리다 반짝이는 눈빛과 검고 작은 콧수염 아래 입술에 꾸민 듯하지만 매력적인, 동시에 방어하는 듯한, 어떤 면에서는 장엄하기까지 한 미소를 띠고, 태엽장치를 한 인형처럼 한 발짝 앞으로 다가서 기계적인 상냥함으로 손을 내밀었다.

"오 이본, 놀랍고도 유쾌한 일이오. 세상에, 오, 이 사람아, 안녕하신가."

"휴, 이쪽은 자크 라루엘." 영사가 말했다. "아마 내가 이야기하는 걸 들어본 적이 있을 거야. 자크, 이쪽은 내 동생 휴. Il vient d'arriver(방금 도착했지), 이쪽도 마찬가지고. 자크, 안녕한가? 술이 절실하게 필요한 것 같아 보이는군."

"―"

"―"

휴에게 라루엘의 이름은 아주 먼발치에서 들려오는 듯했다. 조금 뒤 라루엘은 이본의 팔을 잡고 그녀와 함께 도로 한가운데를 따라 언덕 위로 오르고 있었다. 그다지 의미 있는 행동 같아 보이지는 않았지만, 라루엘을 소개하는 영사의 어투가 퉁명스러웠던 것은 사실이다. 휴 역시 약간 감정이 상했고, 영사와 함께 뒤처져 천천히 걸어가는 동안 그 이유야 무엇이건 간에 약간의 긴장감이 감도는 것을 느낄 수 있었다. 라루엘이 입을 열었다. "모두들 내 '정신병원'에 들러보는 건 어때요. 재미있을 거야, 어때, 제프리, 아, 휴그?"

"아니" 영사가 뒤에서 낮은 목소리로 답했다. 영사는 계속 혼자서 아주 낮은 목소리로 욕 비슷한 말을 내뱉었고, 이에 휴는 다시 미친 듯 한바탕 웃어버리고 싶다는 생각이 들었다. 두 사람은 한줄기 바람이 이는 도로를 따라 자신들과 함께 움직이는 흙먼지 속에서, 마치 비처럼 흩뿌리는 성마른 흙의 소용돌이 속에서, 이본과 그 친구의 뒤를 따르고 있었다. 바람이 잠잠해지자 수로를 향해 곤두박질치던 물이 더욱 강한 힘으로 내달는 듯했다.

두 사람 앞에서 라루엘이 이본에게 상냥하게 말했다.

"맞아…… 맞아요. 당신들이 탈 버스는 2시 30분이 되어야 출발하잖아요. 한 시간 이상 남아 있는 셈인데."

"하지만 이건 마치 신기한 기적 같은 얘기군요. 아주 오랜 시간이 지난 것 같은데—" 휴가 말했다.

"그렇지. 여기서 우리가 만난 건 정말 기막힌 우연이지." 영사는 조금 전과는 달리 차분한 목소리로 말했다. "하지만 당신들 두 사람은 서로 알고 지내면 좋을 거야. 뭔가 공통점이 있는 사람들이니까. 휴, 넌 이 사람 집을 좋아하게 될 거야, 항상 재미난 곳이지."

"좋아요." 휴가 말했다.

"아, 저기 집배원이 와요." 앞서 있던 이본이 라루엘에게서 팔을 빼고 몸을 돌리며 소리쳤다. 그녀는 칼레 니콰라과가 칼레 티에라 델 푸에고와 만나는 언덕 꼭대기의 왼쪽 구석을 가리키고 있었다. "정말 대단한 사람이죠." 이본이 약간 수다스럽게 말을 이었다. "재미있는 사실은 콰우나우악의 모든 집배원들은 모두 똑같아 보인다는 거예요. 이 사람들은 모두 같은 집안 출신인 데다 대대로 집배원 일을 하고 있죠. 저 집배원의 할아버지는 막시밀리안 시대에 집배원을 했을 거예요. 마치 서신을 전달하는 수많은 비둘기처럼 이 괴상한 작은 사람들이 편지나 소포를 수거하고 발송하는 것을 상상해봐요. 재미있지 않아요?"

'당신 오늘따라 왜 그렇게 수다스럽죠?' 휴는 이본을 바라보며 이런 생각을 했지만 공손하게 대답했다. "재미있고말고요." 네 사람 모두 집배원이 다가오는 것을 지켜보고 있었다. 휴는 전에 이런 특이한 유형의 집배원을 본 적이 없었다. 키가 5피트도 채 안 될 것 같은 이 사람을 멀리서 분간하기는 어려웠으나 마치 귀여운 동물이 다가오는 것처럼 보였다. 그는 무명천으로 된 무채색 유니폼을 입고 다 떨어진 우체국 모자를 쓰고 있었다. 가까이서 보니 턱 밑에 염소수염 같은 수염이 있었다. 네 사람을 향해 돌진하는 그 쭈글쭈글한 얼굴에는 다정함과 정다운 느낌이 있었다. 그는 걸음을 멈추자 어깨에서 가방을 내려놓고 가방의 버클을 풀기 시작했다.

"여기도 편지, 저기도 편지, 또 편지." 네 사람이 다가갔을 때 그는 이렇게 중얼거리고 있었다. 그는 이본을 보자 마치 어제 만난 사람처럼 꾸벅 인사했다. 그러고는 영사에게 "당신에게 전갈이 왔어요"라고 말하고 두 개의 소포 꾸러미를 가져와 꾸러미를 풀면서 장난스럽게 웃어 보였다.

"뭐라구요? 세뇨르 칼리굴라에게 온 것은 없나요."

"아" 집배원은 네 사람을 곁눈질하며 가방을 떨어뜨리지 않기 위해 팔꿈치를 몸에 가까이 붙인 채 다른 꾸러미를 살펴보았다. "없어요." 이제 그는 가방을 모두 내려놓고 본격적으로 편지를 찾기 시작했고 곧 꾸러미 안의 모든 편지들이 도로 위에 가득 펼쳐졌다. "여기 있을 거예요. 여기, 아니, 이것도. 아니고…… 에이, 에이, 에이, 에이."

"여보게, 신경 쓰지 말게나." 영사가 말했다. "괜찮아요."

하지만 집배원은 계속 편지들을 살펴보고 있었다. "바드로나, 디오스 다도—"

휴 역시 편지를 기다리고 있었다. 『글로브』지로부터 소식이 자주 오는 것은 아니지만 그래도 소식이 온다면 전보가 올 수 있다고 생각했다.

그리고 반은 기대감에, 이 집배원의 외모가 말하듯 유쾌하고 그럴듯한 기대감에, 오악사카 봉투에 태양을 향해 활을 쏘는 궁수의 스탬프와 깨알 같은 글씨로 덮인 후안 세리요의 편지를 기다리고 있었다. 그는 벽 뒤 어딘가에서 누군가 연주하는 기타 소리를 들었다. 그러나 다음 순간 낙심했다. 개 한 마리가 날카롭게 짖어대고 있었다.

"피시방크, 피구에로아, 고메스, 아니, 퀸시, 산도바, 아니지."

마침내 그는 편지를 모아서 사과와 실망을 표하며 인사를 하고는 다시 거리로 돌진해갔다. 네 사람은 모두 그의 뒷모습을 지켜보고 있었다. 휴는 그 집배원의 행동이 설명하기 힘든 엄청난 사적인 농담으로 회자되지는 않았는지, 만약 그랬다면 그런 농담을 들으며 내내 웃을 수 있을 것이라고 생각했다. 집배원은 친절하게도 길을 가다 다시 멈춰서 꾸러미를 하나 더 풀어 살펴보고는 몸을 돌려 빠른 걸음으로 다가와 승리의 환호를 지르며 우편엽서같이 생긴 것을 영사에게 건네주었다.

다시 약간 앞서 걷던 이본은 자신의 어깨 너머로 영사에게 미소를 지으며 고개를 끄덕여 보였다. 마치 '다행이군요. 결국 편지 한 장이라도 건졌으니' 하고 말하는 것 같았다. 그녀는 라루엘의 옆에서 춤을 추는 듯한 경쾌한 발걸음으로 천천히 먼지 가득한 언덕을 올라갔다.

영사는 엽서를 두 번 앞뒤로 돌려보고는 휴에게 건넸다.

"이상하군" 영사가 말했다.

엽서는 바로 이본에게서 온 것으로 1년 전에 그녀가 쓴 것이었다. 휴는 그것이 그녀가 영사를 떠난 후, 아마도 그가 아무것도 모른 채 콰우나우악에 머무르자고 제의한 후, 발송된 것이라는 사실을 깨달았다. 엽서는 원래 멕시코시티의 웰스 파고로 부쳐졌으나, 누군가의 실수로 여러 곳을 떠돌아다닌 것이 분명했다. 파리, 지브롤터, 심지어 파시즘의 근원지인 스페인의 알헤시라스의 스탬프도 찍혀 있었다.

"아니, 읽어봐." 영사가 미소 지으며 말했다.

이본의 갈겨쓴 필적이 보였다. "여보, 내가 왜 당신을 떠났을까요? 왜 당신은 날 붙잡지 않았나요? 내일 미국에 도착하고 이틀 후면 캘리포니아에 도착해요. 그곳에서 당신의 편지를 받을 수 있다면 좋을 텐데. 사랑하는 Y."

휴는 엽서를 뒤집어보았다. 사막과 사막을 잇는 하얀색 울타리가 있는 다리 위로 이어지는 칼스배드 캐번 고속도로와 함께 엘패소의 용맹스러운 시그널 피크의 모습이 담겨 있었다. 도로는 멀리로 약간의 커브를 그리며 모습을 감추었다.

VII

 '오후 1시 20분 술에 취해 미친 듯 돌아가는 세계가 헤라클레스의 나비*를 향해 돌진할 때 그의 집을 방문하는 것은 결코 좋은 생각은 아닌 것 같군.' 영사는 이렇게 생각했다.
 자크의 집에는 두 개의 망루가 있었고 각각의 끝은 스튜디오의 유리 지붕 위의 좁은 통로로 연결되었다. 이 망루들은 마치 사마리아호처럼 위장된 것으로 보였다. 한때는 파란색, 회색, 보라색, 주홍색이 얼룩말과 같은 줄무늬로 화려함을 자랑했으나 세월과 기후의 영향으로 이제는 가까이서 보기에 연한 자줏빛으로 변해 있었다. A자형 나무 사닥다리로 오를 수 있는 꼭대기와 나선형의 계단으로 된 내부가 함께 두 개의 망루를 이루고 있었다. 성 꼭대기의 탑과 거의 비슷한 크기의 지붕이 없는 관측대에서는 어느 쪽에서나 콰우나우악의 계곡을 볼 수 있었다.
 영사와 휴가 집을 마주하고 섰을 때 왼편으로는 망루의 총안(銃眼)이

---

* Hercules' Butterfly: 별자리. 가장 밝은 별은 라스 알게티 Ras Algethi.

있는 흉벽이, 오른편으로는 칼레 니카라과가 아래로 뻗어 있었다. 그리고 불쾌한 모습의 두 천사가 눈에 들어왔다. 분홍빛 돌로 조각된 천사들은 총안 너머로 보이는 하늘을 등지고 서로 옆모습을 나란히 한 채 무릎을 꿇고 있었다. 저 멀리 뒤로 보이는 철부(凸部) 벽 위에는 마지팬* 모양의 포탄처럼 보이는 두 개의 이름 모를 물체가 엄숙하게 앉아 있었다.

또 다른 망루는 총안 설비를 제외하고는 단순한 모양새였는데, 영사는 종종 이러한 대조가 천사와 포탄처럼 자크와 잘 어울린다는 생각을 하곤 했다. 1층의 스튜디오를 식당으로 바꾸어 요리사와 그 친척들의 야영지로 사용하고, 그의 침실을 작업실로 이용하는 것도 괜찮을 것 같다는 생각을 하기도 했다.

가까이 다가갈수록 왼편으로, 침실의 두 개의 창 아래로(창은 마치 돌출 총안처럼, V자 형으로 갈라진 모양새로 비스듬하게 지어져 있었다), 보다 커다란 타워, 금박의 커다란 글자로 덮인 거친 석판이 벽 쪽으로 드리워져 마치 벽의 양각 작품처럼 보였다. 두꺼운 금박의 글자들은 서로 겹쳐져 혼란스러운 모습을 자아냈다. 영사는 시내 방문객들이 동시에 30여 분간 자신들을 쳐다보고 있다는 것을 깨달았다. 가끔 라루엘이 나와서 그 알 수 없는 글자들의 원래 철자에 대해, 그리고 그것이 프레이 루이스 드 레온의 문장의 일부라는 것을 설명했다. 영사는 그 사실을 알고 있었지만 그 순간 문장의 내용을 기억해내지는 못했다. 게다가 왜 자기 집보다 이 이상한 집이 더 친숙하게 느껴지는지 자문해보지도 않았다. 이제 영사는 뒤에서 장난스럽게 자신을 쿡쿡 찌르던 라루엘을 앞질러 휴와 이본을 따라 나선형 계단을 올라가 한때 텅 비어 있던 왼쪽 타워의 스튜디오로 들

---

* marzipan: 아몬드, 설탕, 달걀을 넣어 만든 과자.

어갔다. "우리가 술을 너무 과하게 마시지는 않았지?" 영사가 물었다. 이제 세상과 분리된 느낌은 사라지고 불과 몇 주 전 여기에 다시 오지 않으리라고 결심했던 기억이 떠올랐다.

"술 말고 다른 것에 대해 생각해본 적이 있나?" 자크가 이렇게 말한 것 같았다.

영사는 대답하지 않고 비스듬한 창문이 있는 친숙하고도 어지러운 방으로 들어갔다. 방 안에서는 돌출 총안의 뒤쪽 부분이 보였다. 영사는 다른 이들을 따라 구부정하게 창문을 통과하여 뒤쪽의 발코니로 갔다. 햇빛이 가득한 계곡과 화산, 평원을 가로지르며 움직이는 구름 그림자가 한눈에 들어왔다.

하지만 라루엘은 이미 빠른 걸음으로 계단을 내려가고 있었다. "난 아니지!" 그는 다른 이들에게 이렇게 소리쳤다. 바보들 같으니라구! 영사는 자크의 뒤를 두세 걸음 남짓 바짝 따라 붙었다. 물론 아무런 의미도 없는 행동이었으나 거의 위협처럼 느껴진 게 분명했다. 영사는 시선을 들어 방에서 망루 위까지 이어진 계단을 멍하니 쳐다보다 발코니에 있는 휴와 이본에게로 다가갔다.

"여봐요, 지붕에 올라가보게나, 현관도 괜찮고. 편하게 있어요." 아래쪽에서 자크의 목소리가 들려왔다. "휴, 거기 테이블에 망원경이 있다네…… 바로 올라가진 못할 거 같아."

"내가 지붕 위에 올라간다고 해도 말릴 사람 없죠?" 휴가 물었다.

"망원경 가져가요!"

발코니에는 이본과 영사 둘만 남았다. 두 사람이 서 있는 곳에서 볼 때 이 집은 아래 계곡까지 가파르게 이어져 있는 언덕의 중간쯤에 위치한 듯 보였다. 그들은 발코니에 기대어 자신들의 머리 위로 언덕 꼭대기에 걸려 있는 시내를 바라보았다. 일단의 비행선들이 마치 고통의 몸짓처럼 지붕 위를 조용히 물결치고 있었다. 그 순간 축제의 음악과 함성이 더욱 분명하게 들려왔다. 저 멀리로 녹색 들판이 영사의 눈에 들어왔다. 골프 코스와 언덕 옆길을 돌아 기어가는 사람들…… 마치 전갈들이 골프를 하고 있는 듯했다. 영사는 호주머니 안의 엽서를 기억하고 그 말을 하려고, 그것에 대해 뭔가 부드러운 이야기를 하려고, 그녀가 자신을 바라보도록 하려고, 그리고 그녀에게 키스하려고, 이본을 향해 몸을 돌렸다. 그러나 곧 한 잔 더 걸치지 않고는 오늘 아침의 부끄러운 일 때문에 이본의 눈을 똑바로 쳐다보지 못할 것이라는 사실을 깨달았다. "이본, 어떻게 생각하오, 당신의 그 천문학적 시각에서는 어떻게 생각하는지……" 이본에게 이런 식으로 말하는 게 자기 자신이 맞을까, 이런 순간에 이런 식으로 말하다니! 아니다, 이것은 꿈이었다. 그는 위의 시내를 가리키고 있었다. "당신의 천문학적 시각으로는……" 그는 같은 말을 되풀이했다. 하지만, 아니, 역시 자신이 이런 말을 했을 리가 없다. "저 위에서 돌아가는 것들이 마치 보이지 않는 행성의 항해 같지 않아요? 반대 방향으로 돌아가는 알려지지 않은 달의 여행……" 아니, 그는 아무 말도 하지 않았다.

"오, 제발 제프리" 이본은 자신의 손을 그의 팔에 얹으며 말했다. "난 여기 오고 싶지 않았어요. 제발, 제발, 우리 뭔가 핑계를 만들어서 되도록이면 빨리 여기서 빠져나가요…… 당신이 나중에 술을 얼마나 마시더라도 개의치 않을게요."

"난 여기서 술 얘기를 한 적도 없고, 앞으로도 할 생각이 없었는데, 그 생각을 하게 한 건 바로 당신이군. 아니, 저 아래서 얼음을 깨고, 아니 부수고 있는 자크가 그랬나."

"나에 대해 아직 남은 애정이나 사랑 같은 게 있기는 한가요?" 이본이 갑자기 영사를 향해 몸을 돌리며 애처롭게 물었다. 영사는 생각했다. '그래요, 난 정말로 당신을 사랑한다오. 이 세상에서 사랑하는 건 당신뿐이라오. 하지만, 그 사랑은 지금 내게서 너무 멀리 있는 것처럼 느껴지는군. 이상한 것은 내 귀에는 그 윙윙거리는 소리와 흐느끼는 소리가 들린다는 거지, 하지만 너무도 멀리서 들려, 길을 잃은 것 같은 구슬픈 소리…… 다가오는 것 같기도 하고 멀어지는 것 같기도 한데 어느 게 맞는지 모르겠군.' "앞으로 술을 얼마나 많이 마실지 말고는 다른 생각을 할 순 없나요?"

"물론" 영사가 말했다. (그런데 방금 자크가 이렇게 물어보지 않았나?) "당연히 할 수 있지. 오 세상에, 이본!"

"제발, 제프리."

그는 아직도 이본을 바로 쳐다볼 수가 없었다. 일단의 비행선이 이제 그의 눈 옆쪽으로 보였고 그것들은 그를 세게 내리치려는 듯했다. "그러니까" 영사가 말했다. "이 모든 것들에서 벗어나자고 얘기하는 거요, 아니면 또다시 술 마시는 걸 가지고 훈계하려 드는 거요?"

"오, 훈계하려는 게 아니에요. 정말이에요. 다시는 당신에게 훈계 따위는 하지 않을 거예요. 당신이 원하는 거라면 무엇이든 할 거예요."

"그렇다면—" 영사의 말 속에 분노가 스며들고 있었다.

하지만 이본의 얼굴에는 다정함이 묻어나고 있었고 영사는 호주머니 속의 우편엽서를 생각했다. 엽서는 좋은 조짐임에 틀림없었다. 자신들을 즉시 구원해줄 부적이 될 수도 있었다. 아니, 그것이 어제나 오늘 아침 집에 도착했다면 좋은 조짐이 될 수 있었을 것이다. 불행히도 전혀 다른 순간에 배달되었기 때문에 영사는 그것을 좋은 조짐으로 받아들일 수 없었다. 그러나, 술을 한잔 더 하지 않고 좋은 조짐인지 아닌지 어떻게 알 수 있겠는가?

"하지만, 난 돌아왔어요." 이본이 말하고 있는 것이 분명했다. "왜 모르나요? 우리 이제 다시 이렇게 함께 있잖아요. 보이지 않아요?" 그녀의 입술이 떨고 있었고 금방이라도 울음을 터뜨릴 듯했다.

그러고는 영사에게 다가가 그의 팔에 안겼다. 그러나, 영사는 이본의 머리 너머를 응시하고 있었다.

"그렇군, 보이는군." 영사가 말했다. 하지만 그는 볼 수 없었다. 단지 들릴 뿐이었다. 윙윙거리는 소리, 흐느끼는 소리, 그 느낌, 비현실적인 그 느낌만이 들려왔다. "당신을 사랑하오, 단지—" "마음속 깊이 당신을 용서할 수가 없소." 그는 이렇게 말하고 싶었던 것일까?

영사는 자신이 이본 없이 얼마나 큰 고통을 겪었는지 생각하고 또 생각했다. 이본이 떠난 후 지난 1년간의 쓸쓸함, 이별, 자포자기의 절박한 심정은 어머니가 돌아가셨을 때 말고는 겪어본 적이 없었다. 그러나 지금의 이 감정은 어머니가 돌아가셨을 때에는 느끼지 못한 감정이다. 용서만이 오늘을 구원할 수 있는 상황임에도 불구하고 상대에게 상처를 주고 싶은, 상대를 화나게 하고 싶은 절박한 욕망에 시달렸다. 차라리 이러한 감정이 자신의 의붓어머니에게서 시작되었더라면, 그러면 이본이 아닌 그녀가 울 수 있었을 텐데…… "제프리, 난 먹기조차 힘들어요. 음식이 목에 걸리는 듯한 느낌이라구요!" 용서는 힘들었다. 힘들고 또 힘든 일이었다. 그리고 지금은 더욱 힘들었다. 당신을 용서하는 것이 얼마나 힘든 일인지 말할 필요조차 없지. '난 당신을 증오해.' 지금도, 그리고 항상…… 이제 신의 순간, 이본의 말에 고개를 끄덕일 순간, 모든 것을 바꿀 수 있는 주머니 속의 그것을 꺼내야 할 순간이 왔지만…… 너무 늦었다. 영사는 말을 아꼈다. 하지만 그는 마치 도개교(跳開橋)처럼, 이 혼란스러운 생각들이 지나갈 수 있는 통로를 만들어주려는 것처럼, 자신의 마음이 두 개로 나뉘어 위로 솟구치는 것을 느꼈다. "단지 내 마음이—" 그가 말했다.

"당신의 마음이?" 이본이 걱정스럽게 물었다.

"아무것도 아니오."

"오, 불쌍한 사람. 당신 많이 지쳤군요!"

"Momentito(잠시만)." 영사가 이본의 팔을 벗어나며 말했다.

그는 이본을 발코니에 남겨둔 채 자크의 방으로 천천히 걸어갔다. 라루엘의 목소리가 계단 아래로부터 들려왔다. 그가 배신당한 곳이 여기던가? 그녀의 사랑의 비명으로 가득했던 곳이 바로 이 방이던가. 조금만 반성한 소리 유령의 짓인 듯, 바닥에는 온통 책들이 흩어져 있었고 (그러나 그 중에 엘리자베스 시대의 희곡은 보이지 않았다) 한쪽 벽에 세워진 침대 소파 옆으로 가지런히 쌓여 있는 책들은 거의 천정에 닿을 듯했다. 타르킨의 음흉한 발걸음*으로 자신의 목표물에 다가가던 자크가 그 잠재적 비극을 막을 수 있었다면! 그리슬리 오로스코**가 목탄으로 그린 끔찍한 그림이 벽에서 으르렁거리고 있었다. 논란의 여지가 없는 명백한 천재에 의해 살해된 탐욕스러운 하피***들이 깨진 테킬라 병들 사이에서 침대의 철제 틀을 부여잡고 이를 갈고 있었다. 영사는 가까이 다가가 온전한 병이 있는지 살펴봤으나 헛된 노력이었다. 자크의 방도 둘러보았지만 역시 헛

---

* 셰익스피어의 희곡 「맥베스」에서 맥베스가 던컨을 죽이러 가던 모습이 '타르킨의 음흉한 발걸음'으로 비유된다. 타르킨은 실화를 바탕으로 한 셰익스피어의 서사시 「루크레티아의 능욕」에 나오는 인물로, 타르킨은 정숙한 로마 여인 루크레티아를 겁탈하여 결국 루크레티아는 자살에 이른다.
** Grisly Orozco(1883~1949): 리베라(Diego Rivera, 1886~1957)와 함께 멕시코 벽화 운동의 선두주자로 활동한 인물.
*** harpy: 그리스 신화에 나오는 여자의 얼굴과 새의 몸을 가진 탐욕스러운 괴물.

된 희망이었다. 불그스레한 리베라의 작품도 두 점 있었다. 양고기의 다리 같은 발을 가진 표정 없는 아마조네스는 노동자들의 땅과의 일체감을 보여주고 있었다. 칼레 티에라델푸에고가 내려다보이는 갈매기 모양의 창문에는 영사가 이전에 본 적이 없는 끔찍한 그림이 걸려 있었는데, 영사는 처음에 이것이 벽걸이 융단인 줄 알았다. "Los Borrachones(주정뱅이들)" 구식 포스터와 금주 포스터의 중간쯤 되는 그것은 미켈란젤로의 영향을 받은 듯했고 차라리 금주 포스터로 훨씬 어울리는 듯했다. 하지만 100년 정도, 아니 50년 정도 이전의 금주 포스터로 제격인 듯했다. 그것이 어느 시대 포스터인지는 하늘만이 알고 있을 것이다. 불그스레한 사람들이 외로이 아래로 떨어지고 있었고 불을 번쩍이는 마왕 메두사와 불을 내뿜는 괴물들이 이들을 삼키고 있었다. 하지만 괴물들은 헛된 희망의 상징, 깨진 병 조각, 주정뱅이들이 떨어지자 뒤로 물러나거나 몸을 움츠리고 있었다. 위로는 천국을 향해 불빛 속으로 희미하게 날아가는 것들이 보였다. 이들은 남성이 여성을 보호하며 외롭지 않게, 그리고 절제의 날개를 가진 천사들의 호위를 받으며, 장엄하게 위로 솟아오르고 있었다. 모두가 한 쌍으로 다니는 것은 아니었다. 하늘로 올라가는 몇몇의 외로운 여성들은 천사의 보호만을 받고 있었다. 영사가 보기에 이 여성들은 자신의 남편이 추락한 아래를 향해 약간은 질투 어린 시선을 던지고 있는 듯했다. 하지만 그 남편들 중 일부는 분명 안도의 표정을 짓고 있었다. 영사는 몸을 약간 흔들며 소리 내어 웃었다. 바보 같은 소리이긴 하지만, 선과 악의 경계를 정해서는 안 되는 분명한 이유가 여기에 있지 않을까? 자크의 방 다른 한켠에는 쐐기 모양의 석상이 마치 뿌리 식물같이 생긴 갓난아기처럼 앉아 있었다. 또 다른 편에는 이러한 석상들이 함께 쇠줄로 연결된 채 죽 늘어서 있었다. 족쇄에 묶인 채 일렬로 늘어서 있는 이 갓난

아이들로 인해, 정열의 종국 속에서 맞닥뜨린 이본에 대한 생각에도 불구하고 영사의 한 부분은 계속 웃고 있었다.

"휴, 그 위는 어때?" 영사가 위를 보며 소리쳤다.

"파리안이 꽤 잘 보이는걸요."

이본은 발코니에서 책을 보고 있었고 영사는 주정뱅이들 그림을 다시 응시했다. 불현듯 영사는 지금까지 이토록 확신을 가지고 생각해본 적이 없는 그 무언가를 느꼈다. 그것은 바로 자신이 지옥에 있다는 것이었다. 동시에 그는 이상한 고요에 사로잡혔다. 자신의 내부에서 효모처럼 끓던 소요, 스콜, 긴장의 회오리바람이 저지당한 것 같았다. 계단 아래서 자크가 술을 한 잔 더 마시기 위해 움직이는 소리가 들렸다. 술은 도움이 될 것이다. 하지만 영사를 진정시킨 것은 술에 대한 생각은 아니었다. 파리안, 파롤리토!* 그는 혼자 중얼거렸다. 등대, 폭풍을 불러들이고 폭풍을 밝혀주는 그것!** 사람들이 투우를 즐기고 있을 때 살짝 빠져나가 파롤리토에 가서 단 5분간 단 한 잔이라도 걸칠 수 있을 것이다. 거기에 갈 수 있는 가능성은 영사에게 거의 치유에 가까운 안식을 주었다. 파롤리토는 그가 바라왔던 최대의 열망, 고요의 일부였기 때문이다. 파롤리토! 그곳은 이상한 장소였다. 늦은 밤, 이른 새벽에만 문을 여는 곳이었다. 파롤리토는 오악사카에 있는 또 다른 이상한 술집과 마찬가지로 새벽 4시가 되어서야 문을 열었다. 하지만 오늘은 죽은 자의 날 휴일이기에 문을 닫지는 않으리라. 처음 갔을 때 파롤리토는 매우 협소한 장소 같아 보였다. 하지만 거기에 꽤 익숙해지면서 그곳이 여러 개의 작은 방으로 이루어져

---

* Farolito: '등대'를 의미. 여기서는 술집 이름으로 쓰였다.
** 저자의 시 「폭풍을 초대하는 등대The lighthouse that invites the storm」의 첫번째 행으로 원문은 "The lighthouse that invites the storm, and lights it".

깊숙한 곳까지 뻗어 있다는 사실을 깨달았다. 두번째 방은 첫번째 방보다 어두웠고, 세번째 방은 두번째 방보다 어두웠다. 모두 감방보다 작은 이 방들은 마치 극악무도한 음모가 태어나고 잔혹한 살인이 계획되는 곳 같았다. 토성이 염소자리에 들어갈 때 삶이 바닥으로 치닫는 곳, 하지만 동시에 영사의 머릿속에는 또 다른 훌륭한 생각이 떠오르는 곳, 아침 일찍 일어난 도공과 노무자들이 아직도 꿈길인 듯 잠시 문 앞에 멈춰 서는 곳…… 이제 모든 게 눈에 보이는 듯했다. 그 술집이 협곡 쪽으로 급경사를 이룬 것은 쿠빌라이 칸을 암시한다는 것을, 부인의 신경쇠약증을 치료하려다 부인을 죽인 것으로 유명한 독재자로 코끼리라는 별명으로 잘 알려진 라몬 디오스다도를, 그리고 전쟁으로 피폐해진 상처투성이인 거지들을 암시한다는 것을 깨달았다. 그 거지들 중 하나는 영사로부터 술 넉 잔을 얻어 마신 후 그를 예수 앞에 데려가 그 앞에 무릎을 꿇고 앉아 그의 코트 깃에 두 개의 메달을 꽂고는 과달루페의 성모*와 바늘방석과 같은 작은 금낭화 그림을 바라보곤 했다. "내가 너희에게 성인을 내리노라!" 이 모든 것이 눈에 선했다. 그는 이미 슬픔과 악의 존재에 대한 확신, 그리고 그를 빠져나가버린 또 다른 무언가에 대한 확신과 함께, 자신을 둘러싸고 있는 술집의 공기를 느낄 수 있었다. 그는 자신을 빠져나간 것이 무엇인지 알고 있었다. 바로 평화였다. 영사는 다시 새벽을 보았다. 열린 문으로 보이는 시에라마드레 산맥 위로 천천히 터지는 폭죽의 보라색 불빛 아래, 외로운 번민 속에서 새벽을 지켜보았다. 소네나우프강!** 황소들은 천국과도 같은 시리도록 차가운 순수한 공기 속에서 나무 바퀴가 달

---

* Virgin of Guadalupe: 1531년 멕시코 과달루페에서 발현한 성모 마리아.
** Sonnenaufgang: 무르나우(F. W. Murnau, 1881~1931)가 감독한 우파Ufa 영화 제목. 저자는 "이 영화의 첫 20분만큼 자신의 작품에 큰 영향을 미친 것은 없다"고 말한 적이 있다.

린 수레를 맨 채 주인을 기다리고 있었다. 그곳에 가고자 하는 영사의 열망은 너무도 강하여, 마치 긴 항해 끝에 고향 항구의 봉화를 본 뱃사람이 곧 자신의 아내를 안을 수 있을 것이라는 생각에 사로잡히듯, 그의 영혼은 자신이 서 있는 현실에서 그곳의 실재에 갇힌 듯했다.

그리고 갑자기 이본에게로 생각이 미쳤다. 영사는 자신이 정말로 이본을 잊고 있었던 게 아닐까 생각했다. 다시 방 안을 둘러보았다. 아, 이 많은 방 안에서, 이 많은 소파 위에서, 이 많은 책들 속에서, 그들은 자신들의 사랑을 발견했을까. 결혼 생활, 그들이 함께한 삶, 수많은 문제에도 불구하고, 실제로 대참사에 가까웠던 자신들의 삶을 발견했을까. 이본에게서 시작된 약간의 문제들, 그녀의 과거에 대한 집착, 유령 소리가 들리는 서덜랜드 성의 앵글로스코틀랜드계 출신 조상들에 대한 집착, 새벽 6시에 쇼트브레드*를 먹는 스코틀랜드 저지대의 조상들에 대한 집착에도 불구하고, 대참사가 예고된 결혼 생활에도 불구하고, 두 사람은 한동안 승리감에 도취되지 않았던가. 시간은 얼마나 빨리 흘러갔던가. 처음에 승리감으로 가득 찼던 그것은 그것을 잃어버릴 것이라고는, 그리고 마침내 그 상실을 견뎌내야 하는 상황이 올 것이라는 상상은 꿈에서조차 힘든 일이었다. 그것은 마치 스스로 견뎌내지 못할 것이라는 전조, 마치 실재하는 것과 같은 전조, 그가 다시 술집으로 걸음을 옮길 것이라는 전조가 된 것 같았다. 어떻게 모든 것을 다시 시작할 수 있을까, 마치 카페 샤그린과 파롤리토가 존재하지 않았던 것처럼, 그것들이 자신들의 삶에 아예 없었던 것처럼 다시 시작할 수 있을까? 이본과 파롤리토 모두에 성실할 수 있을까? 오, 주여, 세상의 등대여, 어떤 맹목적인 믿음이 다시 시간을 되돌

---

* short bread: 영국에서 홍차와 함께 즐겨 먹는 비스킷 크기의 작고 도톰한 빵.

릴 수 있을까, 폭동 같은 공포에 대한 5천 개의 산산이 부서진 자각의 길, 가면 갈수록 더 난폭해지는 자각의 길을 헤치고 다시 돌아갈 수 있을까. 사랑조차도 통과할 수 없는 곳으로부터, 용기라는 것은 찾아볼 수 없는 두꺼운 불꽃 속에서, 다시 예전으로 돌아갈 수 있을까? 벽에서는 주정뱅이들이 영원 속으로 떨어지고 있었다. 마야 우상 하나가 울고 있는 듯했다……

"에이, 에이, 에이, 에이" 라루엘이 계단을 쿵쾅거리며 올라오며 작은 집배원처럼 말했다. 그의 손에는 비열한 식사, 칵테일이 들려 있었다. 그리고 영사는 그의 눈에 띄지 않게 비열한 짓을 했다. 그는 이본에게서 받은 엽서를 꺼내어 자크의 베개 안에 밀어 넣었다. 이본이 발코니에서 모습을 드러냈다. "이본, 휴는 어디 갔죠. 미안해요, 너무 오랫동안 자릴 비웠네. 우리 지붕 위로 올라가요." 자크가 말했다.

실제로 환영에 대한 영사의 집착은 7분을 넘지 않았다. 하지만 라루엘은 더 오랫동안 자리를 비운 것 같았다. 영사는 두 사람을 따라 나선식 계단을 올라가며, 술잔을 따라 올라가며, 칵테일 셰이커와 술잔, 그리고 카나페와 올리브가 쟁반에 놓여 있는 것을 보았다. 자크는 겉으로 보기에 아주 침착한 듯 보이지만 실제로 그는 이 모든 상황에 겁을 먹고 아래층에서 완전히 정신을 잃고 있었을 것이다. 정교하게 준비된 듯한 이 음식들은 단지 그의 도주를 위한 변명일 것이다. 그럼에도 불구하고 이 불쌍한 친구가 이본을 사랑한 것은 사실인 듯하다. "오, 맙소사" 영사가 말했다. 망루에 다가서자 휴가 위로 올라가고 있는 것이 보였다. 휴는 좁은 사다리의 마지막 계단을 오르고 있었다. "신이여, 환영의 동굴 안에 있는 검은 마술사의 꿈속에서 마지막 남은 그의 손은 썩어가며 떨고 있도다, 이 부분이 제일 마음이 들어, 이것이 이 소란한 세상의 종말인가…… 자크, 이렇게 번거롭게 준비할 필요는 없었는데."

영사가 휴에게서 망원경을 받아들고 그것을 통해 풍경을 둘러보았다. 그의 술잔은 총안 사이의 빈 철부 벽 안에 있었다. 이상하게도 그는 술잔에 손을 대지 않았다. 신기하게도 고요함이 지속되었다. 마치 어딘가 높은 골프 티 위에 서 있는 것 같은 기분이었다. 여기서부터 협곡 맞은편 나무까지 골프 코스를 만든다면 얼마나 멋진 홀이 될 수 있을 것인가. 수백 야드 떨어진 자연 장애물 너머로 멋진 스푼* 샷이 가능할 것이다. 위로 솟았다 떨어지는…… 골고다 홀. 위로는 독수리** 한 마리가 순풍을 타고 날고 있었다. 협곡으로부터 멀리 떨어진 저 위쪽에 골프 코스를 지은 것은 상상력의 부족에서 나온 결과이리라. 골프=구프레=걸프.*** 프로메테우스가 떨어진 공을 주워 오리라. 골프 코스가 여기서부터 시작된다면 반대편 외로운 철로를 가로질러 언덕 너머 멀리, 전신주와 함께 윙윙거리는 소리를 내며, 젊음과도 같이, 인생 그 자체와도 같이, 제방 위의 어리석은 거짓들과 함께 빛나는 페어웨이****가 만들어질 수 있을 것이다. 그러나 실제 골프 코스는 광활한 평원 위에 만들어져 토말린 너머로, 그리고 정글을 지나 파롤리토까지 그 19개 홀이 뻗어 있었다…… 상황이 바뀌었다.*****

"아니, 휴" 영사가 몸을 돌리지 않은 채 렌즈를 조정하며 말했다. "자크는 할리우드로 가기 전 '알라스토르'******를 소재로 만든 영화에 대해

---

　　* spoon: 숟가락 모양의 3번 우드를 뜻하는 골프 용어.
　　** eagle: 골프 용어 '이글'과 중첩된 의미로 사용.
　　*** gouffre, gulf는 각각 프랑스어와 영어로 심연, 협곡을 의미.
　　**** fairway: 골프에서 티tee와 퍼팅 그린putting green 사이의 잔디.
　　***** The Case is Altered: 영국 문학가 윌리엄 플로머William Plomer의 소설 제목.
　　****** Alastor: 그리스 신화에 등장하는 복수의 신.

말하고 있는 거야. 아마 욕조에서 찍었다지. 그가 한 거라곤 오랜 여행 다큐멘터리의 폐허 장면들, 「던켈스테 아프리카」*에 등장하는 위로 우뚝 솟은 정글, 코린느 그리피스**의 영화 마지막에 등장하는 백조 등을 연결시키는 것이었지. 사라 베르나르,*** 맞아, 그녀도 그 영화에 출연했던 것 같아, 시인은 줄곧 바닷가에 서 있었고 오케스트라는 「봄의 제전」****을 연주하기로 되어 있었지. 그런데 안개 효과 주는 걸 잊었던 거 같아."

웃음소리가 분위기를 다소 밝게 했다.

"하지만 그전에 자네는 일종의 '비전' 같은 것을 가지고 있었지, 자네의 영화가 어떤 것이 될 것이라는 비전 같은 거 말이지." 자크가 영사의 뒤에서 천사들 너머로 이야기하고 있었다. "하지만 나중에는…… 전혀 다른 얘기가 되고 말았지. 그런데 안개 효과는 말이야, 어느 스튜디오에서건 가장 싼 물건 아닌가."

"할리우드에서는 영화 좀 만들었나요?" 조금 전까지만 해도 라루엘과 정치적 논쟁을 벌이고 있던 휴가 갑자기 주제를 바꾸었다.

"그래요…… 하지만 난 그것들을 쳐다보기도 싫다오."

영사는 자크의 망원경을 통해 저 소란한 풍경 속의 평원에서 무엇을 찾고 있었던 것일까? 상상 속의 자기 자신을 찾고 있었던 것일까, 한때 골프같이 단순하고 바보 같은 일을 즐기던 자신을 찾고 있었던 것일까, 보이지 않는 홀처럼 때로는 자크와 함께 황량한 모래언덕을 올라가던 자신을 찾고 있었던 것일까? 언덕을 올라가 높은 곳에서 수평선 위로 연기

---

* In dunkelste Afrika: 헨리 스탠리Henry Morton Stanley의 영화 「암흑의 아프리카에서 In Darkest Africa」의 독일어판 제목.
** Corinne Griffeth: 1920년대 무성영화 배우.
*** Sarah Bernhardt(1844~1923): 당대 최고의 프랑스 여배우.
**** Le Sacre du Printemps: 1913년 스트라빈스키가 작곡한 발레 음악.

가 피어오르는 바다를 바라보며 저 아래 그린의 깃대 근처에서 휴식을 취하는 반짝이는 자신의 새로운 실버 킹, 아니 오존*을 바라보았을까! 영사는 이제 골프를 치지 않았다. 최근 몇 번 해보긴 했지만 실패였다……(난 적어도 페어웨이의 존 돈 같은 존재가 될 수 있었다. 어디에도 속하지 않는 영역을 개척한 시인. 내가 3번 홀을 치는 동안 누가 깃발을 들고 있을 것인가? 누가 바닷가 나의 별자리를 사냥할 것인가? 그리고 4번 홀까지 간다 하더라도 마지막 그린에서 누가 나의 마지막을 받아들일 것인가……) 영사는 마침내 잔을 내려놓고 몸을 돌렸다. 아직도 술은 한 모금도 마시지 않은 상태였다.

"알라스토르, 알라스토르" 휴가 영사 쪽으로 천천히 걸어가면서 말했다. "도대체 누가, 왜, 알라스토르를 쓴 거죠?"

"퍼시 비시 셸리."** 영사는 휴 옆에 서서 망루 쪽으로 기대었다. "역시 생각이 많은 친구였지…… 셸리는 바닷속 깊숙이 빠진 적이 있지, 물론 책 몇 권을 가지고서 말이야. 그러고는 거기서 자신이 수영을 할 수 없다는 사실을 인정하기보다는 그냥 한동안 그대로 있었지."

"제프리, 휴와 함께 축제를 보러 가는 건 어때요?" 반대편에 있던 이본이 갑자기 입을 열었다. "오늘이 마지막 날이잖아요. 민속춤 공연을 보면 좋을 텐데."

영사가 머물기를 제안하고자 했을 때 '이 모든 것으로부터 탈출하고자 한' 것은 바로 이본이었다. "글쎄" 영사가 말했다. "토말린에서 민속

---

* 실버 킹Silver King과 오존Ozone은 모두 골프공을 의미.
** Percy Bysshe Shelley(1792~1822): 영국 낭만파 시인. 압제와 인습에 대한 반항, 이상주의적인 사랑과 자유에 대한 동경으로 일관된 작품으로 바이런과 함께 낭만주의 시대의 가장 인기 있는 작가였다. 16세기 로마에서 일어난 근친상간과 살인사건을 소재로 한 시극 대작 『첸치 일가』와 『사슬에서 풀린 프로메테우스』 등 집필.

춤을 볼까? 휴, 어때?"

"물론, 좋아요. 그렇게 하죠." 휴가 난간에서 약간 구부정한 모습으로 내려왔다. "버스 시간까지는 아직 한 시간 정도 남았죠?"

"우리가 서둘러 떠나더라도 자크는 용서해줄 거예요." 이본이 거의 필사적으로 말했다.

"그럼 아래층에서 봅시다." 자크가 감정을 억누른 듯한 목소리로 말했다. "너무 이른 시간이라 아직 축제가 무르익지는 않았겠지만 리베라*의 벽화는 꼭 봐야 해요, 휴, 물론 아직 보지 않았다면."

"제프리, 당신은 같이 안 가요?" 이본이 계단 쪽으로 몸을 돌렸다. "함께 가요." 이본의 눈이 말했다.

"사실, 난 축제를 그리 즐기는 편이 아니야. 다들 가요. 나중에 버스 시간에 맞춰 터미널에서 봐. 난 자크와 할 얘기도 있고."

모두들 아래층으로 내려가고 영사는 홀로 망루에 남았다. 혼자는 아니었다. 이본은 천사들에 둘러싸인 총안(銃眼)의 부벽 사이에 술잔을 남겨놓았고 자크의 잔도 총안에, 휴의 잔은 난간에 놓여 있었다. 칵테일 셰이커도 비어 있는 것은 아니었다. 게다가 영사는 자신의 잔에 든 술을 한 모금도 마시지 않았고 지금도 마시지 않고 있었다. 영사는 오른손으로 코트 아래 왼쪽 팔의 근육을 만져보았다. 일종의 힘 같은 것이 느껴졌다. 어떻게 자신에게 용기를 심어줄 수 있을 것인가? 셸리의 그것과 같은 익살스러운 용기, 아니, 어쩌면 그것은 자신감이었을 것이다. 전에 서른 병의 맥주의 도움으로 천장을 바라보며 홀로 이야기할 때와 마찬가지로, 자신감은 그에게 계속 살아가라고 명령했다. 아니면 어서 죽어버리든가 아니

---

* Diego Rivera(1886~1957): 멕시코 화가. 멕시코 내란 종식과 함께 귀국하여 미술가협회를 결성, 멕시코의 신화, 역사, 서민생활 등을 소재로 활발한 벽화 운동을 전개하였다.

면 "솔직해지라"고 했다. 하지만 이번에는 아주 달랐다. 이 상황에서 용기라는 것이 완전한 패배를 인정하는 것이라면 어떻게 할 것인가, 수영을 못한다고 인정하는 것, 요양원에 들어가는 것(한순간이긴 했지만 이 생각도 나쁜 것 같지는 않았다)이라면 어떻게 할 것인가? 아니, 그 무엇을 위해서건 이것은 단지 "달아나는" 것에 관한 문제는 아니었다. 그 어떤 천사도, 이본도, 휴도 이 상황에서 그에게 도움이 될 수 없었다. 하지만 악마들은 이미 그 안에 있었고 동시에 바깥에도 있었다. 아마도 낮잠을 즐기고 있었을 것이다. 그럼에도 불구하고 악마들은 그를 둘러싸고 있었고 동시에 그를 점령하고 있었다. 그들은 그를 소유하고 있었다. 영사는 태양을 바라보았다. 하지만 태양이 사라졌다. 그것은 그의 태양이 아니었다. 그것은 진실과도 같이 거의 정면으로 마주하기 힘든 것이었다. 그는 그 근처 어디에도 가고 싶지 않았고, 그 빛 아래 앉아 그것을 마주하고 싶지도 않았다. "그래도 그것을 직면해야 한다." 어떻게? 영사는 자신에게 거짓말을 했을 뿐만 아니라 자신이 한 거짓말을 믿었으며 자신의 명예를 위해 그 거짓말에 다른 거짓말들로 화답하지 않았던가. 이런 현실에서 어떻게 진실을 직면한단 말인가. 이러한 자기기만에는 일관된 원칙이 있는 것도 아니었다. 그렇다면 정직해지려고 노력이라도 해봤는가? "두려움" 영사가 말했다. "하지만 그것에 지지는 않겠어." 하지만 나는 누구였던가, 어떻게 나를 찾을 수 있을 것인가, "나"는 어디로 가버렸을까? "무엇을 하건 간에 신중하게 해야지." 신중하게, 그것은 사실이었다, 영사는 아직 술을 입에 대지 않고 있었다. "의지가 강한 사람은 정복되지 않는다." 참, 뭐 좀 먹을까? 그렇지, 먹어야 해. 영사는 카나페를 반 정도 먹었다. 라루엘이 돌아왔을 때에도 영사는 술에 손을 대지 않은 채 어딘가를 응시하고 있었다. 무엇을 응시하고 있었던 것일까? 그 자신도 알지 못했다. "촐룰라* 갔을 때 기억나나?" 라루엘이 물었다. "먼지로 가득했었지."

두 사람은 얼굴을 마주하고 한동안 침묵을 지키고 있었다. "난 자네와 한마디도 하고 싶지 않네." 이윽고 영사가 다시 입을 열었다. "자네를 보는 게 이게 마지막이라도 상관없네…… 내 말 알아들었나?"

"자네 미쳤나?" 라루엘이 마침내 소리를 질렀다. "이 모든 것들을 내가 어떻게 이해해야 하나. 자네는 테이블 아래서, 정말로 테이블 아래서 이본이 돌아오게 해달라고 울부짖으며 기도하다 부인이 돌아오니 이렇게 냉정하게 대하는 걸 내가 어떻게 이해해야 하나. 게다가 아직도 술 생각밖에 없으니."

대답하기 힘든 압도적인 부당함에 영사는 아무 말도 하지 않았다. 영사는 칵테일 잔에 손을 뻗어 냄새를 맡았다. 하지만 어딘가에 있는 밧줄이 잔을 풀어주지 않았다…… 영사는 술을 입에 대지 않았고 라루엘에게 유쾌한 미소를 지어 보이기까지 했다. 술은 지금 끊을 수도 있고, 나중에 끊을 수도 있어. 지금 시작할 수도 있고…… 나중에 시작할 수도 있어, 나중에.

전화벨이 울리고 라루엘이 아래층으로 내려갔다. 영사는 한동안 손으로 얼굴을 감싸 쥐고 앉아 있었다. 그때까지도 잔은 그대로였다. 그랬다, 모든 술잔이 그대로였다. 그는 자크의 방으로 내려갔다.

라루엘이 전화를 끊었다. "음" 라루엘이 말했다. "서로 아는 사이인 줄 몰랐는걸." 라루엘이 코트를 벗고 넥타이를 풀기 시작했다. "내 주치의였네, 자네에 대해 묻더군. 자네가 죽지는 않았는지 궁금해하더군."

"오…… 오, 비힐 박사였군?"

---

* Cholula: 멕시코 푸에블라 시(市) 북서쪽 13킬로미터, 해발고도 2,149미터의 중앙고원에 위치. 고대 톨테크 문명의 중심지.

"아르투로 디아스 비힐. 박사, 의사…… 기타 등등!"

"아" 영사가 손가락으로 목깃 안쪽을 만지며 조심스럽게 말했다. "맞아, 어제 처음 만났지. 사실 오늘 아침에도 우리 집에 같이 있었지."

라루엘은 생각에 잠긴 채 셔츠를 벗었다. "비힐이 휴가 가기 전에 테니스를 한 게임 할 생각이야."

영사는 멕시코의 강한 태양 아래 벌어질 테니스 게임을 상상했다. 비힐이 이리저리 흩어진 공을 정신없이 쫓아다니는 상상…… 하지만 모두들 샤워장으로 향하는 상황에서 누가 관심이나 가지겠는가? 그런데 비힐은 누구인가? 마치 그날 오후 스크린에서 본 배우들의 영상처럼 상대방이 오늘 아침 만난 적이 없다고 할까 두려워 먼저 인사말을 던지는 좋은 친구지만 현재 영사에게 비힐은 비현실 속의 인물 같았다. 샤워 시설은 발코니와 계단 꼭대기 모두에서 보이는 우묵한 곳에 당당히 서 있었고, 그 괴상한 건물 구조는 마치 예의를 세상 그 무엇보다 가치 있게 여기는 사람들이 표현하는 예의를 무시하는 듯했다.

"비힐은 자네 마음이 바뀌진 않았는지, 자네와 이본이 자기와 함께 과나후아토에 갈 생각이 있는지 알고 싶어 하네. 어때?"

"내가 여기 있는지 어떻게 알았을까?" 영사는 다시 약간 떨며 자리에서 일어났다. 그는 상황을 통제할 수 있는 자신의 능력에 잠시 놀란 듯했다. 실제로 비힐이라는 사람이 존재했으며 그가 자신에게 과나후아토에 가자고 한 것은 사실인 듯했다.

"어떻게라니? 무슨 다른 수가 있겠나…… 내가 비힐에게 말했지. 자네가 그를 좀더 일찍 만나지 못한 게 유감이군. 자네에게 정말로 도움을 줄 수 있는 사람인데."

"아마 자네가…… 오늘 그를 도와줄 수 있을지도 모르겠군."

영사는 다시 멀리서 들려오는 박사의 목소리를 들으며 눈을 감았다. "이제 자네 부인이 돌아왔으니, 이제 자네 부인이 돌아왔으니…… 자네를 치료할 수 있을 것 같군. 당신을 치료하고 싶소." "뭐라고?" 그는 눈을 떴다…… 이 순간 영사는 남을 의식하지 않고 열기를 뿜어내는, 복부 아래 흉측하게 오이 모양으로 길게 늘어진, 푸른 신경과 살로 이루어진 덩어리가 자기 부인의 몸에서 쾌락을 찾았다는 혐오스러운 생각으로 온몸이 부르르 떨렸다. 이 얼마나 메스꺼운 일인가, 이 메스꺼운 일이 현실이라니. 영사는 방 안을 돌아다니기 시작했다. 발을 뗄 때마다 무릎에서 경련이 이는 듯했다. 책, 방 안에는 무척 많은 책이 있었다. 영사는 자신의 엘리자베스 여왕 시대 희곡을 발견하지는 못했지만 그 외 다른 책들은 모두 거기 있는 듯했다. 윈저의 유쾌한 부르주아*에서부터 아그리파 도비네, 콜린 다를빌까지, 셸리에서 투샤르 라포세, 트리스탄 레르미트에 이르기까지 수많은 책들이 있었다. 「헛소동」도 있었다! 거기에 영혼을 담그고 갈증을 해소케 하소서! 그럴 수 있을 것이다. 그러나 영사는 이 수많은 책들 중 그 어느 것에서도 자신의 고통을 발견할 수 없었다. 그 어느 책도 데이지 꽃을 어떻게 보아야 하는지 가르쳐주지 않았다. "하지만 비힐과 내가 아는 사이라는 걸 몰랐다면 자네가 어떻게 비힐에게 내가 여기 있다고 말할 수 있었겠나?" 영사는 거의 울부짖는 듯한 소리로 물었다.

---

* 셰익스피어의 「윈저의 즐거운 부인들Merry Wives of Windsor」을 빗댄 것으로 추정. 아그리파 도비네(Agrippa d'Aubigne, 1552~1630)는 프랑스의 연애시인이자 서사시인.
콜린 다를빌(Collin d'Harleville, 1755~1806): 프랑스 코미디 작가.
투샤르 라포세(G. Touchard-Lafosse, 1780~1847): 프랑스 기자, 소설가.
트리스탄 레르미트(Tristant l'Hermite, 1601~1655): 프랑스 소설가, 시인.
원문의 「헛소동Beucoup de bruit pour rien」은 셰익스피어의 「헛소동Much Ado About Nothing」의 프랑스판을 말함.

라루엘은 소총 소리 때문에 양쪽 집게손가락으로 귀를 막고 있었기에 영사의 말을 듣지 못했다. "두 사람은 무슨 애길 했나? 비힐과 자네 말일세."

"알코올과 광기, 오페라 모자의 압박에 대해…… 서로의 관심사가 비슷하더군." 영사는 이제 숨기는 기색 없이 몸을 떨면서 발코니의 열린 문을 통해 화산을 바라보았다. 화산 주위에는 시끄러운 소총 소리와 함께 연기가 피어오르고 있었다. 그는 손대지 않은 술잔이 놓인 망루 쪽으로 갈망하는 듯한 눈길을 보냈다. "대중적 반사 작용은 무력으로 나타나고, 결국 죽음으로 이어지지." 영사는 축제 소리가 더 커지고 있다는 사실을 인식하며 이렇게 중얼거렸다.

"무슨 말인가?"

"길 잃은 사람에게 어떻게 다른 사람들을 즐겁게 해주라고 말할 수 있겠나." 영사는 소리 없는 비명을 지르는 듯했다. "어떻게 다른 이들을 즐겁게 해주기 위해 샤워하라고 말할 수 있겠나?" 실제로 영사는 샤워를 하다 떨리는 손에서 비누가 빠져나갔던 끔찍한 경험을 한 적이 있었다.

또 다른 비행선이 돌아오고 있었다. 오, 주여, 그래, 거기, 아니 여기서, 갑자기 비행선이 나타나 발코니를 향해, 영사를 향해 윙윙거리며 날고 있었다. 영사를 찾고 있었는지도 모른다. 그러고는 급상승하고 있었다…… 아아아아아!

라루엘은 머리를 흔들었다. 그는 아무 소리도, 단 한마디도 듣지 못했다. 이제 그는 샤워를 하고 커튼이 쳐진 우묵한 곳으로 들어갔다. 그는 그곳을 탈의실로 이용하고 있었다.

"날씨 한번 좋군, 그렇지 않아……? 천둥이 칠 것 같군."

"아니."

영사는 갑자기 전화기로 다가갔다. 전화기 역시 우묵한 곳에 놓여 있었다. (오늘 라루엘의 집에는 우묵한 곳이 평소보다 더 많은 것 같았다.) 영사는 전화번호부를 찾아 온몸을 떨며 책장을 넘겼다. 비힐, 아니, 비힐이 아니라, 구스만. A. B. C. G. 영사가 혼자 중얼거리고 있었다. 그는 지독하게 땀을 흘리고 있었다. 갑자기 그 작은 틈 안이 마치 혹서기 뉴욕의 전화 부스처럼 더워진 듯했다. 손은 미친 듯이 떨리고 있었다. 34페이지 에릭슨, 구스만. 카페아스페리나, 666.* 그는 전화번호를 알고 있었으나 잊어버렸다. 수수고이테아, 수수고이테아, 사나브리아, 이런 이름들이 보였다. 에릭슨 35, 수수고이테아. 그는 이미 번호를 잊어버렸다. 34, 35, 666. 그는 다시 책장을 뒤로 들추었다. 커다란 땀방울이 책장에 떨어졌다. 이번에는 비힐의 이름을 본 것 같았다. 하지만 그는 이미 수화기를 들고, 수화기를 들고, 수화기를 들고 있었다. 그는 수화기를 거꾸로 들고 있었다. 수화기의 귀 부분에 대고 이야기하고 있었다. 말하는 구멍으로는 아무 소리도 들을 수 없었다. 안 들리나? 또 잘못 들었군…… "Que quieres? 누구를 원하나…… 오, 맙소사!" 영사가 소리를 지르고는 전화를 끊었다. 술이 필요했다. 계단을 반쯤 올라가다 몸을 미친 듯이 떨면서 다시 계단을 내려오기 시작했다. 쟁반을 가져왔다. 술은 아직 그대로였다. 망루에 올라가 눈에 보이는 술을 죄다 마셔버렸다. 음악 소리가 들렸다. 뻣뻣하게 경직된 3백 마리의 죽은 소가 살아 있는 것처럼 집 앞 경사진 곳에 나타났다가는 사라져버렸다. 영사는 칵테일 셰이커 안에 든 것까지 다 마셔버리고는 조용히 계단을 내려왔다. 그는 테이블 위에 놓인 종이 표지의 책을 집어 들고는 자리에 앉아 긴 한숨을 쉬며 책장을 열었다.

---

* 구스만의 전화번호는 에릭슨Erikson 시스템의 34(또는 35) 페이지에 나와 있는 것으로 보인다. 666과 카페아스페리나Cafeasperina는 당시 전화번호부에 흔히 보이던 광고.

장 콕토의 「지옥의 기계」*였다. "Oui, mon enfant, mon petit enfant(그래, 내 아기, 내 작은 아기)." 영사가 계속 읽어 내려갔다. "les choses qui paraissent abominable aux humains, si tu savais, de l'endroit où j'habite, elles ont peu d'importance(사람들에게 혐오스럽게 보이는 그것들, 네가 알지 모르겠지만, 내가 사는 곳에서 그것들은 매우 하찮게 보이는구나)."** "광장에서 술 한잔하는 건 어때?" 영사가 책을 덮었다 다시 펼치며 말했다. 셰익스피어식의 말이군. "신은 존재한다, 그들은 바로 악마다." 보들레르였다.***

그는 구스만을 잊고 있었다. '주정뱅이들'은 영원히 지옥의 불속으로 떨어졌다. 아무것도 눈치채지 못한 라루엘이 하얀색의 눈부신 플란넬 바지를 입고 나타나 책장 위에 있던 테니스 라켓을 가져왔다. 영사는 지팡이와 검은 선글라스를 가지고 두 사람은 함께 나선형의 계단을 내려갔다.

"Absolutamente necesario(반드시 필요한 거지)." 영사가 바깥에서 잠시 멈춰 서서 몸을 돌렸다.

'No se peude vivir sin amar(사람은 사랑 없이 살 수 없다).' 벽에 이

---

* La Machine Infernale: 1934년 파리 공연시 저자가 이를 관람한 것으로 알려짐. 이 극은 고대 그리스의 비극시인 소포클레스의 오이디푸스 대왕을 토대로 한 것으로, 극중 지옥의 기계는 신이 인류를 파괴하기 위해 만든 것이다. 이 기계의 개념이 본 소설에 큰 영향을 미친 것으로 전해진다.

** 「지옥의 기계」 마지막 장에서 이오카스테Iocaste가 오이디푸스Oedipus에게 자신의 정체를 밝히며 하는 말. 이오카스테는 테베의 왕 라이오스의 아내가 되어 오이디푸스를 낳았으나, 미래에 "아비를 죽이고 어미를 범할 것"이라는 예언 때문에 산속에 버렸다. 성장한 오이디푸스는 우발적으로 라이오스를 죽였으며 이오카스테는 아들인 줄 모르고 오이디푸스와 결혼했다. 이오카스테는 오이디푸스와의 사이에서 두 형제, 두 자매를 낳았으나, 뒤늦게 오이디푸스가 자신의 아들임을 알고 자살했다.

*** 이는 실제로는 장 콕토가 한 말이다. 「지옥의 기계」 머리말에 나온 글, 즉 "Les dieux existent: c'est le diable"을 옮긴 글.

런 글이 보였다. 거리에는 바람 한 점 없었고 두 사람은 시내에 가까워질수록 점점 더 커지는 축제의 요란한 소리를 들으며 한동안 아무 말없이 걸어갔다. 불의 땅의 거리. 666.

라루엘은 길 가장자리의 높은 부분을 걷고 있었기 때문에 실제보다 더 커 보였다. 그 옆에서 낮은 부분을 걷고 있던 영사는 잠시 자신이 난쟁이처럼 줄어든 것 같은 유치하고도 불편한 감정을 느꼈다. 오래전 소년 시절에는 지금과 반대였다. 그때는 영사의 키가 훨씬 컸었다. 그러나 영사는 17살 무렵 5피트 8, 9인치에서 성장을 멈추었고, 라루엘은 다른 하늘 아래서 성장을 계속하여 지금은 영사보다 훨씬 컸다. 라루엘은 이제 그가 닿기 힘든 곳에 있는 것일까? 어린 시절의 자크에 대해 영사는 아직도 애정 어린 감정으로 추억할 수 있는 것들이 있었다. "어휘"를 "어퓌"라고 발음하고, "성경"에 "스푼"이라는 발음을 섞어 "승경" 비슷하게 발음하던…… 이제 그는 혼자서 면도도 하고 양말도 신을 수 있는 어른으로 성장했다. 이제 그는 닿을 수 없는 곳에 있는 것일까, 아니다. 시간이 지나 그는 6피트 3, 4인치가 되어 저 위에 존재하고 있지만 아직도 영사가 그에게 많은 영향을 미치고 있음이 분명했다. 그의 영국식 트위드 코트는 영사의 것과 비슷하지 않은가, 저 값비싸 뵈는 영국식 테니스화 역시, 그리고 21인치 폭의 영국식 흰색 바지, 목 부분을 드러낸 영국식 셔츠, 소르본에서 선수 생활을 했음을 짐작케 하는 저 스카프, 이 모든 것들이 영사의 그것들과 비슷하지 않은가? 게다가 라루엘이 약간 무거운 감이 있긴 하지만 그 움직임에는 전(前) 영사 같은 유연함이 묻어나고 있지 않나. 애초에 자크가 테니스를 치기 시작한 것은 누구 때문인가? 자크, 잊어버렸나, 오래전 그 여름날 타스커슨 씨 저택 뒤에서, 아니 리사우에 있던 새로 생긴 테니스 코트였던가, 거기서 내가 자넬 가르치곤 했던 기억들……

마치 오늘 같은 이런 오후였지. 그들이 함께 지낸 시간은 매우 짧았기 때문에 영사는 아직도 그 시절이 자크의 생활의 모든 부분에 영향을 미쳤다는 사실이 놀라울 따름이었다. 심지어 그가 읽는 책조차도, 그의 직업조차도, 영사의 영향을 받지 않았던가. 그렇지 않았다면 자크가 애초에 콰우나우악에 올 이유도 없지 않았나? 18개월 전 이곳에서 만난 이 사람은 비록 자신의 운명과 예술에 상처를 입고 있었지만, 그럼에도 불구하고 이 사람은 자신이 지금껏 만나본 프랑스인 중에서 가장 확실하고 성실한 사람 같았다. 두 집 사이의 하늘을 등지고 있는 라루엘의 얼굴에서 느껴지는 진지함은 냉소적인 약점을 가진 사람의 그것은 아닌 듯했다. 마치 영사가 계략을 부려 그를 불명예와 불행으로 이끌고 영사를 배신하도록 강요한 것 같지 않은가?

"제프리" 라루엘이 갑자기 소리를 낮추어 말했다. "이본은 정말로 돌아온 건가?"

"그렇게 보이지, 그렇지?" 둘 다 잠시 말을 멈추고 담배 파이프에 불을 붙였다. 영사는 자크가 지금까지 보지 못했던 반지를 끼고 있다는 사실을 깨달았다. 단순한 디자인의 스카라브* 반지였다. 자크가 테니스를 칠 때 반지를 빼는지는 알 수 없었으나 지금 반지를 낀 그의 손은 떨리고 있었다. 반면, 영사의 손은 더 이상 떨리지 않았다.

"정말로 돌아온 건지" 칼레 티에라델푸에고를 향해 오르면서 라루엘은 계속 프랑스어로 말했다. "단지 한 번 들른 것은 아니겠지, 자네가 궁금해서 보러 왔다거나 친구 사이로 지낸다는 전제로 들렀다거나 하는 건 아니겠지? 혹 이런 질문이 기분 나쁜 건 아니겠지."

---

* scarab: 고대 이집트인이 매우 신성시한 갑충(甲蟲)의 모양을 본딴 호부(護符). 바닥 평면에 기호를 새겨 부적 또는 장식품으로 썼다.

"사실 그렇긴 해."

"제프리, 솔직히 말하면, 난 자네가 아니라 이본이 걱정돼 하는 소리야."

"좀더 솔직히 말하면, 자네 자신을 생각하고 하는 소리지."

"난 어젯밤 파티에 가지 않았지만 자넨 취해 있었을 테지. 하지만 만약 그렇다면, 토말린으로 가자고 해서 모두를 불행하게 만드는 대신에 집에 가서 하느님께 감사하며 좀 쉬면서 술을 깨도록 해야 하지 않나. 이본은 무척 지쳐 보였어."

자크의 말은 영사의 마음에 얕은 골을 남겼고 이 골은 곧 그다지 해롭지 않은 정신착란 상태로 채워졌다. 그럼에도 불구하고 영사는 빠르고 유창한 프랑스어로 말했다.

"비힐이 전화로 내가 술에 취해 있었다고 말했을 때 자네 뭐라고 했었나? 비힐의 차로 이본과 함께 과나후아토에 가는 게 어떠냐고 말하지 않았나? 아마도 자네가 우리와 함께 간다면 이본의 피로가 싹 가실 것이라는 점을 넌지시 비친 것 아닌가, 과나후아토가 토말린보다 50배나 먼 곳이라 하더라도 말이야."

"과나후아토에 가는 게 어떠냐고 말했을 때, 사실 난 이본이 오늘 아침 도착했다는 점을 잊고 있었어."

"음, 나 역시 토말린으로 가자는 것이 누구의 생각이었는지 잊어버렸네." 영사가 말했다. 이게 나일 수 있을까, 자크와 이본에 대해, '우리'에 대해 이런 식으로 이야기할 수 있는 것이 진짜 나란 말인가? 두 사람이 그런 짓을 저지른 후에도 이렇게 말할 수 있다니. "하지만 난 휴가 어떻게 여기에 끼어들게 되었는지에 대해서는 설명하지 않았지—"

"달걀이오!" 두 사람 위쪽의 인도로부터 노점상의 유쾌한 목소리가 들리는 듯했다.

"메스칼리토!" 누군가 판자를 들고 지나간 듯했다. 아니, 안면이 있는 술꾼이던가, 아니 이건 오늘 아침의 일이던가?

"다시 생각해도 내가 문제를 일으킬 것 같지는 않아."

곧 두 사람 앞에 시내가 어렴풋이 모습을 드러냈다. 두 사람은 코르테스 궁전의 발치에 다다랐다. 근처에서 아이들이 (영사와 비슷한 검은 선글라스를 쓴 사람의 도움을 받아) 즉석에서 만든 회전 놀이기구, 언덕 위 광장의 대형 회전목마를 패러디한 것 같은 그 기구를 타고 전봇대 주위를 계속해서 돌고 있었다. 친숙한 느낌의 검은 선글라스를 쓴 사람은 영사에게 손짓을 해 보였다. 좀더 위쪽으로 궁전의 테라스에는 군인 하나가 소총을 메고 편한 자세로 서 있었다. (궁전은 시청으로 쓰이고 있었다.) 좀더 높은 테라스에는 관광객들이 어슬렁거리고 있었다. 샌들을 신은 반달*들이 벽화를 감상하고 있었다.

영사와 라루엘은 리베라의 프레스코**를 감상하기에 좋은 위치에 서 있었다. "여기서 보기엔 저 관광객들이 도저히 저기 올라갈 수 없을 것처럼 보이지." 라루엘이 말했다. "사실은 아주 가까운걸." 그는 테니스 라켓으로 위쪽을 가리키고 있었다. "벽화의 왼쪽에서부터 오른쪽으로 따라가다 보면 서서히 어두워지는 것을 느끼지. 어쩌면 스페인 사람들이 인디언들을 서서히 정복할 것이라는 점을 상징하는 것 같기도 해. 내 말 뜻 알겠나?"

"아주 멀리서 쳐다보더라도 왼쪽에서 오른쪽으로 미국인들이 멕시코인들을 정복하는 것을 상징한다는 것을 느낄 수 있지." 영사가 검은 선글라스를 벗고 미소를 띠며 말했다. "그건 저 프레스코를 보면서 그 대가를

---

* vandal: 반달족. 5세기 서유럽에 침입하여, 로마를 약탈한 게르만의 한 종족.
** fresco: 프레스코 화법. 갓 칠한 회벽토에 수채(水彩)로 그리는 벽화법. 프레스코 벽화.

치른 것이 누구인지에 대해 다시 생각해봐야 하는 사람들이 누구인가에 따라 달라지지."

그가 응시하고 있던 벽화의 한 부분은 자신이 살았던 바로 이 계곡에서 죽어간 틀라우이칸*을 그리고 있었다. 화가는 늑대와 호랑이 가죽 가면을 쓴 전투복 차림의 틀라우이칸들을 묘사하고 있었다. 그가 그림을 바라보자 그림 속의 병사들이 조용히 운집하는 것처럼 보였다. 이제 그들은 악의에 찬 하나의 거대한 생명체로 변신하여 그를 노려보고 있었다. 이 생명체가 갑자기 앞으로 튀어나와 호전적인 자세를 취하는 것 같았다. 마치 영사에게 물러가라고 말하는 듯했다. 아니 실제로, 분명히 그렇게 말하고 있었다.

"저기 봐, 이본과 휴가 자네에게 손을 흔들고 있잖아." 라루엘은 테니스 라켓을 흔들어 보였다. "저 둘은 강한 결속력을 가진 커플 같아 보여." 라루엘은 약간의 고통과 약간의 악의가 섞인 미소를 지으며 덧붙였다.

저 위 프레스코 옆에 강한 결속력을 가진 두 사람이 서 있었다. 휴는 궁전 발코니의 난간에 발을 얹고 화산을 내려다보고 있는 것 같았다. 이본은 이제 두 사람에게 등을 돌린 채 벽화를 보며 난간에 기대어 서 있었다. 그러고는 인도 쪽으로 몸을 돌려 휴에게 무언가 속삭였다. 두 사람은 더 이상 손을 흔들지 않았다.

영사와 라루엘은 가파른 언덕을 바로 오르지 않고 돌아가기로 결정했다. 방코 드 크레디토 이 에히달** 반대편으로 해서 궁전의 아래쪽으로 가서는 다시 왼쪽으로 돌아 가파르고 좁은 길을 올라 광장에 도달했다.

---

* Tlahuican: 쿠아우나우악은 틀라우이카Tlahuicas의 고대 수도로, 틀라우이카의 많은 유적이 남아 있다.
** Banco de Créito y Ejidal: 에히달 신용은행.

두 사람은 말을 탄 인디언이 지나갈 수 있도록 궁전 벽에 붙어 섰다. 하얀색의 허름한 옷차림을 한 하층 계급의 인디언은 혼자 유쾌한 노래를 흥얼거리고 있었다. 두 사람에게 감사를 표하려는 듯 공손하게 머리를 숙여 인사했다. 두 사람이 언덕을 올라가자 그는 걸음을 늦추고 타고 있던 작은 말의 고삐를 당기며 두 사람에게 말을 하려는 듯했다. 말의 양쪽 등에는 두 개의 안장주머니가 딸랑거리는 소리를 내며 매달려 있었고 말 등에는 숫자 7의 낙인이 찍혀 있었다. '딸랑딸랑.' 하지만 기대와는 달리, 약간 앞에 있던 그 사람은 아무 말없이 두 사람을 지나갔다. 그리고 꼭대기에 이르러 갑자기 손을 흔들며 노래하면서 빠르게 말을 몰며 사라졌다.

영사는 격심한 고통을 느꼈다. 아, 노래하며 말을 달려 사랑하는 이에게로, 세상의 모든 단순함과 평화 속으로, 달려갈 수 있다면…… 이것이 바로 인생이 사람에게 부여한 기회가 아닐까? 물론 아닐 것이다. 하지만, 단 한순간만이라도 자신의 생각이 사실이라고 생각하고 싶었다.

"괴테가 말에 대해 뭐라고 했었지?" 영사가 말했다. "'자유에 싫증을 느껴 평생 안장과 재갈이 채워진 채 죽을 것 같은 고통 속에서 살아가는 존재.'"

광장의 소란은 극에 달했다. 다시 두 사람은 서로의 말소리를 알아들을 수 없었다. 한 소년이 신문을 팔러 다가왔다. '모라 드 에브로의 피비린내 나는 전쟁. 반란군, 바르셀로나에 공중 폭격. 교황 사망 확실시.' 영사가 신문의 헤드라인을 읽어 내려갔다. 이 헤드라인들은 자신을 가리키는 듯했다. 물론 죽음에 직면한 교황에 관한 기사였다. 다른 이들 역시 죽음을 피할 수는 없지 않은가! 광장 한가운데서 한 남자가 밧줄과 스파이크를 이용해 아주 힘들게 미끄러운 깃대를 올라가고 있었다. 연주단 옆에 있는 거대한 회전목마 주위에는 소용돌이 모양으로 생긴 파이프 위에 기다란 코를 가진 목마들이 운집해 있었고 목마들은 느린 피스톤 운동으로 회전하며 위엄 있게 몸을 내렸다 올렸다를 반복하고 있었다. 롤러스케이트를 탄 소년들이 우산 모양으로 생긴 쟁반 위에서 유쾌한 함성을 지르며 빙글빙글 돌아다니고 있었고, 뚜껑이 없는 기계는 마치 증기 펌프처럼 열심히 움직이고 있었다. 기계가 돌아가면서 윙윙거리는 소리가 났다. 바르셀로나와 발렌시아*가 광장의 함성과 기계 소리와 뒤섞여 만들어내는 굉음으로 인해 영사의 신경에는 쭈뼛쭈뼛한 털이 돋는 듯했다. 자크가 중앙의 회전 기둥 꼭대기에 수평으로 부착되어 안쪽의 회전 바퀴 주위를 돌아가는 벽판의 그림을 가리켰다. 바다의 인어가 머리를 빗으며 비스듬히 선 채 다섯 개의 굴뚝이 있는 전함의 선원들에게 노래하는 그림이었다. 자신의 자식들을 희생시킨 메데아**를 표현한 것으로 보이는 조잡한 그림은 무대 원숭이들 그림으로 바뀌었다. 다섯 마리의 유쾌한 원숭이들이 스코틀랜드의 협곡에서 튀어나와 두 사람을 바라보다 재빨리 시야 밖으로 사라졌다. 자전거 핸들 모양의 콧수염을 한 판초 비야***가 원숭이들을 쫓아 죽을힘을 다해 달리고 있었다. 그러나 이런 장면들보다 더 이상한 것은 강가에 비스듬히 서 있는 남녀 한 쌍의 그림이었다. 유치하고 조악한 면이 있었으나 이 그림은 어딘가 몽환적인 동시에 사실적인 사랑의 파토스****를 담고 있는 듯했다. 두 연인은 부자연스럽게 곁눈질을 하는 것으로 묘사되어 있었다. 하지만 영사는 두 사람이 강가의 해 질 무렵 황금

---

* 1938년 프랑코 장군 측의 민족주의 군대가 바르셀로나와 발렌시아를 공습하여 7백여 명의 희생자를 낸 사건을 암시한다.
** Medea: 그리스 신화에서 제이슨Jason이 황금 양모Golden Fleece를 손에 넣도록 도와준 여자 마법사.
*** Pancho Villa(1878~1923): 1913~1914년 카란사Carranza와 함께 우에르타Huerta에 맞서 싸운 멕시코의 게릴라 혁명 지도자.

빛 별들 속에서 실제로 서로의 팔에 안겨 있었다는 것을 느낄 수 있었다. 이본, 영사는 갑자기 애틋한 감정이 솟아오르는 것을 느꼈다. 이본, 어디 있는 거요, 여보? 여보…… 잠시 동안 이본이 바로 옆에 있는 것 같았다. 그러고는 이본이 자신을 떠났던 일을 기억해냈다. 아니, 아니야. 이 감정은 지난날의 감정이었다. 이제는 지나가버린 외로운 고통의 날들의 감정이었다. 이본은 떠났던 것이 아니다. 이본은 항상 여기, 바로 여기에 있었다. 영사는 조금 전에 보았던 인디언처럼 머리를 쳐들고 즐거운 비명을 지르고 싶었다. 이본이 여기 있다구! 정신 차려, 이본이 다시 돌아왔다구! 오, 여보, 사랑하오! 당장 그녀를 찾아 집(집의 정원에는 테킬라 병이 그대로 남아 있을 것이다)으로 데려가 이 의미 없는 여행을 멈추고 싶은 욕구, 무엇보다도 그녀와 단둘이 있고 싶은 욕구, 그리고 정상적인 행복한 삶을 살아가고 싶은 욕구, 주위의 선량한 모든 사람들이 즐기는 순수한 행복을 느낄 수 있는 삶을 영위하고 싶은 욕구에 사로잡혔다. 두 사람은 정상적인 행복한 삶을 살아본 적이 있던가? 그들에게 정상적인 행복한 삶이라는 것이 가능했던 적이 있었던가? 그런 적이 있었지…… 하지만 뒤늦게 배달된 엽서, 이제 라루엘의 베개 아래 있는 그것은 어떻게 할 것인가? 설사 자신이 원한 것이었다 할지라도 외로운 고통은 불필요한 것이었다는 점이 증명된 셈이다. 하지만, 만약 엽서가 제대로 도착했다면 그 무엇이 바뀌었을까? 별로 바뀐 게 없을 것 같았다. 그렇다면, 그녀가 보낸 다른 편지들은 어떠한가, (오, 세상에, 편지는 어디로 가버린 걸까) 그 편지들 역시 아무것도 바꾸지 못하지 않았나. 하지만, 영사는 편지를 제대로 읽어보지도 않았다. 그리고 얼마 지나지 않아 엽서가 어떻게 됐는지

**** pathos: 정념(情念), 충동, 정열 등으로 해석되며, 보편적인 법칙, 분별, 이성을 뜻하는 로고스logos와 상대되는 말.

에 대해서도 잊어버리고 말 것이다. 그럼에도 불구하고 그 욕구는 남아 있었다. 그녀를 찾아, 그녀를 찾아, 운명을 바꿔봐…… 마치 이본의 목소리가 울려 퍼지는 것 같았다. 그 욕구는 해결책에 가까운 것이었다…… 제프리 퍼민, 머리를 들어, 감사의 기도를 드려, 너무 늦기 전에 실행에 옮기라구. 그러나 갑자기 거대한 손이 자신의 머리를 누르는 것을 느꼈다. 그러고는 욕구가 점차 사라졌다. 동시에, 마치 구름이 태양을 덮는 것처럼 영사에게 있어 축제의 양상은 완전히 바뀌어버렸다. 유쾌한 롤러스케이트 소리, 흥겹지만 어울리지 않는 음악 소리, 거위 목 모양을 한 말 위에 탄 작은 아이들의 즐거운 비명 소리, 이상한 그림들의 행진, 이 모든 것들이 갑자기 초자연적인 끔찍하고 동떨어진 비극으로 바뀌어 컴컴한 죽음의 장소, 돌이킬 수 없는 슬픔의 돌풍 속으로 이동하여 지구상의 마지막 감정이 무엇인가를 느끼게 해 주는 것 같았다. 영사에겐 술이 필요했다……

"테킬라" 영사가 말했다. "Una(한 잔)?" 소년이 민첩하게 물었고 라루엘은 가세오사*를 주문했다.

"Si, senores(네, 세뇨르)." 소년이 테이블을 훔쳤다. "Una tequila y una gaseosa(테킬라 한 잔, 가세오사 한 잔)." 소년은 곧 라루엘에게 엘 니로 한 병과 함께 소금과 칠리, 그리고 레몬이 든 접시를 가져왔다.

나무가 빼곡한 광장 가장자리의 정원 한가운데 위치해 있는 이 카페의 이름은 파리였다. 실제로 파리를 연상시키는 곳이었다. 근처에는 단순한 모양을 한 분수에서 물이 흐르고 있었다. 소년이 빨간 새우가 담긴 카마로네스** 접시를 가져왔을 때, 영사는 다시 테킬라를 가져오라고 말했다.

---

* gaseosa: 소다수 같은 탄산음료.
** camarones: 멕시코의 새우튀김 요리.

마침내 소년이 테킬라를 가져왔다.

"아—" 영사는 라루엘이 아니라 자신이 몸을 떨고 있었던 것처럼 짧은 탄성을 질렀다.

"자네는 정말로 그걸 좋아하나?" 라루엘이 물었다. 레몬즙을 빨던 영사는 번개가 나무를 치고 거기서 기적과도 같이 꽃이 피는 것처럼 테킬라의 불길이 등줄기를 타고 내려가는 것을 느꼈다.

"왜 떨고 있나?" 영사가 물었다.

라루엘이 영사를 응시했다. 아니 영사의 어깨 너머로 불안한 눈길을 보냈다. 그는 발 위에 있는 테니스 라켓의 그물로 소리를 내려 했으나 그 압력을 기억하고는 라켓을 의자에 부자연스럽게 세워두었다.

"대체 무엇이 두려운가." 영사가 라루엘의 어투를 흉내 내며 말했다.

"사실 좀 혼란스러운 것 같아……" 라루엘은 영사의 어깨 너머, 좀 더 먼 곳으로 시선을 보내고 있었다. "자, 자네가 가진 독을 좀 줘보게." 라루엘은 몸을 앞으로 숙여 영사가 마시던 테킬라를 한 모금 마시고는 잠시 골무 모양의 공포의 술잔에 몸을 기울인 채 가만히 있었다.

"괜찮나?"

"산소와 기름이 만난 것 같아…… 제프리, 내가 다시 이걸 마신다면 내 인생은 끝장난 거나 마찬가지일걸세."

"내겐 메스칼이 그런 느낌이지…… 하지만 테킬라, 이건 괜찮아, 건강한 술이지…… 마치 맥주처럼 유쾌한 술이지. 어쨌든 좋은 술이야. 하지만 내가 만약 다시 메스칼을 마신다면, 내 인생도 끝이 난 것일 게야." 영사가 꿈꾸듯 말했다.

"오오, 하느님의 이름의 이름"* 라루엘이 어깨를 들썩였다.

"자네, 휴가 두려운 것은 아니지?" 영사는 계속 라루엘의 흉내를 냈다. 이제 서로의 눈에 이본이 떠난 후의 황량함이 비치는 것 같은 느낌이 었다.

"혹시라도 휴를 질투하는 것은 아니지?"

"내가 왜—"

"자넨 내가 지금껏 한 번도 내 인생에 대해 사실을 얘기한 적이 없다고 생각하지, 단 한 번도." 영사가 물었다. "그렇지 않나?"

"아니, 제프리, 적어도 한 번, 아니 두 번쯤은 사실을 말했을걸세. 그게 아니고, 난 정말 자네에게 도움이 됐으면 해. 그러나 언제나 자넨 내게 그런 기회를 주지 않으니—"

"난 한 번도 자네에게 진실을 말한 적이 없어. 알고 있어, 끔찍한 일이지. 하지만 셸리가 말했듯 이 차가운 세상은 모를 거야.** 테킬라도 소용이 없군, 자네 아직도 떨고 있으니."

"아니야, 사실 난 두려워." 라루엘이 말했다.

"하지만 난 자네가 한 번도 두려워해본 적이 없다고 생각했지······ Un otro tequila(테킬라 한 잔 더)." 영사가 소년에게 말하자 소년이 곧장 달려와 다시 민첩하게 대답했다. "uno(한 잔)?"

라루엘은 마치 "dos(두 잔)"이라고 말하려는 것처럼 소년을 흘끗 쳐다보고는 영사에게 말했다. "이 친구야, 난 자네가 두려워."

두번째 테킬라를 반쯤 들이켠 영사의 귀에 친숙하고도 호의적인 말소리가 이따금 들려왔다. "참 하기 힘든 말이긴 하지만, 남자 대 남자로서

---

* "Name of a name of God", 즉, 프랑스어 'nom de mon de Dieu' 즉, "Good Lord"(오오, 이런, 맙소사 등으로 해석)를 그대로 영어로 옮긴 라루엘의 프랑스식 영어.

** the cold world shall not know: 셸리의 시 「줄리안과 마달로Julian and Maddalo」의 마지막 행.

하는 말이네. 사실 난 이본이 어떤 사람인지는 상관없어. 설사 기적이 일어난다 하더라도, 자네가 이 모든 걸 그만두지 않는다면……"

하지만 영사의 눈은 라루엘을 지나 약간 떨어진 곳에 있는 비행선에 머물고 있었다. 비행선은 여성적인 면이 있었다. 마치 발레를 추는 것처럼 우아했다. 쇠로 된 곤돌라는 계속 위로 올라가고 있었다. 마침내 일정한 높이에 이르자 곤돌라는 우는 듯한 소리를 내며 주위를 맴돌다 다시 우아한 자태를 뽐내며 아래로 떨어졌다. 한동안 정적이 감돌았고 미풍만이 잔잔한 요동을 일으키고 있었다. 이 얼마나 아름답고도 또 아름다운가……

"제발, 집으로 가서 좀 쉬게…… 아니면 여기서 기다리게. 내가 가서 사람들을 찾아서 자네는 함께 가지 않을 것이라고 전해주겠네……"

"아니, 난 갈 걸세" 영사가 새우를 먹기 좋게 찢으며 말했다. "카마로네스가 아니라," 그가 덧붙였다. "카보네스지, 멕시코인들은 이렇게 부르지." 그는 엄지손가락을 흔들면서 양쪽 귓불에 가져갔다. "카브론,* 자네도 마찬가지겠지만…… 비너스도 불의를 저질렀지."

"자네가 이본의 인생에 대해 저지른 잘못은 대체 어떻게 할 건가…… 자네 그토록 울부짖지 않았나…… 이제 그녀가 돌아왔는데, 이 기회를 잡아야 하지 않나."

"자넨 나의 위대한 전투에 끼어들고 있는 걸세." 영사는 라루엘의 어깨 너머로 분수대의 아랫부분에 붙어 있는 광고를 바라보며 말했다. '피터 로어 주연. 오를락의 손. 오후 6시 30분.' "술을 한두 잔 더 해야겠어,

---

* '카마로네스camarones'는 새우, '카보네스cabones'는 바람난 아내를 둔 남성, '카브론 cabrón'은 후레자식을 의미하는 스페인어. 영사는 일부러 새우의 발음과 비슷한 단어를 써가면서 라루엘과 이본이 과거 불륜을 저질렀다는 점을 암시하고 있다.

물론 메스칼은 아니고. 그거라도 하지 않으면 나도 자네처럼 혼란스러워지고 말 것 같아."

"내 생각에는 말일세, 그 양을 정확하게 측정할 수 있다면 보다 명확하게 대상을 볼 수 있을 거야." 라루엘은 잠시 후 영사의 말에 응수했다.

"죽음과의 전투" 영사가 의자에 편하게 몸을 기대며 말했다. "인간 의식의 생존을 위한 전투."

"그것들이 우리에겐 그다지 중요하지 않아, 물론 술을 마시지 않는 건전한 사람들은 거기에 모든 것을 걸고 살지만…… 하지만 제프리, 자네는 그것들을 보지 못하고 그것들을 단지 자네 스스로 만들어낸 비극의 수단들로 바꾸어버리고 말았지. 예를 들어, 자네가 말하는 벤 존슨, 아니 자네의 파우스트 맨, 크리스토퍼 말로였던가, 자신의 엄지 발톱 위에서 카르타고인들이 싸우는 것을 목격했다던 이가.* 이것들이 바로 자네가 중독돼 있다는 증거지. 모든 게 아주 명확하지, 왜냐하면 실제로 명확하니까, 적어도 발톱 이야기에 관해서만은 모든 게 명확해."

"매운 전갈 한번 들어보게." 영사는 팔을 뻗어 카메로네스를 넘겨주었다. "미친 카브론."

"테킬라의 효능은 인정하겠네. 하지만 자네 이 사실을 알고는 있나? 그러니까 자네가 죽음과의 전투를 치르고 있는 동안, 아니 자네가 상상하는 것이 무엇이건 간에 자네가 그것을 한다고 상상하는 동안, 자네 마음속 신비한 무언가가 바깥으로 빠져나오는 동안, 아니 자네가 그 무언가를 자신으로부터 방출한다고 상상하는 동안, 자네가 이 모든 것을 즐기고 있

---

* 스코틀랜드 시인 윌리엄 드러먼드William Drummond는 『벤 존슨에 관한 대화*Conversation in Ben Jonson*』에서 "(벤 존슨은) 자신의 엄지발가락을 보며 밤을 지새우곤 했다. 그는 거기서 (자신의 상상 속에서) 로마인과 카르타고인들이 싸우는 것을 보았다"고 말한 바 있다.

는 동안, 나머지 세상은 자네를 위해, 자네와의 관계를 유지하기 위해, 그 얼마나 많은 노력을 기울여야 하는지, 맞아, 심지어 지금 이 순간에도 난 바로 그런 노력을 해야 한다는 사실을 알고나 있나?"

영사는 마치 꿈꾸듯 고개를 들어 근처에 있던 커다란 회전관람차를 올려다보았다. 회전관람차는 대들보와 까치발, 너트와 볼트 등으로 만들어진 메카노* 구조물을 커다랗게 확대해놓은 것 같았다. 나무의 에메랄드 빛 파토스로부터 뻗어 나온 쇠살들에는 오늘 밤 불이 환하게 밝혀질 것이다. '법륜(法輪)이 돌아가고 있도다.'** 수레바퀴처럼 생긴 쇠살들은 카니발이 제대로 돌아가지 않으리라고 생각하는 듯했다. 나중에 얼마나 커다란 소란이 있을 것인가! 그의 눈은 또 다른 작은 회전목마로 옮겨갔다. 눈부신 빛깔로 흔들거리며 돌아가는 아이들의 장난감. 그러고는 회전목마를 타기로 결심한 아이가 된 자신을 보았다. 아이는 망설이다 기회를 놓치고, 다음 기회를 기다리다 또 기회를 놓치고, 결국 모든 기회를 놓쳐버렸다. 기회란, 그가 말한 기회란 정확하게 무엇을 의미하는가? 어딘가 라디오에서 노래가 흘러나오기 시작했다. 'Samaritana mia, alma pia, bebe en tu boca linda(나의 사마리아, 독실한 영혼, 당신의 아름다운 입으로 마시라).' 잠시 후 소리가 사라졌다. 그것은 사마리아인의 목소리 같았다.

"게다가 자넨 여기서 자네가 배제시킨 그것, 뭐라고 해야 하나, 그러니까 전지전능한 신과 같은 감정을 잊어버렸지. 그리고 밤에, 아니면 술을 마시는 도중에, 물론 그것도 일종의 밤이라 할 수 있겠지, 여하간 그때 자네가 배제시켜버린 그것이 분개하며 다시 돌아오겠지."

---

* Meccano: 어린이용 조립 완구 상표명.
** 'wheel of law'는 불교의 다르마 샤크라Dharma-chakra라고 하는 산스크리트어를 옮긴 말. 수레바퀴가 쉬지 않고 굴러가듯이 미래를 향해 뻗어 나갈 부처의 가르침, 즉 불법을 상징.

"그렇지, 반드시 돌아올 거야." 이번에 영사는 라루엘의 말에 귀를 기울이고 있었다. "또 다른 착란 증상들도 있어. 미티오라,* 공기 중에서 마치 모기처럼 잡을 수 있는 것이지. 사람들은 그걸 보기 시작하면 끝이라고 생각하지…… 하지만 이러한 섬망증은 시작에 불과해, 파리 대왕**이 지휘하는 서곡, 클리포트*** 기둥의 음악 소리가 들릴 테지…… 쥐를 보는 사람들도 있지, 그런데 왜 쥐를 보는 걸까? 세상 사람들은 이런 문제들을 걱정하지. 자크, 리모스****라는 말을 생각해봐. 리모드, 모르데오, 모르데레. 라 모르디다!***** 아젠바이트****** 역시…… 그런데 왜 깨문다는 거지? 왜 모든 설치류의 어원이 깨무는 것과 관련돼 있는 걸까?"

"Facilis est descensus Averno(아루베누스로 떨어지기는 쉽지)……******* 그건 너무 쉬운 일이지."

"자네는 나의 위대한 전투를 부정하는 건가? 설사 내가 이긴다 하더라도 부정할 텐가. 난 반드시 이길 수 있어…… 내가 원한다면 말이야." 영사는 근처에서 남자 하나가 사다리를 타고 올라가 나무에 광고판을 박고 있는 것을 보며 말했다.

---

* meteora: 그리스어로 공중에 떠 있다는 뜻.
** God of Flies: 성서의 바알세불Beelzebub, 즉 악마.
*** Qliphoth: 유대교에서는 악마의 표상, 카발라에서는 신God의 반대 의미로 쓰임.
**** remorse: 후회, 자책, 양심의 가책의 뜻.
***** 리모드Remord, 모르데오Mordeo, 모르데레mordere는 모두 '깨물다'라는 뜻. 라 모르디다La Mordida 역시 스페인어로 '깨물다'는 의미로 '지불', '뇌물'의 뜻으로 쓰이며, 이는 저자의 미완성 소설의 제목이기도 하다.
****** Agenbite: 중세 영어 'Agenbite of Inwit'은 영어로 'Remorse of Conscience' 즉, '양심의 가책'이라는 뜻. 제임스 조이스의 『율리시스』 1장에서 스티븐이 어머니의 마지막 소원을 들어주지 못한 데 대해 양심의 가책을 느끼는 장면에서 등장하는 단어.
******* 베르길리우스(Publius Vergilius Maro, B.C. 70~B.C. 19)의 서사시 『아이네이스』에 나오는 말. 아루베누스는 로마신화에서 지옥을 일컬음.

"Je crois que le vautour est doux à Prometheus et que les Ixion se plaisent en Enfers(난 독수리가 프로메테우스에게 부드럽게 대했고 익시온은 지옥을 충분히 즐겼을 거라고 믿는다네)."*

— ¡ BOX!**

"자신의 패배, 패배, 패배에 대해 아무 말도 하지 않는 것이 바로 패배야, 이 사람아. 이 바보 같은 사람아…… 자넨 진정한 고통의 책임을 회피한 거야…… 물론 자네가 겪는 고통의 대부분이 불필요한 것일 수도 있지. 실제로는 그저 고통과 비슷한 그 무엇일 수도 있어, 비극에서 가장 기본적인 것들이 빠진 것들이지. 그리고 그중의 하나는 바로 술로 슬픔을 달래는 거지…… 이본과 나 때문에. 하지만 이본은 알아. 나도 알고, 자네도 알고 있지, 이본이 인식하지 못했을 수도 있었다는 것을. 만약 자네가 항상 취해 있지만 않았다면 그녀가 무엇을 하고 있었는지 알 수 있었을 거야, 그리고 그녀가 무엇을 하는지 관심을 가졌겠지. 하지만, 더 무서운 건 똑같은 일이 반복될 수 있다는 거야, 자신을 추스르지 않으면 똑같은 일이 반복되고 말 거라는 거야. 불행의 징조가 눈에 선하게 보이는 걸. 여보게."

라루엘은 거기 있지 않았다. 영사는 계속 혼자서 지껄이고 있었던 것이다. 영사는 자리에서 일어나 테킬라를 비웠다. 그렇다, 불행의 징조는 바로 여기 있었다. 남자가 박아놓은 광고판이 보였다.

---

* 프로메테우스는 인간에게 불을 훔쳐다 주어 제우스의 노여움을 사 코카서스의 바위에 묶여 독수리에게 간을 쪼이는 고통을 받았다. 익시온은 헤라를 범하려다 제우스의 노여움을 사 불타는 수레바퀴로 던져졌다.
** 'box'는 복싱이라는 의미로도 쓰이고, 구덩이, 지옥의 의미로도 쓰인다. 여기서는 2장에 나온 복싱 광고판과 지옥의 중첩된 의미로 쓰였다.

¿ LE GUSTA ESTE JARDÍN? (당신은 이 정원을 좋아하나?)

영사는 파리라는 카페를 떠나며 자신이 취한 상태라는 것을 깨달았다. 그에게는 매우 드문 일이었다. 발걸음이 자꾸 왼쪽으로 쏠려 오른쪽으로 가기가 힘들었다. 버스 터미널로 가기 위해서 어느 쪽으로 가야 하는지 알고 있었다. 물론, 터미널 인근의 작고 어두운 술집으로 가는 길도 알고 있었다. 영국인 피를 반쯤 물려받고 한때 맨체스터에 살았던 그레고리오라고 하는 미망인에게 진 빚도 있었다. 영사는 갑자기 50센타보를 갚기로 결심했다. 하지만 발걸음을 움직이기가 힘들었다…… '우리 모두 비틀비틀 걷고 있다네―'

Dies Faustus……* 영사는 손목시계를 보았다. 파리에 머문 짧고 끔찍한 시간 동안, 그는 밤이라고 생각했었다. 마치 코르크 마개가 병 속으로 미끄러져 내려가듯 시간이 흘러 밤의 천사의 날개가 아침을 사라지게 만들어버리는 그런 밤이라고 생각했다. 하지만 곧바로 이것과 반대라는 사실을 깨달았다. 이제 겨우 2시 5분 전이었다. 지금까지만 봐도 이미 자신이 경험한 일생 중 가장 긴 날이었다. 버스를 놓치지도 않았고 아직 술을 더 많이 마실 수 있는 시간이 남아 있었다. 취하지만 않았더라면! 영사는 자신이 취했다는 사실을 부정하려 안간힘을 썼다.

영사의 상태를 눈치챈 아이들이 유쾌한 표정으로 영사를 따라다녔다. 돈, 돈, 돈, 빨리 지껄여댔다. 오케이, 아저씨! 오데로 가시나요? 아이들

---

* 라틴어로 '운 좋은 날'이라는 뜻이지만, '파우스투스 죽다'의 의미로도 해석될 수도 있다. 파우스투스는 파우스트 이야기를 토대로 한 크리스토퍼 말로Christopher Marlowe의 『파우스투스 박사의 비극The Tragical History of Doctor Faustus』의 주인공.

의 외침 소리는 점차 작아지고 실망한 아이들은 이윽고 영사의 바짓가랑이에 매달렸다. 영사는 이 아이들에게 무언가를 주고 싶었지만 더 이상 자신에게 관심이 집중되는 것을 원치 않았다. 영사는 사격연습장에 있는 휴와 이본을 발견했다. 휴가 총 쏘는 모습을 이본이 지켜보고 있었다. '탕, 탕, 탕' 휴는 일렬로 늘어선 나무 오리를 쓰러뜨렸다.

이들의 눈을 피해 영사는 천둥이 내리치는 창백한 하늘 그리고 무섭게 돌진하는 소와 함께 분출하는 포포카테페틀을 배경으로 연인과 함께 사진을 찍을 수 있는 부스를 비틀거리며 지나갔다. 그는 작고 초라한 영국 영사에게서 눈을 돌렸다. 어두운 골조물 안에서 사자와 유니콘이 그를 애처롭게 쳐다보았다. 부끄럽기 짝이 없군. 그럼에도 불구하고, 우리는 당신을 위해 일하고 있지. 그들은 이렇게 말하는 것 같았다. 'Dieu et mon droit(신과 나의 권리).'* 이제 아이들은 포기한 듯했다. 하지만 영사는 방향감각을 잃고 말았다. 축제가 벌어지는 장소의 끝자락에 온 듯했다. 문을 닫은 것인지 알 수 없는 텐트들…… 쓰러지거나 접혀져 있는 것들도 있었다. 마치 사람 같았다. 문을 닫은 것들은 아직 깨어 관망하는 사람 같았고, 쓰러지거나 구겨져 있는 것들은 잠든 사람, 잠이 든 무의식 중에도 자신의 사지를 쭉 펴려고 애쓰는 사람 같았다. 축제의 마지막 변방, 게다가 오늘은 죽은 자의 날이 아니던가. 이곳의 텐트와 갤러리들은 부활의 희망 너머로 잠들어 있다기보다는 아예 생명이 없는 무생물체처럼 보였다. 그러나 영사는 희미한 생명의 그림자를 보았다.

광장의 바깥쪽으로 인도를 반쯤 걸친 곳에는 완전히 버려진 "안전한" 원형의 길이 보였고, 그 위에 놓인 작은 의자들이 주름 장식을 한 피라미

---

* 영국 영사 배지에 새겨져 있는 글.

드 모양의 서커스 무대를 에워싸고 30초가량 천천히 돌아가다가 멈추었다. 마치 그 기구를 관리하던 따분한 멕시코인의 모자처럼 보였다. 그것은 시계의 거대한 수레바퀴로부터 멀리 떨어져 있고, 급강하하는 비행선에서도 멀리 떨어져 편안하게 자리 잡고 있는 작은 포포카테페틀이었다. 영사는 생각했다. 과연 이것은 누굴 위해 존재하는 것일까. 아이들에게도, 어른에게도, 그 누구에게도 속하지 않은 채 서 있었다. 사람들은 무해한 흥분보다는 광장 안의 거대한 천막 지붕 아래 고뇌하는 타원주 속에서 기절하는 것을 선호할 것이다. 따라서 이 어른들의 회전 놀이기구는 어른들에게조차 버림받은 채 쉬고 있는 것이리라.

영사는 여전히 비틀거리며 조금 더 멀리 걸어가다 멈춰 섰다. 영사는 자신이 다시 제대로 걷고 있다고 생각했다.

¡ BRAVA ATRACCIÓN!

10 c MÁQUINA INFERNAL

'거친 매력! 지옥의 기계 10센타보.' 영사는 우연의 일치에 깜짝 놀랐다. 공중에서 커다란 원을 그리며 돌아가는 그네처럼 생긴 놀이기구는 텅 빈 상태로 축제의 죽은 영역에서 자신의 머리 위로 힘차게 돌아가고 있었다. 마치 거대한 악마의 영혼이 고독한 지옥에서 사지를 비틀며 공기 중에 도리깨질을 하는 듯했다. 영사는 나무에 가려져 있는 이 기구를 전에 본 적이 없었다. 기구가 멈춰 섰다……

"아저씨, 돈 좀 주세요, 돈, 돈." "아저씨! 오데로 가시나요?"

초라한 행색의 아이들이 다시 그를 가리키고 있었다. 아이들을 피하려 했던 행위에 대한 벌은, 가능한 한 위엄을 지키려는 영사의 노력에도 불구하고, 아이들에게 무자비하게 이끌려 그 괴물 같은 기구에 올라타는 것이었다. 그물 모양의 챙이 달린 테니스 모자를 쓴 곱사등이 중국인에게 자신의 주머니 속에 있던 10센타보가 주어졌다. 그는 혼자였다. 우스꽝스러운 모습으로 고해실에 혼자 앉아 있는 듯했다. 잠시 후, 요란한 몸짓과 함께 굉음을 내며 괴물이 움직이기 시작했다. 기세등등한 쇠 회전반 끝에 매달린 고해실은 위로 급상승하다 무거운 몸짓으로 아래로 떨어졌다. 다른 통들은 모두 텅 빈 상태로 아래쪽에 있었으나 영사가 있는 통은 거대한 힘에 의해 위로 한껏 올랐다가 꼭대기에서 뒤집혀진 상태로 매달려 있었다. 한동안을 매달린 상태로 있다가 약간 아래로 떨어져 극도의 긴장 상태에서 잠시 멈추었다. 그러나 잔인하게도 영사의 통은 다시 위로 올려져 기구의 맨 꼭대기에서 참기 힘든 영원의 시간 동안 매달려 있었다. 기계는 멈춘 채 미동도 하지 않았다. 영사는 세상에 불을 가져온 그 어리석은 이처럼 세상에 거꾸로 매달려 있었다. 그물 같은 철사에 매달린 고철 덩어리만이 자신과 죽음의 경계에 놓여 있었다. 세상 위에 매달려 이대로 팔을 길게 늘어뜨리면 땅 위의 사람들에게 닿을 듯했다. 그리고 곧 머리를 도로에 처박히거나 하늘 위로 올라가버릴 것이다. 999.* 사람들이 가보지 못한 곳. 아이들을 따라 어른들도 모여들어 영사를 쳐다보고 있었다. 그는 어렴풋이 물리적인 죽음에 대한 공포가 사라진 자신을 깨달았다. 이 순간만큼은 술을 깨게 만들어줄 그 어떤 것에 대한 공포도 사라진 듯했다. 그는 이렇게 생각했지만 그 생각 자체가 그리 좋은 것은 아니었다. 그다지 유쾌한 생각은 아니었다. 또 다른 불필요한 고통에 대한 명백한 보기가 있지 않은가, 자크. 자크? 한때 대영제국 정부의 대표였던 사람으로서 그다지 위엄 있는 자세는 아니었다. 하지만 이것은 자신이 상상할 수 없는 것에 대한 상징이었다. 갑자기 고해실이 반대로 움직이기 시

---

* 광고판 '666'이 거꾸로 매달린 영사의 눈에 거꾸로 보이는 것.

작했다. 오, 영사가 말했다, 오. 이제 추락의 공포는 경험의 저편에 남겨지는 듯했다. 이제 단단하게 죄여 극도의 긴장을 초래했던 전선이 반대로 풀리면서 퇴행하기 시작했는데, 비행하는 물체 안에 있는 것이 아니라 마치 배에서처럼 자신의 몸이 무거워지는 것 같은 느낌이었다. 한때 바다에서 생활했던 사람으로서 영사는 이러한 감정을 용납하고 싶지 않았다. 오, 맙소사! 주머니 속에 있던 것들이 모두 떨어져 나갔다. 모든 것이 짜내듯 빠져나갔다. 소용돌이칠 때마다 구역질이 날 때마다 바닥으로 치달았다 다시 후퇴하는 형언하기 힘든 순환운동을 할 때마다 새로운 것들이 빠져나갔다. 지갑, 파이프, 열쇠, 벗어두었던 선글라스, 자신에게 몰려든 아이들에게 빼앗길 것을 상상할 시간조차 없었던 동전들, 지팡이, 여권, 이 모든 것들이 영사에게서 빠져나갔다. 여권은 그의 것이었을까? 자신이 여권을 가지고 나왔는지 기억나지 않았다. 그러고는 다시 여권을 가지고 온 기억이 났다. 아니, 안 가져왔던가. 영사라 할지라도, 아니 전(前)영사라 할지라도 멕시코에서 여권 없이 지내기는 힘들 것이다. 하지만 아무런들 어떤가? 내버려둬! 이렇게 용인하고 나니 극도의 환희가 몰려왔다. 모든 걸 그냥 내버려둬! 모든 것, 특히 그가 어디를 가건 항상 등에 지고 다닐 수밖에 없었던 무섭고 지겨운 악몽의 소재와 성격, 목적, 특징을 제공했던 그 모든 것, 이 모든 것이 들어가고 나가는 수단이 되었던 그 모든 것, 이 모든 것과 자신을 묶어놓았던 그 모든 것, 항상 제프리 퍼민의 이름으로, 그리고 대영제국 해군의 이름으로, 나아가 대영제국 영사의 이름으로 발현되었던 그 모든 것, 그리고 아직도 계속되고 있는 그 모든 것을 그저 그렇게 내버려둘 수 있다면…… 순간, 영사는 기구를 관리하던 중국인이 잠들어 있다는 사실을 깨달았다. 아이들은 가버렸고 다른 구경꾼들 역시 사라져버렸다. 이는 이런 상태가 계속될 것을 의미했다. 기계를 멈추게 해줄 사람은 아무도 없었다…… 이제 끝이다.

동시에, 아직 끝나지 않았다. 대지 위의 세상은 미친 듯 돌아가고 있었다. 집, 회전목마, 호텔, 성당, 술집, 화산, 이 모든 것이 빙글빙글 돌고 있었다. 일어선다는 것 자체가 쉬운 일이 아니었다. 사람들이 자신에게 손가락질하며 웃고 있다는 것을 깨달았다. 그러나 이보다 더 놀라운 사실은 자신의 소지품들이 하나하나 자신에게 되돌아왔다는 점이었다. 영사의 지갑을 가진 여자아이는 손을 내밀었다가 장난스럽게 다시 가져가는 시늉을 하고는 지갑을 돌려주었다. 아니, 이 아이는 다른 손에 아직 무언가를 쥐고 있는 듯했다. 구겨진 종이 같았다. 영사는 아이에게 진심으로 감사를 표했다. 휴의 전보, 지팡이, 선글라스, 파이프도 깨지지 않은 채였다. 하지만 자신이 제일 좋아하는 파이프는 없었다. 여권도 없었다. 자신이 여권을 가지고 오지 않은 것이 확실했다. 영사는 물건들을 주머니에 넣으며 심하게 비틀거리면서 모퉁이를 돌아 벤치에 털썩 주저앉았다. 영사는 다시 검은 선글라스를 쓰고, 입에 파이프를 물고 다리를 꼬았다. 이제 세상이 속도를 늦춘 듯했다. 영사의 모습은 마치 룩셈부르크 정원에 앉아 있는 영국인 관광객의 따분한 모습을 연상케 했다. 그는 아이들이 얼마나 기특한가에 대해 생각했다. 자신의 주위를 에워싸고 돈을 구걸하던 바로 그 아이들이 영사가 난처한 상황에 처하자 잔돈의 잔돈까지 되돌려주고는 보상을 바라지도 않고 총총걸음으로 도망가버리지 않았나. 영사는 아이들에게 아무것도 주지 못한 것이 못내 아쉬웠다. 그러나 그 작은 여자아이도 이제 가버렸다. 벤치에 펼쳐져 있는 것은 그 아이의 연습장인지도 모른다. 그 아이에게 너무 퉁명스럽게 대한 것이 아닐까 후회했다. 그 아이가 돌아온다면, 연습장을 되돌려줄 수 있을 텐데. 이본과 아이를 가져야 했다, 아이를 가질 수 있을 것이다, 아이를 가질 수도 있었다, 가져야 했다……

연습장의 글을 어렵사리 읽을 수 있었다.

스크루지는 늙은이였다. 그는 런던에 살았다. 그는 대저택에 살았다. 스크루지는 부자였으나 가난한 이들에게 나누어 주는 법이 없었다. 그는 구두쇠였다. 아무도 스크루지를 사랑하지 않았고 스크루지가 사랑하는 사람도 없었다. 그에게는 친구가 없었다. 그는 이 세상에 혼자였다. 그 남자(el hombre), 집(la casa), 가난한 사람들(los pobres), 그는 살았다(el vive), 그는 주었다(el da), 그에게는 친구가 없었다(el no tiene amigos), 그는 사랑했다(el ama), 늙은(viejo), 커다란(grande), 아무도(nadie), 부유한(rico). 스크루지는 누구인가? 그는 어디에 살았나? 스크루지는 부자인가, 가난한 사람인가? 그에게는 친구가 있었나? 그는 어떻게 살았나? 세상에 홀로……

마침내 시한폭탄같이 돌아가던 세상이 멈추었다. 마지막 집이 움직임을 멈추었고 마지막 나무가 뿌리를 되찾았다. 영사의 손목시계는 2시 7분을 가리키고 있었다. 그는 술기운을 다 떨쳐버린 채 차가운 돌처럼 깨어 있었다. 참으로 끔찍한 느낌이 아닐 수 없었다. 영사는 연습장을 덮었다. 지겨운 스크루지 영감. 여기서 다시 만나다니!

게이처럼 보이는 군인들이 군인답지 않은 유쾌한 걸음걸이로 먼지를 날리며 거리를 한가로이 오가고 있었다. 제복을 말끔하게 차려입은 장교들은 전략을 짜느라 몸이 굳어버린 듯 지팡이에 몸을 기댄 채 꼼짝 않고 벤치에 앉아 있었다. 한 인디언 짐꾼이 산더미처럼 쌓인 의자를 싣고 아베니다 게레로 거리를 따라 성큼성큼 나아가고 있었다. 낡은 자전거 타이어를 구명대처럼 착용한 미친 사람이 지나갔다. 그는 불안한 몸짓으로 목 주위의 타이어 위치를 계속 바꾸었다. 그는 영사에게 무어라고 중얼거리고는 대답을 기다리지 않고 타이어를 벗어 저 멀리 텐트 쪽으로 던졌다. 그러고는 병에서 무언가를 꺼내어 입에 넣고는 타이어 뒤를 비틀거리며 쫓아갔다. 타이어를 집어 들고는 다시 멀리로 던졌다. 그는 더 이상 단순화가 불가능한 논리로 마치 영원히 이런 행동을 하도록 결심한 사람처럼 영사의 시야에서 멀어질 때까지 그 행동을 반복했다.

영사는 마음속에 무언가 갈고랑이 같은 것이 걸리는 듯한 기분을 느끼며 반쯤 일어섰다. 그는 다시 텐트에 있는 휴와 이본을 보았다. 이본은 한 노파에게서 토르티야를 사고 있었다. 노파가 토르티야에 치즈와 토마토 소스를 얹는 동안 모자를 비스듬하게 눌러선 초라한 차림의 자그마한 경찰 하나가 양상추 한 조각을 떼어서 극도로 공손한 미소를 띠며 이본에게 건넸다. 그는 헐렁한 더러운 바지와 레깅스, 그리고 자신의 몸보다 몇 배는 더 커 보이는 코트를 입고 있었다. 휴와 이본, 두 사람의 즐거워하는 모습이 역력했다. 두 사람은 토르티야를 먹으면서 손가락에서 흘러내린 소스를 보며 서로에게 미소 짓고 있었다. 휴가 손수건을 꺼내 이본의 볼에 묻은 소스를 닦아주었다. 두 사람은 웃음을 터뜨렸고 옆에 있던 경찰도 따라 웃었다. 계획은 어떻게 된 걸까, 자신을 데리고 토말린으로 가려던 계획은? 신경 쓸 필요 없지. 마음속의 갈고랑이는 차가운 박해의 쇠고랑으로 변했지만 영사는 여기서 약간의 위안을 얻었다. 자크가 자신의 불안을 두 사람에게 전달했다면 이들은 어떻게 여기서 이렇게 소리 내어 웃고 있을 수 있을까? 영사는 이해할 수 없었다. 비록 파업 중이라고는 해도 경찰은 경찰이었다. 그런데 그는 두 사람 곁에서 다정한 모습을 하고 있었다. 영사가 죽음보다 더 두려워하는 것이 바로 경찰이었다. 그는 조금 전에 보았던 어린아이의 연습장 위에 작은 돌멩이를 얹어 벤치에 놓아두고는 벤치 뒤로 몸을 숨겼다. 그러고는 아직도 미끄러운 막대기를 반쯤 오르고 있는 남자를 슬쩍 쳐다보았다. 남자는 꼭대기에서도 바닥에서도 멀리 떨어져 있었다. 어느 쪽이든 닿기만 한다면 위안을 찾을 수 있겠지만…… 영사는 해산물을 파는 식당 바깥 인도변을 나란히 흐르는 두 개의 핏빛 하천에서 죽어가는 커다란 거북이로부터 눈을 돌리고 안정된 걸음으로, 그러나 여전히 무언가에 사로잡힌 듯한 모습으로, 엘보스크에 들어섰다. 아직 버스가 출발하기까지는 20분, 아니 그 이상이 남아 있는 듯했다.

터미널 술집 엘보스크, 검은 선글라스를 벗었지만 실내는 너무 어두워 어둠에 적응하기까지 한동안 가만히 서 있어야 했다…… Mi ritrovai per una bosca oscura(또 다른 어두운 숲이 나를 찾고 있다), 아니 정글이던가? 무슨 상관이란 말인가. 술집의 이름은 분위기와 잘 어울렸다, "보스키지."* 술집의 어두운 분위기는 먼지로 인해 검은색으로 변한 무명 벨벳 커튼을 연상시켰다. 뒤쪽 방으로 향하는 입구에는 커튼이 처져 있었는데, 그것만으로는 그 방을 사적인 공간으로 만들기에는 역부족인 듯했다. 무슨 연유에서인지 축제의 물결은 여기까지 유입되지 못한 듯했다. 술집은 이 시간대에 항상 그렇듯 황량한 모습이었다. 바에는 빈약한 철제 테이블 하나와 간이의자 두 개만 놓여 있고 사람들은 주로 술집 바깥에서 술을 마시는 영국의 유명한 '저그 앤 보틀'**의 멕시코 친척처럼 보였다. 동쪽으로 향한 바는 해가 중천을 향해 갈수록 점차 어두워졌다. 물론 해가 중천으로 향하는지 신경을 쓰는 이들에게만 그렇겠지만…… 영사는

---

* Boskage: 숲. 여기서 술집 이름으로 쓰이는 엘보스크El Bosuque는 영어로 'The Boskage', 즉 '숲'이라는 뜻이다.
** Jug and Bottle: 판매한 술을 술집 내부가 아닌 외부에서 마시도록 하는 술집. 손님이 가져간 잔(저그)에 술을 담아주거나 병(보틀)에 든 술을 판매한다는 데서 유래한 이름.

어둠 속에서 더듬더듬 앞으로 나아갔다. '세뇨라 그레고리오' 영사는 목소리는 조용했으나 거기에는 조급한 번민의 떨림이 스며 있었다. 그것이 자신의 목소리인지 분간하기 힘들었다. 이제 영사는 절박한 심정으로 술을 갈구하고 있었다. 영사의 목소리는 건물의 뒤편에서 메아리쳤다. 그레고리오, 하지만 대답은 들려오지 않았다. 그는 자리에 앉았다. 이제 자신을 둘러싼 형상들, 바 뒤의 드럼통과 술병이 보다 선명하게 눈에 들어왔다. 아, 불쌍한 거북이! 한줄기 날카로운 고통이 스쳐 지나갔다. 커다란 녹색 드럼통들이 줄지어 서 있었다. 헤레스, 아바네로, 카탈란, 파라스, 사르사모라, 말라가, 두라스노, 멤브리요, 룸포페,* 테킬라, 메스칼, 그리고 리터당 1페소짜리 주정…… 술병의 이름을 읽고 있는 동안 영사의 눈으로 들어오는 술집 내부는 동틀 무렵처럼 점차 밝아지고 있었다. 다시 귓가에는 축제의 소음을 침묵하게 만드는 목소리가 들렸다. "제프리 퍼민, 바로 이게 죽음과도 같은 거야. 그 이상도 이하도 아닌 바로 이게 죽음이지. 어둠 속, 또 다른 악몽으로부터 도망칠 수 있는 수단들이 가득한 바로 이 어둠 속에서 꿈을 깨는 것, 그게 바로 죽음이지. 하지만 선택은 자네에게 달렸지. 자네는 그 수단들을 반드시 사용해야 될 필요는 없어. 자네가 판단할 수 있어. 그것들이 반드시 필요하다면—" '세뇨라 그레고리오' 영사는 다시 이름을 불렀고 "오리오" 하는 메아리가 들렸다.

바의 한구석에는 누군가 궁전의 대벽화를 본딴 작은 벽화를 막 그리기 시작한 듯했다. 그 속에는 두세 개의 사물이 보였고 그것은 색이 벗겨진 틀라우이칸의 모습 같았다. 뒤편에서 천천히 발을 끄는 소리가 들려왔다. 낡아빠진 초라한 긴 드레스를 입은 작은 노파가 나타났다. 그가 기억

---

* 술 이름들이다. jerez, habanero, catalán, parras, zarzamora, málaga, durazno, membrillo, rumpope.

하기에 갈색이었던 머리카락은 얼마 전 적갈색 헤나*로 물을 들인 듯했다. 빨간색으로 보이기도 하는 앞머리는 흐트러져 있었고 뒷머리는 위로 묶여 있었다. 땀방울이 맺힌 얼굴은 백지장처럼 창백했다. 근심 걱정에 시달린 듯 여윈 얼굴에도 불구하고 영사의 눈에는 그녀의 지친 눈동자가 확고한 결심과 지친 기대감을 동시에 표현하며 마치 조소하듯 빛을 발하는 것처럼 보였다 "메스칼이겠지." 그녀는 반쯤 조롱조로 말했다가 다시 "아니, 메스칼은 안 되지"라고 말했다. 그러나 그녀는 영사에게 술을 건네줄 의향이 없는 듯했다. 아마 영사가 진 빚 때문이리라. 영사는 곧 카운터에 은색 동전을 내놓았다. 그녀는 메스칼이 든 술통으로 걸음을 옮기며 거의 교활하다고도 할 수 있는 미소를 지어 보였다.

"아니, 테킬라로 줘요." 영사가 말했다.

"Un obsequio(이건 공짜요)." 그녀가 영사에게 테킬라를 건네며 말을 던졌다. "지금은 어디 실고 있나?"

"아직 칼레 니카라과에 실고 있죠." 영사가 웃으며 대답했다. "세뇨라 그레고리오, '실고'가 아니라 '살고' 있냐고 물은 거죠?"

"기억하지?" 세뇨라 그레고리오는 천천히 그리고 조용히 말했다. "내 영어가 원래 그런 걸. 당신 말이 맞아." 그녀는 짧은 한숨을 내쉬며 '말라가'라는 이름이 쓰인 술통에서 한 잔을 따라 가져왔다. "당신의 사랑을 위해 건배. 당신 이름이 뭐였더라?" 그녀는 오렌지색 후추가 작은 점처럼 뿌려진 소금이 담긴 접시를 영사에게 내밀었다.

"Lo mismo(항상 그대로죠)." 영사가 테킬라를 비우며 대답했다. "제프리 퍼민."

---

* henna: 이집트산 적갈색 식물로 머리털, 수염 등을 물들이는 데 쓰임.

세뇨라 그레고리오가 테킬라를 한 잔 더 가져왔다. 한동안 두 사람은 아무 말 없이 마주 보고 앉아 있었다. "그렇지" 마침내 그녀가 다시 한숨을 내쉬며 입을 열었다. 그녀의 목소리에서 영사에 대한 안쓰러움이 배어 났다. "그렇단 말이지, 그냥 그대로 인정하는 수밖에 없지. 다른 도리가 없지."

"그래요, 달리 방법이 없어요."

"만약 당신이 당신 부인이라면 그 사랑에 모든 걸 잃고 말았을 거야." 세뇨라 그레고리오가 말했다. 영사는 두 사람의 대화가 몇 주 전, 아마도 이본이 영사를 버린 날로 거슬러 올라간다는 사실을 알 수 있었다. 영사는 이본이 돌아왔다는 사실, 그녀가 바로 50피트 안에 있다는 사실을 알림으로써 세뇨라 그레고리오와의 관계의 중심이 되었던 고통, 서로의 고통에 대한 이해의 축을 바꾸고 싶지 않았다. (세뇨라 그레고리오는 세뇨르 그레고리오가 죽기 전 그에게서 버림을 받았다.) "마음이 무언가에 집중해 있으면 절대 잃어버리는 일은 없을 거요." 세뇨라 그레고리오는 슬픈 어조로 말을 이었다.

"그래요" 영사가 답했다.

"맞아, 무언가에 집중해 있으면 절대 정신을 잃을 수가 없지. 마음, 삶, 그리고 그 속의 모든 것들. 소녀 시절에 내가 이렇게 살 거라고는 생각지 못했지. 항상 아름다운 꿈을 꾸었더랬지. 아름다운 옷과 아름다운 모습들만을. 한때는 '지금 이대로가 좋아' 하던 때가 있었지. 하지만 지금 내가 생각하는 거라곤 모두 문제밖에 없어, 여기도 문제, 저기도 문제, 널린 거라곤 문제들뿐인 걸…… 그런 거지……"

"그래요, 세뇨라 그레고리오."

"한때 난 요조숙녀였지." "이건—" 세뇨라 그레고리오는 작고 어두운 술집을 경멸스러운 듯 둘러보았다. "이건 결코 내 꿈속엔 없었다오. 삶이란 바뀌게 마련이지. 그걸 마셔버릴 수는 없지."

"세뇨라 그레고리오, '마셔버리는' 것이 아니라 '생각할 수는' 없다고 말하는 거죠."

"음, 결코 그걸 마셔버릴 수는 없지." 세뇨라 그레고리오는 이렇게 말하고 소리 없이 들어와 구석에 서 있던 노동자 행색의 사람에게 주정 1리터를 따라 주었다. "좋은 사람들 틈에서 좋은 인생을 살 거라고 생각했지. 그런데 이게 뭔가?"

세뇨라 그레고리오는 발을 질질 끌며 뒤쪽 방으로 갔고 영사는 홀로 남았다. 영사는 두번째 테킬라 잔에 입도 대지 않은 채 한동안 그대로 앉아 있었다. 영사는 술잔을 집어 들고 마시는 상상을 했다. 그러나 마치 오랫동안 지루하게 갈망해왔으나 갑자기 손 안에 넘치는 잔이 주어지자 그 모든 것이 의미를 잃어버린 듯했다. 텅 빈 술집, 그 공허함 속에서 마치 딱정벌레 소리처럼 똑딱거리는 소리가 영사의 신경을 자극하기 시작했다. 영사는 손목시계를 보았다. 이제 겨우 2시 17분이었다. 똑딱거리는 소리는 바로 자신의 시계에서 나온 소리였다. 영사는 다시 술잔을 집어 드는 상상을 했다. 하지만 다시 상상에 그쳤다. 스윙도어가 열리고 누군가 술집 안을 재빨리 둘러보고는 나가버렸다. 휴였을까, 아니 자크였을까? 누구였던 간에 두 사람의 특징을 모두 가진 사람인 듯했다. 그러고는 또 다른 사람이 들어와 주위를 몰래 흘끔거리며 뒤쪽 방으로 직행했다. 영사는 이번에는 자신이 아는 사람이 아니라는 것을 직감할 수 있었다. 상처를 입은 듯한 굶주린 떠돌이 개 한 마리가 마지막으로 술집에 들어선 사람의 뒤를 따라 가까스로 문 안으로 들어섰다. 개는 말똥말똥 빛나는 부드러운 눈으로 영사를 올려다보았다. 그러고는 난파한 배 같은 가슴을 바닥에 대고 영사 앞에서 굽실거리기 시작했다. 아, 또 다른 동물의 왕국으로의 진입! 아까는 벌레 왕국이 아니었던가. 이제 다시 그들이 가까이 오고 있었다. 동물들, 사상이 없는 사람들이 가까이 오고 있었다. "Dispense usted, por Dios(오 세상에, 미안)." 영사는 개에게 이렇게 속삭이고 무언가 친절한 말을 하고 싶은 생각에 몸을 구부려 청소년 시절인가, 아니 그보다 어린 시절에 보았던가, 아니 들었던가 하는 문구를 읊었다. "그대가 얼마나 겁이 많은지, 그대가 얼마나 아름다운지, 하느님은 알고 계시기에 항상 희망의 기운이 작은 새처럼 그대와 함께한다네—"

영사가 갑자기 일어서서 웅변조로 낭독을 시작했다.

"그러나 너는 아직 나와 함께 있나니—" 개는 깜짝 놀라 세 발로 뛰어 문 아래로 도망쳤다.

영사는 테킬라를 단숨에 비우고 카운터로 향했다. "세뇨라 그레고리오." 이제 한층 밝아진 술집 안을 둘러보며 기다렸다. "오리오." 메아리가 돌아왔다. 왜 미친 늑대 그림이 여기 있는가! 영사는 이 그림들이 여기 있다는 사실을 잊고 있었다. 게으른 화가들에도 불구하고, 여섯 개 내지 일곱 개의 꽤 큰 그림이 완성되어 엘보스크의 벽을 장식하고 있었다. 아주 세밀한 부분까지 원작과 정확하게 일치했다. 똑같은 썰매를 똑같은 무리의 늑대들이 쫓고 있었다. 늑대들은 바 전체와 방 둘레에 걸쳐 썰매를 쫓고 있었고 썰매도 늑대도 한 치의 양보도 허용하지 않았다. 오, 신비로운 동물이여, 그 어떤 붉은 타르타르로 향하는가?* 순간 영사는 이 그림과는 전혀 다른 '전쟁과 평화'의 늑대 사냥을 떠올렸다. 아, 사냥이 끝난 후 파티의 화려함과 젊음, 사랑! 그리고 늑대들은 결코 무리를 지어

---

* 존 키츠John Keats가 쓴 「그리스 항아리에 부치는 송시Ode on a Grecian Urn」에 나오는 말.

사냥하지 않는다는 사실을 떠올렸다. 실제로 많은 삶들이 이런 식의 오해에 기인하고 있지 않은가, 얼마나 많은 늑대들이 우리 뒤를 쫓고 있는가, 진짜 적들은 양의 탈을 쓰고 나타나지 않던가? "세뇨라 그레고리오." 영사가 다시 그레고리오를 부르자 발을 질질 끌며 노파가 나타났다. 하지만 테킬라를 한 잔 더 하기에는 너무 늦었다.

영사는 내밀었던 손을 아래로 내렸다. 오 세상에, 갑자기 무슨 생각이 들었던 것일까? 한순간 그는 자신의 어머니를 보는 듯한 느낌이 들었다. 세뇨라 그레고리오를 껴안고 그 가슴에 얼굴을 묻고 어린아이처럼 울고 싶었다. 영사는 쏟아지려는 눈물을 억눌렀다. "아디오스." 그는 이렇게 말하고 카운터의 테킬라가 그대로인 것을 보고는 재빨리 마셔버렸다.

세뇨라 그레고리오가 그의 손을 잡았다. "인생이란 변하게 마련인 게야, 자네도 알잖나." 그녀는 영사를 뚫어지게 쳐다보았다. "그걸 마셔버릴 수는 없어. 자네 부인이 다시 돌아오는 것이 눈에 뵈는 것 같군. 둘이 함께 웃을 수 있는 곳에서 다시 함께 사는 게 보여." 그녀가 미소를 지어 보였다. "저 멀리, 지금의 모든 문제들이 멀리 사라져버릴 저 먼 곳에서—" 영사가 발걸음을 옮기기 시작했다. 대체 세뇨라 그레고리오는 무슨 말을 하고 있는 것일까? "아디오스" 그녀가 스페인어로 말했다. "내겐 집이 없다네, 오직 그늘만 있다네. 그러나 그대가 그늘을 필요로 한다면 내 그늘은 그대 것이라네."

"고마워요."

"코마워."

"세뇨라 그레고리오, '코마워'가 아니라 '고마워'죠."

"코마워."

그를 막아설 장애물은 없는 것 같았다. 그러나 영사가 조심스럽게 스윈도어를 제치자 그 빗살 사이로 비힐 박사와 거의 맞닥뜨릴 뻔했다. 비힐 박사가 티끌 하나 묻지 않은 깨끗한 테니스복 차림으로 퀸시와 극장 매니저인 부스타멘테 경과 함께 걸음을 재촉하고 있었다. 영사는 뒤로 흠칫 물러섰다. 비힐을 만난다는 것, 퀸시를 만난다는 것이 두려웠을 뿐만 아니라 자신이 술집에서 나오는 장면을 들킨다는 것이 두려웠다. 하지만 그들은 방금 도착한 토말린행 버스를 지나며 영사의 존재를 인식하지 못했다. 세 사람은 팔꿈치를 기수처럼 힘차게 흔들며 대화에 열중하고 있었다. 영사는 세 사람의 대화가 순전히 자신에 대한 것이 아닐까 생각했다. 그들은 아마 영사를 어떻게 해야 할는지, 지난밤 그가 파티에서 얼마나 마셔댔는가 하는 이야기들을 하고 있었을 것이다. 그랬다, 그들은 벨라 비스타를 향하는 길에서조차도 영사에 대한 서로의 "의견"을 교환하고 있었던 것이다. 그들은 이리저리로 휙휙 오가다가 사라져버렸다……

Es inevitable la muerte del Papa(교황의 죽음 확실시).

VIII

'내리막길……'

"클러치를 넣고 액셀러레이터를 밟아야지." 운전수는 어깨너머로 미소를 지어 보였다. "알았네, 친구" 그는 계속 아일랜드계 미국인 억양으로 말했다.

1918년식 쉐보레는 놀란 날짐승 같은 소음을 내며 갑자기 움직이기 시작했다. 긴 좌석에 몸을 쭉 뻗고 있는 영사만 아니었다면 버스는 꽉 차지 않았을 것이다. 취한 듯하면서도 말짱해 보이는 영사는 무엇에도 구속받지 않는 현재의 상태에 꽤 만족해하는 것처럼 보였다. 이본의 마음 상태는 알 수 없었으나 얼굴에는 미소를 띠고 있었다. 어쨌든 버스가 출발했다. 바람은 없었으나 한줄기 돌풍이 거리의 차양들을 위로 들어 올렸다. 곧 버스는 울퉁불퉁한 자갈길로 들어섰고 이본의 영화 「오를락의 손」 광고가 붙어 있는 높은 육각 스탠드를 지났다. 피 묻은 살인자의 손이 그려진 영화 포스터가 여기저기 붙어 있었다.

차는 천천히 움직여 경사진 좁은 거리를 통과하여 '바노스 리베르타드', '카사 브란데스의 최상급 전자제품'이라는 간판들을, 그리고 후드를 쓴 채 야유를 보내는 불청객을 지나갔다. 시장에 들어서자 인디언 여인네들이 버스에 올랐다. 짙은 도자기 색 얼굴에 강한 분위기를 풍기는 이 여인들은 살아 있는 날짐승을 바구니에 담아 가지고 있었다. 여인들이 자리를 잡고 앉기까지 육중한 움직임이 느껴졌다. 그중 두세 명은 귀 뒤에 담배꽁초를 꽂고 있었고 또 다른 이는 오래된 파이프를 물고 있었다. 태양에 주름살이 잡힌 얼굴에는 옛 우상의 그것에서 볼 수 있는 유머가 가득해 보였으나 실제로 웃지는 않았다.

"이것 봐요!" 운전수가 자리를 바꾸고 있던 휴와 이본을 불렀다. 운전수는 자신의 셔츠 아래 둥지를 틀고 있는 평화와 사랑의 작은 전령, 아름다운 비둘기 한 쌍을 내밀어 보였다. "내 사랑스러운 비둘기들 좀 봐요."

두 사람은 등을 자랑스럽게 아치 모양으로 구부린 채 방금 칠한 페인트처럼 하얗게 빛나는 비둘기의 머리를 긁어주는 수밖에 없었다. (이 사람도 휴와 마찬가지로 그저 신문 냄새만 맡아도 이 순간 정부가 에브로 전쟁에서 얼마나 크게 지고 있는지 알 수 있을까, 모데스토*가 군대를 모두 퇴각시키는 것이 단지 시간문제라는 사실을 알고 있을까?) 운전수는 비둘기들을 다시 하얀 셔츠 아래 넣었다. "따뜻하게 해야죠. 당연하지, 친구. 분부대로 합죠." 운전수가 말했다. "자, 갑니다!"

버스가 비틀거리자 누군가 소리 내어 웃었다. 차 안은 점차 흥겨운 분위기로 가득 찼다. 흔들거리는 버스는 나이 든 여인네들을 하나로 묶어주었다. 루퍼트 브룩**의 시에 나오는 것과 같이 시장 아치 문 위의 시계

---

* Juan Modesto Guilloto: 에브로 전쟁 당시 공화군측 장군.
** Rupert Brooke(1887~1915): 영국 시인. 그의 시 「그란체스터의 옛 목사관The old Vicarage, Grantchester」에 "교회 시계는 3시 10분 전을 가리키고 있었다Stands the Church

는 3시 10분 전을 가리키고 있었다. 하지만 실제로는 3시 20분 전이었다. 버스는 울퉁불퉁한 길을 이리 튀고 저리 튀며 레볼루시옹가를 향해 나아갔다. 버스가 '아르투로 디아스 비힐 박사, 외과 산부인과 전문'이라는 간판이 달린 사무실을 지날 때 영사는 마치 업신여기는 듯한 몸짓으로 머리를 끄덕였다. 그러고는 극장을 지나갔다. 이 나이 든 여인들 역시 에브로 전쟁에 대해서는 모르는 듯했다. 차가 심하게 흔들리면서 삐걱거리는 소리를 냈지만 여인네 둘은 이에 아랑곳하지 않고 생선 가격에 대해 열띤 토론을 벌이고 있었다. 여인들은 관광객들에 익숙한 듯 다른 사람에게 전혀 신경 쓰지 않았다. 휴가 영사에게 물었다.

"차가 많이 흔들거리죠?"

'*Inhumaciones*(장례식).' 영사는 웃으며 한쪽 귀를 꼬집으며 답을 가리켰다. 장의사 점포 입구에 매달린 횃대 위에서 앵무새가 머리를 옆으로 돌린 채 아래로 내려다보고 있었다. 거기에 이렇게 적혀 있었다.

'*Quo Vadis*(어디로 가시나이까)?'

거기서부터 차는 곧 내리막길로 향했다. 차는 달팽이처럼 느린 속도로 커다란 고목들에 둘러싸인 외딴 광장을 지나갔다. 고목의 나뭇잎들은 봄에 새로 돋은 잎처럼 부드러운 느낌이었다. 광장의 정원 나무 아래에는 비둘기와 흑염소가 보였다. '¿Le gusta este jardín, que es suyo? ¡Evite que sus hijos lo destruyan!' 표지판에는 이렇게 적혀 있었다. '당신은 이 정원을 좋아하나? 이 정원은 당신의 것, 당신의 아이들이 정원을 해치지 않도록 주의하라!'

그러나 정원에 아이들은 없었다. 돌로 된 벤치에 홀로 앉아 있는 남

---

clock at ten to three"라는 구절이 나온다.

자가 전부였다. 검붉은 얼굴과 뿔, 뾰족한 송곳니, 턱 아래로 늘어진 혀를 가진 남자는 악마임에 틀림없었다. 그의 표정에는 사악함, 호색한, 공포의 느낌이 섞여 있었다. 악마는 가면을 들어 침을 뱉고는 자리에서 일어나 춤을 추듯 껑충껑충 뛰는 걸음으로 비틀거리며 정원을 지나 나무에 가려 거의 보이지 않는 교회로 향했다. 마체테가 부딪치는 소리가 났다. 교회 옆 차양 너머로 전통춤 공연이 한창인 듯했다. 이본과 영사가 본 적이 있는 미국인 두 명이 발끝을 세우고 목을 길게 뺀 채 춤을 지켜보고 있었다.

"농담이 아니에요." 휴가 영사에게 말했다. 영사는 조용히 악마의 존재를 받아들인 듯 보였다. 휴와 이본은 소칼로에서 전통춤 공연을 본 적이 없기 때문에 약간의 후회가 섞인 듯한 눈빛을 교환했다.

"Quod semper, quod ubique, quod ab omnibus(언제 어디서나 누구나)."*

그들은 언덕 아래 다리 위로 협곡을 지나고 있었다. 무시무시한 느낌이었다. 배의 돛대 위에서처럼 빽빽하게 들어찬 넓은 나뭇잎들 사이로 협곡을 바로 내려다볼 수 있었다. 나뭇잎들은 추락의 음모를 숨기지는 못했다. 협곡의 가파른 기슭에는 쓰레기가 가득 쌓여 있었고 심지어 관목 숲 위로도 쓰레기가 덮여 있었다. 휴가 몸을 돌리자 쓰레기에 머리를 묻고 죽어 있는 개가 보였다. 죽은 몸에는 하얀 뼈가 드러나 있었다. 위로는 푸른 하늘이 보였고, 언덕 위로 올라가자 장관이 펼쳐졌다. 한동안 이본

---

* 사라고사의 발레루스 주교의 부제(副祭)였던 빈켄티우스(Vincentius, ?~304)가 가톨릭 교회의 정통성을 가리켜 '어디에나 있고, 언제나 있고, 누구나 믿는 것Quod ubique quod semper quod ab omnibus creditum est'이라는 구절로 표현한 바 있는데 이를 차용한 표현. 앞서 나온 내리막길, 장례식, 어디로 가시나이까 등의 표현과 함께 언제 어디서나 누구나 직면할 수밖에 없는 그것, 즉 죽음을 암시하는 표현으로 보인다.

의 얼굴에는 행복한 표정이 머물렀다. 모퉁이를 돌자 장관은 사라지고 길게 이어진 굽은 길이 나타났다. 굽은 길을 반쯤 올라가자 저속하고 화려하게 치장한 술집 바깥에 푸른 양복과 이상한 모자를 쓴 남자가 몸을 약간 흔들면서 먹다 남은 멜론 반쪽을 들고 버스를 기다리고 있었다. '엘 아모르 데 로스 아모레'*라는 이름의 술집 안에서는 노랫소리가 들려왔다. 바에서 무장한 경찰관 하나가 술을 마시는 모습이 휴의 눈에 들어왔다. 버스는 인도 옆 정거장으로 미끄러져 들어가 바퀴를 인도와 나란히 하여 정차했다.

운전수가 비스듬하게 정차한 버스에서 내려 술집 안으로 뛰어 들어간 사이 멜론을 먹고 있던 남자가 시동이 걸린 채로 진동하는 차에 올랐다. 운전수가 나타나 차에 오르자마자 재빠른 움직임으로 운전대를 잡았다. 운전수는 새 승객에게 흥겨운 눈길을, 그리고 사랑스러운 비둘기에게 사랑스러운 눈길을 던지고는 다시 언덕 위로 차를 몰았다.

"좋아, 좋아, 가자고."

영사는 지나온 술집을 가리키고 있었다.

"프랑코 만세…… 휴, 저건 너의 파시스트 소굴 아닌가."

"그래요?"

"저건 마약굴이야. 내가 아는 건 그 정도지. 그리고 저 사람 경찰 앞잡이야."

"아, 뭐라구요……? 오."

"네가 믿을지 모르겠지만, 저 사람 스페인 사람이야."

의자는 세로로 길게 늘어져 있었고 휴의 맞은편에는 푸른 양복을 입

---

* El Amor de los Amores: 스페인어로 '사랑 중의 사랑'.

은 사내가 보였다. 사내는 혼자서 계속 뭐라고 지껄이고 있었다. 술에 취한 것인지, 약에 찌든 것인지, 아니면 둘 다인지, 사내는 인사불성 상태였다. 버스에는 차장이 없었다. 나중에 차장이 차에 탈 수도 있겠지만, 차비는 내릴 때에 운전수에게 주면 되었기에 아무도 사내를 귀찮게 하지 않았다. 사내는 높고 도드라진 코, 단단해 뵈는 턱선을 가진 전형적인 스페인 사람이었다. 반쯤 베어 먹은 멜론을 움켜쥐고 있는 그의 손은 거대했으며 무슨 짓이든 능히 할 수 있는 탐욕스러운 사람의 손 같아 보였다. 휴는 문득 신대륙 정복자의 손을 떠올렸다. 그러나 전체적으로 볼 때 그는 정복자라고 하기에는 단호하지 못한 혼란스러운 분위기를 풍기고 있었다. 푸른색 양복은 꽤나 비싸 보였고 열려진 상의는 허리 부분이 잘 맞게 재단되어 있었다. 통이 넓은 바지의 아랫부분은 값비싼 신발을 낙낙하게 덮고 있었다. 신발은 오늘 아침에 닦은 듯했으나, 술집의 먼지로 더러워져 있었고 군데군데 구멍이 나 있었다. 넥타이를 매지 않은 보랏빛 셔츠는 목을 드러냈고 그 속으로 십자가 모양의 금목걸이가 보였다. 낡은 셔츠는 바지 밖으로 나와 있었다. 그리고 무슨 이유에서인지 몰라도 그는 두 개의 모자를 쓰고 있었다. 챙이 넓은 솜브레로 위로 값싼 홈보르크* 중절모를 겹쳐 쓰고 있었다.

"스페인 사람이라뇨?" 휴가 물었다.

"모로코 전쟁 이후에 들어온 사람들이지." 영사가 말했다. "펠라도"** 영사가 웃으며 덧붙였다.

영사가 웃은 것은 언젠가 휴와 펠라도라는 단어에 대해 논쟁을 벌였던 기억 때문이었다. 당시 휴는 '펠라도'라는 단어의 뜻이 맨발의 문맹자

---

* Homborg: 챙이 좁은 펠트제 중절모자. 처음 만들어진 독일의 지명에서 유래.
** pelado: 1920년대 멕시코 도시 빈민으로 주로 범죄나 구걸로 생활을 연명하던 이들을 지칭.

라고 말한 반면, 영사는 그것이 그 단어의 여러 가지 의미 중 하나일 뿐이라고 하여 한동안 논쟁했던 적이 있었다. 펠라도는 실제로 '헐벗은 사람'을 뜻했으나 부자가 아님에도 불구하고 자신보다 가난한 이들을 착취하는 이들도 여기에 포함되었다. 예를 들어, 단 1년간 관직을 차지하기 위해 구두닦이에서부터 밀고자 시늉까지 무슨 짓이건 다 하는 비열한 정치인, 그리고 관직을 차지한 후 평생 먹고살 만한 부를 축적하는 혼혈 정치인이 여기에 속했다. 휴는 결국 이 단어의 뜻이 아주 모호하다는 사실을 인정할 수밖에 없었다. 스페인 사람들은 이 단어를 인디언, 경멸해마지않는 인디언으로 해석할 수 있을 것이다. 반대로, 인디언에게는 스페인 사람으로 해석될 수 있을 것이다. 자신이 경멸하는 그 어떤 이도 될 수 있는 것이다. 아마도 이 단어는 신대륙 정복 이후 유입되었을 것이다. 즉, 한편으로는 도둑, 다른 한편으로는 착취자가 서로 대치한 상황을 묘사한 단어라 할 수 있었다. 약탈자가 약탈을 당하게 될 이들에 대한 신뢰를 떨어뜨리기 위해 바꾸어 쓸 수 있는 의도적 오용의 수단이 되는 단어였던 것이다.

버스는 언덕을 뒤로하며 카지노데라셀바 호텔로 향하는 도로 어귀의 분수대 맞은편에 멈춰 섰다. 휴의 눈에 테니스 코트가 들어왔고 두 개의 흰색 물체가 움직이는 것이 보였다. 영사의 눈은 비힐 박사와 라루엘을 향하고 있었다. 라루엘은(만약 지금 보이는 것이 라루엘이 맞다면) 하늘 높이 공을 토스하고는 아래로 힘차게 내리쳤다. 공은 비힐의 오른편을 비껴 다른 편으로 달아났다.

이제 미국식 고속도로가 시작되었다. 버스 안의 사람들은 잠시 동안 잘 닦인 도로 위에서 편하게 몸을 뻗을 수 있었다. 버스가 기차역에 다다랐다. 졸린 역은 신호대를 위로 올린 채 꿈길을 헤매고 있었다. 굳게 닫힌 책 같은 느낌이었다. 보기 드문 침대 차량이 철도의 측선을 따라 누운 채 코를 골고 있었고, 제방 위에는 기름 탱크가 팔베개를 하고 누워 있었다. 윤이 나는 은색 불빛만이 나무들 사이에서 숨바꼭질을 하고 있었다. 오늘 밤, 저 외로운 플랫폼에서 그는 홀로 순례자의 보따리를 들고 서 있으리라.

'콰우나우악.'

휴가 이본에게 몸을 돌리며 "어때요?" ('더 이상 바랄 게 뭐가 있을까!'라는 의미를 담고 있었다) 하고 물었다.

"정말 재미있는걸요."

영사는 마치 아이처럼 여행을 함께하는 모든 사람이 행복하길 바랐다. 심지어 묘지로 향하는 사람들도 행복했으면 하는 생각이었다. 휴는 (맥주 한 잔에 힘을 얻어) 마치 원정경기를 떠나기 바로 직전 팀에 합류한 학교 운동선수처럼 들떠 있었다. 고향 운동장보다 훨씬 높고 훨씬 선명한 하얀색 골대의 낯선 25야드 선에 대한 두려움은 형언하기 힘든 홍분을 자아내고 왁자지껄한 수다 속에서만 그 홍분을 가라앉힐 수 있을 것이다. 한낮의 나른함이 그를 스쳐 지나갔다. 그리고 현실의 벌거벗은 진실은 비현실적인 중요한 사건을 향해 가는 움직임 속에서 달리는 차바퀴의 살과도 같이 흐릿해졌다. 지금의 여행은 가능한 모든 대안 중 최선의 것으로 여겨졌다. 영사도 계속 좋은 기분을 유지하고 있는 것 같았다. 하지만 곧 세 사람의 대화는 불가능해졌다. 차가 미국식 고속도로를 벗어난 것이다.

차는 갑자기 고속도로를 벗어났고, 왼편으로 거친 석벽이 나타나 시야를 가로막았다. 차는 종 모양의 짙은 남빛 야생화들로 가득한 수풀 사이에서 덜컥거리며 힘겹게 달리고 있었다. 또 다른 들꽃 무리가 보이는 듯했다. 풀로 지붕을 이은 집 바깥으로 녹색과 흰색의 옷들이 옥수숫대에 매달려 있었다. 밝은 남빛 꽃들이 이미 하얀 꽃망울을 터뜨린 나무 위를 기어오르고 있었다.

오른편으로는 훨씬 높아 뵈는 벽 너머로 휴와 이본이 아침에 보았던 것과 같은 농장이 있었다. 맥주 냄새로 미루어, 콰우나우악 양조장에 도착했음을 알 수 있었다. 영사 옆에 있던 이본과 휴는 격려와 우정의 느낌이 담긴 눈빛을 교환했다. 육중한 문은 여전히 열려 있었다. 그들은 얼마나 빨리 과거를 달려왔던가! 나뭇잎으로 뒤덮인 검은 테이블 너머로 나뭇잎에 수문이 막혀버린 분수대가 눈에 들어왔다. 아르마딜로와 함께 있던 여자아이는 가버리고 없었다. 하지만 사냥터지기를 닮은 사내는 안마당에 홀로 서서 팔을 뒤로 한 채 그들을 쳐다보고 있었다. 벽에는 사이프러스 잎들이 살랑살랑 몸을 움직이며 스스로 일으키는 먼지를 견디고 있었다.

기찻길 너머 토막린 도로는 이전보다 훨씬 나았다. 뜨거운 버스 안으로 창문을 통해 시원하고 상쾌한 바람이 들어왔다. 오른쪽 평원 위로 지루한 협궤 철도가 나선형으로 이어졌고, 버스는 철도와 나란히 난 도로(이 길 이외에도 21개의 또 다른 길이 있을 것이다!)*를 달렸다. 그리고 왼편으로의 곡선을 거부하고 영원히 직선만을 고집하는 전신주가 서 있었다. 광장에서도 사람들은 영사에 대한 이야기만 했다. 얼마나 다행인가, 영사가 터미널에 나타나다니, 이본에게는 얼마나 다행인가! 그러나 도로 상황은 다시 나빠져 이야기는 고사하고 생각조차 하기 힘들 정도였다.

버스는 점점 더 거친 도로를 향해 가는 듯했다. 포포카테페틀이 시야에 들어오자 망령이 주위를 돌며 그들을 계속 앞으로 유인했다. 그리고 다시 협곡이 나타났다. 협곡은 멀리서부터 이들을 인내심 있게 천천히 살

---

* 카발라에서 우주의 모형을 상징하는 생명의 나무에서는 나뭇가지로 표시되는 열 개의 세피라를 연결하는 22개의 경로가 있는 것으로 전해진다.

금살금 따라온 듯했다. 버스가 도로 아래 깊이 팬 구멍으로 치달으면서 휴의 영혼을 날려버릴 듯 귀청이 터질 것 같은 소리를 냈다. 그러고는 다시 더 깊은 구멍으로 떨어졌다.

"마치 달 위로 달리는 것 같군." 영사가 이본에게 말을 걸었으나 이본은 듣지 못했다. 영사는 이본의 입 주위에 새로 생긴 가느다란 주름을 보았다. 파리에서라면 존재하지 않았을 지친 흔적, 가여운 이본! 이본을 행복하게 해주소서. 모든 일이 잘 풀리도록 해주소서. 우리 모두 행복하게 해주소서. 우리 모두에게 하느님의 은총이 있기를…… 휴는 광장에서 비상용으로 산 작은 아바네로 병을 꺼내서 영사에게 한 잔 건네는 게 어떨지에 대해 생각하고 있었다. 하지만 아직까지 그럴 필요는 없을 것 같았다. 영사의 입술 주위에 희미한 미소가 맴돌고 있었다. 차가 요동침에 따라 몸이 이리저리 흔들려 정신을 차릴 수 없을 정도의 소란한 상황에도 불구하고, 영사의 입술은 마치 체스 게임을 할 때나 혼자 무언가를 낭송할 때와 같이 조금씩 움직였다.

이제 버스는 화산도 협곡도 보이지 않는 나무가 우거진 평평하게 쭉 뻗은 시골길로 접어들었다. 매끄러운 길을 달리는 차에서는 쉬쉬거리는 소리가 났다. 이본은 옆으로 돌아앉았고, 창문에 반사되어 보이는 그 옆모습이 이리저리 흔들리고 있었다. 차의 쉬쉬거리는 소리가 심해질수록 휴의 머릿속에서는 바보스러운 논리가 만들어지고 있었다. '난 에브로 전쟁에서 지고 있는 거야, 이본을 잃게 되는 거지. 그러니까 이본은……'

버스에는 이전보다 더 많은 승객들이 있었다. 펠라도와 나이 든 여인네들 외에도 흰색 바지와 보라색 셔츠, 나들이옷을 차려입은 남자들이 타고 있었다. 그리고 묘지에 가는 듯 상복을 입은 젊은 여인네가 한둘 보였다. 날짐승들은 애처로운 모습이었다. 바구니에 있는 것들이나 바깥에 나와 있는 것들 모두 자신의 운명을 달게 받아들이기로 한 모양새였다. 수탉, 암탉, 칠면조들은 긴 의자 아래 가느다란 다리가 노끈에 묶인 채 가만히 웅크리고 있었다. 가끔씩 내는 퍼덕거리는 소리로 아직 살아 있음을 알 수 있었다. 어린 암탉 두 마리는 날개가 레버에 걸린 채 사이드 브레이크와 클러치 사이에서 두려움에 몸을 떨고 있었다. 불쌍한 동물들, 이 동물들은 뮌헨 조약에 서명했을 것이다. 칠면조 중 하나는 체임벌린*을 닮아 있었다. 차 앞 유리에는 이런 글이 적혀 있다. 'Su salud estara a salvo no escupiendo en el interior de este vehiculo(차 내에 침을 뱉지만 않는다면 건강에 문제가 생기는 일은 없을 것임).' 휴는 차 안의 다른 물건들에 정신을 쏟으려고 애썼다. 가장자리가 적십자협회의 기호로 장식된 작은 거울이 있었고 그 옆에 성모 마리아가 그려진 엽서가 석 장 붙어 있었다. 계기판 위에 놓인 가느다란 두 개의 꽃병에는 마거리트가 담겨 있었다. 그리고 부식한 소화기, 무명 재킷, 펠라도가 앉아 있던 자리 아래 양복 솔이 보였다. 차가 다시 도로에 부딪치는 순간 휴는 펠라도를 쳐다보았다.

펠라도는 눈을 감은 채 몸이 이리저리 흔들리는 와중에도 셔츠 아랫부분을 바지에 집어넣으려 애쓰고 있었다. 이제 그는 단추의 구멍을 잘못 끼우고 있었다. 휴는 이 모든 것이 이상한 차림새를 준비하는 과정이라고 생각했다. 여전히 눈을 감은 채 그는 이제 좌석에 몸을 뻗고 누울 만한 자리를 확보했다. 이상한 것은 그가 아무리 몸을 뻗은 채 송장처럼 누워 있어도 버스 안에서 일어나는 일을 모두 알고 있는 듯한 표정을 하고 있다는 것이었다. 그는 인사불성임에도 불구하고 경계를 게을리하지 않고 있

---

* Neville Chamberlain(1869~1940): 영국 보수당 출신 수상.

었던 것이다. 먹다 남은 멜론은 그의 손에서 떨어져 나가고 건포도처럼 잘게 씹힌 것 같은 씨 조각들이 좌석 위에 나뒹굴고 있었다. 그는 이 모든 것들을 눈을 감은 채 보고 있었다. 십자가 목걸이가 미끄러지고 있다는 사실도 의식하고 있었다. 홈보르크 중절모가 솜브레로에서 떨어져 바닥에 미끄러졌다. 그는 모자를 집으려 하지는 않았지만, 이 모든 것을 알고 있었다. 누군가 자신의 물건을 훔쳐갈 때를 대비해 경계를 하고 있는 반면, 다른 한편으로는 더 많은 유흥을 위해 기운을 차리려 애쓰고 있었다. 잘 아는 술집이 아닌 다른 술집에 가기 위해서는 똑바로 걸을 수 있어야 할 것이다. 이러한 예지 능력은 감탄할 만한 것이 아닌가.

솔방울, 전나무 열매, 돌, 흑토 외에는 아무것도 없었다. 흑토는 바싹 마른 상태였으나 화산에서 나온 것이 분명했다. 프레스코트가 말했듯, 모든 것들이 포포카테페틀의 오랜 존재를 증명하고 있었다. 물론 여기에도 그 흔적이 있었다! 화산 폭발이란 것이 대체 왜 있었던 것일까? 사람들은 그 이유에 대해 모르는 척했다. 왜냐하면, 사람들은 지표 밑 바위 아래서 증기가 발생하고 그 압력이 점차 증가했기 때문이라고 설명하고 싶어 하기 때문이다. 돌과 물이 분해되면서 가스를 형성하고 형성된 가스는 보다 아래에 있는 용해된 물질과 결합되었기 때문이라고, 지표 부근의 물기가 많은 돌이 압력을 견디지 못해 전체가 폭발한 것이라고, 그래서 용암이 넘쳐나고 가스가 분출돼 결국 화산 폭발이 있는 것이라고 설명하고 싶어 하기 때문이다. 하지만 이것이 우리 자신의 견해는 아니지 않나! 화산 폭발에 관한 모든 것은 아직 미스터리로 남아 있다. 화산 폭발과 관련한 영화들을 보면 항상 사람들은 용암이 다가오는 가운데 서서 이를 즐기고 있다. 벽이 무너지고 교회가 붕괴하고 사람들은 공포에 질린 채 모든 것을 잃어버린다. 하지만 항상 담배를 피우며 여유 있게 용암 줄기 사이를 뛰어다니는 사람들이 있다……

맙소사! 휴는 버스가 얼마나 빨리 달리고 있는지 이제야 깨달았다. 1918년산 쉐보레가 이런 도로에서 이토록 빨리 달릴 수 있다니. 그는 차의 속력으로 인해 이 작은 버스 안에 색다른 공기가 흐르고 있다는 것을 감지했다. 남자들은 웃고 있었고 나이 든 여인네들은 킬킬대며 잡담을 나누고 있었다. 막 차에 오른 소년 두 명은 차 뒤편 눈썹 높이쯤에서 차에 매달린 채 유쾌하게 흔들리고 있었다. 밝은색 셔츠를 입은 사람들이 있었고, 이보다 더 밝은 빛의 빨강, 노랑, 녹색, 파란색의 장식용 색종이들이 천장에서부터 길게 늘어져 있었다. 이 모든 것들이 유쾌한 분위기를 자아냈고 가보지 못한 축제의 흥을 느낄 수 있게 해주었다.

그러나 소년들이 하나둘 버스에서 내리고 흥겨운 분위기는 마치 햇빛처럼 잠시 반짝이다 사라져버렸다. 황폐한 교회에는 잔인해 뵈는 칸델라브라 선인장이 매달려 있고 수많은 호박과 풀로 뒤덮인 창문이 있었다. 외부는 혁명 당시 불에 탄 듯 모두 검은색으로 변해 저주받은 인상을 주었다.

―이제 당신이 다시 동지들에게 돌아가야 할 때입니다. 그는 예수에게 이렇게 말했고 예수는 고개를 끄덕였다. 이 모든 것이 예수의 뜻이었을까. 휴는 위선자들에 의해 갇혀 불타는 교회에서 숨조차 쉬지 못하던 예수를 구해냈다. 휴가 연설을 시작했다. 스탈린은 휴에게 메달을 수여하고, 휴가 자신의 의견을 피력할 때 이를 경청했다. "제가 에브로 전쟁을 지키기에는 너무 늦게 도착한 것이 사실입니다. 하지만 적에게 일격을 가할 수는 있었죠." 그는 연설을 계속 이어갔다. 그의 옷깃에는 레닌의 별이, 주머니에는 표창장이 있었다. 소비에트 공화국과 참된 교회의 영웅, 그의 가슴속에는 자신감과 사랑이 충만했다―

휴는 창밖을 내다보았다. 쯧, 바보 같은 자식. 하지만 이상한 것은 그의 가슴속 사랑은 실제였다는 것이다. 주여, 왜 우리는 단순해질 수 없나이까, 주 예수여, 왜 우리는 단순해질 수 없나이까, 왜 우리는 형제일 수 없나이까?

테테칼라행(行), 후후타행(行), 시테펙행(行), 소치테펙행(行), 속시테펙행(行) 등 옛 이름을 단 버스들이 열을 지어 반대편으로 빠르게 달려가고 있었다.

오른편으로 피라미드 모양의 포포카테페틀이 어렴풋이 모습을 나타냈다. 한쪽은 여인의 가슴이 아름답게 곡선을 그리고 있었고 다른 한쪽으로는 깎아지른 듯, 뾰족하면서도 흉포한 모습을 하고 있었다. 그 뒤로 다시 구름이 모여들어 높이 쌓이고 있었다. 그러고는 이스탁시우아틀이 나타났다.

'시우테페카노치틀란테우안테펙, 킨타나루루, 틀라콜룰라, 목테수마, 후아레스, 푸에블라, 틀람팜' 댕! 버스가 갑자기 큰 소리를 냈다. 버스는 도로를 따라 걸어가는 작은 돼지를 지나쳐, 채로 모래를 거르는 인디언, 심하게 흔들리는 그물침대에서 졸린 듯 배를 긁는 대머리 소년을 지나치면서 크게 요동쳤다. 황폐한 벽에 붙은 광고판들이 흐르듯 지나갔다. Atchis! Instante! Resfriados, Dolores, Cafeasperina. Rechace Imitaciones(카페아스페리나, 에취! 기침 감기 통증에 직효! 모방 금지). 오를락의 손, 피터 로어 주연.

도로 사정이 좋은 않은 곳에서 차는 사정없이 흔들리며 거칠게 옆으로 굴렀다. 차는 도로를 벗어났으나 그 결단력으로 흔들림을 이겨냈다. 차는 그대로 깨어났더라면 고통스러웠을 상황을 자신의 책임감으로 잠재운 데 대해 자랑스러워하는 듯했다.

낮지만 가파른 울타리가 양쪽에서 그들을 둘러싸고 있었고 울타리 안에는 회색의 나무들이 자라고 있었다. 차는 속도를 줄이지 않은 채 좁고 움푹 들어간 도로를 달리고 있었다. 꾸불꾸불한 길은 영국을 연상시켜 곧 '로스트위디얼행 오솔길'이라는 간판이 보일 것만 같았다.

¡Desviación! ¡Hombres Trabajando! (우회! 도로 작업 중!)

타이어와 브레이크는 날카로운 소리를 내며 왼편으로 우회로를 만들었다! 차가 너무 빨리 달렸기에 못 보고 지나칠 뻔했으나 휴는 도로 오른편 울타리 아래 누워 있는 남자를 발견했다.

서로 마주 앉아 반대편 창을 졸린 채 응시하던 제프리나 이본 모두 그를 보지 못했다. 아무도 그를 보지 못했다. 아니 누군가 본 사람이 있다면 그가 그저 자고 있다고 생각했을 수도 있다. 그러나 뜨거운 태양 아래서 도로 위에 누워 있다는 것은 얼마나 위험한 일인가.

휴는 몸을 기울여 소리를 지르려 했다. 잠시 망설이다 운전수의 어깨를 두드리자 이와 거의 동시에 버스가 급정거했다.

운전수는 한 손으로 핸들을 잡고 흐느끼는 듯한 소리를 내는 차를 통제하려고 애쓰면서 목을 길게 빼고 앞뒤를 살피고는 후진하여 우회로를 벗어나 다시 좁은 고속도로로 돌아갔다.

친숙하고도 역겨운 배기가스 냄새가 앞에 있는 도로 공사장의 타르 냄새와 섞여 더 불쾌한 냄새를 만들어냈다. 앞의 도로는 점차 넓어지고 있었고 도로 가장자리와 울타리 사이에는 잡초가 무성했다. 그러나 도로에서 작업 중인 사람은 하나도 없었고 연한 쪽빛 물결만이 반짝이고 있었다. 아마도 이미 몇 시간 전에 작업이 끝났으리라.

풀밭이 끝난 도로 맞은편에는 쓰레기 더미가 있었고 그 가운데 우뚝 솟은 돌기둥이 보였다. 그 아래로 우유병, 깔때기, 양말 그리고 낡은 여행 가방에서 떨어져 나온 것 같은 조각이 놓여 있었다.

　도로 뒤쪽에는 여전히 그 남자가 누워 있었다. 그의 얼굴은 넓은 모자로 가려져 있었고 등을 바닥에 대고 팔은 길가를 향해 가지런히 뻗어 있었다. 그의 그림자는 20피트까지 늘어져 있었다. 그는 풀침대를 발견한 것이었을까. 근처에는 말 한 마리가 조용히 울타리 근처의 풀을 뜯어먹고 있었다.

　버스가 다시 갑자기 멈추어 서자, 누워 있던 펠라도는 의자에서 바닥으로 미끄러질 뻔했다. 그는 발을 뻗어 어느 정도 균형을 잡은 듯했으나 강한 반작용으로 인해 거의 출구 가까이로 밀려갔다. 십자가 목걸이는 목 주위로 흘러내렸고 한 손에는 모자를, 다른 한 손에는 멜론을 들고 있었다. 그는 누군가 모자를 훔쳐 가기라도 할 것처럼 약간 불안한 표정으로 모자를 입구 근처의 빈자리에 조심스럽게 내려놓고는 이보다 더 조심스럽게 약간은 과장된 듯한 몸짓으로 도로로 내려섰다. 그의 눈은 아직 반쯤 감긴 채였고 멍한 표정을 짓고 있었다. 그러나 그는 이 모든 상황을 이미 간파하고 있는 것이 분명했다. 그는 멜론을 던져버리고는 가상의 장애물이라도 있는 것처럼 머뭇거렸으나 꼿꼿한 자세로 똑바로 그 남자에게 다가갔다.

　휴, 이본, 영사 그리고 남자 승객 둘이 차에서 내려 그를 뒤따라갔다. 그러나 늙은 여인네들은 꼼짝도 하지 않았.

　움푹 팬 황량한 도로는 숨을 쉬기 힘들 정도로 더웠다. 이본은 짧은 비명을 지르고는 몸을 돌렸다. 휴가 이본의 팔을 잡았다.

　"신경 쓰지 마요. 피 때문에…… 제기랄."

　이본은 버스 안으로 들어갔고 휴는 영사와 승객 두 명을 앞질러 걷기 시작했다.

펠라도는 누워 있는 남자 위로 천천히 손을 흔들었다. 남자는 인디언들이 즐겨 입는 헐렁한 흰색 옷을 입고 있었다.

모자 한쪽으로 피가 보였으나 생각보다 많지는 않았다.

하지만 남자가 평화롭게 잠들어 있는 것이 아님은 분명했다. 그의 가슴은 경기를 막 끝낸 수영 선수의 그것처럼 심하게 헐떡였고 배는 수축과 팽창을 반복하고 있었다. 그리고 흙 속에서 한쪽 손을 쥐었다 폈다 하고 있었다.

휴와 영사는 속수무책으로 서 있었다. 두 사람 모두 상대방이 인디언의 모자를 들추어 그 안에 있을 거라고 생각했던 상처를 볼 수 있게 될 때까지 기다리고 있었다. 두 사람 모두 망설이고 있었다. 아니, 모호한 공손의 표현이었는지도 모른다. 왜냐하면 두 사람 모두 다른 승객들 중 하나가, 아니면 펠라도가 인디언의 모자를 들춰본다면 두 사람은 가만히 있는 편이 낫다는 것을 알고 있었기 때문이다.

아무도 움직임을 보이지 않자 휴는 조바심이 났다. 그는 한 발 한 발 발을 떼며 기대하는 듯한 눈빛으로 영사를 바라보았다. 영사는 이 나라에 오래 있었기 때문에 이런 상황에서 어떻게 행동해야 하는지 알 것 아닌가. 게다가 그는 여기 있는 사람들 중에서 공권력과 가장 가까운 사람이 아닌가. 그러나 영사는 생각에 잠겨 현실을 잊은 듯했다. 휴는 충동적으로 앞으로 나아가 인디언을 향해 몸을 숙였다. 그런데 승객 하나가 그의 소매를 붙잡았다.

"담배를 버리려는 거요?"

"버려." 영사가 생각에서 깨어났다. "산불이 날 수도 있어."

"금지된 행위죠."

휴가 담배를 밟아 끄고는 다시 누워 있는 남자에게 몸을 기울이려는 찰나 그 승객이 다시 그의 소매를 잡았다.

"안돼요, 안 돼." 그가 자신의 코를 두드리며 말했다. "그건 금지된 행위요."

"그 사람 건드리면 안 돼, 그게 법이야." 영사가 날카로운 소리로 외쳤다. 영사는 여기서 가능하면 멀리, 어쩌면 그 인디언의 말을 타고서라도 가능하면 빨리 도망치고 싶어 하는 표정이 역력했다. "그 사람을 보호하기 위해서지. 사실, 현명한 법이야. 만약 그를 건드린다면 공범이 될 수도 있어."

인디언의 숨소리는 마치 자갈이 가득한 해변에 밀려온 파도 소리 같았다.

새 한 마리가 높이 날고 있었다.

"하지만 이 사람 죽을 수도······." 휴가 영사에게 불만 섞인 목소리로 말했다.

"세상에, 끔찍하군." 영사가 이렇게 말하며 인디언을 향해 몸을 움직이려는 찰나 펠라도가 그를 앞질렀다. 펠라도는 번개처럼 빨리 한쪽 무릎을 꿇고는 인디언의 모자를 홱 잡아챘다.

모두가 몸을 숙여 응시했다. 콧수염이 난 붉은빛 얼굴을 옆으로 한 채, 상처가 심한 옆머리 쪽은 피가 거의 응고된 상태였다. 얼마 안 되어 보이는 돈이 휴의 눈에 들어왔다. 4~5페소 정도의 은화와 한 줌가량 되는 센타보가 남자의 블라우스의 늘어진 깃 아래 가지런히 놓여 있었고 일부는 깃에 가려져 있었다. 펠라도는 모자를 원래 위치에 내려놓고는 몸을 일으켰다. 반쯤 말라버린 피로 얼룩진 손을 들어 가망이 없다는 몸짓을 해 보였다.

얼마나 오랫동안 도로에 누워 있었던 것일까?

휴는 버스로 돌아오면서 펠라도의 뒷모습을 응시하고는 인디언을 다시 한 번 쳐다보았다. 그는 막 숨을 거두어가는 모습이었다. 휴가 바보 같은 질문을 했다. "Diantre! Dónde buscamos un médico?(맙소사! 의사는 어디 있는 거지?)"

펠라도는 이번에는 버스 안에서 다시 한 번 어쩔 수 없다는 듯한 제스처를 취했다. 그 몸짓은 일종의 동정심을 내포하고 있었다. 그는 창문을 통해 '우리가 할 수 있는 것은 아무것도 없다'는 메시지를 전달하려는 것 같았다. 하지만, 아무것도 할 수 없다는 것을 어떻게 알았을까?

"공기라도 좀 쐬게 모자를 아래로 내려놓는 게 좋겠어." 영사가 떨리는 목소리를 억누르며 말했다. 휴는 다시 돈을 보지 않기 위해 매우 빠른 동작으로 영사가 시키는 대로 하고는 영사의 손수건으로 상처를 가렸다. 솜브레로가 균형을 잡아주어 손수건은 제 위치에 있을 수 있었다.

운전수가 밖으로 나왔다. 큰 키의 그는 하얀색 셔츠와 더러운 반바지를 입고 있었고 목이 긴 부츠를 신고 있었다. 모자를 쓰지 않은 엉클어진 머리를 한 운전수의 지적인 얼굴에는 미소가 감돌고 있었다. 비틀거리기는 했지만 강건한 발걸음으로 걸어가는 이 사람에게는 어딘가 고독하면서도 호감이 가는 면이 있었다. 휴는 전에 시내에서 이 사람을 두 번 정도 스쳐 지나간 적이 있었다.

본능적으로 신뢰가 가는 사람이었다. 그러나 그는 무관심한 태도를 보이고 있었다. 그는 버스를 책임지는 사람이 아닌가. 그런데도 그가 할 수 있는 일이란, 그 비둘기들을 데리고 할 수 있는 일은 무엇이란 말인가.

저 멀리 구름 위 어디선가 외로운 비행기 하나가 한줄기 소리를 내려 보냈다.

— "Pobrecito(불쌍한 사람)."

— "Chingar(제기랄)."

휴는 이 말들이 자신의 주위를 둘러싼 모든 것들의 후렴구 같은 역할을 한다고 생각했다. 왜냐하면 그 존재 자체가 적어도 지금까지는 눈에 띄지도 않았던 또 다른 두 명의 남자 승객과 농부 두 명, 이 상황에 대해 아무것도 알지 못하는 이들이 다시는 아무도 건드리지 않게 된 이 남자에 대한 이야기에 끼어들었다는 것을 의미했기 때문이다. 먼지와 열기, 그리고 꼼짝도 않고 있는 두 늙은 여인네와 저주받은 날짐승이 타고 있는 버스 속에서 들려오는 공허하고도 조용한 속삭임은 마치 음모를 꾸미는 소리 같았다. 반면, 인디언의 숨소리 위로는 동정과 욕, 이 두 가지 종류의 단어만이 들려왔다.

운전수가 다시 버스로 돌아왔다. 그는 자신이 정차 지역이 아닌 곳에 차를 세웠다는 것 말고는 모든 것이 제대로 되어 있다는 점에 만족해하는 듯한 표정이었다. 그는 다시 경적을 울리기 시작했다. 이는 의도된 효과를 거두지 못했고 경적 소리와 동반하여 들려온 무심한 폭발음의 방해로 인해 음모를 꾸미는 소리는 끝이 나고 사람들은 일상의 논쟁으로 돌아갔다.

강도였을까, 살인이었을까, 아니면 둘 다? 그 인디언은 아마도 자신이 물건을 팔던 시장에서 당했을 것이다. 범인이 4~5페소를 모자에 남겨둔 것은 절도 혐의를 피하기 위한 방편이었을 것이다. 약간의 돈을 남겨둠으로써 누군가 돈 때문에 일을 저질렀다는 인상을 피할 수 있었던 것이다. 어쩌면 애초에 절도가 아니었을 수도 있다. 단순히 말에서 떨어진 것일 수도 있는 것이다. 그럴 수 있을 것이다. 아니, 아닐 수도 있다.

그런데, 경찰은 불렀을까? 이미 누군가 도움을 청하러 갔을 것이다. 젠장, 누군가 도움을 청하러, 경찰을 부르러 가야 했다. 구급차, 적십자 구급차를 불러야 했다. 근처에 전화가 어디 있었지?

그러나 경찰이 오지 않을 수도 있다고 생각하자니 너무 불합리한 듯했다. 경찰의 절반이 파업 중인데 어떻게 올 수 있을까? 아니 파업에 참가한 경찰은 전체 경찰의 4분의 1뿐이지 않나. 그래, 그렇다면 올 수 있겠지. 택시? 아니, 택시도 파업 중이지. 누군가 다시 끼어들었다. 구급차 서비스도 중단되었다는 소문이 있던걸. 하지만, 중단된 것은 적십자가 아니라 녹십자지. 피구에로아 박사를 불러야 해, 훌륭한 분이지. 하지만 전화가 보이지 않잖아. 아, 토말린에 전화가 있었는데, 끊겨버렸지. 아니, 피구에로아 박사는 멋진 새 전화를 가지고 있잖아. 페드로, 그러니까 페페의 아들이자 조세피나의 사위, 게다가 빈센트 곤살레스와 알고 지냈던 페드로가 그걸 가지고 거리를 돌아다녔다고 하지 않았나…… 사람들은 이렇게 말하고 있었다.

테니스를 치고 있을 비힐 박사에 대해, 구스만에 대해, 자신의 주머니 속에 있는 아바네로에 대해 생각하고 있던 휴 역시 영사와 열심히 논쟁을 벌이고 있었다. 그 인디언을 길가에 버린 것이 누구이건 간에(만약 그렇다면 왜 풀밭이 아닌 중앙의 십자로 근처에 두었단 말인가? 그렇다면 그의 옷깃에 일부러 돈을 넣어둔 것은 누구란 말인가? 아니 어쩌면 돈이 저절로 빠져나온 것일 수도 있다. 그렇다면 누가 일부러 그 인디언의 말을 울타리에, 지금은 말이 풀을 뜯고 있는 그 울타리에 매어두었단 말인가, 아니 그 말이 인디언의 말이 맞기는 한 것인가? 아마 그럴 것이다. 그가 누구이건 간에, 어디에 있건 간에, 아마 그럴 것이다), 그토록 지혜와 열정을 가지고 행동하던 사람이 이제는 도움을 필요로 하고 있다니……

사람들의 상상력은 그칠 줄을 몰랐다. 하지만 인디언에 대해 무언가 조치를 취하는 데 있어 가장 큰 장애물은 인디언을 발견한 것이 자신의 문제가 아닌 누군가 다른 사람의 몫이라는 점이었다. 휴는 주위를 둘러보며 바로 이것이 이 모든 사람들의 논쟁의 핵심이라는 점을 깨달았다. 모두가 이것은 내 일이 아니라 네 일이라고 주장하고 있었다. 그러면 상대방은 머리를 흔들며 자신의 일이 아니라 다른 누군가의 일이라고 주장했다. 이렇게 해서 논쟁이 더해갈수록 더 공론적인 측면이 더해져 마침내 정치적인 문제로 변했다.

이러한 논점의 전환은 이해하기 힘든 것이었고, 휴는 지금 이 순간 여호수아가 나타나 태양을 멈추게 했다면 보다 완벽한 시간의 전위가 창출될 수 있지 않을까 생각했다.

하지만 시간은 멈추지 않았다. 오히려 서로 다른 속도로 움직이고 있었다. 인디언이 죽어가는 속도와 사람들이 결정을 내리지 못하고 언쟁을 벌이고 있는 속도 사이에서 충돌하며 시간은 흐르고 있었다.

운전수는 이제 경적 울리는 것을 포기하고 하릴없이 엔진을 만지작거리고 있었다. 영사와 휴는 의식불명의 인디언 곁을 떠나 말에게 다가갔다. 고삐와 안장, 칼집이 달려 있었고 안장 옆의 가방은 텅 비어 있었다. 말은 동물들이 죽음과 관련된 혐의를 받고 있을 때 지을 수 있는 세상에서 가장 순진한 얼굴을 하고 조용히 울타리의 메꽃을 씹고 있었다. 부드럽게 감겨 있던 눈은 그들이 다가가자 곧 사나운 눈매로 번쩍 뜨였다. 엉덩이뼈 위에 상처가 나 있고 둔부에는 숫자 7의 낙인이 찍혀 있었다.

"오, 세상에, 이 말은 오늘 아침에 이본과 내가 봤던 그 말이 틀림없어요!"

"그래? 그렇군." 영사는 말의 뱃대끈을 만지지 않았으나 그것을 손끝으로 느끼는 듯했다. "재미있군…… 맞아, 나도 본 것 같은걸." 그는 무언가 기억을 되살리려는 것처럼 도로에 누워 있는 인디언을 쳐다보았다. "말안장에 주머니 붙어 있는 거 봤어요? 아침에도 그걸 본 것 같아요."

"같은 말임에 틀림없군."

"말이 사람을 떨어뜨려 죽이고 안장주머니도 떨어뜨려서 어딘가에 숨길 정도로 영리하지는 않겠죠. 그렇지 않아요—"

그런데 버스가 커다란 경적 소리를 내며 이들을 내버려둔 채 떠나고 있었다.

뒤에 있던 값비싼 차 두 대가 투덜거리자 버스는 이들을 먼저 지나가도록 하고 도로의 넓은 곳으로 가서 멈추어 섰다. 휴가 그 차들을 향해 소리쳤고 영사는 그를 알아보는 듯한 차 안의 누군가를 향해 보일 듯 말 듯 손을 흔들었다. 두 대의 차 모두 뒤쪽 번호판에는 '외교 차량'이라고 씌어 있었다. 차의 엔진은 큰 소리를 내며 울타리를 뚫고 흙먼지 속으로 사라졌다. 두번째 차의 뒷좌석에 있던 스코치테리어 개 한 마리가 그들을 향해 유쾌하게 짖어댔다.

"외교관들이군."

영사는 이본에게로 갔다. 다른 승객들은 먼지 때문에 얼굴을 가리며 버스에 올라탔다. 버스는 마치 죽음처럼, 관처럼 조용히 기다리고 있던 우회로를 향해 가기 시작했다. 휴는 다시 인디언에게 달려갔다. 그의 숨소리는 더 약하고 더 고통스럽게 들렸다. 휴는 인디언의 얼굴을 보고 싶은 통제할 수 없는 욕구에 사로잡혀 인디언을 향해 몸을 기울였다. 동시에, 인디언의 오른손이 무언가를 더듬어 찾는 듯 스르르 올라왔고 이로 인해 모자가 옆으로 젖혀졌다. 중얼거리는 소리 같기도 하고 신음소리 같기도 한 목소리가 흘러나왔다.

"Compañero(친구)."*

---

* 'Compañero'는 친구, 동지라는 뜻으로, 스페인 내전 당시 좌파들이 즐겨 쓰던 단어.

―"젠장, 저 사람들이 못 하게 할 거요." 휴가 인디언에게 말하고는 거의 자신도 의식하지 못한 채 영사에게 걸어가 영사에게 말을 전하고 다시 시동을 거는 차를 기다리게 했다. 자경단원 세 명이 먼지 속에서 미소를 지으며 다가오는 것이 보였다. 걸음을 뗄 때마다 가죽으로 된 권총집이 허벅지를 때리고 있었다.

"휴, 빨리 와. 그 사람 데리고 차에 탈 수 없어. 넌 감옥에서 썩고 말 거야. 여기 관료주의 알잖아, 얼마나 오래 걸리는지." 영사가 말했다. "저 사람들 진짜 경찰도 아니잖아, 전에 내가 말했던 경찰 앞잡이 같은······ 휴―"

"잠시만―" 휴는 자경단원 한 명에게 거의 사정하다시피 했다. 나머지 두 단원은 인디언에게로 다가갔다. 운전수가 지친 듯, 그러나 끈기 있게 경적을 울려대고 있었다. 자경단원은 휴를 버스를 향해 떠밀었다. 자경단원은 손을 내려 권총집을 더듬어 찾기 시작했다. 심각한 행동이 아니라 그저 보여주기 위한 술책이었다. 다른 한 손으로는 휴를 한 번 더 떠밀었고 휴는 버스의 뒤쪽 계단으로 밀려 올라갔다. 그리고 바로 그 순간 차체가 크게 흔들리며 차가 출발했다. 영사가 온 힘을 다해 잡지 않았다면 휴는 버스에서 떨어져 나갔을 것이다.

"신경 쓰지 마, 풍차*보다 더 나쁘진 않겠지." "무슨 풍차요?"

먼지가 시야를 가리고 있었다.

버스는 술 취한 사람이 연속 포격하는 것 같은 천둥소리와도 같은 굉음을 내며 굴러갔다. 휴는 요동치는 버스 바닥을 응시하며 앉아 있었다.

나무 그루터기 위에 지혈대를 두른 듯 군화 안의 굳은 다리, 누군가

---

* 돈키호테에 나오는 풍차를 지칭하는 것으로 보인다. 초원에서 자다 일어나 거구의 적군들을 발견한 돈키호테가 상대를 공격을 하지만 거구의 적군은 바로 풍차였다.

집어 들고 끈을 풀려다 휘발유와 피 냄새로 다시 도로변에 경건하게 내려놓은 그것과 같은 것. 담배를 열망하다 회색으로 변하여 서서히 굳어가는 얼굴, 차 안에서 숨통이 돌출된 채 머리 없이 꼿꼿이 앉아 있는 몸뚱이, 떨어진 머리가죽, 산더미처럼 쌓여 있는 수백 명의 어린아이, 불에 타들어가며 비명을 질러대는 그 무엇, 제프리의 꿈에 등장하는 알 수 없는 생명체들, 전쟁 지지자들 틈 속의 어리석은 타이터스 앤드로니커스*의 그것과도 같은 공포…… 큰 이야깃거리도 되지 못하는 공포, 그것이 발현되는 순간 이본에 의해 환기되기는 했으나 휴가 어느 정도 무디게 만들어버린 그것, 만약 휴가 무언가 조치를 취했다면 그것으로부터 자유로워질 수도 있었겠지만 그는 결국 아무것도 하지 않았다……

환자는 어두운 방에서 절대 안정을 취하게 하라. 죽어가는 이들에게 때로는 브랜디 한 잔이 주어질 수도 있다.

휴는 양심의 가책을 느끼며 늙은 여인들을 바라보았다. 그들의 얼굴에 표정이라고는 전혀 없었다…… 아, 이 여인네들은 얼마나 똑똑한가, 적어도 이들은 자신의 마음에 대해서는 알고 있었다. 그러고는 이 모든 과정에 관여하지 않기로 공동의 암묵적 결정을 한 것이다. 망설임도, 동요도, 혼란도 없었다. 그들은 차가 멈출 때면 함께 위험을 감지하며 자신의 소유물을 확인하기 위해 주위를 둘러보고는 날짐승이 든 바구니를 꼭 쥐고 다시 자리에 꼼짝 않고 앉아 있었다. 아마도 이들은 계곡의 혁명의 날들을 기억하고 있으리라. 검게 탄 빌딩, 통신 두절 상태, 투우장에서 못 박혀 죽은 이들, 시장 바닥에서 바비큐로 전락한 떠돌이 개들을 생생

---

* Titus Andronicus: 셰익스피어의 동명 희곡에 등장하는 로마의 장군 이름. 국가로 대변되는 자아와 타자, 그 경계에서 발현되는 폭력과 광기에 대한 작품으로 셰익스피어의 희곡 중 가장 잔인한 비극 중 하나로 꼽힘.

하게 기억하고 있으리라. 이들의 얼굴에는 냉담함도 잔인함도 없었다. 이들은 죽음을 알고 있었던 것이다. 이들은 법보다 죽음을 더 잘 기억하고 있었고 그 기억은 오랫동안 지워지지 않았던 것이다. 이들은 나란히 얼어붙은 듯 꼼짝 않고 아무런 대화도 나누지 않은 채 돌로 변해버린 듯했다. 남자들에게 일을 맡겨버리는 것은 오히려 자연스러운 일이었다. 멕시코 역사의 다양한 비극들을 통해 이 여인네들의 마음속에 있던 연민과 다가가고 싶은 충동은 공포, 즉 달아나고 싶은 충동(자신이 대학 때 배웠던 그것)으로 전환되어, 결국 그냥 그대로 있는 편이 훨씬 낫다는 확신, 그러한 신중함과 타협을 하게 된 것이다.

다른 승객들은 어떠한가, 상복을 입은 여인들, 그들은 이미 버스에 없었다. 모두 가버렸다. 걸어서 갔으리라. 도로변에서 죽은 자의 부활 계획에 끼어들어서는 안 된다고 생각했으리라. 그렇다면 보라색 셔츠를 입은 남자는 어떠한가. 그는 무슨 일이 벌어지고 있는지 충분히 보았음에도 불구하고 버스에서 내리지 않았다. 신기한 일이었다. 멕시코인보다 더 용감한 이들이 어디 있던가. 이 상황은 그다지 힘든 용기를 필요로 하는 상황도 아니지 않나. 모두 바보란 말인가. Tierra, Libertad, Justicia y Ley(토지, 자유, 정의 그리고 법).* 이 모든 것이 아무것도 아니란 말인가? Quién sabe(누가 알 것인가)? 경찰과 얽히는 것, 특히 정식 경찰이 아닌 경우, 이들과 얽히는 것은 어리석은 짓이라는 것 말고는 아무것도 확실치 않았던 것이다. 이는 휴의 소매를 잡은 사람에게도 인디언에 대해 논쟁을 벌였던 나머지 두 승객에게도 마찬가지였다. 이들은 이제 전속력으로 달

---

* "토지와 자유Tierra y Libertad"는 1911년 프란시스코 마데로Francisco Madero를 도와 포르피리오 디아스Porfirio Diaz 독재 정권을 전복시킨 혁명군 지도자 에밀리아노 사파타(Emiliano Zapata, 1879~1919)의 슬로건이었다.

리는 버스 안에서 태평스럽게 잠들어 있었다.

그렇다면 자신은 어떠한가? 소련과 참교회의 영웅인 그는 원하는 것을 찾았는가? 전혀 아니다. 응급처치 훈련을 마친 모든 전쟁 특파원의 정확한 본능으로 그는 세상의 모든 불행한 상황에 맞설 준비가 되어 있지 않던가……

그는 은신처라는 단어가 햇볕으로부터의 일시적인 보호를 위한 덮개나 우산이 포함된 개념으로 이해되어야 한다는 것을 기억해냈다. 그는 망가진 사다리, 혈흔, 움직이는 기계, 침착성을 잃은 말 등의 단서에서 가능성을 찾아 문제를 풀어보고자 했다. 그러나 불행히도 이는 아무런 도움이 되지 못했다.

그 어떠한 것도 아무런 도움이 되지 못하는 그런 상황이었던 것이다. 무언가를 하려 하면 할수록 상황은 더욱 나빠지고 마는 그런 상황…… 휴는 머리를 들어 이본을 바라보았다. 영사가 이본의 손을 잡고 있었고 이본 역시 영사의 손을 꼭 쥐고 있었다.

버스는 이전과 마찬가지로 크게 흔들리며 토말린으로 길을 재촉하고 있었다. 소년들이 뒤쪽으로 올라타서는 휘파람을 불고 있었다. 밝은색의 티켓이 더욱 밝게 빛나고 있었다. 벌판을 가로질러 달려온 일단의 무리가 버스에 올랐다. 사람들은 동의의 표시인 듯 서로를 쳐다보았고 버스는 전에 없이 잘 달렸다. 지금껏 이렇게 달려본 적이 없을 정도로 빨리 달렸다. 오늘이 공휴일이라는 것을 알고 있었기 때문이리라.

운전수와 아는 사람이 버스에 올랐다. 운행을 마치고 돌아오는 또 다른 운전수일 수도 있을 것이다. 그는 바깥에서 열린 창을 통해 차비를 받으며 토박이다운 날렵한 솜씨로 버스를 헤집고 다녔다. 경사를 오를 때에는 버스에서 내려 구보로 버스 뒤에서 도로를 벗어나 왼편으로 사라졌다가 다시 오른편으로 나타나 사람들에게 광대 같은 웃음을 지어 보였다.
　이 사람의 친구가 버스에 올랐다. 두 사람은 각각 보닛 위 앞쪽 흙받기 양옆에 웅크리고 앉았다. 그러고는 자주 라디에이터 뚜껑 위로 손을 부딪치곤 했다. 한 친구는 위험하게 바깥으로 몸을 내밀어 작은 구멍이 난 뒤쪽 타이어가 괜찮은지 쳐다봤다. 그러고는 계속 요금을 받았다.
　먼지, 먼지, 또 먼지…… 창을 통해 들어온 먼지는 차 안을 가득 채웠다. 용해된 물질의 조용한 침투였다……
　갑자기 영사는 머리로 펠라도 쪽을 가리키며 휴를 팔꿈치로 슬쩍 찔렀다. 물론, 휴도 펠라도를 잊지 않고 있었다. 펠라도는 무릎 위의 무언가를 만지작거리며 똑바로 앉아 있었다. 모자 두 개를 모두 쓰고 있었고 십자가 목걸이는 목에 바로 걸려 있었으며 코트의 버튼도 잠긴 채였다. 그는 조금 전의 모범적인 행위에도 불구하고 이전과 거의 비슷한 표정을 하고 있었다. 술에서 깨어 원기를 회복한 듯했다.
　휴는 미소를 지으며 고개를 끄덕이고는 곧 관심을 돌렸다. 영사가 다시 그를 찔렀다.
　"봤나?"
　"보다니요?"
　휴는 머리를 흔들고 다시 펠라도를 쳐다봤다. 처음에는 별다른 것이 보이지 않다가 곧 무언가가 눈에 들어왔다.
　정복자의 손처럼 생긴 펠라도의 손, 멜론을 쥐고 있던 그 더러운 손이 이제는 피로 얼룩진 동전 한 줌을 쥐고 있었다.
　펠라도는 죽어가는 인디언의 돈을 훔친 것이다.
　차장이 창가에서 미소를 지어 보이자 그는 마치 자신의 영리함에 대해 칭찬이라도 기대하듯 승객들에게 환한 미소를 지으며 인디언에게서 훔친 동전을 몇 개 골라 차비로 지불했다.

영사와 휴만 눈치챘을 뿐 다행히도 다른 승객들은 그에게 아무런 말도 건네지 않았다.

휴는 아바네로가 든 작은 병을 꺼내어 제프리에게 건넸고 제프리는 이본에게 건네주었다. 술이 목에 걸린 듯 헛기침을 하는 이본은 아직 아무것도 눈치채지 못하고 있었다. 그렇게 간단한 일이었다. 세 사람은 모두 한 모금씩 마셨다.

다시 생각해보면 놀라운 일은 펠라도가 돈을 훔치려는 충동을 느꼈다는 것이 아니라 훔친 사실을 그다지 숨기려 하지 않는다는 점이다. 그는 동전이 든 손을 계속 쥐었다 폈다 했기 때문에 그쪽으로 눈을 돌리는 사람이라면 누구든지 이를 볼 수 있었다.

휴가 보기에 그는 전혀 그 사실을 숨기려 하지 않는 것 같았다. 오히려 승객들에게, 이들이 비록 그가 돈을 훔친 사실을 전혀 모르고 있다손 치더라도, 이들에게 자신이 인디언에 대해 했던 모든 행동의 동기가 바로 이 돈이었다는 점을 명백히 보여주는 것 같았다. 시에라마드레 산맥의 그늘 아래 토말린 도로에서 죽어가는 자의 옷깃에서 다른 그 누군가가 돈을 회수해갈 수 없도록 그 돈을 안전하게 보관하는 것이 그 모든 행동의 동기인 듯했다.

만약 그가, 동그랗게 뜬 눈에는 장난기가 가득하고 경계의 모습까지 보이는 그가, 만약 절도 혐의를 받아 구속된다 할지라도 그 인디언이 깨어나서 돈을 돌려받을 확률이 있기나 한 것일까? 물론, 그런 일은 절대 없을 것이다. 진짜 경찰은 국민을 존중한다. 그러나 만약 그가 이러한 혐의로 붙잡혀 간다면 다른 승객들이 다시 그 돈을 훔칠 것이다. 이것만은 확실했다. 심지어 승객들이 펠라도가 그 돈을 쥐고 있다는 사실을 인식한다면 지금 바로 그 돈을 훔치려고 할지도 모른다.

　따라서 인디언의 돈에 대해 관심을 가졌던 이라면 그 누구도 이런 종류의 의심이나 이런 식의 상상을 해서는 안 될 것이다. 그는 지금이라도 한 손에서 다른 손으로 돈을 가지고 노는 일을 그만두어야 할 것이다. 아니면 일부는 한쪽 호주머니에 나머지는 다른 쪽에 넣을 수도 있을 것이다. 이 모든 행동은 그 자신을 위한 것으로, 다른 승객들은 여기에 대해 전혀 신경 쓰지 않을 것이다. 이러한 제스처를 취한다고 해서 그가 도둑이 되는 것은 아니다. 물론 그는 돈을 훔치기로 결심했고 결국 도둑이 되었지만……

　어찌 되었건 그 돈은 펠라도의 수중에 들어가 현재 이 버스 안에 있고, 의지만 있다면 누구나 그 사실을 알 수 있었다. 너무나 명백한 사실이었다.

　차장은 차비를 다 거두고 나서 이를 운전수에게 건네주었다. 버스가 속력을 내면서 심하게 흔들렸다. 도로는 다시 좁고 위험해 보였다.

　내리막길…… 커다란 원처럼 생긴 길을 돌아 토말린으로 들어가면서 운전수는 손을 계속 핸드 브레이크에 올려놓고 있었다. 길의 오른편은 안전벽이 전혀 설치되지 않은 낭떠러지였다. 텅 빈 바다 위로 관목으로 뒤덮인 잿빛 언덕이 솟아 있고 옆 벽에는 나무가 돌출되어 있었다.

　이스탁시우아틀이 서서히 시야에서 멀어졌다. 점차 아래로 내려갈수록 원주 같은 길을 돌고 돌아갈수록 포포카테페틀이 계속 눈에 들어왔다 사라지기를 반복했다. 그러나 결코 같은 장소에 나타나는 법은 없었다. 한순간 가까이 보이는가 하면 다음 순간에는 저 멀리 떨어져 있어 그 거리를 계산하기가 힘들었다. 모퉁이를 돌아서자 경사진 들판과 계곡, 나무가 모습을 드러냈다. 정상은 구름에 휩쓸리고 눈과 우박에 시달린 모습이었다……

그리고 하얀색 교회가 보였다. 마침내 세 사람은 다시 이곳에 온 것이다. 긴 거리 하나와 막다른 골목, 그리고 수많은 오솔길이 있는 이곳에 다시 온 것이다. 오솔길은 앞쪽의 작은 호수, 저수지라고 부를 수 있는 그것으로 이어져 있었고 사람들은 거기서 수영을 하곤 했다. 호수 너머에는 숲이 있었다. 바로 이 호수 옆에 버스가 멈춰 섰다.

세 사람은 다시 먼지 속에, 오후의 눈부신 태양 아래 서 있었다. 늙은 여인들과 다른 승객들은 이미 떠난 뒤였다. 흥겨운 기타 소리와 폭포에서 흐르는 상쾌한 물소리가 들려왔다. 제프리가 한 방향을 가리켰고 세 사람은 토말린 경기장을 향해 걷기 시작했다.

운전수와 그 일행은 모두 풀케리아*로 향하고 있었다. 펠라도가 그 뒤를 따르고 있었다. 그는 바람이라도 부는 양 모자를 손으로 누르면서 발을 높이 올리며 똑바로 걸었다. 그는 마치 간청이라도 하는 듯한 공허한 미소를 짓고 있었다. 결코 승리의 미소는 아니었다.

펠라도는 그들과 함께 갈 수도 있을 것이다. 이미 약속이 된 일인지도 모른다. Quién sabe(누가 알겠는가)?

세 사람은 운전수와 그 일행이 술집의 스윙도어 안으로 들어가는 것을 지켜보았다. '토도스 콘텐토스 이 요 탐비엔'**이라는 아름다운 이름의 술집이었다. 영사가 당당하게 말했다.

"모두가 행복하지, 나를 포함해서 말이야."

저 푸른 하늘을 유영하는 '저 모두를 포함해서.' 휴는 이렇게 생각했다. 죽음의 승인만을 기다리는 저 독수리들을 포함해서……

---

* pulqueria: 풀케pulque라는 멕시코 전통주를 파는 선술집.
** Todos Contentos y Yo Tambien: 스페인어로 '나를 포함해 모두가 행복한 곳'이라는 뜻.

IX

'토말린 경기장……'
이 얼마나 행복한가, 모두가 즐거운 시간을 보내고 있지 않은가! 멕시코는 그 비극적 역사를, 그 과거를, 그 죽음을 웃어넘기고 있지 않은가!
마치 이본이 제프리를 떠난 적도 미국으로 가버린 적도 없는 듯이. 따라서 제프리는 고통의 시간을 보낸 적도 없는 듯이. 이본 역시 잠시 동안 처음으로 멕시코에 온 듯한 느낌이었다. 처음 멕시코에 왔을 때와 같은 상쾌하고 즐거운 느낌, 슬픔을 희망으로 대치하게 해주는, 그 무엇보다도 미래에 대한 희망을 갖게 하는 형언하기 힘든 비논리적인 느낌이 있었다. 하지만 제프리가 버스 터미널에서 이본을 만나지 못했다면 어떻게 되었을까?
코발트색 용으로 장식된 흰색 서라피를 입고 미소를 띤 콧수염의 거인이 이를 증명하고 있었다. 그는 일요일에 복싱 경기가 펼쳐질 경기장 주위를 먼지를 일으키며 거드름을 피우면서 돌아다니고 있었다. 이 "로켓"은 최초의 기관차일지 모른다.

그것은 거대한 땅콩 수레였다. 그 안쪽으로 꼼꼼하게 열심히 땅콩을 갈고 있는 작은 보조 엔진도 보였다. 버스 여행과 그 도중의 사건들로 인한 긴장과 스트레스를 날려줄 이 얼마나 맛있는 선물인가. 그리고 이제 이것은 사람들로 가득 차 곧 무너질 것 같은 경기장, 화려한 색깔의 서라피를 입은 존재의 일부, 태양의 일부, 냄새, 웃음소리로 인한 스트레스를 날려줄 선물이기도 했다.

때때로 땅콩 수레의 경적이 울리고 굴뚝은 피리 소리를 내며 연기를 뿜어댔고 우아한 기적 소리도 났다. 하지만 이 거인은 땅콩을 팔 생각은 전혀 없는 것 같았다. 그저 사람들에게 자신의 엔진을 자랑하고 싶어 안달이 났을 뿐이다. 이것 봐, 이게 다 내 것들이야, 나의 기쁨, 나의 믿음, 나의 발명품(거인은 사람들이 이렇게 생각하기를 원했을 것이다)! 그리고 모두가 그를 좋아했다.

그가 마지막 승리의 연기와 소음을 내며 수레를 밀고 있을 때 경기장의 맞은편 문에서 소가 밀려 나왔다.

황소 역시 흥겨운 듯했다. (사실, 그렇지 못할 이유가 어디 있겠는가?) 황소는 자신이 죽임을 당하지 않을 것을 알고 있었다. 단지 경기에, 흥겨운 잔치에 참여할 뿐이었다. 그러나 아직까지는 황소의 흥겨운 기분이 어느 정도 억제되어 있었다. 황소는 굉음과 함께 경기장에 들어온 후, 링의 가장자리를 천천히 신중한 모습으로 돌아다니며 먼지를 일으켰다. 황소는 다른 구경꾼들과 마찬가지로 경기를 즐길 준비가 된 듯했다. 필요할 경우 자신을 희생해서라도 기꺼이 경기에 임할 태세였다. 그러나 그보다 먼저 구경꾼들로부터 자신의 존엄성을 인정받을 필요가 있었다.

그럼에도 불구하고, 링을 둘러싼 담벼락에 걸터앉은 사람들은 황소가 다가가도 다리를 들어 올리지 않았고 경기장 바깥 바닥에 엎드려 있는 이들은 이 화려한 동물에게 자신의 머리를 찔린다 할지라도 전혀 움직일 의 사가 없는 듯했다.

한편, 술 취한 사람들은 성급하게 황소 위에 올라탈 기회를 노리며 링을 서성이고 있었다. 투우란 이런 경기가 아니었다. 황소를 특별한 방 식으로 잡고 에스코트하여 굴복시켜 무릎을 꿇게 하는 것…… 이 모든 것이 유쾌한 방식으로 행해져야 했다. 이것이 바로 투우였다.

땅콩 수레에 관심을 보이던 사람들이 투우 경기에 점점 몰두하면서 곧 홍겨운 분위기가 무르익기 시작했다. 신출내기들이 우아하게 담장에 올라 멋지게 균형을 잡고 서 있었다. 근육질의 행상인들은 강건한 팔뚝으 로 다양한 색깔의 과일이 담긴 무거운 쟁반을 어깨 위로 들고 다녔다. 소 년 하나가 나무 위에 앉아 손으로 햇볕을 가리며 화산의 정글을 응시하고 있었다. 소년은 비행기를 찾고 있는 듯했는데, 비행기는 소년이 응시하는 곳이 아닌 다른 방향에서 오고 있었다. 짙은 남색의 하늘에서 비행기가 윙윙거리며 모습을 드러냈다. 비행기 뒤편 어딘가에서 전기를 품은 천둥 의 기운이 감돌고 있었다.

황소는 이전보다는 약간 빠르지만 여전히 신중한 걸음으로 경기장을 돌아다녔다. 가끔 약삭빠른 개 한 마리가 황소의 발을 덥석 물고 나면 황 소는 어디로 가야 할지 방향을 잃곤 했다.

이본은 몸을 바로 하고 모자를 끌어내리고는 밝은 에나멜 콤팩트 안 의 거울을 보며 콧등에 파우더를 바르기 시작했다. 거울을 보자 자신이 불과 5분 전에 울고 있었다는 사실이 생각났다. 거울 속 자신의 어깨 너 머로 포포카테페틀이 훨씬 가까이 보였다.

화산! 화산에 대해 어떻게 감상적인 생각을 할 수 있을까! 그것은 "화산"이 아닌가. 거울을 조금 움직이자 이스탁시우아틀은 시야에서 사라져버리고 포포카테페틀은 더욱 아름다운 모습으로 투영되었다. 검은 구름 위로 그 정상이 두드러져 보였다. 이본은 손가락을 볼로 가져가 눈꺼풀을 내렸다. '라스 노베다데스'라고 불리는 신문 가판대 앞에 서서 "세에시 삼 십분"이라고 말하던 작은 몸집의 남자 앞에서 울어버린 것은 바보 같은 짓이었다. 그는 피구에로아 박사가 시우테펙에 가버렸기 때문에 전화하는 것이 "불가능"하다고 말했다……

"피비린내 나는 경기장으로—" 영사가 말하자 이본은 다시 울어버렸다. 눈에 피가 보인 것도 아닌데 단지 피라는 말을 들은 것만으로 오늘 오후 일을 떠올리는 것은 정말 바보 같은 짓이었다. 이것이 바로 그녀의 약점이었다. 언젠가 호놀룰루의 거리에서 죽어가던 개를 도와주려고 했던 적이 있었다. 흐르는 피가 황량한 인도를 흥건히 적시고 있었다. 이본은 개를 돕고자 했으나 그만 기절해버리고 말았다. 잠시 후 길거리에 혼자 누워 있는 자신에 당황할 수밖에 없었다. 누군가 자신을 보지 않았을까 하는 두려움에 아무 말없이 자리를 떠났다. 하지만 불쌍하게 버려진 개의 모습은 계속 머릿속에 남아 있었다. 지금에 와서 그 생각을 한들 무슨 소용이란 말인가? 게다가, 할 수 있는 것은 다하지 않았던가? 전화가 없다는 사실을 확인하지 않고 여기에 온 것도 아니지 않은가. 설사 전화가 있었다 할지라도 무엇이 달라졌겠는가! 사람들이 떠난 후 불쌍한 인디언이 치료를 받았을 것이라고 생각할 수도 있지 않은가. 충분히 그럴 가능성도 있지 않은가. 이본은 거울을 보며 마지막으로 모자를 매만지고는 눈을 깜빡거렸다. 이본의 눈은 피곤한 듯 환각을 불러일으켰다. 짧은 동안이지만 이본은 포포카테페틀이 아니라 아침에 본 도미노를 가지고 있던 노파가 어깨 너머로 자신을 쳐다보는 듯한 착각을 했다. 이본은 탁 소리를 내며 콤팩트를 닫고는 미소를 지으며 사람들에게로 몸을 돌렸다.

영사와 휴는 우울한 눈빛으로 경기장을 응시하고 있었다.

황소가 두 뿔을 대걸레처럼 바닥에 질질 끌면서 다시 링 주위를 돌기 시작하자 이본 주위의 관중석에서는 신음 소리, 트림 소리, 그리고 무관심한 탄성 소리가 흘러나왔다. 어느새 개는 도망가버렸다. 유쾌한 분위기도 아니었고 박수 소리도 없었다. 담장에 앉아 졸고 있는 사람도 있었다. 솜브레로를 갈기갈기 찢고 있는 사람도 있었고 솜브레로를 마치 부메랑처럼 날리는 이들도 있었다. 멕시코는 그 비극적인 역사를 그저 웃어넘기고 있는 것은 아니었다. 멕시코는 지루함에 빠져 있었다. 황소도, 사람들도 모두 지루해했다. 아마도 항상 그랬을 것이다. 이본에게 생긴 이상한 일들은 모두 버스 안에서 마신 술 때문인 듯했으나 이제 그 효과가 점차 사라지고 있었다. 황소는 지루함에 경기장을 돌고 또 돌았으나 그것마저 지루한 듯 마침내 구석에 주저앉아버렸다.

"마치 페르디난드* 같군요." 이본은 아직도 희망을 가지고 말했다.

"난디" 영사가 담배 연기 속에서 곁눈으로 링을 쳐다보며 중얼거렸다. (아, 버스 안에서 영사는 이본의 손을 잡고 있지 않았던가?) "저 황소 말이오. 난디라고 부르고 싶군, 시바의 매개체인 난디. 그 머리카락으로부터 갠지스 강이 흐르고 베다의 폭풍의 신 빈드라, 고대 멕시코에서는 우라칸이라고 알려져 있는 그 난디 말이오."

"오, 하느님 아버지, 감사합니다." 휴가 말했다.

이본이 한숨을 내쉬었다. 지루하고도 불쾌한 광경이었다. 여기서 행복한 사람은 술 취한 이들뿐이었다. 그들은 테킬라나 메스칼 병을 들고

---

* Ferdinand: 1938년 작 월트 디즈니사의 만화 영화 「Ferdinand, the Bull」의 주인공 황소. 평화를 사랑하는 페르디난드가 실수로 투우장에 들어가 겪는 일들이 우스꽝스럽게 묘사되어 있다.

링 안으로 비틀거리며 들어가 옆으로 누워 있는 난디에게 다가갔다. 서로 다리에 걸려 넘어지는 사람들 뒤로 몇 명의 차로*가 뒤따랐다. 차로들은 이 불쌍한 동물의 발을 질질 끌고 가려고 했다.

그러나 황소는 저항했다. 한 번도 본 적이 없는 작은 소년 하나가 나타나서 황소의 꼬리를 물고는 도망가버렸다. 황소가 경련을 일으키며 일어섰다. 바로 그때 황소는 심술궂게 생긴 말을 타고 있는 카우보이의 올가미에 걸려들었다. 하지만 황소는 곧 올가미를 박차고 나와 한쪽 발만 밧줄에 걸린 채 머리를 흔들며 빠져나갔다. 도망갔던 개가 다시 눈에 들어오자 황소는 방향을 바꾸어 한동안 개를 쫓아갔다.

갑자기 경기장이 활기를 띠었다. 경기장이 꽉 찬 듯했다. 말을 타고 거드름 피우는 사람, 가만히 서 있는 사람, 달리는 사람, 낡은 서라피를 입은 사람, 넝마를 입은 사람, 모두들 황소의 관심을 끌려고 애쓰고 있었다.

이 불쌍한 동물은 아무것도 모른 채 사건에 말려든 것처럼 보였다. 사람들은 이 동물에게 우호적인 척하면서 놀자고 꼬드기고 흥분시켜 결국은 올가미에 걸려들게 할 것이다. 사람들은 실제로는 이 동물을 경멸하고 창피를 주고 싶어 하는 것이다.

─이본의 아버지는 관중석을 지나 이본에게, 누구에게나 다정하게 손을 내미는 아이처럼 천천히 다가갔다. 아직도 이본의 품속 낡은 흑백사진 안에서 스페인 전쟁에 참전한 젊은 미국 장교로 남아 있는 아버지는 너무도 따뜻하고 너그러운 웃음을 지니고 있었다. 정교한 눈썹 아래 정직하고 선한 눈, 검고 부드러운 콧수염 아래 크고 민감해 뵈는 입술, 가운데가 오목하게 들어간 턱을 가진 이본의 아버지는 발명에 푹 빠져 있었

---

* charro: 민속 의상 차림의 멕시코 카우보이.

다. 한때는 파인애플을 키워서 돈을 벌겠다고 하와이로 간 적도 있었다. 하지만 큰 성공을 거두지는 못했고 군대 생활을 그리워하면서도 친구들의 꼬드김에 넘어가 현실성 없는 프로젝트에 시간을 보내곤 했다. 이본은 아버지가 파인애플 꼭지로 합성 대마를 만들려고 했으며, 심지어 집 뒤의 화산의 화력을 이용하려 대마 기계를 돌리려 했다는 말을 들은 적이 있다. 파인애플이 들판에서 썩어가는 동안, 그는 발코니에 앉아 오쿠리하오*를 마시며 구슬픈 하와이 노래를 부르고 있었다. 농장이 황폐화되어 결국 빚더미로 변해가는 동안 원주민들이 주위에 모여 그와 함께 노래를 부르거나 잠을 자며 가혹한 시절을 보냈다. 이것이 당시의 상황이었다. 이본은 어머니의 죽음 외에 그 시절에 대해 기억하는 것은 거의 없었다. 당시 이본은 여섯 살이었다. 압류와 함께 세계대전이 다가오고 있었고, 어머니의 남동생인 매킨타이어 삼촌이 이본의 인생에 개입하기 시작했다. 남아메리카에 자산을 가지고 있던 매킨타이어는 부유한 스코틀랜드인으로, 매부의 실패를 이미 오래전에 예견했으며 아직 이본의 가족에게 많은 영향력을 행사하고 있었다. 놀랍게도 이본의 아버지는 칠레 이키케의 영사로 발령받았다.

—이키케 주재 미국 영사……! 아니, 콰우나우악 영사! 지난해 고통의 시간 속에서 수없이 제프리에 대한 사랑을 떨쳐버리려 하지 않았던가. 수없이 합리화하고 분석하고 자신에게 말하지 않았던가. 수없이 편지를 쓰고 기다리고 또 기다리지 않았던가. 처음에는 진정으로 희망을 가지고 있었으나 희망은 점차 실망과 광기를 거쳐 절망으로 변해갔다. 매일 십자가에 못 박히는 심정으로 편지가 도착하기만을 기다렸다!

---

* okoolihao: 하와이의 전통술.

이본은 영사를 쳐다보았다. 영사의 얼굴은 칠레에서의 지루한 전쟁이 이어지던 시절 계속 지켜보았던 아버지의 생각에 잠긴 듯한 모습과 비슷해 보였다. 칠레! 좁은 폭의 국토에 엄청나게 긴 해안선을 가진 나라, 케이프 혼에서 모든 것이 이루어지는 이 나라가 그의 마음에 무언가 영향을 미친 듯했다. 베르나르도 오이긴스*의 땅에서, 로빈슨 크루소의 섬에서 불과 몇백 마일 떨어진 그곳에서, 정신적으로 고립된 상황에서 그녀의 아버지는 대체 무슨 생각을 하고 있었던 것일까? 전쟁의 결과에 대해 생각하고 있었던 것일까, 자신이 시작한 불분명한 사업에 관해 생각하고 있었을까, 남회귀선 근처에 좌초된 수많은 미국 선원들에 대해 생각하고 있었을까? 아니, 이것은 휴전이 되기 전까지는 답을 알 수 없는 유일한 문제였다. 그는 새로운 유형의 담배 파이프를 개발했는데, 그것을 청소하기 위해서는 파이프를 모두 분해해야 하는 매우 복잡한 구조로 되어 있었다. 파이프는 열일곱 개의 조각으로 나뉘었는데, 항상 그렇게 분해된 상태로 있었다. 이본의 아버지 외에 그 누구도 파이프를 어떻게 조립해야 하는지 몰랐을 뿐만 아니라, 그는 담배를 피우지도 않았기 때문이다. 그럼에도 불구하고, 그는 실망하지 않고 공장을 세웠다. 그러나 힐로**에 공장이 완공된 지 6주 만에 불에 타버리자 오하이오로 돌아왔다. 오하이오는 그가 태어난 곳이었고 그는 한동안 그곳의 철조망 회사에서 일했다.

드디어 일이 벌어졌다. 이제 황소는 꼼짝없이 올가미에 걸려들었다. 하나, 둘, 셋, 네 개의 올가미가 우호적인 마음을 상실한 채 그를 옭아맸다. 구경꾼들은 손뼉을 치며 나무로 된 발판에 발을 굴렀다. 그러나 열정

---

* Bernardo O'higgins(1776?~1842): 남아메리카의 혁명 지도자. 칠레가 스페인으로부터 독립하는 데 이바지한 군사령관. 칠레의 초대 수반(1817~23)을 지냄.
** Hilo: 하와이 섬에서 가장 큰 도시.

에서 나온 행동은 아닌 듯했다. 결국 이 황소몰이가 인생이라는 것과 같다는 생각이 이본의 머리를 스치고 지나갔다. 중요한 탄생, 몇 번의 공정한 기회, 처음에는 단순히 링을 돌아다니다 이어 확신에 차서 링을 순회하고는 반은 자포자기의 심정으로 링을 돌아다니는 그것. 장애물, 제대로 인정받지 못할 때 항상 나타나는 그것과의 협상, 지루함, 체념, 좌절. 또 다른 사력을 다한 출생, 그리고 새로운 시작. 적대적인 감정을 여지없이 드러내는 세상에서 자신의 것들을 챙기고자 하는 신중한 노력, 반은 잠들어 있는 심판들의 명백하고도 기만적인 고무 행위, 이전에는 단번에 확실히 해결할 수 있던 사소한 장애로 인한 비극의 시작, 친구인지 확신할 수 없는 악의에 가득 찬 적들의 노력으로 마침내 올가미에 걸려들고 비참함, 항복, 붕괴의 과정을 겪게 되는 그것……

—철조망 회사의 실패, 전보다는 여파가 심하지 않았지만 모든 것에 종국을 고한 정신적인 실패, 이 모든 것이 신이나 운명 앞에서 무슨 소용이란 말인가? 군대에서 면직되었다는 환상이 항상 그를 따라다녔고 모든 것이 이 상상 속의 불명예로부터 시작되었다. 그는 다시 하와이로 갔고, 나중에 로스앤젤레스에서 치매에 걸린 것으로 판명받았을 때는 이미 무일푼의 알코올 중독자였다.

이본은 생각에 잠긴 듯한 영사를 다시 쳐다보았다. 영사는 입을 오므린 채 경기장을 뚫어져라 쳐다보고 있었다. 영사는 이본의 어린 시절에 대해 거의 모르고 있었다. 그 시절의 공포, 지금도 한밤중에 모든 것이 무너지는 듯한 악몽으로 잠에서 깨어나게 만드는 그 공포, 이본 자신이 영화에서 연기하기로 되어 있던 백인 노예가 되어 팔려가는 듯한 공포, 어두운 복도에서 자신의 어깨를 움켜쥐는 손과 같은 공포, 그녀가 실제로 느꼈던 2백 마리의 질주하는 말들과 함께 협곡에 갇힌 것과 같은 공포.

아니, 어쩌면 영사는 이본의 아버지, 컨스터블 선장과 마찬가지로 싫증이 났던 것이다. 그리고 이본의 아버지는 이본이 열세 살 때부터 5년간 '시리즈물'과 '서부영화'에 출연하여 자신을 부양했다는 점에 수치심을 느꼈을 것이다. 제프리 역시 이본의 아버지와 마찬가지로 악몽을 꾸었을 것이다. 그리고 자신이 그러한 악몽을 꾸는 유일한 사람이라고 생각했을 것이다. 그러나 이본 역시 그러한 꿈을 꾸었던 것이다…… 게다가 제프리는 스튜디오의 실제 같은 가짜의 즐거움, 아니 가짜의 김빠진 흥겨운 매력, 그 어린 나이에 생활비를 번다는 것으로 정당화되는 감상, 유치한 성인과 같은 자존심에 대해서는 알지 못할 것이다.

영사 옆에 앉아 있던 휴는 담배를 꺼내어 엄지손톱으로 가볍게 두드렸다. 마지막 담뱃갑 안에 있던 마지막 담배임을 깨달으며 담배를 입으로 가져갔다. 휴는 자신의 아래에 있는 의자의 등받이 위에 발을 얹고는 몸을 앞으로 숙여 팔꿈치를 무릎에 대고 경기장을 보며 눈살을 찌푸렸다. 그는 여전히 불안한 듯 엄지손톱으로 장난감 총과 같은 소리를 내며 성냥을 긋고는 그 섬세한 손으로 성냥불을 감싸 담배 쪽으로 가져가 머리를 숙여 불을 붙였다…… 오늘 아침 휴는 정원의 햇살을 가득 받으며 이본에게 다가오고 있었다. 그는 카우보이 모자를 뒤통수에 걸친 채 날렵하게 활보하고 있었다. 총과 총집, 탄띠를 맨 꽉 끼는 바지의 아랫단은 정교하게 손질된 부츠 안에 들어가 있었다. 한순간 이본은 그가 정말로 빌 허드슨이라는 착각에 빠졌었다. 이본이 열다섯 살 때 세 편의 영화에서 상대역을 맡았던 카우보이 스타 빌 허드슨. 세상에, 얼마나 바보 같은 상상인가! 얼마나 신기하고도 바보 같은 상상인가! '하와이는 수영과 골프, 춤을 좋아하고 승마에 탁월한 재능을 가진 외향적인 성격의 이 소녀를 우리에게 선사했다! 그녀는……' 오늘 아침 휴는 그저 말이 물을 마시려 하지 않는다는 비밀 축에도 속하지 않는 말을 하긴 했지만 이본의 승마 실력에 대해서는 아무런 찬사도 건네지 않았다. 영원히 간섭하지 않은 채 남겨두고자 하는 그런 영역이었을까! 이본은 지금까지 자신의 영화배우 시절에 대해서도, 칠레 시절에 대해서도 한마디도 꺼내지 않았다. 휴가 좀더 나이가 들었더라면 자신에 대한 기사를 쓸 수도 있었으리라, 처음으로 할리우드에 진출했던 때가 아니더라도 두번째 할리우드 시절, 매킨타이어 삼촌이 이본을 대학에 보낸 후, 그녀의 첫번째 결혼이 막을 내린 후, 아이가 죽은 후 다시 할리우드에 돌아갔던 그때, 인터뷰라도 할 수 있었다면…… 대단한 이본! 보라, 살롱을 걸친 요부, 글래머 "인기 배우" 이본이 할리우드로 돌아왔다! 그렇다, 할리우드를 다시금 정복하기 위해 이본이 돌아온 것이다. 이제 스물네 살인 그녀는 몇 년 전 할리우드를 떠난 이후 사랑과 비극을 경험하고 이제 흰 난초와 털옷을 걸친, 다소곳하고도 활기찬 여성으로 돌아왔다. 며칠 전 바닷가에서 돌아오는 그녀를 발견했을 때 구릿빛 피부의 비너스가 막 바다에서 올라온 듯했다. 이야기를 하는 동안 그녀의 졸리는 듯한 검은 눈은 바다를 응시하고 있었고 태평양의 미풍은 그녀의 두꺼운 검은 머리칼을 어루만져주었다. 잠시 동안 오늘의 이본과 과거 거칠게 말을 몰던 시리즈물의 주인공 이본을 연결시키기 힘들었으나 그녀의 몸은 여전히 멋지고 에너지가 넘치고 있다는 것을 느낄 수 있었다! 열두 살에 인디언처럼 함성을 지르고 야구에 미쳐 있던 말괄량이, "대장, 대장"이라고 부르던 아버지 외에는 아무도 따르지 않았던 호놀룰루의 무법자, 열네 살의 어린 나이에 데뷔하여 열다섯에 빌 허드슨의 상대역을 맡았던 여배우. 그녀는 당시에도 에너지가 넘치는 사람이었다. 나이에 비해 큰 키의 이본은 어린 시절 하와이의 파도 속에서 수영과 서핑으로 다져진 유연하고도 강한 몸을 가지고 있었다. 독자들은 이제 기억 못할 수도 있겠지만, 한때 이본은 불타는 호수 속으로 들어갔고 낭떠러지에 매달려 있었으며 말을 타고 협곡 아래로 달렸다. 또한 이본은 견제구로 더블 아웃을 시키는 데 천재적인 재능을 보였다. 이본은 결의에 찬 소녀 시절 누구보다 말을 잘 탄다고 자신했으나 현지 촬영 때 스태프들이 자신을 말안장 위에 거꾸로 앉히려고 해서 두려움에 떨었다는 이야기를 하며 이제는 즐겁게 웃고 있었다. 그러나 1년 후 그녀는 머리털 하나 움직이지 않고 날아서 말 위에 앉을 수 있게 되었다. 이본은 이렇게 말했다. "매킨타이어 삼촌은 아버지가 돌아가신 후 내 의지와는 상관없이 날 다시 호놀룰루에 데려갔죠. 사실 그때 할리우드가 날 구한 거나 마찬가지였어요. 의도한 바는 아니었지만……" 열여덟 살에 "인기 배우"에서 "섹시 배우"로 발돋움하던 시기에 사랑하는 "대장 대장"을 잃고 사랑이 완전히 증발해버린 메마른 도시에 정착하는 것은 쉽지 않은 일이었다. 이본은 이렇게 설명했다. "매킨타이어 삼촌은 열대지방의 음식을 절대로 못 먹게 했죠. 양고기 수프, 오트밀, 뜨거운 차 이게 전부였죠!" 하지만 매킨타이어 삼촌은 자신의 임무가 무엇인지 알고 있었다. 그는 가정교사를 두어 이본을 공부시킨 후 하와이 대학에 보냈다. 이본은 "당시 '스타'라는 개념이 내 마음속에서 이상한 변화를 일으킨 것 같아요"라고 말했다. 그녀는 천문학을 전공한 것이다! 마음속의 아픔과 공허함을 잊기 위해 그녀는 공부에 전념했으며 한때는 천문학계의 "퀴리 부인"이 되는 꿈을 꾸기도 했던 것이다! 그러나 머지않아 클리프 라이트라는 바람둥이 백만장자를 만나게 된다. 그는 대학생활에 점차 실망을 느끼고 매킨타이어 삼촌의 엄격한 통제하에 외로움을 느끼며 사랑과 사람을 갈망하던 그녀의 삶에 개입했다. 젊고 화려한 클리프는 당시 최고의 신랑감이었다. 하와이의 달빛 아래서 그가 이본을 어떻게 설득했을지 상상하기란 그리 어려운 일이 아니다. 이본은 그를 사랑했고 학교를 버리고 그와의 결혼을 택했다.

("제발 클리프에 대한 말은 꺼내지도 마시오." 영사는 언젠가 몇 안 되는 편지에서 이렇게 쓴 적이 있었다. "난 그놈을 알고 있어요. 그리고 이미 그놈을 미워하고 있다오. 6피트 3인치의 장신에 낮은 목소리로 근시안적이고 난잡한 생활을 하며 미숙한 궤변을 늘어놓는 놈" 영사는 그를 아주 교활한 인간으로 보았다.—불쌍한 클리프!—영사는 이제 그를 더 이상 생각하지도 않을뿐더러 자존심 강한 여자가 그의 부정으로 자존심이 크게 상했다는 사실을 생각하고 싶지도 않았다. "사무적이고 서툴고 무지하고 거칠고 유치한 놈, 대부분의 미국 남자들처럼 싸우면서 섣불리 의자를 휘두르는 헛된 자만심을 가진 놈, 서른이 되어서도 정신연령은 열 살에 불과한 놈, 사랑의 행위를 배설과 같이 생각하는 놈……")

이본은 이미 "악성 언론 보도"의 피해자였다. 이본이 자신의 결혼생활과 어쩔 수 없이 이혼할 수밖에 없었던 상황에 대해 입을 열었을 때 이는 잘못 전달되었고, 이본이 침묵을 유지하고 있을 때 그 침묵은 오역되었다. 이본을 오해한 것은 언론뿐만이 아니었다. 이본은 슬픈 표정으로 "매킨타이어 삼촌은 나와 연락을 끊어버렸어요"라고 말했다. (매킨타이어 삼촌에게는 미안한 얘기지만, 정말 굉장한 일이었다. 정말 기분 좋은 일이었다. 이본은 친구들에게 커다랗게 소리치고 싶을 정도로 기분이 좋았다. 삼촌이 연락을 끊은 후 이본은 외가 쪽 그 누구의 아이도 아닌 자신의 삶을 살 수 있었던 것이다! 얼마나 많은 사람들이 이본이나 이본의 아버지가 겪은 것과 같은 의미 없는 비극이나 절반의 실패를 겪었을까. 그들은 오하이오의 피난처에서 썩어갔으며, 롱아일랜드의 황폐한 거실에서 다이아몬드 목걸이가 담겨 있는 깨진 찻주전자들 사이에서 모이를 쪼고 있는 닭들과 함께 멍하니 앉아 있곤 했다. 컨스터블 부녀는 자연의 실수로 죽어가는 듯했다. 사실, 자연은 스스로 진화하지 않는 것은 더 이상 소용이 없기에 이들을 없애버리려는 의도를 가지고 있었는지도 모른다. 하지만 그 의도는 목적을 달성하지 못했다.) 이본은 그 어느 때보다 더 큰 공허함을 느꼈지만, 입가에 미소를 머금고 머리를 꼿꼿이 세운 채 하와이를 떠났다. 이제 그녀는 할리우드로 돌아왔다. 그녀를 잘 아는 사람들은 이제 그녀의 인생에는 사랑을 위해 허비할 시간은 없으며 그녀는 오로지 일만을 생각한다고 말한다. 스튜디오의 스태프들은 최근 그녀는 아주 감각적인 작품을 만들고 있다고 선전했다. "인기배우"는 이제 할리우드 최대의 극적 인물이 된 것이다! 스물네 살의 이본 컨스터블은 다시 스타의 길로 접어든 것이다.

──그러나 이본 컨스터블은 다시 스타가 되지 못했다. 아니, 그 근처에도 가보지 못했다. 그녀는 홍보 활동에 일가견이 있는 대행사와 계약을 맺었다. 사실 이본은 겉으로 드러내지는 않았으나 홍보 활동을 두려워하고 있었다. 대행사는 이본의 초기 시절, 말을 타며 거친 면을 보여주던 시절에 대한 홍보를 주로 했고, 이본은 차기 활동에 대한 약속을 받았다. 그러나 그뿐이었다. 결국 이본은 한물간 상태가 돼버린 것이 곧 자신의 비극이 모두 끝났음을 의미한다는 데서 위안을 얻지도 못한 채 저주받은 어두운 천사들의 도시 거리에 뿌리를 얕게 내린 잿빛의 죽은 야자수 아래를 홀로 걷고 있었다. 배우로서의 그녀의 야망은 항상 겉치레 같은 면이 있었다. 야망은 때때로 그 기능을 다하지 못했고 한 여성으로 살아가기에 걸림돌이 될 때도 많았다. 또한 그녀는 자신의 야망이 부질없는 것이라는 생각도 했다. 모든 것을 겪은 후 할리우드를 벗어났지만, 당시 몇 가지 여건만 따라주었더라면 자신이 정말 최고 배우, 위대한 아티스트가 될 수 있었을 것이라는 생각도 했다. 만약 훌륭한 감독을 만났더라면 이렇게 고뇌하면서 거리의 빨간 불빛들을 쳐다보며 걸어가지는 않았을 것이다. 그

랬더라면 마치 영사처럼 "제브라 룸의 댄스"라는 불빛이 "지옥"으로 바뀌고 "잡초 제거 공지"가 "신혼부부 제거 공지"라는 말로 바뀌는 것을 보지는 않았을 것이다. 광고판에는 "당면 과제 공개 토론"이라는 불빛이 보였다. 거대한 푸른색 시계의 추가 끊임없이 흔들리고 있었다. 하지만 너무 늦었다! 이 모든 것, 이 모든 불길하고 험악한 일들이 전조가 되어 콰우나우악에서 자크 라루엘을 만나게 되었는지도 모른다. 자크와 이본은 영사를 알고 있다는 점 외에도 두 사람 사이를 은밀하게 이어주는 끈이 있었다. 가까운 친척들끼리 싫어하는 부모에 대해 거리낌 없이 이야기하듯, 이본이 솔직하게 할리우드에 대해 이야기할 수 있었던 대상은 자크뿐이었다. 아마도 경멸과 절반의 실패라는 공통점이 있었기 때문이리라. 또한 두 사람은 1932년 어느 날 같은 장소에 있었다는 사실을 발견했다. 야외 수영장에서 열린 바비큐 파티에 같이 있었던 것이다. 이본은 영사에게는 숨기고 있었던 것들을 자크에게 보여주곤 했다. 아랫단이 톱니 모양으로 찢어진 가죽 셔츠와 승마바지를 입고 굽이 높은 부츠를 신은 '대단한 이본' 시절의 오래된 사진을 보여주기도 했다. 그래서 끔찍했던 오늘 아침 그를 만났을 때 그의 놀라고 당황스러워하는 모습에서 이본은 그것이 단지 한순간의 머뭇거림이 아닐까 하고 생각했다. 그와 이본 사이에는 섬세하게 전이된 그 무언가가 있었기에…… 그리고 영사가 오지 않을 것이라는 사실이 확실해졌을 때 자크는 이본에게 오래된 프랑스 영화의 스틸 사진을 보여주곤 했다. 그중에는 이본이 뉴욕을 떠나기 전, 그 암울했던 시절에 본 영화도 있었다. 이본은 (자크의 스튜디오 안에서) 다시 추운 겨울 뉴욕의 타임스 광장에 서서 타임스 빌딩 주위를 돌아다니는 뉴스의 불빛들을 바라보며 서 있었다. 당시 이본은 아스토르 호텔에 머물고 있었다. 각종 사건 사고, 자살, 은행 부도, 전쟁의 전조…… 갑자기 모든 것이 암흑으로 바뀌어 놀란 군중들과 함께 위를 올려다보았을 때 위에는 아무것도 보이지 않았다. 더 이상 뉴스는 보이지 않았고 마치 세상의 끝에 도달한 듯했다. 거기가 바로 수난의 땅 골고다*였던가? 부모를 여의고 버려진 고아, 패배자, 그러나 여전히 부자에다 아름다운 그녀는 위자료로 산 값비싼 모피를 걸친 채 걷고 있었다. 그녀는 호텔로 돌아가지 않았다. 오랫동안 갈망했던 따스함을 위해 혼자 호텔 술집으로 들어가기가 두려웠다. 매춘부보다 더 황폐해진 자신을 느끼며 계속 걸었다. 그 뒤로는 무감각한 도시의 반짝이는 불빛 사이로 '저렴한 가격의 최상의 제품', '막다른 골목', '로미오와 줄리엣' 그리고 다시 '저렴한 가격의 최상의 제품' 간판이 보였다. 가슴속의 암흑은 계속되었다. 어부지리로 얻은 부와 외로움, 이혼에 대한 죄책감은 더욱 심해졌다. 전기 화살들이 이본의 가슴을 찔렀다. 그것들은 속임수를 쓰고 있었다. 이본은 암흑이 아직 거기에, 그 화살 속에 있다는 것을 알고 있었기에 더욱더 두려움을 느꼈다. 장애인들이 덜컹거리는 소리를 내며 천천히 지나갔다. 모든 희망이 사라져버린 듯한 얼굴을 한 남자들이 중얼거리고 있었다. 통이 넓은 보라색 바지를 입은 깡패들이 찬바람이 불어 들어오는 영사실에서 기다리고 있었다. 암흑, 의미 없는 세계의 암흑, 목적 없는 세계에서 자신을 제외한 모든 사람은 아주 비천하고 외로운 사람이라 할지라도 희망을 잃은 절름발이라 할지라도 자신보다는 더 큰 삶에 대한 믿음을 가진 사람처럼 보였다…… 'Le Destin de Yvonne Griffaton(이본 그리파톤의 운명)……' 그 운명이 아직 그녀를 따라다니고 있었다. 그녀는 외국 고전영화를 주로 상영했던 14번가의 작은 영화관 앞에 서 있었다. 언덕 위로 외로운 그림자가 보였다. 자신과

---

* Golgotha: 예수가 십자가에 못 박힌 곳.

똑같은 모피 코트를 입고 똑같은 어두운 거리로 걸어가는 자신이 보였다. 주위의 간판들이 그녀에게 속삭이고 있었다. '뒤보네, 아메르 피콩, 10 프라텔리니스, 물랑루즈.' 그리고 그녀가 들어서자 "이본, 이본" 하는 목소리가 들렸다. 스크린을 가득 채우고 있던 거대한 그림자 같은 말이 스크린을 찢고 그녀에게로 다가왔다. 상상 속의 목소리가 이본 그리파톤을 따라, 이본 컨스터블을 따라, 어두운 거리로 내려왔다. 마치 바깥 세계로부터 단번에 스크린상의 어두운 세계로 걸어 들어온 것 같았다. 그 영화는 설사 영화가 시작된 후 영화관에 도착했다 할지라도 지금까지 본 영화 중 최고의 영화라는 것을 직감하게 되는 그런 영화였다. 완벽한 리얼리즘으로 연출된 폭발, 위험한 순간, 쫓기는 사람(여기서는 이본 그리파톤, 아니 이본 컨스터블)과의 감정이입 외에 그 내용과 주인공의 캐릭터는 거의 문제가 되지 않았다. 만약 이본 그리파톤이 쫓기거나 괴롭힘을 당하는 쪽이라면 이 영화는 귀족 출신의 부유한 프랑스 여인의 몰락을 그린 것이 분명했다. 동시에 그녀는 계속 무언가를 찾고 있었다. 처음에 이본은 이 암흑의 세계에 무엇이 있는지 알 수 없었다. 다가갈수록 벽과 복도에 붙어 있는 이상한 형상들이 눈에 들어왔다. 그것들은 자신이 예전에 사랑했던 사람들이었다. 진정으로 사랑했던 단 한 사람, 그러나 자살을 택하고 만 사람, 아버지가 바로 거기에 있었다. 마치 그들로부터 피신처를 찾듯, 이본은 교회 안으로 들어갔다. 이본 그리파톤은 기도하고 있었다. 이본을 쫓던 그림자 하나가 성단소(聖壇所)의 계단에 쓰러졌다. 이본의 첫번째 남자친구였다. 바로 다음 순간 이본은 발작적으로 웃어댔다. 이본은 오페라 속에 있었다. 폴리 베르제르* 안에 있었던 것이다…… 오케스트라가 레

---

* Folies Bergéres: 한때 정치 회합의 장소로도 쓰였던, 파리에 있는 뮤직홀 겸 버라이어티쇼 극장.

온카발로의 「자자」*를 연주하고 있었다. 다음 순간 이본은 도박을 하고 있었다. 룰렛 바퀴가 미친 듯 돌아갔다. 다시 그녀는 자신의 방으로 돌아왔고 영화는 풍자적으로 변했다. 그녀의 조상들이 연속으로 그녀 앞에 나타났다. 이기심과 비극의 정적 상징들. 그러나 그들은 그녀의 가슴속에서 로맨틱한 기억으로 남아 있었다. 감옥의 벽에 등을 대고 지친 듯 서 있는 그들, 덜컹거리는 사형수 운반 수레 안에 똑바로 서 있는 그들, 혁명 정부의 총을 맞은 그들, 프로이센인의 총을 맞은 그들, 전장에서, 죽음 속에서, 똑바로 서 있는 그들이 영웅처럼 느껴지기도 했다. 드레퓌스 사건**에 연루되었던 이본 그리파톤의 아버지는 이제 이본을 향해 얼굴을 찌푸리고 있었다. 민감한 관객들은 웃거나 기침을 하거나 혼자서 중얼거리기도 했다. 그러나 대부분의 관객은 이본이 결코 알지 못했던 사실, 즉 이러한 캐릭터와 이 캐릭터들이 관여한 사건들이 이본의 현재 재산에 기여했다는 것을 짐작하고 있었다. 이 모든 것들이 영화의 앞부분에 숨어 있었다. 이본이 자신의 운명에 영향을 미친 사건들이 먼 과거에 숨어 있다는 사실(이본은 이 사실을 믿지 않았다)을 깨닫기 위해서는, 그리고 이것이 미래에 다시 반복될 수도 있기에 이를 이해하기 위해서는, 인내심을 가지고 뉴스 영화와 만화, 「아프리카 폐어(肺魚)의 생활」과 「스카페이스」 예고편을 봐야 했을 것이다. 그러나 이본이 자문하고 있는 것이 무엇인가 하는 것은 영어 부제에서 명백하게 나타났다. 조상으로부터 물려준 짐을 안고 어떻게 살아갈 수 있을까?

이 골칫거리들로부터 어떻게 해방될 수 있을까? 그녀는 끝없이 이어

---

* Ruggiero Leoncavallo(1858~1919): 이탈리아의 작곡가. 「자자Zaza」는 1900년 작품.
** Dreyfus case: 19세기 말, 프랑스에서 유대인 사관(士官) 드레퓌스의 간첩 혐의를 둘러싸고 정치적으로 큰 물의를 빚은 사건.

지는 비극 속에서 헤어나지 못할 운명인가? 이본 그리파톤은 이러한 비극이 오래전 저주받아 죽은 이들의 모호한 죄에 대한 은밀한 속죄에 해당한다는 것도, 아무런 의미도 없이 우연히 발생한 비극에 불과하다는 것도 믿기 힘들었다. 하지만 어떻게 이 비극에서 벗어날 수 있을 것인가? 이본은 자문해보았다. 이 모든 것들이 의미 없는 우연한 비극인가? 하지만, 자신은 여전히 저주받은 운명인가? 물론 컨스터블가의 불행을 항상 로맨틱하게 생각할 수만은 없을 것이다. 이본은 자신이 조상들의 짐을 안고 사는, 자신의 핏속에 흐르는 그들의 나약함과 야생성을 안고 사는 하나의 작고 외로운 동상, 검은 세력의 희생양처럼 여겨졌다. 아니 스스로 그런 존재인 척 가장하고 있었는지도 모른다. 사실 모든 사람이 그렇지 않은가. 피할 수 없는 운명이었다. 하지만 적어도 사람들은 자신의 의지를 가지고 있지 않은가? 그러나 믿음이 없다면 의지라는 것이 무슨 소용인가. 이것이 바로 이본 그리파톤의 문제였다. 그리고 이것이 바로 이본 컨스터블이 항상 찾고 있던 것이었다. 믿음, 마치 새로운 모자를 사거나 집을 구하는 것처럼 찾고 있던 그것! 지금 그녀가 찾고 있는 그것, 그리고 잃어가는 그것! 믿음, 그것은 없는 것보다 있는 것이 훨씬 나은 것이다. 이본은 담배를 피워야겠다고 생각했다. 다시 돌아왔을 때 이본 그리파톤은 이미 자신이 찾던 것을 얻은 듯했다. 이본 그리파톤은 자신의 인생, 여행, 또 다른 사랑, 라벨의 음악에 대한 믿음을 발견해나가고 있었다. 딸깍거리는 구두 소리와 함께 볼레로가 장황하게 울려 퍼졌고 이본 그리파톤은 스페인에, 그리고 이탈리아에 있었다. 바다가 보이고 알제리, 키프로스, 사막과 신기루, 스핑크스가 보였다. 이 모든 것들이 무엇을 의미했을까? '유럽'. 이본은 이렇게 생각했다. 그랬다, 유럽, 대여행, 에펠탑 여행, 자신에게 익숙한 유럽, 그것이었다. 하지만 먹고살기에 충분한 재산을 가지고도 자신은 왜 "인생" 그 자체에 대한 믿음조차 발견하지 못했던 것일까? 그것은 마치 별과도 같이 헌신적인 사랑 속에만 존재했던 것일까…… 그 정도로 만족해야 했다. 그러나, 그러나 이본은 결코 희망을 포기하지도 않았고 인생의 의미와 답을 찾는 것을 멈추지도 않았다.

황소는 밧줄의 힘을 좀더 오랫동안 견디다 머리를 이리저리 흔들고 바닥에 발을 끌면서 결국 먼지를 일으키며 쓰러지고 말았다. 황소는 일시적으로 패배한 것 같았으나 아직 경계를 늦추지 않고 있었다. 진동하는 거대한 거미줄에 걸린 곤충 같은 모습이었다. 죽음, 아니 죽음과 비슷한 그 무엇, 인생에서 종종 나타나는 그 무엇에 걸린 듯했다. 그러고는 다시 한 번 일어섰다. 차로들은 올가미로 이상한 모양의 매듭을 만들어 황소에 올라타려고 경쟁하고 있었다. 그러다 결국 어디선가, 누군가가 결국 황소에 올라타게 되리라.

"고마워요." 휴는 거의 넋을 잃은 채 아바네로 병을 건넸다. 이본이 한 모금 마시고 영사에게 넘겼다. 영사는 병을 받아 들고는 입에 대지 않은 채 우울한 눈빛으로 앉아 있었다. 이본을 버스 터미널에서 만나지 않았더라면 어떻게 되었을까?

이본은 관중석 주위를 둘러보았다. 이 거대한 군중 중에 풀케를 파는 주름진 멕시코 노파 외에 다른 여성은 없었다. 아니, 아니었다. 미국인 한 쌍이 담장을 넘어 바닥의 받침대 아래로 내려갔다. 잿빛 수트를 입은 여인과 뿔테 안경을 쓴 남자였다. 약간 구부정한 자세의 남자는 머리를 뒤로 길게 늘어뜨려 마치 오케스트라의 지휘자 같은 느낌이었다. 이들은 휴와 이본이 소칼로에서 봤던 바로 그 커플이었다. 남자는 샌들과 이상한 방울, 그리고 가면을 사고 있었다. 그리고 나중에 버스에서, 또 교회 계단에서, 원주민들의 춤을 지켜보던 그 커플이었다. 그들은 신혼여행이라도 온 듯 너무도 행복해 보였다. 그들의 미래는 평화로운 푸른 호수와 같이 구속받지 않고 순수하게 그들 앞에 펼쳐져 있으리라. 이렇게 생각하니 이본의 마음은 여름방학을 맞은 소년의 그것처럼 가벼워졌다. 아침에 일어나 햇빛 속으로 사라져버리는……

이본의 마음속에 휴가 말했던 오두막이 그려졌다. 아니, 그것은 오두막이라기보다는 집, 가정이었다! 그것은 소나무와 하늘 높이 흔들리는 오리나무, 크고 가느다란 자작나무로 이루어진 숲과 바다 사이, 폭이 넓은 소나무 밑둥치 위에 위치해 있었다. 해안으로부터 숲으로 이어지는 좁은 길에는 새먼베리와 팀블베리, 블랙베리의 관목들이 우거져 있고 서릿발이 내리는 차가운 겨울밤에는 열매에 맺힌 물방울들이 수만 개의 달처럼 빛났다. 집 뒤에는 1년에 두 번 하얀 별 모양의 꽃을 피우는 층층나무가 서 있고, 작은 정원에는 수선화와 아네모네가 자라고 있었다. 현관 앞에는 봄날 아침에 앉아서 따스한 햇볕을 즐길 수 있는 넓은 베란다가 있고 곧바로 바다로 이어지는 일종의 부두가 있었다. 이 부두는 그들이 직접 만든 것이다. 썰물로 물이 빠졌을 때 가파르게 기울어진 해안으로 기둥을 하나씩 세워가다 보면 나중에는 바다로 바로 다이빙할 수 있을 것이다. 그들은 푸르고 차가운 바다에서 매일 수영하다 사다리를 타고 자신들이 만든 부두로 올라가 곧장 집으로 들어갈 수 있을 것이다. 이제 이본의 눈에 집이 더 선명하게 보였다. 집은 은색의 오래된 지붕과 붉은 문으로 되어 있고 해를 향해 난 여닫이창이 있었다. 자신이 직접 만든 커튼, 영사의 책상, 그가 가장 좋아하는 오래된 의자가 보였다. 침대는 밝은 인디언 담요로 덮여 있었고 긴 6월 밤의 신비로운 푸른빛을 배경으로 오렌지 빛 램프가 켜져 있었다. 야생 능금나무는 영사가 여름에 일할 수 있는 일종의 야외 서재를 받쳐주는 역할을 했다. 검은 나무 위로 부는 바람, 폭풍우 치는 여름밤 해안을 때리는 파도 소리가 들려왔다. 휴가 콰우나우악 양조장에서 묘사한 것과 같이 물 위로 투영되는 물레방아 바퀴와 같은 태양 그림자가 집 앞으로 미끄러지고 미끄러지고 또 미끄러져 창문과 벽에 드리우고, 집 뒤와 위쪽의 그림자는 소나무 가지를 녹색 자수용 실로 바꾸어놓을 것이다. 밤이 되면 부두에 서서 성운을 바라볼 것이다. 전갈자리, 삼각자리, 목동자리, 큰곰자리…… 물레방아 바퀴의 그림자는 이제 달빛의 그것이 되어 물 위에 투영되고 은빛 지붕과 나무 벽으로 끊임없이 미끄러져갈 것이다. 물 위의 달빛은 창문에 아름다운 수를 놓아줄 것이다―

가능한 일이었다. 정말로 가능한 일이었다! 그 삶은 바로 거기서 자신들을 기다리고 있었다. 제프리와 단둘이 있다면, 그래서 그에게 이 이야기를 할 수만 있다면! 카우보이 모자를 뒤통수에 걸치고 굽 높은 부츠를 신은 발을 앞좌석에 올려놓고 있는 휴는 이제 불법 침입자, 이방인, 아래에서 벌어지고 있는 사건의 공범자 같은 모습이었다. 그는 아래서 벌어지는 일에 정신을 집중한 듯 뚫어져라 쳐다보고 있다가 이본이 자신을 바라보고 있다는 사실을 깨달았다. 휴는 초조한 듯 눈을 내리깔면서 담배를 찾았다. 그는 눈이 아닌 손가락으로 담뱃갑이 비어 있다는 것을 확인했다.

경기장 안의 남자들은 말에 탄 채 황소를 부리려 애쓰며 술병을 돌리고 있었다. 그중 두 명은 정처 없이 링을 돌아다니고 있었다. 구경꾼들은 레모네이드, 과일, 포테이토칩, 풀케를 샀다. 영사도 풀케를 살까 생각했으나 마음을 바꾸고 아바네로 병을 만지작거렸다.

아까보다 더 많은 사람들이 취한 채 황소에 올라타려고 끼어들었다. 그러나 그들은 곧 흥미를 잃어버리고 말에 흥미를 보였다. 그러나 곧 말에 대한 흥미마저 잃어버리고는 결국은 경기장 밖으로 밀려 나갔다.

연기를 뿜으며 깩깩거리는 소리를 내는 로켓과 함께 거인이 돌아왔다가 사라졌다. 마치 로켓에 빨려 들어간 듯했다. 한순간 군중 속에는 정적이 감돌았다. 너무도 조용해서 콰우나우악에서 나는 조그만 소리도 구분할 수 있을 것 같았다.

유쾌한 분위기와 마찬가지로 침묵도 감염되는 것 같았다. 한 집단의 어색한 침묵은 또 다른 집단에 더 큰 침묵을 낳는 듯했다. 그리고 그것은 더 크고 의미 없는 침묵을 제3의 집단에 전파하여 결국 온 세상에 침묵이 전파되는 것이다. 이런 갑작스럽고 어색한 침묵보다 더 강한 것은 이 세상에 없었다.

―안개에 가려 희미해진 불빛 사이로 어렴풋이 집이 보였다. 안개는 새로 난 작은 잎들 사이로 조용히 떨어져 바다로, 산으로, 흘러들어갈 것이다. 그리고 눈이 되어 푸른 하늘, 굴뚝에서 나는 푸른 나무 연기 속에서 선명하고 밝은 하얀 빛깔로 남아 있을 것이다. 재목을 쌓아두는 창고의 비스듬한 지붕 위로는 층층나무의 꽃이 떨어지고 있었다. 창고 안에는 도끼, 모종삽, 갈퀴, 가래가 있었고 차가운 우물이 있었다. 수호신과 바다의 나무상이 우물 위에 고정되어 있었다. 그리고 낡은 주전자와 새 주전자, 찻주전자, 커피 주전자, 이중으로 된 솥, 소스 냄비와 찬장이 있었다. 제프리는 바깥에서 글을 쓰고 이본은 창가에 앉아 타이핑을 했다. (이본은 타이핑을 배워서 옆으로 기운 듯한 영사의 익숙하고도 희한한 글씨체를 단정한 모양으로 타이핑할 것이다.) 이본은 타이핑을 하며 물개 한 마리가 수면 위로 올라와 주위를 둘러보다 소리 없이 다시 바닷속으로 사라지는 모습을 볼 수 있을 것이다. 마분지와 실로 만들어진 것 같은 왜가리 한 마리가 푸드거리는 무거운 소리를 내며 날아 바위 위에 장엄하게 안착한 후 큰 키를 자랑하며 움직임 없이 서 있는 것을 볼 수도 있을 것이다.

가볍게 날아서 처마를 지나 부두 위에 앉아 있는 물총새와 제비를 볼 수도 있을 것이다. 갈매기는 미끄러지듯 물 위를 날아 떠다니는 나무판자 위에 앉아서 머리를 날개에 묻고 바다의 움직임에 따라 끊임없이 흔들리고 있을 것이다…… 휴가 말했듯 숲 너머의 가게에서 양식을 살 수 있을 것이다. 몇몇 어부들 외에는 얼굴을 마주칠 사람이 없을 것이다. 어부들의 하얀 배는 겨울이면 부둣가의 닻에 묶여 있을 것이다. 이본은 음식과 청소를 하고 제프리는 나무를 베어 땔감을 마련하고 우물에서 물을 길어 올 것이다. 제프리는 책을 집필하고 이본은 타이핑을 계속하여 제프리는 유명해질 것이다. 하지만 두 사람은 유명해지는 것에 대해 신경 쓰지 않을 것이다. 두 사람은 계속 숲과 바다 사이의 집에서 사랑과 소박함이 깃든 생활을 영위해나갈 것이다. 썰물과 밀물의 중간 즈음에 자신들이 만든 부두에서 반짝이는 얕은 물 아래로 거북이와 주홍빛, 보랏빛의 불가사리를 볼 수 있을 것이다. 그리고 조개가 붙어 있는 하트 모양의 바늘꽂이처럼 보이는 바위 사이로 벨벳과도 같은 작은 밤색의 게가 기어다니는 것을 볼 수 있을 것이다. 주말에는 부두의 후미 부근에서 상류로 노래를 실어 나르는 나룻배를 볼 수 있을 것이다.

 구경꾼들은 안도의 한숨을 내쉬었다. 약간의 소동이 있는 듯했으나 이본은 아래에서 무슨 일이 일어났는지 볼 수 없었다. 웅성거리는 소리가 점차 커졌고 구경꾼들이 주고받는 말과 황소에 대한 모욕의 말들이 공기를 가득 메웠다.

 황소는 머리가 엉클어진 뚱뚱한 멕시코인을 등에 태운 채 몸을 일으키고 있었다. 이 멕시코인은 인내심을 잃고 짜증이 난 듯한 표정이었다. 황소 역시 짜증이 난 듯했으나 이제 안정된 상태로 서 있었다.

 맞은편 관중석에 있던 현악단이 「과달라하라」*를 연주했으나 불협화음을 이루고 있었다. 악단의 절반은 노래를 부르고 있었다. 과달라하라, 과달라하라……

휴가 천천히 "과달라하라" 하고 한 음절씩 끊으며 따라했다.

기타 소리가 커졌다 작아졌다를 반복했고 황소 등에 올라 있는 이가 기타 주자들을 못마땅하게 노려보다가 사나운 표정으로 황소 목의 밧줄을 세게 잡아당겼다. 그러자 황소는 한동안 그 상황에서 당연히 예상할 수 있는 행동을 보였다. 진동하는 기계처럼 발작을 일으켰고 네 발을 들고 공중으로 날뛰었다. 잠시 후 진정한 듯 천천히 걸음을 옮겼다. 이제 누구라도 황소에 올라탈 수 있을 것 같았다. 황소는 경기장을 천천히 한 바퀴 돈 후, 담벼락에 있던 사람들에게 떠밀려서 열려 있는 축사로 향했다. 경쾌하고 깨끗한 발로 축사로 돌아가는 것은 황소의 오랜 바람이었을 것이다.

모두가 허튼 농담을 하며 웃어댔고 웃음소리는 또 다른 불행을 목격하면서 더욱 커졌다. 축사에 있던 다른 소 한 마리가 자신의 때를 기다리지 않고 일찍 등장한 것이다. 사람들이 잔인하게 찔러대고 밀어대는 통에 황소는 링에 도달하여 비틀거리다가 먼지 속에 머리를 처박고 말았다.

첫번째 황소에 올라타고 있던 이는 무뚝뚝하고 불명예스러운 모습으로 축사에서 내렸다. 담벼락 옆에 서서 머리를 긁적이며 난간에 균형을 잘 잡고 서 있던 소년에게 자신의 실패에 대해 설명하고 있는 이 남자에 대해 유감을 느끼지 않을 수 없었다.

—인디언 서머**가 늦게까지 이어진다면 이번 달에도 베란다에 서서

---

* Guadalajara: 멕시코 중서부 할리스코 주의 주도(州都). 1530년경부터 식민이 시작된 곳으로 멕시코 독립운동의 무대가 되기도 했다. '돌이 많은 강'이라는 뜻이며, 여기서는 이 지역을 주제로 한 노래 제목으로 쓰였다.
** Indian summer: 봄날처럼 화창한 늦가을 날씨.

제프리가 작업하는 모습을 내려다볼 수 있을 것이다. 그의 어깨 너머로 바다와 군도, 유백색 거품과 죽은 고사리 같은 나뭇가지로 이루어진 섬을 볼 수 있을 것이다. 이 얼마나 아름다운 광경인가. 지금은 거의 앙상한 가지만 남은 오리나무들의 성긴 그림자가 바늘꽃이 같은 바위에 비치고, 그 위로 물에 잠긴 나뭇잎 사이에 게들이 황급히 움직이는 것을 볼 수 있을 것이다.

두번째 황소가 몸을 일으키려 했으나 힘없이 주저앉고 말았다. 말을 탄 남자 하나가 밧줄을 휘두르며 황소에게 소리쳤다. "훠이, 훠이, 훠이" 작은 개 한 마리가 이리저리 원을 그리며 뛰어다녔고 차로들이 더 많은 밧줄을 가지고 나타났으나 별다른 도움이 되지 못했다. 결정적인 사건은 일어나지 않았고 그 누구도 느슨하게 묶인 채 바닥에 누워 있는 황소를 움직이지는 못했다.

모두가 긴 기다림, 긴 침묵에 몸을 맡기기로 한 듯했다. 그러나 경기장 아래에서는 일부 악의에 찬 사람들이 잔인하게 황소를 끌어내려 하고 있었다.

"저 불쌍한 늙은 황소 좀 보게." 영사가 말했다. "광장에서 술 한잔하고 싶은데 괜찮겠소? Poquitin(아주 조금만)······ 괜찮다구? 고맙소. 감질나는 구경거리가 끝나기를 기다리면서 술이나 한잔해야지."

─가을의 강렬한 태양이 바위 아래쪽에서 위를 향해 휘황찬란한 빛을 뿜어내고, 수면 위의 황금빛 나뭇잎들은 보랏빛과 녹색이 함께 어우러져 아래로 왈츠를 추듯 내려가고 있었다.

"아니, 7이 적힌 그것을 기다릴까, 안 될 것도 없잖나. 그다음엔 코르테스가 나타날 것 같군. 세상에서 가장 거친 그가 콰우나우악의 정상에서 이 소름 끼치는 장면을 바라보고 있을지도 모르지······ 정말 역겨워서 못 보겠군!"

"그렇죠?" 이본이 반대편 악단 아래 서 있는 사람에게서 눈을 돌리며 말했다. 오늘 아침 벨라비스타에서 봤던 검은 안경의 남자, 그리고 코르테스 궁전 바깥에 서 있던 그 남자였다. "제프리, 저 사람 누구죠?"

"저 황소는 이상하군." 영사가 말했다. "교묘하게 잘 빠져나가잖아. 적이 맞은편에 있지만 오늘은 경기를 하기 싫어하는 것 같아. 그냥 누워 버리잖아. 다음에 만나면 저 사람이 적이라는 것을 알아보지도 못할걸."

"바보 같은 황소군요." 휴가 중얼거렸다.

"모순된 말이긴 하지만, 현명한 바보군……"

황소는 이전과 마찬가지로 무기력하게 누워 있었다. 잠시 버림받은 듯했다. 아래쪽의 사람들은 논쟁이라도 벌이듯 수군거리며 모여들었다. 기수들은 계속 환성을 지르며 링을 돌아다녔다. 그러나 아직도 결정적인 행동은 나오지 않았고 그러한 행동이 나올 만한 조짐도 보이지 않았다. '누가 두번째 황소에 올라탈 것인가?' 하는 것이 주 관심사가 되었다. 그렇다면 축사에서 소동을 일으키던, 그리고 다시 경기장에 나오지 않도록 어렵게 제어된 첫번째 황소는 어떻게 될 것인가. 경기장의 논쟁이 이본의 귓가에 울리듯 들려왔다. 첫번째 황소를 탔던 사람은 공정한 기회를 얻지 못했어, 그렇지? 아니, 그런 놈에게는 그런 기회조차 주어져선 안 돼. 아니, 그 사람에게 기회를 한 번 더 줘야 해. 하지만 이는 불가능했다. 또 다른 사람이 예정되어 있었던 것이다. 그런데 그가 오지 않았다. 아니 올 수 없었거나 왔지만 황소에 올라타고 싶지 않았을 수도 있다. 아니면 열심히 오고 있는 중인지도 모른다. 과연 그럴까? 하지만 그 무슨 연유로 그가 여기에 없건 그것이 일정을 바꿀 수는 없을뿐더러 첫번째 사람에게 다시 기회를 주는 이유도 되지 못할 것이다.

술 취한 사람들이 예정된 이를 대신해 황소에 올라탈 기회를 잡으려고 난리였다. 이미 한 사람이 황소에 올라타 달리는 흉내를 냈으나 황소는 꼼짝도 하지 않았다. 그는 언짢은 표정을 하고 있던 첫번째 사람을 보고는 단념하고 말았다. 그리고 바로 그 순간 황소가 일어나 구르기 시작했다.

사람들이 무슨 말을 하건 간에, 첫번째 사람이 다시 시도해보려던 찰나였다. 그는 너무 큰 모욕을 당했다. 그 정도의 모욕을 당한 사람이라면 아무도 다시 시도하려 하지 않을 것이다. 그는 다시 담벼락을 향해 걸어갔다. 담벼락 위에서 균형을 잡고 있던 소년에게 무언가 설명을 하려는 듯했다.

담장 아래 커다란 솜브레로를 쓰고 있던 남자가 조용히 하라고 외쳤다. 그는 팔을 흔들며 링에 있는 사람들을 가리키고 있었다. 그저 인내심 있게 기다리는 사람들, 아니면 예정된 사람을 대신해 서로 황소를 차지하려고 하는 사람들을 비난하는 듯했다.

하지만 이본은 여기에 신경 쓸 겨를이 없었다. 엄청난 사건이 발생했기 때문이다. 너무도 터무니없는 뜻밖의 일이 벌어졌던 것이다.

바로 휴였다. 윗도리를 관중석에 벗어 놓고는 관중석 아래 발판으로 뛰어내려 황소가 있는 곳을 향해 달리고 있었다. 휴가 그저 장난으로 그랬을 수도, 아니면 사람들이 그를 원래 예정된 사람으로 오해했을 수도 있다. 밧줄이 마치 마술처럼 움직이고 있었다.

"오, 세상에, 저 바보 천치 같으니라고!"

두번째 소가 사람들의 소란과 새로운 도전자의 출현에 혼란스러운 듯 큰 소리를 내며 일어섰다. 휴는 이미 황소에 걸터앉았고 황소는 링 중앙에서 미친 듯이 날뛰고 있었다.

"세상에, 저 바보 같은 자식!" 영사가 말했다.

휴는 한 손에 밧줄과 장비를 들고 다른 한 손으로 황소의 옆구리를 때리고 있었다. 마치 이런 일에 전문가인 양 보였고 이본은 자신이 그의 노련함을 판단할 수 있다는 데 스스로 놀랐다. 이본과 영사가 다시 자리에 앉았다.

황소는 앞발 두 개를 동시에 들어 올려 왼쪽으로 뛰어올랐다가 다시 오른쪽으로 뛰어올랐다가 바닥에 무릎을 꿇었다. 그러고는 다시 화가 난 듯 뛰어올랐다. 이본은 옆에 앉은 영사가 계속 아바네로를 마시고 있다는 사실을 알고 있었다. 그러고는 영사에게서 병을 빼앗았다.

"맙소사……"

"제프, 괜찮아요, 휴도 자신이 뭘 하고 있다는 것쯤은 알고 있어요."

"저 바보 천치 같은 자식……"

"괜찮을 거예요, 어딘가에서 배운 것 같은걸요."

"저런 쓰레기…… 바보 같은 놈……"

황소는 이미 몸을 일으켜 휴에게 몸을 내주지 않으려고 안간힘을 쓰고 있었다. 황소는 배를 바닥에 깔고 있었지만 앞발로 바닥을 긁으며 개구리처럼 다시 소생할 기회를 엿보고 있었다. 휴도 단단히 버티고 있었다. 구경꾼들은 웃음소리를 내며 휴를 응원했다. 휴는 이제 멕시코인과 구분하기 힘들었다. 그는 심각한 수준을 넘어 험상스럽게 보이기까지 했다. 휴는 다리를 벌린 채 땀으로 가득한 황소의 옆구리를 뒤꿈치로 때리며 이를 악물고 몸을 뒤로 젖히고 버티고 있었다. 차로들이 경기장을 가로질러 달리고 있었다.

"자랑하려고 한 일은 아닐 거예요." 이본이 웃으며 말했다. 아니, 그는 그저 뭔가 행동을 해야 한다는 절박감에 자신을 내맡긴 것뿐이다. 그리고 비인간적인 광경을 즐기며 하루를 보내는 자신에 대한 격노한 감정으로 상황이 더 악화된 것뿐이다. 지금 이 순간 그의 생각은 단지 저 불쌍한 황소를 쓰러뜨리는 것뿐이었다. "이것이 바로 당신이 좋아하는 거지? 이것이 바로 내가 좋아하는 거야. 어쨌든 당신은 황소를 싫어하지? 좋아, 나도 황소를 싫어해." 이본은 휴가 황소를 항복시키는 데 집중하고 있는 것이 바로 이런 이유라고 생각했다. 하지만 이본은 걱정스러운 표정으로 휴를 바라보고 있었다. 이본은 야바위꾼이나 줄타기 광대, 연통 수리공을 믿었던 것처럼 이 상황에서 휴를 절대적으로 신뢰하고 있었다. 게다가 조금은 모순된 점이 없잖아 있었지만, 휴가 바로 이런 종류의 일에 적합하다는 생각까지 했다. 이본은 오늘 아침 휴가 협곡 위 다리의 난간 위로 훌쩍 뛰어올랐을 때 한순간 깜짝 놀랐던 사실을 기억해냈다.

"저런 위험한 짓을 하다니…… 바보 같으니라고." 영사가 아바네로를 마시며 말했다.

하지만 이것은 시작에 불과했다. 솜브레로를 쓴 차로, 첫번째 황소의 꼬리를 물었던 소년, 서라피같이 생긴 누더기를 걸친 남자들, 그리고 다시 담장 아래로 기어들어온 작은 개까지 모두 문제를 더 크게 만드는 데 제 몫을 다하고 있었다.

북동쪽에서 하늘로 올라가는 검은 구름이 이본의 눈에 들어왔다. 저녁 느낌을 주는 불길한 암흑의 기운이 감돌았다. 산에서는 금속성 천둥소리가 들려왔다. 한줄기 바람이 나무들을 훑고 지나가면서 나무들이 고개를 숙였다. 이러한 모습은 이상하게도 이국적인 아름다움을 자아냈다. 흰색 바지와 밝은색 서라피를 입은 남자들이 짙은 빛의 나무와 점점 낮아지는 하늘을 뒤로한 채 황소를 유인하고 있었다. 말들은 기수들이 휘두르는 전갈 꼬리 모양의 채찍으로 인해 먼지 구름 속에 묻혀버렸다. 안장에서 몸을 내밀어 여기저기로 밧줄을 던져대는 기수들 틈에서 휴가 멋진 모습을 선보인다는 것은 쉽지 않았다. 나무 위에 있던 소년의 머리카락이 세차게 흔들려 얼굴을 가리고 있었다.

악단은 바람 속에서「과달라하라」를 연주하기 시작했다. 황소는 가로장 사이에 끼인 채 크게 울부짖었다. 사람들은 황소의 고환을 막대기로 찔러대고 회초리와 주머니칼로 간질이는가 하면, 흙과 오물을 황소의 붉은 눈에 뿌려대고 있었다. 이 유치하고도 잔인한 경기가 끝날 기미는 보이지 않았다.

"여보" 이본이 갑자기 속삭였다. "제프리, 날 좀 봐요. 지금까지 생각해봤는데…… 우리 더 이상 여기 있을 필요가 없잖아요…… 제프리."

검은 선글라스를 벗은 영사의 얼굴은 창백해 보였다. 그는 애처로운 듯 이본을 쳐다보았다. 영사는 땀을 흘리며 온몸을 떨고 있었다. "아니" 그가 말했다. "아니지…… 아니야" 그는 거의 히스테리를 부리듯 대답했다.

"제프리, 여보…… 떨지 마세요. 뭐가 무서운가요? 우리 그냥 멀리 가버려요. 지금 당장, 내일, 아니 오늘이라도…… 우리를 막을 건 아무것도 없어요."

"아니지……"

"아, 당신 너무 잘해왔잖아요."

영사는 이본의 어깨에 팔을 감싸고 마치 아이처럼 땀으로 젖은 자신의 머리를 그녀의 머리에 기대었다. 잠시 동안 화해와 애정의 신이 두 사람을 지켜보는 듯했다. 두 사람을 감싸며 보호하는 듯했다. 영사가 피곤한 목소리로 말을 이었다.

"안 될 게 뭐가 있겠소. 가버립시다. 천 마일, 백만 마일이라도 가버립시다. 이본, 어디든지, 여기가 아니라면 어디든 갑시다. 이 지겨운 것들, 이 모든 것들로부터 멀리, 멀리 가버립시다."

―저녁 들녘 하늘 위로 수많은 별이 떠오르고, 해가 뜰 무렵에는 비너스와 황금빛 달이 보이리라. 해가 중천에 뜰 때쯤이면 눈으로 덮인 푸른 산과 차가운 푸른 물이 찰랑거릴 것이다.

"진심인가요?"

"진심이오!"

"여보……" 이본은 두 사람이 시간이 많지 않은 죄수들처럼 서둘러 말하고 서둘러 동의하고 있다는 사실을 깨달았다. 영사가 이본의 손을 잡았다. 두 사람은 손바닥을 맞댄 채 어깨가 닿을 정도로 붙어 앉았다. 경기장에서는 휴가 분투하고 있었다. 휴가 밧줄을 힘껏 끌어당기자 황소가 끌려오는 듯했으나 황소는 곧 휴의 손을 벗어났다. 하지만 화가 난 황소는 성급하게 나와버린 축사를 연상시키는 담장에 대고 화풀이를 하듯 아무 데나 몸을 내던지고 있었다. 이제 황소는 이루 말할 수 없을 정도로 박해를 받아 피곤에 지친 상태로 과거에 대해 괴로워하며, 격노한 채 문을 향해 계속 몸을 내던지고 있었다. 다시 작은 개가 그의 발 뒤에서 짖었으나 황소는 또다시 개를 놓치고 말았다. 휴는 지친 황소 등에 올라 경기장을 몇 번이고 돌았다.

"제프리, 도망가는 게 아니라 다시 시작하는 거예요. 세상 어딘가에서 정말로 깨끗하게 새로운 삶을 사는 거예요. 마치 다시 태어난 것처럼 말이죠."

"맞아, 그럴 수 있을 거요."

"이제야 알 것 같아요. 마침내 머릿속이 말끔하게 정리된 것 같아요. 오, 제프리, 이제 드디어 모든 게 분명해졌어요."

"그래요, 나도 알 것 같소."

경기장 아래서는 황소의 뿔이 다시 담장에 부딪쳤다.

"여보……" 두 사람은 기차를 타고, 태평양의 물줄기 옆으로 난 저녁 들판을 가로지르는 기차를 타고 목적지에 도달할 것이다—

"이본?"

"네?"

"당신도 알다시피 난…… 난 나락의 끝까지 떨어졌다가……"

"오, 신경 쓰지 마요."

"……이본?"

"네?"

"사랑하오…… 이본?"

"오, 저도 당신을 사랑해요!"

"아, 여보…… 내 사랑."

"오, 제프리. 우리 다시 행복해질 수 있을 거예요."

"그렇지, 그럴 수 있을 거요."

—저 바다 건너 작은 집이 기다리고 있었다.

기타 소리와 함께 박수 소리가 커지면서 황소가 담장에서 끌려나와 다시 경기장이 활기를 띠기 시작했다. 휴와 황소는 경기장 안에 들어와 있던 사람들이 물러나며 만들어진 작은 원의 중심에서 한동안 난투를 벌였다. 그리고 모든 게 먼지로 뒤덮였다. 왼쪽 축사 문이 부서져 다시 열렸고 황소들이 모두 밀려 나왔다. 물론 첫번째 황소도 포함되어 있었다. 어쩌면 이 황소가 문을 부순 건지도 모른다. 황소들은 환호 속에서 콧김을 내뱉으며 이리저리 흩어져갔다.

아직도 저 멀리 구석에서 황소와 대결하고 있던 휴는 잠시 주춤하는 듯했다. 그런데 갑자기 그쪽에서 비명 소리가 들려왔다. 이본은 영사에게서 몸을 빼고 일어섰다.

"휴에게 무슨 일이라도……"

영사가 비틀거리며 일어섰다. 영사는 계속 아바네로를 들이켰다. 병이 거의 바닥을 보이자 그가 입을 열었다.

"보이지는 않지만, 황소에게 문제가 생긴 것일 게요."

기수와 황소, 밧줄이 먼지 속에 뒤섞여 있는 저쪽에서 무슨 일이 벌어지고 있는지 간파하기는 쉽지 않았다. 이본은 영사 말대로 황소에게 문제가 생겼다는 것을 깨달았다. 황소는 다시 흙먼지 속에 누워 있었다. 휴가 천천히 걸어 나와 다른 황소들로부터 몸을 피하며 구경꾼들에게 인사하고는 담장을 뛰어넘었다. 누군가 그에게 모자를 돌려주었다.

"제프리" 이본이 급하게 말했다. "당신 그렇게 하지 않아도, 아니, 그렇게 되겠지만—"

영사는 조금 남은 아바네로를 마시고 있었다. 그러나 휴를 위한 한 모금은 남겨두었다.

토말린으로 향하는 길, 머리 위로 푸른 하늘이 보였다. 포포카테페틀의 뒤쪽에는 아직도 검은 구름이 모여 있었다. 오후의 밝은 햇살이 보랏빛 구름 덩어리를 통과하여 반짝이는 은빛 호수로 떨어졌다. 앞에 놓인 차갑고 신선한 호수가 그들을 반기는 듯했다. 하지만 이본은 오는 길에 이 호수를 본 적도 없을뿐더러 기억도 나지 않았다.

"태즈메이니아의 주교나 그곳 사막에서 죽어가던 그 누군가도 똑같은 경험을 했을 거요. 멀리 보이는 크레이들 산*의 모습이 약간 위로가 됐겠

---

* Cradle Mountain: 호주 태즈메이니아에 위치한 해발 1,545미터의 산.

지. 그러고는 이 물을 본 거요…… 하지만 그건 수많은 깨진 병들에 비쳐 빛나는 태양의 환영이었지." 영사가 말했다.

호수는 엘자댕시코탕카틀에 속하는 깨진 온실 지붕이었다. 온실에는 잡초만이 무성했다.

걸어가는 동안 이본의 마음은 자신들이 살 집에 대한 생각으로 가득했다. 이본에게는 해가 뜰 무렵, 남서풍이 부는 긴 오후, 별빛과 달빛이 흐르는 눈으로 덮인 밤, 집의 모습이 보였다. 숲에서 집을 내려다보니 아래로 굴뚝과 지붕이 보였고 멀리로 작은 부두가 보였다. 바닷가에서 보자니 집은 자신보다 위로 솟아 있었다. 멀리에서 보니 집은 매우 작아 보였다. 바다에서 보면 숲을 배경으로 한 항구와 등대가 보였다. 항구에 정박된 것은 자신들의 대화 속에 등장했던 작은 배 하나뿐이었다. 밧줄로 느슨하게 매어진 배가 바위에 부딪치는 소리가 들려왔다. 나중에 보다 안전한 곳으로 배를 옮겨야 하리라. 그런데, 이본의 마음 한가운데서 히스테리를 가진 여인이 꼭두각시처럼 경련을 일으키고 주먹으로 바닥을 때리는 모습이 보이는 이유는 무엇일까?

"살롱 오펠리아로!" 영사가 소리쳤다.

천둥과 함께 뜨거운 바람이 불기 시작하더니 스스로 지쳐가고 어디선가 종소리가 삼중 화음을 연주했다.

먼지 속에서 앞서 가던 자신들의 그림자가 집의 메마른 하얀 벽으로 미끄러져 갔다. 그림자는 잠시 타원형의 또 다른 그림자 속으로 들어가버린 듯했다. 한 소년이 타던 자전거의 비틀린 바퀴였다.

거대하고 오만한 바퀴살의 그림자는 곧 사라졌다.

자신들의 그림자는 광장을 지나 술집 '토도스 콘텐토스 이 요 탐비엔'의 열린 문 속으로 들어갔다. 양쪽으로 열리는 문 아래로 목발의 아랫부분처럼 보이는 것이 있었다. 누군가 목발을 짚고 문을 나오려는 것처럼 보였으나 목발은 움직이지 않았다. 문가에서 누군가와 말다툼을 하는 듯했다. 마지막으로 한 잔 더 하자는 것이었을까. 다음 순간 목발이 보이지 않았다. 한쪽 문이 뒤로 젖혀지면서 무언가 나타났.

두 사람의 구부린 모습이었다. 절름발이의 늙은 인디언이 이마에 두른 줄에 의지하여 자신보다 더 노쇠한 인디언을 등에 업고 있었다. 절름발이 인디언은 무거운지 신음소리를 내며 자신의 목발과 늙은이를 등에 업고 발걸음을 내디딜 때마다 몸을 떨었다. 그는 자신의 과거의 무게에 짓눌린 채 두 사람의 짐을 함께 지고 갔다.

그들은 낡은 샌들을 신은 인디언이 늙은이와 함께 회백색 먼지를 통과하여 굽은 도로를 따라 저녁 속으로 사라지는 것을 지켜보며 서 있었다……

X

"메스칼" 영사가 멍한 상태로 말했다. '뭐라고 그랬지? 신경 쓸 것 없어. 메스칼일 거야.' 그는 '독한 메스칼을 마시려는 것은 아니겠지' 하고 스스로를 안심시키려 했다. "아니, 세뇨르 세르반테스, 메스칼, 조금만 주시오." 영사가 속삭이듯 말했다.

그럼에도 불구하고 영사는 그것이 자신이 마셔서는 안 되는 것이라기 보다는, 잃어버린 그 무언가, 아니 그렇다고 해서 완전히 잃어버린 것도 아닌 그 무언가라고 생각했다. 아니 잃어버렸다기보다는 기다리고 있는 그 무엇인 듯했으나, 딱히 그것을 기다리는 것도 아니었다. 그것은 마치 이본과 휴가 수영을 하게 될 조용한 수영장을 바라보며 살롱 오펠리아의 입구에 서 있는 대신, 밤새 술을 마신 후 아침 7시 40분에 버지니아에서 오는 리 메이틀랜드를 만나기 위해 수레국화와 메도스위트*가 자라는 기차역의 야외 플랫폼에서 머리는 무거우나 발걸음은 가볍게 보들레르의 천

---

* meadowsweet: 유럽, 북미 습지에서 자생하는, 좋은 향기가 나는 허브.

사가 깨어나기를 기다리며 서 있는 것과 같았다. 천사들이 기차를 맞이하려는 것일까. 하지만 기차는 멈추지 않는다. 천사들의 마음속에 정차하는 기차는 없기 때문이다. 그리고 기차에서 내리는 사람도 없다. 기차에서는 천사도, 리 메이틀랜드처럼 아름다운 금발의 여인도 내리지 않았다. 기차가 연착하는 것일까? 그는 왜 플랫폼을 서성이고 있을까? 역장이 뭐라고 했더라, 그녀가 타고 오는 기차가 현수교(매달린 다리라니!)에서 오는 두 번째 기차인지 세번째 기차인지, 아니면 이번 기차인지…… 대체 그녀는 누구일까? 리 메이틀랜드가 이런 기차에 탈 리가 없다. 게다가, 이것들은 모두 고속열차가 아닌가. 철로는 멀리 언덕 위까지 이어져 있었다. 새 한 마리가 홀로 철로를 건너 저 멀리로 날아가고 있었다. 약간 떨어진 곳, 철도 교차점의 오른편으로 기뢰가 폭발한 정원과도 같은 곳에 나무 하나가 미동 없이 서 있었다. 철도 측선을 따라 건조 양파 공장이 서 있었고 그다음으로 석탄 회사가 보였다. '검은 사업이지만 우리는 당신을 깨끗하게 합니다. 악마표 석탄……' 맛있는 양파 수프 냄새가 이른 아침 골목길에 가득 찼다. 근처에서는 숯가루로 뒤덮인 청소부들이 수레를 굴리고 있었다, 아니 석탄을 고르고 있었는지도 모른다. 고장 난 램프 행렬이 몸을 세운 뱀처럼 플랫폼을 따라 늘어서 있었다. 반대편에는 수레국화와 민들레가 보였고 메도스위트 속에서 화로처럼 생긴 철제 쓰레기통이 강렬한 빛을 발하고 있었다. 기온이 점차 올라가 공기가 더워졌다. 괴물처럼 생긴 기차들이 지평선 위로 나타났다가 신기루 속으로 사라졌다. 멀리서 기적이 울리면서 무서운 기다란 검은 연기가 뿜어져 나왔다. 기다란 원통이 꿈쩍 않고 있는 듯하다가 둥근 차체를 드러낸다. 그러고는 마치 철로가 아닌 다른 길을 가는 것처럼, 아니 멈추는 듯하다가, 아니 멈추지 않는 듯하다가, 들판으로 빠져나가는 듯하다가, 멈추는 듯하다가…… 오, 맙소사. 내리막길…… 멈추지 않는 듯했다. **덜커덩 1**,* 덜커덩 1, **덜커덩 2**, 덜커덩 2, **덜커덩 3**, 덜커덩 3, **덜커덩 4**, 덜커덩 4. 아, 다행이었다! 기차는 멈추지 않고 철로는 요동했으며 기차역에는 석탄 분진이 날아다녔다. 기차들이 '**맹렬히, 맹렬히, 맹렬히**' 달리고 있었다. 그리고 다른 방향에서 또 다른 기차가 나타났다. **덜커덩 1**, **덜커덩 1**, **덜커덩 2**, 아침을 뒤로한 불타는 듯한 광선과 함께 기차는 철로에서 2피트가량 뜬 상태로 휙휙 요동하며 지나가고 있었다. **덜커덩 3**, 기차 3, 덜커덩은 적금(赤金)의 쓸모없는 이상한 눈알 하나만을 가지고 달리고 있었다. 그리고 기차, 기차, 또 기차…… 기차들은 코를 이용해 D마이너의 날카로운 소리를 내며 밴시**가 운전하듯 '**맹렬히, 맹렬히, 맹렬히**' 달리고 있었다. 하지만 그의 기차는, 그녀의 기차는 오지 않았다. 기차가 올 것이라는 것만은 확실했다. 역장은 세번째 기차와 네번째 기차가 어느 쪽에서 온다고 했던가? 북쪽이었던가, 서쪽이었던가? 아니, 누구의 북쪽과 누구의 서쪽인가……? 기차에서 내리는 버지니아 천사를 맞이하기 위해 꽃을 꺾어야 했다. 그러나 수액이 흘러 끈적거리는 제방의 꽃을 꺾지는 않을 것이다. 게다가 그 꽃들은 다른 꽃들과는 역방향으로 나 있었다. (그도 트랙의 역방향에 서 있었다.) 그는 화로에 빠질 뻔했다. 수레국화의 꽃은 줄기의 중간에서 자랐고 메도스위트(아니, 퀸스 레이스***였나)의 줄기는 너무 길었다. 그의 부케는 실패작이었다. 자, 이제 어떻게 철로를 건너갈 것인가. 다시 역방향에서 기차가 오고 있었다. **덜커덩 1**, 덜커덩 1, 실제로 철로는 없었다. 기차는 공중에 떠 있었다. 기차는 어딘가 현실에 없는 세상으로 향하고 있는

---

* 여기서 중고딕으로 표기한 것은 기차 소리를 표현한 것이다.
** banshee: 가족의 죽음을 예고한다는 여자 요정.
*** Queen's lace: 영국, 아메리카 등지에서 흔히 볼 수 있는 들꽃 중 하나.

지도 모른다. 아니, 온타리오의 해밀턴으로 향하고 있는지도 모른다. 바보 같으니라고. 그는 두 줄의 철로 중 한쪽으로만 걷기 위해 안간힘을 쓰고 있었다. **덜커덩 2**, 덜커덩 2, **덜커덩 3**, 덜커덩 3, **덜커덩 4**, 덜커덩 4, **덜커덩 5**, 덜커덩 5, **덜커덩 6**, 덜커덩 6, **덜커덩 7**, 덜커덩 7. 기차, 기차, 기차, 기차, 지평선의 모든 방향에서 온 기차들이 자신에게 모이는 듯했다. 기차는 모두 각자의 악마 애인을 부르듯 찢어지는 듯한 구슬픈 소리를 내고 있었다. 인생에는 낭비할 시간이 없다. 그렇다면 다른 모든 것들은 완전히 소모되어야 하나? 다음 순간, 영사는 이른 저녁 죽은 수레국화를 앞에 두고 역의 술집에 앉아 있었다. 옆에 앉아 있던 남자는 영사에게 흔들리는 치아 세 개를 팔려고 하고 있었다. 기차를 기다려야 하는 게 내일이었던가? 역장이 뭐라고 했었지? 기차 안에서 그를 향해 미친 듯 손을 흔들어대던 것이 리 메이틀랜드였나? 창문 밖으로 화장지 한 다발을 던진 사람은 누구였나? 잃어버린 것은 없었나? 이 멍청이는 왜 여기에 앉아 있는 것일까? 더러운 회색 양복을 입고 무릎이 튀어나온 바지에 자전거 탈 때 바지 자락을 고정시키는 집게를 꽂고는 회색의 헐렁한 재킷, 회색 천으로 된 모자, 갈색 부츠, 세 개의 치아(아마도 이 세 개가 그가 팔려고 하던 그것들일 게다)가 빠진 살진 회색빛 얼굴, 두꺼운 턱을 가진 이 남자는 술집에 사람이 들어올 때마다 이렇게 말했다. "당신을 지켜보고 있어." "당신을 보고 있어……" "내게서 달아날 수 없을 거야." "클라우스, 조용히만 하면 사람들은 자네가 미친 사람인 줄 모를 거야……" "퍼민, 이 시간은 바야흐로 번개가 전주의 껍질을 벗겨내고 전선을 갉아먹는 그런 시간이지, 나중에 물에서 그 맛, 순수한 유황의 맛을 볼 수 있을 거야." 폭풍우가 몰아치는 시골 마을, 매일 오후 4시에 특별한 죽음의 연장을 가지고 온몸이 땀에 젖은 채 어두운 표정과 무거운 발걸음으로 몸을 떨며 걸어가는 무덤 일꾼들과 함께 가까운 무덤으로 갔다가 술집으로 돌아와 매일 똑같이 콰트라스를 만나는 바로 그 시간이었다. 콰트라스는 바베이도스의 코드링턴에서 온 흑인 마권업자였다. "난 경마를 업으로 하는 사람이오. 백인들과 함께 자랐지. 그래서 흑인들은 날 싫어해." 웃고 있지만 슬퍼 보이는 콰트라스는 추방을 두려워하고 있었다…… 하지만 죽음과의 전쟁은 승리로 끝났다. 그가 콰트라스를 구한 것이다. 바로 그날 밤이던가? 기차 플랫폼 옆 이슬이 맺힌 메도스위트 가운데 서 있던 차가운 화로와도 같은 심장을 구한 것이 바로 그날 밤이던가. 차의 그림자들이 담벼락을 엄습하고 있었다. 아름답고도 무서운 모습이었다. 달빛 아래 검은 참나무가 가득한 거리의 풀밭을 건너는 얼룩말 떼와 같은 느낌이었다. 마치 철로 위의 우산과 같은 그림자 하나가 말뚝 울타리를 따라 내려가다 (이는 불길함의 전조, 심장마비의 전조인 듯했다) 사라져버렸다. 밤에 의해 거꾸로 먹혀버린 것이다. 그리고 달도 사라졌다. 'C'etait pendant l'horreur d'une profonde nuit(한밤의 공포 속에 있었다).'* 이제 취한 채 벌판을 건너 집으로 돌아가는 무덤 파는 일꾼들에게 버려진 묘지, 별빛 아래 빛나던 그것도 사라졌다. "그냥 놔둔다면 무덤을 세 시간이라도 팔 수 있을 것 같아." 달빛 같은 얼룩진 가로등불 아래 묘지, 깊고 두꺼운 잔디, 우뚝 솟은 방첨탑이 모두 은하수 속으로 사라졌다. 줄, 비석에는 이렇게 적혀 있었다. 역장이 뭐라고 했던가? 고인들. 그들은 자고 있는가? 우리는 잘 수 없는데 그들은 왜 자고 있는가. 'Mais tout dort, et l'armée, et les vents, et Neptune(모두들 잠들어 있었다. 바람도, 물결도, 바다도).'** 그는 초라해진 수레국화를 버려진 무덤

---

* 코르네유, 몰리에르와 함께 3대 고전극 작가의 한 사람인 라신(Racine, Jean-Baptiste, 1639~1699)이 쓴 극시 「아탈리Athalie」에 나오는 문구.

앞에 경건하게 놓았다…… 오크빌이었다. 오악사카든 오크빌이든 무슨 상관이란 말인가? 오후 4시에 문을 여는 술집과 (휴일을 제외하고는) 오전 4시에 문을 여는 술집이 무슨 차이가 있단 말인가……? "거짓말이 아니라네, 언젠가 1백 달러를 받고 지하 납골당 전체를 파서 클리블랜드로 보낸 적이 있다네!"

시체 한 구가 속달로 운송될 것이다……

영사는 살롱 오펠리아의 열린 문 앞에 서 있었다. 온몸의 모든 구멍에서 알코올이 스며 나오고 있었다. 메스칼을 마시다니 얼마나 똑똑한 행동인가, 얼마나 지각 있는 행동인가! 이 상황에서 마실 수 있는 유일한 술이 아니던가. 그는 이제 더 이상 두려워하지 않는다는 사실을 증명했을 뿐만 아니라, 완전히 술에서 깨어나 그 무슨 일이 생겨도 당황하지 않고 처리할 수 있을 것이다. 그의 눈에 가벼운 경련과 셀 수 없이 많은 모래벼룩과 같은 움직임이 지속되는 것 외에는 몇 달 동안 술을 한 모금도 마시지 않았다고 말할 수 있을 것이다. 단 한 가지 문제점은 너무 덥다는 것이었다.

자연 폭포의 물이 2층 구조로 된 일종의 저수지 속으로 요란한 소리를 내며 떨어지고 있었다.―영사는 여기서 궁극적인 땀의 근원을 발견했다―1층은 수영장이었는데, 휴와 이본은 아직 수영을 하지 않았다. 소용돌이치는 2층의 물은 인공 폭포로 흘러가 급류를 형성하여 정글을 통과하고 눈에 보이지 않는 보다 큰 폭포들로 분산되어 흘러들어간다. 그가 기억하기로는 물은 분산된 후 그 정체성을 잃어버리고 여러 곳으로, 또 협곡으로 흘러들어갔다. 정글을 통해 흐르는 물길을 따라 오솔길이 나 있

** 라신의 극시 「이피제니Iphigénie」에 나오는 문구.

었고, 또 다른 오솔길이 오른쪽으로 갈라져 있는데 이 길은 파리안으로 이어지고 그다음으로 파롤리토까지 연결되었다. 또한, 첫번째 오솔길은 술집이 많은 부자 동네로 연결되었다. 그 이유는 신만이 알고 있으리라. 아마도 그곳은 아시엔다* 시절 관개 설비 면에서 중요한 도시였을 것이다. 사탕수수 농장을 불태운 후, 온천 건설을 위한 계획이 세워졌으나 곧 폐기되었다. 이후, 수력발전소 건설에 대한 모호한 의견들이 있었지만 결국 결실을 맺지 못했다. 파리안은 이보다 더한 비밀을 지니고 있었다. 파리안은 틀락스칼란의 배신에도 불구하고 멕시코를 위대한 국가로 만든 세르반테스의 용감한 조상들에 의해 세워졌다. 명목상의 수도였던 틀락스칼란은 혁명 이후 콰우나우악에 의해 그 빛을 잃게 되었다. 틀락스칼란은 여전히 모호한 행정 중심지로 남아 있었지만 아무도 그 존재의 지속성을 인식하지 못했다. 갑자기 이런 생각이 들었다. 그리로 가는 사람을 만난 적이 있지만 돌아오는 이들은 거의 없었다는…… 물론 그들은 돌아왔을 것이다. 자기 자신도 돌아왔지 않은가. 왜 거기엔 버스가 다니지 않는 걸까, 아니 다닌다 하더라도 마지못해, 그것도 이상한 노선으로 다니지 않던가? 영사가 발걸음을 옮겼다.

영사 가까이에 두건을 쓴 사진사들이 잠복해 있었다. 그들은 너덜너덜한 카메라 옆에서 수영복을 입은 사람들이 자리를 뜨기를 기다리고 있었다. 오래된 수영복을 빌려 입은 소녀 두 명이 바다로 가면서 소리를 질렀다. 소녀들과 동반한 남자들은 수영장과 위의 폭포의 경계가 되는 회색 난간을 따라 오만한 태도로 걷고 있었다. 그들은 분명 다이빙을 할 태세는 아니었다. 마치 조류에 휩쓸려간 사람들처럼 스프링보드에 사다리가

---

* hacienda: 라틴아메리카의 대토지 소유제도.

없다는 것을 핑계 삼은 듯했다. 그리고 잠시 후 그들은 소리를 지르며 콘크리트 사면으로 내려가 수영장으로 들어갔다. 소녀들은 새치름한 태도를 보였으나 낄낄거리며 어렵게 물을 헤쳐 나갔다. 한바탕 돌풍이 수면을 흔들어놓았다. 머리 위는 맑은 하늘이었으나 멀리 지평선 위로는 붉은색 구름이 모여들고 있었다.

이상하게 차려입은 휴와 이본이 나타났다. 따가운 햇살이 머리 위에 내리쬐었으나 그들은 수영장 가에 소리 내어 웃으며 서 있었다.

사진사들이 사진을 찍었다.

"오, 이건 마치 웨일스의 호스슈 폭포 같은 걸요." 이본이 소리쳤다.

"나이아가라 같기도 하고." 영사가 말했다. "1900년쯤엔 방수복까지 포함해서 75센트면 유람선을 탈 수 있었지."

휴는 손을 무릎에 대고 조심스럽게 몸을 돌렸다.

"좋아요. 무지개가 끝나는 곳까지 가보죠."

"바람의 동굴과 카스카다 사그라다."*

정말로 무지개가 있었다. 무지개가 없었다 할지라도 메스칼(물론 이본은 영사가 메스칼을 마신 것을 눈치채지 못했다)로 인해 이 장소는 이미 마법처럼 변했을 것이다. 마법은 신혼여행지로서의 매력이 아닌 나이아가라 폭포 그 자체에 있었다. 향수를 불러일으키는 물보라 가득한 이곳에는 달콤하면서도 화려하고, 어떻게 보면 거칠기도 한 분위기가 흐르고 있었다. 그러나 이제는 메스칼이 불협화음을 만들어내고 그 구슬픈 불협화음이 계속 이어져, 공중을 떠도는 물보라가 무지개의 파편 속에서, 잡기 힘든 갈기갈기 찢어진 미묘한 불빛 속에서 춤을 추는 듯했다. 그것은 기만

---

* Cascada Sagrada: 바람의 동굴은 호스슈 폭포와 아메리칸 폭포 사이에 있는 고트 섬Goat Island에 있는 동굴. 카스카다 사그라다는 '신성한 폭포Sacred Waterfall'이란 뜻.

적인 혼합으로 인해 방해를 받았으나 덧없이 사라져가거나 영원히 잃어버린 것 가운데서 여전히 영속성을 찾는 환상 속의 영혼의 춤이었다. 아니, 구도자의 춤이었다. 여기서 그가 찾고자 한 것은 자신이 짐작조차 하지 못한다고 생각했던 화려한 색깔의 그것, 자신이 이미 거기에 속해 있다는 것을 인식하지 못했던 그 정교한 대상을 확인하는 것이었다.

검게 휘어진 그림자가 황량한 술집으로 내려앉았다. 그림자가 그에게 다가왔다. "메스칼 한 잔 더. 조금만요." 목소리는 카운터 위에서 들려오는 듯했고 거기에는 두 개의 노란색 눈이 어둠을 관통하여 빛나고 있었다. 위로 솟은 보랏빛 볏, 아래로 늘어진 아랫볏, 그리고 청동색 금속성의 날개를 가진 날짐승이 바에 서 있는 것이 보였다. 뒤에서 세르반테스가 장난기 어린 모습을 드러냈다. 그는 틀락스칼테칸 특유의 유쾌함으로 그를 맞이했다. "Muy fuerte. Muy terreebly(너무 세, 너무 강해)." 꽥꽥거리는 소리를 내며 말했다.

이것이 바로 5백 척의 배를 진수시키고 서반구에서 예수의 존재를 부정했던 이의 얼굴인가? 그러나 이 동물은 충분히 길들여진 듯했다. 3시 30분, 또 다른 사람이 말했다. 세르반테스는 싸움닭을 키우고 있었다. 그는 틀락스칼라에서 있을 닭싸움을 위해 닭을 훈련시키고 있었다. 하지만 영사는 여기에 관심을 가지지 않았다. 세르반테스의 병아리들은 항상 졌다. 그는 쿠아우틀라에서 열린 닭싸움 대회에 취한 채 참가한 적도 있었다. 인간이 만든 사악한 경기, 잔인하고 파괴적이며, 때로는 질질 끌며 결론을 내지 못하고, 때로는 잘못된 성행위처럼 너무나 짧게 끝나버리는 그것에, 그는 혐오감을 느꼈다. 세르반테스는 닭을 한쪽으로 치웠다. "Un bruto(짐승들이란)……" 영사가 말했다.

약간은 억제된 듯한 폭포의 포효가 마치 배의 엔진 소리처럼 술집 안을 가득 채웠다…… 영원…… 이전보다 훨씬 시원해진 것을 느끼면서 영사는 바에 기대어 에테르 냄새가 나는 무색 액체를 응시했다. 두번째 잔이었다. 마실 것인가, 말 것인가. 그러나 그는 만약 메스칼이 없었다면 자신은 영원과 항해에 대해 잊었을 것이라고 생각했다. 이 지구가 악마의 뿔 끝으로 얻어맞은 배에 불과하다는 사실, 그리고 결코 발파라이소*까지 가보지 못할 운명이었던 항해에 대해 잊어버렸을 것이다. 아니 어쩌면 지구는 헤라클레스의 나비에서 시작된 골프공, 그러나 지옥의 도피처 창문으로 나온 거인에게 걸려버린 그것과 같은 것이라는 생각을 하지 못했을 것이다. 아니 어쩌면 그것이 버스 같은 것, 토말린으로의 이상한 여정을 계속하는 그것인지도 모른다는 점에 대해 생각지 못했을 것이다. 아니 어쩌면 그것은…… 하지만 메스칼을 한 잔 더 마시고 나면 그것이 무엇이든 상관없을 것이다.

하지만 만약 '다음' 메스칼이 없었다면…… 영사는 조용히 소리를 들으며 머릿속으로 많은 것들을 떠올리고 있었다. 술잔을 잡은 그의 손은 마치 술잔의 일부인 것처럼 보였다. 바깥에서 폭포수 소리 위로 경쾌하고 부드러운 젊은 멕시코인들의 목소리가 들렸다. 이본의 목소리도 들려왔다. 이본의 목소리는 첫 잔을 마셨을 때와는 다르게 들렸다. 곧 이본의 목소리가 사라졌다.

왜 이본의 목소리가 들리지 않을까……? 목소리는 열린 출입구를 통해 쏟아져 들어오는 눈부신 햇빛, 인도를 따라 난 주홍빛 꽃들을 이글거리는 꽃으로 바꾸어놓은 그것과 섞여버린 듯했다. 술잔을 반쯤 비웠을 때 '아무리 나쁜 시도 인생보다는 나아'라는 말이 뒤섞인 목소리들 틈에서

---

* Valparaiso: 태평양에 면한 칠레의 항구, 식민도시. 그 이름은 '천국의 골짜기'를 의미한다.

들리는 듯했다.

또 다른 포효 소리가 들려왔다. 이번에는 그의 머릿속에서 들리는 듯했다. **덜커덩 1.** 푸른 초원으로 시체를 실은 아메리칸 익스프레스가 흔들리며 가고 있었다. 작은 영혼조차도 없이 시체를 떠받치고 있는 그것은 대체 무엇이란 말인가? 영혼! 아, 그것 역시 잔인한 배신자 틀락스칼라인들을 경험하지 않았던가. 코르테스와 우울한 저녁을 경험하지 않았던가. 자신의 마음속 가장 깊은 곳에 있는 성에서 사슬에 묶인 채 초콜릿을, 창백한 목테수마의 눈물을 마시지 않았던가?

포효 소리가 커졌다가 사라졌다. 그러고는 다시 커졌다. 사람들의 고함 소리, 카슈미르 여인의 그것과도 같은 찬송 소리, 소용돌이치는 물소리 위로 들리는 기도 소리와도 같은 소음과 함께 기타 소리가 들려왔다. "술꾼—" 이렇게 외치고 있었다. 번쩍이는 출입구의 어두운 술집 바닥이 진동하는 듯했다.

"이본, 언젠가 저기 포포에 올라가보는 건 어떨까."

"세상에! 운동은 이만하면 충분한 것 같지 않아요?"

"먼저 근육을 단련시킨 후에 작은 봉우리부터 시도해보는 게 낫지 않겠소."

사람들은 농담을 지껄이고 있었으나 영사는 농담이 아니었다. 두번째 메스칼은 꽤 독했다. 영사는 아직 메스칼을 완전히 비우지는 않은 채 카운터에 잔을 내려놓았다. 세르반테스가 저 멀리 구석에서 손짓을 하고 있었다.

한쪽 눈에 검은색 가리개를 한 초라한 차림의 남자가 눈에 들어왔다. 검은색 코트를 걸친 몸집이 작은 이 남자는 등 뒤로 화려한 술이 내려져 있는 아름다운 솜브레로를 쓰고 있었다. 그러나 남자는 포악한 마음씨를 가진 것처럼 보였고 극도로 안절부절 못하는 모습이었다. 그 어떠한 자성이 이 흔들리는 피폐한 인간들을 그의 궤도 안으로 끌어들였을까? 세르반테스가 바 뒤쪽으로 길을 안내했다. 두 계단 올라가 커튼을 젖혔다. 외로운 이 사람은 집을 자랑하고 싶었던 것이다. 영사는 어렵게 계단을 올랐다. 작은 방에는 거대한 황동 침대 틀이 놓여 있었다. 녹슨 소총이 벽면의 선반에 놓여 있었다. 한쪽 구석 도자기로 된 작은 마리아상 앞에 불에 그은 작은 램프가 보였다. 성찬용 촛불은 유리를 통해 진홍빛의 희미한 불빛을 방 안에 발산하고 깜박거리는 넓은 원추 모양의 노란색 그림자를 천장에 만들어냈다. 심지가 낮게 타 들어가고 있었다. "세뇨르, 우리 할아버지께서는 마리아상을 절대로 바깥으로 가지고 나가지 말라고 하셨죠." 세르반테스가 떨리는 손가락으로 마리아상을 가리키며 말했다. 영사는 어젯밤 비힐과 함께 취한 채 콰우나우악의 교회에 갔던 일을 기억해냈고, 메스칼 같은 눈물이 영사의 눈에 고였다. 거무스름한 벽걸이 융단, 축원을 올리는 이상한 그림들, 어둠 속에서 떠다니던 마리아상, 그 마리아상에 대고 희미하게 뛰는 심장을 느끼며 이본이 돌아오게 해달라고 기도하던 자신⋯⋯ 교회에는 슬프고 외로워 보이는 검은 그림자들이 서 있거나 무릎을 꿇고 있었다. 가족을 잃은 이들과 외로운 이들만이 거기에 갔다. "마리아는 아무도 곁에 없는 사람들을 위한 존재지." 비힐 박사가 마리아상 쪽으로 머리를 기울이며 그에게 말했다. "뱃사람들을 위한 존재이기도 하고." 비힐은 무릎을 꿇고 앉아 권총을 바닥에 내려놓고는 (비힐은 적십자 파티에 갈 때에는 항상 권총을 몸에 지니고 갔다) 슬픈 목소리로 말했다. "아무도 곁에 없는 사람들만 여기에 오지." 마리아는 영사의 기도를 들어주었다. 영사는 이 마리아가 그의 기도를 들어준 또 다른 마리아라고 생각하고 조용히 그 앞에 서서 다시 기도했다. "변한 것은 아무것도 없습니다. 신의 은총에도 불구하고 아직도 저는 혼자입니다. 아직 고통 속에 있지만 그 고통을 느끼지는 못합니다. 내 인생에 대해서는 변명의 여지가 없습니다." 실제로 그러했다. 하지만 그가 기도하고자 한 것은 이것이 아니었다. "제발 이본이 다시 저와 함께 새로운 삶을 꿈꿀 수 있게 해주십시오──꿈이라고?──이 모든 것이 혐오스러운 저 자신의 자기기만이 아니라고 믿게 해주십시오." 영사는 다시 집중하려고 애썼다······ "제가 이본을 행복하게 해줄 수 있도록 도와주십시오. 제발 자기 학대로부터 저를 구해주십시오. 저는 이미 낮은 곳에 있습니다. 저를 더 낮은 곳에 임하게 하여 진실을 깨닫게 해주십시오. 다시 사랑하게, 다시 삶을 사랑할 수 있게 해주십시오." 하지만 소용없을 것이다······ "사랑은 어디에 있나요? 제가 진정으로 그것을 경험할 수 있게 해주십시오. 제가 한때 등을 돌리고 잃어버렸던 순수함을 되돌려주시고 신비적 교의에 대한 지식을 주시옵소서. 제가 진정으로 기도할 수 있도록 진정으로 혼자가 될 수 있게 해주십시오. 어딘가 다른 곳에서, 이 끔찍한 세상이 아닌 다른 곳에서, 우리가 다시 행복할 수 있도록 해주십시오. 세상이여, 자멸하라!" 영사는 마음속으로 울었다. 마리아의 눈은 아래로 향하여 축복을 내리는 듯했으나 마리아는 듣지 못했으리라. 영사는 세르반테스가 소총을 집어 들었다는 것을 거의 눈치채지 못했다. "난 사냥을 무척 좋아하죠." 그는 소총을 내려놓고는 벽장의 아래쪽 서랍을 열었다. 한쪽 모퉁이가 일그러져 있는 서랍은 열 권짜리 『틀락스칼라의 역사』와 같은 책들로 가득 차 있었다. 그는 서랍을 바로 닫아버렸다. "난 변변치 못한 사람이오. 그걸 증명하기 위해선 이런 책을 읽어서는 안 되지." 그는 자랑스럽게 말했다. "그렇죠." 그는 술집으로 내려서며 말을 이었다. "전에 말했지만, 난 할아버지께 항상 순종적이었다오. 할아버지는 내게 집사람과 결혼하라고 말했어요. 그래서 난 집사람을 어머니라고 부르죠." 그는 관에 누워 있는 아이의 사진을 보여주고는 카운터에 내려놓았다. "매일 술에 취해 살았죠."

"스키 안경과 등산지팡이, 당신과 잘 어울리는군요."

"얼굴은 온통 기름 범벅에다 털모자는 눈까지 내려왔죠."

휴의 목소리가 들렸고, 이어 이본의 목소리가 들렸다. 그들은 담장 너머로 6피트도 안 되는 거리에서 수영복을 입고 큰 소리로 떠들고 있었다.

"배고프지 않아요?"

"건포도와 말린 자두!"

"라임도 잊지 마요."

영사는 메스칼을 비웠다. 실없는 농담, 포포카테페틀을 오르자는 계획, 휴가 도착하기 전에 다른 것은 다 무시하고 이런 것들만 알고 있었더라면…… 하지만, 화산을 오른다는 생각은 마치 평생을 함께하는 것과 같은 심각함으로 다가오지 않았던가? 그랬다, 그것은 그들 앞에 솟아 있었다. 마치 담배 한 개비의 불쌍한 자기기만적인 작은 공간에 대해 상상할 수 있는 것이 바로 자신의 운명이듯, 그것은 위험과 함정, 모호함, 기만, 불길함을 품고 솟아 있었다. 아니, 이본은, 아, 이본은 그저 거기에 만족했을까?

"어디서부터 시작할까, 아메카메카는 어떤가?"

"고산병을 예방하기 위해서지."

"마치 순례 여행 같은 거죠! 제프리와 난 오래전에 그런 여행을 생각했었지. 틀라만카스까지는 우선 말을 타고 가는 거야."

"한밤중에 파우스토 호텔에서 출발하는 거야!"

"어떤 걸로 하겠소? 맥주 아니면 좀더 강한 걸로? 콜리플라워, 아니면 다른 걸로?" 영사는 얼굴을 약간 찡그리며 술을 입에 대지 않은 채 그들을 맞았다. 영사는 세르반테스가 건네준 청구서를 들여다보며 메스칼이 섞인 듯한 아득한 목소리를 감추려 애쓰며 「엠마오에서의 만찬」*을 떠올리고 있었다. "아니면 엑스트라매피 시럽**은 어떤가. 달걀이 든 마늘 수프와 소시지는……"

"우유와 시리얼은 어떤가? 독일 친구들을 곁들인 와치낭고 레보사도***는 어떤가?"

세르반테스는 이본과 휴에게 각각 메뉴판을 건넸으나 두 사람은 이본의 것을 함께 보고 있었다. "슈미타우스 박사의 특별 수프는 어때요?" 이본이 입맛을 다시며 말했다.

"소시지와 연근이 좋겠군." 영사가 말했다.

"하나면 충분해." 휴가 계속 큰 소리로 웃고 있었기에 영사는 세르반테스의 감정이 상하지 않을까 걱정되었다. "독일 친구들을 잊으면 안 되지. 생선 요리에까지 뛰어드는 친구들 아닌가."

"생선 튀김은 어때요?" 휴가 물었다.

"틀락스칼라!" 세르반테스가 미소를 띤 채 연필을 돌리며 대화에 끼어들었다. "그래요, 난 틀라스칼라 사람인걸요…… 세뇨라, 당신은 달걀로 하시겠어요? 으깬 달걀로 하시겠어요? 아주 맛있죠. 아니면 으깨지 않은 달걀로 하시겠어요? 생선 요리는 완두콩을 곁들인 생선 튀김이 제격

---

* Supper at Emmaus: 렘브란트(1606~1669)가 1648년에 그린 작품. 십자가에 못 박혀 처형된 지 사흘 만에 부활한 예수가 예루살렘 부근의 작은 마을인 엠마오로 가 저녁을 먹고 있는 두 제자 앞에 나타나는 테마의 그림. 이 그림에서 예수 그리스도의 창백한 얼굴과 머리 뒤의 후광은 그가 죽음의 승리자라는 것을 암시하고, 예수에게 건네지는 빈 포도주 잔과 두 조각으로 잘린 양의 머리는 예수의 수난을 상징하는 것으로 알려진다.
** extramapee syrup: 열대식물 매피mapee로 만든 시럽.
*** Filete de Huachinango rebozado: 생선 튀김 요리의 일종.

이죠. 프랑스식 생선 파이인 셈이죠. 여왕의 스태미너를 위한 특별식이죠. 아니면, 토스트에 폭시 에그를 곁들인 요리는 어떤가요? 송아지 간 요리는요? 오늘의 특별 닭 요리는요? 영계 요리죠. 도미 튀김은 어때요?"

"생선 튀김은 어디나 빠지질 않는군." 휴가 소리쳤다.

"오늘의 특별 닭 요리라니…… 멋지군요." 이본이 웃으며 말했다. 영사는 이본이 외설스러운 이야기를 눈치채지 못했다고 생각했다.

"아마도 몸통이 그대로 나오겠죠."

"그럼요, 먹물이 그대로 든 문어는 어때요? 다랑어는요? 생선 소스를 얹은 닭 요리는 어때요? 애피타이저로 패션 멜론은 어때요? 무화과 마멀레이드는요? 오믈렛은 어때요? 진피쉬 칵테일부터 한잔하시겠어요? 정말 맛있는 칵테일이죠. 실버피시는 어때요?"

"마드르?" 영사가 물었다. "마드르, 어머니 말이요? 이본, 설마 당신 어머니를 먹고 싶다는 뜻은 아니겠죠."

"마드르가 아니고 바드르, 생선 이름이에요. 야우테펙 생선이죠. 아주 맛있어요. 먹어볼래요?"

"휴, 어때? 물고기가 죽기를 기다릴 텐가?"

"그냥 맥주로 할래요."

"맥주, 좋죠. 목테수마? 도스 오이스? 카르타 블랑카?"*

어쨌든 세 사람은 모두 대합 차우더**와 계란 스크램블, 오늘의 특별 닭 요리와 완두콩을 주문하기로 결정했다. 영사는 새우와 햄버거만 주문하려고 했으나 이본의 설득을 뿌리치지 못했다. "여보, 좀더 먹어야죠. 난 무척 시장한걸요." 이본이 팔을 뻗어 영사의 손에 자신의 손을 얹으며

---

* Moctezuma, Dos Eauis, Carta Blanca : 맥주 이름.
** chowder: 생선 혹은 조개에 우유, 절인 돼지고기, 양파 등을 섞어 끓인 수프.

말했다.

　그날 두번째로 두 사람의 눈이 마주친 채 오랫동안 갈망의 눈길을 주고받았다. 영사는 이본의 눈 뒤에서 그라나다*를 보았다. 그리고 알헤시라스로부터 안달루시아 평원을 거쳐 가는 기차를 보았다. 칙칙폭폭, 칙칙폭폭, 흙먼지가 이는 기차역 부근의 낮은 도로에서 오래된 투우장과 할리우드 바를 지나 중심지에 접어들어, 영국 영사관을 지나고 로스앤젤레스 수녀원을 지나 워싱턴 어빙 호텔을 지나면 낡은 7번 기차가 달리고 있었다. (당신은 내게서 벗어날 수 없어, 당신이 보여, 영국은 그 자신을 위해서라도 뉴잉글랜드로 돌아가야 해!) 저녁…… 우람한 마차가 언덕을 올라 천천히 정원을 지나 아치를 통과하여 영원한 거지가 3현 기타를 연주하는 곳을 빠르게 올라 정원을 통과하고 올라가 다른 정원을, 그리고 또 다른 정원을 지나 장대한 알람브라에 이르기까지 정원이 지루하게 이어졌다. 그들은 우물에서 만나 아메리카 펜션까지 올라갔다. 이제 말을 타지 않고 각자의 힘으로 언덕을 오르고 있었다. 헤네랄리페 정원**과 무어 왕조의 무덤***을 거쳐 언덕 꼭대기까지 올라갔다. 거기서 그들은 혼인 서약을 했다……

　영사는 마침내 시선을 떨구었다. 그 후로 얼마나 술을 마셨을까? 얼마나 많은 술잔 속에 얼마나 많은 술병 속에 자신을 숨기고 살았던가? 영사의 눈에는 아구아르디엔테, 아니스, 헤레스, 하이랜드 퀸****의 병과 술

---

　* Granada: 스페인 남부 안달루시아 지방 그라나다주의 주도(州都). 옛 그라나다 왕국의 수도.
　** Generalife Garden: 알람브라 궁전의 일부로 헤네랄리페Generalife란 아랍어 'Jannat al-Arif'에서 파생된 'Architect's Garden', 즉 건축가의 정원이라는 뜻.
　*** Moorish tomb: 스페인 무어 왕조 시대의 무덤.
**** aguardiente, anís, jerez, Highland Queen: 술 이름.

잔이 보였다. 그날 그 기차역에서 솟아오르던 연기처럼 많은 술잔의 바벨탑이 하늘 높이 쌓여가고 있었다. 그러고는 잔이 와르르 무너져 헤네랄리페 정원 아래 언덕으로 굴러떨어졌다. 병들도 산산조각이 났다. 오포르토, 틴토, 블랑코, 페르노드, 옥시즌, 압생트* 병이 커다란 소리를 내며 땅에 떨어져 부서져나갔다. 벤치, 침대, 극장 의자 아래, 그리고 영사관저의 서랍 안에 숨겨져 있던 병들이 부서져나갔다. 칼바도스** 병이 떨어져 산산조각 나면서 쓰레기 더미 위로, 바다 위로 날아갔다. 지중해로, 카스피 해로, 카리브 해로 날아가 바다 위로 병 조각이 둥둥 떠다녔다. 대서양의 고지에 죽은 채 떠다니는 스코틀랜드인들…… 이제 그는 모든 것을 볼 수 있었다. 모든 냄새를 맡을 수 있었다. 병, 병, 병, 잔, 잔, 잔, 두보네, 폴스타프, 라이, 조니 워커, 비예 위스키 블랑 카나디엥,*** noch ein Herr Obers, et las Araks, tusen taks(식전주, 식후주, 반주, 도블레. 한 잔 더, 또 한 잔, 고마워요). 병, 병, 병, 아름다운 테킬라 병, 수백만 개의 아름다운 메스칼 병…… 영사는 조용히 앉아 있었다. 그의 마음속에는 소용돌이치는 물소리가 울리고 있었다. 그 소리는 산발적인 바람과 함께 나무로 된 집을 흔들어놓았고 창문으로 내다뵈는 나무에는 암운이 깃들어 있었다. 어떻게 자신을 발견하기를 바랄 수 있을까, 깨어진 병들 틈에서 깨어진 술잔들 틈에서 자신의 정체성에 대한 외로운 단서를 찾기를 희망할 수 있을까? 어떻게 다시 돌아가서 깨어진 유리 틈으로, 영원한 술집 아래로, 바다 아래로 헤집고 들어가 자신을 찾을 수 있을까?

---

* Oporto, tinto, blanco, Pernod, Oxygèneé, absinthe: 술 이름.
** Calvados: 프랑스 칼바도스산 사과로 만든 사과 브랜디. 주정도가 54도 정도로 브랜디의 두 배에 가까운 독한 술.
*** Dubonnet, Falstaff, Rye, Johnny Walker, Vieux Whiskey blanc Canadien: 술 이름.

화산 아래서 423

잠깐! 이것 봐! 들어봐! 자신이 얼마나 취했는지, 아니 얼마나 취하고도 안 취한 상태인지 계산할 수 있는가? 세뇨라 그레고리오의 바에서 고작해야 두 잔밖에 마시지 않았다. 그전에는? 아, 그전에! 하지만 나중에 버스 안에서 휴의 아바네로를 그저 홀짝거렸을 뿐이다. 그리고 투우장에서 아바네로를 거의 다 마셔버렸고 이 때문에 다시 취했다. 하지만 그는 이런 식으로 취하는 것을 좋아하지 않았다. 광장에서보다 더 나쁜 상황이었다. 마치 뱃멀미를 하는 듯, 금방이라도 의식을 잃을 듯한 느낌이었다. 그것은 마치 몰래 메스칼리토를 먹고 술에서 깨고자 할 때와 비슷한 느낌이었다. 실제로 그랬던가? 하지만 메스칼은 이러한 계산을 벗어나 다른 방식으로 성공을 거두었다. 영사에게 또 다른 두통이 찾아왔다. 영사가 지금 처해 있는 극도로 무서운 상황 이면에는 거의 아름답다고까지 표현할 수 있는 무언가가 있었다. 대양의 커다란 파도가 마침내 사나운 바람을 몰고 와 침몰하는 증기선을 감아올리는 것과도 같은 두통이었다. 이 모든 것을 고려할 때 다시 술에서 깨야 할 필요는 없을 것 같았다. 하지만 동시에 다시 술을 깨야 했다, 그래, 다시 깨어나야 했다—

"이본, 오늘 아침 기억나오? 우리가 강을 건널 때 반대편에 풀케리아가 있었지, 라 세풀투라라던가 하는. 그리고 모자로 얼굴을 가린 채 등을 담벼락에 기대고 앉아 있던 인디언이 있었지. 말은 나무에 매여 있었고 골반에 7이라는 숫자의 낙인이 있었지. 기억나오?"

"그리고, 안장 주머니도—"

……바람의 동굴, 모든 위대한 결정자들, 키테레이아*의 어린 시절, 영원의 서재, 거의 공짜로 얻은 성역, 또 어디서 그토록 많은 것을 동시

---

* Cythère: 아프로디테의 별명.

에 흡수하고 또 내뱉을 수 있을까. 영사는 깨어 있었다. 그러나 동시에 깨어 있지도 않았다. 그는 다른 사람들과 저녁 식사를 하고 있었고 그들의 목소리는 선명하게 들렸다. 욕실은 온통 회색 돌로 되어 있어 마치 무덤 같았다. 변기 역시 차가운 돌로 되어 있었다. "자업자득…… 이게 바로 나지." 영사는 이렇게 생각했다. "세르반테스" 영사가 세르반테스를 부르자, 놀랍게도 모퉁이에서 그가 나타났다. 돌무덤에는 문이라곤 없었다. 세르반테스의 겨드랑이에는 싸움닭이 소리를 내며 애써 벗어나려고 노력하는 척하고 있었다.

"틀락스칼라!"

"아니 어쩌면 엉덩이 위에 낙인이 있었는지도—"

잠시 후, 세르반테스는 영사의 곤경을 깨닫고 말했다.

"맙소사, 돌, 제가 돌을 가져올게요."

"세르반테스!"

"낙인이 찍혀 있었어—"

"……세뇨르, 돌에다 닦아요."

이 모든 상황에도 불구하고, 영사는 조금 전에 식사가 시작되었다는 사실을 기억했다. 영사는 자신이 대합 수프를 뜨며 "위험한 대합 나리가 납시었군"이라고 말한 사실을 기억했다. 그러고 나서 오늘의 특별 닭 요리의 몰레 소스* 속에서 헤엄치는 유령에게 "미쳐가는 머리와 불쌍한 달걀이여!"라고 조의를 표하지 않았던가? 세 사람은 오늘 거리에서 보았던 그 남자와 버스 안의 도둑에 대해 이야기했다. 그리고, "용서받은 자……"** 최후의 영사관, 이 영혼의 프랭클린 섬은 용서받은 자의 장소였다. 눈에

---

* Mole: 고추와 마늘 등 갖은 양념과 함께 초콜릿을 녹여 만든 멕시코의 전통 소스.
** excusado: 중남미에서 화장실을 "용서받은 자"의 장소라고 칭하는 경우가 있다.

잘 띄지 않는 곳에 위치한 해수욕장을 굳이 예로 들지 않더라도, 세르반테스로 하여금 안개 속의 추운 산악 마을을 연상하게 하는 그것은 분명 틀락스칼테칸의 꿈의 장소임에 틀림없었다. 세르반테스의 작품…… 하지만, 영사는 꼼짝도 않고 옷을 입은 채 거기 앉아 있었다. 왜 그가 여기 있었던 걸까? 왜 그는 항상 여기 있는 걸까? 거울이 있어 똑같은 말을 물어봐준다면 좋을 것을…… 하지만 거기에 거울은 없었다. 돌 외에 아무것도 없었다. 돌로 된 이 은신처에는 시간이라는 것도 존재하지 않는 듯했다. 아마도 이것은 자신이 그렇게 떠들어댔던 영원, 스비드리가일로프*적인 영원인지도 모른다. 시골구석의 거미로 가득 찬 욕실이 아니라 단색조의 은은한 은신처였다. 영사는 거기 홀로 앉아 있었다.

"풀케리아―"

"인디언이 있었지―"

정복 역사의 중심지, 틀락스칼라에 오세요!

영사가 글을 읽어 내려갔다. (그런데 어떻게 해서 자신의 옆에 메스칼로 반쯤 채워진 레모네이드 병이 놓여 있는 것일까, 어떻게 그렇게 빨리 이걸 구한 것일까, 아니면 세르반테스가 돌 문제에 대해 미안해하며 기차와 버스 시간표가 첨부된 관광책자와 함께 가져다 놓은 것일까. 어쨌든 감사한 일이 아닐 수 없다. 아니면, 자신이 그전에 샀던 것일까, 만약 그렇다면 언제였던가?)

틀락스칼라에 오세요!

---

* Svidrigailov: 도스토옙스키의 『죄와 벌』에서 아내가 죽은 후 자살한 인물.

역사와 유물, 아름다운 자연이 숨쉬는 곳
틀락스칼라! 정복 역사의 중심지

"이본, 오늘 아침 우리가 강을 건널 때 맞은편에 풀케리아가 있었지—"

"라 세풀투라?"

"인디언이 벽에 기댄 채 앉아 있었지—"

지리 환경

이 주는 북위 19° 06' 10"와 19° 44' 00" 사이, 동경 0° 23' 38"와 1° 30' 34" 사이에 위치한다. 푸에블라 주와 동서쪽 및 남쪽 경계를 이루고 있으며 이달고 주와 북서쪽 경계를 이루고 있다. 넓이는 4,132평방미터, 인구는 약 22만 명, 1평방미터당 밀도는 53명이다. 마틀랄쿠에야틀과 이스탁시우아틀 등의 산으로 둘러싸인 계곡에 위치해 있다.

"이본, 당연히 기억하겠지, 거기 풀케리아가 있었어—"

기후

전형적 산악기후와 열대기후로 이루어지며, 기후 변화가 심하지 않은 건강에 좋은 기후로, 말라리아 병에 대해서는 알려진 바 없다.

"제프리는 그 사람이 스페인 사람이라고 말하던걸요—"

"하지만 무슨 차이가 있겠소—"

"도로 옆에 있던 사람은 인디언일 수도 있겠지." 영사가 갑자기 돌

은신처로부터 소리를 질렀으나 이상하게 아무도 영사의 말을 듣지 못한 듯했다. "왜 인디언이라는 거죠? 그러니까 그 사건이 사회적인 문제와 관련이 있다는 건가요. 정복자의 집권 말기에 나타나는 사회 혼란과 관계가 있다는 건가요. 말하자면, 정복의 반향에 대한 또 다른 반향으로—"

"다리를 건널 때 말이야, 풍차가—"

"세르반테스!"

"돌…… 세뇨르, 돌 가져다 드릴까요?"

수역

사우아판 강. 아토약 강을 발원지로 하고 틀락스칼라 시와 경계를 이루어 인근 공장들에 많은 양의 용수를 공급한다. 아쿠이틀라필코는 가장 유명한 호수로 틀락스칼라 시에서 남쪽으로 2킬로미터 지점에 위치한다. 호수에는 물갈퀴를 가진 조류가 많이 서식하고 있다.

"제프는 그 사람이 나온 술집이 파시스트 소굴이라고 하던걸요. 엘 아모르 데로스아모레, 그 사람 한때는 그곳 주인이었나 봐요. 지금은 그저 종업원에 불과하지만…… 맥주 한 병 더 하겠어요?"

"좋죠."

"만약 도로변에 있던 사람이 파시스트고, 그 스페인 사람이 공산주의자라면?" 영사는 돌 은신처에서 메스칼을 한 모금 마셨다. "신경 쓰지 말게나, 그 도둑은 파시스트였을 거야. 아마 비열한 파시스트였겠지, 스파이의 스파이 같은—"

"휴, 내 생각엔 그 불쌍한 사람은 풀케를 너무 많이 마시고 시장에서 말을 타고 오다 말에서 떨어졌을 뿐 다른 이유는 아닌 것 같아요. 그리고 나서 우리가 도착했고, 도둑맞은 거죠…… 물론 당신만 알아채고 난 부끄럽게도 그것조차 눈치채지 못했지만……"

"모자를 아래로 좀 내려주지, 공기를 쐴 수 있게 말이야."

"라세풀투라 바깥에 말이야—"

틀락스칼라 시

'사람들이 마치 그라나다 같다고, 사람들이 그라나다 같다고, 그라나다, 사람들이 그라나다 같다고 말하는' 주도 틀락스칼라 시는 유쾌한 모습을 하고 있다. 직선의 도로, 고풍스러운 빌딩, 맑은 날씨, 효율적인 공공 전기 시설, 관광객을 위한 최신 호텔을 갖추고 있다. "프란시스코 마데로"라는 이름의 아름다운 공원에는 오래된 나무와 장관을 자랑하는 물푸레나무, 아름다운 꽃들이 가득한 정원, 그리고 어디에나 앉아 쉴 수 있는 장소가 마련되어 있으며, 측면에는 네 개의 깨끗하고 잘 정리된 도로가 있다. 낮에는 나뭇잎 사이에서 새들이 아름다운 멜로디를 자아낸다. 공원은 고요함과 평화로운 모습을 간직하면서도 정서적인 장관을 제공한다. 길이가 2백 미터에 이르는 둑길이 있는 사우아판 강의 양쪽은 풍성한 물푸레나무로 덮여 있으며, 둑길은 마치 수로 같은 느낌을 준다. 둑길의 중앙 부분에는 숲이 우거져 있어 안식일에 여유롭게 산책을 즐기는 사람들에게 좋은 안식처를 제공한다. 이 둑길에서 포포카테페틀과 이스탁시우아틀의 풍경을 감상할 수 있다.

"엘 아모르 데로스 아모레에서 풀케를 마시고 돈을 안 냈는지도 모르지. 그래서 주인의 형이 그 사람을 쫓아가 돈을 요구했겠지. 이게 가장 근접한 시나리오 같은데."

"휴, 에히달이 뭐죠?"

"마을의 협력 사업을 위해 돈을 빌려주는 곳…… 이 전령들은 위험한 일을 하죠. 오악사카에서 이 일을 하는 친구가 있었는데…… 때로는 날품팔이로 변장해서 움직이는 경우도 있다고 그러더군요…… 제프가 말한 걸로 미루어볼 때 그 불쌍한 사람은 은행의 전령인 것 같아요…… 하지만 오늘 아침에 본 것과 같은 사람, 같은 말인 건 분명해요. 아침에 봤을 때 말 등에 안장주머니가 있었던 거 기억나요?"

"본 것 같아요…… 안장주머니가 있었던 것 같아요."

"아, 콰우나우악에 그런 은행이 있어요. 코르테스 궁전 바로 옆에."

"그런 신용은행을 싫어하는 사람이 많죠. 물론 카르데나스도 좋아하지 않죠. 알다시피, 농업개혁 정책 중 쓸모 있는 것은 하나도 없잖아요—"

성 프란시스코 수도원

틀락스칼라 시에 위치한 성 프란시스코 수도원은 신세계에서 가장 오래된 성당 중 하나이다. 이곳은 스페인 왕 카를로스 5세를 기린 곳으로 그의 이름을 따서 "카롤렌스"라는 이름이 붙여졌다. 이곳은 1526년 부임한 돈 프레이 훌리안 가르세스 초대 대주교의 거주지로도 유명하다. 전통에 따라, 틀락스칼테칸 공화국의 네 명의 원로가 이 수도원에서 세례를 받았다. 이 수도원의 오른쪽에는 정복자 에르난 코르테스와 그 장수들의 대부가 된 세례조가 남아 있다. 수도원의 정문은 커다란 아치로 이어져 있고 안에는 비밀 통로가 있다. 정문의 오른쪽에는 아메리카 대륙 최고의 거대한 탑이 서 있다. 수도원의 복도는 추리게라 양식*으로 카브레라, 에차브, 후아레스 등 유명 화가들이 그린 수많은 그림들로 장식되어 있다. 예배당 안의 오른편에는 신세계에서 최초로 복음을 설교한 연단이 남아 있다. 수도

---

* churrigueresque: 17세기 말부터 18세기 초기에 걸쳐서 스페인 및 그 식민지에서 나타난 바로크식 건축.

원의 예배당 천장에는 웅장하게 조각된 삼나무 판자와 황금 성좌 장식이 있는데, 이러한 양식의 천장은 중남미에서 유일한 것이다.

"나도 조사한 것이 있고, 웨버라는 친구가 알아본 것도 있지만, 게다가 제프리가 유니언 밀리타르에 대해 말한 것도 있지만, 여기서 파시스트를 논할 계제가 아니라고 생각해요."
"오, 휴, 세상에—"

교구 교회
이 교회는 스페인 사람들이 성모 마리아에게 봉헌한 첫번째 은신처와 같은 곳에 위치해 있다. 교회 복도는 예술작품으로 가득 차 있으며, 현관은 엄숙하면서도 아름다운 모습을 갖추고 있다.

"하 하 하!"
"하 하 하!"
"당신이 나와 함께 가지 못해 유감이군요."
"성모 마리아는 주위에 아무도 없는 사람들을 위한 존재니까요."
"주위에 아무도 없는 사람들만이 여기 올 수 있죠."
"아무도 없는 사람들—"
"주위에 아무도 없는 사람들—"

틀락스칼라 로열 교회
프란시스코 마데로 공원의 맞은편에 로열 교회의 폐허를 볼 수 있다. 이곳은 틀락스칼테칸 원로들이 처음으로 정복자의 신에게 기도한 곳이다. 지금은 현관과 교황의 방패, 멕시코 주교와 카를로스 5세의 방패만이 남아 있다. 로열 교회 건축에는 20만 달러가 들었다고 한다.

"나치는 파시스트가 아닐지 몰라도 우리 주위에 파시스트는 널려 있지요. 이본, 그러니까 양봉가, 광부, 약사, 게다가 술집 종업원까지 누구나 파시스트일 수 있어요. 물론 술집은 이상적인 본부 역할을 할 수 있죠. 멕시코시티의 필스너 킨들이 대표적인 예라 할 수 있죠."

"휴, 파리안은 말할 것도 없지." 영사가 메스칼을 홀짝거리며 말했다. 그러나 그의 돌 안식처에서 코를 골고 있는 벌새 한 마리 외에는 아무도 그의 목소리를 들은 것 같지 않았다. 새는 입구에서 날개를 푸득거리며 윙윙 소리를 내다가 닭을 안고 다시 나타난 정복자의 대자(代子) 세르반테스의 얼굴에 부딪칠 뻔했다. "파롤리토에서—"

틀락스칼라의 산투아리오 오코틀란

38.7미터나 되는 아름답게 장식된 하얀 첨탑을 가진 이 성당은 화려하고 웅장한 느낌을 준다. 정면은 대천사, 성 프란시스, 성모 마리아 상으로 장식되어 있다. 이 건축물은 식민지 시대에 건립되었으며, 우화적 상징물과 꽃들로 장식된 완벽한 차원의 조각물들로 이루어져 있다. 중앙 복도는 많은 그림들로 장식되어 화려한 느낌을 준다. 그중에서도 특히 아치 모양으로 된 제의실에서는 녹색, 빨강, 금색의 우아한 조각들을 볼 수 있다. 천장 내부의 가장 높은 곳에는 12사도가 조각되어 있다. 건물 전체가 하나의 아름다움을 표현하는 이곳은 틀락스칼테칸 공화국 어디에서도 찾아보기 힘든 교회이다.

"휴, 난 당신 말에 동의하지 않아요. 몇 년 전 일을 돌이켜봐요—"

"미스텍, 톨텍, 케찰코아틀*에 대해서는 다 잊어버렸죠—"

"아니, 그건 아녜요—"

"아니, 당신은 그랬어요! 당신은 먼저 스페인 사람들이 인디언을 착취했다고 말했죠. 그리고 그 밑에 자손이 태어나면 혼혈인들을 착취하고, 그다음으로 크리올이라는 순수 멕시코계 스페인인을 착취하고, 메스티소는 인디언, 외국인 할 것 없이 모든 사람을 다 착취한다고 말했죠. 그리고 독일인과 미국인들 역시 그들을 착취했죠. 이제 마지막 장은 모든 사람이 모든 사람을 착취하는 거죠—"

유적지—산 부에나벤투라 아템팜

이곳은 정복자들이 목테수마 제국의 수도인 테노치티틀란 공격 시 이용한 배를 건조하고 수로로 사용되었던 곳이다.

"마르 칸타브리코."**

"그러니까, 정복이라는 것이 이미 착취가 행해지고 있던 조직화된 사회에서 일어났다는 거죠."

"음—"

"아니, 이본, 중요한 점은 정복이 최소한 정복자들의 그것보다 더하지는 않더라도 최소한 발달된 문명의 뿌리 깊은 구조 내에서 발생했다는 거죠. 정복자들은 야만족도, 부랑민족도, 떠돌이 족속도 아니었어요—"

"떠돌이나 부랑민이었다면 착취라는 것은 없지 않았을까요?"

---

* Miztecs, Toltecs, Quetzalcoatl: 스페인 전쟁 이전 멕시코를 지배했던 부족들.
** Mar Cantábrico: 스페인어로 '칸타브리아 산맥'.

"맥주 한 병 더 할래요…… 카르타 블랑카?"
"목테수마…… 도스 에키스."
"아니, 몬테수마였나요?"
"술에 전 목테수마."
"정확한 표현이군요—"

틀사틀란

틀락스칼라 시와 매우 가까운 곳에 위치한 이 마을에는 시코텡카틀이 살았던 궁전의 유적이 있다. 시코텡카틀은 그와 동일한 이름을 가진 전사의 아버지였다. 이 유적에 남아 있는 돌은 신에게 봉헌된 것으로 아직도 많은 칭송을 받고 있다. 이 마을은 얼마 전까지만 해도 틀락스칼테칸 전사들의 본부가 있었다.

"난 당신을 지켜보고 있어, 당신은 내게서 도망갈 수 없어."
"이건 단지 도망이 아니라구요. 깨끗하게 다시 시작하고 싶어요."
"어딘지 알 것 같아요."
"당신을 볼 수 있어."
"제프리 퍼민, 편지는 어디 있지? 이본이 가슴이 찢어질 때까지 써내려간 그 편지들—"
"뉴캐슬, 델라웨어에서와는 또 다르지!"
"당신은 결코 답장을 한 적이 없지, 그렇지, 그렇지 않나, 그렇지, 그렇지 않나. 답장을 한 적이 없구말구—"
"아, 하느님, 이 도시, 이 소음! 혼란! 빠져나갈 수만 있다면! 당신이 어디로 갈지 알고만 있었다면!"

오코텔룰코

틀락스칼라 근처에 위치했던 이 마을에는 맥식스카트신 궁전이 있었다. 이 궁전에서는 인디언 기독교도들의 첫번째 세례가 전통에 따라 거행되었다.

"그건 마치 다시 태어나는 것과 같은 거예요."

"난 멕시코 사람이 되어, 윌리엄 블랙스톤처럼 인디언들 사이에서 살아가고 싶소."

"나폴레옹의 다리가 경련을 일으켰다."

"―당신 넘어진 것 같군요. 뭔가 잘못된 게 틀림없어요, 뭐라구요? 아니, 어떻게 하자는 거죠―"

"과나후아토의 거리, 어떻게 그 거리 이름을 잊을 수 있겠어요, 키스 거리―"

마틀랄쿠에야틀

이 산에는 아직 물의 신 틀랄록에게 봉헌된 성지가 남아 있다. 그 유적들은 거의 사라져 관광객들의 발길이 뜸하지만, 이곳은 시코텡카틀이 젊은 시절 군사들에게 정복자들과 죽을 각오로 맞서 싸우라고 설교한 곳이다.

"그들은 마드리드를 점령할 수는 없지."

"그들은 방아쇠를 먼저 당기고 나서 질문을 하는 사람들이지."

"난 당신을 볼 수 있어."

"난 당신을 지켜보고 있어."

"당신은 내게서 도망갈 수 없어."

"구스만…… 에릭슨 43."

"시신이 수송될 것이다—"

철도 버스 서비스
(멕시코—틀락스칼라)

노선	멕시코	틀락스칼라		가격
멕시코-베라크루스 철도	Lv 7:30	Ar 18:50	Ar 12:00	$7.50
멕시코-푸에블라 철도	Lv 16:05	Ar 11:05	Ar 20:00	$7.75
양 노선 모두 산타아나 치아우템판에서 환승.				
플레차 로하 버스 5시부터 19시까지 매 시간 출발.				
풀만스 에스트렐라 드 오로 7시부터 22시까지 매 시간 출발.				
양 노선 모두 산 마탕 텍스멜루칸에서 환승.				

　……식탁 위로 두 사람의 눈이 한 번 더 마주쳤다. 하지만 이번에는 두 사람 사이에 흐릿한 무언가가 있었다. 영사는 흐릿한 안개를 통해 이번에는 그라나다가 아닌 틀락스칼라를 보는 것 같았다. 그곳은 아름다운 하얀 성당의 도시였다. 그곳은 영사의 영혼이 열망했던 곳, 그리고 실제로 많은 면에서 그라나다와 닮아 있었다. 하지만 그에게는 책자 속의 사진처럼 완전히 텅 빈 곳으로 보였다. 이것이 바로 가장 기묘한 점이자 가장 아름다운 점이기도 했다. 거기에는 아무도 없었다. 자신의 음주를 방해할 그 누구도 없었다——이 점에서 토르투와 닮아 있었다——심지어 이본도, 지금까지 자신과 술을 마시고 있는 이본도 거기에는 존재하지 않았다. 지붕에 지나치게 무게를 둔 듯한 오코틀란의 하얀 성당이 자신들 앞에 우뚝 솟아 있었다. 하얀 시계와 하얀 탑이 있었고 사람은 보이지 않았다. 시계는 시간을 초월해 있었다. 그들은 지팡이를 빙빙 돌리며 하얀 병을 들고 황폐한 공원을 걷고 있었다. 풍성한 물푸레나무 속에서 공기는 더 맑고 날씨는 더 온화하게 느껴졌다. 그들은 팔짱을 끼고 비 오는 날 개

구리처럼 행복하게 재잘대며 네 개의 잘 정비된 측면 길을 걸어 내려갔다. 술기운에 흥겨워진 그들은 황폐한 성 프란시스코 수도원 앞에 멈추어 섰다. 신세계에서 최초로 복음을 전파했던 텅 빈 성당. 밤이 되자 그들은 틀락스칼라 호텔의 차가운 흰색 이불 속에서 하얀 병들을 사이에 두고 잤다. 마을에는 하얀색 선술집들이 셀 수 없을 만큼 많고, 차가운 술을 외상으로 무한정 마실 수 있었다. 바람이 불고 있었고 선술집의 문은 열려 있었다. "저기로 바로 갈 수도 있겠군." 영사가 말했다. "틀락스칼라로 바로 가는 거야. 아니면 산타아나 치아우템판에서 하룻밤 자고 아침에 기차와 버스를 갈아타고 베라크루스로 갈 수도 있지. 물론 이건—" 그는 시계를 보았다. "지금 바로 돌아가면…… 다음 버스를 탈 수 있어…… 한잔할 시간도 있겠는걸." 그는 영사다운 위엄 있는 어조로 덧붙였다.

안개는 걷혔으나 이본의 눈은 눈물로 가득했고 얼굴은 창백했다.

뭔가 잘못된 게 틀림없었다, 잘못돼도 한창 잘못되어 있었다. 놀랍게도 휴와 이본 모두 꽤 취한 상태였다.

"지금 틀락스칼라로 돌아가고 싶지 않소?" 영사가 아주 음울한 목소리로 말했다.

"제프리, 그게 아니에요."

다행히도 세르반테스가 살아 있는 조개가 가득 담긴 접시와 이쑤시개를 가지고 왔다. 영사는 자신을 기다리고 있던 맥주를 마셨다. 술을 마셔야 하는 상황은 바로 이런 상황이었다, 바로 이러한 상황에서 술을 마셔야 하는 것이다. 그를 기다리고 있던 맥주는 자신이 즐겨 마시던 종류는 아니었다. 반면, 레모네이드 병에 담긴 메스칼(안 될 게 뭐가 있겠는가? 이 말에 겁먹지는 않았겠지, 그렇지?)이 지금까지도 밖에서 그를 기다리고 있었다. 그는 이것들을 모두 마시기도 했고 마시지 않기도 했다. 사실 그는 그것들을 마셨지만, 다른 이들이 아는 한 그는 그것을 마시지 않았다. 그들은 영사가 세르반테스에게 침묵을 지켜달라고 부탁했을 것이라고 생각했을까? 그런데 이 틀락스칼테칸 사내가 영사를 배신했다면? 자신이 바깥에 있는 동안 두 사람은 무슨 대화를 나누고 있었던 것일까? 영사는 조개에서 눈을 들어 휴를 쳐다보았다. 휴는 이본과 마찬가지로 꽤 취해 있었고 화가 나고 마음이 상한 것 같아 보였다. 두 사람 사이에 무슨 일이 있었던 것일까? 영사는 자신이 그리 오랫동안 자리를 비웠다고는 생각하지 않았다. 약 7분 정도 후에 머리를 빗고 깔끔한 모습으로 다시 나타나지 않았나. 어떻게 이것이 가능했을까. 영사가 자리로 돌아왔을 때 자신의 닭 요리는 거의 식지 않았고, 다른 이들은 각자의 요리를 거의 다 먹은 상태였다……

'Et tu Bruto(브루투스, 너마저)!'* 영사는 휴를 바라보는 자신의 시선이 점차 증오의 차가운 시선으로 변하고 있다는 사실을 느낄 수 있었다. 영사의 시선은 그날 아침 휴가 웃음 띤 얼굴로 자신의 얼굴에 대고 있던 햇살에 빛나던 면도날과도 같이 송곳나사처럼 휴에게 고정되어 있었다. 하지만 휴는 마치 영사의 목을 치기라도 할 듯이 그에게 다가서고 있었다. 영사의 시야는 어두워졌으나 휴는 여전히 다가오고 있었다. 하지만 휴는 영사에게 다가선 것이 아니라, 다시 링에서 황소를 공격하고 있었다. 면도날은 칼로 바뀌었다. 휴는 칼을 휘둘렀고 황소가 무릎을 꿇었다…… 영사는 급습하는, 저항할 수 없는 무감각한 분노를 떨쳐버리기 위해 애쓰고 있었다. 이러한 노력 때문에 온몸이 떨리고 있었다. 그러나 아무도 영사가 이러한 노력, 이토록 건설적인 노력을 하고 있다고는 믿지

---

* 셰익스피어의 「줄리어스 시저」에 나오는 대사의 프랑스어 표현.

않을 것이다. 영사는 분위기를 전환하기 위해 이쑤시개로 조개 하나를 찔러 들고는 쉿하는 소리를 냈다.

"휴, 우리가 어떤 존재들인가 봐. 살아 있는 걸 먹고 있잖나. 그게 바로 우리야. 어떻게 인간이란 존재를 믿겠나, 어떻게 사회적 투쟁이라는 걸 믿을 수 있겠나?"

이러한 상황에도 불구하고, 휴는 조용하고 냉담한 목소리로 말하고 있었다. "어부들의 반란에 관한 러시아 영화를 본 적이 있어요…… 상어가 다른 물고기 떼와 함께 그물에 걸려 죽었죠…… 그 장면은 마치 나치 체제 같았어요. 죽어서도 몸부림치는 산 사람들을 계속 먹어 삼키는!"

"다른 체제도 마찬가지일지도 모르죠…… 공산주의 체제도……"

"이봐, 제프리―"

"이봐" 영사는 자신의 목소리를 들었다. "프랑코나 히틀러가 자네와 대립하는 것과 악티늄, 아르곤, 베릴륨, 디스프로슘, 니오븀, 팔라듐, 프라세오디뮴*이 자네와 대립하는 것과는 차이가 있지―"

"제프리, 이봐―"

"루테늄, 사마륨, 실리콘, 탄탈륨, 텔루르, 테르븀, 토륨―"

"이봐―"

"툴륨, 티타늄, 바나듐, 버지늄, 크세논, 이테르븀, 이트륨, 지르코늄…… 유로퓸이나 게르마늄은 말할 것도 없고, 아, 콜럼븀도 있지. 이것들이 자네와 대립하는 건 별개 문제지." 영사는 맥주를 비웠다.

바깥에서는 다시 쿵쾅거리는 천둥소리가 들려왔다.

휴는 천둥소리에는 아랑곳하지 않고 조용하고 냉담한 목소리로 계속

---

* 화학원소 이름.

이야기했다. "제프리, 다시 한 번 똑바로 짚고 넘어가자고요. 내게 공산주의란 것은 그것이 어떤 단계에 있든 하나의 체제라고 할 수 없어요. 단지 새로운 사조일 따름이죠. 시간이 지난 어느 날, 마치 우리가 숨쉬는 공기처럼 너무도 자연스러운 것이 돼버릴 수도 있는 것…… 전에 그런 문구를 들어본 적이 있는 것 같아요. 지금 내가 말하는 것은 독창적인 것은 아니죠. 사실 5년 후에 이런 이야기를 한다면 진부한 것이 될 수도 있어요. 내가 알기로는 공산주의자들이 자신의 주장을 관철시키기 위해 매슈 아널드*를 끌어들인 적은 없었어요. 난 매슈 아널드를 인용할 만한 능력이 없기 때문에 그 능력이 있는 형을 대신하여 매슈 아널드의 말을 인용해볼게요. 하지만 이게 바로 형이 틀린 부분이죠. 그러니까 이 개념은—"

"세르반테스!"

"옛날 기독교의 역할과 비슷한 역할을 현대에서 하는 거죠. 매슈 아널드가 마르쿠스 아우렐리우스**에 관한 에세이에서 한 말이죠—"

"세르반테스, 제발—"

"'그것과는 반대로 정복자들이 억압하고자 했던 기독교 개념은 철학적으로 경멸받을 만하고, 정치적으로 체제 전복적이고, 도덕적으로 혐오스러운 그 무엇이라 할 수 있다. 그건 건전한 사람들이 모르몬교를 보는 것, 지배자들이 자유주의 정치인을 보는 것, 우리가 예수회를 보는 것과 비슷한 것이다. 일종의 모르몬교라 할 수 있다. 일종의 모르몬교—'"

"—"

"정치적 사회적 전복이라는 모호한 목표를 가진 거대한 비밀조직으

---

* Matthew Arnold: 19세기 영국의 비평가. 옥스퍼드 대학을 좌절된 주의(主義)의 발상지라 칭한 바 있다.
** Marcus Aurelius(121~180): 로마 황제이자 스토아 철학자.

로, 마치 안토니우스가 조직한 것과 같은 거죠—"

"세르반테스!"

"이러한 주장의 이면에는 기독교가 당시 로마 사회에서 새로운 정신 사조인데다 당시 사회의 용매 역할을 할 것이라는 생각이 깔려 있죠. 기독교는 불가피하게도—"

"세르반테스" 영사가 끼어들었다. "당신 오악사카 사람이오?"

"아니오, 난 틀락스칼란이에요. 틀락스칼라 사람."

"그렇군" 영사가 말했다. "틀락스칼라에는 오래된 나무가 많지 않나?"

"예, 예, 맞아요. 오래된 나무들이 많죠, 아주 많아요."

"그리고 말이야, 오코틀란. 산투아리오데오코틀란. 그것도 틀락스칼라에 있지?"

"네, 네, 맞아요, 세뇨르. 산투아리오데오코틀란도 틀락스칼라에 있어요." 세르반테스가 카운터로 되돌아가며 말했다.

"그리고 마틀랄쿠에야틀도."

"네, 맞아요. 마틀랄쿠에야틀도…… 틀락스칼라에 있어요."

"늪지대는 어때요?"

"늪에는 물갈퀴 달린 짐승들이 많지 않은가?"

"맞아요, 세뇨르. 아주 많아요."

"그런데 말이지" 영사가 사람들에게 몸을 돌리며 말했다. "계획은 어떻게 된 거지? 당신들 뭔가 문제가 있나? 휴, 베라크루스에 가지 않기로 했나?"

갑자기 입구 쪽에서 한 남자가 기타를 강하게 연주하기 시작했고, 세르반테스가 다시 돌아왔다. "「검은 꽃」이라는 노래죠." 세르반테스는 기타를 연주하던 남자에게 들어오라는 손짓을 하려던 참이었다. "당신의 입술은 거짓만을 말하고 당신의 키스에는 죽음이 담겨 있죠. 그래서 난 괴로워요…… 이런 가사예요."

"저 사람 가라고 해요." 영사가 말했다. "Hugh— cuántos trenes hay el día para Vera Cruz(휴, 베라크루스로 가는 기차는 하루에 몇 번 있지)?"

기타 연주자가 곡을 바꾸었다.

"이번 곡은 황소를 위한 농부의 노래예요." 세르반테스가 말했다.

"황소라고, 오늘 황소는 볼 만큼 봤는걸. 제발 저 사람 좀 가라고 해요." 영사가 말했다. "휴, 이본, 도대체 뭐가 문제지? 실용적인 측면에서 거의 완벽한 아이디어 아니었나? 일석이조란 말일세. 세르반테스! 휴, 틀락스칼라는 베라크루스, 진실의 십자가로 가는 도중에 있지…… 우리가 자네를 보는 건 이번이 마지막이 될 걸세. 내가 알기로는 그래…… 축하라도 해야지. 이봐, 내게 거짓말은 안 통해. 난 자넬 지켜보고 있어…… 산마르틴 텍스멜루칸에서 양방향으로 가는 기차를 모두 갈아탈 수가 있지……"

바로 문밖의 중천에서 한줄기 천둥소리가 작렬했고 세르반테스가 커피를 들고 빠른 걸음으로 다가왔다. 그는 사람들에게 담뱃불을 붙여주었다. "La superstición dice(미신 하나 얘기해줄까요)." 영사에게 새 성냥을 그어 담뱃불을 붙이며 미소를 띤 채 말했다. "que cuando tres amiogs prenden su cigarro con la misma cerilla, el último muere antes que los otros dos(세 명의 친구가 하나의 성냥으로 불을 붙이면 마지막에 불을 붙인 사람이 나머지 두 사람보다 먼저 죽어요)."

"멕시코에 그런 미신이 있단 말이오?" 휴가 물었다.

"네, 세뇨르." 세르반테스가 고개를 끄덕였다. "친구 셋이 하나의 성냥으로 불을 붙이면 마지막 사람이 나머지 두 사람보다 먼저 죽는다는 거죠. 하지만 전쟁터에서는 이게 불가능하죠. 많은 군인들이 성냥 하나만을 가지고 있으니."

"퓨어스틱Feurstick." 휴가 영사에게 손을 가리고 불을 붙여주며 말했다. "노르웨이어로 성냥이죠. 노르웨이어가 더 낫지 않아요?"

점차 어두워지고 있었고 기타 연주자는 검은 안경을 쓴 채 구석에 앉아 있었다. 그들은 돌아가는 버스, 그들에게 가려는 의지가 있었다면 자신들을 틀락스칼라로 데려다 줄 버스를 놓쳤다. 영사는 커피를 마시는 동안 갑자기 자신이 멀쩡한 정신으로 돌아와 분명하고 똑똑하게 말하고 있는 것 같이 느껴졌다. 사실이 그랬다. 그리고 그는 자신의 맞은편에 앉아 있는 이본을 다시 행복하게 만들었다고 확신했다. 퓨어스틱…… 휴가 말한 노르웨이어가 아직 그의 머릿속에 남아 있었다. 영사는 인도 아리안인, 이란인과 성화, 그리고 사제들에 의해 천상의 부름을 받고 불 막대기를 가져온 아그니*에 대해 이야기하고 있었다. 그는 리그베다**에서 칭송받았던 불멸의 신주(神酒) 암리타에 대해 이야기하고 있었다. 그것은 대마와 비슷한 거의 메스칼에 가까운 술이었을 것이다. 그는 이쯤에서 주제를 바꾸어 노르웨이의 건축에 대해 얘기했다. 아니 카슈미르의 건축이 노르웨이의 그것과 얼마나 흡사한가, 일례로 하마단*** 모스크의 나무 장식과 뾰족한 첨탑, 처마에 매달린 장식 등이 노르웨이 건축과 얼마나 흡사한가에 대해 이야기했다. 그는 콰우나우악 부스타멘테 극장 맞은편에 있는 보르다 정원에 대해 이야기했다. 그리고 자신은 무슨 연유에서인지 이 정원을 떠올릴 때마다 니샤트 정원****의 테라스를 생각하게 된다고 이야기했

---

* Agni: 힌두교의 불의 신.
** Rig Veda: 인도 최고(最古)의 성전(聖典).
*** Hamadan: 이란 중서부 하마단 주의 주도. B.C. 1000년부터의 기록을 가지고 있지만 이보다 더 오래전에 세워진 것으로 보이며 성서에도 언급되어 있다.
**** Nishat Bagh: 1633년 무굴의 4대 황제인 누르 자한의 남동생에 의해 조성된 무굴 정원.

다. 영사는 베다의 신들에 대해 이야기했다. 이들은 포포카테페틀이나 이스탁시우아틀처럼 의인화되지는 않았다…… 아니, 이것들도 의인화되지 않았던가? 어느새 영사는 다시 돌, 제화, 성화, 떡과 황소, 말의 제물, 베다 사제의 찬송에 대해 이야기했다. 그는 처음에는 매우 간단한 음주 의식이 시간이 흐를수록 얼마나 복잡하게 변하는가, 매우 신중하게 진행되는 의식에서 단 한 번의 실수도 제물을 바치는 의미를 망칠 수 있다는 점에 대해 이야기했다. 소마,* 대마, 메스칼, 아 그렇지, 메스칼, 그는 다시 그 주제로 돌아왔다. 이번에도 이전과 마찬가지로 아주 교묘하게 시작했다. 그는 카이바르 고개**의 초입에 있는 탁실라에서 부인들을 달에 제물로 바치는 것에 대해, 그리고 자식이 없이 죽은 남자의 미망인이 남편의 형제와 결혼하는 풍습에 대해 이야기했다. 영사는 탁실라와 틀락스칼라 사이에 단순히 발음이 비슷하다는 사실 외에 무언가 관계가 있음을 발견했다. 아리스토텔레스의 위대한 제자 알렉산더가 탁실라에 도착했을 때 코르테스처럼 탁실라 왕 암비에게 연락하지 않았던가? 암비 왕은 외국인 정복자와 결탁하여 숙적을 제거하기 위한 천상의 기회를 잡고 있었다. 당시 젤룸과 체나브*** 사이에 있던 탁실라를 지배한 것은 목테수마가 아닌 파우라베 정권이었다. 틀락스칼라…… 영사는 마치 토머스 브라운 경처럼, 아르키메데스, 모세, 아킬레스, 므두셀라,**** 찰스 5세, 빌라도에

스리나가르에 있는 무굴 정원 중 가장 크고 웅장하며 이 시대 회교식 정원의 대표적 작품으로 꼽힌다.
* Soma: 베다 신들에게 제주(祭酒)로 바쳐진 술.
** Khaibar Pass: 아프가니스탄과 파키스탄 사이의 고개들 가운데 가장 북쪽에 있는 고개.
*** 젤룸은 카슈미르와 파키스탄 사이에 있는 강으로 펀잡 지방의 5대 강 중에서 가장 서쪽에 위치. 체나브는 카슈미르 북서쪽에 위치한 강.
**** Methuselah: 창세기에 969세까지 살았다고 기록된 구약시대의 족장.

대해 이야기했다. 더 나아가 예수 그리스도, 아니 유스 아사프에 대해 이야기했다. 카슈미르 전설에 의하면, 유스 아사프라고 불리던 그리스도는 십자가에서 벗어난 후 이스라엘 민족을 찾아 카슈미르를 떠돌다가 스리나가르에서 죽었다고 한다.

하지만 여기에는 약간의 오해가 있었다. 영사는 말을 하고 있지 않았던 것이다. 확실히 그랬다. 그는 한마디도 입 밖에 내지 않았다. 모두가 환상, 소용돌이치는 대뇌의 혼란에 의한 것이었다. 그리고 결국, 마침내, 완벽한 질서가 나타났다.

"미치광이나 술고래의 행동, 또는 폭력적 흥분 상태의 사람은 그 행동을 행한 사람의 정신 상태를 아는 사람에게서 덜 자유롭고 구속될 수밖에 없는 반면, 그의 정신 상태를 모르는 사람에게서 더 자유롭고 구속력이 덜하지."

그것은 마치 피아노 위의 악보 같았다. 검은 건반과 반음으로 이루어진 그것은 마치 그가 과거를 기억하기 위해 '용서받은 자'의 장소에 간 것을 기억하는 것 같았다. 그것은 마치 휴가 매슈 아널드의 마르쿠스 아우렐리우스에 관한 에세이를 인용한 것처럼, 그가 수년 전 힘들여 배웠던 곡을 연주하고자 할 때면 매번 까먹곤 했던 그것처럼, 그러다 마침내 술이 취해서야 자신의 손가락이 그 조합을 기억하고 풍부한 멜로디를 연주할 수 있었던 그것과도 같았다. 하지만 여기서는 톨스토이가 멜로디에 대한 영감을 주지는 못했다.

"뭐라고요?" 휴가 물었다.

"아니야. 난 항상 그만둔 곳에서 다시 시작하곤 하지. 내가 영사 자리를 유지할 이유가 있었을까? 우리가 행동의 동기에 대해 전혀 이해하지 못할 때, 오늘 오후처럼 자신의 감정이 대화의 주제를 겉돌 때, 그 동기가 사악한 것이건 고결한 것이건 간에, 톨스토이가 말했듯 우린 더 위대한 자유 의지의 덕목으로 돌리잖나. 톨스토이가 말했듯, 우린 되도록이면 다른 사람들의 일이 끼어들지 않도록 해야 돼······"

"'우리의 자유 의지와 필연성에 대한 개념은 단 한 번의 예외도 없이 세 개의 사안에 따라 변한다',* 우리는 거기서 절대 벗어날 수 없지." 영사가 말했다.

영사가 말을 이었다. "톨스토이식으로 하자면 우리가 그 도둑에 대한 판단을 내리기 전에―만약 그 사람이 도둑이었다면―자문해봐야지. 과연 그 남자와 다른 도둑들과의 관계, 가족 관계, 그의 위치 등에 대해서 말이야. 가능하다면 외부 세계와의 관계, 그러한 행위를 이끈 원인 등에 대해서······ 세르반테스!"

"물론 우린 길가에서 죽어가던 그 불쌍한 사람에 대한 모든 것들을 알아내기 위해 이렇게 시간을 보내고 있잖아요." 휴가 말했다. "어쩌다 우리가 이렇게 됐죠? 모든 게 끝이 날 때까지는 아무도 끼어들어서는 안 되죠. 우리는 그 사람이 돈을 훔치는 것을 보지는 못했잖아요. 제프리, 도대체 무슨 범죄에 대해 이야기하고 있는 거죠? 만약 다른 범죄가 있었다면······ 그리고 도둑을 막기 위해 우리가 아무것도 하지 않았다는 점은 그 사람의 생명을 구하기 위해 아무것도 하지 않았다는 점과는 별개의 문제죠."

"물론이지." 영사가 말했다. "난 그저 일반적인 개입에 대해 얘기했을 뿐이야. 우리가 왜 그의 생명을 구하기 위해 무언가를 해야 하지? 그 사람 죽을 권리도 있나, 만약 그가 원한 것이 죽음이라면······? 세르반테

---

* 톨스토이의 『전쟁과 평화』에 나오는 말로, 세 개의 사안은 다음과 같다. 1.외부 세계에 대해 행동하는 인간의 관계, 2.시간에 대한 관계, 3.행동을 유발하는 원인에 대한 관계.

스, 메스칼, 아니, 파라스*로 줘…… 왜 사람들은 다른 사람 일에 끼어들어야 하지? 예를 들어, 왜 외부인들이 틀락스칼란 사람들 일에 개입해야 하지? 첫번째 늪의 물갈퀴 짐승 사이에서, 오래된 나무들 사이에서 전적으로 만족하며 살아가는 이들의 문제에 왜 개입해야 하지—"

"무슨 늪의 무슨 물갈퀴 짐승이라구요?"

"휴, 좀더 자세히 말하면, 난 아무것도 아닌 말을 주절거리고 있다네…… 우리가 무언가를 해결했다고 하자구. 아, 이그노레이시오 일렝카이**인 셈이지, 휴, 바로 그거야. 논쟁을 통해 주제와 무관한 무언가를 입증하거나, 입증되지 않은 논쟁을 통해 해당 주제를 입증하거나 입증하지 않는 것으로 가정하는 오류 말일세. 바로 이런 전쟁들처럼 말이지. 내가 보기엔 요즘 세상에서 인류의 근본적 이슈를 찾아보기는 힘든 것 같아…… 아, 사상이란 걸 가진 인간들이란!"

"아, 이그노레이시오 일렝카이!…… 이 모든 것이, 그러니까 스페인으로 싸우러 가는 것, 그리고 무방비 상태의 불쌍한 중국을 공격하는 것! 이 모든 것에 국가의 운명에 대한 일종의 결정론적인 생각이 깔려 있는 것 같지 않아요? 다들 결국 자신의 운명을 받아들일 수밖에 없는 것 같아요."

"음……"

한바탕 불어온 바람은 북극에서 불어온 그것이 영국의 테니스 네트

---

* parras: 몰트 위스키의 일종.
** ignoratio elenchi: 논점 일탈의 오류. 논증이 해당 주제와 무관한 결론을 증명하는 것. 예를 들어, 연못에 도끼를 빠뜨린 나무꾼 앞에 금도끼를 든 산신령이 나타나 "이것이 네 도끼냐?"라고 묻는다면 나무꾼은 "네, 맞습니다" 혹은 "제 것이 아닙니다"라고 하는 것이 논점에 맞는 답변이다. 그런데 "금도끼는 쇠도끼보다 값은 나가도 실용적이지 않습니다"라고 했다면 나무꾼은 논점에서 벗어난 대답을 한 것이다. 이를 가리켜 논점 일탈의 오류를 범했다고 한다.

사이를 휘젓는 것 같은 기분 나쁜 소리를 내며 건물을 맴돌다 종을 울려댔다.

"반드시 그렇지만은 않아."

"얼마 전에도 무방비 상태의 불쌍한 소국 에티오피아가 침략의 대상이었지. 그전에는 무방비 상태의 불쌍한 소국 플랑드르. 무방비 상태의 불쌍한 소국 라트비아, 핀란드는 물론이고 심지어 러시아까지. 역사를 보게나, 천년을 거슬러올라가 보면, 그 무의미하고 바보 같은 짓거리로 역사에 개입하는 것이 무슨 소용이 있던가? 오물로 막혀버린 협곡처럼 바람은 계산된 방식으로 범죄의 의도를 가지고 수천 년을 불어서 물줄기를 약하게 하지 않았던가. 비록 신의 이름을 건 영웅들의 저항이 처음에는 어느 정도 불쌍한 소국 사람들을 견디게 했을지라도, 결국—"

"내가 말했잖나—"

"인간 정신의 생존? 그런 것 따윈 없어. 아니, 없는 것 그 이하지. 국가, 문명, 제국, 위대한 군단들은 아무런 이유 없이 사라져버리잖나. 그리고 그들의 지도자와 목적도 그들과 함께 사라져버리지. 무명의 한 늙은이가 팀북투의 뜨거운 열기 속에서 이그노레이시오 일렝카이의 수학적 상관물의 존재를 진부한 도구로 증명할 수도 있겠지."

"세상에!" 휴가 말했다.

"톨스토이 시대로 돌아가보자구. 이본, 어디 가오?"

"바깥에요."

"무방비 상태의 불쌍한 소국 몬테네그로가 있었지. 무방비의 불쌍한 소국 시베리아. 휴, 좀더 옛날로, 셸리 시대로 돌아가 보자구. 무방비의 불쌍한 소국 그리스가 있었지. (세르반테스!) 보스웰의 시대로 돌아가볼까. 무방비의 불쌍한 소국 코르시카! 파올리와 모보도*의 그늘에 있었지.

착실한 사람과 요정들만이 자유를 갈구하지, 항상 그렇지. (세관원**이 아닌) 루소는 자신이 말도 안 되는 소리를 지껄이고 있다는 사실을 알고 있었을걸—"

"난 형이 대체 무슨 말을 하고 있는지 알고 싶군요!"

"왜 사람들은 그냥 자기 일에만 신경 쓰며 살지 못하는 거지!"

"그건 또 무슨 말이죠?"

"분명히 다른 무언가가 있어. 동기에 대한 대중의 부정직한 합리화, 공통의 병적 욕망…… 개입의 동기는 운명에 대한 열정, 단순한 호기심, 그리고 경험…… 아주 자연스러운 것들이지…… 하지만 결국 건설적인 동기는 하나도 없지, 그저 받아들이는 것일 뿐, 시시하다 못해 경멸스럽기까지 한 현상을 인정하는 것일 뿐. 이 현상 인정의 대가로 고귀하다거나 유용하다는 칭찬을 받게 되지!"

"하지만 이건 국왕 지지자들의 상황과는 차이가 있지—"

"그러나 결국 참사로 끝이 나고 말지! 비극으로 끝날 수밖에 없어, 그렇지 않다면 실제로 개입을 한 사람들이 다시 돌아와 자신이 저지른 일에 대해 책임져야 할 테니—"

"진짜 전쟁이 나면 자네 같은 사람들이 얼마나 피에 굶주려 있는지 알게 될걸!"

"하지만 그런 일은 없겠지. 스페인으로 가서 자유를 위해 싸우겠다고 말하는 자네 같은 사람들은 (세르반테스!) 톨스토이가 『전쟁과 평화』에서

---

* 파올리(Paoli, 1725~1807)는 코르시카 독립을 위해 싸운 장군. 프랑스가 코르시카 섬을 정복한 후 잉글랜드에 정착했다. 보스웰은 『코르시카 이야기 An Account of Corsica』를 파올리에 헌정한 바 있다. 모보도(Moboddo, 1714~1799)는 스코틀랜드 철학자로 동시대 사상에 많은 영향을 미쳤다.
** 루소가 세관원으로 근무하며 미술을 시작한 시기에 얻은 별명.

화산 아래서 449

말했던 것, 특히 기차 안에서 지원병들의 대화를 마음속 깊이 되새겨봐야 해—"

"하지만 그건—"

"자신이 무언가 용맹스러운 일을 하고 있다고 자랑하며 술을 마시던 첫번째 지원병은 타락한 허풍쟁이로 판명 났지. 휴, 뭐가 우습나?"

"재미있군요."

"그리고 두번째 사람은 수많은 일을 시도해봤지만 모두 실패한 사람이었지. 그리고 세번째는—" 이본이 돌아오자 언성을 높이고 있던 영사가 목소리를 약간 낮추었다. "그중 우호적인 느낌을 준 사람은 포병 하나밖에 없었지. 하지만 그 사람은 또 어떤 인간으로 판명 났었나? 시험에 떨어진 사관생도였지. 아무짝에도 쓸모없는 겁쟁이, 야비한 놈, 굴종적인 놈, 기생충 같은 놈, 이 사람들은 자신의 책임을 직면하려고도 대항하여 싸우려고도 어디든 가려고도 하지 않았지. 이 점은 톨스토이가 잘 지적한 부분이야—"

"겁쟁이들?" 휴가 말했다. "카라마조프던가, 그 사람은 이 지원병들의 행동이 전체 러시아인들의 정신을 표현한 것이라고 믿지 않았던가? 잘 들어봐, 난 스페인에서 벌어지고 있는 일을 영국 정부에 고하러 마드리드로 돌아가지 않고 프랑코의 승리를 기대하며 산세바스티안에 남아 있는 외교단을 겁쟁이라고 부르는 것은 옳지 않다고 봐."

"스페인을 위해, 하찮은 것을 위해, 팀북투를 위해, 중국을 위해, 위선자를 위해, 비열한 놈을 위해, 몇몇 바보 같은 놈들이 자유라고 부르는 싸구려 정의를 위해 싸우는 것이 자네의 의지가 아니던가? 물론 그런 건 없다네—"

"만약—"

"만약 자네가 주장하듯, 정말로 『전쟁과 평화』를 읽은 적이 있다면, 거기서 뭔가 느낀 게 없었나?"

"어쨌든" 휴가 말했다. "그것과 『안나 카레니나』를 구분할 수는 있죠."

"음, 『안나 카레니나』라고……" 영사가 잠시 말을 멈추었다. "세르반테스!" 세르반테스가 겨드랑이에 싸움닭을 끼고 나타났다. 닭은 깊이 잠든 듯 보였다. "Muy fuerte(너무 강해)." 세르반테스가 그들을 스쳐 지나가며 말했다. "Muy terreebly(너무 심해)." "동물들이란……" "내 말 좀 들어봐. 왜 사람들은 자기 나라 일에는 신경 쓰지 않고 남의 나라 일에 간섭하려 드나. 제프리, 이제 술 좀 그만 마시면 안 되나? 그러기에 너무 늦은 것도 아니잖아. 그렇지 않나?" 그는 대체 무슨 말을 하고 있었던 것일까? 영사는 잔인함과 야만스러움이 깃든 자신의 목소리에 놀랐다. 잠시 후, 상황은 더욱 악화되고 있었다. "난 이 모든 것이 정식으로 훌륭하게 해결된 걸로 알고 있는데. 그렇지 않다고 하는 건 자네뿐이군."

"오, 제프리―"

영사가 이 말을 했던 것일까? 그렇게 말해야만 했을까? 그래야 한 것 같았다. "내가 아는 건 내가 다시 살아가기엔 너무 늦었다는 거지…… 자네들도 마찬가지야, 이본, 자크, 휴, 자네들 모두 다른 사람의 삶에 개입하려고 하지 않나. 왜 누군가가 여기 이 젊은이 세르반테스의 삶을 간섭해야 하나, 왜 이 사람이 닭싸움에 관심을 가지는 것에 대해 간섭해야 하나? 바로 이것이 세계를 재난으로 이끄는 것이지. 우리 모두 그럴 만한 지혜도, 단순함도, 용기도, 맞아, 용기도 가지지 못했지―"

"이봐요, 제프리―"

"휴, 자네가 인류를 위해 한 일이 무엇인가, 자본주의 체제에 대한 자네의 그 에두른 말, 아니 말은 차치하고라도 그것의 바탕이 되는 정신, 그 정신이 썩을 때까지 자네가 인류를 위해 한 일이 무엇이란 말인가."

"제프리, 제발, 그만해요!"

"자네들 둘 다 영혼이 썩었어! 세르반테스!"

"제프리, 제발 앉아요." 이본이 지친 듯 말했다. "당신 소란을 피우고 있는 거 알아요?"

"이본, 아니야, 그렇지 않아. 난 조용히 말하고 있다구. 이본, 당신은 자신 말고 다른 사람을 위해 뭔가를 해본 적이 있나." 영사는 이렇게 말해야 했을까? 그는 말하고 있었다, 그렇게 말해버렸다. "내가 원했던, 아니 내가 원했을 것이라고 당신이 생각했을 법한 아이들은 어디 있나? 당신은 내가 아이를 원했을 거라고 생각하겠지. 그 번잡하고 시끄러운 동반자들을 내가 원한다고 생각했겠지. 들어봐요, 당신은 전혀 '인류'를 사랑하는 척도 하지 않지! 당신에겐 환상이란 것은 필요 없어. 하지만 불행하게도 당신은 환상을 가지고 있지, 그리고 그것들은 당신이 가진 자연스럽고 훌륭한 기능을 부정하곤 해. 그렇다면 여자들은 기능이라는 것을 전혀 가지지 않는 것이 더 낫지 않을까!"

"제프리, 그런 식으로 말하지 마요." 휴가 자리에서 일어났다.

"자리에 앉아 있어." 영사가 명령조로 말했다. "물론 자네 둘이 처한 로맨틱한 곤경을 잘 알고 있어. 만약 휴가 그 곤경을 최대한 좋게 만든다 할지라도 그건 그리 오래가지 않을 거야. 얼마 안 있어 휴는 자신이 경주마같이 억센 성질과 대구같이 못생긴 애인을 가진 수백 명의 멍청이들 중의 하나라는 사실을 깨닫게 될 거야. 상대가 기껏해야 염소만큼 혈기왕성하고 원숭이만큼 섹시하고, 늑대만큼 자만심을 가진 사람이란 걸 깨닫게 되겠지! 아니, 그 정도면 충분할 거야……"

술잔이 바닥으로 떨어져 산산조각 났다. 다행히 빈 잔이었다.

"그는 마치 입술의 뿌리를 송두리째 뽑아낼 듯 힘껏 키스하고는 다리를 그녀의 허벅지에 올려놓고 한숨지었네.* 자네들 둘은 흔치 않은 시간을 함께 보냈겠지. 나를 구한다는 구실로 야자수 나무 사이를 걸어 다니며 쓸데없는 짓거리들을 하고 놀았겠지…… 세상에, 그러고 보니 무방비 상태의 불쌍한 소국은 바로 나였구먼. 지금껏 그렇게 생각해본 적은 없었는데. 그러나 생각해보니 완벽한 논리 아닌가. 나는 나 홀로 자유라는 것을 위해 싸워야 하지. 아, 제발 날 다시 그 아름다운 매음굴로 데려다주오! 팔다리가 춤을 추고, 끊임없는 떨림이 있는 그곳으로……"

"사실, 차분하게 이야기하고 싶었지. 술 안 마시고 정신이 멀쩡하게 살아가는 파라다이스에 대한 자네들의 제안에 속았었지. 적어도 자네들이 오늘 하루 종일 노력했다는 것만은 인정하겠네. 하지만 난 멜로드라마 같은 결심을 했다네. 내게도 아직 그런 결정을 할 마음이란 게 조금이라도 남아 있다면 말이지. (세르반테스!) 그렇다고 해서 내가 결정을 내리기를 원하는 것은 아니야. 고맙게도, 반대로 난 내가 선택하기를 택한 거지. 째까닥." 그는 어디에 있었던 걸까? "틀락스. 틀락스—"

……야외의 어두운 기차역에 서 있는 것 같았다. 밤새 술을 마신 후 어지러운 머리와 가벼운 발걸음으로 보들레르의 천사가 깨어나는 곳으로, 아침 7시 40분 버지니아로부터 오는 리 메이틀랜드를 만나러 간 것 같았다. (정말 만나러 갔던가.) 기차가 오기를 고대했으나 그 역에 정차한 기차는 전혀 없었던, 천사의 눈에는 정차한 기차가 전혀 없었던, 아무도 기차에서 내리지 않았던, 또 다른 천사도, 리 메이틀랜드와 같은 금발머리

---

* 셰익스피어의 희곡 「오셀로」에서 오셀로의 기수인 이아고가 오셀로의 부인 데스데모나가 오셀로의 부관인 캐시오와 바람을 피웠다는 거짓 이야기를 전하는 과정에서 한 말.

의 그 누구도 내리지 않았던, 그 기차역에 서 있는 것 같았다. 기차가 연착되었던 것일까? 그는 왜 역에서 어슬렁거리고 있었던 것일까? 현수교에서 오는 기차가 두번째 기차던가, 아니면 세번째 것이던가. 현수교! "틀락스—" 영사가 다시 말했다. "내가 선택한 거야—"

그는 방에 있었다. 갑자기 방에 있었다. 물체들이 분리되어 있었다. 문의 손잡이는 문으로부터 조금 떨어진 곳에 있었다. 커튼은 그 무엇에 매이지도 붙지도 않은 채 홀로 떠 있었다. 그는 커튼이 자신의 몸을 죄어올 것 같은 생각에 사로잡혔다. 바 뒤의 작은 시계 소리에 정신이 들었다. 시계는 아주 큰 소리를 내고 있었다. "째까닥, 째까닥, 째까닥, 째까닥……" 5시 30분. 그것밖에 안 되었나? "지옥" 그는 단숨에 술을 들이켰다. "왜냐하면—" 그는 20페소짜리 지폐를 꺼내 탁자에 놓았다.

"난 그걸 좋아하기 때문이지." 영사는 바깥에서 열린 창을 통해 술집 안의 사람들에게 소리쳤다. 세르반테스는 겁에 질린 눈으로 싸움닭을 안은 채 바 뒤에 서 있었다. "난 지옥을 좋아해. 다시 돌아가고 싶어 죽겠다구. 사실 난 그리로 달려가고 있는 중이지, 거기 다 왔어."

영사는 다리를 절면서도 뛰고 있었다. 뒤를 돌아보며 미친 듯 그들에게 소리를 질러대며 숲을 향해 뛰어가고 있었다. 이상한 것은 그가 그다지 심각해 보이지 않았다는 점이다. 숲은 점점 어두워지고 있었고 숲 위로 한바탕 광풍이 몰아치자 후추나무가 떨며 포효했다.

한참을 달린 후 멈춰 섰다. 주위가 조용했다. 아무도 자신을 따라오지 않았다. 잘된 일일까? 그래, 잘된 일이라 생각했다. 가슴이 뛰고 있었다. 파리안으로, 파롤리토로 가는 길을 찾을 수 있었으니 분명 잘된 일이었다.

그의 앞에는 화산이 다가와 있었다. 화산은 정글 위로 잔뜩 찌푸린 하늘을 향해 솟아 있었다. 뒤로는 관심 어린 많은 눈빛들이 모여들고 있었다.

XI

일몰. 녹색과 오렌지 빛의 새들이 바다 위에서 물결처럼 커다란 원을 그리고 소용돌이를 일으키며 흩어져 날고 있었다. 새끼 돼지 두 마리가 먼지 속으로 사라졌다. 머리에 작은 병을 인 한 여인이 리브가*와 같은 우아한 모습으로 빠르게 지나갔다……

화산 뒤에는 살롱 오펠리아가 있었다. 더 이상 먼지는 보이지 않았다. 굽어 있던 길은 숲으로 접어들자 점차 직선으로 변했고 포효하는 물소리와 함께 수영장이 나타났다. 주위에는 늦게까지 수영을 하는 사람들이 어슬렁거리고 있었다.

북동쪽으로 직선으로 뻗은 곳에 화산이 있었다. 화산 뒤로는 검은 구름이 쉬지 않고 피어나 하늘로 솟아올랐다.

―이미 전조를 보였던 폭풍은 원을 그리며 이동하고 있었다. 잠시 바람이 잦아들고 갑자기 하늘이 밝아지는 것이 곧 폭풍이 시작될 분위기였

---

* Rebecca: 성서 창세기에 나오는 이삭의 아내.

다. 태양은 남서쪽으로 떨어지며 머리 위로 붉은 노을을 펼쳐놓았다.

영사는 '토도스 콘텐토스 이 요 탐비엔'에 가본 적이 없었다. 따스한 어스름 불빛 아래서 이본이 휴보다 앞서 걷고 있었다. 대화를 하기엔 너무 빠른 걸음이었다. 이본이 의도한 것이리라. 그럼에도 불구하고, 그날 이른 시각 영사의 목소리가 그랬듯이, 휴의 목소리가 이본을 쫓아가고 있었다.

"내가 그 사람을 버린다거나 도망간다거나 하지는 않을 거라는 사실, 너무 잘 알고 있잖아요." 이본이 말했다.

"세상에, 내가 여기 나타나지 않았다면 이런 일은 아예 일어나지도 않았을 텐데!"

"그럼 다른 무언가가 일어났겠죠."

그들은 정글 한가운데 있었고 화산은 보이지 않았다. 아직 완전히 어두워진 것은 아니었다. 두 사람을 따라 흐르는 물결은 밝은 빛을 발하고 있었다. 어둠 속에 별처럼 빛나는 국화를 닮은 커다란 노란색 꽃이 물길의 양쪽에서 자라고 있었다. 희미한 불빛 아래 붉은 벽돌색의 야생 부겐빌레아가 추가 달린 하얀 종처럼 생긴 관목과 함께 피어 있었다. 가끔씩 나무들에는 비바람에 시달린 듯한 화살표 표지가 박혀 있었고 거기에는 읽기 힘든 글씨가 적혀 있었다. 'a la Cascada(폭포로 가는 길)—'

낡은 쟁기 날과 방치된 미국산 자동차의 녹슬고 뒤틀린 차대가 물길에 가로놓여 있었고 두 사람은 물길의 왼쪽을 따라 걷고 있었다.

이제 뒤쪽의 물소리는 앞쪽의 폭포 소리에 묻혀버렸다. 공기는 물보라와 습기로 가득했다. 충적토에서 자라나는 습기가 많은 두꺼운 잎에 급류가 쏟아질 때 나는 무시무시한 물소리가 들려왔다.

갑자기 머리 위로 하늘이 보였다. 붉은빛이 가신 구름은 그 깊숙한 곳까지 푸르스름한 빛을 발하며 떠다녔다. 이제 구름은 햇빛이 아닌 달빛을 받아 빛나고 있었으나 아직 그 사이에는 깊이를 알 수 없는 코발트 빛 오후가 남아 있었다.

새들은 하늘을 향해 높이 더 높이 날아가고 있었다. 프로메테우스의 지옥의 새!

서로 경쟁하며 시기하는, 피와 탐욕으로 악명 높은 독수리들이었다. 그러나 그들은 이토록 높이 날 수 있었다. 폭풍을 뚫고 올라가 안데스의 정상 위로, 그들만이 존재하는 높은 곳을 향해 날아갈 수 있었다—

남서쪽 하늘에는 수평선 아래로 태양을 쫓아갈 준비를 하고 있는 달이 보였다. 왼쪽으로는 물길 저편 나무 사이로 칼레 니카라과의 기슭과 같은 낮은 언덕이 화려하고도 슬픈 모습을 하고 있었다. 황금빛 옥수수밭과 정체불명의 줄무늬 텐트들 사이로 소 떼들이 움직이는 소리가 이본의 귀에 희미하게 들려왔다.

두 사람의 진행 방향 북동쪽으로는 포포카테페틀과 이스탁시우아틀이 버티고 있었다. 정상에 핏빛 붉은 눈이 쌓이고 삐죽삐죽한, 그러나 둘 중 더 아름답다고 할 수 있는 '잠자는 여인'*이 점차 어두운 바위 그림자에 묻혀 희미해져갔다. 정상은 계속 모여드는 검은 구름 위로 공중에 떠 있는 것처럼 보였다.

'침보라소,** 포포카테페틀이 그의 마음을 사로잡도다!' 영사가 좋아한 시는 이렇게 이어졌다. 그러나 인디언의 비극적 전설에서 포포카테페틀은 몽상가였다. 시인의 마음속에서 이스탁시우아틀에 대한 사랑의 불길은 결코 꺼지지 않고 영원히 불타올랐다. 그러나 포포카테페틀이 이스탁시우아틀을 발견하자마자 이스탁시우아틀을 잃게 되고, 결국 영원한 잠

---

* Sleeping Woman: 이스탁시우아틀Ixtaccihuatl을 뜻함.
** Chimborazo: 에콰도르 중앙부 안데스 산맥에 있는 휴화산.

속에 빠진 그녀를 끝까지 지켰다는……

　나무가 거의 보이지 않는 숲의 끝자락에 도달하자 두 갈래 길이 나타났다. 이본은 한순간 망설이다 계속 가던 방향인 왼쪽을 가리켰다. 아까 본 것과 비슷한 화살표가 나무에 박혀 있었다. '폭포로 가는 길.' 다른 나무에 박힌 비슷한 화살표는 오른쪽 길을 가리키고 있었다. 'a Parián(파리안으로 가는 길).'

　이본은 자신이 어디에 있는지 잘 알고 있었다. 하지만 두 개의 대안, 지금 자신의 양쪽에 놓인 두 갈래 길은 마치 십자가에 못 박힌 자의 양팔처럼 보였다.

　오른쪽 길을 선택한다면 파리안에 보다 빨리 도착할 수 있을 것이다. 그러나 다른 길, 보다 넓은 그 길로 간다 하더라도 파리안에 도달할 수 있을 것이다. 이본이 중요하게 생각한 것은 이 큰 길로 간다면 적어도 두 개의 술집을 지나가게 된다는 점이었다.

　두 사람은 큰 길을 택했다. 줄무늬 텐트와 옥수수밭이 사라지고 다시 정글이 눈에 들어왔다. 저녁이 깊어감에 따라 축축한 토양에서 콩 냄새 같은 것이 올라왔다.

　이본은 이 길이 럼 포포 또는 엘 포포라고 불리는 레스토랑 근처의 주도로에서 뻗어 나온 것으로, 길이 다시 시작되는 곳에서 (이곳 역시 같은 길이라고 부를 수 있다면) 숲을 통해 파롤리토를 지나 파리안으로 가는 지름길로 이어질 것이라고 생각했다. 마치 양팔이 늘어져 있는 그늘진 십자가처럼.

　점점 다가오는 폭포의 물소리는, 오하이오 사바나 지대에서 5천 마리의 쌀먹이새가 잠에서 깨어나는 소리가 순풍에 실려오는 것에 비유할 만했다. 폭포 아래로 급류가 왼쪽의 둑으로 맹렬하게 떨어져 내렸다. 갑자기 둑은 식물로 가득한 거대한 벽으로 바뀌고 정글에서 가장 높은 곳에 위치한 나무보다 더 높은 곳에 있는 메꽃 무리로 덮인 덤불을 통해 물이 뿜어져 나왔다. 뿌리가 뽑힌 나무와 잘려나간 관목들로 가득한 급류에 자신의 영혼도 휩쓸려가는 느낌이었다.

두 사람은 '엘 페타테'*라는 작은 술집에 다다랐다. 술집은 요란한 소리를 내는 폭포에서 그리 멀지 않은 곳에 위치해 있었다. 여명 아래 불이 켜진 창문이 따뜻하게 빛나고 있었다. 술집에는 사람이 꽤 많이 들어찬 듯했다. 이본의 심장이 크게 박동하다 다시 가라앉았다. 그러나 술집 안에 있는 사람은 양치기나 농부로 보이는 두 명의 멕시코인과 바텐더가 전부였고 이들은 대화에 심취해 있었다. 그들의 입은 소리 없이 열렸다 닫히고, 구릿빛 손은 공중에서 공손한 궤적을 그리고 있었다.

이본이 서 있는 곳에서 볼 때 엘 페타테는 바깥벽에 목테수마, 크리올로, 카페아스피리나의 광고로 넘쳐나 마치 복잡한 스탬프가 찍힌 우표와 닮아 있었다. 멘소래담 광고도 남아 있었다. 'no se rasque las picaduras de los insectos(벌레 물린 데 긁지 마세요)!' 영사와 이본은 아노티틀란 내 번성했던 마을, 지금은 화마 속에 사라졌으나 한때 서쪽으로, 물길 반대편으로까지 뻗어 나갔던 마을에 대해 들어본 적이 있었다.

이본은 귀가 멍멍할 정도로 시끄러운 소리를 들으며 바깥에서 기다리고 있었다. 살롱 오펠리아를 떠난 후 이곳에 이르기까지 이본은 현실과 유리된 듯한 거의 완전한 이탈감에 사로잡혀 있었다. 이제 휴가 술집 안의 광경에 끼어들었다. 휴는 바텐더에게 제프리의 수염 모양을 설명하며 멕시코인 두 사람에게 그의 행방을 묻고 있었다. 바텐더는 두 손가락으로

---

* El Petate: 스페인어로 짚으로 만든 멍석, 거적을 뜻하며, '아무 쓸모없는 사람'이라는 뜻으로도 쓰인다.

우스꽝스럽게 수염 모양을 흉내 냈다. 이본은 자신이 혼자서 부자연스럽게 웃고 있다는 사실을 깨달았다. 동시에 마음속에 연기를 피우고 있던 무언가에 불이 붙어 온몸이 한순간에 폭발해버릴 것 같은 느낌이 들었다.

이본은 뒷걸음질 치기 시작했다. 엘 페타테 가까이 있는 목조 구조물에 부딪쳤다. 구조물은 이본의 발에 채어 약간 튀어나간 듯했다. 창문에서 나온 빛의 도움으로 그것이 목조 새장이라는 것을 알 수 있었다. 새장 안에는 커다란 새 한 마리가 웅크리고 있었다.

작은 독수리였다. 이본의 발에 채어 놀란 모습으로 눅눅하고 어두운 감옥 속에서 떨고 있었다. 새장은 술집에서 조금 떨어진 곳에 있는 두툼한 나무와 술집 사이에 놓여 있었다. 이 두툼한 나무는 마치 두 그루의 나무가 서로를 껴안고 있는 모습이었다. 사빈의 무화과나무⋯⋯* 미풍이 불어와 이본의 얼굴에 물보라를 뿌렸다. 서로 얽혀 있는 두 나무 연인의 뿌리는 땅 위로 몸을 흔들며 열심히 물길을 찾고 있는 듯했다. 그러나 실제로 그들이 몸소 물길을 찾을 필요는 없으리라. 주변의 자연이 풍성한 결실을 맺고 있었기 때문에 두 나무의 뿌리는 그대로 있는 편이 나을 뻔했다. 보다 멀리로 보이는 큰 나무들은 몸뚱이가 갈라져 비탄의 눈물을 흘리며 돛대에 매달린 밧줄처럼 덜거덕거리는 소리를 내고 있었다. 나뭇가지는 돛을 펴는 하활처럼 어둠 속에서 이본의 머리 위로 흔들리고, 넓은 잎사귀들 역시 크게 흔들리고 있었다. 폭풍을 앞둔 항구의 배처럼 어두운 음모의 기운이 느껴졌다. 갑자기 위쪽의 산에서 시작된 번개가 나무들 사이로 번득거렸고 술집의 불이 깜빡거렸다. 다시 불이 켜졌다가 꺼져

---

* 사빈Sabin은 고대 이탈리아 중부 지역에 있던 국가. 라틴 토속신 중 하나인 퀴리누스 Quirinus는 사빈의 퀴리누스 언덕에 집이 있었다. 그의 신전 앞에 두 그루의 무화과나무가 자라고 있었는데, 한 그루는 귀족을, 다른 한 그루는 평민을 대표한 것으로 전해진다.

버렸다. 천둥은 따라오지 않았다. 폭풍은 멀어졌다. 이본은 걱정으로 신경을 곤두세운 채 기다리고 있었다. 다시 불이 들어왔고, 휴는 멕시코인들과 술을 들이켜고 있었다. 오, 세상에! 휴와 함께 술집에 들어가지 않은 것은 이본의 잘못이었다. 긴 날개를 가진 새는 격심한 절망 속에서, 꿈속에서 포포카테페틀 위를 높이 떠다니며 파괴된 수풀의 희미한 경계 속으로, 빛나는 황무지 속으로 하강하던 기억들을 추억하며 아직 놀란 모습으로 거기 있었다. 이본은 떨리는 손으로 서둘러 새장 문을 열었다. 새는 새장에서 나와 날개를 퍼덕이다 이본의 발치에 앉았다. 그러고는 약간 망설이는 듯하다가 엘 페타테의 지붕으로 날아갔다. 흔히 생각하듯 새는 가장 가까운 나무가 아니라 어스름 속을 통과해 멀리 높이 날아갔다. 이본의 생각이 옳았다. 새는 자신이 자유롭다는 사실을 깨달았던 것이다. 어둡고 깊고 푸르른 순수한 하늘을 날개로 헤쳐 나가자 마침내 별 하나가 나타났다. 이본은 양심의 가책 따위는 전혀 느끼지 않았다. 설명하기 힘든 은밀한 승리와 안도감이 느껴졌다. 누구도 이본이 한 일을 알지 못할 것이다. 갑자기 비통함과 상실감이 몰려왔다.

술집에서 흘러나온 불빛이 나무의 뿌리를 비추었다. 문이 열려 있었고 휴가 멕시코인들과 함께 서 있는 모습이 눈에 들어왔다. 그들은 길 아래쪽을 가리키며 날씨에 대해 이야기하고 있었고 바텐더는 바 뒤에서 홀로 술을 마시고 있었다.

"그럴 리가!⋯⋯" 휴가 동요한 목소리로 소리쳤다. "제프리가 여기 온 적이 없다니! 다른 곳을 찾아봐야 할 것 같아요!"

"—"

"자, 갑시다!"

엘 페타테를 지나자 길은 오른쪽으로 꺾여 있었다. 개집 옆에 개미

훑기가 줄에 묶인 채 코를 바닥에 비벼대고 있었다. 휴가 이본의 팔을 잡았다.

"저기 개미핥기 보여요? 혹시 아르마딜로 기억나요?"

"잊어버린 건 하나도 없어요!"

이본은 자신이 한 말의 의미를 인식하지 못한 채 이렇게 말했다. 두 사람이 나란히 걷기 시작했다. 숲 속의 야생동물들이 두 사람을 지나 풀숲으로 달려갔다. 이본은 자신이 날려 보낸 독수리를 찾아 두리번거렸다. 한 번 더 볼 수 있었으면 하는 바람도 없지 않았다. 정글이 점차 듬성해지는 느낌이었다. 위로는 썩어가는 초목 지대가 있어 악취가 진동했다. 그리 멀지 않은 곳에 협곡이 있을 것이다. 바람에 실려 온 공기는 이상하게도 따뜻하고 부드럽게 느껴졌고 길은 가파르게 변해갔다. 이본이 마지막으로 여기에 왔을 때 쏙독새 소리를 들었다. 쏙독, 쏙독, 고향의 봄을 연상시키는 구슬프고도 외로운 소리, 집으로 돌아오라는 그 소리…… 과연 어디가 집일까? 오하이오에 있는 아버지의 집? 쏙독새는 집을 떠나 머나먼 멕시코의 어두운 숲에서 무엇을 하고 있단 말인가? 사랑과 지혜처럼, 쏙독새에게 집이란 것은 없을지도 모른다. 그리고 영사가 말했듯 지금은 겨울인 카옌* 강 주위에서 지저귀는 것보다는 이곳이 훨씬 더 나을 것이다.

두 사람은 언덕을 올라 작은 개간지로 향했다. 하늘이 보였다. 이본은 이런 환경에 익숙해지기가 쉽지 않음을 깨달았다. 멕시코의 하늘은 이상하게 변해갔고 별들은 이본이 둥지 잃은 가여운 쏙독새보다 더 외로운 처지라고 생각하는 듯했다. 우리는 왜 여기에 있는 것일까, 그들은 이렇게 말하는 것 같았다. 여기는 우리가 있어야 할 곳도 아니며, 지금의 처

---

* Cayenne: 남아메리카 북동부의 프랑스령 기아나에 위치.

지는 우리의 모습도 아니지 않은가. 왜 집에서 멀리 떨어져 여기에 있는 가? 어떤 집에서 떨어져 있단 말인가? 왜 집으로 돌아가지 않나? 하지만 별들의 존재 자체만으로도 이본에게는 위로가 되었다. 발걸음을 옮기면서 이탈감이 다시 돌아오는 것을 느꼈다. 이제 이본과 휴는 꽤 높은 곳에 올라 나무 사이로 서쪽 수평선 위에 낮게 드리워진 별들을 볼 수 있었다.

전갈자리가 지고 있었다⋯⋯ 궁수자리, 염소자리⋯⋯ 이들은 마침내 제대로 된 구조를 이루어 자신이 있어야 할 위치에 있었다. 빛을 발하는 이들의 기하학적 형태는 아무런 결점이 없어 보였다. 오늘 밤에도 이 별들은 5천 년 전과 마찬가지로 뜨고 질 것이다. 염소자리, 물병자리, 그리고 포말하우트와 함께 보이는 물고기자리, 양자리, 알데바란·플레이아데스*와 함께 있는 황소자리⋯⋯ "남서쪽으로 전갈자리가 질 때, 플레이아데스가 북동쪽에서 뜨죠." "서쪽으로 염소자리가 질 때 동쪽에서 오리온자리가 뜨죠. 그리고 미라와 함께 고래자리도 뜨죠." 옛날과 마찬가지로 오늘 밤에도 사람들은 이렇게 말하고는 문을 닫고 사랑하는 이를 잃은 비탄에 빠지는 사람도 있을 것이고, 사랑이 담긴 목소리로 "저 별은 당신과 나의 것"이라고 말하는 사람도 있을 것이다. 별과 함께 구름 위를 날아가는 이도, 바다에서 길을 잃은 이도 있을 것이다. 바다의 물보라를 맞으며 갑판 머리에 서서 별을 바라보다 갑자기 배가 기울어지면 자신의 믿음, 또는 그것의 결여를 별에 거는 이도 있을 것이다. 기차 안에서, 수천 개의 관측소에서, 희미한 망원경 렌즈를 통해 신비로운 별과 구름 사이를, 죽음과도 같은 어두운 별들 사이를 작렬하는 태양의 대재앙을 지켜볼 수 있을 것이다. 타다 남은 불, 지구의 태양보다 5백 배나 더 큰 안타레스

---

* Pleiades: 그리스 신화에 나오는 아틀라스와 플레이오네 사이에서 태어난 일곱 자매로, 이들이 플레이아데스 성단이라고 하는 별자리가 된 것으로 전해진다.

의 결말을 지켜볼 수 있을 것이다. 지구는 그 축을 중심으로 돌고, 태양 주위를 돌고, 태양은 이 은하계의 반짝이는 바퀴 주위를 돌고, 수없이 많은 은하계의 수없이 많은 빛나는 바퀴를 돌고, 돌고, 돌아 무한으로, 영원으로 이어져, 이 모든 것들을 통해 모든 생명이 계속될 것이다. 자신이 죽은 후에도 사람들은 계속 밤하늘 아래서 책을 읽고, 지상은 다른 계절로 변해가고, 사람들은 별이 떠서 자오선에 도달한 후 그것이 지는 것을 지켜볼 것이다. 양자리, 황소자리, 쌍둥이자리, 게자리, 사자자리, 처녀자리, 천칭자리, 전갈자리, 염소자리, 물병자리, 물고기자리, 그리고 양자리! 그들은 아직도 불변의 헛된 질문을 계속 던지고 있을 것인가, 무엇을 위해, 어디를 향해 가는가, 이 웅장한 천체 조직을 움직이게 하는 힘은 과연 무엇인가? 전갈자리가 지고…… 이본은 오늘밤 자정 물병자리가 질 때 자오선을 통과하게 될 전갈자리가 화산 뒤에 있는 숨어 있는 모습을 상상해 보았다. 비록 한순간이긴 하지만 다이아몬드와 같은 밝은 광채가 자신의 영혼에 닿는 순간, 자비로운 플레이아데스가 한 무리의 철새처럼 오리온을 향해 머리 위를 날아갈 때, 그 안의 기억들은 모두 달콤하고 고귀하며 용기와 자신감을 가진 것으로 변할 것이다……

점차 색이 옅어져가는 숲을 통과하자, 시야에서 사라졌던 산맥이 다시 눈앞에 나타났다. 이본은 아직 머뭇거리고 있었다.

멀리 남동쪽 하늘에는 아침의 창백한 동반자, 달의 뿔이 마침내 지고 있었다. 지구의 사산아! 이본은 이해하기 힘든 애절한 기원과 함께 이 모습을 지켜보았다. 다이아몬드 모양의 풍요의 바다, 오각형 모양의 감로주의 바다, 북쪽 벽이 붕괴된 프라카스토리우스, 서쪽 가장자리가 타원형인 엔디미온의 거대한 벽, 프로클루스의 동쪽, 서던 혼의 라이프니츠 산맥, 그리고 꿈의 늪…… 헤라클레스와 아틀라스는 사람들의 지식을 초월해 대홍수 속에서 거기 서 있었다.

이제 달은 사라졌다. 한줄기 뜨거운 바람이 두 사람의 얼굴을 스쳐 지나가고 북동쪽 하늘에는 번개가 번쩍이다 천둥소리가 났다. 금방이라도 눈사태가 일어날 듯했다.

길은 점차 가파르게 변해갔다. 오른쪽으로 접어들자 경사가 더 심해지고 간간이 나타나는 나무의 표지를 따라 굽은 길이 나타났다. 수많은 가시가 달린 손을 비틀며 괴로워하는 선인장들이 구부러진 길에 늘어서서 시야를 가렸다. 두 사람은 세상에서 이보다 더 어두운 그 무엇을 찾을 수 없을 정도로 깊고 어두운 밤을 향해 가고 있었다.

다시 도로로 나섰을 때 마주친 광경은 무시무시했다. 한데 모여 덩어리를 이룬 검은 구름이 황혼의 하늘 위로 모여들었고, 머리 위 아주 높은 곳에서 무형의 검은 새들, 해골로 된 새의 무리라고 하는 것이 더 적절할 것 같은 새들이 둥둥 떠다녔다. 눈보라가 이스탁시우아틀의 정상을 따라 형성되어 정상의 모습이 희미해진 반면, 전체적으로 뭉게구름이라는 수의를 입은 모습이었다. 깎아지른 듯한 포포카테페틀 덩어리가 계곡을 따라 구름과 함께 움직여 두 사람 앞으로 다가오는 듯했다. 기이하고 침울한 빛이 작은 묘지가 있는 언덕을 비추고 있었다.

묘지는 사람들로 가득했으나 보이는 것은 촛불뿐이었다.

마치 번개의 반사 신호기가 야생의 풍경에 더듬거리며 신호를 보내는 것 같았다. 두 사람 역시 검정과 흰색으로 된 움직이지 않는 작은 물체처럼 보일 것이다. 천둥소리와 함께 사람들의 소리를 들려왔다. 약한 울음소리와 애도의 소리가 바람에 실려 내려왔다. 조객들은 가족의 무덤 앞에서 기타를 치며 찬송을 하거나 기도를 하고 있었다. 풍경 소리와도 같은 딸랑거리는 소리가 환청처럼 들려왔다.

계곡 위에서 들려오는 거대한 천둥소리가 공기를 압도했다. 그러나 이것도 촛불 행렬을 막지는 못했고 행렬은 행진을 시작했다. 그중 일부는 산허리 아래로 줄을 지어 행진하고 있었다.

이본은 자신의 발밑에 딱딱한 도로가 있다는 것에 대해 감사하게 생각했다. 호텔 겸 레스토랑인 엘 포로의 불빛이 밝게 빛나고 있었다. 그 옆의 차고 위로 전기 간판이 빛나고 있었다. 에우스카디.* 어딘가 라디오에서 빠른 속도의 최신 유행곡이 흘러나오고 있었다.

레스토랑 바깥에는 미국산 차들이 세워져 있었다. 밤이 되면서 정글 끝의 막다른 골목 앞에 서 있는 차들은 국경지대에 속하는 이곳에 왠지 모르게 후퇴하고 관망하는 듯한 느낌을 더해주었다. 멀지 않은 곳에 있는 계곡은 오른쪽으로 옛날 수도의 외곽 지역과 연결되어 국경을 형성하고 있었다.

한순간 영사가 테라스에 홀로 앉아 조용히 식사를 하고 있는 모습이 보였다. 하지만 이를 본 것은 이본뿐이었다. 그들은 원탁을 지나 거의 텅 빈 상태로 용도가 불분명해 보이는 바로 향했다. 영사는 거기서 얼굴을 찌푸린 채 멕시코인 세 명과 함께 앉아 있었다. 하지만 이 장면을 본 것은 이본뿐이었다. 부지배인이자 요리사인 큰 키의 일본인이 이본을 알아보았으나 그도 영사가 거기 있다는 사실을 모르는 듯했다. 사람들이 그의 존재를 부정할 때조차도 (이번에는 이본도 영사가 파롤리토에 있을 것이라고 확신했다) 영사는 항상 모퉁이를 돌아 문을 빠져나가곤 했다. 바의 바깥쪽으로 바닥에 타일이 깔린 곳에 몇 개의 테이블이 차려져 있었으나 테이블은 텅 빈 듯했다. 영사는 여기에 엉거주춤하게 앉아 있다가 사람들이 다가오자 일어섰다. 바깥 테라스에서 의자를 밀고 일어나 사람들 앞으로

---

* Euzkadi: 멕시코에서 인기있는 타이어 브랜드명.

다가가 인사를 한 것은 분명 영사였다.

이러한 장소에서 흔히 있는 일이긴 하지만 바깥에 있던 차의 수에 비하면 엘 포포 안의 손님 수는 턱없이 적었다.

휴는 바깥의 차에서 들려오는 듯한 음악소리를 들으며 주위를 두리번거렸다. 이렇게 외딴 곳과는 전혀 어울리지 않는 음악 소리였다. 통제력을 잃어버린 지독한 기계음이 몇 번이고 반복되다 무언가 충돌하는 소리를 내더니 갑자기 멈추었다.

바깥 테라스는 직사각형 모양의 정원으로 정원의 덩치에 맞지 않게 훌쩍 커버린 꽃과 풀이 자라고 있었다. 난간 위로 아치 모양을 형성하여 수도원의 회랑 같은 느낌을 주는 양쪽의 베란다는 반쯤은 어둠에 싸여 있었다. 뒤쪽으로 레스토랑에서 나오는 불빛을 배경으로 여기저기 보이는 주홍색 꽃, 녹색 관목이 부자연스러운 활기를 띠고 있었다. 밝고 주름진 깃털을 가진 화난 표정의 마코 앵무새가 아치 사이의 철제 링 위에 앉아 있었다.

한순간 번개가 깜박거리면서 창문에 불빛이 가득 찼다. 바람에 타닥타닥거리던 나뭇잎 소리가 가라앉으면서 뜨거운 공기 속의 나무들은 혼란 상태에 빠졌다. 이본은 아치에 기대어 모자를 벗었다. 앵무새가 날카로운 소리를 내자 이본은 손바닥으로 귀를 막았고 이어 천둥이 시작되자 있는 힘을 다해 귀를 막았다. 그러고는 눈을 감은 채 소리가 멈출 때까지 기다렸다. 휴가 주문한 차가운 맥주 두 잔이 나왔다.

"음" 휴가 입을 열었다. "콰우나우악 양조장과는 좀 다르군…… 아니 많이 다르군요……! 오늘 아침을 잊을 수는 없을 것 같아요. 하늘이 참 파랬죠?"

"우리를 따라오던 망아지와 털 많은 개, 그리고 머리 위를 빠르게 날아다니던 새들도……"

"이제 파롤리토까지는 얼마나 남았죠?"

"1.5마일 정도. 숲길로 가면 1마일 정도 단축할 수 있죠."

"어두운 길로 가자고요?"

"콰우나우악으로 가는 마지막 버스를 타려면 서둘러야 해요. 벌써 6시가 넘었는걸요. 아, 이 맥주는 못 마시겠군, 당신은 어때요?"

"맞아요. 청동 맛 같군요, 세상에!"

"그럼—" 휴가 말했다.

"다른 걸로 마셔요." 이본이 이렇게 제안한 것은 의외였다.

"전화를 사용할 수 있나요?"

"메스칼" 이본이 밝은 목소리로 말했다.

공기는 전기로 가득해 진동이 느껴질 정도였다.

"뭐라고요?"

"메스칼로 하죠." 이본이 머리를 흔들며 진지하면서도 냉소적인 목소리로 말했다. "항상 제프리가 왜 그걸 마시는지 알고 싶었어요."

"안 될 것도 없죠. 메스칼 두 잔!"

하지만 휴는 맥주를 가져왔던 이가 아닌 다른 웨이터가 메스칼을 가져올 때까지 돌아오지 않았다. 웨이터는 어둡지 않냐고 묻고는 한쪽 손바닥 위의 쟁반을 떨어뜨리지 않으려 애쓰며 불을 하나 더 켰다.

이본이 오후와 저녁에 마신 술은 비교적 적은 양이었으나 이본 자신은 돼지처럼 늘어진 것 같았다. 얼마간 가만히 있다 손을 뻗어 술잔을 들었다.

매스껍고 불쾌한 에테르 맛의 메스칼이 위장으로 흘러 들어갔다. 처음에는 마치 맥주처럼 차가운 한기만이 느껴졌으나 곧 뜨거운 기운이 솟아났다. 바깥 현관에서는 기타 소리가 들렸다. 약간 음조가 맞지 않는 「라 팔로마」* 기타 연주와 멕시코인의 노랫소리가 들려왔다. 메스칼은 여전히 효과를 발휘하고 있었다. 당연히 메스칼은 독한 술의 특징을 가지고 있었다. 휴는 어디로 갔을까? 영사가 여기 있다는 사실을 알고 있을까? 아니, 이본은 그가 여기 없다는 사실을 깨달았다. 이본은 엘 포포를 둘러보았다. 생기를 잃은 죽음의 소리가 똑딱거리는 소리를 내다 신음 소리로 변하고 있었다. 제프리가 말했던 것과 같은 미국의 길거리 싸구려 여관의 환영을 보는 것 같았다. 하지만 메스칼 때문인지 엘 포포는 그다지 나빠 보이지 않았다. 이본은 테이블에서 레몬을 골라 즙을 짜 술잔에 몇 방울 떨어뜨렸다. 이 간단한 행동을 하는 데에도 엄청난 시간이 걸렸다.

갑자기 자신이 부자연스럽게 혼자 소리 내며 웃고 있다는 사실을 깨달았다. 자신의 내부에서 연기를 내고 있던 무언가에 불이 붙은 듯했다. 그리고 이본의 머릿속에는 계속 주먹으로 바닥을 쳐대는 한 여인의 형상이 보였다……

불이 붙은 것이 이본 자신이 아니었다. 불길에 사로잡힌 것은 그녀의 마음속의 집, 그녀의 꿈이었다. 그것은 농장이었고, 오리온이었고 플레이아데스였다. 그리고 그것은 바닷가에 있는 그들의 집이었다. 불은 어디에 있는가? 그것을 처음 목격한 것은 영사였다. 이 기묘한 생각들, 형식이나 논리도 없는 이 생각들은 대체 무엇이란 말인가? 이본은 또 다른 술잔, 휴의 메스칼로 손을 뻗었다. 불이 꺼지고, 영사에 대한 절실한 사랑과 애

---

* La Paloma: '비둘기'라는 뜻으로, 스페인 음악가 세바스티안 이라디에르(Sebastián Yradier, 1809~1865)가 작곡한 곡. 쿠바의 아바나 항구에서 비둘기에 마음을 실어 보내는 섬 여인의 순정을 노래한 곡으로, 비둘기는 바다 저편에 있는 뱃사람의 충실한 영혼을 상징한다.

정의 물결이 이본의 온몸에 퍼지는 듯했다.

―해풍이 불어오는 맑고 어두운 하늘, 보이지 않는 파도 소리, 머리 위로 여름 별들이 속삭이는 봄날의 깊은 밤, 여름의 전조 속에서 별이 밝게 빛나고 있었다. 맑고 어두운 하늘에 달은 아직 보이지 않았다. 깨끗하고 아름다운 바다 위로 강한 해풍이 불어오고 물 위로 하현달이 나타났다. 그리고 한밤 집 안에서는 보이지 않는 파도의 외침이 들려왔다―

"메스칼은 어때요?"

휴의 술잔 위로 몸을 기울이고 있던 이본이 벌떡 일어섰다. 휴는 몸을 흔들며 이본 옆에 서 있었다. 그는 긴 열쇠 모양의 낡은 캔버스 케이스를 겨드랑이에 끼고 있었다.

"대체 무얼 가지고 온 거예요?" 이본의 목소리는 흐릿하고도 낯선 느낌이었다.

휴는 케이스를 난간에 내려놓고 테이블 위에 손전등을 내려놓았다. 허리 벨트에 끼울 수 있는 금속 링을 이은 것으로 보이스카우트들이 쓰는 물품처럼 보였다. "제프리가 살롱 오펠리아에서 무례하게 대했던 그 사람을 현관에서 만났어요. 이거 그 사람한테서 산 거예요. 기타를 팔아서 새 것을 사고 싶어 하기에 그것도 사버렸죠. 8.50페소밖에 하지 않던걸요―"

"기타는 무엇에 쓰려는 거죠? 인터내셔널가, 아님 뱃노래라도 부를 건가요?" 이본이 말했다.

"메스칼은 어때요?" 휴가 다시 물었다.

"10야드짜리 철조망을 삼킨 것 같아요. 머리가 빙빙 도는 듯해요. 휴, 당신 것도 여기 있어요. 남은 게 있나요?"

휴가 자리에 앉았다. "바깥에서 기타 치던 사람과 테킬라를 한잔했어요."

"실은—" 휴가 말을 이었다. "오늘밤 멕시코시티에 가지 않을 작정이에요. 일단 그렇게 정하고 나니 제프리 문제에 대해 할 일이 많을 것 같아요."

"난 좀 취하고 싶어요." 이본이 말했다.

"그래요, 그것도 괜찮은 생각이네요."

"술에 취하는 것이 어떻게 괜찮은 생각이 될 수 있는지……" 이본이 새로 가져온 메스칼 잔을 앞에 두고 물었다. 그러고는 좀 전에 했던 질문을 되풀이했다. "기타는 무엇에 쓰려는 거죠?"

"노래하려고요. 사람들에게 거짓이 담긴 노래를 들려줄 거예요."

"휴, 왜 그렇게 이상한 말을 하는 거죠? 어떤 사람들에게 어떤 거짓말을 한다는 거죠?"

휴는 몸을 의자에 깊숙이 묻고 의자의 등이 뒤쪽 난간에 닿을 때까지 몸을 뒤로 젖혔다. 그러고는 그 상태로 앉아 담배를 피우며 무릎에 놓인 메스칼을 아주 조금씩 홀짝거렸다.

"월터 롤리 경*이 영혼을 담아 읊었던 그런 류의 거짓말이죠. '진실만이 권능을 가질 것이니. 떠나라, 나는 죽어야 할지니. 세상에 거짓을 전하라. 교회는 좋은 것과 나쁜 것을 동시에 전한다는 것을 말하라. 교회와 법정이 화답한다면, 그 모두에게 거짓을 전하라.' 이런 거죠, 약간 다를

---

* Walter Raleigh(1552~1618): 영국의 군인, 탐험가, 시인, 산문작가. 위그노 전쟁에 참가하고 아일랜드 반란을 진압한 공으로 기사 작위를 받았다. 북아메리카를 탐험하고 플로리다 북부를 '버지니아'로 명명하고 식민을 행했으나 실패했다. 휴가 읊조리는 것은 롤리 경의 시 「거짓The Lie」에 나오는 구절로, 롤리 경의 시대에는 거짓을 전한다는 것은 커다란 모독으로 간주되었다.

수도 있지만."

"휴, 연극배우 같군요. 건배하죠."

"Salud y pesetas(건강과 부를 위하여)."

"Salud y pesetas(건강과 부를 위하여)."

휴는 술잔을 들고 일어서 수도원같이 생긴 아치 길에 기대어 담배를 피우며 이본을 내려다보았다.

"하지만 반대로 우리는 어려움에 처한 사람들을 도와주는 착한 일을 하고 싶어 하죠. 때로는 자신을 낮추어 희생하기도 하죠. 아마도 20년에 한 번씩은 그런 일을 겪곤 하죠. 그러나 영국인들에게 있어 진정한 순교자가 된다는 것은 끔찍한 일이죠. 우리는 마음 한편으로 간디나 네루 같은 사람들의 고결함을 존경하고 그들의 사심 없는 정신이 우리를 구할 수 있다는 점도 알고 있지만 다른 한편으로는 '저 끔찍한 사람을 강에 던져 버려', '바라바*를 석방하라', '오드와이어**여 영원하라!'라는 말을 외치기도 하죠. 물론 스페인 사람들에게도 역시 순교자가 되는 것은 끔찍한 일이죠. 다른 방식이 되긴 하겠지만…… 러시아 사람들은 어떨까……"

휴가 이런 말을 하는 동안 이본은 휴가 이본이 볼 수 있도록 테이블 위에 내려놓은 종이를 훑어보고 있었다. 꾸깃꾸깃해진 더러운 메뉴판이었다. 휴가 바닥에서 막 주웠거나 누군가의 주머니 속에 오랫동안 있었음 직한 모습이었다. 이본은 술 취한 사람 특유의 신중함으로 찬찬히 메뉴를 여러 번 읽었다.

---

* Barrabas: 그리스도 대신 석방된 도둑의 이름.
** O'Dwyer: 영국의 인도 식민지 시절 통치자.

엘 포포 차림표

마늘 수프	$0.30
그린 소스의 엔칠라다	0.40
필드 칠리	0.75
"포포"의 라하스 요리	0.75
그린 소스의 마치토스	0.75
작은 소노라	0.75
구운 송아지 다리	1.25
구운 염소	1.25
구운 닭	1.25
돼지 커틀릿	1.25
수프와 스테이크	1.25
샌드위치	0.40
튀긴 콩	0.30
스페인 초콜릿	0.60
프랑스 초콜릿	0.40
밀크 커피	0.20

 여기까지는 파란색으로 씌어 있었고 그 아래로 작은 바퀴 모양의 디자인이 보였다. 이본은 다시 술 취한 사람 특유의 신중함으로 이를 들여다보았다. 바퀴 안에는 "Lotería Nacional Para La Beneficencia Pública (공익복권위원회)"라는 글이 원 모양으로 적혀 있었고, 이 원 안에는 행복한 어머니가 아이를 쓰다듬고 있는 형상을 나타내는, 일종의 트레이드 마크가 보였다.
 메뉴판의 왼쪽에는 미소를 띤 젊은 여인의 석판 초상이 차지하고 있었고 그 위로 'Hotel Restaurant El Popo se observa la más estricta moralidad, siendo este disposición de su proprietario una garantía para al

pasajero, que llegue en compañía(호텔 겸 레스토랑인 엘 포포는 엄격한 윤리를 준수한다. 이러한 원칙은 여성을 동반한 방문객에게 적용된다)'는 말이 인쇄되어 있었다. 이본은 이 여인을 자세히 들여다보았다. 통통한 몸집의 여인의 옷차림은 남루했고 미국식 머리 모양을 하고 있었다. 다양한 색이 모자이크처럼 프린트된 긴 치마를 입은 여인의 한 손은 장난스럽게 유혹하는 듯한 손짓을 하고 있었고 다른 한 손에는 10장짜리 복권 묶음을 들고 있었다. 복권에는 펄쩍 뛰어오르는 말에 오른 채 손을 흔드는 여자 카우보이의 모습이 그려져 있었다. 이것을 보고 있는 10분 동안 이본은 거의 잊혀진 자신의 복제판들이 자신에게 손을 흔들고 있는 것 같은 느낌을 받았다.

"음" 이본이 입을 열자, 휴는 "그 반대쪽을 살펴봐요"라고 말했다.

이본은 메뉴판을 뒤집어서는 멍하니 들여다보았다.

메뉴판의 뒤쪽에는 영사의 혼란스러운 필적으로 가득했다. 왼쪽 위에는 이렇게 씌어 있었다.

계산서

럼&아니스 1	1.20
럼 살롱 브라스 1	.60
테킬라 더블 1	.30
	2.10

계산서에는 퍼민의 서명이 있었다. 영사가 몇 달 전 이곳에 계산서를 남기면서 긁적거린 메모였다. "아니, 내가 방금 지불한 거예요." 휴가 말했다. 휴는 이제 이본의 바로 옆에 앉아 있었다.

이 "계산서" 아래에 수수께끼 같은 말이 적혀 있었다. "더스dearth……
필스filth…… 어스earth", 그리고 그 밑으로 전혀 알아볼 수 없을 만큼
휘갈긴 글씨가 보였다. 종이 중간 부분에는 이렇게 씌어 있었다.
"차가운 감방의" "로프rope…… 코프cope…… 그루프grope"라고
적혀 있었고, 오른쪽에는 이 방탕아 같은 단어들에 대한 설명이 마치 한
편의 시처럼 적혀 있었다. 완성되지 않은 소네트처럼 보였으나 약간 주저
한 느낌에 망가진 형태를 띠고 있었다. 지우거나 갈겨쓴, 심지어 훼손되
어 알아보기 힘든 글자들이 관과 같은 길고 검은 상자와 마구 그린 수레
바퀴 그림에 둘러싸여 있었다. 거의 해독이 불가능한 그것들은……

몇 년 전 그는 탈출을 시작했다네
……그 이후…… 계속 탈출 중이라네
자신을 뒤쫓는 자들이 희망을 포기했다는 것을 모른 채
자신을 교수형에 처하는 희망을 포기했다는 것을 모른 채
수많은 눈에 쫓기고 수많은 군중의 공포에 휩싸여
자신을 방어조차 할 수 없는
빛나는 세상의 렌즈는 그를 과거 시제로 읽고 있다네
그 어떤 생각도…… 가치를 잃어버리고
(심지어)…… 차가운 감방의 대가조차도.
그의 죽음은 문제가 되겠지.
아마도. 그러나 그 이상은 아니라네.
누군가 이 침몰한 불쌍한 영혼의 비극을 말하겠지.
북쪽으로 달아난 그에 대해……

'북쪽으로 달아난 그'가 이본의 머릿속을 맴돌았다. 휴가 말했다.

"갈까요."

이본이 고개를 끄덕였다.

바깥에서는 바람이 불면서 이상한 새된 소리를 내고 있었다. 어딘가에서 느슨해진 셔터가 서로 부딪치고 있었고 차고 위로 전기의 한숨 소리가 밤을 따라 걷고 있었다. 에우스카디—

시간에 대한 사람들의 공적 조회 대상인 시계는 12시 7분 전을 가리키고 있었다. "북쪽으로 달아난 그" 엘 포포의 현관에서 식사를 하던 사람들은 이미 떠나고 없었다……

두 사람이 아래로 내려가자 번개가 치고 이어 천둥이 폭격처럼 몰아쳤다. 소리가 흩어졌다가 다시 길게 늘어졌다. 점점 늘어가는 검은 구름이 북으로 동으로 향하며 별들을 마구 집어 삼켰다. 페가수스는 보이지 않는 하늘 위로 힘차게 올라갔다. 머리 위에는 여전히 맑은 하늘이 펼쳐져 있었다. 견우성과 직녀성, 그리고 데네브.* 나무를 지나 서쪽 하늘 위로 헤라클레스가 보였다. "북쪽으로 달아난 그", 이본이 되뇌었다. 두 사람의 바로 앞에 펼쳐진 도로 옆에는 폐허가 된 그리스식 사원이 있었다. 가느다란 두 개의 기둥과 폭이 넓은 두 개 계단의 희미한 흔적이 남아 있었다. 이 사원도 한때는 적절한 균형과 조화를 이룬 아름다운 기둥과 널따란 계단을 자랑하던 시절이 있었을까. 이제 그것들은 낡은 창고에서 나오는 꾸불꾸불한 두 개의 빛줄기가 되어 거리로, 기둥으로, 두 개의 전신주로 떨어지고 만 것일까.

두 사람은 인도로 접어들었다. 휴는 보이지 않는 목표물에 손전등을

---

* Deneb: 백조자리에서 가장 밝은 별.

비추었다. 환영과도 같은 그것은 점차 거대하게 팽창하여 투명한 몸짓으로 선인장과 엉키었다. 이본이 앞서고 휴가 그 뒤를 따라 두 사람은 점차 좁아지는 인도를 걷고 있었다. 빛을 발하는 투명한 물체가 두 사람 앞으로 미끄러지듯 다가왔다. 타원 모양의 동심원들이 밀려왔고, 이 동심원들을 가로질러 여자 거인의 그림자로 바뀐 이본의 그림자가 위로 펄쩍 뛰어오르는 듯했다. 손전등이 환영 같은 물체를 비춘 곳에는 소금과 같은 엷은 회색의 촛대가 나타났다. 뻣뻣하고도 살집이 좋은 촛대는 바람 속에서도 몸을 굽히지 않고 수많은 가지를 천천히 움직이며 잔인한 짐승의 웃음소리를 내고 있었다.

"북쪽으로 달아난 그……"

이본은 술이 완전히 깬 것 같은 느낌이었다. 선인장은 멀어졌다. 인도는 여전히 좁았으나 큰 나무와 덤불들이 자라기에는 충분했다.

"북쪽으로 달아난 그" 하지만 두 사람은 북쪽이 아니라 파롤리토로 향하고 있었다. 영사도 북쪽으로 가지는 않았다. 영사 역시 오늘밤 파롤리토로 갔으리라. "그의 죽음은 문제가 되겠지." 나무 꼭대기의 가지들이 두 사람의 머리 위로 물이 쏟아지는 듯한 소리를 만들어냈다. "그의 죽음은……"

이본은 술이 완전히 깬 상태였다. 그러나 덤불, 두 사람이 가는 길에 빠른 몸놀림으로 불쑥 끼어든 덤불은 술이 덜 깬 것 같았다. 움직이는 나무들 역시 술에 취한 것임에 틀림없었다. 결국 여기까지 이본을 데려온 휴는 도로의 실용성 문제, 전기가 노출되어 있는 숲, 자신들의 머리 위에 있는 젖은 나무들이 얼마나 위험한지를 증명하는 모양이 되고 말았다. 그리고 휴 역시 술에 취한 상태였다. 이본은 갑자기 멈춰 서서 저린 손가락을 손으로 움켜쥐었다.

"서둘러야겠어요. 7시가 다 돼가요." 이본은 이렇게 말하고는 인도 아래쪽으로 뛰어가며 흥분된 커다란 목소리로 말했다.

"내가 1년 전 제프리를 떠나기 전 마지막 날 밤 제프리와 멕시코시티에서 저녁을 함께하기로 약속했다는 거 말한 적이 있나요? 그때 제프리는 약속 장소를 잊어버리고는 시내의 레스토랑을 샅샅이 찾아다녔었죠. 바로 우리가 지금 그를 찾아 헤매는 것처럼 말이죠."

En los talleres y arsenales(작업장과 무기고에서)
a guerra! todos, tocan ya(사람들은 이미 전쟁! 하고 외치네).

휴는 체념한 듯 깊은 목소리로 노래를 읊조렸다.
"그라나다에서 제프리를 처음 만났을 때도 마찬가지였죠. 우리는 알람브라 근처에서 저녁 약속을 했어요. 난 알람브라 안에서 만나기로 한 걸로 알고 있었는데 그는 거기 없었죠. 그리고 지금, 돌아온 첫날밤에 다시 그를 찾아 헤매고 있죠."

—todos, tocan ya ; (—사람들은 외치네)
morir ¿quién quiere por la gloria(누가 영광을 위해, 아니 무기 판매상을 위해)
o por vendedores de cañones(죽음을 택하랴)?

숲에 천둥소리가 요동쳤다. 이본은 복권 속에서 허공을 바라보며 웃고 있던 그 여인이 인도의 끝에 서서 자신을 향해 손짓하고 있는 모습을 보기라도 한 것처럼 그 자리에 얼어붙은 듯 멈추어 섰다.

"얼마나 더 가야 되죠?" 휴가 물었다.

"거의 다 온 것 같아요. 앞으로 몇 번 더 모퉁이를 돌아서 쓰러져 있는 통나무가 보이면 그걸 넘어가야 해요."

Adelante, la juventud(젊은이여, 전진하라),
al asalto, vamos ya(자, 지금 공격하라),
y contra los imperialismos(저 제국주의자들을 향해),
para un nuevo mundo hacer(새로운 세계 건설을 위해).

"당신 말이 맞는 것 같군요." 휴가 말했다.

잠시 폭풍이 잠잠해졌다. 폭풍우를 가득 머금은 하늘 위로 나무 꼭대기의 가지들이 천천히 흔들리는 모습은 조류의 방향이 바뀌는 순간의 그것과도 같았다. 물론 거기에는 오늘 아침 휴와 함께 승마를 즐기던 시간, 아침에 공유했던 생각에 대한 저녁의 느낌, 젊음과 사랑, 그리고 슬픔의 거친 바다와 같은 동경이 있었다.

길 앞쪽 어딘가에서 폭격기 소리와도 같은 날카로운 총성이 정적을 깨뜨렸고 총성은 계속 이어졌다. "계속 사격 연습을 하는 모양이군." 휴가 웃으며 말했다. 어쩌면 이것은 천둥소리의 공포를 덜어주는 세속의 소리였다. 동시에 이것은 파리안이 멀지 않았음을 의미했다. 곧 나무들 사이로 희미한 불빛이 비칠 것이다. 번갯불이 번득이자 이제는 쓸모없는 우울한 화살표가 자신들이 걸어온 길을 향해, 불타버린 도시 아노티틀란으로 가는 길을 가리키고 있는 것이 보였다. 그리고 보다 깊은 어둠 속에서 휴의 손전등이 왼쪽의 나무 둥치에 붙어 있는 화살표를 비추자 또 다른 표지판이 보였다. '☞ A PARIÁN.'

휴는 이본의 뒤에서 계속 노래를 흥얼거리고 있었다. 부드러운 빗방울이 떨어지기 시작했고 숲에서는 깨끗하고 감미로운 장미 냄새가 났다. 이곳이 바로 두 갈래 길이 겹쳐진 곳이었다. 온통 이끼에 덮인 나무줄기가 이본이 선택하지 않은 길, 영사가 토말린을 지나 반드시 따라갔을 그 길의 경계에 서 있었다. 흰 곰팡이가 핀 폭 넓은 단이 있는 사다리는 이전과 마찬가지로 나무줄기에 비스듬히 기대어 서 있었다. 이본은 사다리를 올라가서야 휴의 전등 불빛이 보이지 않는다는 사실을 깨달았다. 어둡고 미끄러운 나무 꼭대기에 균형을 잡고 서자 나무들 사이로 약간 한쪽으로 치우쳐 다가오는 휴의 전등불이 보였다. 이본은 승리감이 깃든 목소리로 소리쳤다.

"휴, 길을 벗어나지 않도록 조심해요. 까다로운 길이에요. 넘어져 있는 통나무도 조심해야 해요. 이쪽으로 사다리를 타고 올라와서 반대쪽으로 뛰어내리면 돼요."

"먼저 가요." 휴가 말했다.

휴가 기타 케이스를 치자 구슬프게 울려오는 기타의 불평 소리를 들으며 이본이 소리쳤다. "여기, 바로 여기에요."

    Hijos del pueblo que oprimen cadenas(사슬에 옥죄인 사람들의 아들이여)
    esa injusticia no debe existir(이러한 불의는 존재해서는 안 되는 것)
    si tu existencia es un mundo de penas(당신의 존재가 슬픔의 세계라면)
    antes que esclavo, prefiere morir prefiere morir……(노예가 되기

보다는 죽음을 택하라……)

휴는 이해하기 힘든 노래를 부르고 있었다.

갑자기 이전보다 세차게 비가 쏟아졌다. 급행열차와 같은 바람이 숲으로 몰아쳤다. 바로 앞쪽에서는 번개가 나무를 관통하여 잔인하게 갈라놓았고 지구를 뒤흔드는 듯한 천둥소리가 들려왔다.

때때로 천둥 속에서 마음속 베란다로 자신을 인도하여 마음의 창문에 빗장을 지르고 닫아버리는 누군가가 있다. 하지만 이는 천국의 비밀, 산산조각 난 천국의 광기, 지켜보기 힘들다는 이유로 용서 받은 인간들이 가진 불명예보다는 끔찍함이 덜하다. 항상 사람들의 마음속에는 열린 문이 있다. 사람들은 거대한 폭풍우 속에서도 예수가 들어올 수 있도록 문을 열어놓지 않았던가. 지금까지 한 번도 일어난 적이 없는 사건이 일어날 것이라는 점, 벼락은 결코 자신에게 떨어지지 않고 번개는 항상 다른 곳에 칠 것이라는 점, 재난은 재난이 일어날 것 같은 시간에 일어나는 일이 드물다는 점을 받아들이는 열린 문, 아직 통나무에서 균형을 잡고 있는 이본이 무언가 아주 잘못되었다는 것을 인식한 것도 바로 이러한 마음의 문을 통해서였다. 천둥이 점차 약해지면서 빗소리가 아닌 다른 소리가 다가오고 있었다. 폭풍으로 겁에 질린 동물(사슴이나 말처럼 발굽을 가진 동물이 분명했다)이 덤불 속으로 뛰어들어 이본이 있는 쪽을 향해 전력질주로 달려오고 있었다. 번개와 천둥이 잦아들자 길게 늘어진 짐승의 울음소리가 겁에 질린 인간의 비명처럼 변하는 것을 들을 수 있었다. 이본은 다리가 떨리는 것을 느꼈다. 휴의 이름을 부르며 사다리 반대편으로 내려오기 위해 몸을 돌리는 순간, 발이 통나무에서 미끄러졌다. 균형을 잡으려고 애썼으나 꼬꾸라지고 말았다. 한쪽 발이 접질려 넘어지면서 날카로운 고통이 엄습했다. 일어나기 위해 안간힘을 쓰는 순간, 밝게 내리치는 번개 불빛 속에서 주인 없는 말이 보였다. 말은 인도로 돌진하고 있었으나 이본을 향한 것은 아니었다. 이본은 불빛 속에서 말의 세세한 부분까지 관찰할 수 있었다. 등에서 딸그랑 소리를 내며 미끄러지는 안장, 엉덩이에 낙인으로 찍힌 7이라는 숫자까지 다 보였다. 몸을 일으키려 애쓰는 순간, 이본의 귀에는 자신의 비명 소리가 들려왔다. 말이 자신을 향해 몸을 돌렸기 때문이다. 말은 하얀 불꽃을 내는 촬영 세트장의 천막과도 같은 하늘을 배경으로 공중에 우뚝 선 채 정지해 있었다.

축제의 차들이 이본의 주위를 맴돌고 있었다. 아니, 그것들은 중심에서 공전하면서 빛을 내며 불타고 있는, 태양 주위를 도는 행성들이었다. 다시 행성들이 나타났다. 수성, 금성, 지구, 화성, 목성, 토성, 천왕성, 해왕성, 명왕성, 하지만 이것들은 행성도 회전목마도 아닌 회전식 관람차였다. 그것은 별자리들이었고 그 중앙에는 북극성을 녹여버린 거대한 차가운 눈이 있었다. 그것들은 계속 돌고, 또 돌았다. 카시오페이아자리, 케페우스자리, 살쾡이자리, 큰곰자리, 작은곰자리, 용자리. 아니, 그것들은 별자리가 아니었다. 아름다운 나비 떼였다…… 이본은 아름다운 수많은 나비들의 허리케인을 뚫고 아카풀코 항으로 들어가고 있었다. 나비들은 머리 위로 지그재그를 그리며 끊임없이 사라지는 바다 너머 선미로, 바다 위로, 거칠지만 순수한 물 위로 사라지고 있었다. 커다란 아침 파도가 다가와 위로 솟았다가 몸을 부딪치고는 모래 위 무채색의 타원 속으로 사라져갔다. 그러고는 계속 아래로, 아래로 가라앉았다. 누군가 멀리서 자신의 이름을 부르고 있었다. 그제야 자신이 어두운 숲 속에 있다는 사실을 깨달았다. 바람 소리에 이어 빗방울이 숲에 부딪치는 소리가 났다. 그러고는 하늘과 말 사이에서 진동하는 번개의 떨림을 보았다. 오, 세상에, 저 말은…… 이 장면은 끊임없이 영원히 계속되는 것일까? 말은 이본의 머리 위로 똑바르게 공중에 돌처럼 경직된 상태로 서 있었다. 마치 동상 같았다. 아, 동상에는 누군가가 앉아 있었다. 바로 이본 그리파톤이었다. 아니, 그것은 주정뱅이, 살인자, 우에르타의 동상이었다. 아니, 영사의 동상이었다. 아니, 그것은 회전목마에 있는 기계로 된 말이었다. 회전목마는 멈추었고 이본은 산골짜기에 있었다. 골짜기 아래에는 수백만의 말들이 자신을 향해 천둥소리를 내며 달려오고 있었다. 달아나야 했다. 이 평화로운 숲을 빠져나와 집으로, 바닷가 작은 집으로 달아나야 했다. 하지만 집은 불타고 있었다. 숲에서도 볼 수 있었다. 사다리 위에서 나무가 타면서 내는 타닥거리는 소리를 들을 수 있었다. 모든 것이 불타고 있었다. 자신의 꿈이 불타고 있었다, 집이 불타고 있었다. 하지만 그들은 지금 여기에 서 있었다. 제프리와 이본은 그 안, 바로 그 집 안에서 비통해하고 있었다. 집 안에는 모든 것이 정상이었다, 모든 것이 제자리에 있는 듯했다. 집은 그대로 있었고 귀중한 그 모든 것이 자연스럽고 익숙한 모습 그대로였다. 단지 지붕에만 불이 붙어 있었고 지붕의 마른 잎사귀가 바람에 내는 소리, 그 기계적인 소음만이 들렸다. 두 사람이 지켜보는 동안 불은 점차 집 안 전체로 번져나가고 있었다. 찬장, 냄비, 낡은 주전자, 새 주전자, 깊은 우물의 수호신상, 수건, 갈퀴로 퍼져갔다. 지붕에 하얀 층층나무 꽃이 덮여 있는 창고가 무너졌다. 하지만 더 이상 무너질 것은 없었다. 이제 나무들이 타들어갔다. 불은 점점 더 빨리 번져나갔다. 정원의 꽃들이 검게 타들어갔다. 꽃들은 괴로운 듯 몸부림치며 몸을 비틀다 바다에 떨어졌다. 봄의 아침햇살이 내려와 있던 현관이 불타고 있었다. 붉은색 문, 여닫이 창문, 이본이 직접 만든 커튼이 타고 있었다. 제프리의 낡은 의자도 타고 있었다. 책상도, 책도, 이제 그의 책도 타고 있었다.

책장이 타고 있었다. 책장은 불 속에서 소용돌이를 이루어 위로 치솟다 흩어져 바닷가에서 타들어갔다. 이제 날이 어두워지기 시작했고 조수가 밀려와 불에 탄 집의 흔적들을 조금씩 쓸어갔다. 바다 멀리로 나갔던 유람선은 에리다누스*의 어두운 물 위로 조용히 집으로 돌아갔다. 집은 죽어가고 고통만이 남아 있었다.

꿈에서 깨어나며 이본은 몸을 일으켜 별들을 향해 나아가는 듯했다. 물 위에 커다란 원을 그리고 둥둥 떠 있는 별들의 물결을 헤치고, 부드러운 날갯짓으로 천천히 날아가는 다이아몬드 모양의 한 무리의 새처럼 오리온을 향해, 플레이아데스를 향해 날아가고 있었다……

---

* Eridanus: 그리스 신화에 나오는 강의 신이자 겨울철 남쪽 하늘의 오리온자리 리켈 근처에서 반짝이는 별자리. 외조카인 파에톤이 말을 제대로 다루지 못해 제우스가 던진 번개에 맞아 강에 떨어지자, 불타는 파에톤의 몸을 식히고 어루만져준 것이 에리다누스라고 전해진다.

XII

"메스칼" 영사가 말했다.

파롤리토의 홀에는 사람이 거의 없었다. 바 뒤의 거울은 광장 쪽으로 열린 문을 비추었고 거울 속 그의 얼굴은 말없이 자신을 응시하고 있었다. 익숙한 무서운 전조가 흐르는 중이었다.

바 안은 조용하지는 않았다. 똑딱거리는 소리로 가득 차 있었다. 영사의 손목시계에서 나오는 똑딱거리는 소리, 그의 심장, 그의 양심이 똑딱거리는 소리, 어딘가에 있을 벽시계의 똑딱거리는 소리로 가득 차 있었다. 아득히 먼 아래쪽에서 흐르는 물소리, 지하 세계가 붕괴되는 소리가 들렸다. 그러나 그 무엇보다도 스스로가 만든 불행 속으로 자신을 내던졌던 그를 비난하는 듯한, 가슴을 도려내는 듯한 비난의 목소리가 아직도 들려왔다. 언쟁이라도 벌이는 것 같은 목소리들 속에서 자신의 목소리가 다른 것들보다 훨씬 크게 들렸다가 멀리서 구슬프게 들려오는 울부짖는 소리와 뒤섞였다. "주정뱅이, 주정뱅이, 주정뱅이!"

이 목소리들 중 하나는 애원하는 듯한 이본의 목소리 같았다. 영사는 아직 살롱 오펠리아에서의 그녀의 시선, 아니 그들의 시선을 등 뒤로 느끼고 있었다. 그는 일부러 이본에 대한 생각을 지우려 애썼다. 메스칼 두 잔을 단숨에 들이켜자 목소리가 멈추었다.

영사는 레몬즙을 빨며 주위를 살펴보았다. 메스칼은 마음을 진정시키는 반면, 자각을 느리게 했다. 하나의 객체가 그에게 영향을 미치기까지는 약간의 시간이 걸렸다. 홀의 구석에서는 흰 토끼 한 마리가 옥수수 이삭을 갉아 먹으며 앉아 있었다. 토끼는 거의 무아지경 상태에서 악기라도 연주하듯 검푸른 줄기를 물어뜯는 데 전념하고 있었다. 바 뒤의 회전 고리에는 아름다운 오악사카 메스칼 항아리가 걸려 있었다. 그 양쪽에는 테남파, 베레티가, 테킬라 아녜호, 아니스 더블 드 마요르카,* 헨리 말레의 보랏빛 디캔터 "델리시오소 리코르",** 페퍼민트 코디얼이 든 플라스크, 아니스 델 모노가 담긴, '악마가 휘두른 갈퀴'라는 레이블이 적힌 긴 나선형 병이 늘어서 있었다. 영사 앞의 넓은 카운터에는 이쑤시개가 담긴 접시, 칠리 페퍼, 레몬, 빨대가 담긴 통, 유리잔이 놓여 있었다. 유리잔에는 긴 스푼이 엇갈린 채 담겨 있었다. 카운터의 한쪽 끝에는 아구아르디엔테가 담긴 다채로운 색깔의 바닥이 둥근 항아리들이 놓여 있었고 다양한 향의 정제되지 않은 알코올 내음을 풍기고 있었다. 항아리 안에는 감귤 껍질이 떠 있었다. 어젯밤 콰우나우악에서 열린 파티에 관한 광고가 거울에 붙어 있었다. 'Hotel Bella Vista Gran Baile a Beneficio de la Cruz Roja. Los Mejores Artistas del radio en acción. No falte Vd (벨라비스타 호텔 그랜드볼룸. 1938년 11월. 적십자사 후원. 주요 아티스트 출연. 놓치지 마세요).' 전갈 하나가 광고에 붙어 있었다. 영사는 이를 유심히 쳐다

---

* Tenampa, Berreteaga, Tequila Añejo, Anís double de Mallorca: 술 이름.
** delicioso licor: 스페인어로 '맛있는 술'이라는 뜻.

보고 있었다. 그러고는 길고 냉담한 구원의 신호를 그리며 이쑤시개의 개수를 세었다. 영사는 이곳에서 안전했다. 바로 자신이 좋아하는 장소였다. 이곳은 자신의 절망의 낙원이자 성역이었다.

벼룩*이라 불리는 바텐더는 거무스름하고 병약해 보이는 작은 소년이었다. 코끼리라는 별명을 가진 파롤리토 주인의 아들인 소년은 청소년 잡지 『티토 Ti-to』에 얼굴을 들이대고 뿔테 안경을 통해 '엘 이조 델 디아블로'**라는 연재만화를 보고 있었다. 그는 잡지를 보다 혼잣말을 중얼거리기도 하고 초콜릿을 한 입 베어 먹기도 했다. 영사는 다시 메스칼을 한 잔 채워서 가져오다 바에 술을 조금 엎질렀다. 소년은 엎질러진 술을 닦을 생각이 없는 듯 계속 잡지를 들여다보고 혼잣말을 중얼거리며, 죽은 자의 날을 위해 만들어진 듯한 해골 모양의 초콜릿을 게걸스럽게 먹고 있었다. 해골 모양의 초콜릿, 초콜릿 해골, 장의차…… 영사가 벽에 붙어 있는 전갈을 가리키자 소년은 짜증스러운 몸짓으로 전갈을 털어냈다. 전갈은 죽어 있었다. 벼룩은 다시 잡지로 눈을 돌리고 큰 소리로 중얼거렸다. "De pronto, Dalia vuelve en sí y grita llamando la atención de un guardia que pasea. ¡Suélteme! ¡Suélteme!(갑자기 달리아가 나타나 지나가는 보초의 관심을 끌기 위해 소리친다. 살려줘! 살려줘!)"

살려줘! 소년이 갑자기 일어나 기분 전환이라도 하려는지 바깥으로 나가버리자 영사는 생각했다. 살려줘! 하지만 전갈은 구원의 손길을 필요로 하지 않고 스스로를 찔러 죽음을 택했다. 그는 천천히 홀을 걸어서 흰

---

* 스페인어로 '벼룩이 있는 사람un hombre de pocas pulgs'은 성격이 급한 사람을 가리킨다.
** El Hijo del Diablo: 스페인어로 '악마의 아들'이라는 뜻. 그러나 글의 후반에 나오듯, 벼룩이라 불리는 바텐더 소년은 역설적이게도 하느님이 주신God-given이라는 뜻의 디오스다도 Diosdado라는 이름을 가진 사나이의 아들이다.

토끼와 친해지려고 했으나 실패하고 오른쪽에 있는 창문으로 다가갔다. 창문은 열려 있었고 계곡 바닥까지 깎아지른 듯한 절벽이 보였다. 이 얼마나 어둡고 우울한 곳인가! 쿠빌라이 칸의 환락궁 같은 모습이 아닌가……* 셸리나 칼데론의 시에서도 바위산이 등장하지 않던가. 완전히 무너져 내릴 것인지 결정하지 못한 바위산은 갈라진 채 그대로 매달려 있었다. 단순히 그 높이만으로도 현기증이 날 정도였다. 영사는 창밖을 향해 기댄 채 갈라진 바위의 옆길을 쳐다보며 「첸치 일가」**의 한 구절을 생각해내려 애쓰고 있었다. 거대한 돌덩어리가 흙덩이에 매달린 채 생사의 갈림길에서도 추락을 두려워하지 않고 원한다면 언제든 떨어질 수 있다고 읊었던…… 실제로 보이는 바닥은 끔찍했다. 그러나 영사는 자신도 추락이 두렵지 않다는 생각을 했다. 그는 협곡의 구불구불한 심연의 길을 머릿속으로 쫓아가고 있었다. 시골길을 지나, 황폐한 탄광을 지나, 자신의 정원으로 향한 길을 따라갔다. 그러고는 오늘 아침 이본과 함께 서 있는 자신을 보았다. 두 사람은 인쇄소 앞에서 가게에 진열된 청첩장 가운데 있는 「작별La Despedida」이라는 빙암(氷巖)의 그림을 응시하고 있었다. 그 뒤로는 인쇄기의 회전 바퀴가 열심히 돌아가고 있었다. 이 얼마나 슬프고도 이상한 일인가. 오늘 아침의 일이 아련한 첫사랑의 기억처럼, 어머니의 죽음에 대한 기억처럼, 너무도 먼 옛일처럼 느껴졌다. 이번에는 마치 빈약한 슬픔의 느낌처럼 별다른 노력 없이도 이본에 대한 생각을 떨쳐버릴 수 있었다.

---

* 영국 시인 콜리지(Samuel Taylor Coleridge, 1772~1834)의 시 「쿠빌라이 칸Kubla Khan」에서 몽골 제국의 황제 쿠빌라이 칸은 상도Xenadu에 환락궁을 지으라고 명한다. '이 얼마나 어둡고 우울한 곳인가!'는 이 시에 나오는 구절.
** 「첸치 일가The Cenci」는 셸리(Percy Bysshe Shelley, 1792~1822)의 희곡 작품. 16세기 로마에서 일어난 근친상간과 살인 사건을 소재로 한 시극 대작.

창밖으로 포포카테페틀의 모습이 보였다. 그 거대한 옆모습은 소나기 구름에 약간 가려져 있었고 꼭대기는 하늘을 가리고 있었다. 포포카테페틀은 바로 머리 위에, 협곡과 파롤리토는 바로 그 아래 있는 것처럼 보였다. 바로 화산 아래 있는 것이다! 고대인들이 아무런 뜻도 없이 에트나 산 아래에 타르타로스를 둔 것은 아니었다. 수백 개의 머리와 무서운 눈과 목소리를 가진 티포에우스를 그 안에 둔 것도 우연은 아니었다.*

영사는 몸을 돌려 술잔을 든 채 열린 문 쪽으로 다가갔다. 머큐로크롬을 바를 때와 같은 고통이 흐르고 있었다. 바깥으로 파리안을 응시했다. 잔디밭 너머로 작은 정원이 있는 광장이 보였다. 협곡의 왼쪽 가장자리에는 군인 하나가 나무 아래에서 자고 있었다. 오른쪽으로 군인과 비스듬히 마주한 곳에는 언뜻 버려진 수도원이나 수도 시설로 보이는 건물이 서 있었다. 이것이 바로 자신이 휴에게 말했던 헌병대 막사였다. 회색의 작은 탑이 있는 이 건물은 유니언 밀리타르의 본부로 알려져 있었다. 감옥까지 갖추고 있는 이 건물은 정면 아래로 이어진 아치 길 위에서 한 눈으로 영사를 노려보고 있었다. 시계는 6시를 가리키고 있었다. 아치 길의 한쪽에는 '코미사리오 드 폴리시아'**의 철창이 있었고 다른 한쪽에는 '폴리시아 데 세구리다드'***가 아래서 얘기하고 있는 군인들을 내려다보고 있었다. 군인들의 어깨 위 연두색 멜빵에는 나발이 매달려 있었다. 다른 군인들은 푸티****를 펄럭이며 보초를 서고 있었다. 아치 길 아래로 안마

---

* 티포에우스Typhoeus는 손가락 대신 수백 개의 용의 머리와 불 뿜는 눈을 가진 괴물로, 제우스는 에트나Etna 산을 던져 티포에우스를 무찌른다. 타르타로스Tartarus는 지옥보다 더 깊은 지옥으로 전해진다.
** Comisario de Policía: 경찰청.
*** Policía de Seguridad: 치안 경찰대.
**** puttee: 각반. 종아리 부분을 감싸는 군복의 일종.

당으로 향하는 입구에는 상병 하나가 불 꺼진 석유등 아래 테이블에서 열심히 무언가를 하고 있었다. 동판에 글자를 새기고 있었다. 영사는 그가 현재의 불안정한 상황으로 인해 신경이 곤두서 있다는 것을 알고 있었다. ─이전 콰우나우악 광장의 그것에는 못 미치지만, 그래도 그에게는 불명예스러운 일일 것이다.─아치 길 사이로 안마당 주위에 돼지우리와 같이 나무 창살이 달린 지하 감옥이 모여 있었다. 감옥 안에서 한 남자가 무언가 몸짓을 했다. 왼쪽으로는 짙은 색깔의 짚으로 된 오두막들이 흩어져 정글의 일부를 이루고 있었다. 시내는 점점 가까워지는 폭풍의 검푸른 빛으로 빛났고 그 주위를 정글이 둘러싸고 있었다.

벼룩이 돌아오자 영사는 바를 향해 걸어갔다. 소년은 영사의 말을 듣지도 않고 아름다운 항아리에 담긴 메스칼을 영사의 잔에 쏟아부었다. 잔을 영사에게 건네주며 소년은 이쑤시개 통을 건드려 넘어뜨리고 말았다. 영사는 잠시 아무 말도 하지 않았으나 다음에 마실 술은 이미 자신이 바 위에 내려놓은 50센타보보다 더 비싼 것으로 주문할 것이라는 생각을 하고 있었다. 하지만 이런 생각을 하는 동안 영사는 내려놓은 돈을 다시 거두어들였다. 그는 지금 혼자 있을 필요가 있다고 주장하는 마음속의 자신과 언쟁을 벌이고 있었다. 다른 이유가 있다는 것을 알고 있었으나 정확하게 그것이 무엇인지는 알지 못했다. 이본에 대한 생각이 떠오를 때마다 그는 이렇게 생각하곤 했다. 그때마다 이본이 자신을 따라올 것이기 때문이 아니라─아니, 이본은 가버렸다. 이제 그는 이본을 영원히 떠나보낼 것이다. 휴가 올지는 몰라도 이번에는 이본은 결코 오지 않을 것이다. 이본을 위해 여기 혼자 있어야 한다는 생각이 들었다. 이본은 집으로 돌아가겠지만…… 영사는 그 이상 생각하기는 힘이 들었다─다른 그 어떤 이유 때문에 여기 홀로 있어야 한다고 생각했다. 그는 카운터에 놓여 있는 잔돈을 보았다. 메스칼 값은 제하지 않은 채였다. 돈을 모두 호주머니에 집어넣고는 문으로 향했다. 이제 상황이 역전되었다. 이제 소년이 영사를 지켜봐야 할 것이다. 잡지에 몰두하고 있던 소년은 영사에 대해 전혀 신경을 쓰지 않고 있었지만, 영사는 자신이 두 잔의 술을 마지못해 외상으로 마신 주정뱅이의 얼굴에 나타나는 우울한 표정, 텅 빈 살롱에서 공중을 응시하는 그 표정, 도움의 손길, 어떠한 도움의 손길이라도 기꺼이 받아들일 것 같은 과장된 표정, 친구, 그 어떤 친구라도 곧 그를 구하러 올 것임을 확신하는 듯한 표정을 하고 있을 것이라고 상상했다. 그에게 있어 삶은 항상 가까이에 모퉁이를 돌면 또 한 잔을 걸칠 수 있는 새로운 술집의 모습으로 존재했다. 하지만 그가 진정으로 원하는 것은 이런 것들이 아니다. 자신이 그들을 버렸듯, 친구들에게 버림받은 그는 저 모퉁이를 돌면 채권자의 근엄한 모습이 기다리고 있다는 것을 누구보다 더 잘 알고 있었다. 그는 더 이상의 돈을 빌릴 정도로 강해지지도 더 많은 외상을 얻을 수 있을 정도로 독해지지도 못했다. 물론, 다른 술집에 가서 술을 마시고 싶은 생각도 없었다. 왜 나는 여기 있는가. 침묵이 말하자 공허가 메아리쳤다. 지금까지 난 무엇을 했단 말인가. 왜 나는 일부러 내 인생을 망치고 있는가. 카운터 서랍에서 돈이 킬킬거리며 웃고 있었다. 왜 나는 몰락하고 있는가. 도로의 표지판이 잘못된 것일까. 이 많은 질문에 대한 유일한 답은…… 그러나 광장은 아무런 대답도 하지 않았다. 텅 빈 듯한 작은 마을은 저녁이 깊어가면서 점차 활기를 띠었다. 이따금 콧수염을 기른 장교들이 거들먹거리듯 무거운 발걸음으로 지나갔다. 걸음을 옮길 때마다 지팡이가 레깅스를 때렸다. 사람들이 묘지에서 돌아오고 있었다. 하지만 행렬이 지나가려면 시간이 좀더 걸릴 것이다. 지친 모습의 군인 한 소대가 광장을 가로질러 행진하고 있었다. 나발 소리가 울려 퍼졌다. 경찰 역시 거대한 무리를 지어 도착했다. 파업에 참가하지 않았거나 묘지에서 근무 중이거나 보초를 서는 척했던 이들일 것이다. 하지만, 경찰과 군인을 명확하게 구분하는 것은 쉽지 않았다. 독일인 친구들도 마찬가지였다. 상병은 아직도 테이블에서 무언가를 써넣고 있었다. 이상하게도 이것만은 확실한 듯했다. 술 취한 사람 두세 명이 영사를 지나쳐 파롤리토로 향하고 있었다. 뒤통수에 장식 술이 달린 솜브레로를 걸친 이들이 걸을 때마다 권총집이 허벅지를 때렸다. 거지 두 명이 폭풍우가 몰아칠 것 같은 하늘 아래서 술집 바깥에 자리를 잡고 앉았다. 이중 한 명은 다리가 없어서 불쌍한 물개처럼 바닥을 기어 다녔다. 하지만 다리 하나가 멀쩡한 다른 거지는 한쪽 다리가 자랑스러운 듯 마치 총살이라도 기다리는 사람처럼 꼿꼿이 서서 술집 벽에 몸을 기대고 있었다. 그러고는 몸을 앞으로 숙여 두 다리가 없는 거지가 내민 손에 동전을 떨어뜨렸다. 그러자 이 거지의 눈에는 눈물이 맺혔다. 영사는 저쪽 멀리 오른편에 거위를 닮은 듯한 범상치 않은 동물이 있음을 깨달았다. 낙타처럼 크고 머리와 피부가 없는 사람이 죽마를 타고 숲을 벗어나 영사가 왔던 길을 따라오고 있었다. 그의 내장은 바닥에서 꿈틀거리고 있었다. 영사는 이 모습을 보지 않기 위해 눈을 질끈 감았고 다시 눈을 떴을 때는 경찰 하나가 말을 타고 가는 모습이 보였다. 단지 그것뿐이었다. 영사는 경찰에 대해 신경 쓰지 않고 소리 내어 웃다가 갑자기 웃음을 멈추었다. 술집 벽에 몸을 기대고 있던 거지의 얼굴이 천천히 세뇨라 그레고리오의 그것으로 변하고 있는 것을 보았기 때문이다. 그러고는 다시 자신의 어머니의 모습으로 변해 갔다. 어머니의 얼굴에는 무한한 동정과 애원의 표정이 서려 있었다.

영사는 그 자리에 선 채 다시 눈을 감았다. 술잔을 들고 잠시 생각에 잠겼다. 한기가 느껴질 정도로 세상과 격리된 느낌의 적막한 시간들이 찾아올 것이다. 악마의 오케스트라가 연주하듯 방이 흔들리면서, 개의 울음으로 착각하게 만드는 그 목소리, 밤을 틈타 도착하는 상상의 그 누군가가 계속 자신의 이름을 부르는 소리, 그로 인해 두려움 속에서 선잠을 청하게 될 그 소리, 사악한 외침 소리, 기타 소리, 쿵쾅거리는 소리, 북 치는 소리, 오만한 사탄과의 싸움, 문을 부수어버릴 것 같은 눈사태, 침대 아래에서 자신을 찔러대는 그 무언가, 그리고 항상 바깥에서 들려오는 울음소리, 통곡 소리, 끔찍한 음악 소리, 어둠 속의 피아노…… 그 두려움의 밤이 술을 마시건 마시지 않건 자신을 기다리고 있을 것이다. 영사는 바로 되돌아갔다.

코끼리라는 별명을 가진 술집 주인 디오스다도*가 뒷문으로 들어왔다. 영사는 그가 검은 코트를 벗어 옷장에 거는 것을 지켜보았다. 얼룩하나 없이 깨끗한 흰 셔츠의 앞주머니에 파이프가 삐져나와 있었다. 그는 파이프를 꺼내 엘 부에노 토노** 담배를 채웠다. 영사는 자신의 파이프를 떠올렸다.

"네, 네, 미스터" 그는 머리를 숙인 채 영사에게 답했다. "아, 네. 파이프 말이군요. 영국산이 아니고, 몬터레이산이죠. 당신 한때 술꾼이었죠, 그렇죠?"

"아니라면?" 영사가 말했다.

"하루에 두 번" "아니, 하루에 세 번이나 취해 있었죠." 디오스다도가 말했다. 그의 표정, 영사의 몰락을 의미하는 듯한 모욕적인 표정이 영사의 마음을 관통했다. "그럼 미국으로 돌아가겠군요." 그는 바 뒤에서 무언가를 찾는 시늉을 하며 말했다.

---

* Diosdado: '신이 주신god-given'의 뜻.
** El Bueno Tono: 멕시코 혁명 시기 인기 있던 담배 브랜드.

"아니, 내가, 왜?"

디오스다도가 갑자기 바 카운터에 고무줄로 매달려 있던 두꺼운 봉투 한 더미를 털썩 내려놓았다. "이거 당신 건가요?" 그가 물었다.

'제프리 퍼민, 편지는 어디 있지? 그 편지 말이야, 이본이 마음이 찢어지도록 써내려간 편지.' 그 편지가 바로 여기 있었다. 다른 곳도 아닌 바로 여기에 그 편지들이 있었다. 영사는 봉투를 보기도 전에 그것이 이본의 편지임을 알 수 있었다. 영사가 입을 열었을 때, 그는 자신의 목소리를 인식하지 못했다.

"Si, señor, muchas gracias(네, 세뇨르, 고마워요)." 영사가 말했다.

"De nada, señor(세뇨르, 별말씀을요)." 디오스다도가 몸을 돌리며 말했다.

"La rame inutile vainement une mer immobile(움직이지 않는 바다의 하릴없는 노)……* 영사는 한동안 움직일 수 없었다. 술잔을 향해 팔을 뻗기도 힘들었다. 한참 후 그는 옆으로 팔을 뻗어 술이 흘러 있는 바 위의 작은 지도로 손을 뻗었다. 디오스다도가 돌아와 영사의 행동을 흥미로운 눈길로 쳐다보았다. "에스파냐" 이렇게 말하고 나서는 더 이상 스페인어가 나오지 않았다. "세뇨르, 당신 스페인 사람인가요?"

"네, 세뇨르, 맞아요." 디오스다도는 지도를 바라보며 이렇게 말했다. 그의 음색은 이전과는 사뭇 달라져 있었다.

"에스파뇰, 에스파냐."

"당신이 준 편지들 말이오, 이것 말이오. 내 아내에게서 온 것이오. 알겠어요? 스페인, 여기가 바로 우리가 만난 곳이지. 당신의 고향이죠.

---

* 라신이 쓴 극시 「이피제니」에 나오는 문구.

안달루시아라고 알죠? 저기, 바로 저기 위에 과달키비르 강. 그 너머에 시에라모레나. 그 밑으로 알메리아……" 영사는 손으로 지도를 훑어 내려갔다. "그 사이에 시에라네바다 산맥이 있죠. 그리고 그라나다, 여기가 바로 우리가 만난 곳이라오." 영사가 미소를 띠며 말했다.

"그라나다" 디오스다도가 영사와는 다른 강하고 날카로운 억양으로 말했다. 그는 탐색하는 듯한 의심스러운 눈초리로 영사를 쳐다보고는 다시 자리를 떴다. 이제 그는 바 반대쪽 끝에 있는 일단의 사람들과 이야기하고 있었다. 그 사람들의 얼굴은 모두 영사 쪽으로 향해 있었다.*

영사는 이본의 편지를 손에 든 채 술을 한 잔 더 따라서 안쪽 방으로 향했다. 방은 중국식 퍼즐처럼 되어 있었다. 그는 이전에 방이 마치 은행의 출납계처럼 그 가장자리가 둥근 유리로 되어 있었다는 사실을 기억하지 못했다. 오늘 아침 벨라비스타에서 보았던 타라스칸의 노파를 이 방에서 다시 보았을 때에도 그다지 놀라지 않았다. 노파의 테킬라 잔은 둥근 테이블 위 도미노에 둘러싸여 있었다. 노파의 닭도 도미노 안에서 무언가를 열심히 쪼고 있었다. 도미노는 노파의 것일까, 아니면 단지 노파가 가는 곳마다 도미노가 있는 것일까? 갈고리 발톱 모양의 손잡이가 달린 지팡이가 테이블 가장자리에 마치 살아 있는 것처럼 매달려 있었다. 영사는 노파의 자리로 옮겨 메스칼을 반 잔 들이켜고 나서 선글라스를 벗고는 편지 봉투에 묶여 있던 고무줄을 풀었다.

—"내일이 무슨 날인지 알아요?" 영사가 편지를 읽어나갔다. 아니, 기억 못한다네. 영사가 생각했다. 이 말은 마치 돌덩이처럼 영사의 마음속에 가라앉았다. 영사는 자신을 둘러싼 상황을 점차 망각하고 있는 듯했

---

* 디오스다도는 영사가 수류탄에 대해 이야기한 것으로 착각한 것으로 보인다. 수류탄을 뜻하는 스페인어 그라나다스granadas와 지명 그라나다Granada의 발음이 비슷하다.

다. 영사는 자신으로부터 분리되고 있었다. 동시에 그는 현재의 상황을 분명히 보고 있었다. 이본의 편지를 받아든 충격이 그를 깨워 하나의 몽유병에서 또 다른 몽유병으로 옮겨가는 듯했다. 그는 취해 있었다, 동시에 멀쩡한 정신이었다, 그리고 숙취에 젖어 있었다. 그는 이 모든 상황에 동시에 처해 있었다. 저녁 6시가 넘은 시각이었다. 자신이 파롤리토에 있는지, 전기불이 빛나는 가장자리가 유리로 장식된 방에 노파와 함께 있는지는 상관이 없었다. 마치 오늘 아침으로 다시 돌아간 느낌이었다. 마치 자신이 다른 나라에서 다른 상황에 처해 있는, 그래서 지금과는 다른 무언가를 겪고 있는 다른 종류의 술꾼 같은 느낌이었다. 술에 취해 멍한 정신으로 새벽에 일어나 이른 버스로 부인을 떠나보내고는 "세상에, 난 이런 놈밖에 안 되는걸, 쯧쯧" 하고 혀를 차는 사람처럼 느껴졌다. 하지만 때는 늦었다. 식사 테이블에는 메모가 놓여 있다. "어제 화내서 미안해요. 당신이 내 마음을 아프게 했다 하더라도 그렇게 화를 내서는 안 되는 건데." 그 아래로 추신처럼 적힌 글을 발견한다. "여보, 이렇게 계속 살아간다는 것은 서로에게 너무 끔찍한 일이에요." 그는 사태의 심각성을 인식하는 대신, 어젯밤 바텐더에게 불에 타버린 누군가의 집에 대해 너무도 상세히 말해버렸다는 사실, 그리고 자신이 어디에 사는지에 대해서도 말해버렸다는 사실을 기억해냈다. 이제 경찰은 그를 쉽게 찾아낼 수 있을 것이다. 그런데 바텐더의 이름이 왜 셜록일까? 결코 잊기 힘든 이름 아닌가! 그는 포트 와인 한 잔을 마시고 나서 곧 아스피린 세 알과 물을 들이켰다. 그다지 유쾌한 맛은 아니지만 이렇게 함으로써 사과를 하기 위해 어제의 그 술집으로 가서 술집이 문을 열기까지 다섯 시간이 남아 있다는 것을 깨닫게 될 것이다. 그런데 대체 담배를 어디에 두었단 말인가? 포트 잔은 왜 욕조 아래에 놓여 있단 말인가? 방금 들은 것은 폭발 소리인가,

집 안 어딘가에서 들리는 소리인가?

작은 방 안의 또 다른 거울 속에서 비난하는 듯한 자신의 눈을 마주한 영사는 이상한 감정에 휩싸였다. 영사는 침대에서 벌떡 일어나 "코리올라누스*는 죽었다!" 또는 "혼란, 혼란, 혼란" 또는 "내가 생각하기에 그건 오! 오!" 또는 "양동이, 양동이, 수프에 든 수백만 개의 양동이!" 이렇게 전혀 의미 없는 말들을 중얼거리고 난 후 지금은 (지금 그는 파롤리토에 조용히 앉아 있음에도 불구하고) 다시 침대로 돌아가 자신의 무기력한 공포에 몸을 떨면서 커튼에서 턱수염과 눈들이 생겨나 벽장과 천장 사이의 공간을 채우는 것을 지켜보며 영원히 자신을 쫓아다니는 경찰들이 모여드는 거리의 조용한 소음을 듣고 있는 듯했다.

"내일이 무슨 날인지 알아요? 우리 결혼기념일이에요. 내가 당신을 떠난 이후로 당신은 아무 말도 없군요. 날 미치게 하는 건 바로 이 침묵이에요."

영사는 메스칼을 들이켰다.

"날 미치게 하는 건 바로 이 침묵, 이 침묵……"

영사는 같은 문장을, 같은 편지를, 모든 편지를, 읽고 또 읽었다. 마치 바다에서 선원을 잃고 항구로 들어오는 배처럼, 무언가 중요한 것을 빠뜨린 느낌이었다. 편지의 글자들은 흐릿하게 사라져가고 자신의 이름이 앞으로 튀어나오는 것 같았다. 하지만 메스칼은 다시 그를 현실로 데려왔다. 상실감에 대한 비참한 확인을 넘어 이제는 그 단어들 속의 의미를 이해할 필요조차 없는 현실, 허망한 자기 파괴, 결국 자신으로 인해 이본이 겪은 상심의 증거를 변뇌의 정지 상태에서 잔인하게 무시한 자신의 이성

---

* Coriolanus: 기원전 5세기 후반에 활약한 로마의 전설적 장군. 셰익스피어 비극에 나오는 인물.

을 현실로 데려왔다.

"나를 미치게 하는 건 바로 이 침묵이에요. 마치 당신은 전쟁에라도 나가고, 난 당신을, 당신의 소식을, 당신의 편지를, 당신이 보낸 전보를 기다리기라도 하는 것처럼 당신에게 일어날 수 있는 모든 종류의 비극을 다 상상했어요…… 하지만 그 어떤 전쟁도 내 마음을 이토록 아프게 하진 못할 거예요. 당신에게 내 모든 사랑을, 내 모든 마음을, 내 모든 생각과 기도를 드리고 있어요." 영사는 메스칼을 마시는 동안, 도미노를 가지고 있는 노파가 입을 벌리고 자신을 가리키며 영사의 관심을 끌려고 한다는 사실을 깨달았다. 이제 노파는 테이블을 약간 움직여 영사 가까이 다가왔다. ―"당신이 우리에 대해, 우리가 함께 가꾸어온 것들에 대해, 그리고 어리석게도 우리 삶의 틀을, 그 아름다움을 파괴한 것에 대해, 많이 생각했으리라 믿어 의심치 않아요. 하지만 아름다운 기억만은 아직 남아 있죠. 이것은 밤낮으로 날 따라다니죠. 수많은 곳에서 항상 우리가 웃고 있는 모습이 보여요. 낮에 거리로 나서면 당신은 항상 거기 있죠. 밤에 침대로 파고들 때면 당신은 항상 거기서 날 기다리고 있어요. 자신이 사랑하는 사람, 그 사람과 함께 인생을 설계하는 것 외에 인생에 다른 그 무엇이 필요할까요? 전 처음으로 자살이라는 것의 의미를 깨닫게 되었어요…… 아, 세상은 왜 이리도 무의미하고 공허한가요! 의미 없는 초라한 순간들이 낮 시간을 채우고 불면에 시달리는 밤이 이어지죠. 태양은 그 밝음을 잃어버렸고, 달은 빛을 잃은 채 떠오르죠. 마음은 재가 되었고 지친 울음으로 목이 타들어가요. 파멸한 영혼이란 무엇이던가요? 진정한 삶의 길을 벗어나 기억 속 어두운 길을 걸어가는 이를 가리키는 말이 아니던가요―"

노파는 영사의 소매를 잡아당겼고 영사는 손을 뻗어 전자 초인종을 눌렀다. 영사는 항상 이 초라한 장소에 이토록 세련되고 난폭한 기계가 존재한다는 사실에 놀라곤 했다. (이본은 '엘로이제와 아벨라르'*의 편지를 읽고 있었던 것일까?) 잠시 후, 벼룩이 한 손에는 테킬라 병을, 다른 한손에는 메스칼 시코텡카틀 병을 들고 나타나 술을 따라주고는 병을 도로 가져갔다. 영사는 노파에게 머리를 끄덕이고는 노파의 테킬라를 향해 손짓을 해 보였다. 그러고는 자신의 메스칼을 거의 다 들이켜고 난 후 다시 편지를 읽기 시작했다.—"오 제프리, 지금 너무 후회하고 있어요. 우린 왜 그걸 미루었을까요? 너무 늦은 걸까요? 난 당신의 아이를 가지고 싶어요. 당신의 인생을 채우고 내 인생에 활기를 불어넣고 싶어요. 내 마음속에 숨 쉬는 당신의 행복을 느끼고 싶어요. 당신의 슬픔을 내 눈 속에, 당신의 평화를 내 손 안에 두고 싶어요—" 영사는 잠시 읽기를 멈추었다. 이본은 대체 무슨 말을 하고 있단 말인가? 영사는 눈을 문지르고 손을 더듬어 담배를 찾았다. 아아, 비극의 단어들이 자신을 관통한 총알처럼 방 안을 윙윙거리며 돌아다니고 있었다. 영사는 담배를 피우면서 계속 편지를 읽어나갔다.—"당신은 내가 쫓아갈 수 없는 심연의 끝을 걷고, 난 끝없는 어둠 속을 걸어가고 있어요. 이 어둠을 끝까지 따라다니는 게 바로 나라는 사실이 싫을 따름이죠. 만약 우리가 이 고통을 딛고 일어설 수 있다면, 다시 한 번 서로를 찾을 수 있다면, 다시 한 번 서로의 입술과 눈에서 위안을 얻을 수 있다면…… 누가 우리 사이를 가로막고 있나요? 우리를 방해하는 게 누구란 말인가요?"

영사는 자리에서 일어서서—이본은 무언가 대단한 것을 읽고 있었음이 분명했다.—노파에게 고개를 숙여 인사했다. 영사는 바로 들어갔다.

---

* Heloise and Abelard: 엘로이제와 아벨라르는 연인 사이였으나 비극적 이별을 고한 후 주고받은 편지로 유명하다.

지금쯤이면 바가 가득 차 있을 것이라고 생각했지만 아직도 거의 텅 빈 상태였다. 과연 누가 우리 사이를 가로막고 있을까? 그는 사람을 현혹시키는 듯한 보랏빛 새벽을 앞에 두고 가끔씩 그랬듯 문에 몸을 기대고 섰다. 과연 누가 우리를 방해한단 말인가? 다시 광장으로 눈길을 돌렸다. 필름을 잘못 끼워 계속 반복된 영상을 보여주는 영화처럼, 아까 보았던 초라한 차림의 군인들은 아직도 광장을 행진하고 있었다. 아치 길 아래의 상병은 아직 동판에 무언가를 새기고 있었다. 램프에 불이 들어왔다는 것만이 이전과 달랐다. 점점 어두워지고 있었다. 어디에도 경찰은 보이지 않았다. 협곡 옆에는 아까 보았던 군인이 여전히 나무 아래 잠들어 있었다. 아니, 군인이 아니었던가, 다른 그 누군가였던가? 영사는 고개를 돌렸다. 검은 구름이 다시 일어나고 있었고 멀리서 천둥이 치고 있었다. 숨 막힐 듯한 공기를 들이마셨다. 공기 중에는 약간의 냉기가 서려 있었다. 그런데, 정말로 지금 두 사람을 가로막고 있는 것은 누구란 말인가? 영사는 간절히 해답을 찾고 싶었다. 이제 와서 누가 두 사람을 방해하고 있단 말인가? 영사는 지금 이 순간 이본을 간절히 원하고 있었다. 자신의 팔에 이본을 안고 싶었다. 그 어느 때보다도 간절하게 용서받기를, 용서하기를 원하고 있었다. 하지만 어디로 가야 할 것인가? 어디서 이본을 찾을 수 있단 말인가? 계층을 알 수 없는 이상한 일가족이 문을 지나가고 있었다. 맨 앞에 선 할아버지는 아직 6시를 가리키고 있는 병영의 희미한 시계를 바라보며 자신의 손목시계를 고치고 있었다. 어머니는 소리 내어 웃으며 자신의 스카프를 끌어올려 폭풍의 모양을 흉내 내고 있었다. 산 위에는 서로 떨어져 있는 두 명의 술 취한 신들이 징을 부리며 고무공을 라켓으로 치는 놀이를 계속하고 있는 듯했다. 혼자 미소를 지으며 생각에 잠긴 듯하던 아버지는 자랑스러운 표정을 짓고 손가락으로 소리를 내며 반짝거리는 부츠의 먼지를 털어냈다. 검고 맑은 눈동자를 가진 두 명의 예쁜 아이들이 그들 사이에서 손을 잡고 걷고 있었다. 갑자기 손위 아이가 동생의 손을 놓고는 풀밭에서 재주넘기를 했다. 모두가 소리 내어 웃었다. 영사는 그 광경을 보고 싶지 않았다. 다행히도 그들은 빨리 지나갔다. 영사는 이본을 몹시도 갈망하는 동시에 이본을 원하지 않았다. "Quiere María(마리아를 가지고 싶나)?" 영사의 뒤에서 작은 목소리가 들려왔다.

영사가 처음 본 것은 자신을 이끄는 소녀의 맵시 있는 다리였다. 육신만을 짓누르는 위축된 힘의 지배를 받는 잔인한 욕정의 병적인 떨림을 느낄 수 있었다. 유리문을 지나자 욕정은 점점 작아지고 점점 암울해졌다. 소변기, "남자 화장실"에 이르자 악마와 같은 냄새를 풍기는 어둠 속에서 킬킬거리는 사악한 웃음소리가 들렸다. 벽장만 한 크기의 어둡고 작은 공간 안에서 얼굴이 보이지 않는 남자 둘이 앉아서 술을 마시고 있었다. 아니, 무언가 음모를 꾸미고 있었는지도 모른다.

영사는 갑자기 무모한 살인적인 힘이 자신을 유인하는 것을, 아니 자신을 잡아끄는 것을 느꼈다. 영사는 가능한 모든 결과에 대해 인식하고 있었으나 자신이 결코 되돌리거나 거부할 수 없는 그 무언가를 경계심이나 도의심 없이 행할 수 있다는 사실을 인식하지 못한 채 저항할 수 없는 힘에 의해 정원으로 나갔다──한순간 번개로 세상이 환해지자 영사는 그토록 가고 싶어 하던 자신의 집, 그리고 엘 포포를 떠올렸다. 이곳은 자신의 집보다 훨씬 험악했다──그 힘은 베란다와 접한 방, 어두워지고 있는 그 방의 열린 문을 향해 그를 이끌었다.

바로 그것이었다. 예측할 수 없었던 어리석은 최후의 거절…… 지금이라도 거절할 수 있을 것이다. 그러나 그는 거절하지 않을 것이다. 아마도 영사가 익히 알고 있는 이들, 언제든 들려오는 그 목소리들 중의 하나가 좋은 충고를 해줄 수 있을 것이다. 영사는 두리번거리며 그를 찾고 있었다. '잘 들어봐' 이 소리가 들렸다. 다시 아무런 목소리도 들리지 않았다. 그는 갑자기 웃음을 터뜨렸다. 그는 교묘하게 자신의 목소리로 장난을 쳤던 것이다. 그들은 그가 거기 있다는 사실을 알지 못했다. 한줄기 푸른 전기 불빛이 빛나는 방, 방 자체는 칙칙하지 않았다. 첫눈에 그것은 학생이 쓰는 방 같아 보였다. 이 방이 좀더 크다는 것 외에는 대학 시절 영사의 방과 닮아 있었다. 커다란 문과 책장이 늘 있던 그 자리에 있었고, 책장 위에는 책이 한 권 펼쳐져 있었다. 한쪽 구석에는 어울리지 않게 커다란 기병대 칼이 놓여 있었다. 카슈미르! 영사는 마치 세상을 다 보았다고 생각했다. 그러나 그것은 곧 사라져버렸다. 어쩌면 정말로 세상을 다 보았는지도 모른다. 펼쳐져 있던 책은 바로 영국령 인도에 관한 스페인 역사책이었기에…… 침대는 정돈돼 있지 않았고 시트는 발자국으로 덮여 있었다. 핏자국도 보이는 듯했다. 침대 역시 학생의 것이 분명했다. 영사가 이렇게 확신한 것은 바닥에 거의 빈 메스칼 병이 있었기 때문이다. 하지만 바닥은 빨간색 돌로 되어 있었고 이 차갑고 강한 연결 고리로 인해 방 안의 공포감은 사라졌다. 영사는 병을 비웠다. 영사에게 무언가 이상한 언어, 사포테칸*과 비슷한 언어로 이야기하던 소녀는 이중문을 닫고 그에게 다가왔다. 소녀는 젊고 예뻤다. 번개 불빛에 이본의 것과도 같은 얼굴이 창에 비쳤다. "마리아를 가지고 싶나?" 그녀는 팔을 영사의 어깨에 감고 영사를 침대로 데려갔다. 그녀의 몸은 이본의 것이기도 했다. 그녀의 다리, 가슴, 열정적으로 뛰는 가슴 모두 동시에 이본의 것이었다. 그녀의 몸을 만지는 영사의 손가락 아래로 전기가 튀듯 딱딱 소리가 나는

---

* Zapotecan: 멕시코의 사포텍Zopotec과 차티노Chatino 지역 언어.

듯했다. 하지만 감상적인 환상은 사라지고 있었다. 바닷속으로 사라져갔다. 마치 애초에 거기에 없었던 것처럼 바다가 되어버렸다. 적막한 수평선 위에 검은 대형 범선이 떠 있다 일몰 아래로 사라졌다. 그녀의 육신은 아무것도 아니었다. 단순한 추상, 불행, 불행을 악화시키는 악마의 장치였다. 그것은 재앙이었다. 그것은 오악사카에서 이본이 떠난 후 옷을 입은 채로 새벽 3시에 눈을 뜨는 것과 같은 비참한 공포였다. 그것은 오악사카로부터, 한때 이본과 자신이 행복해했던 숙박용 호텔 프란시아로부터, 발코니가 높이 솟아 있던 싸구려 방으로부터, 엘 인피에르노*로의 도피였다. 그곳은 또 다른 파롤리토, 어둠 속에서 술병을 찾으려다 끝내 찾지 못하고 세숫대야에 앉아 있는 독수리를 보았던 바로 그곳…… 호텔 방 바깥에는 적막감이 감돌았다. 아래 부엌에서 도살이 행해지고 꽥꽥거리는 소리가 들리기에는 너무 이른 시간, 그의 조용한 발걸음은 카펫이 깔린 계단을 통해 한때 현관이었던 아무도 없는 식당의 크고 어두운 우물로 향했다. 계단에 이르자 그의 발걸음은 카펫의 부드러운 재앙으로 침몰하고 그의 발은 비통한 마음속으로 가라앉았다. 하지만 발이 바닥에 닿았는지는 확신할 수 없었다.

 왼편의 차가운 욕조를 떠올리자 공포와 자기혐오의 느낌이 몸을 찌르는 듯했다. 단 한 번밖에 사용하지 않은 욕조였으나 그것으로 충분했다. 마지막으로 조용하게 그러나 떨리는 걸음으로 다가서는 그의 발걸음은 재앙 속으로 빠져들고 있었다. (이제 이것은 영사의 재앙이었다. 마리아, 산 채로 자신에게 침투한 유일한 그것, 이제 불타 끓어오르는 못 박힌 악마의 몸뚱이. 아아, 이보다 더 큰 고통이 어디 있을까, 이러한 고통에서 무언가 새로

---

* El Infierno: 스페인어로 '지옥'이라는 뜻. 여기서는 파롤리토와 같이 술집 이름으로 쓰임.

운 것이 태어날 것이 분명했다. 그것은 바로 자신의 죽음이었다.) 아아, 죽어가는 자의 신음 소리와 사랑의 신음 소리는 얼마나 비슷한가. 죽어가는 자의 신음 소리와 사랑의 그것은 정말 비슷하지 아니한가.

영사의 발자국 소리가 자신의 떨리는 몸짓 속으로, 차갑게 식어가는 떨리는 몸 안으로, 식당의 어두운 우물 안으로 빠져들고 있었다. 모퉁이에서 한줄기 희미한 불빛이 책상 위를 비추고 있었다. 시계는 너무 이른 시각을 가리키고 있었고 책상 위의 편지지에는 아무것도 적혀 있지 않았다. 쓸 만한 기력이라도 있었을까. 달력은 무력한 모습으로 언제나 자신들의 결혼기념일을 가리키고 있었다. 지배인의 조카는 멕시코시티에서 오는 이른 기차를 기다리며 소파에 잠들어 있었다. 사각거리는 소리를 내는 어둠은 손으로 만져질 듯했고, 소리가 크게 울려 퍼지는 식당에는 빳빳하게 접혀진 은회색의 냅킨과 함께 차갑고 쓰라린 고독이 있었다. 고통과 양심의 무게는 살아남은 그 누구의 것보다 더 무거운 듯했다.

갈증 아닌 갈증은 차라리 상심이었다. 욕망, 죽음, 죽음, 또 다른 죽음이었다. 차가운 호텔 식당에서 영사를 기다리다 그에게 속삭이고 있는 그것…… 또 다른 파롤리토인 엘 인피에르노는 오전 4시 이전에는 문을 열지 않았고 바깥에서 기다리는 것은 쉽지 않았다.―이러한 불행을 영사는 바로 지금 체험하고 있었다. 인생 최악의 불행, 불행의 정수가 그의 온몸과 정신에 퍼지고 있었다.―호텔 식당 테이블 위의 물병과 구별하기 힘든 어두운 하수관 너머로 곧 희망의 램프가 켜질 인피에르노를 기다리며 몸을 떨고 또 떨면서 물병을 자신의 입술로 가져가지만, 얼마 지나지 않아 너무 무겁다는 것을, 슬픔의 무게처럼 너무 무겁다는 것을 느낀다. "그걸 마실 순 없어." 그는 단지 입술만을 적실 수 있었다. 내게 이것을 보낸 건 예수임에 틀림없으리라, 결국 나를 따라온 건 예수밖에 없으리

라. 살리나 크루스에서 가져온 프랑스산 레드와인 병이 아침상으로 마련된 테이블 위에 그대로 있었고, 테이블에는 누군가 다른 이의 방 번호가 적혀 있었다. 양손으로 병을 잡고 어렵게 (지배인의 조카가 보지 않는지 신경 쓰며) 코르크 마개를 따서 축복받은 이코르*를 목구멍으로 조금씩 흘려보냈다. 아주 조금씩 흘려보냈다. 그는 결국 평소에는 활달하면서도 때로는 가슴 뛰는 고독의 차가운 전율의 껍질 속으로 숨어버리는 전형적인 영국인이었다. 차가운 전율이 흘러내리자 가슴 한쪽이 서서히 달아올랐다. 와인의 기운이 좀더 강하게 느껴졌다. 가슴 한쪽이 끓어오르는 얼음으로 채워지는 듯했다. 하지만 양심의 차가움이 다시 분노로 솟구쳐 지옥불처럼 폭발하는 듯했다. 똑딱거리며 시간이 흐르고 있었다. 영사의 가슴은 마치 눈으로 덮인 북처럼 소리를 죽이며 뛰고 있었다. 똑딱똑딱, 흔들흔들, 시간이 흔들흔들 엘 인피에르노를 향해 흐르고 있었다. 아니, 탈출을 향해 흐르고 있었다! 영사는 호텔 방에서 몰래 가져온 담요를 끌고 지배인의 조카 옆을 숨죽이며 지나갔다. 탈출! 우편함을 쳐다볼 용기를 내지 못한 채 호텔 프런트를 지나갔다.— "날 미치게 만드는 것은 바로 이 침묵이에요."— (설마 그게 거기에 있을까? 지금 이 모습이 나일까? 아아, 불쌍한 놈, 불쌍한 녀석.) 탈출! 출입구 근처 바닥에서 인디언 야경꾼이 자고 있었다. 영사는 마치 자신이 그 인디언인 양 수중에 남은 몇 푼을 움켜쥐고는 차가운 도시로 나섰다. 비밀 통로를 통한 탈출! 변화가 뚜껑이 열린 하수도를 따라 몇 안 되는 거리의 희미한 램프 불빛을 따라 밤 속으로, 관 속 같은 집이 있는 기적 속으로…… 망가진 인도 아래로 내려가는 길의 표지판은 신음 소리를 내며 거기 그대로 서 있었다. 사랑의 신음 소리

---

* ichor: 신들의 몸속에 혈액처럼 흐른다는 영액(靈液).

와 죽어가는 자의 신음 소리는 정말 비슷하지 아니한가, 사랑의 신음 소리와 죽어가는 자의 그것! 날이 밝기 전 주택가는 고요하고도 차가운 느낌이었다. 모퉁이를 돌면 파롤리토와 흡사한 엘 인피에르노의 램프 하나가 불을 밝히고 있다. 영사는 다시금 자신이 등을 벽에 기댄 채 그 안에 있다는 사실에 놀랐다. 그는 아직도 담요를 뒤집어쓴 채 거지들과, 일찍 집을 나선 일꾼들과, 더러운 창녀들과, 포주들과, 지구의 바닥과, 거리의 파편과, 배설물과 이야기했다. 이들은 영사보다 그리 높은 곳에 있지 않았다. 그들은 영사가 파롤리토에서 마셔댄 것처럼 술을 마시며 라일락 빛 어스름과 함께 새벽이 죽음을 데리고 올 때까지 거짓말을 해대고 있었다. 탈출, 탈출! 영사도 지금쯤 죽어야 했다. 도대체 난 무엇을 한 것일까?

영사의 눈은 침대 뒤의 달력에 고정돼 있었다. 그는 마침내 위기, 소유 없는 위기, 즐거움이 없는 그것에 봉착했다. 그가 본 것은 아마도, 아니 영사는 자신이 본 것이 캐나다의 그림임을 확신했다. 밝게 빛나는 보름달 아래 사슴 한 마리가 강 옆에 서 있었고 남자와 여자가 나무로 된 작은 카누의 노를 젓고 있었다. 달력은 다음 달인 12월을 나타내고 있었다. 그는 이때 어디에 있을까? 희미한 파란 불빛 아래 숫자로 표시된 12월의 각각의 날에 대한 성인들의 이름이 보였다. 산타 나탈리아, 산타 비비아나, 성 프란시스코 사비에르, 산타 사바스, 성 니콜라스 데베리, 성 암브로시오……* 열린 문틈으로 번개가 번쩍이자 문 쪽에서 라루엘의 얼굴이 나타났다.

변기의 화학약품 같은 악취 때문에 그는 손으로 얼굴을 감싸고 있었다. 소변 냄새가 진동하는 벽에서 자신을 향해 쉬쉬 하는 소리, 비명 소

---

* Santa Natalia, Santa Bibiana, S. Francisco Xavier, Santa Sabas, S. Nicolas de Beri, S. Ambrosio. 12월 1∼7일 사이에 기려지는 성인들.

리, 불평 가득한 소리를 터뜨리는 초대받지 않은 목소리가 들려왔다. "제프리 퍼민, 자네 정말 해냈군, 정말 해냈어! 이제 우리는 자넬 도와줄 수가 없어…… 그러니까 오늘을 최대한 활용하라구, 밤이 깊으려면 아직 멀었잖나……"

"마리아를 좋아하지, 그렇지?" 어둠 속에서 남자의 목소리가 들렸다. 킬킬대던 그 목소리 같았다. 영사는 다리를 떨며 자신의 주위를 응시했다. 약한 불빛 속으로 벽에 붙은 찢긴 광고판이 눈에 들어왔다. '666.Clínica Dr. Vigil, Enfermedades Secretas de Ambos Sexos, Vías Urinarias, Trastornos Sexuales, Debilidad Sexual, Derrames Nocturnos, Emisiones Prematuras, Espermatorrea, Impotencia(666. 비힐 박사 클리닉. 남녀 성병 전문. 요로, 생식 장애, 생식 질환, 몽정, 조루, 정액루, 임포텐스).' 오늘 아침과 어젯밤을 영사와 함께 했던 변덕이 심한 그는 계속 영사에게 아직 모든 것을 잃은 것은 아니라고 말하는 듯했다. 그가 그런 말을 한다는 것이 이상했다.

불행히도 이제 그는 과나후아토로 향하고 있었다. 더러운 차림새의 한 남자가 구석의 화장실 변기에 앉아 있었다. 키가 작아서 바지를 내린 발이 쓰레기가 가득한 바닥에 닿지 않았다. "마리아를 좋아하지?" 남자는 다시 쉰 목소리를 냈다. "이보게 친구, 내가 보내지." 남자는 방귀 소리를 냈다. "여보게 영국 양반, 갠찬아, 갠찬아." "Qué hora(몇 시요)?" 영사는 수로에서 죽은 전갈을 보고는 몸을 떨며 물었다. 푸른빛 섬광이 비치자 전갈이 사라졌다. 어쩌면 처음부터 거기 없었는지도 모른다. "몇 시요?" "여젖 시." 남자가 대답했다. "아니, 여젖 시 삼집 분." "여섯 시 삼십 분이라는 거요?" "예, 세뇨르, 여젖 시 삼집 분."

606.* — 활기찬 거시기, 활기찬 거시기. 옷매무새를 바로잡던 영사

는 남자의 대답 소리에 웃을 수밖에 없었다. 이 사람, 말 그대로 경찰 앞잡이인가? 그러면 앞서 세 시 삼집 분이라고 말한 이는 누구인가? 그런데, 영사가 영국인이라는 것을 어떻게 알았을까? 영사의 얼굴에서 웃음이 사라졌다. 유리창을 통해 술집에 사람이 점점 늘어가는 것이 보였다. 그는 유니언 밀리타르의 보안사에 근무하며 하루 종일 죄수들의 대화를 도청했는지도 모른다. 뚜쟁이 노릇은 부업일 수도 있다. 이 남자로부터 마리아에 대해 알아볼 수 있을 것이다. 혹시 그녀가…… 하지만 영사는 알고 싶지 않았다. 어쨌든 남자가 말한 시간은 정확했다. 코미사리아 데 폴리시아의 고리 모양의 시계는 희미한 빛을 발하며 6시 30분을 막 지나고 있었다. 영사는 자신의 시계가 느리다는 것을 깨닫고 시계를 바로 고쳤다. 아직 그다지 어둡지는 않았다. 아까 보았던 허름한 차림의 소대는 여전히 광장을 행진하고 있었다. 하지만 상병은 아까와는 다른 모습이었다. 감옥 바깥에는 보초 한 명이 미동 없이 서 있었다. 그 뒤의 아치 길 위로 갑자기 밝은 빛이 번졌다. 감옥 옆의 한 경찰관이 든 손전등의 그림자가 벽에 흔들거리고 있었다. 저녁은 마치 잠꼬대와 같은 이상한 소리로 가득 찼다. 어디선가 들려오는 북소리, 누군가 거리에서 살해되는 듯한 울부짖음, 그리고 쇠를 갈고 닦는 듯한 소리가 영혼이 고통을 호소하는 소리처럼 들려왔다. 떨어져 나온 기타 줄이 그의 머리 위에 매달려 있었다. 멀리서 큰 소리로 울려대는 종소리가 들려왔다. 번개가 경련을 일으키듯 스치고 지나갔다. 여섯 시 삼집 분…… 캐나다 브리티시컬럼비아의 차가운 파이너스 호수 안, 이제는 월계수와 수정란풀, 딸기, 호랑가시나무로 뒤덮여 황무지가 되어버린 그의 섬에는 물에 빠진 시체가 있으면 닭

---

* 페니실린 발견 이전, 성병과 수면병 치료에 사용되던 아르스페나민계 약 이름.

이 운다는 인디언 미신이 있었다. 아주 오래전 은빛으로 빛나던 2월 어느 날, 버넌에서 리투아니아 영사 직무 대리로 재직할 시절, 수색대와 함께 배에 오른 적이 있었다. 당시 심심한 기색의 닭들이 일곱 번이나 날카로운 소리로 울어댄 것을 보면 이 미신은 얼마나 부질없는 것인가! 다이너마이트를 장전하고는 있었지만 이것은 주위에 아무런 영향을 주지 않았고 그들은 단지 흐린 하늘 아래 어슴푸레한 물 위에서 조용히 노를 저어 가고 있었다. 그때 갑자기 물에서 장갑 같은 것이 떠올랐는데, 그것은 익사한 리투아니아인의 손이었다. 우아한 시베리아라고 불리던 브리티시컬럼비아는 우아하지도 않았고 시베리아 같지도 않았다. 단지 발견되지 않은, 아니 발견되기 힘든 파라다이스, 그래서 어쩌면 거기로 돌아가는 것이 하나의 해결책이 될 수 있을지도, 비록 그 섬이 아니라 할지라도, 다른 어딘가에서 이본과 새 인생을 시작할 수 있을 것이다. 지금까지 왜 이런 생각을 못했을까? 아니 오늘 오후 이본이 말하려고 했던 게 바로 이런 거였을까? 어쩌면 그것이 자신에게 반쯤은 전달된 것 같기도 했다. 서쪽 어딘가에 회색빛을 띠고 기다릴 작은 집. 지금 자신이 서 있는 바로 이곳에서 이런 생각을 여러 번 했던 것 같은 느낌이었다. 그러나 이제 적어도 한 가지 분명한 사실이 있었다. 설사 자신이 원한다 할지라도 다시 이본에게 돌아갈 수는 없다는 사실······ 함께하는 새로운 삶에 대한 기대, 설사 기적적으로 그런 기회가 주어진다 할지라도, 그것이 이 척박한 환경 속에서 살아남을 가능성은 없었다. 소원해진 두 사람의 사이가 하루아침에 회복될 수도 없을뿐더러 위생상의 문제만 놓고 보더라도 힘든 문제였다. 하지만 이러한 이유들이 두 사람의 재결합을 막는 확실한 이유는 되지 못했다. 영사가 인식하지 못한 또 다른 이유들이 있었다. 이제 많은 해결책들이 거대한 만리장성을 타고 올라오는 듯했다. 그 해결책 중의 하나는 용서였다. 영사는 이상한 안도의 느낌, 마치 무언가를 달성한 듯한 느낌에 소리 내어 웃고 있었다. 이제 마음이 분명하게 정리되고 몸도 더 나아진 듯했다. 마치 극도의 혼란을 벗어나 다시 힘을 얻은 것과도 같았다. 그는 자신의 인생에 아직 남아 있는 것에 집중할 수 있는 자유를 얻은 것 같았다. 동시에 섬뜩하면서도 유쾌한 기분이 스멀스멀 몸 안으로 기어들어오는 듯했고, 아주 희한하게도 경솔한 장난기가 발동하는 듯했다. 완전한 망각과 젊은 시절의 일시적 외도에 대한 욕망이 이는 것을 느꼈다. "아아" 다시 목소리가 들려왔다. "불쌍한 어린 녀석, 자넨 실제로 이 모든 것을 전혀 느끼지 못하고 있군. 길 잃은, 집 없는, 불쌍한 녀석에 불과해."

영사는 다시 걷기 시작했다. 영사의 앞, 길 반대편 술집 바로 맞은편에 말 한 마리가 작은 나무에 묶인 채 풍성한 풀을 뜯어먹고 있었다. 영사는 언젠가 본 것 같은 생각이 들어 말에게로 다가갔다. 영사가 생각했던 대로였다. 말 엉덩이에 낙인찍힌 숫자 7과 가죽 안장을 못 알아볼 턱이 없었다. 바로 그 인디언, 오늘 아침 눈부신 태양 아래 콧노래를 부르며 가던, 그러고는 길가에 버려진 채 죽어가던 그 인디언의 말이 분명했다. 영사가 말을 쓰다듬자 말은 귀를 씰룩거리고는 전혀 동요하지 않은 채 계속 풀을 뜯었다.

아니, 그다지 동요하지 않은 것 같았다. 한줄기 번개가 내리친 후, 영사는 말의 안장주머니가 원래대로 돌아와 있다는 사실을 깨달았다. 말은 흥분한 듯 울음소리를 내며 온몸을 떨었다. 하지만 신기하게도 안장주머니는 전혀 소리를 내지 않았다. 오늘 오후에 있었던 일이 갑자기 이해가 되었다. 지금은 약간 수그러들긴 했지만, 계속 혐오해마지않던 대상인 경찰, 여기로 말을 끌고 온 것이 바로 경찰이란 말인가? 아침에 보았던 그 말이 바로 이 말이란 말인가? 오늘 오후 도로에 있던 그 사람들은 자경단원이고 그들이 바로 여기 파리안에 온 것이다. 휴가 말한 것처럼 여기는 그들의 본부가 있는 곳이다. 휴가 만약 여기에 있다면 이 상황을 어떻게 생각할까! 경찰, 무서운 경찰, 아니 실제 경찰은 아니지만, 기본적으로 유니언 밀리타르가 사건의 기저에 있는 게 아닐까, 추론하기 힘들 정도로 매우 복잡한 방식으로 이 사건을 조정한 것이 아닐까. 영사는 이러한 자신의 생각을 확신했다. 자신 속에 있는 정상 이하의 세계 그 자체와 비정상적인 정신착란적 그것과의 교신에서 진실이 튀어나온 것 같았다. 마치 그림자와도 같이. 그러나 그것은……

"Qué hacéis aquí(여기서 뭐하는 거요)?"

"Nada(그냥 있소)." 영사는 이렇게 말하고는 자신의 손에서 고삐를 잡아챘던 멕시코 경사와 닮은 그 남자에게 미소를 지어 보였다. "Veo que la tierra anda, estoy esperando que pase mi casa por aquí para meterme en ella(그냥 있소. 지구가 자전하니까 여기 그대로 있으면 우리 집이 나타나겠지)." 영사는 이번에는 스페인어를 훌륭하게 구사했다. 경찰 유니폼 혁대 버클의 놋 세공이 파롤리토 입구에서부터 빛을 받아 반짝였고, 그가 돌아서자 질경이 잎과도 같은 윤택이 나는 혁대의 가죽이 반짝였다. 그의 부츠는 옅은 은색으로 빛났다. 영사가 소리 내어 웃었다. 단지 그를 보는 것만으로도 그가 곧 인류를 구원할 것이라는 사실을 알 수 있었다. 영사는 경찰관의 팔을 가볍게 툭툭 치며 틀린 영어로 멕시코식 농담을 계속했다. 경찰관은 당황한 듯 입을 벌리고 그를 멍하니 바라보았다. "지구가 돈다고 하니, 여기서 기다리면 우리 집이 나타나겠지." 그는 손을 뻗으며, "그렇지, 친구" 하고 말했다.

경찰관은 투덜거리며 영사의 손을 뿌리쳤다. 그러고는 영사의 어깨 너머로 의심스러운 듯한 눈초리를 던지고는 말을 나무에 보다 안전하게 묶었다. 영사는 그 경찰관의 빠른 시선 속에서 자신에게 위험에서 벗어나라고 말하는 것 같은 심각한 무언가를 감지했다. 약간 감정이 상한 영사는 디오스다도가 자신을 바라보던 그 표정을 떠올렸다. 하지만 영사에게는 심각한 생각도, 탈출하고자 하는 생각도 들지 않았다. 또한 자신의 뒤쪽으로 다가오는 경찰에 의해 한구석으로 내몰리는 자신을 깨달았지만 그것이 그의 감정을 변화시키지는 못했다. 번개가 치자 한순간 동쪽 하늘에 소나기구름이 몰려드는 것이 보였다. 영사는 자신보다 앞서 문을 통해 가던 그 경찰이 공손하게 행동하려 애쓰고 있다는 사실을 깨달았다. 경찰은 민첩하게 옆으로 비켜서서 먼저 가라는 몸짓을 해 보였다. "고맙네, 친구." 영사가 말했다. 경찰은 그를 안으로 밀고 들어가 두 사람은 텅 빈 바의 한쪽 구석을 차지하게 되었다.

"미국인인가?" 경찰은 이제 단호한 어조로 말했다. "여기서 기다리시오, 세뇨르, 내 말 알아듣겠소?" 경찰은 바 뒤로 가서 디오스다도와 이야기했다.

영사는 마치 부인의 신경쇠약증을 치료하기 위해 또 다른 부인을 죽인 사람처럼 험상궂은 얼굴로 나타난 코끼리에 대해 진심 어린 설명을 하고자 했으나 실패했다. 이때 벼룩이 나타났다. 지금 이 순간만은 벼룩의 역할이 없는 듯했으나 놀랍게도 그는 카운터 위로 영사에게 메스칼을 밀어주는 자비를 보였다. 사람들이 다시 영사를 쳐다보고 있었다. 그리고 경찰은 바의 맞은편에서 영사를 마주하고 있었다. "당신이 돈을 내지 않았다고 하더군." 경찰이 말했다. "당신 메히코* 위스키 값도 내지 않고 메히코 여자에게도 돈을 주지 않았다는군. 돈이 없나?"

---

* '멕시코'의 스페인어식 발음.

"Zicker(그러었소)." 스페인어로 말했으나 조금 전과는 달리 이제 영사의 스페인어는 무슨 말인지 알아들을 수 없는 수준이었다. "Mucho dinero(아니, 많이 있소)." 영사가 이렇게 덧붙이고는 벼룩을 향해 카운터에 1페소를 내놓았다. 경찰은 검고 거친 콧수염과 두꺼운 목, 번쩍거리는 치아를 가진 잘생긴 남자로 다소 의식적으로 허세를 부리는 모습이었다. 경직된 우울한 표정과 길고 아름다운 손가락을 가진 큰 키의 약간 마른 듯하고 잘 빠진 미국식 트위드를 입은 남자가 그와 합류했다. 이 사람은 영사를 주기적으로 쳐다보며 디오스다도와 경찰에게 낮은 톤으로 이야기했다. 영사는 순수 카스티야 혈통으로 보이는 낯익은 얼굴의 이 사람을 어디서 보았을까 하는 생각에 잠겼다. 경찰은 경직된 몸을 풀고는 팔꿈치를 바에 대고 몸을 기대며 영사에게 물었다. "이봐요, 당신 돈이 없단 말이지, 그런데 이제 내 말까지 훔치려 하는 거요?" 경찰은 디오스다도에게 윙크를 했다. "왜 메히코 말을 가지고 달아나려는 거지? 메히코 말을 살 돈은 있나?"

영사가 경찰을 응시했다. "아니오, 절대 아니오. 당신 말을 훔칠 생각은 추호도 없었소. 단지 말을 쳐다보며 감탄의 눈길을 보내고 있었을 뿐이라오."

"메히코 말을 왜 쳐다본단 말이요? 왜?" 경찰은 무척 즐거운 듯 자신의 허벅지를 치며 갑자기 웃음을 터뜨렸다. 이 모습을 본 영사는 경찰이 좋은 사람이라는 것을 알았고 두 사람 사이의 경직된 분위기가 사라지고 있다는 것을 느끼며 자신도 따라 웃었다. 하지만 겉으로 보기에도 경찰은 취한 것이 분명했기에 그의 웃음이 무엇을 의미하는지 파악하기는 힘들었다. 디오스다도와 트위드를 입은 남자의 얼굴은 모두 어둡게 경직되어 있었다. "스페인 지도를 그리고 있군." 경찰이 가까스로 웃음을 거두며 말했다. "당신 스페인을 아, 아나?"

"Comment non(당연하죠)." 영사가 말했다. 디오스다도 역시 지도에 대해 말했었는데, 매우 슬픈 이야기였다. "Oui. Es muy asombrosa(그래요, 잘 알고 있소)." 영사가 포르투갈어를 섞어 말했다. 아니 여기는 페르남부쿠*가 아니야, 포르투갈어를 써서는 안 되지. "당연하죠. 맞아요, 세뇨르." "전 스페인에 대해 잘 알고 있어요." 영사가 말을 끝냈다.

"스페인 지도를 만든다고? 당신 볼셰비키 당원인가? 국제여단 단원인가, 항상 문제를 일으키는?"

"아니오." 영사가 단호하고 점잖지만 다소 동요된 듯한 어조로 말했다. "Absolutamente no(절대로 아니오)."

"절—대—로—라고?" 경찰은 디오스다도에게 한 번 더 윙크를 보내고는 영사의 말을 흉내 냈다. 경찰은 다시 바의 오른쪽 코너를 돌아 우울한 표정의 남자와 함께 다가왔다. 한마디도 하지 않고 한 모금도 들이켜지 않은 채, 코끼리와 마찬가지로 굳은 표정으로 서 있던 그 남자였다. 이제 그는 맞은편에서 화가 난 듯 술을 들이켜고 있었다. "자" 경찰은 점잔을 빼듯 말을 길게 늘어뜨렸다. "됐어!" 경찰은 영사의 등을 치며 뒷말에 힘을 주었다. "됐어, 친구, 이리 오게." 경찰은 영사에게 술을 권했다. "마셔, 마시게. 우린 계속 자넬 찾고 있었다네." 경찰은 반은 취기로, 반은 농담조로 큰 소리로 말을 이었다. "당신은 사람을 죽이고 7개 주로 도망 다녔지. 우린 자네에 대해 밝혀낼 거야. 우리가 알아낸 바로는 자넨 베라크루스에서 배를 버리고 도망갔지.—이게 사실이란 말인가?—자네는 돈이 있다고 말하지만, 얼마나 가지고 있나?"

---

* Pernambuco: 브라질 북동쪽의 주.

화산 아래서 515

영사는 구겨진 지폐를 꺼냈다가 다시 주머니에 넣었다. "50페소. 그걸로는 충분하지 않을 것 같은데. 어디 사람인가? 영국, 스페인, 미국, 독일, 러시아? 그러니까 그저 그런 나라에서 온 건가? 여기서 무얼 하는 거요?"

"난 영어를 잘 못해. 당신 이름은 무엇이요?" 누군가 가까이서 큰 소리로 물었다. 영사가 몸을 돌리자 경찰과 비슷한 차림의 또 다른 경찰이 눈에 들어왔다. 이 경찰은 전의 경찰보다 키가 작고 턱이 무겁게 생겼으며 수염을 깨끗하게 정리했으나 잔인한 눈빛에 저속한 느낌이 드는 얼굴이었다. 그는 권총을 차고 있었으나 양쪽 집게손가락과 오른쪽 엄지손가락이 없었다. 게다가 말할 때마다 엉덩이를 약간씩 돌리는 듯한 이상한 행동을 보였다. 그는 먼저 있던 경찰에게 눈인사를 하고 디오스다도에게도 눈인사를 보냈으나 트위드를 입은 남자의 눈길은 피하고 있었다. "Progresión al culo (뒤로 물러서게)." 그는 이렇게 덧붙였다. 영사는 그를 보지 않고도 그가 엉덩이를 돌리고 있다는 것을 알 수 있었다.

"지방자치단체장이시오." 경찰이 예의바른 태도로 영사에게 설명했다. "저분은 당신 이름을 알고 싶어 하시는군. Cómo se llama (이름이 무언가)?"

"맞아, 당신 이름이 뭐요?" 지방자치단체장이라고 하는 그 경찰이 바에서 술을 가지고 와서는 영사를 쳐다보지 않고 소리쳤다. 그는 아직 엉덩이를 돌리고 있었다.

"트로츠키." 카운터 한쪽 끝에 있던 누군가가 야유조로 말했다. 영사는 따가운 눈총을 느끼며 얼굴을 붉혔다.

"블랙스톤." 영사가 무거운 어조로 답했다. 영사는 메스칼을 한 잔 더 들이켜며 실제로 자신이 인디언들 사이에서 살기 위해 온 것이 아닌지 자문했다. 영사가 우려하는 유일한 문제는 이 인디언들이 사상을 가진 인간들일 경우였다. "윌리엄 블랙스톤."

"당신은 뭐지?" 수수고이테아 비슷한 이름을 가진 뚱뚱한 경찰, 아니 지방자치단체장이 소리쳤다. "당신은 뭐 하는 사람이오?" 그는 첫번째 경찰을 흉내 낸 교리문답식 질문을 계속했다. "영국인? 독일인?" 그는 모든 것을 흉내 내는 듯했다.

영사는 머리를 흔들었다. "아니오. 난 그저 윌리엄 블랙스톤이오."

"유대인인가?" 경찰이 물었다.

"아니오. 난 그저 블랙스톤이오." 영사가 머리를 흔들며 같은 말을 되뇌었다. "윌리엄 블랙스톤. 유대인들은 술꾼이 드물지."

"당신 술꾼이란 말이지." 첫번째 경찰이 말하자 모두가 웃었다. 그의 심복이 분명한 몇 명이 따라 웃었으나 영사는 이들을 구분할 수 없었다. 웃지 않은 이는 얼굴이 경직된 트위드를 입은 사람뿐이었다. "이분은 헤페 데하르디네로스Jefe de Jardineros, 즉 정원 책임자시오." 트위드를 입은 남자를 소개하는 경찰의 목소리에는 일종의 경외감마저 깃들어 있었다. "그리고 나도 책임자요. 연설 책임자." 이 말은 마치 "난 그저 연설 책임자에 불과하다"는 식의 겸손한 인상을 풍겼다.

"그리고 난—" 영사가 입을 열었다.

"perfectamente borracho(완전 주정뱅이)." 첫번째 경찰이 영사의 말끝을 채었고 공원 책임자를 제외한 모든 이들이 웃었다.

"이, 요—." 영사가 중얼거렸다. 영사는 무슨 말을 했던 것일까? 그리고 이 사람들은 누구인가? 무슨 연설 책임자에다, 어느 지자체 책임자란 말인가, 게다가 무슨 정원 책임자인가? 트위드를 입은 조용한 사내는 이 사람들 중에서 무기를 소지하지 않은 유일한 사람이지만 나머지와 마찬가지로 사악해 보였다. 하지만 그가 모든 정원을 책임지는 유일한 사람은 아닐 것이다. 이러한 직함에 대한 소개는 영사가 이미 가지고 있던 어두운 혜안을 자극하고 있었다. 이러한 직함들은 영사의 마음속에서 미국의 감찰감, 휴에게 말했던 연합군의 직함과 연결되었다. 영사는 이 사람들을 술집의 방이나 바에서 본 적이 있겠지만 이렇게 가까이서 본 적은 처음일 것이다. 그러나 너무도 많은 사람들이 영사가 대답하기 힘들 정도로 수많은 질문들을 쏟아부었기 때문에 이러한 생각은 거의 영사의 머리로부터 달아나고 있었다. 하지만 영사는 달아나려는 생각들을 다시금 가다듬고 있었다. 우선 첫번째 경외해마지않는 이 정원 책임자는 감찰감보다 높은 지위에 있을 것이다(영사는 그에게 도움을 청하기 위해 무언의 호소를 보냈다). 무언의 호소는 이전보다 더 무거운 표정으로 되돌아왔다. 하지만 이때 영사는 이 사람을 어디서 보았는지 기억해냈다. 정원 책임자는 영사 자신의 이미지였던 것이다. 직업의 갈림길에 서 있었던, 마른 체격에 수염이 없이 햇볕에 탄 심각한 얼굴을 하고 있던 당시의 그는 그라나다 부영사로 있었던 것 같다. 수없이 많은 테킬라와 메스칼이 나왔고 영사는 누구 것이건 상관없이 눈에 보이는 것 모두를 마셔버렸다. "그들이 엘아모르 데로스아모레에 함께 있었다고 확신할 수는 없지." 영사의 귀에 자신이 되풀이하는 말소리가 들렸다. 이것은 오늘 오후에 있었던 사건과 관련된 끈질긴 질문에 대한 대답의 일부였을 것이다. 영사는 왜 이런 질문이 계속 자신을 괴롭히는지 알지 못했다. "중요한 것은 사건이 어떤 식으로 일어났는가 하는 것이다. 날품팔이, 그 사람 날품팔이가 아닐 수도 있지만, 그 사람 술이 취한 상태였나? 아니면, 말을 타고 가다가 떨어졌을까? 어쩌면 그 도둑이 자신에게 술 한두 잔을 빚진 술친구를 알아봤을 수도 있지."

파롤리토 바깥에서는 천둥이 으르렁거리고 있었다. 영사가 자리에 앉았다. 명령에 의한 것이었다. 상황은 매우 혼란스럽게 진행되어 갔다. 이제 바는 거의 가득 들어찼다. 묘지에서 돌아온 사람들, 헐렁한 옷을 입은 인디언들도 보였다. 허름한 차림의 군인들과 말끔하게 차려입은 장교들도 이따금 눈에 띄었다. 유리창을 통해 방 안에서 나발과 초록색 올가미 밧줄이 움직이는 것이 보였다. 해골 모양 야광 줄무늬의 긴 검은 망토를 걸친 무용수들이 바에 들어섰다. 이제 지자체장은 영사 뒤에서, 연설 책임자는 영사의 오른쪽에서 정원 책임자와 이야기하고 있었다. 공원 책임자의 이름은 프룩투오소 사나브리아였다. "Hullo, qué tal(안녕하시오)?" 영사가 물었다. 등을 반쯤 돌리고 자신의 옆에 앉아 있는 젊은 사람 역시 낯설지 않은 얼굴이었다. 대학 시절 알고 지냈던 시를 쓰던 친구 같았다. 영사가 술을 권하자 젊은이는 스페인어로 거절하고는 손으로 영사를 밀쳐내기까지 했다. 그러고는 화난 얼굴로 영사의 시선을 외면하며 바의 저쪽 끝으로 자리를 옮겼다. 영사도 기분이 상했다. 영사는 다시 정원 책임자에게 무언의 호소를 보냈다. 그 대답은 마지막과도 같은 준엄한 표정이었다. 처음으로 영사는 자신에게 위험이 임박했음을 눈치챘다. 영사는 사나브리아와 경찰이 극도의 적의를 가지고 자신에 대해, 자신을 어떻게 처리할 것인가에 대해, 이야기하고 있다는 사실을 깨달았다. 그리고 이들은 지자체장의 주의를 끌기 위해 애쓰고 있었다. 두 사람은 사람들을 헤치고 다시 바 뒤로 가서 전화를 걸었다. 흥미로운 점은 전화가 제대로 작동된다는 사실이었다. 연설 책임자가 수화기에 대고 말을 하고 사나브리아는 어두운 표정으로 옆에 서서 무언가 지시를 하고 있는 듯했다. 두 사람은 시간에 대해 이야기했는데, 그 이유가 무엇이건 간에 영사에 관한 것임이 분명했다. 영사는 점점 상황을 자각하면서 끓어오르는 듯한 고통을 느끼고 있었다. 자신을 둘러싼 이 수많은 사람들 사이에서 자신은 얼마나 외로운가, 사나브리아의 손짓에 의해 약간 조용해지기는 했지만, 이 소란 속에서 자신이 얼마나 외로운 존재인가를 다시금 깨달았다. 마리아와의 짧은 시간 후 그의 눈에 그려졌던 회색빛으로 일렁이던 대서양의 황량함과도 같은 고독이 밀려왔다. 단지 이번에는 배가 보이지 않는다는 사실만이 차이가 있었다. 약간의 장난기와 안도감은 완전히 사라져버렸다. 영사는 이본이 와서 자신을 구출해주기를 내심 기대하고 있었다. 하지만, 이제 너무 늦었다. 이본은 오지 않을 것이다. 아, 이본이, 마치 자신을 이해하고 안도감을 줄 수 있는 딸처럼, 바로 이 순간 자신의 곁에 있을 수 있다면! 마치 일요일 오후 인디언 아이들이 아버지의 손을 이끌고 집으로 향하는 것처럼, 이본이 취한 자신의 손을 잡고, 도중에 이따금 자신이 술 마시는 것을 개의치 않고—아, 고독 속에 들이켜는 한 잔, 어디를 가든 영사는 그것을 그리워할 것이다. 그리고 그것이 자신의 인생에서 가장 행복한 것이었음을 기억할 것이다—자갈밭과 숲을 지나 집으로 이끌어준다면…… 영사는 의식적으로 이본을 머리에서 지웠다. 영사의 머릿속에는 지금 이 순간 혼자서 별다른 어려움 없이 들키지 않고 파롤리토를 벗어날 수도 있으리라는 생각이 맴돌았다. 지자체장은 대화에 정신이 팔려 있었고 두 명의 경찰은 전화기를 향해 등을 돌린 채 움직이지 않고 있었다. 영사는 팔꿈치를 바에 기대고 두 손에 얼굴을 묻었다.

다시 마음의 눈에는 라루엘의 집 벽에 있는 이상한 그림이 보였다. 「주정뱅이들」, 전과는 약간 다른 측면의 그림이 보였다. 또 다른 의미가, 그 유머가 의도하지 않은 또 다른 의미가, 명백한 상징을 뛰어넘는 또 다른 의미가 있단 말인가? 영사는 그림 속의 사람들이 빛을 향해 올라갈수록, 마치 영혼처럼, 더 자유롭고 더 독립적이며, 그 특이하고 고상한 얼굴이 더 뚜렷한 특징을 가진 모습으로 보인다는 사실을 깨달았다. 뒤죽박죽 모여든 악마를 닮은 불그스름한 얼굴의 사람들은 더 서로를 닮아가고, 더 뭉쳐서 결국 하나가 되는 듯했다. 그 아래의 사람들은 어둠 속으로 내동댕이쳐지고 있었다. 이 모든 것이 단지 우스꽝스러운 것만은 아닐 것이다. 이본과 처음 시작할 때, 높은 곳으로 오르기 위해 애쓰던 시절, 삶의 "특징"들은 이전보다 훨씬 선명해지고 훨씬 생기를 띠지 않았던가. 그리고 적과 친구를 분명하게 구분할 수 있지 않았던가, 근심거리와 문제들은 항상 현실과 이상을 분명하게 갈라놓지 않았던가? 그리고 아래로 추락할수록 이러한 인생의 특징들은 몸을 숨기고 있다 어디선가 나타나 상황을 엉망으로 만들지 않았던가. 그러다 마침내 숨어버린 자신의 몸과 정신, 아니 헤어나고자 하는 자신의 투쟁(이것이 아직 존재한다면)에 대한 무시무시한 캐리커처가 되어버리지 않았던가? 그랬다, 하지만 영사 자신이 그것을 원했던 것일까, 그 물질적인 세계, 현명한 삶의 방향을 지시하는 그 가공의 생각이 과연 자신이 희망했던 것일까. 점차 희미해지는 비현실적인 목소리, 그리고 점차 죽음으로, 죽음 그 자체보다 더한 죽음으로 향해가는 목소리에는 무한한 확장, 무한한 진화, 경계의 확대가 있었다. 그 속에서 영혼은 완벽한 존재였다. 아, 하지만 거짓이 항상 따라다니는 이 사람에게 왜 사랑이 주어졌을까? 어쨌든 그는 아래로, 아래로 떨어져버렸다는 사실을 인정해야 했다.

그러나 아직도 가장 밑바닥까지 떨어진 것은 아니라는 사실을 그는 알고 있었다. 아직 끝은 아닌 것이다. 암벽의 측면, 좁게 튀어나온 바위 끝에 떨어져 암벽을 오르지도 내려가지도 못하는 상황에 처한 듯했다. 피를 흘리며 경직된 채 쓰러져 있는 그의 아래로, 저 머나먼 아래에는 심연이 입을 벌린 채 기다리고 있었다. 주위에는 자신의 환영들이 자신을 감싸고 있었다. 경찰, 프룩투오소 사나브리아, 시인같이 생긴 젊은이, 야광 해골 차림을 한 무용수, 심지어 구석의 토끼와 더러운 바닥의 담뱃재와 침마저도 자신의 환영인 듯했다. 이것들 하나하나가 영사가 이해하지 못하는 방식으로, 그러나 희미하게나마 눈치챌 수 있는 방식으로 영사의 일부에 신호를 보낸 것은 아닐까? 아침에 이본이 도착하던 순간, 정원의 뱀, 라루엘과의 논쟁, 나중에 있었던 휴와 이본과의 논쟁, 지옥의 기계, 세뇨라 그레고리오와의 우연한 만남, 이본의 편지…… 그날 있었던 많은 일들이 영사의 눈에 희미하게 비쳐졌다. 오늘 있었던 이 수많은 일들은 추락하면서 자신이 무심코 잡은 한 뭉치의 풀, 아직도 자신의 머리 위로 떨어지고 있는 암벽의 돌 조각만큼이나 무관한 것들이 아닌가. 영사는 날개 달린 담배가 들어 있는 푸른색 담뱃갑을 꺼내었다. 아아! 그는 다시 머리를 들었다. 자신이 있는 곳은 이전과 똑같았다. 어디에도 날아갈 만한 곳은 없었다. 검정개의 모습을 한 악마가 등에 자리를 잡고 영사를 자리에서 일어나지 못하도록 누르고 있는 것 같았다.

정원 책임자와 연설 책임자는 아직도 전화기 옆에 서 있었다. 아마도 감찰관에게 전화하고 있을 것이다. 하지만 만약 이들이 자신에 대해 전화하는 것이 아니라면? 영사는 이본의 편지를 읽기 위해 벗어두었던 검은 선글라스를 떠올리고는 이것을 쓰고 변장하는 상상을 했다. 자신의 뒤에는 지자체장이 자리를 차지하고 있었다. 하지만, 검은 선글라스를 쓰고 도망갈 수 있을 것이다. 이보다 더 간단한 게 어디 있겠는가. 도망갈 수 있을 것이다. 지금 필요한 것은 술, 길 떠나기 전 마지막 한 잔의 술이다. 지금 그는 단단한 한 무리의 사람들에 의해 쐐기가 박힌 것 같았다. 상황을 더욱 악화시킨 것은 더러운 솜브레로를 머리 뒤에 걸치고 탄띠를 바지까지 늘어뜨린 채 자신의 옆에 앉아 있던 한 남자가 친근하게 다가와 영사의 팔을 잡았다는 것이다. 조금 전에 보았던 변기 근처의 그 경찰 앞잡이, 뚜쟁이였다. 조금 전과 거의 똑같은 구부정한 모습의 그 남자는 영사에게 적어도 5분 동안 말을 하고 있었던 모양이다.

"여보게, 치―인구." 그는 불분명한 소리로 지껄이고 있었다. "이 싸람들 아무것도 아냐, 자네에게나 나에게나. 이 싸―아―람들 모두 자네에게나 나에게나 아무것도 아냐! 이 싸람들, 개자식들…… 그렇지, 이 영국 친구야!" 그는 영사의 팔을 더욱 세게 붙잡았다. "멕시코 사람, 영국 사람은 모두 친구야! 미국 놈들은 상관없어. 미국 놈들은 자네나 나에게 아무런 득이 안 돼. 멕시코 친구들은 항상, 항쌍, 항쌍 친구지, 그렇지―?"

영사는 팔을 움츠렸으나 이번에는 국적을 알 수 없는 또 다른 남자가 그의 왼쪽 팔을 잡았다. 취해서 눈이 풀린 듯한 남자는 뱃사람 같아 보였다. "이봐 영국인" 그는 자신이 앉아 있는 의자를 돌리며 건조한 어조로 말했다. "난 교황의 나라에서 왔소." 이 미상의 남자는 자신의 팔을 영사의 팔에 얹으며 아주 천천히 말했다. "이거 어떻게 생각하나? 모차르트가 바로 성경을 쓴 사람이라고. 여기 지구상의 사람은 모두 평등하다, 고요가 있게 하라. 고요는 평화를 의미하지, 지구상의 평화, 모든 이의 평화―"

영사가 그의 손에서 팔을 뺐으나 다시 뚜쟁이가 영사의 팔을 잡았다. 영사는 거의 애원하는 듯한 눈으로 그를 바라보았다. 지자체장은 아직도 거기 있었다. 바에서는 연설 책임자가 다시 전화기를 붙잡고 있었다. 사나브리아는 영사의 팔꿈치 방향에 서 있었다. 뚜쟁이의 의자에 꽉 끼어 있던 또 다른 남자는 누군가를 기다리는 듯 영사의 어깨 너머로 계속 곁눈질을 하며 혼잣말을 하고 있었다. "윈체스터! 빌어먹을. 흑고니는 윈체스터에 있다고? 난 독일 쪽 캠프의 여자고등학교에서 잡혔지. 그리고 한 선생이, 내게 그걸 주었어. 당신이 가져도 돼. 당신이 가지라구."

"아!" 아직 영사의 팔을 잡고 있는 뚜쟁이가 소리쳤다. 그는 영사를 가로질러 뱃사람에게 말하는 듯했다. "여보게, 그게 자네에게 문제가 됐나? 내가 자넬 항상 찾아다닌 것 말일세. 여보게, 영국인 친구. 항쌍, 항쌍, 항쌍, 미아―안. 이 사람 내가 항쌍 자네 친구라는군. 저 사람 괜찮은가? 이 사람 돈 많아. 멕시코인하고 영국인은 친구야. 하지만 미국 놈들은 나나 자네에게 모두 개 같은 놈들이지."

영사는 이 끔찍한 사람들 틈에서 벗어나지 못하고 있었다. 주위를 둘러보다 자신의 처지를 알고 있는 듯한 지자체장의 차갑고 잔인한 눈과 마주쳤다. 영사는 경찰 앞잡이보다 더 정체가 불분명해 뵈는 이 무식한 뱃사람이 무슨 말을 하고 있는지 도무지 알 수 없었다. 영사는 자신의 손목시계로 눈을 돌렸다. 아직 7시 15분 전이었다. 시간은 술집을 에돌아 흘러가는 듯했다. 시간조차 메스칼에 취한 것일까. 아직도 자신의 목을 노려보는 세뇨르 수수고이테아의 눈길을 느끼며 영사는 방어적인 태도로 이본의 편지를 다시 꺼내었다. 검은 선글라스를 쓰고 나니 편지가 더욱 또렷하게 눈에 들어왔다.

"항상 신의 은총이 우리 선원들에게 있을지어다." 뱃사람이 소리쳤다. "종교는 바로 그런 거지. 모차르트가 성경을 썼어. 모차르트가 구약을 썼다구. 성경대로만 하면 만사형통이지. 모차르트는 변호사였지."

"당신 없이는 나는 추방된 자에 불과하오. 나 자신으로부터 쫓겨난 그림자―"

"내 이름은 웨버요. 난 플랜더스에서 붙잡혔지. 그들은 날 의심했지. 차라리 지금 붙잡혔더라면! 앨라배마가 나타났을 때, 우린 가볍게 거길 통과했지. 우린 질문 따윈 하지 않았지. 거기서는 달아날 필요가 없었으니까. 원한다면 가지라구. 앨라배마를 원한다면 통째로 가지라구." 영사는 위를 쳐다봤다. 웨버가 노래를 부르고 있었다. "난 평범한 시골 소—오년이라네. 난 아무것도 모른다네." 그는 거울 속의 자신에게 경례를 했다. "Soldat de la Légion Etrangère(외인부대에게 경례)!"

"거기서 난 중요한 사람들을 만났지, 이 이야기를 꼭 해야 돼. 그 사람들의 생각은 마치 면죄를 위한 기도처럼 우리를 사로잡았고 불길에 자양분을 주어 다시는 꺼지지 않게 했지. 하지만 그 불길도 이젠 많이 죽었지."

"맞아. 모차르트는 변호사였어. 이제 그만하는 게 어떤가. 여기 하느님의 선원은 신의 무한한 능력에 대해 생각할 게 많아!"

"de la Légion Etrangère. Vous n'avez pas de nation. La France est votre mère(외인부대. 당신은 조국이 없어, 프랑스는 당신의 어머니). 탕헤르로부터 30마일을 북을 울리며 행진한 듀퐁 장군의 전령…… 텍사스 출신의 개자식이었지. 그 자식 이름은 말하지 않을 거야. 포트 애더먼트였지."

"Mar Cantábrico(칸타브리아해)!"

"너희는 광명 속을 걷도록 태어난 존재. 하얀 하늘 속에 머리를 박고 낯선 곳에서 버둥거리지. 길을 잃었다고 생각하지만 그게 아니야. 빛의 정령이 너희를 도와줄 테니. 너희 자신 그리고 주변의 모든 시련에도 불구하고 빛의 정령은 너희를 버티게 해줄 거야. 내가 미친 것 같나? 가끔 난 내가 미쳤다고 생각할 때도 있지. 고난을 헤쳐가게 해줄 거대한 잠재력을 놓치지 말라. 바로 너희의 몸 안에, 바로 너희의 영혼 속에 더 강한 힘이 있느니. 너희가 나를 잊을 때, 나를 버릴 때, 너희가 다른 길에 발을 내디딜 때, 낯선 길로 발을 내디딜 때 남겨진 온전함을 내게 가지고 오라……"

"프랑스 외인부대 제5대대. 그들은 독수리 문장을 가지고 있었지. 외인부대에게 경례!" 웨버는 다시 거울 속의 자신에게 경례를 하면서 구두의 양 뒤꿈치를 붙여 딱, 하는 소리를 냈다. "태양이 입술을 태워 입술은 갈라지고 말았도다. 오, 세상에. 말들이 모두 먼지 속으로 사라져버리다니, 이 얼마나 유감스러운 일인가. 난 말을 가질 수 없지. 그들이 쏘아버렸으니까."

—"아마도 난 하느님의 가장 외로운 자식일 거예요. 당신은 술이 친구 역할을 하겠지만 내겐 그것조차 없는걸. 만족하고 안 하고를 떠나 그런 친구조차 없죠. 나의 불행은 내 안에 갇혀 있어요. 당신은 내게 도와달라고 소리치곤 했죠. 내가 당신에게 보낸 청원은 그보다 훨씬 절실한 거였죠. 도와줘요, 날 둘러싸고 있는 이 무서운 전율, 곧 머리 위로 쏟아내릴 듯한 이 공포에서 날 구해줘요."

"성경을 쓴 사람…… 모차르트가 성경을 썼다는 사실을 알기 위해서는 심도 있는 연구가 필요하지. 그러나 확실한 건 당신이 나처럼 생각하긴 힘들다는 거야. 내 마음은 무시무시하거든." 뱃사람이 영사에게 말했다. "당신도 나랑 마찬가지일거요. 당신에게 좋은 일이 생기길 바라오. 지옥 같은 건 나 혼자만으로 족하지." 뱃사람은 이렇게 말하고는 갑자기 절망에 빠진 듯 일어서서 비틀거렸다.

"미국인들은 내게 전혀 도움이 안 돼. 미국인들은 멕시코인들에게 도움이 안 되지. 이 얼간이들." 뚜쟁이는 이렇게 말하고는 생각에 잠긴 듯 영사를 응시하다 손바닥에서 보석처럼 밝게 빛나는 권총을 살펴보고 있는 웨버에게로 눈을 돌렸다. "모든 멕시코인, 모든 영국인, 내 모든 멕시코 친구들." 뚜쟁이는 벼룩을 불러 술을 주문하고는 영사를 가리키며 영사가 술값을 낼 것이라고 말했다. "미국 놈들이 당신에게, 그리고 나에게 아무런 도움이 안 된다는 사실, 난 신경 쓰지 않아요. 내 멕시코 친구들은 다

괜찮지, 괜찮지, 그렇지 않소?" 뚱쟁이가 단언하듯 말했다.

"Quiere usted al salvación de Méjico(멕시코의 구원을 원하는가)?" 바 뒤 어딘가 라디오에서 이런 소리가 흘러나왔다. "Quiere usted que Cristo sea nuestro Rey(그리스도가 당신의 왕이 되기를 원하는가)?" 전화를 끊은 연설 책임자가 정원 책임자와 여전히 같은 위치에 서 있는 것이 보였다.

"아니오."

─"제프리, 왜 답장을 않는 거죠? 당신이 내 편지를 받지 못했다고 믿을 수밖에요. 난 내 모든 자존심을 버리고 당신에게 용서를 구하고, 또 당신을 용서하려 하고 있어요. 당신이 날 잊었다고, 당신이 날 더 이상 사랑하지 않는다고는 믿을 수 없어요, 아니 믿지 않을 거예요. 아니면, 혹시 내가 당신 없이 더 잘 살 수 있을 거라는 그릇된 생각을 하고 있나요? 그래서 당신 자신을 희생하고 내가 다른 누군가와 행복하기를 바라는 건가요? 당신, 그것이 불가능하다는 것 잘 알지 않나요? 우린 다른 사람들보다 서로에게 주어야 할 게 더 많아요. 우리 다시 결혼할 수도 있잖아요. 그리고 다시 함께 삶을 설계하면⋯⋯"

"자넨 영원한 내 친구지. 내가 술값을 다 내겠소, 당신 것, 내 것, 이 사람 것까지. 이 사람은 내 친구지, 그러니까 이 사람은⋯⋯" 뚱쟁이는 영사의 등을 살짝 때렸고, 불행히도 그것은 영사가 술잔을 꿀꺽 들이켜고 있던 순간이었다. "그를 원하나?"

─"당신이 더 이상 날 사랑하지 않는다면, 내가 돌아가는 걸 원치 않는다면, 편지에 그렇게 써줘요. 날 미치게 만드는 건 바로 이 침묵이에요. 당신의 침묵에서 자라난 불안이 내 모든 기력과 영혼을 앗아가버려요. 지금 당신의 생활이 바로 당신이 원하는 것이라고 말해줘요. 당신이 지금

행복한지, 불행한지, 만족한지, 그렇지 못한지 말해줘요. 나에 대한 감정이 남아 있지 않다면, 날씨에 대해, 우리가 아는 사람들에 대해, 우리가 걷던 거리와 언덕에 대해 얘기하면 돼요. 제프리, 도대체 어디 있는 건가요? 당신이 어디에 있는지조차 알 수 없군요. 너무 잔인한 거 아닌가요. 우리는 어디까지 가버린 건가요? 우린 얼마나 멀리서 서로의 손을 잡고 걷고 있나요?"

떠들썩한 분위기 속에서 경찰 앞잡이의 목소리가 분명하게 들렸다. 바벨, 영사는 바벨을 떠올렸다. 뒤섞인 목소리들 속에서 뱃사람의 목소리가 멀리로부터 들려왔다. 촐룰라로부터 돌아오는 그의 목소리가 들렸다. "당신이 먼저 말했나, 아님 내가 먼저 말했나? 일본은 미국에 아무런 도움이 안 돼. 왜냐면 미국은…… 아무런 도움이 안 돼. 1918년 메히코 사람들은 미국을 위해 전쟁에 참여했지. 맞아, 그렇지, 그렇고말고…… 담배 좀 줘, 성냥도. 메히코 사람들은 영국을 위해 전쟁에 참여했지—"

—"제프리, 어디 있나요? 당신이 어디에 있는지 그것만이라도 알 수 있다면, 당신이 아직도 날 원하는지 그것만이라도 알 수 있다면…… 당신과 함께한 지가 벌써 얼마나 된 건가요. 내 인생은 영원히 당신을 향해 있어요. 나의 손을 놓는다고 당신이 자유로운 몸이 될 것이라고는 생각지 마요. 그러면 당신은 우리를 지구상 최악의 지옥으로 몰아가고 말 거예요. 당신이 그러한 자유를 원한다면, 우리 두 사람 모두를 망치고 말 거예요. 제프리, 무서워요. 무슨 일이 생긴 건지 왜 말해주지 않나요? 당신이 원하는 게 무엇인가요? 오, 대체 무엇을 기다리는 건가요? 사랑에서 벗어나는 것, 그 무엇과 비교될 수 있을까요? 내 몸은 당신을 안고 싶어 미칠 지경이에요. 당신의 부재에 내 몸은 굶주리고, 내 입술은 타 들어가요. 당신에게 무슨 일이라도 생긴다면, 내 육신과 마음이 모두 상하고 말

거예요. 난 이제 당신의 손 안에 있어요. 제발, 날 구해줘요."

"멕시코 말도 통하고, 영국 말도 통하고, 프랑스어도 통하잖나. 그런데 왜 꼭 영어로 말해야 하지? 나의 멕시코, 미국인들은 멕시코인을 검둥이로 보지. (알겠나) 디트로이트, 휴스턴, 댈러스……"

"멕시코의 구원을 원하는가? 그리스도가 당신의 왕이 되기를 원하는가?"

"아니오."

영사는 편지를 주머니에 넣으며 올려다봤다. 누군가 근처에서 시끄럽게 바이올린을 연주하고 있었다. 영사의 뒤에 있던 멕시코 노인, 수염이 뻣뻣하고 이가 다 빠져버린 그는 거의 영사의 귀에다 대고 미국 국가를 바이올린으로 연주하고 있었다. 아이러니하게도 지자체장이 그를 부추기는 듯했다. 노인은 영사에게 귓속말을 했다. "아메리카노? 여긴 당신에게 좋은 곳이 아냐. Deese hombres, malos. Cacos(이 사람들, 나쁜 사람들이야, 도둑놈들이지). 모두 나쁜 사람들이야. 거친 놈들, 누구에게도 절대 좋은 사람들이 아니지. 이해가 가나. 난 옹기장이야." 노인은 영사에 얼굴을 가까이 대고 아주 다급한 듯 말을 이어갔다. "내가 당신을 우리 집으로 데려가지. 바깥에서 기다리겠소." 노인은 바이올린을 거칠게, 그리고 약간은 불협화음을 내며 연주하면서 군중이 터준 길을 따라 사라져갔다. 노인이 있던 자리, 뚜쟁이와 영사의 중간쯤에 위치한 그 자리를 한 노파가 차지했다. 어깨 위로 긴 스카프를 두른 노파는 점잖은 차림새를 하고는 불안한 모습으로 영사의 주머니에 손을 찔러 넣었다. 영사는 노파가 소매치기라고 생각한 듯, 역시 불안한 표정으로 노파의 손을 치웠다. 그러고는 노파 역시 영사를 도우려 하고 있다는 사실을 깨달았다. 노파는 속삭였다. "당신에게 좋은 곳이 아냐." "나쁜 곳이야. Muy malo(매우 나쁜 곳). 이 사람들 멕시코인의 친구가 아니야." 노파는 연설 책임자와 사나브리아가 서 있는 바를 향해 고개를 끄덕였다. "저 사람들 경찰이 아니야, 악마들이지. 살인자. 저 사람 노인 열 명을 죽였어, 노인 스무 명이라도 죽일 놈이야." 노파는 안절부절못하고 자신의 뒤를 돌아보며 지자체장이 자신을 감시하고 있는지 살펴보았다. 그리고 나서 노파는 스카프에서 해골 모양의 장난감을 떼어내, 관 모양의 마지판 과자를 먹으며 긴장한 듯 상황을 지켜보던 벼룩 앞의 카운터에 내려놓았다. "Vámonos(같이 가자구)." 노파는 해골 장난감이 바 위에서 움직이기 시작하자 이렇게 말했다. 해골은 힘없이 쓰러지고 말았고, 영사는 잔을 치켜 올렸다. "Gracias, buena amiga(고마워요, 당신 좋은 사람이군요)." 영사가 아무런 감정도 들어 있지 않은 목소리로 말하자 노파는 가버렸다. 그러는 동안 영사에 대한 대화는 더 유치하게 변해 절제하기 힘든 상황에 이르렀다. 뚜쟁이는 뱃사람이 있었던 반대편 자리에서 영사의 발을 툭툭 차고 있었다. 디오스 다도는 뜨거운 허브 차에 정제하지 않은 알코올을 넣은 오차스를 손님에게 건네고 있었다. 유리 방 안에서는 찌를 듯한 마리화나 냄새가 진동하고 있었다. "여기 있는 모든 사람들이 내가 당신의 친구라는군. 나, 난 좋아, 좋아, 좋다구…… 당신도 좋지? 난 항상 이 사람 술값을 내지." 뚜쟁이는 이런 식으로 영사에게 막 술을 권하려던 웨버를 비난했다. "나의 영국 친구! 나의, 모든 멕시코인의 친구! 미국인들은 좋지 않아, 미국인들은 멕시코에 도움이 안 돼. 바보 같은 미국놈들. 바보 같은 놈들. 그것들은 아무것도 몰라. 내가 자네 술값을 내. 당신은 미국인이 아니지. 당신은 영국인이잖아. 오케이, 불 붙여줄까?"

"No gracias(아뇨, 괜찮아요)." 영사는 스스로 불을 붙이며 디오스다도에게 의미 있는 시선을 보냈다. 그의 셔츠 주머니에는 또 다른 파이프가 삐져나와 있었다. "미안하지만, 난 미국인이오. 당신의 모욕적인 언사가 이제 슬슬 지겨워지는군."

"멕시코의 구원을 원하는가? 그리스도가 당신의 왕이 되기를 원하는가?"

"아니오."

"바보들. 나쁜 놈들 같으니라구."

"하나, 둘, 세엣, 넷, 다섯, 열둘, 여섯, 일곱…… 티퍼레리까지는 멀고도 먼 길."*

"Noch ein habanero(아바네로 한 잔 더)—"

"—볼셰비키주의자—"

"Buenas tardes señores(세뇨르, 안녕하신가)." 정원 책임자와 연설 책임자는 드디어 전화를 마치고 영사에게 다가왔다.

두 사람은 영사의 옆에 섰다. 그들 사이의 부조리한 대화가 다시 시작되었다. 영사가 내뱉은 대답은 공중에 떠 있는 듯했고, 그것조차도 그들이 묻지 않은 질문에 대한 것이었다. 영사가 다른 사람들의 질문에 답하려고 몸을 돌리면 거기에는 아무도 없었다. 사람들은 식사를 하러 간 듯 바 안은 점차 한산해졌다. 그리고 몇몇 알 수 없는 사람들이 들어와 이전 사람들의 자리를 차지하기 시작했다. 이제 영사의 마음속에 탈출이라는 생각은 없었다. 자신의 의지와 시간, 영사가 마지막으로 그것을 의식한 후 단 5분도 흐르지 않은 사이, 시간은 마비된 듯했다. 영사가 아는 얼굴을 발견했다. 오후에 봤던 운전기사였다. 그는 술에 취해 모든 사람들에게 악수를 청하고 있었다. 어느새 영사는 자신이 그와 악수하고 있다는

---

* 제1차 세계대전 당시 영국군이 불렀던 군가. 티퍼레리Tipperary는 아일랜드의 한 지명.

사실을 깨달았다. "Dónde están vuestras palomas(당신 비둘기들은 어디 갔나)?" 영사가 물었다. 갑자기 사나브리아가 고개를 끄덕이자 연설 책임자가 그의 손을 영사의 주머니에 넣었다. "이제 메히코 위스키 값을 낼 차례야." 연설 책임자는 영사의 지갑을 꺼내고 디오스다도에게 윙크를 보내며 큰 소리로 말했다. 지자체장은 다시 엉덩이를 돌리는 음란한 몸짓을 보였다. "물러서—" 연설 책임자는 이본의 편지 뭉치를 꺼냈다. 그는 영사가 묶어둔 고무줄을 풀지 않은 채 교활한 눈빛으로 영사를 쳐다보았다. "Chingao, cabrón(술주정뱅이 자식)." 그의 눈은 사나브리아를 살피고 있었다. 사나브리아는 침묵을 지키다 마침내 고개를 끄덕였다. 연설 책임자는 또 다른 종이를 꺼냈다. 영사 자신이 가지고 있었는지조차 알 수 없는 카드였다. 경찰 셋이 바 위로 머리를 기울여 함께 종이를 읽어 내려갔다. 영사 역시 당황한 채 종이를 읽어 내려갔다.

'일간…… 런던 쁘레스. 반유대 캠페인 제안…… 직물 생산업체 따옴표…… 독일의 배후…… 내부.' 대체 이게 무엇이란 말인가……? '뉴스…… 유대인…… 국가의 믿음…… 권력이 양심을 빼앗다…… 따옴표. 끝. 퍼민.'

"아니, 난 블랙스톤이오." 영사가 말했다.

"당신 이름이 뭐라고? 당신 이름은 퍼민이야. 그리고 그건 당신이 유대인이라는 뜻이지."

"어디에 뭐가 씌어 있건 상관없어. 내 이름은 블랙스톤, 난 기자가 아니야. 정말이오. 난 작가야, 작가." 영사가 몸을 구부렸다.

"당신 서류는 어디 있어? 왜 서류를 가지고 있지 않지?" 연설 책임자가 휴의 전보를 주머니에 넣으며 물었다. "당신 여권은 어디 있어? 왜 변장을 하고 다니지?"

영사는 검은 선글라스를 벗었다. 정원 책임자는 아무 말도 없이 냉소적인 표정으로 엄지와 집게손가락 사이에 끼운 카드를 내밀었다. 카드에는 'Federación Anarquista Ibérica(무정부 자유주의자 연맹) Sr. Hugo Firmin(휴고 퍼민)'이라고 적혀 있었다.

"No comprendo(이해가 안 되는군)." 영사가 카드를 잡고는 뒤로 돌려 보았다. "내 이름은 블랙스톤이요. 난 작가지, 무정부주의자가 아니오."

"작가라고? 당신은 무정부주의자야. 그렇지, 사이코 무정부주의자." 연설 책임자는 카드를 빼앗아 주머니에 넣고는 "게다가 유대인이지" 하고 덧붙였다. 그는 이본의 편지 뭉치에서 고무줄을 풀고 엄지손가락에 침을 묻혀가며 편지를 훑어보다 다시 한 번 교활한 눈빛으로 봉투를 쳐다보았다. "비열한 자식, 대체 왜 거짓말을 하는 거야?" 그는 거의 침통하기까지 한 목소리로 말했다. "나쁜 자식, 왜 거짓말을 하냐고? 여기에도 당신 이름은 퍼민이라고 적혀 있잖아." 영사는 웨버가 아직 바에 남아 자신을 응시하고 있다는 사실을 깨달았으나 영사는 고개를 돌려버렸다. 지자체장은 손가락이 절단된 손바닥에 영사의 시계를 놓고 열심히 살펴보면서 다른 손으로는 허벅지 사이를 세차게 긁어대고 있었다. "이봐." 연설 책임자는 영사의 지갑에서 10페소짜리 지폐를 꺼내 카운터 위로 던졌다. "이런 술꾼 같으니라고." 그는 디오스다도에게 윙크를 하면서 영사의 다른 물건들과 함께 지갑을 자신의 주머니에 넣었다. 그러고 나서 사나브리아가 처음으로 영사에게 말을 꺼냈다.

"당신, 감옥에 가야 할 것 같네." 그는 이렇게 영어로 말하고는 다시 전화기가 있는 곳으로 갔다.

지자체장은 다시 엉덩이를 돌리며 영사의 팔을 잡았다. 영사는 몸을

화산 아래서 533

부들부들 떨며 디오스다도에게 스페인어로 소리쳤다. 영사는 가까스로 손을 바로 뻗었으나 디오스다도는 영사의 손을 뿌리쳤다. 벼룩이 뭐라고 투덜대기 시작했다. 갑자기 구석에서 들려온 소리에 모두가 소스라치게 놀랐다. 마침내 이본과 휴가 도착한 것일까. 영사가 재빨리 몸을 돌리는 사이 지자체장의 팔에서 벗어나게 되었다. 토끼였다. 토끼는 신경 발작을 일으킨 듯 제어하기 힘든 얼굴로 몸을 떨며 바의 바닥을 돌아다니고 있었다. 못마땅한 듯 코를 찡그리며 다리를 질질 끌고 있었다. 영사의 눈에 스카프를 걸친 노파의 모습이 들어왔다. 다행히도 노파는 떠나지 않았던 것이다. 노파는 영사를 향해 슬픈 듯 얼굴을 찡그리며 머리를 흔들고 있었다. 영사는 노파가 도미노를 가지고 있던 그 노파와 같은 사람임을 깨달았다.

"왜 거짓말을 하는 거지?" 연설 책임자는 불쾌한 목소리로 같은 말을 반복했다. "당신 이름이 블랙이라고 했지. 하지만 당신은 블랙이 아니잖아." 연설 책임자는 영사를 문 쪽으로 밀쳤다. "당신 작가라고 했지." 그는 영사를 다시 밀쳤다. "하지만 당신 작가가 아니잖아." 그는 영사를 보다 거칠게 밀어붙였으나 영사는 물러서지 않았다. "당신은 작가가 아니야, 아니라구." 헌병 몇 명이 걱정스러운 얼굴로 지켜보고 있었다. 바에 새로 들어온 이들은 점차 뿔뿔이 흩어지고 있었다. 떠돌이 개 두 마리가 바를 돌아다니고 있었다. 한 여인은 두려움에 떨며 아이를 껴안았다. "당신은 작가가 아니야." 연설 책임자가 영사의 목을 잡았다. "이 나쁜 자식, 주정뱅이 유대인 같으니라고." 영사는 다시 몸을 흔들며 연설 책임자의 팔을 뿌리쳤다. "당신은 벌레 같은 놈이야."

사나브리아가 전화를 끝내자 디오스다도는 라디오를 켰다. 라디오에서는 스페인어가 크게 울려 나왔고 영사는 재빨리 이를 해석했다. 그러고는 마치 명령을 내리는 것처럼, 배를 구하기 위해 긴급 명령을 내리는 것처럼, 일진광풍과도 같은 소리를 내뱉었다. "문명이 우리에게 가져다준 것은 이루 셀 수 없을 정도다. 과학의 발명과 발견으로 시작된 모든 부자 계급의 생산력은 가늠하기 힘들 정도다. 사람을 더욱 행복하고, 더욱 자유롭고, 더욱 완벽하게 만들기 위한 인간의 창조물들은 상상할 수도 없을 정도다. 수정같이 맑고 풍성한 새로운 생명의 샘물은 야만적인 일을 좇는 자들의 마른 입술에는 영원히 닫혀 있을 것이다."

갑자기 영사는 바로 앞에서 발톱을 세우고 소리를 내며 날개를 퍼덕이는 거대한 닭을 본 듯했다. 영사가 손을 올리자 닭은 영사의 얼굴에 배설물을 뿌렸다. 영사는 전화를 끝내고 돌아오는 정원 책임자와 눈이 마주쳤다. "편지를 돌려줘!" 영사는 자신이 연설 책임자에게 소리치고 있다는 사실을 깨달았다. 하지만 시끄러운 라디오 소리는 영사의 목소리를 삼켜버렸고 천둥소리는 라디오 소리를 삼켜버렸다. "나쁜 놈, 당신이 그 인디언을 죽였지. 인디언을 죽이고 마치 사고인 것처럼 꾸미려 했지." 영사는 분노에 떨며 소리쳤다. "그 모든 게 당신 짓이지. 당신들 패거리를 데리고 와서는 말을 훔쳐갔지. 편지를 돌려줘."

"편지라니. 술꾼 같으니라고, 편지 같은 건 없었어." 영사는 몸을 바로 하면서 연설 책임자의 얼굴에서 한순간 라루엘의 표정을 발견하고는 그에게 달려들었다. 다시 그는 정원 책임자의 얼굴에서 자신을 발견하고는 그에게 달려들었다. 그리고 지자체장의 얼굴에서 오늘 오후에 휴가 때리려고 했던 경찰의 얼굴을 발견하고는 그에게 달려들었다. 바깥의 시계는 빠르게 일곱 번 울렸다. 닭이 영사의 눈앞에서 퍼덕거리자 영사의 눈에는 아무것도 보이지 않았다. 연설 책임자가 영사의 옷깃을 잡았다. 그러고는 누군가 뒤에서 영사를 잡았다. 다시 나타난 하얀 얼굴의 남자가 영사를 함께 밀쳤다. 디오스다도가 육중한 소리를 내며 바를 뛰어넘었다. 벼룩은 심술궂게 그의 정강이를 걷어찼다. 영사는 입구 근처 탁자에 놓여 있던 검을 낚아채고 거칠게 휘두르며 울부짖었다. "편지를 돌려줘!" 닭은 어디 갔지? 그는 닭의 목이라도 벨 듯한 태세였다. 영사는 비틀거리며 뒤쪽 도로로 나갔다. 바람을 피해 소다수가 놓인 탁자를 안으로 들이고 있던 사람이 손을 멈추고 이 광경을 지켜보았다. 거지들이 천천히 머리를 돌렸다. 병영 밖의 파수병들은 미동 없이 서 있었다. 영사는 자신이 무슨 말을 하는지 알지 못했다. "오로지 가난한 자만이, 오로지 자신의 발을 닦는 자만이, 영혼이 가난한 자만이, 부모를 업고 가는 자만이, 먼지 속에서 아메리카에서 울부짖는 철학자만이, 하느님을 통하여…… 돈키호테―" 영사는 계속 검을 휘두르고 있었다. 실제로 그것은 마리아의 방에서 봤던 사브레 검이었다. "방해하는 걸 그만둔다면, 몽유병처럼 걸어 다니는 것을 그만둔다면, 내 아내와의 부정을 그만둔다면…… 거지와 저주받은 자들이여―" 검이 금속음을 내며 바닥에 떨어졌다. 영사는 비틀거리며 뒤로 가고 있는 자신을 느낄 수 있었다. 결국 풀밭 위에 쓰러졌다. "당신이 말을 훔쳤어." 영사가 다시 중얼거렸다.

연설 책임자가 영사를 내려다보고 있었다. 사나브리아는 조용히 서서 불쾌한 듯 자신의 볼을 문질렀다. "북미 사람인가." 연설 책임자가 말했다. "영국인, 유대인이지." 그는 미간을 좁히며 말했다. "그런데 대체 여기서 뭐하는 거야? 펠라도, 자네 신상에 좋지 않아. 난 사람을 스무 명이나 죽였거든." 반은 협박조로 비밀을 털어놓는 듯 말했다. "전화로 당신이 범죄자라는 걸 알아냈네. 경찰이 되고 싶은가? 멕시코 경찰이 되게 해주지."

영사는 몸을 흔들며 천천히 일어섰다. 근처에 묶여 있는 말이 보였다. 이전보다 훨씬 생생해 보였다. 감전이라도 된 듯 흥분한 모습이기도 했다. 끈으로 묶인 입과 대패질된 나무 안장 뒤에는 밧줄과 안장주머니가 있었고 벨트 아래로 매트가 보였다. 엉덩이뼈 쪽의 털은 눈부실 정도로 빛나고 있었고 엉덩이 위의 낙인 7이 선명하게 보였다. 안장 버클 뒤의 징은 술집에서 흘러나온 불빛 속에서 토파즈처럼 빛나고 있었다. 영사는 비틀거리며 말을 향해 걸어갔다.

"온몸을 다 갈겨주지, 이 유대인 술꾼아." 연설 책임자가 영사의 옷깃을 쥐고 말했다. 옆에 서 있던 정원 책임자가 무겁게 고개를 끄덕였다. 영사는 몸을 흔들며 연설 책임자의 손에서 벗어나 말의 굴레를 찢기 시작했다. 연설 책임자가 권총에 손을 가져가며 옆으로 물러났다. 권총을 꺼내들고는 구경꾼들에게 물러서라는 손짓을 했다. "온몸을 갈겨주겠어, 이 주정뱅이야." "펠라도!"

"아니, 나라면 그렇게 하지 않겠어." 영사가 몸을 돌리며 천천히 말했다. "그건 콜트 17구경이군. 만들기 까다로운 거지."

연설 책임자는 영사를 불빛에서 벗어나도록 한구석으로 밀어붙이고는 두 발자국 나아가서 발사했다. 번개 불빛이 꿈틀거리는 벌레처럼 하늘에서 내려오고 있었고, 비틀거리던 영사는 한순간 자신의 머리 위로 에메랄드 빛 눈과 눈부신 밝은 빛이 가득한 포포카테페틀의 형상을 보았다. 연설 책임자는 신중하게 간격을 두고 총을 두 번 더 발사했다. 벼락 소리가 멀리 산을 울리고 이제 가까이 다가왔다. 풀려난 말들이 머리를 들고 뒷다리를 세운 채 울음소리를 냈다. 말들은 몸을 돌려 근처 숲을 향해 내달렸다.

처음에 영사는 이상한 안도감을 느꼈다. 잠시 후 그는 자신이 총에 맞았다는 사실을 깨달았다. 한쪽 무릎을 꿇고는 신음 소리를 냈다. 곧 잔디에 쓰러져 얼굴을 바닥에 댄 채 납작하게 엎드린 상태가 되었다. "아,

바보같이 죽는군." 영사가 정신을 잃은 채 말했다.

종소리가 들려왔다.

'dolente…… dolore(슬프게…… 구슬프게)!'

조용히 비가 내리고 있었다. 알 수 없는 형상들이 영사의 손을 잡은 채 서성거리고 있었다. 아직도 그의 주머니에서 무언가를 훔치려는 걸까, 아니면 도와주려는 것일까, 단순한 호기심 때문일까. 영사는 자신의 심장이 부드러운 잔디에 잘려나가듯 자신의 생명이 서서히 찢겨나가는 것을 느꼈다. 그는 혼자였다. 다들 어디 갔을까? 아니, 애초에 아무도 없었던 것일까. 어둠 속에서 연민의 가면을 쓴 얼굴이 반짝거렸다. 바이올린을 켜던 늙은이가 몸을 숙여 그를 쳐다보고 있었다. "Compañero(친구)—" 이렇게 말하고는 사라져버렸다.

이제 그의 의식 속에 있는 것은 "펠라도"라는 단어뿐이었다. 휴가 도둑이라는 뜻으로 사용한 말이었다. 이제 누군가 그에게 바로 그 모욕의 말을 던졌다. 마치 잠시 자신이 펠라도, 도둑이 된 듯했다. 그랬다. 그는 자신의 삶에 대한 거부 의식이 자라난 엉망진창의 의미 없는 생각의 좀도둑이었다. 그는 이러한 추상적 개념을 위해, 변장을 위해, 두세 개의 가면을 필요로 했을 것이다. 그리고 이제 가장 실제에 가까운 그것이 가까이 왔다. 누군가 자신을 "친구"라고 부르기도 했다. 이게 나았다, 훨씬 나았다. 그는 이 말에 행복감까지 느꼈다. 이러한 생각이 그의 마음속을 떠도는 동안 세심한 주의를 기울여야만 들을 수 있는 낮은 음악 소리가 들려왔다. 모차르트일까?「시칠리아나」.* 모세의 D 마이너 쿼터의 피날레.

---

* Siciliana: 가톨릭 성가에 나오는 시칠리아 성가를 모차르트가 편곡한 곡으로, '오 거룩하시고 오, 지극히 거룩하시고 인자하오신 동정녀 마리아, 사랑하오신 순결하신 어머니, 저희 위해 빌어주소서'라는 가사를 담고 있다.

아니, 「알케스티스」*에 나오는 글루크의 장례음악처럼 들리기도 했다. 바흐와 같은 품격이 있는 곡이었다. 바흐? 17세기 영국의 클라비코드** 소리가 멀리서 들려왔다. 영국. 기타 소리도 들렸다. 사랑의 절규와도 같은 그 소리는 폭포의 시끄러운 물소리와 섞여 희미하게 들려왔다.

영사는 카슈미르에 있었다. 바이올렛과 개미자리풀 사이로 물이 흐르는 근처의 목초지에 영사가 누워 있었다. 멀리로 히말라야가 보였다. 히말라야를 보자 휴, 이본과 함께 포포카테페틀을 올라야 한다는 생각이 떠올랐다. 아니, 그들은 벌써 영사를 앞서 가고 있었다. "부겐빌레아를 뽑을 수 있겠어요?" 휴의 목소리가 들렸다. "조심해요, 온통 가시와 거미들이에요. 찬찬히 잘 살펴봐요." 이본이 말했다. 그리고 또 다른 목소리가 들렸다. "우리 멕시코에서는 작가를 쏘아 죽이지." 이 목소리와 함께 이본과 휴는 사라졌다. 영사는 자신이 포포카테페틀을 등정했을 뿐만 아니라 그보다 더 멀리 온 것이 아닐까 하는 생각을 했다. 영사는 홀로 고통스럽게 아메카메카를 향해 언덕길을 터벅터벅 걷고 있었다. 등산용 안경과 등산지팡이, 장갑, 귀까지 덮을 수 있는 울로 된 모자를 걸친 그의 주머니에는 마른 자두, 건포도, 땅콩이 가득 차 있었고 코트의 한쪽 주머니 밖으로 쌀이 든 항아리가, 다른 쪽 주머니 밖으로 파우스토 호텔의 팸플릿이 삐져나와 있었다. 그는 완전히 지쳐 있었다. 더 이상 한 발짝도 갈 수 없을 것 같았다. 지치고 의지할 데 없는 그는 바닥에 쓰러졌다. 설사

---

* 독일의 작곡가 글루크(Christoph Willibald Gluck, 1714~1787)가 만든 오페라. 그리스 신화에 나오는 페라이의 왕 아드메토스의 처인 알케스티스Alcestis에 관한 이야기. 알케스티스는 남편 대신 죽기를 자청하는데, 이때 마침 헤라클레스가 그의 궁에 들르게 된다. 아드메토스는 아내의 장례 중에도 그를 손님으로 극진히 대접한다. 이에 감동한 헤라클레스는 죽음의 신으로부터 알케스티스를 빼앗아 아드메토스에게 돌려준다.

** clavichord: 피아노의 전신.

누군가 도움을 줄 수 있는 사람이 있다 할지라도 그를 도울 수는 없었다. 이제 도로변에서 죽어가는 사람은 바로 영사였다. 그 어떤 선한 사마리아인도 이를 멈출 수는 없었다. 웃음소리와 사람들의 목소리가 들린다는 점만이 이상할 뿐이었다. 드디어 그는 구조되고 있었다. 영사는 날카로운 소리를 내며 정상을 향해 정글을 통과하는 구급차 안에 있었다. 구급차는 수목 한계선을 지나 언덕을 달려 정상을 향해 가고 있었다.——실제로 그 길은 정상으로 향하는 길이었다!——주위에서는 친근한 목소리가 들렸다. 자크와 비힐, 이들은 휴와 이본이 영사를 용서하도록 설득하고 이 모든 상황을 그들에게 설명해줄 것이다. "No se pude vivir sin amar(사람은 사랑 없이는 살 수가 없지)." 영사는 이 말을 크게 반복했다. 이렇게 필요할 때면 항상 도움의 손길이 기다리고 있는데 영사는 왜 세상을 악의 소굴로 생각했을까? 이제 그는 정상에 도착했다. 아, 이본, 여보, 날 용서해줘요! 강한 힘을 가진 손이 그를 들어올렸다. 영사는 눈을 뜨며 거대한 정글, 높은 언덕, 피코데오리사베,* 말린체, 코프레데페로테, 이 위대한 등반이 성공적으로 끝나기 전에 차례차례 자신의 삶의 정상을 정복했던 그것들을 볼 수 있으리라고 기대하며 아래로 내려다보았다. 하지만 거기에는 아무것도 없었다. 꼭대기도, 인생도, 등반도 없었다. 자신이 정상이라고 생각한 정상은 결국 정상이 아니었다. 아무런 실체도 단단한 바닥도 없었다. 영사가 화산으로 추락하는 동안, 영사는 정상에 올랐던 것이 분명했다. 무엇인지는 알 수 없으나 영사와 함께 부스러지며 추락하는 것이 있었다. 끔찍한 폭발음와 함께 부글거리는 용암 소리가 들려왔다. 하지만

---

* Pico de Orizabe: 멕시코에서 가장 높은 산. 말린체Malinche는 푸에블라와 틀락스칼라 국경에 있는 화산 마틀랄쿠에야틀Matlalcueyatl의 아즈텍 이름. 코프레데페로테Cofre de Perote는 베라크루스에 있는 화산.

그것은 화산은 아니었다. 세계 그 자체가 폭발하고 있었다. 암흑처럼 분출한 지구상의 마을들이 우주를 향해 날아가고, 영사는 그 속으로, 수백만의 탱크로 뒤덮인 인지를 초월한 지옥 속으로, 수천만의 시체가 타고 있는 불빛 속으로, 수풀 속으로 추락하고 있었다.

갑자기 영사가 비명 소리를 냈다. 영사의 비명 소리는 이 나무에서 저 나무로 옮겨가는 듯했다. 나무들이 영사를 동정하는 듯 서로를 껴안으며 영사에게 다가왔다. 영사의 비명은 메아리가 되어 돌아왔다.

누군가 협곡 아래로, 영사가 추락하고 있는 그 뒤로, 죽은 개 한 마리를 던졌다.

¿ LE GUSTA ESTE JARDÍN
QUE ES SUYO?
¡ EVITE QUE SUS HIJOS LO DESTRUYAN!
당신은 이 정원을 좋아하나?
이 정원은 당신의 것,
당신의 아이들이 정원을 해치지 않도록 주의하라!

옮긴이 해설

인텔리 알코올 중독자의 의식의 흐름

1. 알코올과 주인공

"자, 봐요. 창문을 통해 떨어지는 저 햇살을 봐요. 이른 아침 술집 창을 통해 보이는 저 햇살의 아름다움과 견줄 만한 것이 어디 있단 말이오?" (80~81쪽)

영사는 술이 깬 후의 이 춥고 더러운 기분을 결코 좋아하지 않았다. (114쪽)

세상에서 빈 술병보다 더 끔찍한 것은 없다! 빈 잔을 제외하고는……" (133쪽)

이 소설은 1938년 11월 2일, 멕시코 축일의 하나인 '죽은 자의 날Day of the Dead'의 12시간 동안의 기록을 엮은 것으로, 주인공인 전(前) 멕시코 주재 영국 영사 제프리 퍼민의 과거와 현재가 함께 어우러져 나타난다. '죽은 자의 날'은 아즈텍 시대에서 유래한 것으로, 죽은 자들이 살아 있는 친척이나 친구들을 방문하는 것으로 알려진 날이다. 아즈텍 사람들은 죽은 자들이 4년간의 힘든 여행을 마친 후에야 비로소 신의 나라로 가서 영원한 삶을 보낼 것이라고 믿었는데, 이 긴 여행 동안 영혼들이 1년에 단 한 번 현세의 집에 머물 수 있는 날이 바로 '죽은 자의 날'이다. 아즈텍 사람들은 이 영혼들이 힘과 용기를 얻을 수 있도록 그들이 생전에 좋아했던 음식으로 연회를 열었던 것으로 전해진다. 한편, 이날은 이 소설의 주인공에게 있어 운명의 날이 된다.

소설은 1년 전에 세상을 떠난 멕시코 주재 영국 영사 제프리 퍼민을 회상하는 두 사람의 대화로 시작되어 주요 등장인물들의 1년 전 이야기로 거슬러 올라간다. 제프리 퍼민은 멕시코와 영국의 국교 단절로 인해 최근 영사직을 사임하게 된 인물로, 멕시코의 외딴 지방에 살고 있다. 알코올 중독자인 제프리 퍼민은 부인과 친구, 그리고 고국으로부터 버림받는다. 그의 부인 이본은 영사를 비참한 상태에서 구해내고 두 사람의 결혼을 되돌리고자 하는 희망을 가지고 영사를 찾아가지만, 영사의 이복동생인 휴, 영사의 어린 시절 친구인 자크와의 관계 속에서 일은 더욱 복잡하게 얽혀간다. 이본이 영사와의 결혼 생활 중에 이들과 불륜을 저질렀다는 사실이 암시되면서 이러한 상황은 더욱 악화된다. 영사는 이본을 사랑하지만 동시에 미워하고, 멕시코를 떠나고 싶어 하는 동시에 멕시코에 머물고 싶어 한다. 제대로 된 삶을 위해서는 술을 끊어야 하는 상태이지만, 그는 술을 찬양한다. 그는 술의 유혹을 통제할 능력이 있으나 그럴 의지가 없는 것으로 보인다. 그리고 이것이 바로 이본과의 결혼 생활을 실패로 이끈 커다란 요인이기도 하다.

알코올 중독자의 삶을 소재로 한 소설 중 이보다 더 우울한 소설은 없을 듯하다. 주위 사람들은 그가 취한 상태인지 취하지 않은 상태인지 분간할 수조차 없다. 때로는 영사 자신도 그것을 구분하기 힘들다. 그가 얘기하듯 영사는 항상 "술에 취한 상태인 동시에 취하지 않은 상태"이기 때문이다. 어린왕자에 나오는 주정뱅이를 연상케 한다. 어린왕자가 어느 별에서 만난 주정뱅이에게 왜 술을 마시냐고 묻자 그는 잊기 위해서, 자신이 주정뱅이임을 잊기 위해서, 술을 마신다고 대답하지 않았던가.

헤레스, 아바네로, 카탈란, 파라스, 사르사모라, 말라가, 두라스노, 멤브리요, 룸포페, 테킬라, 메스칼, 아구아르디엔테, 아니스, 헤레스, 하이랜드 퀸, 오포르토, 틴토, 블랑코, 페르노드, 옥시진, 압생트······ 이 책에 등장하는 술 이름만 나열해도 원고지 한 페이지는 족히 채울 수 있을 정도다.

영사의 알코올 중독의 시발점은 외로움이다. 그는 이혼한 부인에게 말한다. "당신이 나처럼 술을 마시지 않는다면 어떻게 아침 7시에 도미노 게임을 하는 타라스코 노파의 아름다움을 이해할 수 있겠소?"(81쪽) 영사는 자신의 부인으로부터, 조국으로부터, 현재 머물고 있는 멕시코로부터도 버림받은 존재라 할 수 있다. 영사의 부인은 영사를 절망의 나락에서 구하기 위해, 그리고 잠시나마 행복했던 옛날로 돌아가기 위해, 영사와의 재결합을 원한다. 두 사람은 한적한 바닷가에 오두막을 짓고 살아가는 소박한 상상을 하기도 한다. 때론 영사도 희망의 끈을 놓지 않고 자신과의 싸움을 계속한다. 그러나 자신과의 싸움에서 그는 승자도 패자도 아니다. 애초에 그는 싸움에서 이길 생각이 없었기 때문일 것이다. 그의 싸움은 다음과 같이 표현된다.

　　하지만 아직 완전히 길을 잃은 것은 아니었다. 그저 필요한 샘이나 산재해 있는 테킬라 오아시스를 찾기가 어려웠을 뿐이다. 오아시스에서는 영사의 말을 전혀 이해하지 못하는 사람들이 계속 영사를 향해 손을 흔들어 결코 목마르지 않은 땅인 파리안의 영화로운 광야로 그를 인도할 것이다. (209쪽)

서른 병의 맥주의 도움으로 천장을 바라보며 홀로 이야기할 때와 마찬가지로, 자신감은 그에게 계속 살아가라고 명령했다. 아니면 어서 죽어버리든가 아니면 "솔직해지라"고 했다. (299~300쪽)

그러나 그의 주위에는 항상 이렇게 속삭이는 누군가가 있다.

"그렇지, 한 모금만 마셔. 딱 한 모금만. 그 정도는 필요하잖아. 치료 차원에서 한 모금만 마시는 거야." "오, 하느님." 영사가 말했다. "아, 세상에. 이렇게 좋은걸." "한 모금 따위야 아무것도 아니지." (192쪽)

또한, 영사는 신문기자로 일하고 있는 동생의 도착을 기다리며 이렇게 생각한다.

누군가의 도착 시간이 무슨 상관이란 말인가. 최소한 그가 술을 가져오기만 한다면…… 그러나 만약 그가 술을 가져오지 않는다면…… 집에는 술 한 방울 없고 스트리크닌만 남아 있다면 어떻게 할 것인가? 견딜 수 있을 것인가? 태양이 작열하는 거리를 비틀거리며 술을 사러 갈 수 있을 것이다. 〔……〕 아니면 먼지 가득한 골목 구석의 작은 술집에서 자신이 왜 나왔는지 잊은 채 이본이 잠들어 있는 동안 이본의 방문을 기

넘하며 아침 내내 술을 들이켤 수도 있을 것이다. (113쪽)

영사는 지금 술을 끊을 수도 있고, 나중에 끊을 수도 있다고 생각한다. 지금 시작할 수도 있고, 나중에 시작할 수도 있다고 생각한다. 그러나 그에게 술을 끊을 의지는 없는 듯하다. 의지가 부족한 것이 아니라 그러고 싶은 생각이 없는 듯하다.

영사는 자신이 경험한 일생 중 가장 긴 하루를 경험하며 버스를 기다리는 동안 늙은 노파가 운영하는 술집으로 향한다. 노파와 영사 사이에는 외로움이라는 특별한 유대 관계가 있다. 노파는 술 몇 잔을 걸치고 다시 길을 떠나는 영사에게 이렇게 말한다. "내겐 집이 없다네, 오직 그늘만 있다네. 그러나 그대가 그늘을 필요로 한다면 내 그늘은 그대 것이라네."

영사는 자문한다. '깨어진 병들 틈에서 깨어진 술잔들 틈에서 자신의 정체성에 대한 외로운 단서를 찾을 수 있을까? 다시 돌아가 깨어진 유리 틈으로, 영원한 술집 아래로, 바다 아래로 헤집고 들어가 자신을 찾을 수 있을까?' 그리고 영사는 항상 자신을 따라다니던 떠돌이 개와 조우한다. 화산 아래서…… 소설은 그렇게 끝이 난다.

아, 고독 속에 들이켜는 한 잔, 어디를 가든 영사는 그것을 그리워할 것이다. 그리고 그것이 자신의 인생에서 가장 행복한 것이었음을 기억할 것이다. (520쪽)

이 작품에서 알코올은 중요한 역할을 한다. 여기서 알코올 중독은 일종의 비극적인 게임으로 다루어지며, 그 게임에는 많은 이들과 많은 정황들이 연관되어 있다. 알코올은 주인공이 다른 이들을 기만하는 수단이자,

동시에 자기 자신을 기만하는 도구가 된다. 영사가 알코올 중독에 이르게 된 가장 큰 요인은, 앞서 언급했다시피 '고독'이다. 이는 소설의 첫 부분에 라루엘과 영사의 어린 시절을 회상하는 장면에서 잘 나타난다. 또한, 섹스에 대한 두려움, 지나치게 이상적인 청교도주의, 세계에 대한 거부감도 영사의 고독의 한 부분을 차지한다. 영사는 숱한 빈 술병들 사이에서 자신의 정체성과 구원을 찾으려 한다. 소설 속에서 영사와 12시간의 여정을 함께하는 그의 부인 이본과 이복동생 휴는 때로는 영사를 돕기도 하고, 때로는 결과적으로 그의 알코올 중독을 심화시키는 역할을 하기도 한다. 결국 두 사람은 영사의 파멸의 길의 문턱까지 함께한다.

2. 의식의 흐름을 토대로 한 주관적 기술

문학적으로 볼 때, 이 소설은 『율리시스』 『황무지』 등의 작품을 배출한 1920년대와 1930년대의 유럽 문학과 궤를 같이한다. '가치의 붕괴'를 소재로 한 조지프 콘래드와 제임스 조이스의 작품들과 비슷한 의식의 흐름이라는 기술 방법을 일정 부분 사용했으나, 큰 차이점은 자전적이고 주관적인 방식으로 기술되었다는 점이다. 실제로 이 소설은 40대에 알코올 중독으로 숨진 저자의 자전적 소설이기도 하다. 리어왕에서 권력의 붕괴가 개인의 붕괴로 이어지듯, 이 소설에서는 영사의 사생활 외에도 멕시코를 둘러싼 일련의 사건들이 영사 개인의 몰락에 큰 영향을 미친다.

저자 맬컴 라우리는 이 소설의 구조를 '추리게레스코 양식의 멕시코 성당'에 비유한 바 있다. 추리게레스코 양식은 17세기 스페인에서 나타난 바로크 양식을 일컫는 것으로 화려하면서도 소용돌이와 같은 복잡한 구조로 유명하다. 쇼펜하우어는 하나의 작품을 제대로 이해하려면 여러 번 읽을 필요가 있다고 강조하며 다음과 같이 말한 바 있다. "중요한 의미가 있는 책은 두 번 이상 읽어야 한다. 두번째 읽을 때에야 비로소 작품 속 상이한 부분의 연결 고리를 이해할 수 있다. 사람들은 작품의 결말을 알고 난 후에야 비로소 서두의 내용을 이해할 수 있다."『화산 아래서』가 바로 이런 소설이다.

처음으로 이 책을 접할 때에는 다소 난해하다는 느낌을 갖게 마련이지만, 두번째 읽게 되면 작가의 의도를 어느 정도 파악할 수 있다. 우울함과 절망감으로 가득한 이야기지만, 이 소설은 언어 표현과 작품 구조 측면에서 탁월하다는 평가를 받는다. 문장 하나하나에 작가의 상상력과 상징적 표현들이 숨어 있다고 해도 과언이 아니기에 본 작품을 다시 읽을 때면 앞서 간과했거나 진부한 것처럼 보였던 표현들이 새로운 의미로 다가오는 것을 느낄 수 있다. 어떻게 보면 철저히 계획된 구조 안에 작가의 메시지가 숨은 그림처럼 포함되어 있다고도 할 수 있다. 작가의 문학과 언어에 대한 통찰력 역시 이러한 복잡한 구조를 완성하는 데 한몫하고 있다. 12시간이라는 소설 속의 길지 않은 시간 속에서 단테와 프로이드, 심지어 신비주의 종교까지 등장한다.

이 작품은 20세기 모더니즘을 대표하는 가장 위대한 소설 중 하나로 꼽히지만, 그 작품성에 비하면 상대적으로 덜 읽힌 작품에 속한다. 종종 제임스 조이스의 『율리시스』와 비교되는데, 더블린을 여행하는 한 세일즈맨의 아침 여정의 스케치가 율리시즈의 모티프가 된 것처럼, 『화산 아래서』에서는 '죽은 자의 날' 하루 동안 일어난 상황들이 스케치되어 있다. 이 하루를 통해 독자들은 등장인물들의 과거와 현재를 짐작할 수 있다.

작품의 주제를 간단하게 표현하면, 한 재능 있는 알코올 중독자의 비참한 최후에 관한 것이다. 그러나 작가는 맥주와 메스칼이 영사의 진정한 비극에 있어 단지 부수적인 것에 불과함을 암시한다. 그의 비극은 자신을 구원해줄 그 무언가가 천국이 아닌 지상의 사랑에 있다는 것을 깨닫지 못한다는 데 있으며, 그의 진정한 비극은 그가 살았던 세계와 관련된 것이다. 여기서 말하는 천국과 지옥은 종교적 의미가 아닌 문학적 상징으로 대변된다. 이 작품의 영어판 서문을 쓴 스테판 스펜더는 이렇게 말한다. "리어왕이 단순히 노망에 관한 소설이 아닌 것처럼, 이 소설 역시 단순히 알코올 중독에 관한 것은 아니다." 영사는 여러 가지 측면에서 뛰어난 인물이지만, 그 역시 상처받은 한 인간이다. 스펜더는 이 작품이 "20세기적 가치들의 몰락을 그린 명작"이라고 평가한다. 실제로 이 소설은 멕시코의 비극적 상황과 스페인 내전의 영향으로 절망에 빠지게 되는 유럽 사회가 주인공들의 마음속에서 확장된 형태로 그려지고 있다.

이 작품은 주요 인물들의 황폐한 삶과 이에 대한 무감각, 그리고 중독으로 점철된 파괴에 대한 우울한 초상을 환상에 의한 환상의 방식으로 구성한다. 그리하여, 독자들은 소설 속에서 환각과 현실을 구분하기 힘든 초현실적인 하루를 경험하게 된다. 그러나 작가는 이러한 초현실적인 하루의 여정 속에서 자신을 파괴하고자 위협하는 절대적인 힘에 대항하는 인간의 투쟁에 대해 강력하면서도 시적으로 서술함으로써 그 문학적 의미를 더하고 있다.

3. 작가의 자전적 이야기

작품 속 주인공 영사와 마찬가지로 저자 맬컴 라우리 역시 술을 달고 살았다. 라우리가 25세 때 결혼했던 첫번째 부인 장 가브리엘Jan Gabrial은 2000년에 발표한 『화산 안에서 Inside the Volcano』라는 책에서 라우리의 상태를 다음과 같이 기술했다. "그는 무엇이건 마셔댔다. 심지어 내가 그의 등을 마사지하는 데 쓰던 알코올마저 마시려 해서 병을 내다 버렸는데, 결국 그는 그걸 마시고 말았다. 그러나 실제로 병 안에 들어 있던 것은 식용유였다." 게다가 라우리 주변에는 동성애자들이 많았는데, 가브리엘은 동성애자들이 라우리에게 관심을 보이는 것을 싫어했다. 결국 가브리엘은 약 3년의 짧은 결혼 생활을 정리하고 라우리를 떠나게 된다.

그의 두번째 부인 마저리 부너Margerie Booner는 라우리와 함께 술을 마시기도 했으나 그가 식사를 거르지 않으면서 술을 마시도록 하고 그의 작품을 수정하는 등의 긍정적인 역할을 했던 것으로 전해진다. 『화산 아래서』는 여러 출판사에서 퇴짜를 맞았으나, 이 책의 출판이 가능했던 것은 여러 차례에 걸친 부너의 수정 작업 덕택이었다. 두 사람은 유럽, 미국, 카리브해 지역 등을 여행했으며, 부너는 잉글랜드에서 라우리가 48세를 일기로 세상을 떠날 때까지 그의 곁을 지켰다.

라우리의 죽음에 대해서는 여러 가지 이야기가 있으나, 그의 죽음이 알코올과 관련이 있다는 점, 그리고 자살은 아니라는 점은 거의 확실해 보인다. 장 가브리엘은 1975년 한 인터뷰에서 이렇게 말한 바 있다. "그는 자신의 경험과 자신의 행동에 집착했고, 상황은 점점 악화되었다. 나는 그가 어떠한 설명이나 편지도 없이 자살하지는 않을 것이라고 생각했다. 하지만 그가 잠을 자다 조용히 죽음을 맞이할 만한 사람은 아니라는 점은 확실했다." 신기한 점은 30년 이상 과도하게 술을 마셔댔지만 부검 시 라우리의 내장 기관들은 양호한 상태를 유지하고 있었다는 사실이다.

라우리의 지인들은 자신의 여행 가방을 항상 문 옆에 두고 있었다는 농담 반 진담 반의 이야기가 전하는데, 그 이유는 라우리가 갑자기 찾아와 하룻밤 자고 가겠다고 들르면, 막 여행을 떠날 참이라는 변명을 하기 위해서였다고 한다. 『화산 아래서』의 주인공과 같이 술을 달고 살았던 라우리의 삶을 떠올린다면 지인들이 그렇게 할 수밖에 없었던 심정을 이해할 만하다.

라우리의 부친은 아들의 무절제한 생활을 견디다 못해 라우리의 절친한 친구인 콘래드 에이컨Conrad P. Aiken에게 매달 100달러씩 주며 그를 감시하는 일을 시키기도 했다. 그는 30대와 40대 초반에 에이컨과 함께 미국, 스페인, 멕시코의 외딴 곳에 사는 친구들을 방문하며 많은 시간을 보냈다. 명실 공히 에이컨은 라우리의 가장 친한 친구였으나, 에이컨의 부인은 라우리가 무심결에 침대에 불을 지르거나 잠결에 계단에서 떨어져 다리를 부러뜨릴 거라는 걱정에 사로잡히곤 했다고 한다. 에이컨의 부인은 항상 구겨진 옷차림으로 다니는 라우리를 몽유병자에 비유했던 것으로 전해진다. 또 죽은 토끼가 든 가방을 들고 시무룩한 모습을 하고 있던 그를 기억하는 이들도 있다. 존 스타인벡의 소설 『생쥐와 인간』에 등장하는 주인공 레니가 생쥐를 어루만지다 실수로 목을 부러뜨리고 만 것처럼 라우리도 토끼를 쓰다듬다 목을 부러뜨리고 만 것이다.

라우리의 죽음은 『화산 아래서』의 주인공 제프리 퍼민과 유사한 점이 있다. 두 사람 모두 알코올 중독자였고 제대로 된 생활을 하기 위해서는 술을 끊어야 했다. 그러나 아이러니하게도 두 사람 모두 술 없이는 제대로 된 삶을 살기가 힘들었다. 이 작품을 읽는 동안 독자들은 알코올 중독자가 어떻게 생각하고 어떻게 느끼는지에 대해 짐작하게 될 것이다. 하지만 영사와 라우리에게 있어 그것은 단순히 술에 취했을 때 많은 이들이 느끼게 되는 머리가 멍해지는 두통의 수준이 아니라, 보다 투명한 통찰력과 보다 완벽한 표현으로 향하는 길이기도 하다. 이 소설을 영화로 만든 존 휴스턴 감독은 주인공의 알코올 중독에 대해 '자멸 행위라기보다는 분노에서 촉발된 것'이라고 표현한 바 있다. 라우리의 마음속에 평생 자리 잡고 있던 분노는 무엇이었을까? 영국의 부유한 집안에서 자란 그는 성인이 되어서도 부친이 주는 돈으로 생활했다. 하지만 그는 평생 자신의 어린 시절이 재앙 그 자체였다고 이야기하며 종종 자신을 이해하지 못한 둔감한 부모, 사디즘적인 유모, 라커룸에서 자신의 성기를 웃음거리로 삼았던 학교 친구들을 비난하곤 했다. 10대 때부터 술과 재즈에 빠져 재즈 연주곡을 쓰기도 했으며 평생 우쿨렐레라는 악기를 가지고 다녔다. 성인이 되어서는 할렘, 할리우드, 멕시코의 재즈 바에서 음악과 함께 술을 마셨다. 그는 이러한 삶의 방식을 통해 자신의 분노를 표출하고 싶었던 것일까?

잉글랜드 서식스 지방의 한 교회 묘지에 잠들어 있는 그의 묘비명에는 다음과 같이 적혀 있다.

맬컴 라우리
바워리가(街)에서 살다 가다
그의 글솜씨는 현란했고 불꽃처럼 타올랐다
그는 매일 밤을 살았고 매일 낮 술을 마셨다
그리고 우쿨렐레를 연주하다 세상을 떠났다

이 작품은 그의 두번째 부인의 도움으로 최소한 네 번의 수정을 거치면서 최종 완성까지 총 10년이 소요되었다. 알코올 중독자에 관한 한 당대 최고의 소설로 평가받으며, 모던 라이브러리 Modern Library가 1998년에 발표한 '20세기 최고의 영문소설 100선' 중 11위로 선정된 바 있다. 1984년에는 재클린 비셋과 앨버트 피니가 주연을 맡아 존 휴스턴 감독에 의해 동명 타이틀의 영화로 제작되었다.

　이 작품을 번역하는 동안 옮긴이의 가장 가까운 사람 중 한 사람이 알코올 중독으로 병원에 입원하는 경험을 했다. 작품 속 주인공 영사가 그러했듯, 그도 외롭다고 했다. 어린왕자에 나오는 술주정뱅이가 그러했듯, 그도 자신이 술주정뱅이라는 사실이 부끄러워 또 술을 마셔댔다. 하지만 벤저민 프랭클린은 술이 나쁜 것이 아니라 폭음이 나쁜 것이라 하지 않았던가? 피로회복제라 불리는 자양강장 음료로도 풀리지 않는 하루의 피로를 덜어주는 한 모금의 감로주는 그 얼마나 달콤한가? 이 작품을 다 읽은 독자라면 난해한 내용을 끝까지 읽어낸 자신에게, 세상의 술을 뒤로 하고 안타깝게도 일찍 세상을 떠난 작가와 영사에게, 술 한 잔 선사하는 것도 괜찮을 듯하다.

작가 연보

1909	7월 28일 잉글랜드 체셔에서 태어났다. 어머니는 노르웨이 혈통이었고 아버지는 영국인 목화 중개인이었다. 이집트, 페루 등지에 농장을 보유하고 집 안에 소규모 골프 코스를 보유할 정도로 부유한 가정에서 태어났지만, 그는 14세 때부터 술을 입에 대기 시작했다.
1915~27	잉글랜드 워렐에 있는 브래사이드 스쿨, 히친 소재 칼디코트 스쿨, 케임브리지의 리즈 스쿨에서 수학. 15세 때 로열 리버풀 골프 클럽에서 주최한 주니어 골프 대회에서 우승할 정도로 골프 실력이 뛰어났으며, 럭비와 수영에도 탁월한 기량을 보였다.
1927	5~10월 '피로스'라는 화물선에서 갑판원으로 생활. 가업을 이어받기를 원했던 부친의 기대와는 달리, 라우리는 18세 때 화물선의 갑판원으로 승선하여 바다에서 5개월을 보냈다. 12월부터 1928년까지 독일 본 소재 웨버 스쿨에서 수학.
1928~29	런던에서 생활하며 저서 『울트라마린 Ultra-marine』 집필 활동.
1929	봄~여름 서인도 제도를 거쳐 미국으로 여행. 가을, 20세에 케임브리지 대학 영문학과에 입학. 대학 시절에는 첫

룸메이트가 자살을 하는 시련을 겪게 된다. 이 룸메이트는 맬컴 라우리와 동성애 관계를 원했으나 라우리는 이를 거절했고, 그는 평생 룸메이트의 자살에 대해 일종의 죄책감을 가지고 살았던 것으로 전해진다.

1930	노르웨이로 여행.
1932	우등으로 케임브리지 대학교 졸업. 이후, 런던과 파리에서 생활.
1933	18세 때 화물선에서 생활한 기억을 바탕으로 화물선의 식당 급사를 주인공으로 한 첫번째 소설 『울트라 마린』을 발표하여 주목을 받음. 절친한 친구이자 작가인 콘래드 에이컨Conrad P. Aiken과 스페인으로 떠난 여행길에서 장 가브리엘Jan Gabrial이라는 미국계 프랑스 여성 작가를 만난다.
1934	1월 파리에서 장 가브리엘과 결혼. 가을에 뉴욕으로 이주.
1935	알코올 문제로 발작을 일으킨 후 뉴욕 벨뷰 병원 정신병동에 입원. 퇴원 후, 정신병원에서의 경험을 토대로 『질산은 Lunar Caustic』 집필.
1936	부인 장 가브리엘과 LA, 아카풀코 여행 후 멕시코에 정착하여 『화산 아래서 Under the Volcano』 집필 시작.
1937	부인 장 가브리엘과 결별.
1938	로스앤젤레스의 한 호텔에 거주하며 『화산 아래서』 수정 작업.
1939	두번째 부인 마저리 부너Margerie Booner 만남.
1940	7월 『화산 아래서』 3차 수정본을 뉴욕의 여러 출판사에 보냈으나 출판을 거절당함. 8월 캐나다 브리티시컬럼비아 주의 한 오두막에서 마저리 부너와 함께 살기 시작. 12월 마저리 부너와 결혼.
1940	1944년까지 『화산 아래서』 4차 수정 작업.

1944	35세 때 거주하던 오두막에서 화재가 발생했으나 다행히도 『화산 아래서』 원고는 건짐. 30대 후반부터 세상을 떠나기 전 약 10년간 라우리는 알코올 의존과 정신착란증으로 인해 입원과 퇴원을 반복하여 제대로 글을 쓰지 못함. 이 기간 동안 뼈가 부러지기도 하고 개에 물리기도 하는 등 사고가 끊이지 않음.
1945	멕시코 여행.
1946	런던의 조너선 케이프 출판사와 뉴욕의 레이널앤히치콕 출판사에서 『화산 아래서』 출판 결정.
1947	『화산 아래서』 런던과 뉴욕에서 출판.
1948	배를 타고 파나마 운하를 통과하며 유럽 여행.
1949	캐나다에서 『오 주여 당신이 거하는 하늘에서 우리의 목소리를 들어주소서 Hear Us O Lord from Heaven Thy Dwelling Place』 집필 작업.
1950	1954년까지 『나의 벗이 누워 있는 무덤처럼 어두운 Dark as the Grave Wherein My Friend is Laid』 『가브리올라로 가는 10월의 여객선 October Ferry to Gabriola』 집필 작업.
1954	캐나다를 떠나 뉴욕과 이탈리아 여행.
1955	잉글랜드 서식스의 라이프 마을에 정착.
1957	6월 27일 잉글랜드 서식스 라이프 마을에서 48세의 나이로 생을 마감함.
1976	라우리의 생애를 다룬 캐나다의 다큐멘터리 영화 「화산: 맬컴 라우리의 삶과 죽음」이 아카데미상 다큐멘터리 부문에 노미네이트되기도 함.
1984	존 휴스턴 John Huston 감독에 의해 『화산 아래서』가 동명의 타이틀로 영화화되어 전 세계적으로 성공을 거둠.

작가가 『화산 아래서』를 집필한 곳인 캐나다 브리티시컬럼비아의 노스밴쿠버 지역에서는 책 이름을 딴 예술 축제가 지금도 매해 개최되고 있다.

기획의 말

'대산세계문학총서'를 펴내며

2010년 12월 대산세계문학총서는 100권의 발간 권수를 기록하게 되었습니다. 대산세계문학총서의 발간은 앞으로도 계속될 것이고, 따라서 100이라는 숫자는 완결이 아니라 연결의 의미를 지니는 것이지만, 그 상징성을 깊이 음미하면서 발전적 전환을 모색해야 하는 계기가 된 것은 분명합니다.

대산세계문학총서를 처음 시작할 때의 기본적인 정신과 목표는 종래의 세계문학전집의 낡은 틀을 깨고 우리의 주체적인 관점과 능력을 바탕으로 세계문학의 외연을 넓힌다는 것, 이를 통해 세계문학을 바라보는 우리의 시각을 전환하고 이해를 깊이 해나갈 수 있도록 한다는 것이었다고 간추려 말할 수 있습니다. 그리고 궁극적으로는 우리의 인문학을 지속적으로 발전시켜나갈 수 있는 동력이 될 수 있기를 희망하는 것이었습니다. 이러한 기본 정신은 앞으로도 조금도 흩트리지 않고 지켜나갈 것입니다.

이 같은 정신을 토대로 대산세계문학총서는 새로운 변화의 물결 또한 외면하지 않고 적극 대응하고자 합니다. 세계화라는 바깥으로부터의 충격과 대한민국의 성장에 힘입은 주체적 위상 강화는 문화나 문학의 분야에서도 많은 성찰과 이를 바탕으로 한 발상의 전환을 요구하고 있습니다. 이제 세계문학이란 더 이상 일방적인 학습과 수용의 대상이 아니라 동등한 대화와 교류의 상대입니다. 이런 점에서 대산세계문학총서가 새롭게 표방하고자 하는 개방성과 대화성은 수동적 수용이 아니라 보다 높은 수준의 문화적 주체성 수립을 지향하는 것이며, 이것이 궁극적으로 한국문학과 문화의 세계화에 이바지하게 되리라고 믿습니다.

또한 안팎에서 밀려오는 변화의 물결에 감춰진 위험에 대해서도 우리는 주의를 게을리하지 말아야 할 것입니다. 표면적인 풍요와 번영의 이면에는 여전히, 아니 이제까지보다 더 위협적인 인간 정신의 황폐화라는 그늘이 짙게 드리워져 있는 것이 사실입니다. 대산세계문학총서는 이에 대항하는 정신의 마르지 않는 샘이 되고자 합니다.

'대산세계문학총서' 기획위원회

대산세계문학총서

001-002 소설	트리스트럼 섄디(전 2권)	로렌스 스턴 지음	홍경숙 옮김
003 시	노래의 책	하인리히 하이네 지음	김재혁 옮김
004-005 소설	페리키요 사르니엔토(전 2권)
	호세 호아킨 페르난데스 데 리사르디 지음	김현철 옮김
006 시	알코올	기욤 아폴리네르 지음	이규현 옮김
007 소설	그들의 눈은 신을 보고 있었다	조라 닐 허스턴 지음	이시영 옮김
008 소설	행인	나쓰메 소세키 지음	유숙자 옮김
009 희곡	타오르는 어둠 속에서/어느 계단의 이야기
	안토니오 부에로 바예호 지음	김보영 옮김
010-011 소설	오블로모프(전 2권)	I. A. 곤차로프 지음	최윤락 옮김
012-013 소설	코린나: 이탈리아 이야기(전 2권)	마담 드 스탈 지음	권유현 옮김
014 희곡	탬벌레인 대왕/몰타의 유대인/파우스투스 박사
	크리스토퍼 말로 지음	강석주 옮김
015 소설	러시아 인형	아돌포 비오이 까사레스 지음	안영옥 옮김
016 소설	문장	요코미쓰 리이치 지음	이양 옮김
017 소설	안톤 라이저	칼 필립 모리츠 지음	장희권 옮김
018 시	악의 꽃	샤를 보들레르 지음	윤영애 옮김
019 시	로만체로	하인리히 하이네 지음	김재혁 옮김
020 소설	사랑과 교육	미겔 데 우나무노 지음	남진희 옮김
021-030 소설	서유기(전 10권)	오승은 지음	임홍빈 옮김
031 소설	변경	미셸 뷔토르 지음	권은미 옮김

032-033 소설	**약혼자들**(전 2권)	알레산드로 만초니 지음 | 김효정 옮김
034 소설	**보헤미아의 숲/숲 속의 오솔길**	아달베르트 슈티프터 지음 | 권영경 옮김
035 소설	**가르강튀아/팡타그뤼엘**	프랑수아 라블레 지음 | 유석호 옮김
036 소설	**사탄의 태양 아래**	조르주 베르나노스 지음 | 윤진 옮김
037 시	**시집**	스테판 말라르메 지음 | 황현산 옮김
038 시	**도연명 전집**	도연명 지음 | 이치수 역주
039 소설	**드리나 강의 다리**	이보 안드리치 지음 | 김지향 옮김
040 시	**한밤의 가수**	베이다오 지음 | 배도임 옮김
041 소설	**독사를 죽였어야 했는데**	야샤르 케말 지음 | 오은경 옮김
042 희곡	**볼포네, 또는 여우**	벤 존슨 지음 | 임이연 옮김
043 소설	**백마의 기사**	테오도어 슈토름 지음 | 박경희 옮김
044 소설	**경성지련**	장아이링 지음 | 김순진 옮김
045 소설	**첫번째 향로**	장아이링 지음 | 김순진 옮김
046 소설	**끄르일로프 우화집**	이반 끄르일로프 지음 | 정막래 옮김
047 시	**이백 오칠언절구**	이백 지음 | 황선재 역주
048 소설	**페테르부르크**	안드레이 벨르이 지음 | 이현숙 옮김
049 소설	**발칸의 전설**	요르단 욥코프 지음 | 신윤곤 옮김
050 소설	**블라이드데일 로맨스**	나사니엘 호손 지음 | 김지원 · 한혜경 옮김
051 희곡	**보헤미아의 빛**	라몬 델 바예-인클란 지음 | 김선욱 옮김
052 시	**서동 시집**	요한 볼프강 폰 괴테 지음 | 안문영 외 옮김
053 소설	**비밀요원**	조지프 콘래드 지음 | 왕은철 옮김
054-055 소설	**헤이케 이야기**(전 2권)	지은이 미상 | 오찬욱 옮김
056 소설	**몽골의 설화**	데. 체렌소드놈 편저 | 이안나 옮김
057 소설	**암초**	이디스 워튼 지음 | 손영미 옮김
058 소설	**수전노**	알 자히드 지음 | 김정아 옮김
059 소설	**거꾸로**	조리스-카를 위스망스 지음 | 유진현 옮김
060 소설	**페피타 히메네스**	후안 발레라 지음 | 박종욱 옮김
061 시	**납**	제오르제 바코비아 지음 | 김정환 옮김
062 시	**끝과 시작**	비스와바 쉼보르스카 지음 | 최성은 옮김
063 소설	**과학의 나무**	피오 바로하 지음 | 조구호 옮김
064 소설	**밀회의 집**	알랭 로브-그리예 지음 | 임혜숙 옮김
065 소설	**붉은 수수밭**	모옌 지음 | 심혜영 옮김

066 소설	아서의 섬	엘사 모란테 지음	천지은 옮김
067 시	소동파사선	소동파 지음	조규백 역주
068 소설	위험한 관계	쇼데를로 드 라클로 지음	윤진 옮김
069 소설	거장과 마르가리타	미하일 불가코프 지음	김혜란 옮김
070 소설	우게쓰 이야기	우에다 아키나리 지음	이한창 옮김
071 소설	별과 사랑	엘레나 포니아토프스카 지음	추인숙 옮김
072-073 소설	불의 산(전 2권)	쓰시마 유코 지음	이송희 옮김
074 소설	인생의 첫출발	오노레 드 발자크 지음	선영아 옮김
075 소설	몰로이	사뮈엘 베케트 지음	김경의 옮김
076 시	미오 시드의 노래	지은이 미상	정동섭 옮김
077 희곡	셰익스피어 로맨스 희곡 전집	윌리엄 셰익스피어 지음	이상섭 옮김
078 희곡	돈 카를로스	프리드리히 폰 실러 지음	장상용 옮김
079-080 소설	파멜라(전 2권)	새뮤얼 리처드슨 지음	장은명 옮김
081 시	이십억 광년의 고독	다니카와 슌타로 지음	김응교 옮김
082 소설	잔지바르 또는 마지막 이유	알프레트 안더쉬 지음	강여규 옮김
083 소설	에피 브리스트	테오도르 폰타네 지음	김영주 옮김
084 소설	악에 관한 세 편의 대화	블라디미르 솔로비요프 지음	박종소 옮김
085-086 소설	새로운 인생(전 2권)	잉고 슐체 지음	노선정 옮김
087 소설	그것이 어떻게 빛나는지	토마스 브루시히 지음	문항심 옮김
088-089 산문	한유문집-창려문초(전 2권)	한유 지음	이주해 옮김
090 시	서곡	윌리엄 워즈워스 지음	김숭희 옮김
091 소설	어떤 여자	아리시마 다케오 지음	김옥희 옮김
092 시	가윈 경과 녹색기사	지은이 미상	이동일 옮김
093 산문	어린 시절	나탈리 사로트 지음	권수경 옮김
094 소설	골로블료프가의 사람들	미하일 살티코프 셰드린 지음	김원한 옮김
095 소설	결투	알렉산드르 쿠프린 지음	이기주 옮김
096 소설	결혼식 전날 생긴 일	네우송 호드리게스 지음	오진영 옮김
097 소설	장벽을 뛰어넘는 사람	페터 슈나이더 지음	김연신 옮김
098 소설	에두아르트의 귀향	페터 슈나이더 지음	김연신 옮김
099 소설	옛날 옛적에 한 나라가 있었지	두샨 코바체비치 지음	김상헌 옮김
100 소설	나는 고故 마티아 파스칼이오	루이지 피란델로 지음	이윤희 옮김
101 소설	따니아오 호수 이야기	왕정치 지음	박정원 옮김

102 시	송사삼백수 주조모 엮음	이동향 역주
103 시	문턱 너머 저편 에이드리언 리치 지음	한지희 옮김
104 소설	충효공원 천잉전 지음	주재희 옮김
105 희곡	유디트/헤롯과 마리암네 프리드리히 헤벨 지음	김영목 옮김
106 시	이스탄불을 듣는다 오르한 웰리 카늑 지음	술탄 훼라 아크프나르 여·이현석 옮김
107 소설	화산 아래서 맬컴 라우리 지음	권수미 옮김
108-109 소설	경화연(전 2권) 이여진 지음	문현선 옮김
110 소설	예피판의 갑문 안드레이 플라토노프 지음	김철균 옮김
111 희곡	가장 중요한 것 니콜라이 예브레이노프 지음	안지영 옮김
112 소설	파울리나 1880 피에르 장 주브 지음	윤 진 옮김
113 소설	위폐범들 앙드레 지드 지음	권은미 옮김
114-115 소설	업둥이 톰 존스 이야기(전 2권) 헨리 필딩 지음	김일영 옮김
116 소설	초조한 마음 슈테판 츠바이크 지음	이유정 옮김
117 소설	악마 같은 여인들 쥘 바르베 도르비이 지음	고봉만 옮김
118 소설	경본통속소설 지은이 미상	문성재 옮김
119 소설	번역사 레일라 아부렐라 지음	이윤재 옮김
120 소설	남과 북 엘리자베스 개스켈 지음	이미경 옮김
121 소설	대리석 절벽 위에서 에른스트 윙거 지음	노선정 옮김
122 소설	죽은 자들의 백과전서 다닐로 키슈 지음	조준래 옮김
123 시	나의 방랑—랭보 시집 아르튀르 랭보 지음	한대균 옮김
124 소설	슈톨츠 파울 니종 지음	황승환 옮김
125 소설	휴식의 정원 바진 지음	차현경 옮김
126 소설	굶주린 길 벤 오크리 지음	장재영 옮김
127-128 소설	비스와스 씨를 위한 집(전 2권) V. S. 나이폴 지음	손나경 옮김
129 소설	새하얀 마음 하비에르 마리아스 지음	김상유 옮김
130 산문	루테치아 하인리히 하이네 지음	김수용 옮김
131 소설	열병 르 클레지오 지음	임미경 옮김
132 소설	조선소 후안 카를로스 오네티 지음	조구호 옮김
133-135 소설	저항의 미학(전 3권) 페터 바이스 지음	탁선미·남덕현·홍승용 옮김
136 소설	신생 시마자키 도손 지음	송태욱 옮김
137 소설	캐스터브리지의 시장 토머스 하디 지음	이윤재 옮김

138 소설	죄수 마차를 탄 기사	크레티앵 드 트루아 지음 ǀ 유희수 옮김
139 자서전	2번가에서	에스키아 음파렐레 지음 ǀ 배미영 옮김
140 소설	묵동기담/스미다 강	나가이 가후 지음 ǀ 강윤화 옮김
141 소설	개척자들	제임스 페니모어 쿠퍼 지음 ǀ 장은명 옮김
142 소설	반짝이끼	다케다 다이준 지음 ǀ 박은정 옮김
143 소설	제노의 의식	이탈로 스베보 지음 ǀ 한리나 옮김
144 소설	흥분이란 무엇인가	장웨이 지음 ǀ 임명신 옮김
145 소설	그랜드 호텔	비키 바움 지음 ǀ 박광자 옮김
146 소설	무고한 존재	가브리엘레 단눈치오 지음 ǀ 윤병언 옮김
147 소설	고야, 혹은 인식의 혹독한 길	리온 포이히트방거 지음 ǀ 문광훈 옮김
148 시	두보 오칠언절구	두보 지음 ǀ 강민호 옮김
149 소설	병사 이반 촌킨의 삶과 이상한 모험	블라디미르 보이노비치 지음 ǀ 양장선 옮김
150 시	내가 얼마나 많은 영혼을 가졌는지	페르난두 페소아 지음 ǀ 김한민 옮김
151 소설	파노라마섬 기담/인간 의자	에도가와 란포 지음 ǀ 김단비 옮김
152-153 소설	파우스트 박사(전 2권)	토마스 만 지음 ǀ 김륜옥 옮김
154 시, 희곡	사중주 네 편―T. S. 엘리엇의 장시와 한 편의 희곡	T. S. 엘리엇 지음 ǀ 윤혜준 옮김
155 시	궐뤼스탄의 시	배흐티야르 와합자대 지음 ǀ 오은경 옮김
156 소설	찬란한 길	마거릿 드래블 지음 ǀ 가주연 옮김
157 전집	사랑스러운 푸른 잿빛 밤	볼프강 보르헤르트 지음 ǀ 박규호 옮김
158 소설	포옹가족	고지마 노부오 지음 ǀ 김상은 옮김
159 소설	바보	엔도 슈사쿠 지음 ǀ 김승철 옮김
160 소설	아산	블라디미르 마카닌 지음 ǀ 안지영 옮김
161 소설	신사 배리 린든의 회고록	윌리엄 메이크피스 새커리 지음 ǀ 신윤진 옮김
162 시	천가시	사방득, 왕상 엮음 ǀ 주기평 역해
163 소설	모험적 독일인 짐플리치시무스	그리멜스하우젠 지음 ǀ 김홍진 옮김
164 소설	맹인 악사	블라디미르 코롤렌코 지음 ǀ 오원교 옮김
165-166 소설	전차를 모는 기수들(전 2권)	패트릭 화이트 지음 ǀ 송기철 옮김